ZHONGGUO XIAOSHUO

100 QIANG

中国小说100强（1978—2022）

生命是劳动与仁慈

刘醒龙　著

北京联合出版公司
Beijing United Publishing Co.,Ltd.

图书在版编目（CIP）数据

生命是劳动与仁慈 / 刘醒龙著. -- 北京 : 北京联合出版公司, 2023.9

（中国小说100强）

ISBN 978-7-5596-7020-5

Ⅰ.①生… Ⅱ.①刘… Ⅲ.①长篇小说－中国－当代 Ⅳ.①I247.5

中国国家版本馆CIP数据核字(2023)第106692号

生命是劳动与仁慈

作　　者： 刘醒龙
出 品 人： 赵红仕
出版监制： 张晓冬　范晓潮
责任编辑： 周　杨
特约编辑： 和庚方　郭　漫
封面设计： 武　一

北京联合出版公司出版
（北京市西城区德外大街83号楼9层　100088）
北京兴星伟业印刷有限公司印刷　　新华书店经销
字数319千字　650毫米×920毫米　1/16　32.5印张
2023年9月第1版　2023年9月第1次印刷
ISBN 978-7-5596-7020-5
定价：88.00元

中国小说 100 强（1978—2022）丛书

编委会

总　序

“中国小说 100 强”（1978—2022）是资深出版人张明先生和腾讯读书知名记者张英先生共同策划发起的一套大型文学丛书。他们邀请我和宗仁发、谢有顺、顾建平、文欢一起组成编委会，并特邀徐晨亮参与，经过认真研讨和多轮投票最终评定了 100 人的入选小说家目录。由于编委们大多都是长期在中国文学现场与中国文学一路同行的一线编辑、出版家、评论家和文学记者，可以说都是最专业的文学读者，因此，本套书对专业性的追求是理所当然的，编委们的个人趣味、审美爱好虽有不同，但对作家和文学本身的尊重、对小说艺术的尊重、对文学史和阅读史的尊重，决定了丛书编选的原则、方向和基本逻辑。

从文学史的角度来说，1978 年以后开启的新时期文学是中国当代文学的黄金时代，不仅涌现了一批至今享誉世界的优秀作家，而且创造了许多脍炙人口的文学经典，并某种程度上改写了 20 世纪中国文学史的版图。而在中国新时期文学的经典家族中，小说和小说家无疑是艺术成就最高、影响力最大的部分。“中国小说 100 强”（1978—2022）就是试图将这个时期的具有经典性的小说家和中国小说的经典之作完整、系统地筛选和呈现出来，并以此构成对新时期文学史的某种回顾与重读、观察与评判。呈现在读者面前的这套丛书是对 1978—2022 年间中国当代小说发展历程的一次全面、系统的整体性回顾与检阅，是中国当代文学经典化的重要成果，从特定的角度集中展示了中国新时期文学在小说创作方面的巨大成就。需要说明的是，与 1978—2022 年新时期文学繁荣兴盛的局面相比，100 位作家和 100 本书还远远不能涵盖中国当代小说的全貌，很多堪称经典的小说也许因为各种原因并未能进入。莫言、苏童、余华等作家本来都在编委投票评定的名单里，但因为他们已与某些出版社签下了专有出版合同，不允许其他出版社另出小说集，因而只能因不可抗原因而割爱，遗珠之憾实难避免，而且文学的审美本身也是多元的，我们的判断、评价、选择也许与有些读者的认知和判断是冲突的，但我们绝无把自己的标准强加于别人的意思。我们呈现的只是我们观察中国这个时期当代小说的一个角度、一种标准，我们坚持文学性、学术性、专业性、民间性，注重作家个体的生活体验、叙事能力和艺术功力，我们突破代际局限，老、中、青小说家都平等对待，王蒙、冯骥才、梁晓声、铁凝、阿来等名家名作蔚为大观，徐则臣、阿乙、弋舟、鲁敏、林森等新人新作也是目不暇接，我们特别关注文学的新生力量，尤其是近 10 年作品多次获国家大奖、市场人气爆棚的新生代小说家，我们禀持包容、开放、多元的审美立场，无论是专注用现实题材传达个人迥异驳杂人生经验、用心用情书写和表现时代精神的现实主义作家，还是执着于艺术探索和个体风格的实验性作家，在丛书里都是一视同仁。我们坚信我们是忠实于自己的艺术理想、艺术原则和艺术良心的，但我们并不认为自己的角度和标准是唯一的，我们期待并尊重各种各样的观察角度和文学判断。

当然，编选和出版“中国小说 100 强”（1978—2022）这套大型丛书，除了上述对文学史、小说史成就的整体呈现这一追求之外，我们还有更深远、更宏大的学术目标，那就是全力推进中国当代文学“经典化”的历程和“全民阅读·书香中国”建设。

从 1949 年发端的中国当代文学已经有了 70 多年的发展历程，但对这 70 多年文学的评价一直存在巨大的分歧，“极端的否定”与“极端的肯定”常常让我们看不到当代文学的真相。有人认为中国当代文学达到了前所未有的高度和水平。王蒙先生在法兰克福书展上就说：中国当代文学现在是有史以来最繁荣的时期。余秋雨、刘再复甚至认为中国当代文学的成就远远超过了现代文学。也有人极端否定中国当代文学，认为中国当代文学都是垃圾。他们认为现代文学要远远超过当代文学，中国当代文学连与现代文学比较的资格都没有。比如说，相对于鲁（迅）、郭（沫若）、茅（盾）、巴（金）、老（舍）、曹（禺）这样大师级的人物，中国当代作家都是渺小的侏儒，根本不能相提并论，两者比较就是对大师的亵渎。应该说，与对中国当代文学的肯定之声相比，对当代文学的否定和轻视显然更成气候、更为普遍也更有市场。尽管否定者各自的角度和出发点不同，但中国当代作家、作品与中外文学大师、文学经典之间不可比拟的巨大距离却是唱衰中国当代文学者的主要论据。这种判断通常沿着两个逻辑展开：一是对中外文学大师精神价值、道德价值和人格价值的夸大与拔高，对文学大师的不证自明的宗教化、神性化的崇拜。二是对文学经典的神秘化、神圣化、绝对化、空洞化的理解与阐释。在此，我们看到了一个非常有趣的悖论：当谈论经典作家和文学大师时我们总是仰视而崇拜，他们的局限我们要么视而不见要么宽容原谅，但当我们谈论身边作家和身边作品时，我们总是专注于其弱点和局限，反而对其优点视而不见。问题还不在于这种姿态本身的厚此薄彼与伦理偏见，而是这种姿态背后所蕴含的“当代虚无主义”。这种“虚无主义”的最大后果就是对当代作家作品“经典化”的阻滞，对当代文学经典化历程的阻隔与拖延。一方面，我们视当下作家作品为“无物”，拒绝对其进行“经典化”的工作，另一方面又以早就完全“经典化”了的大师和经典来作为贬低当下泥沙俱下的文学现实的依据。这种不在同一个层面上的比较，不仅毫无意义，而且只能使得文学评价上的不公正以及各种偏激的怪论愈演愈烈。

其实，说中国当代文学如何不堪或如何优秀都没有说服力。关键是要进行“经典化”的工作，只有“经典化”的工作完成了才有可能比较客观地对当代的作家作品形成文学史的判断。对当代的“经典化”不是对过往经典、大师的否定，也不是对当代文学唱赞歌，而是要建立一个既立足文学史又与时俱进并与当代文学发展同步的认识评价体系和筛选体系。当然，我们也要承认，“经典化”问题是一个非常复杂的问题，并不是凭热情和冲动一下子就能完成的，但我们至少应该完成认识论上的“转变”并真正启动这样一个“过程”。

现在媒体上流行一些对于中国当代文学经典化冷嘲热讽的稀奇古怪的言论，其核心一是否定中国当代文学有经典、有大师，其二是否定批评界、学术界有关“经典化”的主张，认为在一个无经典的时代，“经典”是怎么“化”也“化”不出来的，“经典化”是一个实实在在的“伪命题”。其实，对于文学，每个人有不同的判断、不同的理解这很正常，每一种观点也都值得尊重。但是，在“经典”和“经典化”这个问题上，我却不能不说，上述观点存在对“经典”和“经典化”的双重误解，因而具有严重的误导性和危害性。

首先，就“经典”而言，否定中国当代文学早就不是什么新鲜事，对当代文学的虚无主义态度在很多人那里早已根深蒂固。我不想争论这背后的是与非，也不想分析这种观点背后的社会基础与人性基础。我只想指出，这种观点单从学理层面上看就已陷入了三个巨大误区：

第一个误区，是对经典的神圣化和神秘化的误区。很多人把经典想象为一个绝对的、神圣的、遥远的文学存在，觉得文学经典就是一个绝对的、乌托邦化的、十全十美的、所有人都喜欢的东西。这其实是为了阻隔当代文学和“经典”这个词发生关系。因为经典既然是绝对的、神圣的、乌托邦的、十全十美的，那我们今天哪一部作品会有这样的特性呢？如果回顾一下人类文学史，有这样特性的作品好像也没有。事实上，没有一部作品可以十全十美，也没有一部作品能让所有人喜欢。在这个问题上，我们应该明确的是，“经典”不是十全十美、无可挑剔的代名词，在人类文学史上似乎并不存在毫无缺点并能被任何人所认同的“经典”。因此，对每一个时代来说，“经典”并不是指那些高不可攀的神圣的、神秘的存在，只不过是那些比较优秀、能被比较多的人喜爱的作品而已。从这个意义上说，当今中国文坛谈论“经典”时那种神圣化、莫测高深的乌托邦姿态，不过是遮蔽和否定当代文学的一种不自觉的方式，他们假定了一种遥远、神秘、绝对、完美的“经典形象”，并以对此一本正经的信仰、崇拜和无限拔高，建立了一整套关于中国当代文学的伦理话语体系与道德话语体系，从而充满正义感地宣判着中国当代文学的死刑。

第二个误区，是经典会自动呈现的误区。很多人会说，是金子总是会发光的。但对文学来说，文学经典的产生有着特殊性，即，它不是一个“标签”，它一定是在阅读的意义上才会产生意义和价值的，也只有在阅读的意义上才能够实现价值，没有被阅读的作品没有被发现的作品就没有价值，就不会发光。而且经典的价值本身也不是固定不变的。如果一个作品的价值一开始就是固定不变的，那这个作品的价值就一定是有限的。经典一定会在不同的时代面对不同的读者呈现出完全不同的价值。这也是所谓文学永恒性的来源。也就是说，文学的永恒性不是指它的某一个意义、某一个价值的永恒，而是指它具有意义、价值的永恒再生性，它可以不断地延伸价值，可以不断地被创造、不断地被发现，这才是经典价值的根本。所以说，经典不但不会自动呈现，而且一定要在读者的阅读或者阐释、评价中才会呈现其价值。

第三个误区，是经典命名权的误区。很多人把经典的命名视为一种特殊权力。这有两个层面的问题：一，是现代人还是后代人具有命名权；二，是权威还是普通人具有命名权。说一个时代的作品是经典，是当代人说了算还是后代人说了算？从理论上来说当然是后代人说了算。我们宁愿把一切交给时间。但是，时间本身是不可信的，它不是客观的，是意识形态化的。某种意义上，时间确会消除文学的很多污染包括意识形态的污染，时间会让我们更清楚地看清模糊的、被掩盖的真相，但是时间同时也会使文学的现场感和鲜活性受到磨损与侵蚀，甚至时间本身也难逃意识形态的污染。此外，如果把一切交给时间，还有一个前提，那就是对后代的读者要有足够的信任，要相信他们能够完成对我们这个时代文学的经典化使命。但我们对后代的读者，其实是没有信心的。我们今天已经陷入了严重的阅读危机，我们怎么能寄希望后代人有更大的阅读热情呢？幻想后代的人用考古的方式对我们这个时代的文学进行经典命名，这现实吗？我不相信后人对我们身处时代“考古”式的阐释会比我们亲历的“经验”更可靠，也不相信，后人对我们身处时代文学的理解会比我们亲历者更准确。我觉得，一部被后代命名为“经典”的作品，在它所处的时代也一定会是被认可为“经典”的作品，我不相信，在当代默默无闻的作品在后代会被“考古”挖掘为“经典”。也许有人会举张爱玲、钱钟书、沈从文的例子，但我要说的是，他们的文学价值早在他们生活的时代就已被认可了，只不过很长时间由于意识形态的原因我们的文学史不谈及他们罢了。此外，在经典命名的问题上，我们还要回答的是当代作家究竟为谁写作的问题。当代作家是为同代人写作还是为后代人写作？幻想同代人不阅读、不接受的作品后代人会接受，这本身就是非常乌托邦的。更何况，当代作家所表现的经验以及对世界的认识，是当代人更能理解还是后代人更能理解？当然是当代人更能理解当代作家所表达的生活和经验，更能够产生共鸣。因此，从这个角度来说，当代人对一个时代经典的命名显然比后代人更重要。第二个层面，就是普通人、普通读者和权威的关系。理论上，我们都相信文学权威对一个时代文学经典命名的重要性，权威当然更有价值。但我们又不能够迷信文学权威。如果把一个时代文学经典的命名权仅仅交给几个权威，那也是非常危险的。这个危险表现在什么地方呢？就是几个人的错误会放大为整个时代的错误，几个人的偏见会放大为整个时代的偏见。我们有很多这样的文学史教训。在这个问题上，我们既要相信权威又不能迷信权威，我们要追求文学经典评价的民主化、民主性。对一个时代文学的判断应该是全体阅读者共同参与的民主化的过程，各种文学声音都应该能够有效地发出。这个时代的文学阅读，最理想的状态应该是一种互补性的阅读。为什么叫“互补性的阅读”？因为一个批评家再敬业，再劳动模范，一个人也读不过来所有的作品。举个例子：现在我们一年有 5000 部以上的长篇小说，一个批评家如果很敬业，每天在家读二十四小时，他能读多少部？一天读一部，一年也只能读三百部。但他一个人读不完，不等于我们整个时代的读者都读不完。这就需要互补性阅读。所有的读者互补性地读完所有作品。在所有作品都被阅读过的情况下，所有的声音都能发出来的情况下，各种声音的碰撞、妥协、对话，就会形成对这个时代文学比较客观、科学的判断。因此，文学的经典不是由某一个“权威”命名的，而是由一个时代所有的阅读者共同命名的，可以说，每一个阅读者都是一个命名者，他都有对经典进行命名的使命、责任和“权力”。而作为一个文学研究者或一个文学出版者，参与当代文学的进程，参与当代文学经典的筛选、淘洗和确立过程，更是一种义不容辞的责任和使命。说到底，“经典”是主观的，“经典”的确立是一个持续不断的“过程”，“经典”的价值是逐步呈现的，对于一部经典作品来说，它的当代认可、当代评价是不可或缺的。尽管这种认可和评价也许有偏颇，但是没有这种认可和评价，它就无法从浩如烟海的文本世界中突围而出，它就会永久地被埋没。从这个意义上说，在当代任何一部能够被阅读、谈论的文本都是幸运的，这是它变成“经典”的必要洗礼和必然路径。

总之，我们所提倡的“经典化”不是要简单地呈现一种结果，不是要简单地对一个时代的文学作品排座次，不是要武断地指出某部作品是“经典”，某部作品不是“经典”，不是要颁发一个“谁是经典”的荣誉证书，而是要进入一个发现文学价值、感受文学价值、呈现文学价值的过程。所谓“经典化”的“化”实际上就是文学价值影响人的精神生活的过程，就是通过文学阅读发现和呈现文学价值的过程。可以说，文学的经典化过程，既是一个历史化的过程，更是一个当代化的过程。文学的经典化时时刻刻都在进行着，它需要当代人的积极参与和实践。因此，哪怕你是一个对当代文学的虚无主义者，你可以不承认当代文学有经典，但只要你还承认有文学，你还需要和相信文学，还承认当代文学对人的精神生活具有影响力，你就不应该否定当代文学经典化的重要性。没有这个“经典化”，当代文学就不会进入和影响当代人的生活，就失去了存在的意义。每一个人，哪怕你是权威，你也不能以自己的好恶剥夺他人阅读文学和享受文学的权利。

从这个意义上说，当代文学的经典化当然是一个真命题而不是一个伪命题。在一个资讯泛滥的时代，给读者以经典的指引是文学界、出版界共同的责任，而这也是我们编辑出版这套书的意义所在。

最后，感谢张明和张英先生为本套书付出的辛劳，感谢北京立丰天文化传播有限公司、北京金圣典文化有限公司的资金支持，感谢全体编委和北京联合出版公司各位编辑，感谢所有对本套丛书的出版给予大力支持的作家和他们的家人。

是为序。

吴义勤

2022年冬于北京

目 录

Contents

第一章　黑夜守望

1

只有吃饱了胀死的人——

父亲用力说完这几个字，便开始进入弥留状态。

陈东风唤了几声，见没有反应，心里就紧张起来。母亲生下他后，不等他过完三岁生日便突然死去。母亲死时，陈东风什么也不明白，见父亲抱着湿淋淋的母亲号啕大哭，他习惯地叫了声：我要吃奶！往后的很多年里，这一带的人都在传说这个故事。尽管多数人对这三岁男孩的名字说法不一，故事中真实的人始终是陈东风。三岁的陈东风叫过饿以后，光着脚走到母亲身边，撩开她的衣襟，抓起一只乳房就吮吸起来。他趴在母亲胸脯上时，父亲的哭声忽然停止了。陈东风叼着奶头扭过脸来看了一下父亲，他发现父亲泪汪汪的瞳孔里也有一只又肥又白的乳房。陈东风吸空了一只奶正要站起来，父亲哽咽着说，再吸一只，以后就没有吸的了。母亲的奶水是突击坡的女人中最多的。三岁的陈东风食量已经很大了，也只能吸空一只乳房就叫吃饱了。母亲奶水的充足主要得益于父亲。父亲是突击坡男人中最会干活的，无论什么季节，除了干完生产队里的农活，总能抽空到小河里抓几条小鱼或者上山捕一两只小动物，拿回家让母亲弄熟了吃。陈东风捧起另一只乳房后，慢慢感到那奶水的滋味与先前不大一样，先是嘴里冰凉冰凉，然后又出现一种浓烈的腥味，他有些生气地咬了一下嘴里的奶头。见母亲没动静，他便逐渐加大力气，直到由于用劲太大身子发生抽搐，母亲依然静静地一动也不动。父亲上来将他拉开，他心里还大惑不解。后来，外婆家的人到了。父亲又开始放声大哭。在一片哭声中，陈东风不断地听到死，以及与死有关的话题——包括水塘。他断断续续地听出来，母亲是早起出门到水塘边洗衣服时失足掉进水里的。当时她正将洗净的衣服装进竹篮，连棒槌都放进竹篮里了，在她挺直身子时，忽然轻轻歪了一下，人便落入水中。母亲死后手中还死死地攥着一把钥匙。父亲说，当时他正在屋后的菜地边砌石岸，想增加一畦地，才没有听见动静，如果不是在屋后，无论在哪儿他都能听见母亲最后的呼叫。外婆将陈东风搂在怀里，唉声叹气地解释，认为这一定是蹲久了，猛地往起站时，血气跟不上去，脑子空了，惹得头发昏脚发麻，自己管不了自己的身子便倒了下去。父亲将母亲头天夜上做剩下的针线活拿给外婆看：有父亲那补了半截的裤子，有陈东风那只差几十针就要完工的小衣服。外婆看着那些没做完的活儿，心疑地问家里是不是发生了什么事，不然，她的女儿绝不会将这点活儿留到第二天。父亲脸色有些红，支吾地说是他不好，硬要拖她上床睡觉。他不该让她太受累了。外婆听后不再说话，默默地听着父亲对她说丧事准备如何办。陈东风并不记得自己曾在母亲出殡时，不时地弯下腰去捡路上那没有炸响的鞭炮！他的堂兄陈西风，高中毕业回家种田时，曾写过一篇散文发在省报上，后来还获了奖。文章写的就是他的事。当时，陈东风正在上小学一年级，老师在班上念了这篇散文，同学都明白写的是他，他因此一直不喜欢陈西风。陈东风只记得棺材合盖时，父亲趴在棺材上哭，从此再也见不着母亲了自己该怎么办。母亲下葬时，坟丘堆得很小，三朝那天，父亲领着陈东风去上坟，他看见母亲的坟一下子长高长大了好几倍，新鲜的黄土堆得如同一座小山。父亲在坟前烧纸钱，陈东风无事可做，竟躺在坟堆旁边的草丛中睡着了。在梦中他又看见母亲两只又肥又白的乳房。母亲躺在一处荒野上，奶汁流成一条汩汩的小河。父亲后来告诉他，他当时在草丛中翻来滚去，嘴里不停地叫喊，我不吃饭我要吃奶！陈东风第一次趴在母亲坟上大哭则是十几年以后的事。那一年他十七岁，那一天，一个名叫方月的突击坡姑娘出嫁到城里。方月的丈夫就是陈西风，两人年龄相差正好也是十七岁。那一天早上，陈东风看见县阀门厂的一辆东风货车轰隆隆地驶到方月家门前，车上下来的一群人，口口声声地说，他们是来接厂长夫人的。方月的家人都是眉开眼笑的，一个个忙不迭地招呼人将嫁妆往车上抬。陈东风以为方月一定不高兴去给死了老婆的陈西风作填房，因为这一切都是她父母强行包办的。陈东风推说肚子疼没有去上学，非要看到方月的愁眉苦脸才放心。正午时，陈西风坐着一辆桑塔纳轿车回来，后面还跟着一辆一模一样的桑塔纳轿车。陈东风好不容易等到方月被伴娘挽着走出来，谁知方月竟没有丝毫不高兴，脸上反倒漾满幸福的如愿以偿的笑意。方月一笑，陈东风便呆了。眼睁睁看着两辆红色的桑塔纳轿车在旋风中飘然去远，他一个人跑到母亲的坟上哭得死去活来。陈西风和方月家是同时办的酒宴，父亲去了陈西风家，将方月家留给陈东风。他本不想去，但不知怎么还是去了，并喝了不少酒，没等出方月家大门，人就醉成了一摊烂泥。醒来时才发现自己睡在方月的闺房里，他一伸手就摸到一根长长的头发。方家人进来看时，他又装作睡着了。天黑以后，父亲来接他。他闭着眼睛听见父亲请方月的母亲帮忙留个心，有合适的姑娘就给介绍介绍，东风也到谈婚嫁的年龄了。方月的母亲则开玩笑说，自己若再有个女儿，一定会许给东风。陈东风睡在方月的床上不肯睁眼，父亲弄不醒他便想将他背回去。好不容易将他弄到背上，又不得不放了下来。父亲叹口气说自己背不动儿子了。父亲的衰老应该是从这一刻开始的，或者说，陈东风是在这一刻里发现这个秘密的。陈东风独自在方月的床上睡了半夜后，浑身上下开始燥热起来，他想到陈西风的新房里这时候客人一定走光了，陈西风一定开始对方月动手动脚了，方月真的那么乐意像小猫小狗一样偎在这个大她许多的男人怀里吗？陈东风找不到答案，他再也睡不下去。翻身下床，开门就往回走。进屋后，却没有见到父亲，他懒得去找，倒了杯水喝下去定定心气，忽然听见屋后的山坡上有动静。陈东风出门绕到屋后，一见那身影就知道是父亲。父亲手中的锄头举得很高，落下时却不怎么有力，锄头与沙石相碰撞时产生的火花也很微弱。父亲这时刚刚五十岁出头，正是好干活的年龄。然而，陈东风又一次感到父亲已经衰老了。他走拢去问父亲，这晚了挖这山地干什么。父亲说他想多种一些茯苓。陈东风觉得家里的日子已经不错了，劝父亲不要太劳累。父亲扶着锄头歇了一会儿，朝着月亮憧憬地说，要在陈东风满二十岁时，为他盖一所新房子，然后就再用一年的时间为他找个好妻子。父亲特地补充一句说，一定要找一个同方月一样好的姑娘。陈东风知道父亲已看破自己的心事，红着脸往回走。睡在自己床上时，陈东风想起了方月床上那根长长的头发。父亲回来时他还没睡着。天一亮他就去敲方月家的门，他谎称自己的钥匙可能掉在方月的床上，进屋去装模作样地找了一番。方家的人一直在旁边站着。陈东风分明看见那几根长发仍在枕边，却没有勇气拈到手里。后来他不得不又一次说谎，说自己需要一个手电筒或者火柴，看看钥匙是不是掉到床底下了。方家人转身拿来一盒火柴，陈东风趁空将两根长发捏到手心上。此后陈东风一直想买一本好书，将两根头发夹在里面。他在学校旁边的书店里挑了几天，最后选中了法国作家左拉的《萌芽》。现在，那本书就在自己的枕边上放着。方月是“三八”节那天出嫁的，三月十日三朝回门。这天学校里搞单元测验，所有学生都不准请假，陈东风怎么也集中不了精力，试卷做得一团糟。天黑以后，陈东风回到家中想从父亲嘴里听到一点消息，可是父亲只顾吧吧地抽着旱烟，全神贯注地摆弄那根烟管，一会儿往里添烟丝，一会儿又啪啪地往外磕烟灰，就连学校考试的事也不开口问一声。然后开始吃饭。父亲吃饭速度之快是很少有人比得上的，如果没有酒，三大碗饭下去绝对不需要五分钟。这种习惯是母亲去世后形成的，为了多挤出些时间来干活，他几乎完全放弃了咀嚼食物时的那份享受。父亲总是在省下来的那些时间里，分别干完喂猪、洗衣服、挑水和扫地等家务事，因此那些来家里的陌生人总不相信这所屋子里没有女人在操持。从前住的那三间老屋里，没有一处不是打扫得干干净净的，而且正厅的墙上贴满了各式各样的奖状。奖状的样式虽然不一，文字几乎是一致的，每一张上都少不了“劳动模范”四个字。那些由奖状联系起来的连贯岁月，在搬进新屋之前两年中断了。父亲第一次空着手从村里的年终总结会上回来时，脸色苍白，他望着墙上那一大片陈旧的奖状，喃喃自语，说怎么将劳动模范改成赚钱模范了呢！隔了好几天，陈东风一早起床，看见父亲捡了一筐还在冒热气的猪粪，一边往粪堆上倒一边说，你母亲最喜欢我的奖状，今年没拿回奖状，她一定认为我变懒了，我死了还不好同她讲清楚……

父亲嘴角动了一下。

陈东风以为父亲要说什么，赶紧将耳朵贴过去。

听了一阵，一丝声音也没听见。他忽然觉得，一定是父亲看见母亲站在那高高的坟丘上招手迎接他了。

2

黄昏时，天上下起了小雨。

水电站还没有送电。

陈东风点起一盏油灯，屋里亮了一些，外面却更黑了。灯光下的父亲，脸色蜡黄，头发蓬乱，胡子也有一寸多长。母亲死时他太小，一点也记不得人死之际要为其做点什么。别人家死人，除非出殡，父亲总不让他去看热闹。父亲总说人死如灯灭有什么好看的。陈东风觉得的确如此，十七八岁的姑娘来到办丧事的人家，不让笑，不让大声说话，不让唱歌，甚至连鲜艳一点的衣服也不让穿，实在是没有好看的。看着父亲的面容，陈东风总算想到必须马上找一个剃头匠来为父亲整理一下仪表。

陈东风拉开门，在雨中小跑一阵，然后在一扇大门前站住，大声叫方豹子。叫到第四声，方豹子从门缝里钻出来问是谁叫他。等搞清楚是陈东风后，方豹子便叫他进屋坐坐别在雨里站着，像个大干部一样不肯进小百姓的门。陈东风说，我父亲不行了，你摸黑帮忙，替我找个剃头匠来。方豹子连忙啊了一声说，我拿把伞就去找。

陈东风转身刚走几步，方豹子隔壁的门开了。方月的母亲出现在门口，大声问，东风，你说谁不行了？陈东风说，没有谁，是我父亲。

方月的母亲便立即哽咽起来，不成句地说，这么好的人，才五十多岁，怎么说不行就不行，连一点指望也没有了吗？陈东风说，我怀疑他是癌症。方月的母亲这时已哭出声来。

陈东风正不知如何是好，方月的父亲在屋里骂起来，哭你娘的头，你是哭我不该没早死是不是？方月的母亲小声分辩说，我是那么狠心的女人吗？方月的父亲说，我死时你一定不会哭只会笑。方月的母亲说，求求你，别自己咒自己。

人一死万事方休。陈东风听见一处窗户里有人极深奥地叹息。

回到屋里，他顾不上擦去身上的雨水，先去父亲屋里伸手试了试父亲的鼻息。他明确感到手掌上有一丝热气在吹拂，这才放心地进到厨房里给自己弄点吃的。天下雨，松毛针有些发潮，划了三根火柴才将松毛针点燃，刚塞进灶膛里，又熄了。反复两次都没成功，陈东风起身到自己房里，想找一张废纸助燃。无意之中，他又触到那本《萌芽》，便忍不住翻开，看着夹在 516 页和 517 页之间的两根长发出神。

外面刮起了风，屋脊被吹得呜呜直响。

陈东风莫名其妙地想着一个问题，县城里也刮大风下大雨吗？

方豹子忽然在外面叫门。陈东风放下手中的书，开了门让他进来。见方豹子身后无人，他忍不住探头看了看雨夜，然后问，怎么就你一个人，剃头匠呢？方豹子说，我这就去！又说，我是来拿手电筒的。陈东风说，你不是有把新的吗！方豹子说，我拿着正要出门，被老婆夺了去，说是帮人跑夜路就得用人家的手电筒。她心疼电池，一年之内涨了三次价。陈东风从枕边拿手电筒时，顺便让手指从《萌芽》光滑的封面上滑过。

手电筒在方豹子手中晃动一下，射出一道雪白的光柱。方豹子说，是上次同我一道买的，还是又买了新的？陈东风说，上次买的。方豹子说，你可真会节省，我那婆娘夜里放个屁，也要用手电筒照。

方豹子走后，屋里又变得寂静无声。

陈东风将灶火燃起来，往锅里放了一瓢水，却不知弄点什么吃。想了一阵，才决定煮一碗面条。他打开后门，摸黑到菜园里掐了几根葱，他抬头看了看，整个突击坡一片漆黑，只有几处窗户透着昏黄的灯光。面条煮好以后，陈东风来到父亲床前，虽然明知不会有回答，还是机械地问，爸，你想吃点什么？父亲一个星期以前就水米不进了，可他仍然要每天问上三次，不如此就觉得心里难受。父亲没有回答。他便说，你不想吃，那我就先吃了。父亲依然不会回答。

回到厨房，陈东风将面条盛进碗里扒了两下，觉得一点胃口也没有，便想要点辣椒酱。打开碗柜，这才想起辣椒酱又吃光了。父亲发病一个月，他已经吃了四瓶辣椒酱。没有这辣东西，他就吃不下去饭。

陈东风开了门，又去方豹子家。听说是借点辣椒酱，方豹子的妻子忙说没有，她说方豹子是个辣椒虫，有事没事总爱弄一口尝尝，就是开一座酱厂也供应不上。她小声告诉陈东风，隔壁方家有上好的辣椒酱。

陈东风犹豫了一阵，才拿定主意去敲方月娘家的门。

敲了两下，又叫了两声，方月的母亲终于出来了。陈东风不好意思地小声说，我吃不下饭，想借点辣椒酱开开胃。方月的母亲叹口气，什么也没说，转身往里屋走。这时，方月的父亲在房里问，谁来了？方月的母亲说，隔壁的，借点盐。方月的父亲哼了一下没有再问。一会儿，方月的母亲抱着几个瓶子走出来，小声说，这是月儿上次带回来的，两瓶蜂乳你爸能喝就给他喝，不行你就喝了，别把身子耽误了。辣椒酱是湖南产的，特别辣，可能管的时间长一些。说着，她提高嗓门说，谢什么，一点盐就别还了，现在不比过去，一匙盐算什么。

陈东风回到家里，一试那辣椒酱，果然味重，三下两下就将一碗面送进肚子里。不吃快不行，那辣味叫人受不了。让陈东风简直无暇联想到方月或别的什么。

陈东风将蜂乳拿到父亲房里，对着父亲的耳朵说，这是方婶送给你的蜂乳，你想尝尝吗？他看见父亲的嘴唇哆嗦了一下。他又问了一句，你想喝点吗？父亲没有作声。陈东风用汤匙装了一点蜂乳，送到父亲嘴边。然而，父亲双唇紧闭，任凭蜂乳在脸上缓缓流过。

蜂乳的流淌很慢。陈东风用舌头在汤匙上舔了舔，一股清甜立即溶进全身。他忽然想到，方月结婚三年了，怎么还没有生孩子呢？

3

剃头匠来之前，陈东风在父亲的床前一坐就是好几个小时。油灯里的油快烧干了，在窗外的风声暂时停歇的瞬间，发出一种吆吆的声音，极像是父亲在轻轻地叹息。陈东风很愿意这是父亲的声音，他已有十个小时没有分辨出从父亲的生命中发出的声音或动静了。高空风继续猛烈地刮着，一阵一阵的，能清楚地听见它是从荒凉的山冈上向突击坡扑过来的，像千军万马冲过来一样的脚步声。开始时很急促很尖锐，但很快就有一个停顿，这是因为它们从山冈上猛刮过来时，顺坡而下冲得太快，一下子栽到山下的河床中，不得不翻过身打个回旋，让风头重新昂起来。随后的声音就比较平缓，几百亩的田野上，庄稼长得正旺，绿油油柔软地铺在风的身子下面，颇像男女交合那样，激荡酣畅又充满柔情蜜意。几年前，一到刮风的季节，父亲便熄了灯，和衣偎在床头，整夜整夜地听着这生命流淌的声音，每当听到这一节时，父亲总是反反复复轻轻唤着两个字：玫——瑰。陈东风并没有把握确定父亲唤的就是这两个字，他觉得也许是另外两个字：梅——桂。如果是后两个字，他相信这一定是女人的名字。果真如此，陈东风又有拿不准的了，它究竟是一个叫梅桂的女人的名字，还是一个叫梅、一个叫桂，两个女人的名字？母亲的名字里面是有一个梅，那么“桂”又是谁的呢？突击坡那些与父亲年纪般配的女人，下辈人很少知道她们的名字。吹过了那一大片田野，风声忽的一下就没有了，因为它们遇上突击坡前面的一道黄土冈。黄土冈像翘板一样，一下子将风撩向高处，待再落下来时，刚好擦过突击坡人家的瓦脊，呜呜地干巴巴叫上一阵，却怎么也落不到地上。

现在，风又开始从山冈上往下冲了。

电还没有来。外面很黑，像是一个揭不破的谜语。风是小孩，猜了半夜还没猜出来，便急得哇哇乱叫，既是撒娇，又是耍赖。

黑夜之中究竟藏着多少秘密，突击坡一概不顾不管，只顾在风声中呼呼酣睡。

陈东风终于让身子动了一下，他将父亲的旱烟管添了一撮烟丝，然后放到父亲的鼻尖下面。他说，这是上好的烟丝，别舍不得抽。房子已经盖好了，娶媳妇的事我自己想办法。过了一会儿，陈东风将烟管拿回来，磕下烟丝，换上一锅新的。他一锅锅地换下去，一直换到第十锅。父亲倒床不起后，总是抽够十锅就歇下来。

这时，电灯唰的一下亮了。突击坡小小地骚动一下，随之又安静下来。陈东风下意识地欲吹灭油灯，又猛地止住，回头看看父亲，心里忍不住阵阵酸楚。家里有人病重，屋里的灯是不能吹灭的。父亲刚病倒时，还满怀信心地说，最多三五天就能好，连药也不用吃，回头种完这一季茯苓，他就张罗给儿子娶媳妇，明年这个时候他就有孙子抱了。到了第五天，父亲硬是撑着从床上爬起来，上到后山，将茯苓地四周的排水沟疏通一遍。这是他最后一次劳动。父亲拄着锄头一边大口喘气，一边对陈东风说，人活着就要劳动，能劳动才能说是活着。父亲一生中没有懒过一天，能说出的经验却只有一句话。这句话也的确像是父亲在作自我总结。一回到家里，父亲如同耗尽所有精力一样，再也没有离开枕头，站到地上。

方豹子终于回来了，他一进门就大声咋呼，这路又远又难走，两节新电池都快用光了。方豹子将手电筒朝墙角上照了照，果然只有一点暗红光亮。

剃头匠在门外收了雨伞，往里走时，方豹子介绍说，师傅姓马，住在冈那边，离这儿有十几里路。

陈东风忙给他俩递香烟倒茶。剃头匠马师傅到里屋看了一眼，回头吩咐陈东风烧一锅热水。陈东风连忙照办。他蹲在灶后面，方豹子凑过来说剃头匠马师傅如何的难请，他先跑了两家，那两个剃头匠都不肯来，任凭方豹子怎么说没问题人一时半刻死不了，只是病久了样子难看，才想将胡子头发剃一剃，理一理。剃头匠却认定这么晚来请，肯定是人已不行了，他们不会上当受蒙蔽。方豹子无奈只好跑第三家，马师傅开始也不肯来，他倒不是为了别的，主要是年纪大了，外面又在刮风下雨，恐怕路上摔跌。后来，方豹子说出了陈东风父亲的名字，马师傅吃了一惊，说陈老小那么好的一个人，才五十多岁，怎么这样快就要走呢！他一边答应来，一边说，换了别人哪怕县长省长他也不剃这个头。方豹子说，可见你父亲口碑极好，你也大方一点，回头完事时，多给他一些工钱。

陈东风点头时，马师傅踱了进来问，老小初起病时，请医生看了没有？陈东风说，一开始就请镇上的医生看了，说是风寒，就没当回事。后来病重了抬到县里，一下子就变成了癌症。马师傅问，确诊了没有？陈东风说，没有，只照了一下B超，B超说是的，肺上有一大块阴影。医生让做进一步检查，父亲不让，说他自己知道，肺是叫烟熏的。医生也没勉强，说是癌症，确不确诊都是死，不是癌症，确不确诊都死不了。于是就回来了。

方豹子不想听他们说话，在一旁打瞌睡。

见水已烧热，马师傅用脚尖将方豹子弄醒，让他给陈东风帮忙。陈东风将热水舀到脸盆端进房里。马师傅正在往外拿刀剪和推子，并要方豹子用被子将陈东风的父亲上身垫高一些。

父亲身子很沉，凉凉的。陈东风倒没事，方豹子乍一接触时，双手像摸着蛇一样缩回去。

马师傅拿着刀子伸到病人面前比试了一下，说，没事，还能照见影子呢！陈东风和方豹子果然都从那镜面一样的刀片上看见了人影。

两个人费了好大劲才将陈东风的父亲摆好姿势。马师傅走拢去，从口袋里掏出几张纸钱，塞进陈东风父亲的口袋里。方豹子要拦他，说人还没断气，怎么能给纸钱呢！马师傅说，万一一边做时一边就断气了呢？方豹子还想说话，陈东风没让他再说下去。

放好纸钱，马师傅冲着病人说，陈老小，好兄弟，待会儿我要是手重了，不小心让刀子割着你，可别怪我。你这活儿难做呀，你要的是一劳永逸，这次做了要管永生永世。而且，你福气高，躺在床上不动，我这个下贱人要爬上爬下地照应你。往常你只是坐着，因为你的福气到了，我也只好认了。可我是六十多岁的人，比你整整大十岁，从年纪上看，我也不会有意得罪你，扎一下，碰一下，你宰相肚里能撑船，多包容老伙计一点。说完话，马师傅爬上床去，半趴半蹲地摆好姿势，陈东风和方豹子伸出双手，分别支住他的腋窝和腰肢。

推子一下一下地咔嚓作响，剃头匠马师傅不停地同陈东风的父亲说着话。他说，老小哇老小，你这一生就这么个坏脾气，不爱理发剃头。那一年在西河水库工地上，你当突击队长，手下三十多人，全学着你，三个月不登我的门，一个个长得像是八十岁的老头子，胡须头发真能一把抓，你当时说的一句话全县的人都晓得，你说大坝不修好就不找剃头佬。梅兰芳蓄须明志为抗日，你蓄须只是想多干点活。可现在的人，一个星期上一次发廊，搞得油头粉面的，就是不想心思干活劳动。我的几个徒弟，在城里开发廊都发了财。可是，我查遍了古书，古人中从没有过剃头匠能发财的。说实话，过去剃光头的人最能干活，可现在路上跑的那些青皮光头都不是正经人，还有那些头发弄得像女人的男人，那种模样，哪会在干活上下功夫呢？

马师傅换上剪子继续说，那一次，北京来人要拍你们突击队的电影，指挥部命令你们将头发和胡须剪短。结果三十多人都要剃成光头，要不是领导发现早，阻止得及时，我可真要发一笔小财。虽然你们都留了半寸长的头发，可我还是将从你们头上剪下来的头发拿去卖了五块多钱。现在五元钱不值什么，那时可是了不起的收入，我用这五元钱给小儿子找了一个好媳妇。

马师傅又将剪子换成刀子，嘴里依然没有停。他说，哎呀，当官的不喜欢大家说今不如昔，可这个今就是不如那个昔。当年你那么拼命地干，心里图的什么？就图那个披红戴花，开会坐在台上。西河水库大坝那么高，那么长，几个月时间就修成了。餐餐半斤米饭一吃，上了工地人就像老虎豹子一样，板车上的土堆成山，仍然拉着跑得飞。红旗招展，锣鼓喧天，那才叫火热的劳动。现在这叫什么景象，四处冷冷清清，庄稼越种越瘦，田地越种越硬，年轻男人成年累月在外面浪荡，种田的不是女人就是老人，谁会骗人骗钱谁当劳动模范。老小呀，这样下去，我们的人种真要退化哟！前两年有个顺口溜：责任制，好虽好，就是钱眼太大了，都想躺着当财主，精神蔫了不得了。我晓得这是你编的，可没有出卖你，上头问过我，我跟他们胡扯，说这诗写得挺押韵，一定是大诗人创作的。

马师傅突然停住不说，他用剃刀反复照了几下，深深地吸口气，再长长地吐出来。他飞快地在眼前的那张脸上刮了十几下，再用手指在下巴等处试了试，然后示意好了。陈东风和方豹子将陈东风的父亲摆正位置在枕头上放好。马师傅收拾剃头工具，走到床前轻轻鞠一躬，嘴里说，陈老小，好兄弟，你走好，见着弟媳妇代我问候一声。

方豹子一脸狐疑地问，马师傅，他不行了吗？马师傅点点头。方豹子又问，你那刀子照不见他的人影了？马师傅将剃刀递给方豹子说，你们自己看吧。方豹子看了半天，然后将剃刀递给陈东风。陈东风反复照了几遍，果然已照不见父亲的人影了。马师傅说，你父亲的魂已经走了。

一切都在意料之中，陈东风沉默了一阵，转身到厨房给马师傅和方豹子做了些吃的。

方豹子忍不住好奇，问马师傅哪里弄来这么个宝物，可以照见生死。马师傅说是一个和尚送给他的，那时他才十八岁，有一天路过一座庙，一个癞痢和尚要他帮忙剃个头。马师傅答应了。和尚头上的癞痢又腥又臭，他恶心吐了几次，才将那些长在癞痢缝里的稀疏的头发刮干净。和尚没有给钱，却给了他这把剃刀。他用了几十年，一直以为是一把普通刀，只不过钢火好一些，这个秘密他也是前十年才偶然发现。说着话，马师傅深深地看了方豹子一眼。

吃罢饭，马师傅要回去，方豹子要送他，马师傅不肯，还开玩笑说他是不是想抢自己包里的剃刀。方豹子一下子脸红了，说了不少难听的话。马师傅也不恼，笑一笑后，径直走出门去。

外面仍是风雨交加。

马师傅在黑暗中叫了一声陈东风。

陈东风知是有事，连忙跟了去。

马师傅小声说，方豹子近期内必定有灾，搞不好会是杀身之祸，我注意到他映在刀面上的人影，四周都是毛毛的，很模糊。你找机会提醒一下他。这话吓得陈东风身上起了一层鸡皮疙瘩。

回屋时，方豹子问怎么回事。陈东风含糊地说，马师傅说他刚才那话不礼貌，请你多包涵。方豹子说，这还差不多，不然我说不定会真的动手抢了。

陈东风让方豹子回屋休息。方豹子朝门口走了几步，陈东风又叫住他，问他相不相信马师傅刚才说的那番话。方豹子想了一阵仍表示不相信，他认为不管什么匠人，几十年一贯制地做到老，身上就有股妖气。

4

经过一番修剪，父亲的面容显得从容起来。陈东风将旱烟管添上烟丝让父亲用鼻子闻过后，决定打个盹。过去他一直觉得独子好，没有人来同他争抢家里的东西，到这时他才发现哪怕有半个兄弟姐妹也是天大的幸福。从父亲病危起，他一直守在床前，不敢有半点闪失。非要暂时离开，也是三下两下将要做的做了就赶紧回来，他怕父亲断气时自己不在跟前，那样父亲会觉得孤单的，周围的人也会骂他，哪怕别的做得再好也没有用。如果他有亲人，相互替换一下，遇事也有个商量。不是亲人的人可以帮忙，病床前守夜非他不可，突击坡所有的老人都叮嘱过他，夜里好生守护着屋里的灯盏，别让它熄了。

陈东风给油灯添满油，坐在床前的椅子上，眼皮一合就睡着了。

外面风小了，雨却大起来。

突击坡的公鸡此起彼伏地叫了好几遍。

陈东风没有做梦，天快亮时，他猛地从椅子上跳起来，嘴里连连叫着，爸，爸爸！睁开眼睛时，分明看见一个壮实的男人在父亲床前飘然而过，无声无息地走向房门。房门是关着的，但那人却一点阻挡也没有，随随便便地走了出去。那人肩上扛着一把锄头，一件簑衣松松垮垮地披在身上，手里拿着一只箩筐。陈东风怔了怔，连忙扑到父亲床前，伸手去试那鼻息。那鼻息如若游丝般似断非断，让人判断不准。陈东风将手塞进父亲的怀里，正要试试那心窝是否还是热的，窗外强光一闪，电灯猛地发出一片惨白的光芒后，啪的一下熄了，跟着一声巨雷从天而降，炸得屋子窸窣直响。屋一下子暗起来，油灯上的火苗昏昏地战栗不止。外面的风并没有吹进来，陈东风还是站起来，将半掩着的窗户牢牢关上。

灯光照耀下的父亲，发青的面孔有些恐怖。陈东风几乎要拉开房门逃出去，他趴在门上，太想将门闩抽开，最终还是忍住了。不知为什么，他掉了几滴眼泪。他一边掉眼泪一边转过身来，目光在无意中碰上柜顶的一卷纸。陈东风想起来，那是拆旧屋盖新屋时，从旧屋墙上揭下来的奖状。新屋盖起来后，他嫌这些东西又旧又脏就没有重新粘贴在墙上。父亲似乎也将它们忘了，一直没提这些奖状，甚至从搁到柜顶上的时候起，就没再动过它们。

陈东风将奖状取下来，解开捆着的那根线。烟熏火燎几十年，多数奖状都已经发黑，但上面的字迹没有一个认不出来。他一张张地摊开来看，最早的一张竟是合作化时期的。陈东风默默一算，父亲获得第一张劳模奖状时，只有十五岁。奖状上盖的是县人民政府的大印。父亲不止一次对他说，五几年和六几年的劳动模范是何等的光荣啊，那时候，大家是多么的热爱劳动，多么愿意为建设新中国出力呀！陈东风望着这旧奖状，朦朦胧胧地感觉到这些话的含义。对他来说，这样的感觉是平生第一次。

外面的雷电仍在响一阵，停一阵。陈东风忘记了恐惧，他用手抚摸着那张最早的奖状，心里逐渐平静下来，仿佛那奖状中有一双结实的长满老茧的大手在轻轻拍打自己的心灵，虽然有点硌人，可是一下一下都那么实在，没有浮华、虚伪和欺瞒。奖状上有一种温暖，它曾经养护过父亲。

摸了一阵后，陈东风感到手上黏着了什么，他翻转来一看，手掌上有一层黑污。

他心里说，奖状已被污染了。

陈东风又一次用手去摸父亲的胸口。父亲的胸口和他的奖状一样，仍有一种温暖。

陈东风放下心来，他找了一瓶糨糊，将父亲的奖状按年月顺序重新贴在墙上。在他贴完后，退到屋子的另一边观看时，心里忽然有了一种沧桑感。

天亮之后，陈东风听见窗外有一个女人在大声咳嗽。一开始，他并没有在意。后来，他发觉这咳嗽声不大对头，像是在发信号，他打开窗户一看，是方月的母亲。

方月的母亲对他说，你拿上什么到水塘边来，我在那里等你。

陈东风转了一圈见没什么好拿，就将父亲的两件衣服装在脸盆里，拿到水塘边去洗。外面雨已变小了，细濛濛的。陈东风不在乎这点雨，什么雨具也没戴。

方月的母亲拎着一只马桶在水塘边反反复复地清洗着，见了陈东风便问，怎么样，昨夜他熬过来了吧？陈东风点点头。方月的母亲叹口气说，昨夜大风大雨，又是雷又是电，连电灯都震熄了，我以为他熬不住了，可又没有听见你的哭声。陈东风将衣服浸在水里说，我不会哭。方月的母亲说，那可不行，你不哭谁哭？没有人哭，不晓得的人还以为他是个坏人，好人熬不住了时，是一定得有人哭的。陈东风说，我爸和我妈分别这么多年，早就该重逢了，我替他们高兴，只可惜不能带我去团圆。方月的母亲忙说，你这个苕孩子，千万别瞎说瞎想。停了停她又说，我晓得你伤心，都走了，一个人一时不知怎么办，有难处时你就来找我。

陈东风将衣服放在石板上狠狠地搓起来，心里像是有股气。他忍了一会儿，终于还是开口问，方婶，你能不能告诉我你的名字？方月的母亲说，你问这个干什么，女人的名字没有用，一出嫁就丢了。陈东风说，我非常想知道。方月的母亲说，在娘家时我有个名字叫王狗女，难听死了，说是名字恶一些容易养。出嫁后，没人叫这名字了我才高兴。听见方月的母亲名字中没有“桂”或“瑰”字，陈东风搓衣服的劲头一下子变小了。

陈东风主动同她说起话来。他说，昨天夜里，我请剃头匠马师傅来，将我爸的头发胡须修剪了一下。方月的母亲说，我还怕你不晓得做那些事呢！陈东风说，我的确不晓得再做些什么。方月的母亲问，钱准备了没有？陈东风说，现金有四百多块，其余请客时要吃的粮食都已准备好了。方月的母亲说，我不是说这个钱，是那个钱。她用手做了一个抛撒动作。陈东风明白过来说，纸钱？纸钱我可忘了。方月的母亲忙说，这可是万万不能少的，而且要多，到时候一关关地要给转世钱、买路钱和那边大小官员的见面礼钱，直接管他的那些家伙的孝敬钱，还有沿途那些好吃懒做、无家可归的孤魂野鬼要打发，关键是阴阳分界的那座奈何桥，若是在那上面进不能进退不能退，那可太麻烦了，如果钱给得多，有点小问题也能通过，钱给少了，哪怕没问题也可能被莫名其妙地卡上几天几夜，甚至十天半月也说不准。陈东风说，我不信这个。方月的母亲急得将马桶在水塘里摔了两下。她打断陈东风的话，气冲冲地说，你不信不行，你非得这么做，不然就对不起你爸爸。若是真在半路上出了意外，到时可真是没有人能帮助他了。你和西风一样，这不信那不信，就是信钱，把钱当成了万能的。陈东风说，纸钱不是钱吗？方月的母亲怔住了，过了一会儿，竟掉出两串眼泪。她喃喃地说，我这样是何苦呢，人啊，连你的亲儿子都不想尽心尽孝！陈东风也觉得自己的行为有些过分，忙说，方婶，说归说，我回去就马上办。

方月的母亲喘口气，定定神说，寿衣你替他准备了没有？陈东风说，我什么也不懂，什么也不晓得。方月的母亲说，这么说，你一定是没有准备了，这也是万万不能少的，而且马上就得做好。陈东风说，我也马上办。方月的母亲想了想说，家里就你一人，恐怕做不了这许多事，再说你得长守着，出来一时半刻还可以抢抢时间，做寿衣要买布要找裁缝，没有半天是不行的。这样吧，寿衣的事就交给我，我到镇上寿衣店去买，他们不认识我，就不怕让我家那老东西晓得了。不过你得给我钱，我家的钱都被那老东西揣在荷包里，花多少钱都得朝他要。陈东风当即从口袋里掏出六十六元钱递给方月的母亲。方月的母亲弯下腰，将几张票子藏在鞋里。

她直起身子时，见陈东风正盯着自己，不由得尴尬起来，她不好意思地说，那老东西总怀疑我有私房钱，常常出其不意地搜我的身。陈东风说，这么小气的男人，你为什么要同他过。方月的母亲不说话，她用小扫帚在马桶里使劲搅了起来。陈东风总听见突击坡的人在谈论方月的父亲又好吃又懒做，屋里屋外的活儿都归老婆一人承包了，自己搓麻将半夜三更不睡，太阳晒着屁股了还不起床，有事无事还朝老婆发脾气。方月的母亲忽然说，他待我好，突击坡哪家哪户的男人不打女人，可他从没有用指头戳过我一下。再说，他这个样子，离开了我会活不下去的。

陈东风知道这话再也不用往下说了。

突击坡的人都没有起来，只有他俩在野地里站着和蹲着。春雨春风虽然带着不少寒气，却只是在脸上打个旋，偶尔撩开衣襟在某个女人雪白的腰间或男人结实的胸膛上作一回巡抚，并不将寒气往心里送。父亲曾面对这样的气候高兴地说，这是春天的值日官在查看男男女女是不是在做春耕的准备。他见过父亲在田野里用雨水洗着乌亮的脸庞不住地大声叫喊，这样的叫喊总是用一句很粗野的话作为开场白，随后才说，又可以开犁了，再不开犁我可要憋死了。父亲在盘整得像镜面一样的秧田里，扬手抛撒谷种时，总是深情地说，小家伙，憋了你们半年，我比你们还急，好日子总算来了，你们可得为我争口气，出齐芽，长壮苗。春播的时候，父亲总爱随着山顶上唱歌的高音喇叭如虎如豹地乱吼一通。父亲一唱歌，田野上耕作的人群便会爽朗地高声笑起来。这样的景象已经多年不见了。凌晨时分，他在屋里见到的那个人影，确实像父亲这几年春播春耕时的模样。父亲披着蓑衣踩着没膝的肥泥，抓起箩筐里的种子，悄无声息地让它们在泥床上落下来，偶尔抬头看看寂寞的田野上，只有稀落的老人、女人和小孩做伴，那一头头过冬的牛，瘦骨嶙峋惨不忍睹，往日春耕时昂扬喷鼻声已变得像一头猪的哼哧。油菜开花了，紫云英也开花了，黄一片，紫一片，季节依旧，景色依旧。他记得小时候，自己一觉醒来，头天夜里还是灿烂的一片，再睁开眼睛时，已是黑油油的一波撵一波，一阵连一阵犁起的浪涛。现在不同了，眼前的这些紫云英，有一部分肯定会像野草一样任其生长到夏天来临，才会有人和牛懒洋洋地来做一回耕种，然后草草地栽上几根中稻苗，任它长到秋后。他们嫌春播冷，双抢热，种上一季中稻舒舒服服似神仙。

方月的母亲在头里走了。陈东风将衣服拧干，也往回走。回到自家的屋基场上，他听见谁家的门响了一下，心想终于有人起床了。他看了看，见有三个人从旁边的一座新楼里走出来。门口送别的那人大声说，好好睡一觉，晚上再来。陈东风明白，这是麻将散场了。站在门口的那人叫段飞机，这几年村里总是让他当劳动模范，大家都搞不清楚段飞机在外面做什么生意，他自己常说，除了不贩毒，不卖军火，不拐女人，什么都做。这几年他捐给镇上修路、村里办学的钱，总数已有好多万。

陈东风草草弄点吃的以后，趁父亲心口还是热的，赶紧锁上门去买纸钱。快到清明节了，因为怕涨价，大家提前做准备，突击坡卖小杂货的人家，将纸钱卖空了。陈东风只好去公路边，那里有几家大一点的店子。

那段路有差不多两里。由于河上的桥还没有修起来，一般人不愿泡冷水，还得绕上两里，从上游的一座石堰上过河。陈东风要赶急，想也没想就脱了鞋袜。

所幸公路边第一家店子里就有纸钱。谈好价钱后，卖货的女人将一大叠纸钱堆在柜台上。这时，从里面走出一个老头。陈东风见了就叫他段四伯。段四伯问他买纸钱做什么。陈东风告诉他，父亲已经不行了。段四伯不相信。陈东风就将剃头匠马师傅说的一番话，以及父亲现在的情况说了一遍。段四伯忍不住唉声叹气一番。陈东风将钱递给段四伯，段四伯执意不肯收，非要将纸钱送给陈老小。二人正在争执，段四伯的女儿出了个主意，这些纸钱仍算买的，另外再送一份同样多的。陈东风谢过后，拿上两份纸钱仍旧涉水过河。

陈东风走出老远，还听见段四伯在公路边大声喊，要他到时候给个信儿，自己要去送送陈老小。

往回走的路上，陈东风碰见方月的父亲，远远地一副气冲冲的样子。陈东风迟疑一下，他就过来了。听见陈东风的招呼声，方月的父亲也不看他，只是用鼻子哼了一下。陈东风觉察到情况有些不对头。回到突击坡，他在方月家门前站了一会儿，听见虚掩着的门里，有女人嘤嘤的抽泣声。

陈东风叫道，方婶。叫了两声，大门开了。方月的母亲站在门后，问，有什么事吗？陈东风说，我已将纸钱买回来了。方月的母亲说，买回了怎么不快回屋里去！陈东风说，我刚才看见方伯的模样有点不对头。方月的母亲说，你别管他，他这回若真的做得太过分，我也就懒得再照顾他了。陈东风说，是不是我给你的那些钱被他发现了？方月的母亲说，早上我一进屋，他就追问我洗一只马桶为什么要这么长时间，我说马桶不小心漂到水塘里去了，弄了好久才弄起来。他不信，一口咬定肯定有个男人在帮我，不然我是无法将掉进水塘里的马桶弄起来的。我真蠢，不该编谎话。老东西从床上爬起来就开始搜我的身，后来他就将你交给我的六十六元钱搜了出来，没办法，我只好将真实情况告诉他。他疯了，说了许多无理的话。陈东风说，那买寿衣的事怎么办？方月的母亲说，他不让我去，自己拿着钱去了。

陈东风本想问，若是他不肯买而是到镇上喝酒或是赌博去了那该怎么办？看着方月母亲那副痛苦不堪的样子，他有些不忍心开口。

陈东风掏钥匙开了锁，推开门时，一只硕大的老鼠迎面冲过来，踩着他的脚背逃向野外。陈东风吓得汗毛一乍。他瞅着大老鼠钻进一处草堆，消失得无影无踪以后，一个人愣了片刻，这才进屋去。

父亲还是那种老样子，他默默地看了一阵，忽然觉得父亲像是极不甘心地在等待什么。守着弥留之际的父亲，陈东风不知做什么好，甚至开始有些无聊。他又看起了墙上贴的那些奖状，看到一半时，心里忽然有一种朦朦胧胧的东西出现。看到最后一张后，他又从最后一张开始倒退着往回看。他忽然获得了一种生命流动的感觉。一个劳动着的父亲似乎活生生地出现在眼前，他意识到或许劳动是父亲生活的全部意义，而“劳动模范”或许是他的全部精神世界。他由于想到这一点而变得心绪沉重起来，一个人一生的真正意义真是像父亲那样只是为了劳动吗，在劳动之中和劳动之外父亲是否真的享受过生活呢？劳动和模范对于父亲真的是那么至高无上吗？无论怎么猜想，父亲生命的终止是从他那最后一张奖状的获得以后开始的，以后的几年，父亲一直生活得无精打采，完全属于那种用生命去做最后的搏斗，同时内心已明白会是何种结局的清醒的糊涂者。

陈东风想到另一个问题，这许多的奖状是留下，还是仍由父亲带走？他犹豫不决，便想找一个人商量。刚好方豹子进来问情况，陈东风知道方豹子说不出什么，但他还是开口征求意见，方豹子一点兴趣也没有，打着呵欠说了句话，陈东风一个字也没有听清。

陈东风想起寿衣的事，就对方豹子说了方月父母早上闹了一通的事。方豹子认真想了一通后，认为方月的父亲和母亲都没有道理，方月的父亲不该阻止家里的人帮助别人，但方月的母亲也没有理由偷偷帮陈东风的父亲买寿衣。如果没有特别亲近的关系，女人是不应该替男人买寿衣的。陈东风无心同他讨论这个，他要方豹子在方月的父亲万一没有买回寿衣的情况下，随叫随到，再去一趟西河镇。方豹子毫不犹豫地答应了。

吃中午饭前，外面有人敲门。

陈东风伸头一看，正是方月的父亲。

方月的父亲阴着脸走进来，将一包东西重重地放在桌子上。打开一看，正是寿衣，上面还放着一张发票。陈东风说了几句感谢的话。方月的父亲往外走了几步，又回转身来要看看陈老小。陈东风领着他进了里屋。

方月的父亲只在床上扫了一眼，随后的时间都在看那墙上的奖状，陈东风注意到他的脸色出现了缓和。

走的时候，陈东风清楚地听到他小声嘟囔一句，陈老小，你这个老东西！不过从语气上理解，不像是骂人。

5

方豹子被叫过来帮忙。两个人费了很大的劲，才将寿衣穿到陈东风的父亲身上。在穿的过程中，方豹子不停地问，你老人家愿意穿这新衣服吗，若是不愿意就脱下来，东风他不会强迫你穿的。陈东风的父亲毫不理会，却又像是在暗中用力，将脖子、手和腿犟得僵直，非得用把劲才能扳弯一些。好不容易将穿寿衣的事做完，陈东风和方豹子坐在客屋里歇息时竟然有些喘气。

方豹子说，你爸爸像是不大愿意走呢！陈东风叹气说，到了这一步，就由不得他了。方豹子说，也是，寿衣都穿上了，还能真的脱下来不成。陈东风说，不过，若是真能还阳，别说脱寿衣，就是叫我脱一层皮，我也愿意。方豹子说，真亏得你有这份孝心，你们父子多年相依为命，现在只剩下你一个人，往后的日子真不好过。陈东风说，不好过也得过。说着就沉默起来。他心里在想，为何母亲死后，外婆家的人就再也不过来了？

方豹子突然说，你想进城里去找份工作吗？陈东风说，我不想进城。方豹子说，你看人家陈西风进城以后变化多大，连厂长都当上了，过几年一定还要当局长、县长。到那时，说不定还要找一个更年轻的老婆。陈东风不高兴起来，他说，豹子，你别提陈西风好不好。方豹子也有些不高兴地说，他又没伤着你什么，你干吗这么讨厌他。我是准备求求他，到阀门厂去当个工人。

说得没趣，二人就分手了。

陈东风的父亲已经穿上寿衣的消息，在突击坡传开了。男人们一个接一个地赶来看望，对着墙上的奖状说些缅怀的话。按他们的标准来评价，陈老小是劳动模范中的劳动模范。他们也说到另一个人，就是陈西风的父亲陈万勤。不过，他们觉得陈万勤没有保持晚节，不该跟着儿子到城里去享清福。他们同时还对陈老小中年丧妻之后，一直没有心猿意马，忍受着对女人的渴望将儿子带大的精神表示敬佩。

听到后面这些，陈东风不禁在心里为母亲感到骄傲。

通常的情况下，经过这些夸奖，穿上寿衣的人就会知趣地尽快离开人世，唯恐稍有迟缓，就会被人看作是要赖皮。陈东风的父亲有些顽固，穿上寿衣后，又平安地度过了一个夜晚。

第二天早上，那些预备帮忙办理丧事的人过来打探消息。陈东风不好意思地告诉他们，父亲的心口仍然是热的，手贴上去，挺温暖。

挨过中午，陈东风的父亲还是老样子，那一口气总也断不了。方豹子正陪着陈东风在门口议论，到底是什么原因，让老人家如此牵挂不舍。段飞机大摇大摆地走了过来。

段飞机是突击坡第一个腆起福肚的男人。突击坡的人见到他那大腹便便的模样，无不百感交集，理睬他也不好，不理睬也不好，于是，大家就拼命地同陈东风说话。

父亲肯定要死，又总也不肯断气。弄得陈东风见人都有点低三下四，见了段飞机，也不得不主动同他打招呼。他叫了一声飞机哥。七嘴八舌说话的人忽然都不说话了。

段飞机进屋去看陈东风的父亲。他没有像别人那样对墙上的奖状表示出某种兴趣，而是坐在床沿上，拿起那只毫无生机的手，将自己的几个指头压在其腕部上，随后又用手指掀起两块耷拉着的眼皮看了看瞳孔，最后再用大拇指在上唇的中间用力掐了一下。做完这些，段飞机再次拿起陈东风父亲的手腕试那脉搏。围在门口的人们见他极内行地做出这些只有高明医生才能做出的动作，全都安静下来，等着段飞机说出惊世骇俗的什么话来。

等了十几分钟，段飞机终于从床边站起来，用手拍打几下屁股，不紧不慢地说，他一定是有什么事放心不下。

段飞机这话让大家有些失望，因为这一点他们早就估计到了。

段飞机又说，往年这个时候，田里已经开犁了，今年却还没有动静，老小叔一定在挂惦这个。不信的话，东风你去向他表个态。陈东风正在犹豫，旁边的人都催促起来。陈东风只好上前去，对着父亲的耳朵大声说，爸爸，你放心好了，我明天一早就下田开犁。才几秒钟，屋子里就响起一声沉沉的叹息。

大家散去时全都默默无语。

下午，太阳从云缝里出来了，突击坡上上下下到处都泛着新光。被春雨洗去的冬天污浊还在顺着水沟和小溪漂浮，田野上绿也肥，黄也肥，就是不见红瘦。

陈东风从牛栏里扛出犁具来到自家稻场上整理时，吃惊地发现，家家户户的门前都有男人在整理犁具，女人们则在一旁兴奋地走动，准备随时听候男人的派遣。大家都在高声说话，议论今年应当种什么品种的水稻，还一点点地计算各种水稻播种面积。

陈东风正和方豹子说话，方月的父亲隔着一块晒场问起相同的问题。陈东风回答说，按照去年父亲种的面积，一分不减，种的品种也一样不改。方月的父亲提醒他，买稻种和化肥农药时一定要多个心眼，别吃亏上当，买了假货。

一旁的方豹子忽然大声说，飞机，你也打算下田了？远远地，段飞机的声音飘过来，好几年没扶过犁了，过过瘾，看技术生疏了没有。方豹子说，那你不再打算花钱买粮吃了？段飞机说，还是自己种的粮食好，吃起来香。

天黑之前，突击坡多了一种热闹。先是孩子们抱住一只酒瓶到各处杂货店买酒。有嘴馋的买到酒后忍不住在路上偷偷喝了几口，没等回到家里便显出了醉态，小腿小身子的踉跄格外逗人。大家都忍不住在自家门口冲着小醉鬼乱吆喝，说他走错了路，让他一会儿向东一会儿向西，再让他向南又向北，直搞得他再也认不出回家的路。小孩们则围上去，憋着嗓子学着大人腔，男的冒充爸，女的冒充妈，逼着小醉鬼开口叫，小醉鬼有的叫了，有的则说，你是我妈，那我要吃你的奶，边说边要抓那女孩，女孩则咯咯地笑着逃到男孩们的身后躲起来。男孩不躲，反而松开裤腰露出半边屁股，大叫奶在这儿，快来吃呀！

闹到后面，总是由大人出来收场，没有谁对自己的儿子真的动怒，当面骂了几句后，拿过酒瓶自己先尝一口，然后笑眯眯地将酒瓶和小醉鬼一齐拎回屋里去。

黑夜来临，碗盏一响，浓郁的酒香就在突击坡弥漫开来。这个夜晚格外地长，虽然窗户里的灯光早早熄了，但各种各样酣畅欢愉的喘息与呻吟许久也歇不下来。

陈东风拿上两个酒杯来到父亲房里，斟上酒以后却不知说什么好。他自己喝了一杯，又代父亲喝了另一杯。还有一小杯辣椒酱，他用筷子蘸着一点点地放进嘴里品尝。陈东风没有感到辣，却有一种浓浓的酸楚塞满心窝。

天上的云已散尽了，但星星并不多。这是春夜，陈东风曾经不明白春夜的星星为什么没有夏夜里繁荣。他问过老师，老师没有回答。是父亲告诉他，春天是播种的时候，星星也不例外，天上的人也要劳动，经过劳动星星才能茂盛、才能丰收。

黎明时分，陈东风听见外面有人轻轻地敲门。他问是谁却听不见答应。开门后才发现是方月的母亲。

方月的母亲苍老了不少，她怯生生地说，我来看看你爸爸。陈东风正待要问她凭什么这么偷偷摸摸地来看一个垂死的男人，方月的母亲已经钻进屋里了。

油灯嗞嗞作响，屋里安静极了。方月的母亲局促地问陈东风，他心口还是热的吗？陈东风点头，看着她眼眶里出现白花花的一片，他心里有些软，忍不住说，你自己摸摸看。方月的母亲刚抬起手，又突然缩回来。

陈东风见此情景便说，你坐一会儿，我去准备下田的东西。

陈东风从前面出去后，又从后门钻进屋里。他悄悄地贴近门缝，看见方月的母亲已将一只手放在父亲的心窝上。

方月的母亲一连唤了几声，老小，老小，我来送你了，我晓得你是在等我来。那个人把我盯得太紧，让你多受这几天苦。你也别怨，这全是命，命让人有情无缘，有缘无情，不过总比无缘无情要好，总比两个人走在路上看一眼，又各自东西互不相识要好。我是认了，不然怎么会在那一年碰上你，不然又怎么会让我们都找上一个不错的另一半。你要是不认，现在就开口说一句话，然后我们再一起比赛着看谁熬得过谁。她抹了一把眼泪，继续说，现在我来送你，是想你走时没有怨恨，像我们这种没有名分的关系，说出去会让外人耻笑几生几世。我想了几天，才决定来。你一定要理解我，这种事若让那个人晓得了，他会受不了的。别的东西我不能送，让你带到那边，反而多一个累赘，你妻子见了会以为你干了什么不道德的事。老天爷做证，这是我第一次挨你的身子。我只给你这些纸钱，你带上，该花的大把花，不够了就托个梦给我，我再给你送。

陈东风看见方月的母亲将一叠叠纸钱塞进父亲的腰里，知道她要出来了，连忙从原路回到稻场上。一会儿，方月的母亲从屋里出来，迎着风，她理了理自己的黑发，脚下一步也没停，一边走一边对陈东风说，你那天的话错了，我后来一直想告诉你，纸钱不是钱，它是情义，是道德，是痛到骨子里时的安慰。

方月的母亲匆匆走后，陈东风一个人站在稻场上细细品味她说的那番话。正想时，身后有动静，他回头一看，是方月的父亲。

陈东风想不通他是从哪儿钻出来的，自己没有看见他，那他一定是有意躲藏在哪儿。

方月的父亲主动上来搭话，这么早就准备下田？陈东风说，你比我起得还早呢！方月的父亲说，不起早不行，再不开犁，季节就迟了。

他说话很平静，似乎对刚才的一切全然不知。

太阳出山之前，田野上出现了十几头牛，十几具犁和十几个人，一声声吆喝、一声声鞭响在山谷中一阵阵回荡。闲了一冬的田醒了一般开始翻身了，锈蚀的犁铧转眼间就被磨得雪白，轻风中有一阵阵绵绵不绝的咔嚓声，那是板结的泥土被犁铧撕开的声音，尽管它很轻，人们还是感觉到了。喜欢昂头的黄牛和习惯低头的水牛，闻着那被封闭一冬的泥土的芬芳，不时响亮地喷着鼻子。

陈东风喜欢回望自己家那被粉刷得雪白的小屋。

有一刻，透过窗口的那盏油灯忽的一下熄灭了。

一串泪水哗地涌出来，顺着脸庞溅落在刚刚被犁铧翻起来的黑黝黝的泥土上。他奋力挥起鞭子，同时嘴里发出一声长长的吆喝。

吆喝声飘落在山边的公路上，惹得一辆红色桑塔纳轿车嘀嘀叫了两声。隔壁田里的方豹子和段飞机异口同声地叫道，陈西风回来了。

6

红色桑塔纳轿车停在方月家的稻场。

方月的母亲望着围绕稻场转了一整圈的深深车辙，心里颇为不快。她估计重新弄平它，又要花费自己半天的时间。陈西风上前来叫了一声妈。她有点勉强地笑着将他让进屋。

这天早上，陈西风一直同方月的母亲谈论，陈万勤在县城里碰见陈老小的事。陈万勤是陈西风的父亲，跟着儿子在县城里生活。陈万勤年纪大，不时有看花眼的事情发生。让人大为蹊跷的是，方月也在县城里碰见陈老小了。

陈西风说，陈万勤是昨天傍晚在自己家院子里遇见陈老小的。当时家里的电视机正在播送本县新闻。陈万勤不知为何从不看本县新闻，尽管陈西风在吃晚饭时已经同他打过招呼，说是今晚的新闻里面有自己的几个镜头，陈万勤依然是看过本省新闻以后，就独自开门出去了。

陈万勤刚到屋檐下，就看见院子中间有个人影在晃动，而且模样极熟，只是一时想不起来是谁。那人也不作声，只顾埋头在整修花坛。陈万勤以为是陈西风从厂里叫的工人，便不高兴地骂了一句，这个懒种，什么事都指望别人做，都快成了资产阶级的孝子贤孙。陈万勤转身冲着屋里叫陈西风出来。陈西风出来后，陈万勤质问他为什么又要剥削工人，让人来家里修花坛。陈西风说他没有叫什么工人来修花坛，陈万勤回头一指，院子里却是空荡荡的一个人影也没有。方月出来，将院子里的电灯打开，三个人走到花坛跟前细看，竟一点痕迹也没有。陈万勤后来想起有一回陈老小到城里来时，曾经动手修理过这花坛，这么一想，他就记起这人影的确像陈老小。于是，陈万勤便怀疑这是陈老小走魂了。

陈万勤心中不爽，回屋早早睡了。

十点钟时，电视图像忽然不清了。方月要陈西风将屋顶上的天线调一调方向。陈西风刚爬上屋顶，全城突然停电。方月在黑漆漆的屋里寻找蜡烛，忽然发现沙发上坐着一个人，甚至还听见那人哼哼的叹息声。方月吓得大叫，她认出那人影就是陈老小，所以她不停地说，老小叔，你别吓我，我从没做过对不起你的事。方月说完这话，那人影就不见了。

小水电站的电重新来了以后，陈万勤将陈西风叫到自己屋里，他感觉到老小已经不行了，要陈西风马上回去，给陈老小送终。陈西风说这时候不好找司机，只能明天早上走。陈万勤生气了，表示自己要连夜走路回去。看见父亲真的要走，陈西风只好打电话给小张，让他马上开车来接自己。趁陈万勤不注意，他又小声吩咐天亮再走。

临上床睡觉时，陈万勤又吩咐陈西风，如果陈老小真的熬不过去了，办完事后就将陈东风带到城里来，现在城里太需要陈东风了。

陈西风对方月的母亲说，父亲说这句话时，就像是下命令。方月的母亲说，只怕陈东风不愿意去城里。陈西风说，我不信如今还有不愿进城的人。说着话时，他用手扯过放在饭桌横梁上的一块抹布，去擦皮鞋上的几块泥污。方月的母亲刚说了句，我就不愿进城，看见陈西风的动作，连忙叫，别用它擦皮鞋，那是抹桌子用的。陈西风将手中的抹布看了一眼，笑了笑后放回原处。然后侧了侧身子，从裤兜里抠出半包餐巾纸，取了一张，再次弯下身子去擦那皮鞋。

方月的母亲轻叹一声，走到门口请司机小张进屋来喝茶。桑塔纳轿车出了小毛病，司机小张正趴在车头上，用一把螺丝刀，东戳戳，西戳戳。方月的母亲叫了两声，他都没动。陈西风就说，别理他，他自己晓得到屋里来，你先给我们弄点吃的吧。他说着将手中那团粉红色的餐巾纸扔在地上。方月的母亲看了一眼那纸，一声不响地进了厨房。

陈西风趁空出门到自己家门前看了看。他没带钥匙，进不了屋，隔着长有蜘蛛网的门缝朝里看时，许久没有人住的屋子里有一股霉气直往鼻子里涌。门洞里有一层干湿不一的鸡粪，同鸡粪搅在一起的是些鸡毛与枯草。门前的稻场更是一派杂乱景象，方豹子家的猪羊拴在旁边的树上，稻场中间则堆满了稻草与柴火，还有种棉花用的营养钵。此外还有一块刚刚雕刻好，还没送上山竖起来的墓碑。陈西风一见上面的落款是“孝男段飞机”，便有些生气，忍不住弯下腰来，将这墓碑掀到旁边的粪坑边。

他望了望田野，晨曦之下，人和牛在灿烂的鲜绿里微微荡漾。好久没有见到如此动人的劳动场面了，陈西风心里轻轻抖动一下，止不住要向田野上走。下了小路，往田埂上走了几步。泥泞的田埂哪里容得下他，勉强走了一程，烂泥便粘在鞋底和鞋帮上，每走一步都很艰难。他想退回去，却发现四周的人都在盯着自己，只好脱下鞋袜，光着脚继续往前走。

陈西风听见方豹子兴奋地叫了一声西风哥，接着段飞机又叫了一声陈厂长。但是，离他最近的陈东风，只是看了他一眼，稍待片刻，又看了他第二眼。

陈西风抓住陈东风那幽幽的眼神问，东风，你爸怎么样了？我是特地回来看看他的！陈东风挥了挥鞭子，正在拖犁的水牛一甩尾巴，几滴泥水溅到陈西风的身上。陈东风说，放心，他死不了。陈西风又掏出一片餐巾纸，揩了揩身上的泥水，说，昨天晚上我爸和方月看见老小叔在我们家转悠，担心是不是出了什么意外。你爸总共病了多长时间？陈东风说，几个月吧！陈西风说，真是癌症，那也差不多到时间了。昨天晚上和今天早晨他情况怎么样？陈东风说，很安静。陈西风说，你将门打开，我去看一看。陈东风说，门没锁，你自己去看吧！

这时，方豹子扶着犁来到陈西风面前。方豹子吆喝一声，让牛停下来。他自己也站在田中央，问陈西风怎么有空回来看看。陈西风故意说自己是专门回来看看自己家的房屋和稻场有没有被人破坏和侵占。方豹子听了不作声，连忙赶着牛走开了。

另一块田里，段飞机正往田埂上走。陈西风知道他是来找自己的。他不喜欢这个人，段飞机几次到厂里去找他，想与阀门厂做钢材、生铁和焦炭生意，他都借故回绝了。陈西风快步往回走了一阵，一直走到小路上才回头看了看，见段飞机牵着牛还在田埂上不急不慢地走着。陈西风冷笑一声，心里说，等会儿段飞机就该到粪坑里去悠闲一回了。

段飞机将牛拴在自己家门口，钻进那栋小楼不见了。

陈西风回到方月的娘家，用热水洗净了脚，皮鞋上的泥却怎么也弄不干净，他只好找了一把毛刷，蘸了水一遍一遍地刷。

早饭过后，陈西风往陈东风家走去时，见田野上只剩下陈东风一个人。他正在想，陈东风的父亲若死了，剩下他一个人怎么过日子呢，这时候还在田里干活，连饭也不知道吃。他在心里叹气时，段飞机不知从哪儿钻出来。

段飞机迎着他说，厂里的情况还好吧？陈西风说，还好，有事做，有工资发。段飞机说，听人说，阀门厂去年也开始亏损了。陈西风说，你听谁说的，我们现在只按合同做，都做不过来。段飞机笑一笑说，那不做得越多亏得越多？陈西风说，国营企业不比你们做小生意的，我们主要任务有一条是养活人。你怎么不到外面去跑了？段飞机说，插了秧我就出去。陈西风说，花钱雇个人种田不行吗，用这时间去做生意，赚的钱恐怕是十倍百倍的翻番。段飞机说，经常劳动劳动对自己做生意有好处，你当了厂长以后，还下车间劳动吗？陈西风说，厂长下车间劳动，那要工人做什么！段飞机说，我以前的想法也同你一样，后来是老小叔教了我。陈西风说，所以你这一生也当不了厂长。段飞机觉得受到了侮辱，他说，你小心点，说不定哪一天，你的厂就是我的。陈西风说，这可不像我家的稻场任你占用。

陈西风不同段飞机说了。他看见方豹子正同妻子一起，在他家稻场忙不迭地收拾，夫妻俩抬着那些营养钵很吃力，走几步就得停下来歇一阵。歇的时候，两个人似乎在争论什么。他隐隐约约听见有“进城”两个字。

陈东风家大门虚掩着。陈西风推门进去时，闻到一股异味。他对这种味道特别敏感，他当副厂长分管工会工作那几年，每年总有几个退休工人死去。当他领人上门慰问时，总是闻到一种特别的气味。他把这种气味称之为死人味。现在，这种气味又出现了。

他有点不相信，还是冲着床上的人叫了声，老小叔，我来看你了，你听得见吗？

床上的人一点动静也没有。陈西风摸着那只干枯的手腕，没有脉搏的跳动让他感觉，只有一股凉气朝他心里涌来。他又试了那心口，心口也已经凉了。

陈西风跑到大门口，冲着田野上高声叫喊，东风，快回来，你爸爸过去了！

他看见所有的人都停下手中的活计，唯有陈东风，像是没有听见一样，依然赶着水牛，一步一步沉稳地在田野上走着。陈西风又叫了几遍，终于听见方月母亲压抑着的哭泣声。

陈西风回到屋里，替陈东风将纸钱烧了，又说了一些请陈老小莫要责怪陈东风的话，他认为陈东风还小，受不了这丧父的打击，因此行为上有些古怪。

时间不长，突击坡的人几乎全来了。从陈老小的卧房到堂屋再到稻场，到处站满了人。只有两个人没有来。一个是方月的母亲，她一个人趴在床上，蒙着被子哭得死去活来。

方月的父亲给她泡了一杯红糖水，放在床头柜上，关上所有的门，拦住哭声不让外泄，自己则平静地来到陈老小的屋里，指挥别人将门板卸下来，在堂屋里搭成一张灵床。再将陈老小的尸体从里屋搬出来，停放在灵床上。

另一个没有来的人是陈东风，他一直扶犁跟在水牛后面，一圈圈地犁着那块田。在许多人的劝告无效之后，方豹子亲自跑到田里去劝告。他说了许多的话，陈东风执意不听，非要将这块田犁完之后才回去。方豹子急了，伸手去拉他。力气不比陈东风差的方豹子，被陈东风一掌推出老远。陈东风使着那头水牛，从早上到中午一口气也没歇，人和畜生都没有喝一口水吃一点东西，犁铧开出的犁沟却越来越深。

陈西风也没有闲着，他指挥一部分人将棺材准备好。另一部分人则上山在陈老小妻子的坟墓旁，再挖一座墓坑。这地方是陈老小自己选定的，离此不远的地方是陈万勤未来的冥寝之宅。三年前，他们二人找了整整一个冬天，经过多方比较，最后才确定了这片山地。陈老小妻子的坟墓，原先并不在此处，经过此次确认之后，于第二年的冬至节迁移过来的。陈西风记得，当陈老小重新将妻子的骨殖一件一件地放进一口新棺材里时，陈东风趴在那口有些简陋的棺材上，哭晕过去三次。他在山坡上遥望此时仍在田里耕作的陈东风，脑子里一片空白，他一点想法没有，甚至不明白该怎么去想这个问题。

出殡前的一切都做好了。

大家忙了半天，一下子闲起来，倒显得有点张皇。陈西风的司机小张，将桑塔纳轿车开到水塘边，然后用一只塑料桶在塘里打水，再用抹布细细地擦着车身四周。一群孩子围在四周看，趁司机小张不注意，悄悄用手在发亮的车身上摸几下。后来，一个胆大的男孩上去和司机小张谈成一笔交易，打水的事他们来做，每打一桶水上来，让按一下汽车上的喇叭。一时间，孩子们打水端水忙个不停，汽车喇叭则响个不停。孩子们一高兴，干脆连抹布都抢过来，帮着司机小张擦起车来。司机小张落得在一边笑哈哈地逗他们。

陈西风只看了两眼，心里就突然难受起来，他忍了几下没忍住，对着司机小张喊，别让他们瞎弄。司机小张没有听见。他正要再喊，方月的父亲在一旁说，你怎么啦，孩子们高兴高兴也不让吗？陈西风找了一个托词说，老小叔刚死，这么闹气氛不对。方月的父亲说，你又瞎说，这时节孩子们闹得越欢越好，好人死时，才会热闹！陈西风不再作声了。

擦完车，孩子们不再闹了。

人们再次将目光转向田里的陈东风。

一时间，大家都沉默起来。

太阳下山之前，陈东风终于扛着犁，牵着水牛，开始往回走。

陈东风走近时，大家默默地给他让开一条路。

他将水牛拴好，又将铁犁放进小屋，这才来到陈老小的灵床前，说，爸，田我已经犁好了，不知中不中你的意？他跪下去磕了三个响头。起来时，他朝四周扫了一眼。

陈西风一直站在陈东风身后。陈东风的眼光碰上他的眼光时，他莫名其妙地有一种不安的感觉。这种感觉之强烈，使他不得不躲进旁边的屋子让自己镇静下来。

屋子还算整洁，在最显眼的地方放着大约二十来本书。枕边上还有一本书。陈西风坐在床沿上，拿起那本书看了一眼，他记得自己曾有某种机会接触过这本名叫《萌芽》的法国小说。他依稀记得它的内容是描写法国煤矿工人如何用罢工来反抗资产阶级剥削。他想搞清自己是在哪年哪月看过或听人讲过这本书，想了一阵仍想不起来，却在突然间想到另一个问题：假如自己厂里的工人也起来罢工呢？

陈西风双眼牢牢盯着墙角。他用手在光滑的书籍上轻轻地抚摸着，暂时把一切丢到一旁，仿佛时间都不存在。直到有人问他去了哪儿，要找他主持出殡时，他才醒过神来，将手中的书放回枕边，然后看了看窗外的青山绿野，在内心的安宁中，他站起来，迈开步子向门口走去。

7

黄昏时分，陈老小被放进棺材，随着沉重的一声响，一个人影从棺材盖下面永远地消失了。

在去墓地的路上，陈东风披麻戴孝跟在棺材后面。紧挨着他的是陈西风。整个过程，他俩都没有说一句话。鞭炮炸得很响，长长的送葬队伍中谁也没有大声说话。只有几只狗远远地跟在后面，不时低声叫两下。一路上，从青嫩草叶中踩出来的绿汁，染透了白色的沙石小路。全突击坡的人都来了，这种规模的葬礼，是这一带从未有过的。那些比陈老小年长的老人脸上明显挂着许多忧虑：陈老小这一去，谁还会真正地劳动呢?

方月的母亲也在他们之中。她已经不哭了。早上陈西风的那声喊，将她心中堵塞多时的一腔苦水，猛地从眼眶里喷出来。尽管她早就明白陈老小难逃这一劫，但她一直不相信，因为陈老小在她面前发过誓，最少要活到八十八岁。因此，她一直不让自己的泪水流出来，她觉得只要泪水一流出来，陈老小就会真的去了。所以，她一直忍到今天上午，经过那番恸哭，她才重归平静。特别是她记起来，床头柜上的那碗糖水是丈夫亲手泡的，让她不能不对丈夫心存感激。她知道丈夫一直在注意自己，可她暂时不去看他，她将眼睛盯在黑色棺材上，让自己的心此时此刻，全部归属于躺在里面的那个人。

棺材爬到半山时，天色变黑了，前面还要横穿一段两百米长的山坡。段飞机和方豹子点起了火把。

火光摇曳，天地反而显得更黑了。七八串火星从火把上冲天而起，在风中飘得高高的。几株光秃秃的老油桐树变换着玄奥的怪影。调皮的小孩躲在黑暗处，向人群中撒着细沙。尽管大家都知道是怎么回事，不去理睬稀稀落落的沙尘。

几个胆小的女人，还是尽量缩短了与周围人的差距，同别的女人们挤成一团，并开始说起悄悄话。她们没有议论方月的母亲为什么那般悲痛，并非她们不想或对这话题不感兴趣，是因为没有人敢提起它。葬礼上就谈论这一点，她们怕陈老小的魂魄来给自己找麻烦。她们在相互问着，陈西风娶方月几年了，为何方月还没有怀孕。陈西风虽然四十多岁了，却保养得很好，看上去只有三十出头，不可能雄风衰落。女人们于是说起，陈西风还有一个三十来岁的女秘书，甚至还知道她姓田。

方豹子突然吆喝了一声，抬棺材的八个壮男子也齐声附和起来。墓地到了，大家都不再说话，慢慢地顺着山坡涌过去，围在墓坑四周。

火光照在黑漆漆的棺材上，发出一阵阵幽幽光泽。几乎没有什么仪式，只是陈西风点头示意一下，大家就将棺材缓缓放入墓坑。越接近坑底，幽幽的光泽越明亮，直到陈东风往棺材上撒下一把黄土。随着幽光的消失，大家开始用铁锹和锄头刨土填进墓坑。没有人说话，只有黄土落在棺材上发出的扑扑声。那声音极像陈老小在梦中轻轻叹息，偶尔有块石头夹在沙土中，砸在棺材上发出的响声，则如同陈老小在咳嗽。

春天的泥土有一股实实在在的香味，和棺材上的油漆气味一道，随风飘出很远。

坟丘垒好后，陈西风用手碰了碰陈东风。

陈东风愣了一阵才再次跪下去，他只说了一句话。

他说，爸爸，我想你！

听见这话的女人先抽泣起来。没听清楚的女人，开始干号几声，随后泪水便真切地流出来。女人们哭得很伤心，什么事也做不了。段飞机和方豹子他们一群男人，将许多的纸钱在坟丘四周烧化了。

陈东风蹬在地上，想点燃那根长达十几丈的稻草把子，一连划了十几根火柴，全被风吹熄了。陈西风将口袋里的防风打火机掏出来递过去。陈东风没有接，依然固执地划着火柴，直到终于将稻草把子点着。稻草把子像龙一样盘在坟丘四周的松树和油桐树上。这是老人们的主意，用稻草把子做长明灯是二十多年前的事了，如今人们习惯用油灯、蜡烛，也有人干脆牵一根电线，用电灯代替。老人们用了半下午时间，亲手捆扎稻草把子。老人们说，陈老小是个从不偷懒的人，不能用懒办法为他送终。

山风吹在稻草把子的火头上，一会儿明，一会儿暗，一会儿红，一会儿黑。

返回时，大家再次聚到陈东风家门前的稻场上。没有参加送葬的人，已在那里摆好十几桌酒席。大家没有怎么闹酒，客客气气地将酒喝完，将菜吃完，便各自回家去。

段飞机、陈西风和方月的父母没有走。方豹子在自家门口等了一阵，见陈西风没过来，也返回来了。他们一起陪着陈东风进到屋里。

方月的母亲给大家泡了一杯茶后，一个人坐在油灯刚刚能照见的角落里。

段飞机带头，大家轮番说着大同小异的安慰话。陈东风只顾喝茶，没有开腔。闲聊几句，话题又回到陈老小的身上。段飞机说，大前年，乡里给自己评了个劳动模范，发奖的那天，乡干部突发奇想，要老劳模给新劳模戴红花。那天，他在台上与陈老小合坐的长条凳，在不停地颤抖，他留心细看，发现陈老小脸色不好，手脚在微微发抖。乡干部正式宣布自己为劳动模范时，他听见陈老小猛烈地咳嗽起来。到戴花时，陈老小喃喃地对他说，未必现在只讲赚钱，不讲劳动了？后来，乡干部让陈老小讲话。陈老小站在台上一个字也说不出来，只要一张口便会没完没了地咳嗽。乡干部见情况不对，就让他下台去，不用再说什么了。要命的是，在他下台时，台下发出一阵哄笑。段飞机到现在也不明白，陈老小当时用手拍打着胸膛的意思，是想表示自己力气很壮，还是胸闷难受。陈西风则说起陈老小前年盖这新屋的事，那时陈东风还在读高三，陈老小独自一人在家忙着盖新屋，一个人拖着板车到窑厂买砖，一个人到山上砍树做门窗房梁，屋基也是他一个人一锄一锹地挖出来的。陈西风的父亲见陈老小这般受累，就逼着陈西风想办法，他费了好大劲才从一家关系户那里弄到二十吨平价钢材指标，他将这指标给了乡里的建筑公司。那时平价和市场价差距很大，建筑公司用这差价给陈老小盖座房子也还有赚的。他将一切安排好了，还将建筑公司的领导负责人请来同陈老小见了面。陈老小却发脾气撵他们走，说自己的房子自己盖，别人休想插手。还骂陈西风不该将自己想象成凡事都想偷工减料的混世魔王，人在世一天，就不能老想着如何省心省力，这也想省，那也想省，省来省去，最终还不是将自己省掉了！

方月的父亲接着说，有一次陈老小喝醉了酒，跑到他家里来，死死地扯着他的手，怎么也挣不脱。陈老小力气不算大，可特别有韧劲。陈老小对他说，要是全突击坡人都图省力，都指望别人多干，自己少干不干，大家都不会有好日子过，自己要是图省力，就将他老婆拐跑了，天涯海角地过逍遥日子，可那样做人太没有意思了。说话时，他一连瞄了妻子几眼。

方月的母亲端坐在暗处，一动也不动。

陈西风和段飞机又谈到多数人总算转变了观念，不再认为会赚钱是一桩不道德不光彩的事，在商品社会，就应该强化赚钱意识，强化利润概念，等等。一旁的方豹子，一个劲地用对和是的来表示赞同。

说了许久，大家都有点累，段飞机问陈西风什么时候回去。听说陈西风要连夜回县城，段飞机连忙站起来。一直没有开口的方月的母亲这时突然说，别急着走，东风的事还没有商量呢！

大家都不清楚她这话的意思，只有陈西风明白。他问陈东风，家里只有一个人了，今后有没有别的打算？陈东风抬起头，但他没有看陈西风，他说，该怎么过就怎么过。陈西风说，跟我一起走吧，到我那厂里去当工人，我们正想招一些农民工。陈西风还特意补充一句，不是专门为你开后门！不等陈东风回答，方豹子着急地说，西风哥，把我也招去，我什么活都能干。陈西风不假思索便说，行，你同东风一齐去。方豹子高兴地连声道谢时，陈东风却说，不，我不去你那厂。说话时，他终于看了陈西风一眼。

这时，电来了。

黑黑的灯泡猛地一亮后，陈西风发现陈东风眼睛里有一种让人不安的东西在闪烁。

方月的母亲大声说，东风，你莫苕，突击坡的年轻人都出去了，你未必想留下来做人种！陈东风坚定地说，我说了，我不去！段飞机说，是不是舍不得你爸留下的这份家业，若是这样，不如跟我跑生意吧，挺自由的，田里的活儿也误不了。陈东风站起来说，你们别烦我，我什么也不答应！

几个人面面相觑地站了一会儿，便开始往外走。

方豹子郑重地说，西风哥，我帮东风做完三朝拦坟就来找你，行不行？陈西风说，什么时间都行。陈东风说，豹子，你不用等我，现在就可以随他走，桑塔纳轿车里不是还有空位吗？方豹子真的问陈西风，我能搭你的车现在就走吗？陈西风说，行，你去收拾，我等你半小时。陈西风说这些话时，眼睛一直盯着陈东风，像是说给他听。可惜陈东风的神情丝毫没有变化。

到了门口，陈西风又说，东风，我们虽不是亲兄弟，可姓的是同一个陈，你我的父亲又相交很深。所以，任何时候你的事就是我的事。想通了，你就来找我！

半个钟头以后，夜空里响起了三声汽车喇叭。

方豹子没来搭上陈西风的车。延误的理由让陈西风哭笑不得。方豹子的妻子也很愿意丈夫出去闯一闯，只是她月经来了三天，方豹子心里也有些渴，便耐下心来等了三天，直到昏天黑地地交欢了几场，方豹子才挑上行李到县城里去找陈西风。

春光融融，从临行的前夜开始，方豹子搂着妻子在床上一直翻滚到第二天正午，他三番五次地对妻子说，他真想什么事情也不做，就这么永远地欢乐下去。

第二章　燕子红

1

方豹子走后不久，插秧的季节就到了。

一大早，陈东风就下田插秧，他打算用两天时间将自己家的一亩六分田插完。父亲刚死，名下的那份责任田，村里还没有收回去，如果一收走，陈东风就只剩下八分田了。陈东风插了近两分田，回家吃早饭时，方豹子的妻子才刚刚出门。方豹子的妻子抹了口红，嘴唇嘟得老高，埋怨方豹子没有回来帮她。陈东风就说，谁叫你当初放他走呢！

陈东风懒得炒菜，将剩饭放进锅里加上油盐，又放了两个鸡蛋，大火炒了一阵就盛到碗里。刚吃到一半，门外忽然有女人叫他。

出门一看，却是高中同学翠。

翠长得很漂亮，读书时，班上经常有男生为她写情诗，然后偷偷放在她的抽屉里。每次发现情诗，翠都不事声张，找机会悄悄地将其交给陈东风，口头上说，自己读不懂诗，要他帮助解释一下。陈东风总是做相同的解读，诗的意思形容翠是公主，写诗的人则想做这位公主的白马王子。有一回，翠交给他的是一张白纸。他明白这是埋怨自己为什么不写情诗给她。他没写，他不明白自己为什么一直不理她，因为自己并非不喜欢她。

翠昨天夜里才听说陈东风的父亲已经去世，便特地过来看看。翠已经吃过早饭，手里白手帕还包着几个精巧的肉包子。

陈东风不能陪她。

翠说不要紧，她一个人在屋里坐坐更好。

陈东风在田里插秧时，老是抬头盯着家门。但他一直未能看见翠的人影。快十一点时，方豹子的妻子回家上完厕所，返回时隔着田埂冲着他边笑边说，你什么时候捡了个螺蛳精藏在家里？陈东风红着脸说，她是我的同学，叫翠。方豹子的妻子告诉他，翠在他家后院，挂满刚洗过的衣被。

快到十二点时，一团浓烟从自己家烟囱里冒出来。

陈东风竟有些慌，不知不觉地放慢了插秧速度。到后来他干脆不插了，将手脚洗净了往回走。他先绕到屋后一看，果然湿淋淋的衣物挂了几竹竿。他定了定神才进到屋里。

翠正在往桌上端菜。见了他，翠轻轻一笑说，我正要喊你回来吃饭呢!

陈东风不知说什么好，竟独自坐到桌旁等着翠给他端饭来。

翠在吃饭时总用眼睛看陈东风，并提醒他吃慢点，吃快了容易得胃病。陈东风总算找着一句话，说自己这样习惯了。翠说，从前在学校吃中餐时你可不是这样。提起同学时的事，两人的话就多了些。通过翠的讲述，陈东风才知道，他们班上的同学有四分之一参加了工作，有四分之二长年累月在外面打工，剩下的四分之一中除了他俩，其余的人全都结婚成家了。与翠同桌的叫水珠，一结婚就怀孕了，前些时水珠去县城做B超检查，医生说是双胞胎，再有一个月就要生了。说到后来，翠免不了埋怨陈东风，毫不顾及姑娘的面子，毕业以后从不去看她，别的同学，不分男女全都去了。陈东风说，我哪儿也没去，高考没考好，与分数线相差十万八千里，让人连复读的勇气都没有。翠说，可毕竟全班就你分数最高呀，别人都不如你呢！

陈东风突然问，你怎么不结婚？

翠怔了怔说，你怎么不结婚？

过了一会儿，翠又说，我家里从不逼我，我的事都由我做主。

陈东风小声说，你可不要闭着眼睛瞎等待，该现实的时候就现实一点。

翠说，那你怎么不现实点？

陈东风不说话，翠将饭桌收拾干净后，泡了一杯茶递给陈东风，然后站在他面前，嗓音颤抖地说，你愿不愿意我们这样长久地过日子？

陈东风几乎要将愿意两个字说出口来。

翠又说，你难道不想当白马王子吗？

突然之间，陈东风的心情坏极了，他一撒手将茶杯丢在地上，大声说，我讨厌王子，你回去吧，我这儿不是皇宫。

翠当即眼泪汪汪地说，东风，你这是怎么啦，我伤着你什么了？

陈东风说，没什么，我要干活了，你也该回去了。

翠说，我不走，我同家里说好了，今天不回去。

陈东风说，不行，我家里不留女人过夜。

翠望了他好久，才说，那你用自行车送送我行吗？

陈东风说，扯好的秧今天必须全部插完才行。

翠说，我帮你插，插完了你送送我。

陈东风说，你又不是不认识路！

翠忽然大哭起来，边哭边说，家里的亲戚给她介绍了一个四十多岁的城里干部，她不愿意，就谎称自己已经在谈恋爱，陈东风若不送她回去，这谎话就会被戳穿的。

陈东风说，你不是说你的事你做主吗？

翠说，我是给你壮胆，你也不想想，这山上山下，哪家的女儿可以自己为所欲为？

陈东风想了想后，只得答应。

太阳挨近西山时，秧把子插完了。

翠说，我不想走，我明天还要给你插秧。

陈东风坚决地拒绝了，他推出自行车，骑上就走，翠只好跳到后架上坐着。

翠先是用一只手扶着他的后背，慢慢地那手滑到腰上，并将其抱住。小路不平，车子一颠，翠趁机将另一只手也挪过来，双手环抱着陈东风。陈东风从没有同女人这么亲近过，他一直没有叫翠松开手。相反，平常独自一人骑车也很吃力的陡坡，搭载了一个人后他也能骑上去。离翠的家越来越近，路上开始有熟人了。翠一点也不害羞，只要是认识的，都要与其打招呼。说话时，翠的双手依然箍在陈东风的腰上。

在看得见自家大门的地方，翠松开双手从自行车上跳下来。她怕家里人客气起来，非要陈东风进屋去坐坐，万一陈东风配合不好，露了马脚可就糟了。

分手时，翠再次说，你最少得帮帮我。

陈东风点了一下头。

翠又说，过几天我再去你家。

陈东风又点了一下头。

回家的路上，陈东风老在问自己，翠有哪点不好，哪点配不上自己？

到了晚上，在新洗的被子里面，清新的皂香让他怎么也睡不着，刚一迷糊，就有一个女人来到梦里。女人也是坐在自行车上，双手搂着他的腰。他在梦遗中惊醒。醒来后他怎么也想不起梦中的女人是谁，能断定的是这女人不是翠。

三天以后，翠果然又来了。

翠说，家里人拒绝了那个四十多岁县城干部的求婚，并开始四处打听陈东风的情况。

这时，秧已插完，家里衣被也已经洗完，两个人都没有事做，商量半天才决定到山上去砍点柴。

山上的太阳格外暖和。翠将外衣脱了，穿着一件碎花衬衣。她没有认真砍柴，满山遍野地寻找燕子红，并将找到的燕子红全都折下来，密密麻麻地排列在草地上。翠的身材已经成熟了，该饱满的地方像秋天的红果一样，该轻盈的地方像春天的小溪一样。翠没有戴乳罩，两颗圆圆的乳头像纽扣一样钉在衬衣上。那胸脯比戴了乳罩的还要挺。

陈东风忍不住偷偷地看她。

有一次，他实在憋不住脱口问翠，今年多大了？

翠说，本姑娘年方二十春。

翠红着脸等着他往下问，他却弯下腰继续砍柴。

翠将燕子红摆好后，自己钻到那预留的空隙中仰卧在草地上，只把眼睛随着陈东风转。燕子红映在她高耸的乳房和白嫩的脸庞上，如同彩霞落在山峰上、湖泊中。

陈东风感觉翠的目光是根带钩的绳子，一下一下地将自己往她面前拖。他慢慢走到花丛前面，正想抬脚迈过去，翠忽然叫道，别踩了我的燕子红。

陈东风收起脚，讪讪地说，你也叫它燕子红？

我喜欢这个名字。翠说，我不喜欢书上的叫法，杜鹃花还好一点，最难听的是映山红，洋不洋，土不土的。

陈东风说，燕子来了花就红，的确像是一首诗。

翠用一只手支在地上，欠起身子说，你想写诗吗？

陈东风采了一株燕子红拿在手里，向左旋了几圈，又向右旋了几圈，没有回答。

翠等了一阵，又说，燕子红年年开成一模一样，人要是能这样就好了，就不怕老，就不怕——翠压低嗓子，说完后面的话，爱情迟到了。

陈东风不再旋转手里的燕子红，他定定地看着花蕊，像是自言自语地说，燕子红要等燕子来了才开，爱情也是花，但不是什么鸟儿来它都会绽放。

翠想了想说，那些笨鸟为什么不先飞呢？

陈东风说，晓得先飞就不是笨鸟。

翠猛地坐起来说，不说这个了，我问你别的事。

陈东风说，你问吧。

翠想了想忽然泄了气一样，重新躺倒在花丛里，她说，我也不晓得问什么好，一见到你，我好像就不会想事不会说话了。

陈东风说，其实我也同你一样，我晓得你很好，可就是不晓得好在哪儿。

翠的胸脯起伏一下子加快了，两只乳峰也在轻轻地摇晃。她侧转身轻柔地摘了一朵燕子红，低着头问，你吃过这花瓣吗？陈东风摇摇头。翠又问，你敢吃吗？

陈东风明白这话的意思，可他还是只能说，燕子红能吃吗？

翠将花朵叼在口里轻轻咬下半朵，双唇嚅动了一阵，然后问，你晓得它是什么味道？

陈东风说，是苦吗？

翠说，不苦，有一点酸，还有一点甜。

翠将咬剩下的半朵花举在手里，要陈东风试一试。陈东风望着翠的小手手背上的几只小圆窝，犹豫了一下，伸出去的手又缩回来，不知为什么，他竟害怕自己的手会触摸到翠的手，便弯下身子用嘴直接去咬那半朵燕子红。舌尖上有一些小颗粒，陈东风心想这一定是花蕊了，他小心翼翼地嚼了几下，果然有一种清凉舒服的感觉。他第一次这么谨慎地吃着东西，半朵小花竟用去了十分钟。

翠问，酸吗？

他说，有一丝酸。

翠又问，甜吗？

他说，有一丝甜。

翠说，你想想这像是什么东西的感觉。

陈东风想了一阵没想起，便说，我不记得。

翠说，你真会忘，很多大诗人都说过，爱情的滋味是酸甜的。

停了一会儿，翠又补上一句，特别是一个人的初恋。

陈东风想起来了，是有不少书中描写过这种感觉。他下意识地将手中先前掐下的那朵燕子红举到眼前。翠说，你还想吃吗？翠说话的语气很深情，也很多情，这些陈东风都能辨出来。然而，他无论如何也说不出来。

燕子红鲜艳极了，像一片彩云，又像一堆织锦。彩云和织锦却少了一种娇嫩。燕子红那薄如蝉翼的瓣片比婴儿粉红的小脸还嫩。亭亭玉立的蕊柱娇嫩无比，花瓣上有一种温馨在绕行，那些纤细的脉络，隐显在粉脂轻施妩媚百样之中，如梦如思的花径，其娇无语相诉，无墨相绘，只藏于花中，蕴于心中。翠的模样没有因燕子红而相形见绌，翠的腿，翠的腰，翠的胸脯似行云流水。天地无风，燕子红仍在摇曳身姿。山野无雾，燕子红仍能半遮半掩。翠闭上眼睛后，燕子红都垂向她，想进入她的梦。

陈东风看痴了，终于将自己的手越过花丛，对着翠舒展在草地上的那只小手伸过去。

翠一定是知道他的想法，将手迎了上来，陈东风没有准备，两只手竟一擦而过。

翠的眼睛仍没睁开，只是睫毛动了动，她有些忘情地说，东风，你看我这个样子，像不像那油画中的公主？

陈东风像是被鞭子抽了一下，一腔热血顿时化作冰凉。他弯腰拾起脚边的柴刀，默默地走到一边，将砍下的柴火拢到一起，摆好绳子，将其捆作两捆。

翠虽然没有睡着，还是像猛醒一样，睁开眼睛，看着正在捆柴的陈东风。陈东风一脚踩在柴捆上，双手狠命地勒着绳子，柴火相互挤压产生的吱吱响，像是从脚下的岩石中发出来的。翠不明白，陈东风好好的，怎么一下就变了一个人。不过这一次，她没有上一次反应强烈，她什么也没有说，从草地上爬起来，将还没有绽放的燕子红花蕾挑了一些抱在怀里，跟着陈东风，一步步往山下走。

后来，翠终于将这两次突变的原因找了出来，它们之间的联系正是“王子”与“公主”。翠一开始觉得陈东风是讨厌贵族，这是出身低微的人的一种普遍心理。自己这样譬如，是否让陈东风以为是效颦做作？翠又不相信这种判断，她有理由相信，陈东风其实是喜欢自己的。他之所以这样，一定是另有原因。

为了试探陈东风，半路上翠故意说，等等我，我去那边有点事。

翠说话时低眉顺眼的模样，让陈东风不用细问也能明白，这是女人要做那回避旁人之事。翠跑到不远处的密林里蹲下来，一边解手一边拨开树叶看陈东风，见陈东风正坐在扁担上歇息，她便用力尖叫起来。陈东风一听到叫声就站起来往拢走，还不停地问，什么事？什么事？翠只是叫，并不回答。陈东风便喊着她的名字，连声说，翠，别怕，我来了。陈东风钻进密林时，翠躲在一棵大树后面要他别过来。等她将裤子系好，陈东风才问发生了什么事。翠指了指密林的另一边说，那儿好像有人偷看。陈东风立即凶狠地扑过去。他找了半天，什么也没发现。见他如此发怒，翠心中更有底了，她害羞地说，可能自己一紧张看花了眼。

翠在走出密林时，不失时机地对陈东风说，自己一离开他就没有安全感。

陈东风一回家就被方月的母亲叫走。方月的母亲告诉他，陈万勤要他去城里做工，并说陈西风已在阀门厂给他留了一个位置。

方月的母亲还在无意中透露，方月可能怀孕了。

翠在陈东风床上一直睡到天黑才醒。

她又不想走，但陈东风坚决要她走。

天黑，路不好走，陈东风不敢骑车带她，只好扶着自行车同翠挨着肩慢慢走。翠问他为什么不喜欢王子和公主。陈东风答不上来，他的确不明白自己为什么会这样，只要一听到这两个字就会失去理智。

翠问他，是不是有暗恋的公主被什么王子娶走了。陈东风马上矢口否认。翠说，她看过一本《心理学》，像他这样幼年丧母的少年男子，最容易爱上比自己大的女人。

陈东风生气地说，这样的心理学，无异于狗屁胡说。

分手时，翠依然说自己过三天再去陈东风家。走了几步她又回头说，桌上插的燕子红我忘了放盐，回去后你往瓶子里放点盐。

陈东风说，又不是腌菜，放盐干什么。

翠说，放点盐，燕子红保鲜的时间长一些。

一个人返回时，月亮已经出山了，陈东风还是没有骑车，一个人慢慢地走，脑子里想的尽是方月。他想不通方月为什么要嫁给陈西风，为什么要怀孕。但他心里认定方月没有怀孕。

陈东风终于决定进城去看个究竟。

2

方月的母亲在村边找猪，老远就能听见她那哇啊哇啊的叫唤。陈东风从她身边经过时顺便说了一句，公路边的小河里有一头猪，不知是不是她家的。方月的母亲则对他说，天黑后，方豹子回来了。

经过方豹子家时，见大门已经闩了，窗户里也没有灯光，陈东风明白这对夫妻俩已上床睡了。

段飞机从暗处走出来，笑着说，小别胜新婚，方豹子和老婆在过年哩！

陈东风问他，这一段怎么没出去做生意。

段飞机说，我想办一座工厂，正同乡里谈项目，抽不开身。

陈东风说，怎么你也能办厂？

段飞机说，怎么不能，现在农民办工厂的事多得很，只要有钱有胆子，谁都能办。

陈东风说，这么多农民都去办工厂，那国营工厂怎么办？

段飞机说，你真是瞎操心，这叫竞争嘛！让陈西风领教一下我段飞机的本事，有什么不好呢？

段飞机诡异地笑着走开后，陈东风独自在月亮底下站了好久。他也觉得陈西风太霸道了，只是一个厂长，就将段飞机家先人的墓碑扔进粪坑，皇帝干这种事也要遭报应。

进屋后，他没有往插燕子红的瓶子里放盐，用凉水洗洗手脚就上了床。然后打开枕边的《萌芽》，冲着夹在其中的两根长发出神。

燕子红在昏黄的灯光下别有一番风韵，朦朦胧胧的，越看越觉得神秘，像个很难让人靠近的冷美人。燕子红一点不香，陈东风一想到凡是不香的花反而格外惹人喜欢，便又陷入了漫无边际的遐想。

电灯亮了时，陈东风才睡下。黎明时，他又开始做起那种最终导致梦遗的梦。他依然记不起梦中的女人是谁，甚至连她是胖是瘦，是长发还是短发都没有印象。

他正在换短裤，方豹子忽然在窗外叫起来。陈东风慌忙将短裤塞到床底。他开了门，方豹子却不进来。他口口声声说自己马上就走，他是同别人倒了班才回来。陈东风说这么两头不见天回来干什么。方豹子说想老婆，厂里的漂亮女人多，夏天还没到就穿起短衣短裤，让人看了心里像火烧，不回来泻泻火，心就要熬成汤，管不住自己了。

说了几句话，背着一袋米的方豹子就要去赶班车。

陈东风问，厂里好吗？

方豹子头也不回地说，好！

陈东风本来还想问怎么个好法，可是方豹子已经走远了。

早饭过后，陈东风将洗过的短裤晾在门前屋檐下的竹竿上。方豹子的妻子也在那边晾衣服，光是短裤就晾了好几条。段飞机叼着一支香烟冲着她开玩笑说，怎么一次洗这么多短裤，豹子一回来床上就发水灾呀！方豹子的妻子一点不避讳地说，水再大也淹不着你家的水缸。段飞机还想说话，方豹子的妻子抢先说，你是不是还想问发了几次水灾呀，是不是想了解自己的能耐和别人比，到了什么水平？段飞机连忙讨饶说，罢罢，我只晓得城里的女人都开放了，没想到你也开放了。方豹子的妻子说，我这叫开放？东风那才是真开放呢，人家姑娘才来第二次就——她故意不往下说。段飞机一见陈东风孤零零地晾着一条短裤，便会意地笑起来。听见他们的话，陈东风顿时脸红得如同一束燕子红，赶忙抽身躲进屋里。

陈东风有种预感，如果自己真像他们所说的那样，翠不会不答应的。他明白自己也有那种渴望，不明白的是自己为什么没有那样做。

这一天，陈东风一直在菜园里做事，有房屋挡着，别人也很少会绕到屋后来找他，劳动了一整天，心里才恢复平静。

第二天，他又去田里将该做的事都做了。

陈东风后来才明白过来，其实自己在问方豹子城里好不好时，就已经决定要到城里去了。随后的一切都是扫除障碍，使自己没有任何后顾之忧。

翠像候鸟一样如期而至。

陈东风带着她爬到平时很少去的高山上。

高山上杳无人迹，翠以为陈东风对自己有企图。水珠告诉过她，就是因为同那个男人单独上了一次高山，等到下山时就变成了他的妻子。当时水珠喊过几声，没有人应便不再喊了，她其实也愿意同那个男人结婚生孩子，只是男人这样性急让她有点害怕。翠也有点怕，虽然她心里特别想天天晚上搂着陈东风的脖子睡觉。跟在后面走，陈东风每次回头她心里跳得如同擂鼓。陈东风见翠面色通红气喘吁吁就伸出手来拉她。翠将自己的小手放到陈东风的掌心上时，一阵酥软的感觉像触电一样立即传遍全身。这时只要陈东风稍一用力，甚至根本无须用力，翠就会倒在他的怀里。陈东风将手伸得笔直，说是拉，其实是拦，手臂硬得像根粗棍子，翠就是用尽全身力气也扑不到他的身上。

一只野兔趴在草丛中被翠看见了。

翠激动得直叫唤，连声说，东风——兔子——东风——兔子！陈东风没有回过神来，翠从他的掌心中将手抽出来，蹑手蹑脚地朝草丛走去。肥肥的一只麻色野兔安静地趴在草丛中，睡着了一般。翠伸出双手刚要扑过去，麻色野兔忽然抬头尖锐地叫了一声。翠吓得后退好几步。陈东风终于看见麻色野兔了。翠心慌慌地问他，兔子见了人为什么不跑。陈东风便猜测这兔子是不是病重了不能动。他嘴里却说，想必这兔子成了精，不怕人了。翠挥着拳头要打他，嘴里说，你别吓我。陈东风捡了一只小棍，伸到麻色兔子附近慢慢拨弄，一直拨到兔子身上，它还是不动，只是又尖锐地叫了一声。

陈东风还在琢磨，翠却明白了，她说，我晓得了，它是在生小兔子。说了这一句后，翠就不作声了，她找了些最嫩的草叶放在兔子妈妈嘴边。然后扯了扯陈东风的衣襟，悄悄地走开。

高山之上，燕子红开得铺天盖地。

翠一直在想那只正在生孩子的麻色野兔，陈东风提醒几次，她才将情绪扭转过来。

翠又要采集燕子红。翠发现了一株黄色的燕子红，她置那如海如潮一样的红色燕子红不顾，崖上崖下，爬来爬去，到处寻找这种黄色的燕子红。翠的兴致越来越高，有两次她发现山崖的半中间有一株黄色燕子红。她爬不上去，便要陈东风帮她采。待陈东风真的往上爬时她又不让，她说太高了危险别摔着了。陈东风便没有爬，翠却无缘无故地生气了。第二次，陈东风没听她的，上去将黄色燕子红采了下来。翠又生起气来，一直不伸手接，直到陈东风说他要将这花扔在地上踩烂了时，她才接过去。

翠的兴致直到碰上一条蛇，才开始消失。那条蛇到底有多粗多长，翠其实并没有看清，她只记得有一道箭一样的黑光在草丛中嗖地射过，留下一道沟，让草往两边斜着退倒。陈东风站在一块石头上，一见翠突然没命地奔跑起来，就明一定是遇上野物了。他跳下岩石，将一根手臂粗的朽木朝着翠身后那条前进得很快的草沟扔去。在看清楚草沟拐了方向以后，他才去迎接翠。

翠的胆差一点吓破了。陈东风不停地用手抚摸她的背部和腰部，有几次大拇指还伸向了翠的乳根。翠对这些几乎没有反应。陈东风只好用巴掌在翠肉奶奶的胸脯上轻轻地拍打。他没有做任何其他的多余动作，他心里也有些着急，担心翠会影响自己明天进城的计划。他已盘算好了，将这些黄色燕子红带给方月，作为给陈西风的礼物。

翠的复原是那只麻色野兔将小兔子生下来以后。陈东风不顾麻色野兔凄厉的尖叫，将一只刚生下来的嫩如春水的小兔子捧在掌心上，让翠仔细地看了一阵。翠终于长吁了一口气，清楚地说出话来，要陈东风将小兔子还给兔妈妈，并用树枝给它们做成一道栅栏。

二人平静地下了山。

方豹子的妻子正在路边打猪草，她讪讪一笑说，翠，你是叫翠吧，你好像太累了点！

翠说，山太高，是有点累。

方豹子的妻子说，你可以叫东风背你走嘛！说着，她吃吃地笑起来。翠红着脸朝路边唾了一口痰。方豹子的妻子呀呀地叫起来，做都做了还怕人说！说完又笑起来。

陈东风顾不上臊，他说，你再敢瞎说，我就将你家秧苗扯了。

方豹子的妻子忙说，我嘴臭，算我没说。等他们走过去了，她忍不住小声嘟哝，充什么黄花姑娘，走路都一撇一撇的成了八万，莫以为我看不出来。

翠烧了一锅热水让陈东风洗澡。她在替陈东风洗衣服时发现裤袋里有一串钥匙，她选出能开大门锁的那一把，将它从链子上取下来。

偷到陈东风的钥匙，翠感到很幸福，她找了一根红丝线，像玉坠一样，让钥匙贴着脖子垂在两乳之间。她怕陈东风锁门时发现钥匙不见了，就没有让陈东风送自己，骑上陈东风的自行车一个人往回走。

翠说，下次要带点好东西来。

陈东风不想让人知道自己要走，直到天黑以后才开始收拾行李。让他犯愁的是翠采回来的那一束黄色燕子红。他不可能一路上抱在怀里，但如果没有一只纸箱将其装着，颠簸到县城肯定会香消玉碎。

整个突击坡只有段飞机家有纸箱子可以装花。

夜里，楼房很像炮楼。

陈东风穿过突击坡时，家家户户的女人们都在清理大大小小的簸箕和晒筐，养蚕的季节来了。女人们又高兴又害怕。女人们持家过日子，大部分开销源于乌亮的蚕籽孵成小蚕蚁儿，蚕蚁儿昼夜不停地啃着一片又一片桑叶，让身子长肥长白，最后用一根永远也吐不完的丝线，缠绕出一只雪白的小球。这小球就是女人自己的新衣服，是丈夫喝的酒、吃的肉，是公婆医病的药，是孩子交到学校的学费，是田里庄稼的化肥和农药。所以女人们侍候蚕宝宝，比侍候儿女还仔细。白天采桑叶，晚上喂蚕，蚕不睡她们就没有时间睡。

男人知道女人有钱无钱，可女人永远也搞不清男人有钱无钱。说起来，男人身上总是空空如洗，可麻将桌上总是坐满男人。小楼里的麻将声，比那些土房子里的麻将声清脆明亮许多。陈东风用力敲了几下门，然后大声说自己是派出所的警察，来抓赌的。段飞机大大方方地打开门，笑嘻嘻地说，你若说是过路的或找人的，我倒不敢开门。派出所的人才不会自报家门哩。陈东风没时间开玩笑了，他告诉段飞机，自己急需一只装东西的纸箱子。段飞机不理解干吗非要这种东西，布袋塑料袋不也一样，并且拿起来更方便。陈东风不肯说明用途。段飞机领着他楼上楼下找了一遍，确实没有闲着没用的纸箱子。

段飞机让妻子上阵搓一圈，自己抽空陪陈东风坐坐。一会儿就说到办工厂的事情上。段飞机问陈东风，愿不愿意进私人办的工厂。陈东风绕圈子回答说，自己也去办个工厂，专门生产麻将。段飞机说这是一个好点子，农村还有二分之一的家庭没有普及麻将，这是一个广阔的市场。陈东风见段飞机当了真，也认真起来，他说，城里人钱多，应该以城里为主。段飞机说，城里麻将普及率已达到了百分之九十几了，剩下的都是老顽固，送他一副也不会要。陈东风说，也不一定，如果换成金麻将或者象牙麻将，也许他们会要的。段飞机一时间大笑起来。随后，陈东风问起城里其他一些情况。段飞机说，城里现在将打麻将叫上班，上班则成了业余爱好。陈东风不相信，那么多农民进城打工，未必也是去打麻将。段飞机说，正因为农民进城帮他们干活，他们才有工夫去打麻将。

陈东风不想同段飞机说了，他认为段飞机是替自己成天打麻将作开脱。他站起来要走，段飞机拉着非要他再坐一会儿。重新坐下以后，段飞机并不同他说什么，而是不停地用眼睛去看妻子，就在女人扫过他一眼时，他伸出四根手指晃了一下。女人便迅速吃了上家一张牌，跟着对家打出一张三条，女人推倒和牌时，对家气哼哼地说她，屁了自己的一个豪华七对。段飞机像没察觉牌局上的事一样，又在同陈东风说话。陈东风明白了段飞机的把戏，坚决地打开门向外走。

段飞机站在门口说，你去老方家看看，方月经常捎东西回来，说不定有纸箱子空着。陈东风想了想，除了她家，再也没有别的地方可试了。

方月的母亲正和丈夫争吵。她要养十张纸的蚕，男人不肯，嫌太多了，不用说人累，光是夜晚那蚕儿吃食的沙沙声就能吵死人。方月的母亲不让步的理由也很硬，女儿好不容易怀上孩子，总在年里年外要生的，到时候钱少了对付不过去。男人则认为虽然是女儿要生，可生下的孩子是姓陈而不是姓方，所以不用方家着急。

陈东风敲了一下门，他们没听见。门本来就是虚掩着，他干脆一下子推开了。方月的父亲见了他就说，人家十几年不养蚕，还不是活得很好。方月的母亲说，人家屋里没有女人，再说人家种的那田你种得了吗，一样大的田，人家总要多收几百斤粮食，加上田边地头，就是上千斤。方月的父亲说，要养你养，我可是一片桑叶，一粒蚕屎也不会帮你动的。方月的母亲说，只要你不怕我去找别的男人帮忙，你想怎样玩就怎样玩去。方月的父亲说，这样死做的男人怕是不好找了。

陈东风听出这话是在影射死去的父亲，便说，方婶，你有事就开口叫我。

方月的母亲仍在冲着丈夫说，我就不信多养几张蚕，就能累死人。

方月的父亲气呼呼地钻进里屋去了。

方月家里真有空纸箱子，墙角里堆着好几个。陈东风挑了一个比较好的，拿上就走。方月的母亲撵到屋外，追问他是不是打算出门。陈东风不想让她知道，矢口否认了。方月的母亲叹起气来，问陈东风同翠的关系到了哪一层，准备什么时候结婚，还责怪他没有趁父亲在世时，让他看上一眼，她说翠比方月强，陈老小看了一定会感到称心如意。陈东风听得出来，这话的意思有些特别，既不真也不假。不知为何，陈东风生气了，他说，你别说自己的女儿不好，你是不是因为这才将她嫁给陈西风？若是这样，当初我——他没把话说完，但那意思方月的母亲是一清二楚。她怔怔地看了他一会儿，才小声说，你同你父亲一样，苕得让人心疼。我养这十张纸的蚕，有五张是帮你养的。等你结婚时，帮你买台电视机，这是我许给你父亲的愿。

陈东风想逃走，脚下却被什么扯住。

他喃喃地说，刚才我骗了你，我要到城里去打工，是陈西风要我去的。

方月的母亲说，我一眼就看出来了，你是来向我辞行的，纸箱是你的借口。

陈东风说，不，我用它装一束燕子红，带给方月，城里没有这东西。

方月的母亲几乎要喊了，她说，你别这样！

这一次，陈东风成功地逃走了。他明白方月的母亲不会追过来，但他还是将大门闩死，将灯吹灭，还用被子将头蒙住。

陈东风起床时，天才蒙蒙亮。他将行李拿到门外，转身锁门，才发现钥匙少了一把，他马上意识到是被翠偷走了。于是，他回到屋里，写了一张纸条留给翠。

再出门，他看见塘埂上孤零零放着一只马桶。

就在他弯腰挑起行李准备飞快离去时，方月的母亲站到了他的面前。

她说，我一夜都没睡好，你别做没指望的事，那会苦你一辈子。别学你父亲，只会折磨自己！

方月的母亲几乎是在他身后哭喊着，别找她，听见没有，千万千万啦，好孩子！

陈东风没有回头。他用一条小扁担挑着一个红木箱子和一个背包，扁担搁在左肩，右手提着那只纸箱子。一群鸡在露水草中匆忙地觅食，一只小鸡找到一条蚯蚓，叼起来向别处跑。几只小鸡在后面追，母鸡站在一旁看着，并不去管它们的争斗。两头肥猪在一块空地上乱拱，麻雀们吵吵闹闹地在那些翻过来的土壤上跳来跳去。方月的母亲将马桶扔进水塘时，一只鲤鱼跃出水面，用晨曦染了染身上的金色鳞片。远处的小溪边，几只狗正在合力追剿一只狐狸，田野上的风似乎是它们搅起来的，吹得它们一会儿像几只离弦的箭，一会儿又像山洪下来时溪流中的漩涡。方月的母亲只顾蹲在水边，盯着水中的人影，陈东风的行走就显得太孤独了。老劳模陈老小的死，在清晨时分更是无法弥补的损失。动物们都在劳动，单单少了人。那只狐狸已经逃远了，几只狗仍在河岸上嗅来嗅去，陈东风冲着它们叫了一声，快追呀！小时候陈东风见过人追狐狸的情景。那时，田野上有许许多多劳动的人，他们一齐吼着，跑动的脚步声震得田野上有水的地方都起了波纹。有一次，一只狐狸吓得躲进放在田埂上的一只空茶桶里，陈万勤上去轻轻一提，连桶带狐狸一齐扔进水塘里，交给小孩们用石头砸。只一会儿狐狸就被砸死了。狐狸太臊没人愿要，最后被段飞机捡了去，剥下皮来卖钱。那茶桶在水塘里泡了三天三夜，还未洗尽臊气。段飞机身上的狐狸臊，则延续了差不多一个月。大家都说，段飞机卖狐狸皮的钱，还不够他买香皂洗澡。

陈东风回头看着段飞机的小楼，独自笑出了声。

他同父亲一样，对段飞机有一种骨头里刻着的轻蔑。

3

闹钟不知在什么地方响起来。方月伸出圆润的手臂抓起枕边的手表，一看才六点钟刚过，就问，谁定的时间，这么早闹鬼呀？陈西风翻了一下身说，我还以为是你定的哩。方月说，我也没定。她没有往下说。他俩都明白，肯定是陈西风的父亲定的时间。

果然，客厅里响起陈万勤的脚步声。接着是开门和关门声。方月说，你爸坚持得这么好，每天早上都出去挑石头，活一百岁没问题。你得当一辈子儿子了。陈西风说，他这样子，能活到七十岁就不错了。说着话，一只手已伸到方月的胸脯上，跟着半个身子也压了上去。方月说，要上班哩！陈西风说，没事，我给你请病假。方月不再作声，陈西风就将两人的衣服全脱了。

忙了半个时辰，陈西风终于放松下来。方月将自己身上的脏东西处理了一下，衣服也懒得穿，就又睡过去了。陈西风稍微闭闭眼睛，定定气，便穿衣起床，正要打开房门，方月忽然说，我想起来了，你爸自己就是一只闹钟，每天总是那么准时。昨晚一定是你定的闹钟，你早就想好了早上要做的事。陈西风一笑说，谁叫你这几晚只顾打麻将，等我睡着了再上床。方月娇滴滴地说，你坏！陈西风又忍不住钻进被窝，同她亲昵了一阵。

陈西风再次起床时，发现时间已晚了。他索性不慌不忙地做了一份早点，一个人慢慢地吃起来。吃得正有味时，陈万勤回来了。陈西风问他想吃什么。陈万勤在街上吃了两根油条，喝了一碗豆腐脑，不想再吃东西了。陈万勤本想坐下来好好抽一支香烟，刚刚点上火，忽然发现儿子的卧室门还关得紧紧，不用问也明白，方月又在睡懒觉。陈万勤皱起眉头，拿上扁担和一对铁丝箍，低着头，一声不吭地往外走。

陈西风望着父亲，嘴唇动了几下，想要说的话，还是被咽了回去。正好电话铃响了。他估计是办公室打来的，拿起话筒一听，果然不错。

办公室的人说，去植树的人都集合好了，单等他去带队上山。陈西风说，县里有人一大早来家里，正在商量事情，他要他们先走，自己随后就到。办公室的人说不行，县政府办公室派了人在山上点名，非要各单位一把手亲自上山，一把手不到场，就罚多栽一百棵。陈西风便答应马上赶到。

放下电话，他才想起打电话的是秘书田如意。田如意的丈夫在部队当战斗机驾驶员，前不久飞机出故障从天上掉下来，她丈夫本来已经跳伞了，可是降落伞没打开，人从几千米的高空摔下来，落在一座火车站里，摔成了肉饼。田如意当时正在休探亲假，正好在部队里。事故发生后，陈西风批给她两个月的假。他算了算从出事到现在，二十天都不到。

到厂区后，陈西风先到安全科给方月请了病假。方月在安全科当安全员。安全科文科长在考勤簿上做了“疒”字记号，然后笑着问，方月是不是妊娠反应。陈西风也笑，但不做回答。

操场上稀稀拉拉地站着二十来个人，陈西风扫了一眼，见有不少车间生产骨干，心里就有些发火，跑到生产科问这些人是谁派的。生产科说是各车间报上来的。见加工车间主任正在走廊上溜达，陈西风就将他喊进来问是怎么回事。加工车间主任叫徐富，他说，全车间的人都想上山植树，越是生产骨干闹得越凶，都说自己快变成机器了，他只好迁就一回。陈西风当然明白，上山植树就跟春游一样，所以大家才争着去。徐富走后，陈西风对生产科长说，你通知一下办公室，让田如意也去植树。生产科长说，田秘书还没上班哩。陈西风说，她刚才还给我打过电话。生产科长出门去了一会儿，回来时说，田秘书的确没有来，办公室都是别的科室的人轮流值班，大家也盼田秘书早点回来。

陈西风有些奇怪，如果不是田如意，那个电话又是谁打的呢，声音竟如此相似？他拿上铁锹，挥挥手，让大家上了卡车，自己则坐进驾驶室。驾驶室里已有两个人，一个是司机，另一个是加工车间的车工墨水。陈西风一见到她就想笑。墨水的长相和她的名字一样，又黑又矮又胖，他总觉得如果叫作墨水瓶才是天人合一的名字。墨水冲着他叫了声，厂长，我从来没有同你坐在一起，今天才算有缘。墨水的牙齿很好，嘴唇也有一种特别的魅力，所以她笑时还有几分动人。陈西风说，同我在一起算什么，碰上刘德华和张学友，那才叫作缘分。墨水吃吃地笑起来，说，你今天早上的心情怎么这么好！陈西风说，同你在一起我心情不好能行吗！墨水这时笑出一些妩媚来。她说，我是说你在家里的时候。陈西风忽然想起来，早上那个电话莫非是这丑女孩打的，可眼前这声音与先前听到的声音完全不一样呀！陈西风忍不住问，是你往我家打的电话？墨水说，是他们要我打的，大家见你和方月都没来，以为你们还在床上舍不得起来。陈西风不想说什么了，刚好卡车有些颠簸，他借机从车窗里探头要车上的人注意安全。

卡车驶出厂门，来到街上。虽然上班时间已过了一个小时，赶着去各自单位上班的人仍将道路挤得满满的。

墨水忽然趴在陈西风的怀里，将头伸出车窗，对着外面连连叫着，黄毛，黄毛，我植树去了。人群中有个女孩冲着卡车摆了摆手。女孩披一肩的黄头发，身材高挑匀称，可就是面部又窄又长。车上的人一边哄笑，一边齐声叫着，黄毛，黄毛，我植树去了。黄毛空手做了一个要用石头掷他们的样子。

陈西风朝黄毛点了一下头后问墨水，黄毛是哪个班组的？

墨水说，同我一个班组，我们是铁姐们。

陈西风问了一下她们班上的生产情况，听说她们人人都超额完成生产定额任务，忽然心生不快。他说，既然人人都超产，车间为什么又完不成任务呢！

墨水说，我不清楚，我又不是车间主任。

陈西风说，可你是工厂的主人。

墨水吃吃地笑起来，她说，真是主人，那我们怎么不能给自己加工资？

陈西风说，工资谁不想加，工厂亏损，政策不允许。

墨水说，亏不亏损，是你们当领导的事。

墨水这话有点斩钉截铁的味道，陈西风最不喜欢工人如此说话，他闭上嘴不再作声。

墨水伸手捣弄车上的录放机，听司机说录放机坏了，她便自己哼起歌来。墨水哼的歌名叫《潇洒走一回》。陈西风从这歌里听出一些早上那电话里女人声音的韵味来。在离县城两公里的一处山脚下，卡车停下来。陈西风伸手开车门时说，墨水，你的歌唱得不错。

山脚下大卡车和大客车已停了好几辆，另有一辆奥迪小车。陈西风一看车牌号的尾数是777，就知道管工业的王副县长来了。陈西风赶忙领头往山上走。身后的工人忽然大笑起来，个个笑得像疯了一样。陈西风回头看了几次，才知道不是针对自己。他见方豹子也在人群里，便在路旁站住，等他走过来了，便问他们刚才笑什么。方豹子说是在笑王副县长的车牌号。陈西风不理解，那三个7有什么可笑。方豹子告诉他，777不是同吃吃吃同音吗，他们在笑交警队的人真幽默，将这样的车牌号给了县太爷，真像墨水取名叫墨水，黄毛取名叫黄毛一样异曲同工。陈西风一想，不由得也笑起来。挨着大别山的这一带，吃和7念的是一个音，777念成吃吃吃，难怪大家都要笑。

上了山，见王副县长那里亲自登记发树苗。陈西风上去打招呼，并将树苗领了过来。王副县长很郑重地说这是板栗苗，几元钱才能买一棵，要好生栽，县委做了决定，县城周围的山上都要改种经济林木，今年种板栗，明后年种柑橘，三年解决问题。墨水忽然问，还故意装出口吃的模样，王副县长，这些果树什么时候能够吃、吃、吃呀？还没等到回答，四周的人一齐笑起来。王副县长起初也准备笑，发现情况不对后，就将人脸板成狗脸，死死盯着陈西风。陈西风明白大家仍在笑那个“777”，连忙将他们轰走。工人们走远了，王副县长才问刚才他们笑什么。陈西风说，他们一路都在笑那说话的姑娘，她本来就黑得像炭，偏又取名叫墨水。王副县长也被这解释说笑了。

后来，王副县长提出要安排一个人到阀门厂。陈西风只听清是个女的，就表态说，将她安排到技术科学描图。

开始栽树后，大家才觉得今年栽树没有往年轻松好玩，每棵树都要挖成一米见方见深的坑，还要到山下去挑些肥土上来，将坑填满后，才能将板栗苗种下去。所以，还没开始挖，大家就连声喊吃亏了。二十几个人要挖二十个坑，除去女的，刚好一人一个。陈西风还没宣布完，多数人就跑开，到坡上选那土软的地方挖。将山冈上几个定在硬麻骨石上的坑位留给几个招聘来的农民工。

方豹子他们自知身份低，不可以像那些住在城里的正式工一样争肥拣瘦，一人选了一个坑位，一声不吭地挖起来。作为一厂之长，陈西风摆出一副大度的样子，最终却像是被人出卖了，因为自愿排在最后，留给他的当然是最难啃的一块骨头。陈西风手里的锹，根本对付不了坚硬的麻骨石。方豹子他们则不同，上车前分工具时，他们拿到的全是别人不想要的镐，正好派上用场。陈西风正在恼火，方豹子递过来一句话，要陈西风别急，等自己的坑挖好了，就过来帮他。

陈西风用锹挖了半天，也只挖出碗大一个坑。他不停地往山下望，希望红色桑塔纳轿车突然驶来，接自己下山应付某种事情。红色桑塔纳轿车没来，倒是来了一辆红色自行车。一个女人将车支好后，扛着一把镐向山上爬。陈西风心思在红色桑塔纳轿车上面，没有去留意看上来的女人是谁。直到墨水叫起来，说，田如意，你怎么来了！他一看，田如意正走在离自己很近的地方。

田如意一头短发，上面卡着一只白色发夹。面色苍白，身上也见瘦了，上身穿着白衬衣和白色短装外套，下身穿一条黑色西裤，脚上是黑色高跟皮鞋，那模样于凄楚中更加动人。

墨水她们抢先围了上去，都说田如意变得更漂亮了。又问她为什么不将假休满了再上班。田如意浅浅一笑，低声说了几句什么，陈西风没有听见。

田如意走到陈西风跟前就不再走了。陈西风问了问她的情况，得知她是昨天到家的，已故飞行员丈夫被授予二等军功章，首长还要留她在部队，被其婉言拒绝了。上午十点钟，她给厂里打电话，听说陈西风问到她，便随手拿了一把镐，骑上自行车赶过来了。陈西风拿过田如意手中的镐，一边挖一边说了些安慰的话，还特意解释，是墨水她们捣乱，冒充田如意打电话，自己才想起来问田如意，并没有要她来栽树的意思。田如意说，你不叫我，我也会来的。

陈西风抬头看了她一眼。田如意正好也在看他。

两道目光一碰，陈西风心跳忽然加速了。

田如意说，他留下三大本日记，我都看了，他提到过喜欢的几个人，男人中他唯一一次提到的是你。陈西风有些惊讶，我有什么值得他喜欢的？田如意说，因为你一直很照顾我，所以他才喜欢你。陈西风笑起来说，到底是以蓝天为家的人，心胸阔大，我还担心他会吃醋呢！田如意说，现在他不能吃醋了，你还能那样照顾我吗？陈西风认真地说，恐怕困难多一些，不过我会尽力而为的。田如意说，我明白你的难处，寡妇门前是非多，对吗？

陈西风感到田如意这话不大对头，回头看时，眼泪已从她脸庞上滚下来。这时方豹子已挖好了自己的那处树坑，准备往这边走。陈西风提醒了一下，田如意立即背对他们一个人往山谷中央走去。

田如意在那里待了半个小时，返回时已恢复了那凄凄的平静。

她告诉墨水，山谷中有一片燕子红开得正好。墨水她们几个立刻连滚带爬地跑过去，回来时，人人怀里尽是燕子红。由于燕子红的辉映，连墨水都有了几分俏丽。墨水要分一株燕子红给田如意。田如意不肯接，她说，我还没满七七呢。

陈西风立刻想到王副县长的车牌号，那里的“777”让人发笑，这里“七七”让人心酸。

工人们却不管这些，起哄般叫起来：777！吃吃吃！777！吃吃吃！陈西风一看手表，已是中午十二点。他们以为像从前一样，在地上打个眼，扔进一株树苗，用脚踩一踩，一个小时干完活，然后在山上玩一整天，都只带了些简单的食物。现在这种干法，不吃主食是不行的。陈西风便叫墨水下山去，打个电话，让厂食堂煮一桶肉丝面送来。

墨水下山不久就领着一个男人挑着一担水桶上山来了。水桶里一个装的肉丝面，一个装的碗筷。挑水桶的人是路边开餐馆的老板。墨水说打电话还要走两里路，她没有力气走了，就上餐馆要了十五斤肉丝面，有厂长在这儿她不怕没人报销。陈西风说她不该擅自做主。墨水反诘说，他刚刚还说过她是工厂的主人。

工人们在一旁起哄说，主人吃面条，客人喝茅台，墨水没有错嘛！

陈西风怕他们说出更难听的话，就说，好好好，你们吃吃吃吧。

饭后休息，大部分人往山上撒野去了，扔下陈西风、田如意和方豹子他们。随后方豹子他们到山下找了一辆板车往山上拖肥土，留下陈西风和田如意将拉上来的肥往坑里填。

两人断断续续地说着话，看得出，田如意的眼睛在不停地重复着说一句话。那句话是什么，陈西风不敢去细想。

方豹子他们拉来的肥土填满了十八个坑时，墨水她们才回来。陈西风批评她们不应该将自己的事推给别人做。墨水一点也不遮掩地说，我们谈好了，每人拨给他们四个工时。陈西风生起气来说，再有机会，你们大概还敢将车间里的机器抵押给人家。

墨水她们笑嘻嘻的，一点也不在乎。女人们相约跑到一旁整理燕子红，准备回家。燕子红有些发蔫，她们后悔动手早了，应当留到现在去采折。

方豹子他们吃力地将最后一板车肥土拉上山，大家七手八脚地将树坑填了，又将板栗苗栽好。下山时，大家又在议论今天植树太亏了，还不如在厂里上班。如果没有方豹子他们几个，就算勉强能将树苗栽下去，大家一定会累得要用四只脚，才能爬下山。

别的单位也在开始往回撤人，大家情况都差不多。

墨水她们怀抱着燕子红，大声唱着歌。

田如意怀里没有花，也没有唱歌。

陈西风小声对她说，不要太压抑自己了。

4

方月一觉睡到上午十点才醒。

起床后第一件事就是去卫生间，无意中发现下身来了一点红。

她一个人笑了起来。同陈西风结婚时，她才二十岁零几个月，一晃几年过去，她对这婚姻也已经习惯了。当初做姑娘的感觉，只有在做爱获得快感、全身上下酥软无力时才会出现。她很留恋这种感觉。自从有了这发现，她就没有拒绝过陈西风。

在事后那种半梦半醒中，她必定会见到村前村后的各种景象，其中那条小河是必不可少的。那位打着赤脚、梳着小辫子的姑娘也是必不可少的。插完秧，姑娘坐到溪旁的石头上，让流水自在地洗去小腿上的黑泥。黑泥随水而逝，姑娘却仍不动作，她还要等待只有少女的肌肤才能体会的美妙的时刻——一群小鱼游过来，不停地用水花一样的小嘴，轮番在她那白嫩的小腿上吮着啄着撞着。十八岁少女的肌肤是五分白云拌进五分月光做成的，每一下触击都能让全身发出舒畅的荡漾。那时那刻，她非常相信母亲的话，在秧田里泡过一天的腿，小鱼是不会不理睬的，因为秧田里有一种滋润万物的东西。姑娘看着水里游弋的小鱼，感到它们的身体是用透明的金子和透明的银子做的，浸在水里，除了光艳与色彩之外，几乎看不清它们的形状。在十八岁前后的多情岁月，她一直不清楚这些小鱼能不能长大。她总以为它们是流水的一种，是水中能挺起的神经，是水中能做抚摸的乳头，甚至是水中实实在在的一群小小软骨。流水泡久了，小腿上就会出现一些无色的汗毛，这被秧田滋润的，被小鱼扯出的像细绒一样的毛毛儿，简直就是初生婴儿的须眉，令姑娘心跳不止。她在试探这是否是真的时，是用两个手指轻轻地夹着一根汗毛，再轻轻地将其扯起，直到细腻的皮肤上出现如雪原上的帐篷一般凸起，她才放手，并惊恐地遐想，天下有那么多的男人，谁是第一个发现自己身上的秘密，并被允许用手抚摸这对长着绒毛的浑圆小腿的人呢？小鱼只管将这绒毛拉长，一丝青苔飘过来挂在上面，绒毛变得有些发黑。她赶紧用手将青苔撵走，她害怕这绒毛会一根接一根地变粗变黑。望着母亲那丰满光洁如玉的小腿，她十分羡慕。母亲又对她说，秧田似剃刀，常在里面走一走，谁的腿都会漂亮如意的，田里长苗身上就不长毛。那时，她想，劳动是件好事哩，可以让人变美。她看见一个少年男子在用一双忧郁的眼睛看着小河流水。这也是她在梦中见到的景物之一。由于少年的目光，流水变得炽热起来。当然，这种炽热在多数时候，会演变成陈西风实实在在的拥抱。

除了炽热以外，陈西风身上没有小溪和小鱼的感觉，他的眼睛更不会忧郁。方月记得一句话，只有忧郁的眼睛才能看得见爱情。她觉得自己被这句话垄断并征服了。她望了望自己的小腿，隐隐约约看见那上面长着几根正在变黑的汗毛。走出卫生间后，她没有先去拿卫生巾，也没有先去穿长裤，而是打开一只衣柜，从一堆旧衣服中拿出一只药瓶，倒出一粒药丸放进嘴里用温水吞服下去。她一直瞒着陈西风在吃避孕药。而且每次做爱之后还要加服一次。陈西风的前妻就没有怀过孩子，所以他老是以为自己不行。方月有时也装出像是怀孕的样子让他惊喜一阵，上个月她来月经时陈西风正好出差在外，回来后，她又骗了一次。陈西风一高兴便有意无意地到处透露消息。她不太明白自己为什么要这样做，这么不愿意为他怀一个孩子。那一年，陈西风走进她家，大言不惭地要父母将她嫁给他。她特别不喜欢陈西风的霸道，开口求婚时，没有丝毫羞涩之意。陈西风的求婚让方月一家寝食不安，他们不理解陈西风为什么要选中这邻居家的姑娘。其中缘由，后来有机会问陈西风的父亲陈万勤，他也同样说不出理由。陈万勤那时正重病缠身，特别希望能在有生之年抱上孙子，他以为儿子是从这一点上来考虑的。方月一家对这一点不大相信，因为方月的父母在生孩子这一点上不是能干人，结婚三十多年，仅仅生下一个方月，这样的历史背景对于急切想要孙子的陈家，可不是件好事。方月的父母最终做出嫁女决定，完全是因为别的人家主动将女儿介绍给陈西风。这种刺激有了十几回后，方月的父母终于咬牙让方月下嫁给陈西风。对于这桩婚姻，唯一让方月憧憬的是父母的预言：大男人心疼小媳妇。方月见到陈西风是在他家里，陈西风当着众人的面将她叫到房里，什么也没有说，一进门就抱住将她吻了，然后才要她晚上再过来一次。方月本是打定主意不去的，但天黑以后，她还是去了。陈西风一见到就说，知道她是处女。当时，方月羞得连骨头都软了。陈西风轻而易举地将她抱到床上，简单地抚摸过乳房之后，就开始了将她脱光的漫长过程。此前，方月没经历过任何男人，她不知道如何是好，对陈西风的任何动作都有一种恍如隔世的感觉。直到陈西风心满意足地说，你真的是处女。方月后来才知道，陈西风一直不清楚死去的前妻到底是不是处女，新婚之夜的冲动使他忘了细看。他之所以看中方月，就是因为看准了还没有男人对她下手。

我没有恋爱过，方月总是这么对自己说，而没有孩子的婚姻生活或许可以作为某种替代。

方月甚至有些妒忌她的母亲，她第一次发现母亲的眼睛会说话时，只有十二岁。母亲带着她在小河里洗被子。陈老小牵着牛在小河上游饮水，母亲只望了他一眼，陈老小就牵上牛绕过她们去了下游。擦肩而过时，陈老小看了一下放在石板上面的被子。母亲看了看陈老小，然后也看了看被子。方月看出母亲要说的话，母亲是叫陈老小将自己的被子拿来，趁着这好天气，帮忙洗一洗。陈老小饮完牛，果然回家将被子放在水桶里，晃悠悠地走过来。方月被母亲支到河堤上望风，她以为陈老小会同母亲挨着站着或蹲着，她还想看到母亲同一个男人拉一会儿手，可是河里只剩下母亲一人。陈老小没事做时，便去修整一处塌下来的河岸。陈老小力气非凡，非常大的石头，他弯腰抱起，再举着放到石岸上。母亲的力气也不小，沉沉的粗布被子，像蛇一样缠在手臂上，她一截一截地拧干，没有唤女儿去帮忙。母亲在水中躬着身子，露出半截丰腴的腰，嘴里轻轻哼唱，洪湖水呀浪呀么浪打浪呀——她第一次听见母亲唱歌，也是第一次知道母亲还会唱歌。方月看见父亲穿过田野向自己走过来时，连忙跳到河里，用嘴唇贴着母亲耳朵，轻轻地告了密。母亲脸上出现一些苍白，但很快又恢复镇静，说老小叔一个人过日子，我帮帮他，你爸不会责怪的。父亲来说，中午家里有客人。父亲发现了陈老小的水桶、陈老小的被条和陈老小本人。母亲平淡地说，我见他洗不干净就帮帮他。母亲的谎话，父亲是否相信，方月无法判断，只看见父亲走到河岸边，同陈老小一起将那块几百斤重的大石头抬上石岸缺口。父亲走后，母亲脸上才泛起一阵潮红。从此，母亲脸上的这股潮红，一直深深地印在方月的心中。这是她见到母亲最美丽的时候，更重要的是，方月自己从来没有体验这种潮红的滋味。她因此更相信潮红是恋爱的标志。苍白也是，只不过是反面的。母亲脸上的潮红是恋爱的正极，苍白则是负极。

方月一直在遗憾，陈西风只让她尝到男女交合的那种无法讲述的快感。

方月从梳妆台上找出一瓶褪毛灵，倒了一点，轻轻抹在小腿上。一种凉丝丝的感觉迅速在全身弥漫开来。她推开窗户，一条流着黑水的小河呆滞地铺在窗前，小河岸边有一排破棚子。棚子前面，一群脏兮兮的孩子正在清理成堆的废纸和废塑料。方月叹了口气，将目光移开后，正好看到公公陈万勤在一块荒地旁用石头垒着什么。

方月不满地嘟哝一句，都什么年纪了，有福不晓得享！

这时候电话铃响起来，方月转身拿起话筒。

文科长在电话里问候她，要她好好养病，不用惦记工作。

方月说，不要紧，大概是感冒了。

文科长说，是不是要生小王子了。

方月说，又不是等着要人继承王位，你们急什么？

文科长这才问她，昨天的安全检查记录表放在哪个抽屉里。方月一时记不起来，便大致说了几个地方。最后，文科长说他家今晚有个牌局，目前是三缺一。方月想了想说下午身体感觉若是好一些，晚上她就去，若是还不行，那就去不成。

放下电话，方月用开水冲了一杯奶粉，然后拿出一桶全是英文的饼干，顺手打开电视机，坐在沙发上慢慢咀嚼。也不知是什么电视剧，一开始让人觉得很无聊，可县电视台就此一套节目，没有别的可看，她强忍着往下看，竟然渐渐地看出了神。当一对男女青年谈恋爱谈得身子越挨越近，两只手想碰又不敢碰时，她也跟着心跳不止。

正在这时，外面有人敲门。方月开开门，是加工车间的车工黄毛。

黄毛拎着一大包东西，进门就说是来看她的。黄毛口口声声叫她方月姐，方月听了心里很舒服，便夸起了她的那头金发。黄毛也有些得意，说前几年她总想吃药让头发变黑，不料现在竟成了最时髦的，特别是到武汉等大城市去玩时，有女人当街拦着问她是在哪儿染的，简直以假乱真。听到她说自己的头发本来就是真的时，城里的女人羡慕得眼睛都红了。方月见她太得意了，就泼冷水，提醒黄毛，不定再过几年，金发又不吃香了。黄毛忙说，其实方月的黑发才更迷人，男人喜欢黄发只是当野花来采，真正靠得住，当成依靠过日子的还是黑发。方月心里一笑，想说男人只是不喜欢黄毛的那张脸，女人的脸，丝瓜不像丝瓜，刀豆不像刀豆，别的地方再好也没有用。脸是女人的门，进不了门，里面的摆设再好也没用。

方月说，你来是有事的吧？黄毛忙说，没什么事，听车间的人说你有喜了，便想来看看。方月说，你莫听大家乱猜。你说吧，到底有什么事？黄毛说，方月姐这么热心，我就不怕了，我想求你同陈厂长说说，将我的工种换一下，车工每天三班倒，我有些吃不消。方月说，你想做什么呢？黄毛说，只要能到后勤部门，不管哪个科室都行。方月说，后勤人员本来就太多了，恐怕有困难。黄毛说，在车间搞管理也行，不过最好是在后勤。方月说，你车间女工多，真调你，恐怕有人会抬杠攀比。黄毛说，我视力不好，可以到医院开个证明，证明不适合当车工。方月说，这样当然要好一些，有个理由嘛。

又说了一阵话，方月忽然若有所思地说，如果再年轻一些，我倒真想去车间干一两年，人太闲了心里反而难受。黄毛说，车间又是铁锈又是油污，最漂亮的女人在车间泡半年，也要变成丑小鸭。田如意在车间时，哪个看得中她？后来调到办公室，不到一年，就找上一个飞行员嫁了。方月说，田如意是不是真的很能迷惑男人？黄毛说，论漂亮她比不上你，但若论讨男人欢喜，她可真有一手绝活，比武则天还厉害。方月说，黄毛你别在背后说人家的坏话，我不喜欢这样，人家的丈夫死得那么惨，应该同情她才是。黄毛说，我刚才在路上碰见她，那模样我也说不出来，不过方月姐，你以后还是多留点心。方月说，我是要多留一下心，看看她为什么能让你五体投地。

方月其实明白黄毛叫自己留心的什么，她不让黄毛有机会再说下去，厂长和书记这两年斗得越来越厉害，任何传言都对陈西风不利。方月让黄毛到卧室里看梳妆台上的化妆品，黄毛一样样地都看了，有的还看得很认真。方月告诉她，这是陈西风每次出差回来所带的礼物。都是当时的新牌子。黄毛有点不以为然，说化妆品这东西得自己亲自去挑，像香水，省城哪家大商场没有上百个品种，就这上百个品种中，适合自己的也就一两种，必须亲自比较。护肤的东西也一样，前几年流行“永芳”，可用在墨水脸上就不行，她以为“永芳”能为自己增白，结果抹上去的白粉一块块地都填在毛孔上，就像乡下随便粉刷一下的厕所墙壁。方月笑起来，她留黄毛在家里吃饭，等陈西风回了，她们一起同他谈调岗的事。黄毛连忙动手帮方月洗菜，洗完菜又帮她洗衣服。方月的三角短裤被什么粘成一团，她用手一搓竟是黏糊糊的。方月开始不明白，黄毛的脸为什么红得像熟透了的樱桃，待看见她手中的东西才明白。她不好意思地接过来自己洗，边洗边问黄毛谈过恋爱没有，黄毛说，有人为她介绍过两次，都是只见一面就吹了。第一次，那个男人还轻轻吻了一下她的头发；第二次那个男人仅仅礼节性握握她的手。黄毛知道自己的相貌不标准，有意装出害羞之态将脸埋在两腿之间，男人很狡猾，他将一只小虫悄悄放在黄毛的腿上，黄毛忍不住一声惊叫，同时抬起了头。男人在以后的时间里一直低着头。方月听说他们第一次见面而没有上床，竟不大相信，平时她总是听说一谈恋爱就上床，那样的故事同自己的婚姻差不多，让她心里比较舒服。黄毛的恋爱经历让她不舒服，因为黄毛的恋爱将会是曲折而多彩的。方月追问黄毛当时有没有想做爱的感觉，连问了十多遍，越问越直截了当，黄毛没办法只好点点头。方月当即就教她以后第一次上床时要注意些什么。她说得起劲，黄毛忽然指出，男欢女爱之后，不应该用短裤擦干净，而应该用消毒卫生纸，因为穿过的短裤上免不了会有病菌。黄毛特别强调，这些知识，是她从书上读到的。

饭熟时，陈万勤回来了。

陈西风却没有回，黄毛要等，方月没同意。

吃完饭，陈万勤又出门去了。

黄毛问陈万勤在小河边忙什么。方月说，谁晓得呢，说是垒石岸。

5

手扶拖拉机吐着一股浓黑的烟雾，沿着公路一侧不紧不慢地爬。拖斗里坐满了年轻人，在人腿缝隙里塞满了各种各样的行李。除了风和黑烟之外，没有别的东西再能钻进来。陈东风拦住这辆手扶拖拉机时，拖斗里已挤满人，费了很大的劲，他才获得一块立足之地，由于手中拎着纸箱，他没办法用手全力去抓住什么，固定自己。所以，手扶拖拉机只要有颠簸，他的肩膀和肘部就会让周围的人吃苦头。在他之后，手扶拖拉机又陆续拉上了五个人。最后上来的那个男人长得很白净，一看就是刚从高中毕业出来的。高中生拼命地挤在他的身旁，像讨好一样帮他护着纸盒子。

陈东风对高中生有些好感，便主动询问。高中生叫赵家喜，他说他认识陈东风，陈东风以前来他们学校打过乒乓球比赛，他那时也在校队，只不过是初中组的，没机会同他交手，因为陈东风的球打得最好，而且能拉弧圈球，所以就记住了他。陈东风自然对赵家喜一点印象也没有。陈东风的弧圈球是上小学时，随父亲到地区参加劳模大会，在地区体校看别人练球偷偷学来的。他练了几年，等到升入中学时，这一带的体育教师都不是他的对手。

赵家喜是去县农机厂打工，他家的亲戚在厂里当炊事员，家里送了两次礼，当炊事员的亲戚才答应帮这个忙。农机厂离阀门厂不远，两个人当即约定，往后下班了，到一起打乒乓球。

半路上，迎面来了一辆神牛拖拉机。驾驶员刹住车，告诉这边驾驶员，前面公路设了卡，查违章带人，已拦住几辆货车和拖拉机了。手扶拖拉机驾驶员就要大家下来步行，他将空车开过交通卡后，等他们赶上来再上拖拉机。另一种办法是等，交通警察总是吃中饭时撤卡，因为乡下人外出总是上午走，到了下午就几乎不动了。大家都同意步行走一程。

拐过弯，前面公路上果然停着不少汽车和拖拉机。在汽车和拖拉机旁边，黑压压地站着几百人，都是带着大包小包，外出打工的青年农民。陈东风从人群旁走过时，有几个高中同学同他打招呼。陈东风站着同他们说了几句话，得知他们是去大连当清洁工。说话时，一旁有人插嘴，说自己也是去当清洁工，地点是上海。此话一出，立即有不少人围上来，问能不能带上他们，也去大连、上海当清洁工。听说每个城市都缺清洁工，只要找对门就可以当上，人人脸上挂着憧憬的色彩。

陈东风怕被拖拉机拉下，不等他们说完就离开了。走上半里路，一个山嘴挡住了身后的一切，手扶拖拉机果然停在那儿等，可是一车人却再也装不下去。陈东风先上去占了一席之地，上不去的人就对他手中的纸箱子有意见。陈东风只好将它顶在头上，好不容易将人重新装好，驾驶员发动了机器正要走，两个戴白帽子的警察骑着摩托车冲到前面堵住了路。戴白帽子的警察拿过驾驶执照就往回走，拖拉机驾驶员只能无可奈何地跟上去。

等了半个小时，驾驶员还没有回来，就有人骂开了。当然先是骂警察，然后上上下下扯到一起骂，现在的社会一怕工人闹事，二怕学生游行，可就是没人将农民放在眼里，谁都敢欺负农民，连进城打工都不让，变着法儿设卡。正在喋喋不休，山嘴那边像有异常动静。开始，大家都不愿下车，怕上车时没地方站。后来那响动越来越大，越来越不对头，先是赵家喜忍不住跳到地上，跑到山嘴那边看了看又跑回来，一边跑一边兴奋地喊，出事了，出事了，好多人将公路堵了，不让汽车通过。

车上的人纷纷跳下来，一齐往山嘴方向涌去。

陈东风跟在人群后面，拐到宽敞处一看，不远处果然是群情激昂。大家想上前去看个究竟，又怕拖拉机上的行李丢了。正在犹豫，那边过来了几个人。一打听才明白，事情起因是戴白帽子的警察在路旁喝饮料和吃面包，农民们又饥又渴，还怕到县城赶不上车。有人不干不净地说了几句，警察听见后就气势汹汹地质问，谁在骂老子！双方对嘴骂了几句，便忍不住扭打起来。上阵的农民并没吃亏，只是嘴角出了血，扣子被扯掉了。这两点其实是乡下打架最常见的情景，陈东风认识的人中，不爱刷牙的人占大多数，牙龈很容易出血，而身上穿的衣服，长年被汗水浸泡纤维已经发脆，如何比得上警察的制服坚韧。偏偏乡下长大的人，最见不得身上出血，衣服被撕，大家齐声吆喝起来，将几个警察团团围住，非要他们跪下来赔礼道歉。盛气凌人的警察怎么肯屈服，两边的人就对峙起来。

陈东风他们正在观望，那边人群忽然骚动起来。一辆摩托车冲开一道人缝，高速驶来。一群人跟在后面撵，并大叫着别让他逃了。摩托车转眼就到了跟前，不知是谁突然抢过陈东风手上的纸箱子扔向摩托车，陈东风下意识地往前去抢，纸箱在公路上打了一个滚后，被陈东风重新捉住。他冲过去时，摩托车一个急刹，在挨着他身体的瞬间停了下来。追上来的人将警察从摩托车上拖下来，然后几个人一齐用力，将摩托车倒扣在公路中间，三只轮子朝天的样子，极像少了一条腿的螃蟹。

陈东风急切地打开纸箱看了看，见燕子红没怎么损伤才放下心来。

下午两点，县里来了人，大家都叫他王县长。但是他向群众做自己介绍时声明只是分管这条线的副县长。经过现场调查后，王副县长将双方安抚了一通，说农民经济困难，省钱搭拖拉机赶路这是可以理解的，又说为了保护大家的安全，交通警察的执法也是对的。因此，他既代表执法部门向在执法过程中无意中受到伤害的农民兄弟表示歉意，又代表农民兄弟向被过激言行中伤的执行公务人员表示歉意。王副县长脱下自己的外衣，要赔给那个衣服被撕破的农民。对方坚辞不受，还说，这么好的衣服穿在身上没法干活，只要政府各部门不卡我们农民，再穿几年破衣服也没关系。

在王副县长的调停下，滞留在公路上的农民上了各自的车或拖拉机。然后由闪着警灯的摩托车开道，王副县长的小车压后，浩浩荡荡地开进了县城。

一进县城，陈东风就下了拖拉机。赵家喜朝他招了招手，惹得一溜七八辆车和拖拉机上的农民，全都开玩笑似的一齐向他招手，并有意放开嗓门大笑。车队继续前进，农民们从没有这样威风过。陈东风望着车队远去的身影，心里有一种莫名的悲哀，那些轰轰烈烈的笑声，也没有能感染他，反而让他感觉到一种痞气。

车队拖着飞尘，消失在小城深处。街上的路灯早早地亮了，自行车在大街两旁汇成两条长龙。不少骑车的女人早早地穿上短裤，被捂了一个冬天的长腿显得格外的耀眼。女人在前面走，后面总有男人不紧不慢地跟随，在那两条白嫩长腿蹬起的微风中，徐徐前进。路旁树上的新芽新叶一派鲜嫩，间或有几树桃李开满迟到的花朵，临街的窗台与阳台上，摆着形状各异的盆景与花草，长的长得好看，开的开得美丽。匆匆的人流不大在意这些，仿佛春风并不来自自然景物。他们更在意那如同春色满园的长腿女人，仿佛早春只能从这种地方萌动，那些带着冰霜暗箭的寒风，只要从这洁白如玉、浑圆如玉的尤物上拂过，便能化为温柔的春风。

眼前那个骑自行车的年轻女人，突然加速跑远了。

一个男人对另一个男人说，那女人叫黄毛，是阀门厂的车工，黄毛的脸哪怕只有大腿十分之一的美，运气再不好，也能到省电视台当主持人。

陈东风的脸，被那一条条白腿羞得绯红。

他在人流中匆匆行走时，迎面碰上陈万勤。

陈万勤也看见了他。陈东风上前叫了声二伯。

陈万勤将陈东风的行李打量一阵，叹了口气说，你到底还是来了，我当你也像陈老小那样，要在家里熬到老哩！

陈东风说，突击坡的年轻人都出来了。

陈万勤说，外面也不全是养人的好地方。你先去家里吧，方月在，西风下了班就回。

陈东风望了望陈万勤肩挑的一担石头问，你这是去哪儿，干什么？

陈万勤说，我给自己找了点事，不劳动不行啊！

说着，陈万勤拐进一条巷子。陈东风又走了一程，便到了阀门厂宿舍楼前。陈西风在紧挨着这栋宿舍楼的地方，花钱自己盖了几间瓦房，据说是专门为了娶方月而盖的，房产证上房主的名字就是方月。

被四周楼房包围的小院十分不起眼。陈东风听突击坡人一寸一寸地描述过小院的各种景致，并在心里将其拼成一幅完整的图像。他半点弯路也没走，径直走到小院门前。院门没有锁，也没有闩，陈东风推门进去，在院子中间站了一会儿，他先前以为自己会很激动，这时才发现内心很平静。

陈东风想也没想，便脱口叫了声，方月！

一声既出，才觉得意外，他本来打算叫二伯，不知不觉中将方月叫了出来。

门里一响，方月开门出来了。她吃惊地大声说，东风，你怎么舍得来我家？太奇怪了，西风专门请你接你，你都不来，反而自己跑来了。

方月将他让进屋里。陈东风将行李放好后就去开那纸箱。望见黄灿灿的燕子红，陈东风的手有些颤抖。好不容易才直起腰来，却不敢看方月的眼睛，他捧着燕子红小声说，这是我专门上山为你采的！方月为他泡了一杯茶，茶杯就拿在她手里，见到燕子红她高兴极了，左手抱过燕子红，右手将茶杯塞给陈东风，惊喜地说，我只听说燕子红有黄的，可一直没见过，你是从哪儿弄来的？陈东风说，就在你家后面的那座大山上，昨天爬了一整天的山，才采到这么多！方月说，我要好好养起来，这花儿太珍贵了。陈东风见方月忙着找花瓶灌水养燕子红，就说，水里放点盐，保鲜时间会长一些的。方月听了他的话，用汤匙舀了一点盐撒在花瓶里。陈东风盯着她的背影，有一块东西堵在心与喉咙之间。

方月将燕子红做成各样的花束，并从各个角度去观察它，直到最终完全满意才住手。陈东风一直没有作声，只是拼命地喝茶，方月转身时，他已将杯中滚烫的茶水完全喝了下去。见他满头大汗的样子，方月盈盈一笑，一边给他的茶杯里添水，一边说，你什么时候学得像电影里的外国人，拿鲜花作礼物？陈东风终于抬头看了方月一眼说，我想你离家多年，家里东西会让你觉得亲切。方月说，也不一定，那次方豹子带了半袋子米来，我就没要。你比他灵醒，他有些苕里苕气。方月撩了撩裙子坐到陈东风的对面，将一对乳峰直挺挺地对着陈东风。陈东风不敢看，他又开始低头喝茶，并不停地说着一路上发生的事。方月不时插着话，说城里人不想让农民进城是徒劳的，谁也控制不了，她说现在光阀门厂做临时工的农民就有一百多人。这个数字让陈东风心里怦地动了一下。

方月没问陈东风的来意，就让他住在自己家里。她打开了两间房门，让陈东风自己挑选，一间向着院子，一间向着小河。陈东风正在犹豫，方月就建议他住靠院子的一间，因靠河的一间与陈万勤的房相邻，他的鼾声会穿透墙壁惊扰睡梦。陈东风知道方月的房是靠院子，便说，他愿意与陈万勤做伴，父亲在世时的鼾声早就让他习惯了。方月打开他的行李，帮忙铺好床。

在打开另一包行李时，那本《萌芽》掉了出来。

方月看了一眼说，你还带着书呀！

陈东风赶忙拾起来将它塞到枕头底下。

外面天色一暗，方月赶紧到厨房里做饭，隔着几道门，她要陈东风今晚陪陈西风好好喝几杯。陈东风连忙声明自己不喝酒。方月告诉他，不喝酒的男人办不成大事，就是香烟也要适量地抽一些，不然就无法在世上立足。

方月在厨房里不停地大声说话。

陈东风一边收拾东西，一边静静地听着。

突然，方月在厨房里尖叫起来。陈东风正要冲过去，一只脚刚跨过门槛，就听到一阵卿卿我我的声音。不知什么时候，陈西风悄悄溜回家了。

陈西风拿着一束燕子红轻轻推开门，不声不响地走进厨房里，一只手搂住方月的腰，另一只手猛地将燕子红伸到方月的鼻子底下。没有防备的方月大吃一惊，在看清陈西风的小伎俩以后，她娇嗔地说，你这燕子红不好看，没有特色，东风给我带来的燕子红，才是好东西哩。

陈西风从厨房里出来。陈东风赶紧迎上去叫了一声，西风哥！陈西风问，什么时候到的？没等他回答，方月在身后接着说，没有请示报告，我就叫东风在家里住下了，你不会不同意吧？陈西风说，房子空也是空，就让他住下吧，只是你又要多做一个人的饭。方月说，无非是多放一把米。陈西风到卧室看了看，出来时说，我也有二三十年没见到黄色的燕子红了，确实好看。陈西风将红色燕子红扔到墙角的簸箕里，回头对陈东风说，我还以为你什么也不懂，没想到你倒比我更讨女人欢心。陈东风像是心事被窥破一样，窘得一个字也说不上来。

方月从厨房里伸出头来解围，她说，老陈，人家这是醉翁之意不在酒，名义花是送给我，实际上还不是冲着你来的。你要是不给东风安排个好事做，就对不起他爬悬崖钻刺林，采来的这些燕子红。

陈西风说，好做的事怎么能轮到农村来的打工仔哩。

方月说，你自己还不是农村来的！

陈西风说，我刚来时，除了没有给城里人舔臭脚，什么事没干过？

方月说，那最低也得给他安排一个不做定额的工种。譬如说电工、钳工。

陈东风一直在看被丢弃在墙角上的燕子红。他想到了翠，翠就是这束燕子红，翠的美丽比这燕子红强多了。翠没有被遗弃，她是自愿躲到墙角的。燕子红一到城里，就变成女人的大腿，虽然更艳了，但也艳得太逼人。乡下的村前村后，燕子红哪怕开放得如同野火烧山，也还有几分娇柔与羞涩。

方月同陈西风说得正激烈，陈东风忽然说，我只想当一名车工。

方月再三阻止，将车工的种种苦处说给他听，冬天车床和工件比冰块还要冷，半夜三更从热被窝里爬起来上班，一双手冻得像鸭掌，弄不好铁屑会迸起来将眼睛弄瞎，工件也有可能甩下来砸个头破血流，生产定额又是雷打不动的，偷不得懒。方月说了许多，陈东风还是不改初衷。陈西风很高兴，下班的路上，加工车间主任徐富，还在找他要男车工。陈东风说不出第二条理由，只能说，父亲在世时，总是同他说，当工人就要当车工，车工是最聪明灵巧的。

陈万勤从外面进来以后，谈话的内容就变了。

陈东风与陈万勤津津有味地谈起突击坡人种田的情况，方月和陈西风几乎插不上嘴。陈东风说到方月的母亲今季养了十张蚕籽的春蚕时，方月才惊叹她母亲是不是不要命了，那么多的蚕，仅仅是桑叶每天就得吃下近两担，这么多的桑叶，要跑多少路，爬多少树，才能采得呀！陈万勤又问那条小河现在水有多深。听说在膝盖上下，便笑起来，他断定今年早稻丰收不成问题。陈万勤很早就同陈老小摸索出一个规律，水深过膝盖，有可能发生洪灾，若浅于腿肚子，旱灾逃也逃不掉。

见到父亲笑，陈西风心里也爽朗起来。上一次父亲的笑，距今已经有差不多一年时间了，那是高天白来家里反映情况，说全厂的工时定额普遍偏低，这样会惯坏工人的。高天白比父亲小十多岁，父亲同他比掰手腕，两人战成了一比一平。因此父亲笑了。这以后，父亲总是一副心事重重的样子，就连方月可能怀孕了的事，他脸上的表情，也只是像被手电筒晃了一下，不等别人看清楚，便归于平静。

吃饭时，电话铃响了，方月说肯定是找我的，她拿起话筒那神情果然没错。陈东风听出是约她去打麻将，她犹豫了一阵还是答应了。放下电话，她只说了句，今晚我去文科长家，十点半回来。陈西风嗯了一下。

方月吃完饭就出了门。陈东风抢着将碗洗了。

陈西风无所事事地钻进房里，再出来时，手上多了一个用报纸包成的包。

6

陈西风在房里看见一包刚开封的卫生巾时，心中不禁一愣。他走进卫生间，废物篓已经倒干净了，空落落放在墙角上。他无法不让自己不去想方月怀孕的事。想得心闷时，他将插在花瓶里的黄色燕子红细细看了一阵，随后在内心做了一个决定。陈西风从花瓶中挑出两束最好的花，用一张报纸包了。他对陈万勤说自己出去有点事，一会儿就回。

陈万勤不满意地说，陈东风刚来家里，做哥嫂的应当留在家里陪一陪。

陈西风推说自己到几个工人家里走一走了解一下情况，不能让他们的意见积少成多。陈万勤生气地说，你为什么不在家了解一下我的情况，难道不怕老子心里憋着火，能够煮熟牛头吗？

一旁的陈东风赶紧打圆场，说自己发现屋里有一本车工技术书，他想看一遍，早点熟悉工作，不需要别人陪。

陈西风连忙找出一叠书放在沙发上，不等陈万勤再开口，他已拉开门出去了。

陈西风走得太急，纸包在门框上碰了一下，一片黄色的燕子红花瓣从纸包中掉下来，悄然飘落地上。

天色已完全黑下来。大街上的路灯忽明忽暗，一些霓虹灯破败了，尚好的部分依然光彩照人。街上闲逛的人很多，男的一群，女的一群，或者男男女女混在一起，一个个全是漫无目标的样子，信马由缰地让脚跟指挥头脑。男人的八字脚走得晃晃荡荡，女人的一字步迈得摇摇摆摆，无缘无故地，他们也会发出大声的嬉笑。笑完后，就在街边站着，你一群我一群，相互打量，没完没了地毫不在乎时间的流逝。忽然间，有一个人哼起一首流行歌，一群人便都哼起来，将一个爱字唱得昏天黑地，既茫然，又无奈。一边唱一边又走起来，那身形步伐中，多了些无聊与无奈。

快到山南大酒店时，陈西风远远看见王副县长的那辆车牌号尾数为“777”的轿车停在门前，相挨着的还有十来辆奥迪。他知道省地领导喜欢坐这种车，太好的车领导坐不得，坐了就会犯错误。陈西风走过去细看那些车牌号，果然是省地来的。他立刻意识到，王副县长出面作陪的领导肯定是经委和工业口的，说不定这批人明天就会到厂里转一转看一看。

尽管厂里有不少事要马上应付，陈西风还是不愿改变此刻的行程。他加快了步伐，随后拐进一条小巷。

巷子里是另一番景象，八点钟就难得见到有人了，甚至各家各户的门也少有开着的。强烈的灯光只能从门缝里照射出来。每一扇关死的门后都有麻将声传出来，轻的像炒黄豆，一般的则像盛夏午后的冰雹敲击瓦脊，再重一些便如同几挺机枪在扫射，这后一种声响表示有人和了大和，一个人的兴奋与三个人的痛苦，同时撞击，才有这如此激烈的回响。充盈着麻将声的小巷里有股酸臭味，同过去的汗臭味不同，过去的小巷，这时候，家家户户门口摆着木盆，盆里堆满被汗水浸泡一天的衣服。男人等不到夏天，便脱光膀子，坐在自己家门前，端着大碗或是吃饭或是喝水，并满心希望地让晚风吹过躯体，使其营养身心，以得新的活力。现在男人越来越讲究穿戴，女人更加珍惜粉饰，四个人往桌旁一围，文文明明地摆开一场厮杀。

歌谣说：

> 麻将桌上无穷人。
> 麻将桌上无蠢人。
> 麻将桌上无病人。
> 麻将桌上无懒人。

麻将桌上无坏人。

麻将桌上无亲人。

小巷的白天总是无精打采，可一到天黑，它就兴奋起来，刺激得巷子中间的青石路面彻夜都在眨着乌亮的眼睛。

陈西风挑了一个虚掩着寂静无声的小门，用手指轻轻敲了两下。小门吱呀一响，灯影里站着的是田如意。

田如意淡淡一笑说，我一直在等你。

陈西风有些窘，站在门口不知该不该再往里走。田如意说了三遍让他进屋，他才抬腿跨过门槛。田如意将门略微掩了一下，转身指着客厅的沙发让他坐下。

陈西风趁田如意进里屋找什么东西去了，赶紧将报纸包着的黄色燕子红，插在茶几上的空茶杯里。茶杯太浅，燕子红没办法站住，陈西风一松手它们就歪下来，斜在茶几上。弄了几次没有弄好，见田如意出来了，他一慌，将一只茶杯盖碰掉，落在地上摔得粉碎。田如意先看见茶几上的花束，正在向前的脚步立即停顿了。

门口有风吹进来，墙上的挂历掀动了几下。陈西风用眼角扫了一下虚掩着的门，随时准备拔腿就逃。他讪讪地说，下午我看见墨水她们都拿着燕子红，就你没拿，挺孤寂的。我晓得这时候红花对你不合适，就找了这黄色燕子红给你送来，并看看你有什么困难。田如意慢慢走拢来，从茶几上拿起那两束燕子红，细细地看了看，然后转身朝卧室走去。

过了一会儿，她在里面说，这黄颜色的燕子红是不是挺珍贵，我从来没见过。

陈西风说，是很稀少，我也有很多年没见过了。田如意依然在房里说，要是黄颜色的多，这花就不会叫燕子红和映山红，而该叫燕子黄和映山黄了。陈西风说，不错，都是红，黄的就珍贵，都是黄，红的就珍贵。说着话，身子已离开沙发，他有一种感觉，田如意是在暗示自己。陈西风走到房门口，田如意回头看了他一眼，继续摆弄那些燕子红。

燕子红分作两处，一束放在床头柜，一束放在梳妆台。田如意关掉大灯，只留下壁灯，光线一柔和，燕子红和田如意同时显出许多娇媚来。

这时，陈西风已经走近了田如意。

田如意盯着燕子红，似乎没有察觉陈西风的走近。她喃喃地自语道，为什么好看的花儿总是不香呢？陈西风被这话怔住了，他想到最让人欢喜的玫瑰、康乃馨等，包括这花色染透山野的燕子红，确实没有一点芳香。陈西风说，再好的东西也有不如意的地方，就像好女人总是命苦。田如意不看他，背过去说，我这么命苦，你说我也是个好女人？陈西风从她那颤动的双肩看出田如意开始流泪了。陈西风不能不说她是个好女人，田如意转过身来，头却没抬起来，她说，他没死的时候，也总说我是个好女人。陈西风从口袋里摸出一包餐巾纸递给她，并问，你有什么困难，可以尽量对我说。田如意静了一会儿，突然抬头说，我想要个孩子，要个他的孩子！陈西风这时完全冷静下来，他说，这个要求只怕神仙也是有心无力。田如意看了看他，欲言又止。

回到客厅，二人谈起厂里的一些事。在陈西风看来，厂里一切都很正常，就是技术科肖爱桥由工程师晋升高级工程师没有上去，因而在闹情绪。田如意要他别大意，今天她去厂里，看见书记徐快同肖爱桥在一家小酒馆里喝酒。当时才上午十点左右，这么早就去泡酒馆，一定有什么阴谋。陈西风淡淡一笑说，假如这事被我撞见，非要开大会处分他们，上班时间在外面喝酒，到哪儿也说不过去。田如意很担心，厂长、书记闹起对立，吃亏的只有工人。陈西风保证说，只要我当一天厂长就绝对不会让你田如意吃别人的亏。田如意说，这些年自己没吃什么亏，只是肖爱桥和高天白这几个人倒真是有些吃亏，厂里应该在政策上向他们做点倾斜，他俩一个是技术人员，一个是老工人，在厂里很有代表性。陈西风想了想，觉得有道理，肖爱桥没有评上高工，可以在行政上给他一个技术副厂长，高天白当了近四十年的车工，现在让他当一当工会主席也是完全应该的。田如意见陈西风听信自己的建议，马上改口，这是厂长、书记决定的事，她不能瞎说。

从田如意家里出来，陈西风就去了高天白的家。正要敲门，忽然听见屋里有男女吵闹声。他听出是高天白在同妻子吵，原因大约是为了钱和高天白退休的事。陈西风放弃了进屋的念头，转身往回走。

返回时，陈西风再次路过田如意家。尽管那扇门掩得很严，田如意大声说话的动静仍然很响。在田如意很响的声音后面是一个男人低低的话语。陈西风只听了一句话就明白，说话的男人是徐快。陈西风心生不快，这田如意怎么可以开门接待自己，关门接待徐快哩！他在巷子里站了十来分钟，徐快的话他一句没听清，但田如意的话却是字字如珠落玉盘般清晰。田如意说的全是部队首长如何关心烈士家属的事。她丈夫部队里有一个参加过长征的老首长，最听不得自己下属干部战士的家属被人欺负。只要听说了，便带上两把手枪亲自去找人家算账，见了面后二话不说，啪啪就是几枪，而且是双手齐发，打得人家衣服上尽是洞，皮也熏黑了，就是不伤肉。然后丢下一句话，说这一次他的子弹长着眼睛，下一次，子弹就不长眼睛了。徐快说，他这样做是违法的。田如意说，老首长晓得，每到一个地方，总是主动到地方法院打招呼。陈西风意识到田如意这么说话的意思，就不再听了，没走多远，就听见身后有开门送客的动静。田如意说，徐书记，谢谢你来看我！徐快说，不用谢，我这是代表组织，谁叫我当着你的领导呢！陈西风暗暗冷笑一声，他记起自己走时田如意什么也没有说，只是轻轻地嗨了一声。

小巷里麻将声一阵高过一阵。

陈西风回家时，方月还没回来。

陈万勤和陈东风坐在沙发上默默地看着电视。陈东风告诉他，九点钟时县政府办公室打来电话，明天上午省地领导要到阀门厂视察，让厂长、书记在厂里等着，哪儿也不能去。陈东风复述得老练流畅，似乎对此已极为内行。陈西风觉得如果让陈东风在办公室里干一定很合适。他问陈东风是不是还喜欢看小说。见陈东风点了头，他又问他能不能动笔写点文章。陈东风想了想，还是点了点头。陈西风于是就叫他写一篇文章给自己看看。

陈万勤忽然说，别写文章，写文章不好，写来写去写懒了身子，害的是自己。陈西风不满地说，爸，写文章也是劳动，也很累。陈万勤说，你别以为我那么好蒙，你们现在把什么都说成是劳动，跳舞、打麻将、开会作报告、倒买倒卖、陪吃陪喝，还有如何算计别人，“四人帮”说了很多瞎话，他们说劳动就是创造价值这一点却很对。现在什么都对，就是劳动不对。别以为我没当厂长不懂工业，我看得见，也看得清，阀门厂从你这厂长到下面的工人，除了高师傅以外，都不懂劳动。苕儿子，劳动不是为了钱，是为了人。见陈万勤动了气，陈西风不敢作声。陈万勤继续说，你以为累就是劳动，那些卖皮肉的妓女又累又赚钱，国家怎么不评她们为劳动模范？陈西风装作有事，拿起电话往外拨。

陈万勤不说了，他站起来往卧室走。走了几步，又回头问陈东风，你爸临死前说了什么没有？

陈东风说，他说天下只有吃饱了胀死的人。

陈万勤说，我晓得他还有半句没说完：天下没有劳动时累死了的人。

第三章　铁屑湛蓝

1

方月在对面房里轻轻嬉笑时，陈东风已起床半个小时了。听方月叫他起床，准备跟她一起到厂里去上班，他还是装着没起床的样子应了一声。窗外的小河没有因为早晨的到来而变得清澈，只是与白日里的那种黑浊相比略有淡化。一只狗在小河上匆匆跃过，项上的皮带在水中一拖而过，随之在岸上划出一道黑线。几秒钟后，一个身穿红色球衣球裤的男人很有节奏地跑过来，一边跑一边抬头望着窗户。陈东风与他的眼光碰上时，他感到那人在同自己打招呼。不过，他很快就意识到，对方是将自己当作陈西风了。他猜这人一定是阀门厂的，否则看过来的目光里就不会有种谄媚的东西。

隔了几分钟，陈东风才开门出去。方月正在刷牙，她回头指了指放在客厅沙发上的一套旧衣服。陈东风不太明白她的意思，正在犹豫，陈西风穿着一条三角裤走出来，告诉他上班时将这衣服穿上，身上的衣服就脱在家里。陈东风回到自己房里，将衣服换了。再出去时，陈万勤也起床了，一边咳嗽，一边看着陈东风，断断续续地说，你这个模样才像工人，他指了指陈西风说，比他像多了。方月刷完牙接上来说，西风是厂长，当然有厂长的模样。陈万勤说，我晓得，工厂里那种只穿西装皮鞋不劳动的人都是厂长。陈万勤说着进了卫生间。方月上下打量着陈东风，说他穿上这套旧工作服，人倒显出风度，显得成熟了。

方月拉他到自己房中照镜子。陈东风进门时，见床上乱扔着一件透明的睡衣，还没铺整齐的床上一片狼藉。他心跳得厉害，不敢再看，跟着方月站到穿衣镜前。方月告诉他这套旧工作服是陈西风当工人时穿过的，陈西风一套工作服没穿破，就被提拔起来当了干部。穿着陈西风的旧衣服，脸上的红晕使陈东风显得容光焕发。见方月在背后说，倒退二十年，不知西风有没有东风的这种风采。方月的话音里有一种神往。

这时，陈西风在外屋大声告诉方月，厂里有事他得先走。方月随口应了一声，依然出神地望着镜子里的陈东风，她有些不明白，为什么陈东风穿上这别人讨厌的工作服反倒比平日更英俊潇洒。陈东风正不知如何是好，陈万勤的咳嗽声又响了起来。方月忽然说，我晓得了，我妈为什么同你爸相好。陈东风不知如何回答，回到客厅后他才说，你别瞎猜，我爸死了，你妈还活着哩！方月问，其实我妈很苦很可怜。

陈万勤咳了一阵后说，给我炒碗饭吧！方月问，你不出去吃了？陈万勤说，都走了，谁陪东风！方月说，来不及了，都吃面条吧。陈万勤说，不，我吃饭，吃面条怎么能劳动。方月不高兴地进了厨房，打开煤气灶，先将水烧着。她将房里收拾好，锅里的水正好开了。她下了两碗面条，并往面条里放了几个鸡蛋。面条煮好后，她从冰箱里拿出一碗剩饭倒进锅里。陈东风没有先吃，方月催了两次他依然不肯动筷子，直到方月将炒饭端上来，他才拿起筷子。陈万勤边吃边说，东风你还记得长幼之分，真不错。

厂里七点半钟上班。方月领着陈东风赶到厂门口时，已到了七点四十分。方月看看手表说，还好，只迟到十分钟。大门口，还有不少人在往里走。方月先到安全科，当着文科长的面，在考勤表上写着，七点二十五分到。文科长笑一笑说，我也是刚到。

方月将陈东风介绍给文科长，听说是陈西风的堂弟，文科长马上掏出一支香烟递给陈东风。陈东风推辞不受，方月也在一旁解释说他一向不抽香烟。说了一阵话，方月就领上陈东风到生产科报到。

生产科长到车间了解昨天的生产情况去了，办公室的几个科员也都被叫出去打扫清洁，屋子里空空的，只有一些图表挂在墙上，一排红色箭头矮矮地面对巨大的空白。陈东风看一眼就明白了，从元月到现在没有哪个车间完成了任务。销售情况也不行，都五月份了，还只有百分之二十几。他对方月说，怎么这样糟！方月愣了一下，待明白后她笑起来说，你哪里是来打工，是领导视察嘛！陈东风说，我是替西风哥着急。方月说，年年都是这样，实在不行时，就招些临时工进来，那些难以完成的粗活，一个月就可以学会，两个月就能顶班，干上几个月这红箭头就上去了。

陈东风扭转脸，望着门口。操场那边是两座巨大的车间，与这两座车间平行的旁边还有两座几乎一模一样的车间。红墙很高，却不多，多的是那整面墙的玻璃窗。虽然是大白天，仍有无数个电灯泡在玻璃窗后面闪烁。伴随灯泡闪烁的是各种机器的轰鸣声。一些人在两座车间之间用一种平板车，来回运送一些很大的黄色物体，推车人身子弯成了一张弓，陈东风断定那黄色物体一定是钢铁做成的，不然不会那么沉重。

在平板车的四周，一些穿裙子的女人和着西装的男人，拿着各种工具在打扫清洁，那种有一下、没有一下的样子，仿佛手中的扫帚比巨大的钢铁工件还要沉重。陈东风看见陈西风从一处车间大门匆匆走向另一处车间大门。在他经过人群时，人群里的扫帚等工具明显挥动得快了。

这时，一个中年女人领着一个女孩走进来。开口就问陈厂长在哪儿。方月问她有什么事。那中年女人说，她送王副县长的侄女儿来报到。方月忙做了自我介绍，并说她已听陈西风说过，只是没想到这么快，昨天打的招呼，今天就来了。中年女人是王副县长的嫂子，她女儿叫王元子，在家待业好几年了。陈东风偷偷看了王元子几眼，女孩长得很清秀，只是那眼神有些异样。女孩也在看陈东风，不过她没有一点掩饰，两道目光像两只苍蝇一样，嗡嗡飞过来，落在陈东风的身上，慢慢地到处爬。方月将陈东风介绍给她们，王元子说，我们俩是同年同月同日同时进厂的哟，相当于是同年同月同日同时出生的。王元子的母亲狠狠瞪了她一眼，王元子不作声了，两只眼睛也不敢再看陈东风。

隔壁的电话响了几声，方月跑过去接时，电话又不响了，她刚走开，电话又响起来。她拿起话筒，一个女人要找徐快徐书记。方月多了个心眼，她说，徐快这会儿不在，他留了话，让你说明什么事，由我转告。女人没说什么事，让她告诉徐快，有个姓马的请他回个电话，什么时候都行。方月还想往下问，那边电话已挂了。

方月看见田如意扛着扫帚在走廊上走过，连忙喊住她，将王元子和她母亲介绍了一番。田如意让她们将报到手续拿出来，她将几张薄纸翻了翻，就领着她们进了厂部办公室。田如意对她们说，陈厂长已做了安排，让王元子到技术科学描图。王元子的母亲说了不少感谢话。

方月也在一旁说，女孩子描图是最好的工作，又清闲又干净，其他的工种，免不了要去不是黑油，就是铁锈的车间。就连她这个当安全员的，大部分时间也得泡在车间里。

徐快不知从哪儿钻出来，进门就说，怎么来了不认识的陌生人。田如意对他说，这是王县长的侄女，叫王元子。又对王元子和她母亲说，这是厂里的徐书记。王元子的母亲又说了一些好听的话。徐快脸上不大好看，但嘴里却说，这事我晓得，我早就表了态，欢迎王小姐为振兴阀门事业贡献青春。方月知道他在掩饰，至少昨晚以前徐快还不知道这事。王元子的背景重，后台硬，当着王家人的面，徐快只能打落门牙往肚里吞。徐快又对田如意说了一些诸如住房、工资级别和办公用品要尽力照顾的话。王元子的母亲忙说女儿不住厂里就住家里。

见徐快要走，方月才对他说，刚才有个姓马的女人打电话来，让他赶快回电话。徐快马上反问，方月是不是听错了，他并不认识任何姓马的女人。方月不同他讨论这个，她将陈东风从生产科叫出来介绍给徐快，要徐快以后多关照。徐快连忙点头答应，然后借口检查卫生，抽身走了。

王元子在填写田如意给她的几张表，方月趁空问了问田如意的情况，田如意有些不愿意谈，轻描淡写地应付几句后，将话题转移到陈东风身上。她将陈东风称赞了一番，说他这副模样一下到车间，肯定会提高那些青年女工的生产力。方月也笑着说她唯一的担心是怕那些敢说又敢做的姑娘将陈东风撕成碎片。她们说话时，王元子手中的笔停了下来，被母亲催了几次，才又动笔，却在工种一栏写了车工二字。母亲骂她写错了，王元子却将笔一扔，说陈东风当车工，我也要当车工，不让当车工我就回去。王元子的眼神有些异样，她母亲忙说，好好，你爱怎么写就怎么写。田如意和方月在一旁小声说，这不，已经有一个了。

两人正吃吃地笑，陈东风忽然大声说，别笑了好不好！陈东风猛地站到她俩面前，让她俩大吃了一惊。陈东风脸色铁青，眉毛都竖起来了，眼睛狠狠地盯着方月。方月意识到在这种愤怒的背后还有别的什么。

王元子办完报到手续，问清了最迟上班时间后，同母亲一道走了。她们一走，方月就说，现在的人也不知分了多少等级，咱家东风什么都比她强，可就是身份比她们低。她们报到凭的是介绍信，东风来报到凭着一身力。田如意说，我看这个王元子神经一定有毛病，那眼神像根棍子又硬又直，戳着了别人也不怕别人痛。方月怔了一下，说，真有这毛病那厂里以后就麻烦了。其实方月是担心陈西风，是他答应王副县长的。当田如意说，徐快有可能利用这一点，在工人中损害陈西风时，方月一边点头，一边着急起来，见到生产科长走过来，竟忘了要办的事。

经过田如意的提醒，她领着陈东风上生产科登记一下，拿着一张小卡片到加工车间报到上班。

他俩经过操场时，一长溜小汽车正朝阀门厂大门驶来。

操场中间站着一个人，他冲着驶近来的小汽车大声骂道，狗东西，这么多高级轿车，也不知哪一辆是我的！文科长急忙跑过去，将一包香烟塞在他怀里后，骂骂笑笑地将他拉走了。

方月告诉陈东风，这人叫汤小铁，厂里谁都不敢惹他。他动不动就要与人拼命。方月叫陈东风往后切切不要理他，哪怕是指名道姓骂到头上来，也要装作没听见。

2

一上班，徐富就布置任务，要全车间的工人紧急清理各机床周围的工件与废品垃圾。大家都嚷着要徐富补半个工时。车间有专职的清洁工，再让别人做清洁，补点工时也不是说不过去。徐富却不同意，全车间上百双手到处乱丢乱扔，当班的铁屑从不扫干净，除非长着八百只手，否则一个清洁工无论如何也忙不过来。徐富还威胁说，各人自扫门前雪，这是天经地义的事，谁不弄好自己的地盘，就扣谁的工时。几个当了妈妈的女工说，你敢扣我们的工时，我们就上你家吃去。徐富说，去吧，若是上床睡觉我更欢迎。女工们将手中的油抹布直往徐富头上扔，嘴里还叽叽喳喳骂个不停。

一直没作声的高天白，带头往自己的车床走去。

高天白的 C6140 车床四周既干净又整齐，不锈钢丝杆像雪一样白亮地排放在地上，紧挨着丝杆的是一排已加工好了的铜螺母，黄灿灿如纯金一般闪烁。这是上一班留下的，加工单还压在工件上，待检验员一一检验过，才能入库存放。高天白总是提前二十分钟来车间，将上一班弄得一片狼藉的车床及周边环境整理一遍。别人进了车间，还在冲着被接班的工人发牢骚，他这里已是井井有条。别人发牢骚，并不表示会将工作环境重新整理一遍。发过牢骚后，同样不管四周干不干净，只要能站得下脚，车床能转动，能完成工时定额，其余诸事，全部视而不见。当车工的人人都得在车床前面站八个小时，对于他们仍应是暂时的，并非安身立命之家。

高天白与他们不一样，他是将车间作为家了。还有八个月就四十年，从十六岁开始当车工，在漫长的岁月里，与他同时做车工的，已没有第二个人还穿着工作服泡在油污里。就连比他晚十年或者二十年进厂的人，留在车间的也是屈指可数。唯有他一直与飞旋的卡盘相伴。其间，因为参加工宣队，各种劳模大会，他曾短暂地离开钟爱的车床。最初的时间，他不理解这种远离的空虚，甚至还怀疑自己为何没有能力去享受这份清福。随着时间推移他慢慢地习惯了别人所说的命贱，并一次次拒绝那些彻底离开车间的机会。最近的一次，陈西风找他谈话，让他在退休、当门卫和材料仓库保管员三个选项中随便选择。他当时就可以拒绝，为了不让厂长难堪，三天之后才答复说，现在的岗位他还能尽职尽责。他将自己的操作记录给了陈西风，上面清楚地记着最近几个月他一直是班班超额完成任务。

他说，就剩下几年了，我能够挺到头的。

高天白将车床上的电按钮按了一下，电动机咚的一响，便高速旋转起来。大家不约而同地扭了一下头。车间里只有一台车床运转，那声音就显得非常刺耳。这是在大白天，如果是晚上，那就会显得凄凉。工厂也好，车间也好，就应该是许多机器一齐旋转，许多机器同时轰鸣，许多灯光相映生辉。车床转一会儿，高天白觉得不对劲，就又让它停下来。有几个人也在犹豫不决地往车床位置走，余下的人仍在同徐富争执。嗓门最大的是墨水。高天白将车刀装好，又将一件像宝塔一样的铸铜件放在三爪卡盘上夹好，然后习惯地将车床启动。

他用车刀试着车了一刀，铸铜屑像沙暴一样哗哗地飞向空中。

徐富在车间那头大叫一声，老高，急什么，还在开会哩！高天白没听清徐富叫什么，只知道是冲着自己来的。他再次将车床停下来，等着徐富的吩咐。徐富走过来说，老高，你配合一下我们的工作，你这儿已整理好，可别人那里还没动，还在扯皮。你的车床一转，大家就更不愿搞清洁卫生了。高天白说，这种事不能只搞突击应付，应该天天抓，让各人都养成习惯。徐富说，让你当车间主任你又不当，除了吃饭睡觉打麻将、贪污受贿玩女人，还有什么能养成习惯！高天白不作声。徐富说，你先歇会儿，回头我再想办法补你半个工时。高天白说，不，我不要！这时，墨水她们围拢来。徐富大声说，你们看看高师傅这里，这才叫一丝不苟，比你们化了妆的脸还漂亮。墨水说，要达到高师傅这种标准，你得给我们每人补一个工时，你调查一下哪个女人化妆时间少于一小时。徐富说，你们别再想馊主意了，反正耽误的是你们自己的时间，我把话说明，如果大家抬庄，以后有机会我再慢慢照顾大家。

见徐富将话说绝了，大家只好散去。

车间里没有机器声，只有人声和铁器的磕碰声，再加上飞扬的灰尘。徐富不让洒水，他说这是厂里的特别指示，这时候洒水，一时半刻干不了，领导看到车间到处是湿的，就知道是临时抱佛脚，嘴里不说，心里会有想法。大家忙了二十分钟，车间的面貌改变很大，该整齐该干净的地方都整齐干净起来。徐富自己检查了一遍，只是走到墨水的车床旁边时才将眉头皱起来。他指着地上的一堆铁屑问墨水，为什么不将它扫掉。墨水说这铁屑不归她扫。徐富用鞋底在地上擦出一条白色油漆线，白线是卫生责任区分界线，那堆铁屑在墨水这一边。墨水不理他，她说，你自己安排的生产自己却忘了，我这车床一连十几个班都是加工铸铜件，这是什么，这是铸铁屑。徐富见地上全是铸铁屑，一时有些语塞。墨水有些得意地拿着两把白钢车刀敲打，脆脆的声音直往徐富心里钻。他没办法，只好叫前面那台车床上的女工扫。那女工不肯扫，这堆铸铁屑放在那里有半个月了，她让徐富去查一查生产记录，看看墨水她们在那段时间里是不是加工铸铁件。徐富见双方都有理，只得拿起一只铁皮撮箕往那堆铁屑中狠狠一插。墨水见了连忙拿过一把扫帚，嘴里说，主任亲自动手，那我就没理由了。徐富并不理她，他用脚将铁屑弄进撮箕，端起来往门外走。墨水笑嘻嘻地将余下的一点铁屑用扫帚使劲一扫，铁屑四下一溅，不见了。

徐富倒完铁屑回到车间办公室，将墨水和那个女工当班的生产通知单撕了，重新写了两张。墨水接到通知单后，嘴巴噘得老高，不停地说，又是不锈钢密封圈，烦死人，一个班要磨四个小时的车刀。

那个女工则哭丧着脸说自己若是肚子痛就好了，正好请个假。女工生气地将一根铁丝穿着的一串不锈钢密封圈扔在地上，用脚狠狠地踢。

墨水无可奈何地望着分给自己的那一堆发呆，好半天才嘟哝一句，这东西若是金的或银的才好，鬼不锈钢像死尸一样，软硬不吃，不怕开水烫不怕冷水冰。谁设计这种产品，不是王八蛋，也是王七蛋。

徐富在一旁说，若不是靠着不锈钢阀门赚钱，这个厂早垮了。

墨水说，垮了才好，阀门厂这个名字就让人讨厌，外面的人都叫邪门厂哩！

徐富说，你希望阀门厂是改为化妆品厂，还是改为人民币制造厂呢？

墨水笑起来，嗲声嗲气地说了声，讨厌！

车床一台台地转动起来后，各种尖锐、凄厉的混响在车间震荡着。墨水渐渐进入角色，白嫩的双手很快被油污染成漆黑。徐富还在车间的通道上来回走动，别的人都固定在自己的生产岗位上，仿佛已与车床连为一体。人一动，车床就动起来。间距相同的车床，排成三条线，几十名车工也排成三条线，伴着各种车床上飞速旋转的几十只卡盘，在灯光的映衬下，所辐射出来的铮亮，连成三条亮晃晃的光带，如同人的心绪与神经，车间里的全部机器与人，显得浑然一体。

几乎都是黑乎乎的毛坯件，只要进入到这亮晃晃的地带，立即变幻出各种光泽。有的变成乳白，有的变成银亮，蜕变出来的黄色，也能轻而易举地分出菊黄与橙黄来——前一种灿烂，后一种鲜艳。菊花黄与橙子红都是秋天的颜色。只有黑色才属于四季，它实实在在有几种颜色，诸如在车床旁边排成排、堆成堆的乌黑与灰黑。然而，在车床的旋转里，看到的只是毫无区别的闪烁之光。

高天白卸下已加工好了的铸铜螺母时，抬头向四周扫了一眼，正好看见方月领着一个青年男子在同徐富说话。

方月不时朝自己这边做着手势。

他就意识到车间又要多一个人了，而这个人大约是来抢自己这个位置。此前，新来的农民工全被安排到那些活路重、车床破旧的岗位上，替下厂里的正式职工去做其他轻松之事。C6140 车床是车工们的憧憬。眼前这个年轻人不像那些来替城里人干脏活重活的农民工，果真是来给自己当徒弟的，肯定是厂领导又想让自己退休了。

高天白正在猜测，徐富就开始用眼睛瞅自己了。

又过了一会儿，三个人干脆一齐走过来。他们穿过车间时，车床的轰隆声仿佛小了许多。不少女工将车床停下来同方月打招呼。高天白将车床转速提高一档，更加专注于操作。方月同其他人说话的声音，被车刀切削铸铜件所发出的尖锐叫声淹没了。铸铜件不大，车刀进刀速度很快。两刀粗切削后，高天白退出车刀，停下车床，用卡尺量了一下，准备第三刀精切削时，听到有两只高跟鞋正在步步走近。他下意识地抬起头来，方月他们已站到了身边。徐富伸出手将车床上的绿色按键按了一下，C6140 车床轻轻呜了一声，然后静下来。

徐富说，老高，我给你派一个徒弟。

不待高天白开口，方月接着说，高师傅，他叫陈东风，是陈西风的弟弟，陈厂长点名让你带他。

高天白说，我年岁大了，带不了徒弟。

徐富说，你就不要谦虚了，有徒弟在身边，可以帮帮你。

高天白提高声调说，我不要人帮忙，不信你让我到C660车床上去试试，从150到500毫米的大阀体，我哪一道工序都能完成任务。

方月忙说，徐富不是说你老，他没这个意思！

徐富却说，我就是说他老，一个人的年纪都抵上两个人了，未必还要装嫩不成。

高天白不作声了。

徐富说，老神仙都要收关门弟子哩！就这么定了，还是老规矩，徒弟跟一天班，车间给师傅补助两个工时。我表个态，只要你愿意，陈东风就是你的关门弟子，往后就是驸马爷来车间当学徒，也绝不麻烦你高老神仙。

高天白仍然不作声。他转过身来正要拿起地上的铸铜件，陈东风抢先一步将铸铜件拿起来，递到高天白手中。高天白看了陈东风一眼，接着又看了第二眼，并且在陈东风身上停了不短的一段时间。

看得出来，高天白的神情恍惚了一下。

片刻后，高天白将铸铜件往回交到陈东风手里，并说，到砂轮上将毛刺磨一下。

方月和徐富顿时松了口气。

陈东风拿着铸铜件走进砂轮间，砂轮嗡嗡地空转，他小心翼翼地将手中的铸铜件凑上去，刚一碰到，砂轮就哼哼地响起来。他不知如何是好，转眼之间就急得满头大汗。陈东风正在束手无策，身后有人轻轻一笑，扭头一看，是个女孩。

女孩对他说，砂轮没启动，只是靠惯性运转。女孩告诉他砂轮开关的位置，并教他，所有的开关，红色按钮是开，绿色按钮是停。女孩说，这样记就忘不了，绿是安全，停了电才安全，红是危险，通了电就有危险。女孩又教他如何磨掉铸铜件上的毛刺。她将那铸铜件握在手中，旋转着磨了一阵，毛刺果然一点点没有了。剩下部分她让陈东风磨。陈东风磨了一阵，女孩夸他学得很快。

女孩自我介绍说，我叫墨水。问了陈东风的姓名后，墨水便到另一台砂轮上磨自己手中的车刀。

陈东风从砂轮间走出来时，见一大群人正围着高天白。那些人个个衣冠楚楚，气宇轩昂。陈西风和徐快满脸堆笑地陪着他们。徐富也在他们周围打转，只是样子有些尴尬。陈东风没有见到方月，扭头寻找时，才发现她正站在墨水的车床前。陈东风走拢去将铸铜件递给高天白。高天白看了几眼，什么也没说，从卡盘上卸下已经加工好的螺母，再将陈东风递给他的铸铜件放到卡盘上夹紧。徐富在一旁介绍说，这是高天白新收的徒弟，刚刚报到上班。陈西风马上问高天白，到目前为止一共带过多少徒弟。高天白一边掐指一边想，说正式的有二十多个，其余临时带几天和十几天的就记不清了。旁边站着的官员啧啧地惊叹，都说这么大年纪还在生产一线当车工，实在少见。

这时，徐快突然开口说，我给各位领导介绍一个人。

他用手一指方月，这是陈厂长的夫人。

大家将目光齐齐地投了去，有人当即说，陈厂长娶了这么年轻漂亮的夫人，艳福不浅啦！陈西风的脸一下变得绯红。车间里几十名车工中，女人占了一大半，别人都是工装打扮，只有方月上面穿着镂花外套，下身穿着素色碎花大摆裙。在铁色一片的车间里，这模样既显眼又刺眼。徐快尽管装出这是凑趣逗乐的样子，然而他那用意却是显而易见的。果然，有人接着说，厂长夫人也不能搞特殊化，不然会导致干群情绪对立。陈西风正不知如何是好，冷不防听陈东风大声说，她是我姐，是专门送我来车间报到上班的。等搞清楚陈东风是陈西风的弟弟以后，刚才批评陈西风不能让夫人搞特殊化的那人，又称道地点点头，说干部的亲属就应该带头下到生产第一线，就像高师傅这样，不到六十岁不离岗。

一群人大摇大摆地走了以后，方月气急败坏地骂了徐快一通，并说有机会，一定要亲手捉住他和那个姓马的女人的奸。徐富有点忧心忡忡地说，我看徐快书记总有一天要同你家厂长公开翻脸的。方月说，老陈不会怕他。徐富说，书记厂长一闹对立，厂里可就遭殃了。方月说，你别自己吓唬自己，我跟你说，在这个问题上你可得站稳立场。徐富说，我晓得，厂长常跟我说，跟错一个人，白忙大半生，我还就指望陈厂长的提拔呢！

高天白不说话，两眼紧盯着车刀与铸铜件的接触处，很小的一个面，能量却很大，破碎的铸铜屑呼啸着往高处迸爆。

3

一阵军号声忽然响起来。

陈东风尚不明白是怎么回事，车间里所有机器几乎同时停了下来。他以为是停电了，可高天白的C6140还在高速旋转。墨水从工具柜里拿出一只搪瓷碗，并用一只小得像挖耳勺子的汤匙，在碗底上敲了敲，陈东风才明白，到吃午饭时间了。

高天白最后一个停下车床，并亲手关了总电源。往外走时，高天白要陈东风将车间内所有亮着工作灯的车床总电源全关了。这是陈东风从高天白那里学到的又一个基本知识，车工下班时，必须这么做。否则，万一电路出故障，会损坏车床出大事故的。车间里，除他们再无其他人，多数工作灯却还睁着明亮的大眼睛。高天白望着不断地弯腰去关总电源的陈东风，自语地说，现在的人也不知哪儿出了毛病，连多弯一下腰，手指多拧一下都不愿意。

出了车间大门，陈东风没见到方月，不清楚中午饭在哪儿吃。正在犹豫，高天白回头招呼他，要他快走，先去食堂排队，自己先去上一下厕所。

陈东风跟着那些手拿碗或饭盒的人群在饭厅中间慢慢走着。在一群挤成一团的人群中，他看见一个熟悉的身影，便高声喊道，豹子！方豹子！方豹子一看，连忙钻过来问，你什么时候来的？陈东风说，昨天。方豹子在他身上戳了几下说，终于想通了来当工人。方豹子一身污黑，每做一个小小的动作，衣服上的粉尘，就会在阳光中闪着微光飘落下来。陈东风说，你怎么脏成这个样子？方豹子说，我这样算什么，还有比我更脏的，厂里就我们翻砂工最脏。过两天化铁炉开炉时你再来看，一个个都成了非洲人，比她还要黑几倍。方豹子朝旁边努努嘴。陈东风扭头一看所指的是墨水，就说，她是我们车间的。方豹子说，我晓得，“五四”那天我还同她跳过舞哩。陈东风有点吃惊，是你跳舞还是舞跳你？方豹子说，管它呢，反正搂着一个城里姑娘，那滋味舒服极了。两人往里走时，陈东风说，我什么也没有，中午饭还不晓得怎么办哩。方豹子看看他两手空空，就借了一些饭菜票给他。他没有碗，方豹子叫他买几个馒头对付一下，等到晚上再说。

听说陈东风暂时住在陈西风家。方豹子很羡慕，一笔写不出来两个陈字，一家人毕竟是一家人。陈东风说，恰恰不是因为陈西风，是方月做的主。方豹子不理解，他几次去陈西风家，第一次，方月留他吃了一顿饭，后几次去，仅仅喝上一杯水，他与方月还是一个宗族的，且辈分还要高一层。方豹子说，方月一定喜欢你的潇洒英俊。陈东风说，亏你还长她一辈，说这些没有油盐的淡话。陈东风嘴里这样说，心里却想开了，方月的热情是不是真的不比寻常？他又说，我刚来什么都不熟，不是碰上你，这中午饭还不知怎么吃哩！方豹子将陈东风往前推了推，让他同前面的人贴近一些，免得有人插队。方豹子说，这样好，都是打工的，你太特别了，我们会难受的。

陈东风忽发奇想，方月会不会来到饭厅里找自己呢？

饭厅里排着两路长队。他俩正在说话，前面忽然骚动起来，一些人在大声喊，不许插队，到后面排队去！陈东风探头一看，刚刚从饭厅大门进来的墨水，已将半个肩膀挤到打饭的窗口前了。旁边的窗口前，另一个男青年亦如此。墨水回头看了一眼，依然趴在窗口边上。那男青年干脆就不理睬。方豹子吼起来，自觉点，文明点！他一叫，排队的人就一齐敲起碗来，一边也叫文明点。墨水转过身来说，叫什么叫，你们这些打工仔，我们才是厂里的主人哩，惹烦了我们，开个职代会都将你们辞退了。方豹子说，狗屁，辞退了我们，铸造车间就得关门。旁边窗口边的男青年这时吼起来，告诉你们，不用到乡下去，就在大街上，哪怕是招人趴在厕所里给人舔屁眼，眨一下眼睛就有成百上千的人报名。不信你们现在就走，看阀门厂垮不垮得了！

方豹子脸色白了，陈东风心里也像钻进了一只苍蝇。

他回头看了方豹子一眼，方豹子会意地推了他一把。借着这力，陈东风顺势往前一倒，前面的人也心领神会，一个劲往前猛扑，转眼间窗口前人就堆成了堆，说话的那个男青年被远远地挤到了一旁。墨水则被包裹在中央，嗷嗷叫着怎么也无法出来。男青年拿着空碗骂了几句后，气冲冲走开了。在食堂吃饭的多数是从乡下来打工的。厂里的工人大都成了家，没成家的家也在城关，回去很方便，所以他们几乎都不在食堂吃饭。像这样偶尔来饭厅的人，自然闹不过方豹子他们。

方豹子正在得意地叫大家重新排队，那男青年领着一个人大步冲进来。刚好墨水也气急败坏地从人堆中钻出来。墨水吃了亏，被人趁乱捏了两把，人一急，脸上显得更黑了。墨水连连叫着，流氓，流氓！陈东风正觉得进来的人似乎在哪儿见过，方豹子拉了他一把，说，汤小铁来了，别惹他！

汤小铁一进来就大叫一声，狗东西，都搞邪了，全给老子站到一边去！他一挥手，一大堆人果然乖乖退到一边，他又说，阀门厂的人先来打饭，你们这些老二先歇一歇，等我们的人吃完了，再轮到你们。墨水和那男青年，还有另外十几个人围到窗口，打好饭以后，分坐在两张桌子上。

这时高天白进来了，汤小铁叫他过去，说厂里的工人优先。

高天白看了看周围，马上明白是怎么回事。他说厂里没这制度，他还是排队按顺序来。汤小铁狰狞地一笑，要高天白别装好人，他若不先来打饭，这一帮人就吃不成了。高天白僵持了一会儿，知道无益只好说，小铁，你不能总是这样耍横，你现在才三十多岁，有一身力气，大家都怕你，不惹你，可你会老的，等到了我这个年纪，看你还能吓唬得了谁！

汤小铁讥笑地说，你当了一生的劳动模范又怎么地，我昨天还听见你老婆哭穷说，家里已有二十多天没吃肉了。他扭头对窗口里面说，给老高打一份红烧肉，菜票算我的。高天白忙说不要，炊事员已将肉舀到他的碗里。汤小铁说，快闻一下，看红烧肉香不香。

高天白脸色一沉，随手用筷子将堆在米饭上面的红烧肉全都扒到地上，一边走一边说，香你娘的脚，汤小铁，你欺负我，将来不得好死。

汤小铁说，这个请放心，我怎么死你是没机会看了，可你怎么死，我想不看都不行。

汤小铁正得意，墨水在旁边开口说，汤小铁，你不能骂高师傅，你忘了车间的人说的话，谁骂高师傅天理不容，当心下雨天遭雷打。

汤小铁看了看她说，雷打我那才是瞎了眼，要打就打那些坐桑塔纳轿车的人，老高勤扒苦做还吃不上肉，当官的却成天坐好车，喝好酒，抽好香烟，玩好女人。

墨水说，你若当了官，恐怕还要加上一项，欺负好人。

饭厅里的人全都哄笑起来。汤小铁一点不在乎，转身对方豹子和陈东风他们说，每人交一元钱菜票，作为今天你们闹事的罚款。他特意看了一眼方豹子说，我晓得你是老二们的头头，你说句话，是你代他们交，还是你带头交。方豹子愣了愣后，走拢去将一元钱的菜饭票放进汤小铁的掌心。上百名打工的农民不声不响地将一张张菜票交给了汤小铁。

轮到陈东风，他买了三只馒头后扭头就走。汤小铁抓住他的肩膀一拧，他感到那力气的确不小，但他还是挺住了，身子略微一斜又复归原位。汤小铁正要再发力，墨水又叫起来，别碰他，他是刚来的，是高师傅的徒弟，是陈厂长的弟弟。

汤小铁干笑一声说，我还以为是谁这么胆大，原来是皇亲国戚，我可以放过你，但有一个条件，必须在五分钟内将你手中的三只馒头吃下去。

陈东风看了汤小铁一眼说，我也有个条件，如果在三分钟内我将这三只馒头吃完了，你将菜票都退还给他们。

汤小铁看了看那二两一个的三只馒头，点头同意了。

墨水和方豹子分别盯着各自的手表。两分钟时，陈东风已吃下两只馒头了，第三只馒头转眼也要吃完了时，陈东风嘴里忽然咔嚓一响，一粒沙子硌着他了。陈东风情不自禁地捂住了腮帮，等他缓过劲来，三分钟已经过去了。

汤小铁扫了四周一眼说，小子不赖，比你哥强，恐怕是东风要压倒西风了，从你这儿起罚款免收。

汤小铁扬长而去后，满屋的农民工才发出一片惋惜声。

只有墨水走过来对陈东风说，你怎么可以同他赌这个，要是噎着了，可不是好玩的。

陈东风冷冷地说，你放心，农民的命不值钱！

陈东风和方豹子走出饭厅时，天上突然响了一声惊雷。空中晴得好好的，不见一片云，望了一阵也不知惊雷落在哪儿。方豹子说，这雷若是打在汤小铁的身上就好了。陈东风却说，我比我爸差远了，他若在世，三分钟吃完三个馒头后还可以抽几口香烟，会吃饭的人才会干活。方豹子说，不过，你只将汤小铁镇住了三分之一。走了几步，陈东风忽然问，你后来见过那剃头的马师傅吗？方豹子说，没有，你是不是在想那把染上神气的剃刀，我也想拿它来试一试，看看能不能照出汤小铁的人影。这家伙太欺负人了，陈厂长和徐书记遇事也让三分。

陈东风不作声，不知为何，他在暗暗为方豹子担心。

厂里实行两种作息制度，三班制的人。第一班从早上七点半到下午四点半，第二班从四点半到夜里一点，第三班从夜里一点到早上七点半。第一班中午有一个小时休息吃饭的时间，二班也有半个小时的晚餐时间。这种三班制主要是加工车间的车工，其余各车间和后勤各部门都是一班制，早上七点半上班，十一点半下班，下午两点半上班，五点半下班。陈东风和方豹子，分属两种作息制度。方豹子和其他农民工是按所完成的工时定额来计算工资的，他们中午从不休息，放下碗筷，又回到车间里去了。

陈东风同方豹子走到厂门口时，门卫正同高天白说着什么。见了陈东风，高天白说，刚才方月打来电话，要你回去吃饭哩。顿了一下他又说，我跟她说你在厂里吃过了，她后悔地说，一开始忘了同你打招呼。陈东风不好说什么。方豹子同他分手时，约他下班后上自己那里去坐一坐。

方豹子甩手指了指一座像仓库一样的房子。

4

铁屑在整个车间里飞溅着。在没有特别的声音时，铁屑溅在无论什么地方都会发出一种令人愉悦的沙沙声。虽然音调不一样，溅在保护罩上时声音又急又脆，溅在车床底盒上的声音则平缓踏实，溅在高速旋转的卡盘上时，其声音似有音乐中的半度音和装饰音的效果，不太稳定但有一种美妙。在这种时刻，陈东风总是一遍遍地想起乡下养蚕的情景，在夜深人静之际，透过星光与月光，可以看见昏暗的屋子里，无数手指般粗细的蚕儿或是昂头或是俯首，将那些绿茵茵的桑叶一口口地吃得只剩下网状的叶茎，白花花，亮晶晶，半透明的身子将寂寞的绿色变幻成没有止境的沙沙声。在正午的一阵恍惚中，陈东风几乎将车间当成农家的养蚕室了。他只是没分清到底那些横卧的车床是蚕，还是竖立的人是蚕，或者车床横卧人竖立，二者皆为蚕。由于母亲的死亡，陈东风家里没有养过蚕，这使他的少年生活少了一分色彩。导致他对一切的沙沙声响，都有一种向往。在车间里也不例外，他一次次眯着眼，看着高天白将雪亮的车刀指向那灰不溜秋的铸铜件，在小小的闪光中，铸铜件上出现了一道耀眼的弧线。与此同时，沙沙声毫不延缓地响了起来，坚硬的金属上，那些无用和累赘的部分被分离时，其动静竟是这般轻柔，简直无异于无骨的蚕在细嚼无骨的桑叶。陈东风只能这么联想。他不肯去想雨，不管是春雨扑打窗纸，夏雨洒落荷塘，秋雨打扰零落枯叶，冬雨敲击远来的北风，那些沙沙声千万种地迷恋于人。然而，陈东风只是记忆起蚕。他记得父亲曾很多次领着他去方月家，听那养蚕室里静静的沙沙声。父子俩常常坐上一两个小时，只是偶尔咳嗽一声，连香烟也不抽一口。有一次父亲对方月的母亲说，你听听，这沙沙声是不是很像心里有个菩萨在说话？父亲也许还说过另外几句话，陈东风记住的唯有这一句。他一直也想不起方月的母亲当时是怎么回答的。此刻，他突然想起来了。当时方月的母亲说，蚕最爱劳动，所以菩萨才让它们从里到外不染一点黑。

劳动的声音是神圣的声音。

陈东风有点明白，这车间的沙沙声也很神圣。

车刀像一把犁，这在另一台车床上更是惟妙惟肖。高天白这时主要让车刀作纵向运动，在另一台车床上，车刀是在作横向运动，一块薄薄的铁板正同卡盘一起旋转着。车刀在它的中心钻进去一点，然后在自动手柄的操纵下，一圈一圈地往外扩展。没有比此更像犁田的了，车刀就是犁铧，铁板当然是良田熟地。车刀是磨白的，犁铧也是磨白的，铁板油亮，好土地也有油有亮，它们翻动的是相同的凝重浪花。不相同的是，犁田时总是由外圈逐渐走向中央，车刀却是将一条螺旋线，从圆心不间断地滑到最外边。随着螺旋圆圈的扩大，车刀会越来越激昂，并逐渐发出一种近乎欢呼的声音，步步推向高潮之后，在最高潮时戛然而止。犁铧总是那般的不动声色，有时头顶上会有鞭子的甩响，会有人的吆喝和牛的哞叫，这于它是没法惊动的，一寸寸一尺尺的前进中没有惊喜与悲叹，只有走向中央后的那一种无法说与人的伫望与期待。

车床像什么呢？几十台车床纵横有序，错落有致地分布在这如此宽敞的庞大车间里，大约是任何乡村里的自然景观所无法比拟的。虽然如此，它还是像一只只船，一只只张开彩色风帆的船。车床是船的本身，那些站立在车床旁边的男女车工，则是那让潮风吹开的丰满的帆。落霞映照，归家的乌篷船是一首诗一幅画。那乌篷船本来都破败了的，只是因为船上堆满一天的辛劳，晚霞才特意辉映它们。犹如这船这帆，墨水被这车间里的劳动景象衬出几分好看来，被改过的工装裤显得很合身，女孩子该显该露的地方，由于工装裤的半显半露而透出些许神秘，那些身上免不了会染上的油污，则是这神秘之上的一层薄雾。至于男人，无论是油污还是满车间的钢铁，当他们一手拖着粗重的工件，一手进行夹固，或者两只手飞速不停地操纵着各种手柄时，头发、眼睛和肌肉，那些可以表现情感的身子里迸发出来的东西，将油污和钢铁糅合在一起，形成一种无形的雕塑。

高天白耸起眉头上的川字，开始在铸铜件上切削螺纹，卡盘一会儿顺转，一会儿逆转，车刀也一进一退周而复始地不断变化。这种变换是那样准确，眼看着车刀就要撞上卡盘，高天白左手轻轻按下手柄，随着卡盘的倒转，车刀又徐徐退回来。

一只橙黄的铜屑溅在高天白的脸上，轻轻地哧了一声后，粘在那里不动。高天白紧咬着牙关，任凭嘴角快要咧到脖子后面去了，颈上的筋脉也在颤动，眼睛却是一动不动，死死盯着刀尖在高速中所达到的位置。那只橙黄的铜屑将周围的皮肤染红了。高天白终于将车刀退了回来，这才腾出手来在脸上抹了两把。在铜屑掉下来的地方，出现一个白色的小洞。

上车床要戴眼镜，别让渣子飞到眼睛里去了。高天白对陈东风说，不然眼睛会有危险。

铸铜是菊黄色。熟铜是橙黄色的。不锈钢一身的银亮。飞旋时一圈圈灰白，静下来后成了一层灰黑的是铸铁。车床交错，卡盘狂舞，阳光与灯光相互映照之下，钢铁与其他金属被去掉了坚硬，听任车工们将其切削成各种各样的形状。陈东风一次次地抚摸着那些烫手的螺母，螺母像铜镜一样映着他的双眼。乡村的收获也许太漫长了，从一粒种入地，经历春夏秋三个季节。而车间几乎是一座表演魔术的戏台，转眼之间，就能变幻出想要得到的东西。他看了一眼生产通知单，高天白这个班应该生产二十五个螺母。

汤小铁从车间大门进来时，故意用脚在那铁门上猛踹了一下，铁门发出一声巨响。墨水和几个女工不知所措，下意识地匆忙停下车床。汤小铁大声叫道，我要吃人！墨水没好气地说，人少了你吃不饱，不如将这阀体吃一台，准保一生不饿。汤小铁嬉皮笑脸地说，一台阀体值几个钱，还不够买瓶好酒。

墨水将车床启动不久，又停了下来，走到相邻的女工那儿说起悄悄话。汤小铁东转转西转转，不紧不慢地转到高天白面前，很恭敬地递上一支香烟。

二人对了火后，汤小铁说，中午他们又在山南大酒店开了三桌，八百的标准。

高天白说，领导是厂里的客人，哪家来了客人不招待呢！

汤小铁说，可我闻到那酒里有你老人家的汗臭味。

高天白说，吃吃喝喝倒不可怕，怕的是大家都不愿上班做事。

汤小铁说，像你，做了一生又怎么样哩！我可不做这苕事。

汤小铁像来的时候那样，慢悠悠地走了。高天白卸下第二十三个螺母，随后找来一段废料装上卡盘，让陈东风试着车几刀。陈东风说，你任务还没完成吧？高天白说，车间给我补助了，你练吧，早点学会，早点顶班。他叹气说，厂里顶班干活的人越来越少了，都想去享福。

陈东风将大拖板慢慢摇近卡盘，又摇着中拖板让车刀在废料上轻轻划了一下，高天白将中拖板上的刻度盘教给陈东风。陈东风小心翼翼地进了两毫米。高天白在一边说，再进两毫米，车床不是人，它舍得出力。车刀吃进去的一眨眼间，车床轻轻哼了一声。陈东风额头上渗出一层汗珠。

高天白哼了一声，出汗好，出汗表示出力了，就这样干下去，别光指望车床出力，自己也要加把劲。

5

领导太多，陈西风应酬不过来。领导都不喜欢一桌人共饮一杯，陈西风只能一个一个地敬酒，从厅长到处长再到局长然后是科长，一圈下来，没有八两以上的酒量是不行的。陈西风勉强敬了两桌，另一桌还没开喝，人就醉得差不多了。酒醉心里明，他一直在瞅着徐快，提防他搞什么小动作。果然，徐快象征性地敬了几杯酒后，蹭到王副县长身边就像蚂蟥一样黏着不走，并从旁边桌子扯过一把凳子，贴在王副县长耳边说起悄悄话来。只见王副县长一会儿眉头紧锁，一会儿舒心露笑。陈西风不知他们在说些什么，那酒在心里烧得更加难受。他将酒杯一端，站起来将三分醉的舌头卷作六分醉的样子，故意含含糊糊地大声嚷道，徐快，徐书记，你躲在哪里，领导一直要求厂长书记要相互配合，你怎么又不主动配合，让我单枪匹马地像个孤家寡人，领导见了还以为我们在闹不团结哩。

陈西风一叫，徐快就赶忙站起来声明说自己不胜酒力。陈西风当场揭短，说他在家里每餐要喝二两酒。徐快只得离开王副县长给众人敬酒。

一圈酒敬完之后，王副县长将陈西风和徐快叫到身边，郑重地说，今年生产任务要增加，年初定的增长百分之二十不行，太慢了。按照阀门厂的规模，产值最少要增长百分之六十。徐快不作声。那神色让陈西风感到他已事先得到信息了。陈西风明白自己不能拒绝，便咬牙答应下来，并声明自己是当作政治任务接受下来。王副县长松了一口气，反过来对徐快说，厂长是管生产的，他既然将这个指标当作政治任务，那你这个管政治的书记，就应该把它当作生产任务来完成。趁徐快忙着点头的工夫，陈西风又说，今天当着王县长的面，我先向你赔个不是，有个待业女青年叫王元子，我没来得及和你商量，就做了主安排她到技术科学描图。回头开支部生活会我再作检讨，以后不再独裁了。这话让徐快脸上有些变色，但他很快就镇定下来，并说，这事我上午就晓得了，王元子正好来报到，田如意还不大愿意办手续，你爱人方月也在场，是我督促她将手续接下来。陈西风心知田如意不会这样，但他不能不给徐快留点面子，便解释说，田如意的丈夫因公去世，到部队去处理后事，昨天才上班，对情况不太熟。王副县长岔开这些，问起田如意的情况，不免感叹一番。徐快趁机敬王副县长一杯酒，王副县长竟端起酒杯一饮而尽。

趁着酒兴，徐快当着王副县长的面，数落陈西风，认为他长期不用肖爱桥是不对的。肖爱桥是知识分子，厂里又缺个技术副厂长，应该及早将肖爱桥提拔起来。陈西风心里火冒三丈，又不便发泄，强忍着说，厂里的新产品储备暂时还很充足，只是当前供销情况不太好，所以我想还是优先充实一下经营队伍，配一个副厂长搞经营。王副县长说，这事我不当裁判，你们自己去商量，商量好了，就将人选报上来。王副县长不耐烦地挥挥手，陈西风赶忙知趣地走开。绕着桌子走了半圈，他看见徐快又在同王副县长说悄悄话。陈西风想了想后，便朝司机们围着的那张桌子走去。

不待站停，王副县长的司机小丁就冲着他说，我们不喝酒，你大厂长的心意要到哇！陈西风忙说，各位司长，陈某慢待了大家，对不起，先自罚一杯。陈西风将杯子里的酒一口吞下去，再斟满了后，才举杯同一大群端着可乐和雪碧的司机逐一碰了碰。司机们也相互碰了碰杯，趁着乱劲，陈西风悄悄吩咐自己的司机小张，要他找机会向小丁打听一下，徐快为什么这一阵同王副县长那么亲密。他刚吩咐完，小丁就在背后捅了他一下。小丁说，这么多请都请不来的客人，你没有准备点礼物打发一下？陈西风说，都是挺正派的领导，这样做合适吗？小丁说，你听我的没错，刚才厅里的司机已问过我，让弄几斤新茶。你就将那种百把元钱一斤的弄个三四斤，每人一份。陈西风说，丁师傅，这可是你出的主意，若是领导们退回来我可将责任全都推到你头上。小丁说，你放心，这种事我们是开车的，心中最有数。小丁将陈西风好好教育了一番，说他几年的厂长差不多是白当了，只顾及同用户打交道，不懂得如何同领导打交道。陈西风听见他说，其实领导也是用户，而且是最大的用户时，突然觉得茅塞顿开。当即叫过小张，要他下午将茶叶买回来，邀上小丁送到各个领导的司机那儿。三人在一起说话时，其余司机已感觉到是什么事，主动站起来要同陈西风喝一杯。陈西风实在不敢再喝，央求之下，司机们才同意他也以饮料当酒。

陈西风陪着领导们从山南大酒店里出来时，陈万勤正挑着两块大石头，在街边艰难地走着。他走过去叫了一声爸。陈万勤看了他一眼，边走边说，你又喝醉了！陈西风说，来了很多领导哩！

陈厂长，陈西风！听到王副县长在叫，陈西风只得转身送客。

陈西风将他们一直送到隔壁的农机厂，才坐上红色桑塔纳轿车往回走。他让小张送自己回家休息一下。方月正在午睡，他敲了好一阵才将门敲开。见方月只穿着半透明的睡衣，小张将陈西风往方月怀里一推，连忙出门走了。

一开始陈西风还能朝方月笑，到后来就只会用一双手将方月死死地箍住，闭着眼睛一会儿骂徐快是小人，一会儿又责怪方月为什么不给自己生个儿子。见他这个样子，方月不知如何是好，就问，谁叫你这么死喝？陈西风听得见，他说领导要我喝，我能不喝？方月希望他能吐出来，他总是这样，只要一吐，便开始睡觉。折腾一阵，陈西风终于吐了，尽管方月有准备，用一只盆子接住，但客厅里还是被弄得一塌糊涂。

方月费力地将他弄到床上去，回头将客厅整理干净。只是一股酒味去不掉，特别是房里，酒味浓得熏人。方月不愿在那种气味中午睡，她打开陈东风的房门，铺开床上的被子，钻进去很快就睡着了。睡着后，她做了一个很奇怪的梦。梦中她怀孕生了一个女儿，女儿长得很漂亮，可就是不肯叫陈西风爸爸，总是手指陈东风说，我要他做我的爸爸。

方月睡得很香，醒来时已经是下午四点半了。她懒洋洋地躺在被窝里，心想这个班干脆就不上了，回头就说是在家料理陈西风。她翻了一下身后，忽然记起陈东风要下班回来了，立刻不好意思起来。

方月一个鲤鱼打挺，从床上跃到地上。

刚叠好被子，陈东风就在外面敲门。

开开门，方月冲着陈东风说，下班了！陈东风点点头，进屋后才发现方月只穿一件睡衣，两条胳膊和两条小腿全部裸露在外边，就是被睡衣遮掩着的部分也能看出五分模样。陈东风在客厅里只走四步，却已偷看了三眼。每看一眼，心跳就加快几分。他一头钻进房里，随手将门掩起来。工作服很脏，不便往床上躺，他拉过一把椅子坐下来。刚定下神，方月就在外边喊他洗手洗脸。陈东风走到门后，轻轻地将门拉开一条缝，刚好看着卫生间里方月的半个身子。方月正在那里往脸盆里倒热水。方月将水弄好后又叫了他一声，并对着门缝走过来，陈东风赶忙拉开门红着脸走出去。

陈东风进卫生间后，方月没有马上离开，就在身后站着，教他多用点肥皂，手纹里的黑迹，要洗干净，否则会越积越多，到后来怎么洗也是一双黑手，就是用刀也刮不掉。陈东风将头埋在脸盆里，只会嗯嗯，说不出更多的话来。后来，门响了一下，他从腋窝里偷偷看时，发现卫生间的门被方月关上了。他慢慢洗完手和脸，又解开裤子小便一次。听见方月就在客厅里走动，他不敢让便坑里的水溅得太响，用力憋着细细地缓缓地朝外放，后来，他干脆将裤子往大腿上一捋，整个身子蹲了下去，像女人一样对付内急。

磨蹭半天，他才走出卫生间。方月笑话他，洗个脸比女人化全套妆还要费时。方月已将睡衣脱了，换上一套休闲便装。这让陈东风的心安定了些，他寻了一只茶杯正要去泡茶，方月在一旁说，茶已泡好了，就在茶几上。陈东风刚在沙发上坐下，方月就捉住他的手，要看看洗干净了没有。方月说她刚来厂时当了一个月的车工，可手上那黑迹，直到半年以后才完全洗掉。方月看了一遍后，见洗得很干净，就要他往后每天下班后都这么洗，别偷懒，也别像在乡下那样想省柴，哪怕是三伏天也要用热水洗，油泥拌着铁灰，只有热水才能洗干净。

方月的手软软的，暖暖的，有点潮，还有点黏。

陈东风缩了一下鼻子问，屋里怎么有股酒气？

方月说，西风他喝醉了。

陈东风说，是不是陪上午在车间视察的那些人？

方月说，大概是吧，天天都有人来厂里要吃要喝的。

方月起身给文科长打电话。文科长不在，田如意在电话里说。方月就要她转告文科长，陈西风身体不舒服，她要在家照料，下午就不来上班了。方月用的是免提，电话声音一屋子都能听清。田如意问，是不是醉了，醉了别光给他醋喝，最好是用醋泡一根酸黄瓜给他吃。

方月放下电话后，陈东风告诉她，下午汤小铁到车间去发了一通牢骚，说是工人挣的利润还不够头头们请客送礼的花销。方月表示，汤小铁是个人见人怕的活阎王。接着讲了汤小铁的一件事。汤小铁是加工车间的维修钳工。有一个月他的任务是做一套在车床加工阀门的专用夹具，技术科的肖爱桥一时疏忽，将夹具上的一个偏心轴标反了方向。汤小铁发现后一声不吭，也不动手，天天上班到处闲逛，月底结账时，却要车间和厂里承认他的工时，还说不是自己不愿做，而是图纸错了不能做，如果按图纸做了，损失会更大。厂里不肯给他工时，他就去找肖爱桥算账，要肖爱桥出他一个月的工资奖金。厂里没办法，最后只好让步。

陈东风正在想汤小铁这样做到底有无道理时，文科长敲门进来了。文科长买了一大堆水果点心，说是来看陈厂长，同时汇报一件事。陈西风还没醒，文科长就告诉方月，省里要办一个安全管理人员培训班，时间是二十五天到一个月，先在省里集中，然后到重庆，再顺江而下经过三峡，在宜昌结业。方月挺高兴，想也没想就说她要去。文科长自然没有意见，只是提醒她要去就得先交百分之五十的会务费，会务费是每人两千。方月要文科长在厂里为她争取，文科长开心地笑起来。说三峡得早去，不然水库一修，好多风景都没了。

文科长走后不久，陈西风就醒过来。听见动静，陈东风连忙跑过去，推开门，陈西风正扶着墙，踉踉跄跄地要上卫生间。陈东风将陈西风扶到卫生间，关上门退出来，陈西风在里面大声说，妈的，连尿里都有百分之三十八的酒精。陈西风出来后，坐在沙发上拼命吃水果，方月在一旁削皮都削不过来。在等待的时间里，陈西风不断地用手去抚摸方月的脸和腿。陈东风实在看不下去，找个借口回到自己房间里。陈西风和方月并没有注意到陈东风情绪上的变化，继续着夫妻间常有的亲密。

这时，院子外响起两下熟悉的喇叭声。方月让陈东风去开门。开了院门后陈东风就待在院子里，司机小张一个人进到屋里。小张将一张发票递给陈西风，并说事情全办好了。二十个人，每人四斤特制毛尖。陈西风一见发票上写着一万零八百元整，心里像是被谁捏了一把。他下意识地说，怎么这么贵？小张说，茶叶公司我有个熟人，他们还优惠了百分之十。小张一转话题说，我问过小丁了，徐快有个姓马的表妹在外面读师范，徐快想将这个表妹介绍给王县长的二儿子，为这事徐快还托过小丁，并让小丁与那女孩见过一面。小丁说，女孩长得的确不错，正面看像月季，侧面看似水仙，站着看是株兰花草，坐着看又成了牡丹。方月咯咯地笑起来。小张也笑，他说，这是小丁的原话，不过小丁不敢介绍，一见面他就觉得那女孩已被人开了苞，那腰身和眼神根本靠不住。那么漂亮的女孩谁见了不爱，万一后来出现事故介绍人就麻烦了。小丁一直在推却，徐快熬不住便自己上门推荐。

可是王副县长没有兴趣，王副县长只是不断地问田如意的情况。陈西风心里踏实了一些，他在发票上签了“请财务报销”五个字，再写上自己的名字和年月日。陈西风又问小张，认不认识王副县长的儿子和徐快的表妹。小张说，现在还不认识，若想认识简直太容易了。陈西风似笑非笑地说，才子佳人千里姻缘，这种事要多帮忙，小丁这样做太谨慎了，能成全人家的美意才是功德无量之举。小张马上说，什么时候徐快再去看他表妹，我捎上王副县长的儿子不就成了。

陈东风不作声，方月进到里屋，拿出一条洋香烟递给小张，小张大大方方地接过去，并说，厂长不抽洋香烟，你屋的洋香烟都是我的。方月笑着说，跑不了，除了你，别人就是拿钱买我也不敢卖。

小张走后，方月才对陈西风说，上午有个姓马的女人打电话到办公室找徐快。陈西风只是听着，没往心里去想。

天黑后，小张又来接陈西风出门。陈西风到县政府招待所，一个个房间地将省地领导拜访了一番，多数领导对阀门厂的工作表示满意。陈西风回家时已是晚十一点了。

方月破例在房里开着灯等他。陈西风上床以后，方月又将上午徐快在车间故意奚落她的事，强调了一遍。陈东风明白徐快是冲着自己来的，便劝方月，君子报仇，十年不晚。方月说，你必须在厂培养自己的人，特别是像陈东风这样的贴心人，要特意栽培。陈西风说，陈东风的问题很困难，他是个农民工，提拔谁也提拔不到他头上。方月说，你总可以栽培一下我吧！她将下午文科长说的事告诉陈西风。陈西风沉吟一阵说，你的身份不一样，这种活动的性质大家都清楚，主要是旅游，你去恐怕大家会有意见。方月说，你别找托词，我晓得，其实是你不放心我！这种理由也不是第一次了。方月猛地翻过身来，将背对着他。陈东风急了，忙说，好好，天大的问题我也担当一回，你去，你去！说完就去逗方月。没几下，方月便转过身来，开始相互抚摸。陈西风一激动，便要脱方月的内衣。方月拦住他说，不行，今天刚刚来了。陈西风一怔说，我还以为你真的怀孕了。方月一搂他的脖子贴着脸说，对不起，又让你空喜一场。

这时，外面有人敲门，方月说是陈东风。陈西风闷闷地起床往外走。

6

天黑时，电视里又开始播本县新闻。陈万勤一看见那个瘪嘴的女播音员在电视上出现，便起身往外走。屋里只剩下陈东风和方月，两人断断续续地说着话。电视里出现一组车间的镜头，播音员同时说，省地有关领导来我县视察工业生产情况。陈西风看见屏幕上出现一个熟悉的人影，他还没说出来，方月就激动地叫开了：我！我！她一双手指着电视，屏幕上出现一个特写镜头：穿着漂漂亮亮的方月站在一台车床旁。陈东风也在高天白身旁隐隐约约地闪了一下，他没把握认定那就是自己，方月却一口咬定，陈东风第一天上班就上了电视。方月很高兴，不时冲着陈东风笑一笑。陈东风想了半天才说一句，你比那个播音员漂亮多了。方月说，你别瞎夸，田如意见过那播音员，说她平时很漂亮，就是不能上镜头，一拍到电视里，人就丑了许多。陈东风说，那还是有先天不足之处，像你，就是往脸上抹黑也掩不住美丽。方月说，别人是情人眼里出西施，你是什么人呢，这么起劲地拍我的马屁！陈东风觉得心里憋得慌，便站起来说，燕子红该换水了。

说着就往门口走。方月问，你去哪儿？他说，我去方豹子那儿看看。

院子里，陈万勤孤独地坐在一把藤椅上。

见到陈东风，他突然问，秧田该薅头遍草了吧？

陈东风说，应该薅草了。

陈万勤又问，二季春蚕是不是出蚁了？

陈东风说，应该出蚁了。

他以为陈万勤还要问什么，站在那里不动，等了一阵却没有动静，他才继续往外走。

出了院门，一阵麻将声扑面而来，如同隆冬季节山口里的北风，又像电影中封锁线上的机枪，陈东风心里打了一个趔趄。这条街叫黄陂巷，靠东端的这半截，住的全是阀门厂的人。除了一栋新盖的宿舍楼有些气派，就只一些低矮的旧砖瓦房屋了。西端的房子与此大相径庭，半条街全是两到三层的小楼，住在里面的人清一色是在小商品市场内有摊位的。陈西风家的小院，正好处在二者交界处。陈东风站在门口，听见东西两边的麻将声，同样热闹而激烈。

他慢慢地往前走，并不时扭头看看两边窗户里的风景。一间间屋子里，偶尔有小孩趴在桌子上做功课，大人们不是打麻将就是看电视。小巷很窄，前面有两个女孩相互搂着腰挡在巷子中间。陈东风跟在身后走了十几米，她们一点也没察觉，只顾叽叽喳喳地说着话。陈东风听见她们在议论方月上了电视的事，并且说方月这多年不生孩子，让人想不通。陈东风听出是墨水的声音。他咳嗽一声，墨水回头认出他来，便将身旁的女孩介绍给他。陈东风这才知道女孩叫黄毛，也是加工车间的。墨水问他做什么，他说没事随便走走。墨水便邀他去唱卡拉OK，他没想到城里女孩这么大方，第一天认识就敢请别人出外玩，连忙说自己还有事。墨水有些生气地问他，到底是随便走走还是真有事，陈东风回答她，自己既有事，也想随便走一走。说着，他从黄毛这边侧着身子超过她们，并立刻加快了脚步。

墨水冲着他叫，你别这么土气好不好，方豹子连三步四步都分不清，还敢请我们跳舞哩！

陈东风忽然站住，等她们走近了，才用很重的声音说，我就是土气，你看不起我，我还看不起你哩！

黄毛忙打圆场说，墨水这是激你，没别的意思。这样吧，我们一起去田如意家玩玩，她丈夫是飞行员，刚刚牺牲，她家里有许多飞机模型，跟真的一模一样。

陈东风冷冷地说，我不想去。

刚走近方豹子他们住的旧仓库，就听见里面有许多人在吵闹。旧仓库门口正朝外吐着浓度很高的汗臭，陈东风跨过门槛，准备将抬起的后脚放下来时，一只乒乓球蹦了过来。他下意识地伸手将黄色小球捉住，定下神来，见过来捡球的正是方豹子。方豹子朝他说了句，你稍等会儿，又转身回到球台上同别人对打起来。没打几个球，方豹子便败下阵来。方豹子从口袋里掏出一元钱交给对方，嘴里还不甘心地说，我一定要赢回来。

陈东风问，你们打球也赌钱？

方豹子说，没事干娱乐一下。

旧仓库很大，除了正中央放着一副乒乓球台，其余地方都被双层床塞得满满的。陈东风在床缝中绕了好一阵才来到方豹子的床边。两个人一站，床与床之间的缝隙就满了。坐在双层床底层，头刚好顶着上一层的床板。陈东风问，这里睡了多少人？方豹子说，搞不清楚，大概一百五六十人吧！陈东风说，都是从农村来的？方豹子说，城里人会住这种地方？他们一进厂最差也是两个人一间房。我们这里像座牛栏。陈东风说，我看像镇上的那座生猪仓库。两个人会意地笑起来。几年前他们干过一件坏事。那时，镇上来了几个城里人，说是出高价收购生猪，压秤压得少有的厉害，两百斤重的毛猪，最少也要扣除十斤，说是猪肚子里的食物太多。几百头猪全部关在那座生猪仓库里，方豹子想报复一下这帮城里人，他拿着一只布袋上山摘了一窝马蜂，趁黑扔进生猪仓库，几百头猪被蜇得狂吼乱叫，那帮城里人连忙跑过去看，还没看清就被蜇得做鬼叫。还是陈东风的父亲陈老小，点燃几个稻草把子，扔到仓库里才将马蜂熏走。城里人要给钱表示感谢，陈老小坚辞不受，只是劝他们不要总觉得农民老实，好欺负。

方豹子又问陈东风，怎么突然改了决不进城的主意。

陈东风不愿对他说是方月的缘故，推说一个人守着空房寂寞得很，就想出来闯闯。方豹子认为男人就应该出门闯，英雄出在江湖，就是闯的好处。闯累了，再回去在老婆怀里喘口气。陈东风问方豹子每月给老婆多少钱。方豹子说，出来才几天工夫，哪里有钱给她，连自己花的都不够。还说住在旧仓库里的人，谁也没有钱往家里带。方豹子又说了一大通，陈东风才明白，造型翻砂活儿比较简单，将模型往沙箱里一放，再将黄沙倒进去捣紧，翻过来取出模型就是。其他筛砂、配料就更简单了，看一眼就会。特别是阀门厂，一天到晚、一年到头，总是那几种东西，阀体、阀盖、阀瓣、手轮，翻来覆去没有太大变化，做上一个月，开过七八场炉，也就熟了。以往，新工人进厂，最少半年后才能顶班，现在搞造型翻砂的正式工越来越少，招来的农民工，第二个月就顶班做定额工时了。农民工的工时工资同正式工一样，但农民工没有福利和奖金，也没有各种补贴补助，所以方豹子的实际工资，只有正式工人的一半左右。如果生病不能上班，就更是两头蚀，没有工资不说，还要大笔地花销。

陈东风吊在床沿上的一只脚，无意中碰上床底下某种坚硬的东西。

方豹子掐指一算，不算米，米是从家里带来的，每月无论怎么节省，也要吃上八九十元钱的菜票，另外一笔大的开销是抽香烟，最少也在四十元钱，再就是车间那些正式工的各种喜庆之事，虽然是一元两元地凑个份子，每月也要二十来元钱。假如买衣买鞋开销就更大了。方豹子来阀门厂两个月，连一条毛巾都没买。陈东风一默算，光这三笔每月就要花费一百四五十元钱。可方豹子每月的工资只有一百二三十元钱。他忍不住问方豹子这么大的缺口，从哪儿弄钱来补。方豹子神秘一笑说，车到山前必有路，到时候没人教，自己也会有办法的。靠山吃山，靠水吃水，靠着工厂就吃工厂，这是一条真理。

陈东风的脚又碰到那个硬东西，他低头一看，见是一只鼓囊的破包装袋，就问，这里面是什么？方豹子不动声色地说，别人的东西，临时放在这儿的。

这时，乒乓球台那边忽然喧哗起来。

有人大声叫，方豹子，给老子滚出来！

方豹子一听有些慌，他说，完了，汤小铁又来敲我们的竹杠了。

方豹子告诉陈东风，汤小铁的乒乓球打得特别好，正是他发明了打一场球输赢多少钱的规矩。汤小铁并不经常来打乒乓球，只是打麻将输了才来捞本。住在旧仓库里的人都怕他。汤小铁打球，赢一盘至少要付五元钱。说着话，方豹子无奈地应了一声，问是谁叫。汤小铁在那边将乒乓球台拍得咚咚响，大声说，狗东西，连老子的声音也听不出来。方豹子推说自己来客人了，不能陪。汤小铁火爆地吼起来，你不陪，那就叫你的客人来，你们这些当老二的，总不会有什么高级客人吧，老子陪他还够格吧！陈东风说，我去会会他。方豹子拦住他。说，这个人你输不起也赢不起，你还是别沾上他，一沾上就没个完。

我有办法对付他。方豹子说着就将被单撕了一小条下来，飞快地缠在右大拇指上，然后顺着床与床之间的缝隙走出去。

陈东风听见方豹子说他的手被铸件砸破了，捏不了球拍。汤小铁不信，非要将方豹子手上的破布扯开看看。方豹子力气不小，只是不敢惹汤小铁，汤小铁虽然蛮横，方豹子握紧手不让他时，他怎么掰也掰不开。

两个人正在较劲，陈东风从床缝中走出来，盯着汤小铁说，我陪你练几盘。

汤小铁一怔说，又是你，也好，老子今天先给你上一课。怎么样，老规矩，五元钱一盘，价高了恐怕你家田里种的谷不够赔。

陈东风不作声，拿上一只球拍就摆开了架势。

汤小铁发了一个球过来，陈东风抢攻一板，球却下了网。汤小铁得意地说，怎么样，要卖多少谷才能得到五元钱？陈东风回答道，要不了多少，十斤还不到。汤小铁又发了一个球过来，陈东风又抢攻一板，一下子就将球打死了。接下来两个人从一平一直打到十平，又到十五平。这以后陈东风连赢了几个球，汤小铁有些慌，陈东风很快就胜了第一局。汤小铁掏出五元钱搁在球台上，两人换了一边，陈东风将五元钱用球拍推到近网处放着。第二局比分大起大落，先是陈东风领先九分，后来被汤小铁一口气追上来并乘胜追击，拿下了这一局。陈东风笑了笑说，五元钱还给你。第三局又是陈东风胜，汤小铁第四局时又追平了。两个人打了整十局，结果是各得五分。

看热闹的人开始还不断地起哄，打到六七局时就看出门道来了，比赛局面其实是被陈东风控制着，想赢就赢，愿输便输。

陈东风打得轻松自如，汤小铁累得满头大汗。

第十一局开始时，方豹子朝陈东风使了个眼色。心领神会的陈东风，一上场就抢攻连得两分，并且一直保持着领先一两分的局面。打到十六比十四时，正要换发球，突然有人高叫，起火了！起火了！大家哄地从球台旁四散开了。方豹子在床缝中间大声说，没有事，是我在煮面条哩。方豹子故意用煤油炉子点着一张旧报纸吓唬大家。场面平静之后，陈东风问汤小铁还打不打。汤小铁将球拍一扔，情绪都破坏了，还打个鬼！临出门时，汤小铁恨恨地说，真有一场火烧死你们就好了！

汤小铁一走，方豹子他们就围上来，都说陈东风的球打得太好了。陈东风说其实汤小铁的球很一般，若是气不虚，很多人都打得过他。他摸了摸球拍后说，这拍子不好，是生胶的，要是熟胶反贴的拍子，能拉弧圈球，我准保让汤小铁每一局都不及格。

正说话，房顶上的电灯闪了几下。方豹子说，要停电了。陈东风问，怎么旧仓库里要停电？方豹子说，厂里的特殊政策，担心我们人多，夜里闹的时间太长，会惹麻烦事，十一点就停我们的电。

听说到十一点了，陈东风忙说，我要走了。

回到陈西风家门口，院门已经闩了。陈东风叫了一阵，陈西风才起来将门打开，问他这晚回来，去哪儿了。他说在方豹子他们那儿玩了一会儿。陈东风怕打扰别人，用冷水洗了一把手脚后，匆匆钻进被子里。

睡了一阵后，忽然闻到一种淡淡的香味。

陈东风心里好奇怪，这屋里哪来的香气呢。他仔细嗅了一遍，才发觉香味出自枕巾上。这时，他感到有个东西在脸上贴着，痒痒的，用手一抓，却是一根女人的长发。他马上意识到，一定是方月在自己床上睡过。他不敢开灯，爬起来轻轻地将门拉开一道缝，对面房门紧闭，听不见半点动静。回到床上，在淡淡香气的包裹之中，怎么也睡不着。后来，一个长得既像翠又像方月的女人用手在他的脸上摸了一下，他感觉下身抽搐起来。醒来后，三角短裤又湿了。

7

孔径300毫米的阀体，十几台便堆成一座小山。

小山上坐着两个人。

陈东风和汤小铁相距不到一米。四只眼在对视着。上班时，汤小铁到处站站坐坐，徐富见他一副无所事事的样子，就叫他将车间内散放的阀体整理一下，找个地方码整齐些。汤小铁一边答应一边又要徐富将陈东风临时派来帮忙。徐富就将陈东风从高天白身边叫过来，交给汤小铁。陈东风专挑最大的阀体搬，汤小铁也不示弱，搬来搬去，两个人身上沾满了铁锈，一串串汗珠全是黄色的。两个人在这山一样的东西上面坐了一会儿，墨水就冲着他俩叫猴子。

黄毛本是下一个班的，不知为什么，她同上一班的人作了调换，跑到这个班上来。墨水一叫，黄毛也跟着叫，说他俩比猴子肥，比老虎瘦，更像是染了毛发的毛驴。车间的机器声很响，有的人听见了就笑，没听见的见别人笑就一样跟着笑。

陈东风想离开，正好高天白朝他招了一下手，他对汤小铁说，师父找我有事。不等对方回应，人已回到车床边上。

高天白交给陈东风一把新近焊好的硬质合金车刀，要他磨出坯子来。

白钢车刀陈东风已经磨了很多次，除了在上面开R，其他几个面都能很熟练地磨出来。方月在技术科给他借了一本《车工》，高天白他们说的R，在书上被叫作断屑槽。他想不通车间上上下下的人怎么都把它叫作R。高天白说过，车工技术，七分在刀子上，而车刀好不好用，七分在R磨得好。他已在早中晚三班上倒了一个来回，从白天的班开始又回到白天的班上，他一直等着高天白亲手教自己在车刀上开R。然而高天白总是一到给车刀开R时，就将他支到一边。

陈东风拿着车刀来到砂轮间，伸手一按红色的按钮，砂轮机嗡嗡地慢转几圈后，忽然猛烈颤抖起来，发出一种惊心动魄的声音。陈东风以为砂轮要爆裂。墨水告诉过他，砂轮转动时，如果突然爆裂，会比炮弹爆炸还厉害，还举了农机厂一个活生生的例子，她自己没敢去现场看，听看过的人说，当时几块爆裂的砂轮硬是将一个工人从头到脚几乎切成两半，只剩下很少的几处尚且藕断丝连。陈东风以为砂轮要出事了，吓得扭头就跑。砂轮间的门正对着那小山般的一堆阀体，陈东风几步就跳到阀体堆后面。附近几台车床边上的车工都将车床停了，问他出了什么事。这边刚刚停机，便引起车间内所有人的注意。大家都将车床停了，伸长脖子望着这边。车床一停，砂轮机那巨大的怪声就更加刺耳。陈东风惊魂未定地说，砂轮是不是要爆炸了？大家尚未反应过来，汤小铁从阀体堆上跳下来，大摇大摆地走进砂轮间，伸手将砂轮机关了。砂轮机要停未停之际，咚咚地乱弹一阵，引得近处的地面都在微微颤抖。汤小铁不屑地看着陈东风说，砂轮被你这种苕货磨扁了，转动起来不平衡，就像你们在田里挑稻把子，一头太重，一头太轻，就稳不住。汤小铁找了一个金刚石磨头来，重新启动砂轮机后，声音还是那般的响，他一点不怕，站在砂轮机前面，用磨头将砂轮一点点地修圆。砂轮机的声音变得很均匀，汤小铁用手拍了拍满身的白色灰尘，不无自豪地走了。他头也不回地说，继续磨你的车刀吧！

修理过的砂轮格外好使，特别是两边的棱角，最适合给车刀开R

槽。磨了一阵，车刀开始发烫。高天白交代过，这种硬质合金车刀磨热了不能用水冷却，白钢车刀磨热了可以用水冷却，而且是越浸水越好。硬质合金是相反的，一浸水就会坏了车刀的性能，但它有一个长处就是不怕高温，一千几百度时，还是坚不可摧。陈东风回到车床边拿上一块抹布。趁高天白正在全神贯注地车不锈钢螺杆，他将一把用旧了的白钢车刀塞进抹布里。回到砂轮间，他用抹布包着硬质合金车刀用劲磨了一阵，直到隔着抹布也感到灼热时，才将它放下，任其自然冷却。陈东风探头看了看高天白，见他仍在一心一意地车螺杆，连忙拿起那把白钢车刀，先将要磨的地方都磨好了，然后小心翼翼地将车刀竖起来，去接触砂轮的边缘。火花一溅，他赶忙拿起来看，靠刀刃两毫米左右的地方划出一道浅浅的小槽。他吸了一口气，又将车刀靠上去。这一次火花形成一小股，R 也开得有点模样了。他一点一点地慢慢试着磨了好久，R 槽也才开了一半左右。听见身后有脚步声，他赶忙将白钢车刀藏在掌心里。还没转过身来，就听见墨水在身后说，你在做什么呀，躲躲藏藏的。陈东风说，没做什么，磨车刀。墨水不信，非要掰开他的掌心看一看，并真的伸出手来。陈东风回头看见黄毛正从车床旁探头朝这边张望，只好将掌心摊开，让白钢车刀亮了相。墨水有些惊奇地说，哟，你自己学会开 R 了！陈东风说，第一次，还瞒着师父哩！墨水看了看说，这 R 开得蛮像回事，都赶得上我了。不过，这槽不能断断续续地修，要一次性地从头到尾磨成型。这样铁屑才排得顺利。陈东风接过车刀重新在砂轮上磨了一次。墨水看过后说，顺倒是顺了，就是宽了些。出的铁屑会成为一条带子、容易将工件和车刀缠住。陈东风说，能改一下吗？墨水说，我也不大行，磨 R，全厂没一个人比得上你师父。陈东风说，可他为什么不教给我呢？墨水说，这是当师父的臭规矩，车工技术什么都可以教，就只开 R，最好的师徒关系，师父也只是让徒弟在一旁看上两三回。这是车工看家的本领，谁都不会向外传。我今天教你已是非常例外了。墨水朝陈东风飞了一眼，陈东风没注意，只顾打量手中的车刀。墨水又说，不信你去打听，看谁教过谁怎么磨R。陈东风还是没在意，他说，你把这车刀换上去，车给我看一看，行吗？墨水不高兴地嗯了一声。

墨水将自己的白钢车刀三下两下地磨好后，拿上陈东风的车刀出了砂轮间。陈东风捡起地上的那把硬质合金车刀，磨了一阵，终于将一个前面和两个后面都磨好了。他走出砂轮间时，墨水看了他一眼，并随之将车床上的刀架转动一百八十度，换上一把车刀，找准吃刀量后，搭上了自动手柄。陈东风装着无意地站在墨水的车床边看了一下，车刀从那段四十五号钢材上削下来的铁屑，果然像一根长长的白带子，绵绵不断地缠在工件、刀架和卡盘上。

陈东风不好意思地朝四周看了看。黄毛还在向这边打量。汤小铁仍然坐在那堆阀体上，手里拿着一支香烟，眼睛里藏着一头随时会扑过来的怪兽。陈东风甚至觉得那怪兽毛发全部竖了起来，尾巴在来回摇动，身子绷成了一支箭，舌头红红地垂得老长的样子都清晰可辨。陈东风心里有些虚，他将脸扭开时，又看见高天白正用眼睛在盯他，那样子恐怕已经盯上好久了。

他回到高天白身边，将磨好的硬质合金车刀放在大拖板上。车刀发烫，一股白色的油气还在袅袅上升。高天白将操纵手柄让给他，要他替自己操作一会儿。陈东风将转速从三百多降到两百多，进刀量也从十个丝降到五个丝。高天白在一旁看着他车了几刀后，拿上硬质合金车刀到砂轮间去了。陈东风明白，他这是去给车刀开R。他连忙将转速恢复到三百多，进刀量也提高到十个丝，速度一快，被高天白车了半截的螺杆很快就车好了。陈东风停下车床，悄悄地走进砂轮间，站在高天白背后看了一会儿。有砂轮机和高天白身子的遮挡，陈东风没有看出什么道道来，只是从动作上感到高天白确如墨水所说，是全厂R开得最好的。另外，他也从此证实墨水教他，开R时要一个动作到底这一点不假。陈东风正要走开，高天白发现了。他忙说，螺杆可能车好了，你去看一看吧！高天白一挥手说，先去将毛刺锉一锉。

陈东风回来一摸螺杆，上面真的有许多毛刺。他找了一把锉刀，启动车床时，大拖板猛地向前一冲。他脸色刷地白了，一时不知如何是好，黄毛在那边先叫起来，快提螺母手柄！陈东风将螺母手柄往上一提，大拖板在离卡盘只有十几毫米的地方停下来。黄毛走过来问，没事吧？陈东风说，好险，刚才停机时忘了将螺母手柄提起来。黄毛说，你是不是想去看高师傅怎么开R？陈东风点点头。黄毛说，你别偷偷摸摸的，回头我找机会教你。她压低嗓音说，我是技校毕业的，除了高师傅，我的R比谁都开得好，墨水不行，她开的R只适合车铸铁。陈东风拿起锉刀准备锉毛刺，黄毛提醒他将袖子卷起来，如果卷进车床里那可不得了。黄毛一边说一边看着自己的车床，见车刀快走到位了，就连忙跑回去。

陈东风刚将毛刺锉好，高天白就回来了。高天白用外卡钳试了试螺杆的内径，然后又在卡尺的内爪上量了量，他问陈东风量过没有，量的结果是多少，等陈东风一一回答后，才让陈东风将螺杆卸下来，换上一件不锈钢材料，并示意陈东风继续车下去。陈东风车了几刀才想起自己刚才偷偷地将转速提高了，他不好再变回去，见高天白没作声，只好硬着头皮往下车。好不容易才将螺杆车完，高天白突然说，你去墨水那里将车刀拿回来，刀具和用具的消耗每人也是有定额的。陈东风乖乖地将那半根白钢车刀拿回来了。高天白用手指试了试车刀上的R后说，我一看那铁屑就晓得是你开的R，墨水是老车工了，干了三年，就是闭着眼睛也不会开出这种 R。好学是好事，可是你别太急，太急了不好，害自己也害别人。陈东风以为他会主动说出教自己开 R 的事，一直竖着耳朵听。高天白顿了顿说，你觉察到有人盯上你了没有？陈东风说，好像汤小铁有点和我过不去。高天白说，不仅汤小铁，他是硬的，还有软的。你刚从农村来，既是厂长的弟弟，人又长得聪明漂亮，将来的事够你应付。陈东风说，我什么也不想，只想好好干活，多学点技术，万一将来被辞退，我就回家去开个修理铺。

陈东风突然壮起胆子说，师父，你什么时候教我开 R？

高天白不紧不慢地说，车工技术项项都可以手把手地教，只有这开 R 教不了。四十多年了，我也不晓得 R 是怎么开出来的！别的地方怎么磨都能看见，只有开 R，能看到的是背面，正面只有砂轮能看见，可眼睛又不是长在砂轮上。说穿了，只有一个诀窍，你爱它，认真对待它，而不是讨厌它，敷衍它，用心去磨就能磨好。

这时，陈西风、徐快和肖爱桥以及王元子等一大群人从门口涌进来，一直走到汤小铁坐的那堆阀体边才停下来。他们比比画画地将一只阀体翻过来又翻过去，王元子手拿一大沓图纸，用不太灵活的眼睛向四处打量。陈东风心里刚刚生出一种预感，穿着白色连衣裙的王元子便真的向他款款走来。

她什么招呼也不打，站在车床前嗲声嗲气地说，哇，这螺杆好漂亮！

陈东风不作声，他停下车床，用外卡钳量了量螺杆，同时看了看悬挂在卡盘上的那一大串冷却液水珠，然后猛地一提操纵杆，卡盘突然转动时甩出的冷却液，有几滴直接落在王元子的衣服上。王元子叫了一声，连忙走开，一边走一边说，我叔叔说了，过几天也调你去描图，你不能干这又脏又累的活。

陈东风小声骂道，神经病！

高天白叹口气说，这姑娘真可怜，这样的毛病，会受人欺侮的。

有一阵，两个人什么话也没说。

陈东风发现汤小铁的眼珠子也变呆滞了，像是被王元子的胸脯推着转。

陈东风正在想什么，高天白突然说，你们那儿猪肉是不是要便宜些？陈东风一愣后，随口答道，是要便宜些。高天白说，什么时候回去，你给我捎一两斤。陈东风说行的时候，马上想到给父亲剃头的那位马师傅的剃刀，果真灵验，他也想弄来试试汤小铁的命运。

8

红色桑塔纳轿车里伸出方月的一只小手。

小手又白又嫩，它在空中挥动几下后，小张一按喇叭，车轮就开始在地上滚动。

徐快也在车上，他主动提出到阀门厂驻省城办事处看看。办事处人不少，但没有一个党员。这些人掌握着工厂营销命脉，他需要面对面地了解其思想状况。陈西风本不愿他到省城去，他担心徐快会跟着经营人员，去客户那里瞎串。但小张在一旁开玩笑提醒了他，小张说，书记是应该去一下，虽然办事处不会成为被党遗忘的角落，但书记有可能成为被表妹遗忘的角落。陈西风想起徐快的表妹在省城上师范，不仅爽快地同意了，还在厂务会议上称赞徐快主动配合厂长抓生产经营。

方月一走，陈西风心里反而有几分轻松。

同他一样，陈万勤挑着两块大石头正在街道上一步步走着。红色桑塔纳轿车在他身边刹了一下车。方月从车窗里探出头来对他说，我走了。面对远去的红色车尾，陈万勤独自轻松地笑了起来。

晚饭后，陈东风洗了澡，正准备去找方豹子他们玩，陈万勤将他叫住。他掂了掂手中的乒乓球拍，终于还是留在屋里。

陈东风同汤小铁打球后不几天，在屋里一叠旧杂志中发现了这只球拍。方月也不清楚是谁的。问过陈西风后才知道，这是多年前，陈西风的前妻参加全县职工运动会获得的奖品。陈西风记得自己曾将它送人了，他也不知道怎么搞的还在这屋里。陈西风要扔，陈东风将它留下，他发觉这球拍太合乎自己心意了，用这只球拍拉出的弧圈球又急又旋，没人抵挡得住。方豹子他们不得已立下一个土政策，规定陈东风每局拉的弧圈球不能超过五个。

陈东风将球拍放好，搬了一只藤椅到院子里，同陈万勤对面坐下。

陈万勤开口就问他想不想父亲。陈东风沉默一阵，刚想开口，喉咙里忽然酸楚难忍。陈万勤低声说，我的老小兄弟——你爸他是个好人啦，于功于德，他都不应该走得这么早，所以呀那高高在上的天理，有时候也是一本糊涂账，完全没有对号入座。你爸本应该添三次寿。第一次是因为突击坡前面的那条小河。那条小河，平日里温顺得像头一回躺在男人怀里的女人，连小猫小狗都瞧不起它，专门跑到小河里拉尿与它比试高低。只有老小兄弟瞧得起它，将它当成一条龙，而不把它看作是一条蛇。一年到头总是往那矮堤上搬石头，挑土。每天上工、放工都去料理它一阵，每天少说也得挑十担土。开始时，他没当生产队长，只有自己一个人挑。后来他当了队长，就要别人也挑。大家跟着挑了一两年，河堤高了许多，老小也不给大家多记一个工分。老小自己当上劳模，上级奖了毛巾、脸盆和搪瓷茶杯。大家有意见，就不往河堤上挑土，投票选队长时，也不投他的票。老小不当队长以后，又开始一个人挑。那时你妈还没有病，你也没有出世。她曾经为你怀上了三个哥哥。你妈不爱你爸总在河堤上，因为她总是望见河堤上有一个女人。你妈一生气，你的三个已成了人形的哥哥，就都变成了一团脓血流产了。后来还是方月的母亲教她一个办法，才生下你这小人。老小一个人又在河堤上干了一个冬天加一个春天。夏天到来后，山上下来了少有的大水，石磙都被冲得在河中央打跟头。上游的河堤破了，垮了屋，毁了田，死了一个人，猪牛羊也死伤不少。下游的河堤也破了，也垮了屋，也毁了田，没死人但后来残废了两个，猪牛羊死伤比上游的多。就只中间这一段，大水漫了两支香烟的工夫就退了，只压了一块田角。大家都说你爸的好话，你妈一高兴，就痛痛快快地生下了你。这是第一次要添寿的，结果只添了你。第二次还是因为这条河。这河虽小，脾气却怪，有时候好好的，它就不见了，哪怕太阳将沙滩晒肿了，它也不肯挤出半滴水来滋润一下。从古到今都有人说，这河的下面还有一条河，直接通到县城。在河里有水的时候，老小总喜欢一个人扛着挖锄和沙扒，有空就在河里到处乱挖。挖出有水的坑，老小就用青石板盖起来。没见到水他再到别处去挖。有时候，老小也同小河斗狠，明明是一个干窟窿，他硬要往下挖，非要让它冒出水来。老小也不是总赢，有些坑哪怕是挖了半个月，也不见水。老小只好说，等 32111 钻井队来了，让给他们钻石油，水火不相容，没水的地方，肯定有一沾火星就燃烧的油，要不石油怎么总生在没水的沙漠上。老小在小河里挖坑打洞，大家都不管他，他自己也不说为什么，就像抽鸦片上了瘾，无论别人怎么说，也不会丢下手里的烟枪。也有人说他，像是同你妈睡觉睡成了习惯，不弄一下就难受。那年夏天，小河又使开了性子，地上才干三天，它就连一滴水都不肯让我们看见。因为旱得突然，水渠没有修好，太阳又特别毒，一个星期下来，田里都干得起了裂。上游和下游的人都急急忙忙地开进小河，将小河翻了个底朝天，好不容易找到水，田里的秧已经变黄发白了。中游这一段又沾了老小兄弟的光。小河一失踪，他就去揭那些只有他还记得的青石板。十几块青石板被掀开后，有两处发现了水。大家齐心协力将这两处地洞，挖成两座大坑，架上了水车。那年的秋收虽然还是减了产，比起其他生产队只有两三成的收成，还是算得上大丰收。这第二次该添寿的事，也不知怎么的，竟然让你妈落到水塘里，早早做了龙宫的仙女。第三回更是邪门。我们村的老地名是叫兔子窠，大跃进时才改名叫突击坡的。村后面的山顶上有块鹰嘴石，大概有上万斤重，孤零零地立在山顶上，底下就只有十几个南瓜大小的碎石垫着。据说是玉皇大帝吃饭时，在碗里找到一粒沙子，就信手扔下凡尘，正好压在突击坡的老祖宗种的一棵大南瓜上。但外地的人都说，从前，兔子窠的人太精，不好好劳动，老想着算计周围的人，让别人替自己干活。上天认为不公平，就让一只老鹰化作石头，镇住这些比兔子还精的人，让他们从此尽心尽力地下田劳动。所以，我们突击坡，后来总出像老小兄弟这样的劳动模范。那石头几千年一直就那么样搁着，像要滚下来又总也滚不下来。那一年，老小兄弟说这石头要滚下来了，大家都不相信。老小兄弟就一个人天天爬到山顶上去，用了许多的石头在鹰嘴石靠突击坡的这一面，垒了一座石岸。有天夜里，突击坡人都在外面乘凉，月亮明，星星亮，也不见闪电，头顶上却响起轰隆的雷声。大家正奇怪，几个小孩先惊叫说鹰嘴石掉下来了。大家看时，果然一个巨大的黑影正顺着山脊往下滚，那种声音就像用锄头往胸口上筑。鹰嘴石擦着村边人家的牛栏飞到田里还打了几个滚，每滚一下就留下一口小塘。第二天早上，大家上山去，看到老小垒的那座石岸被压垮了一半，鹰嘴石正是被这石岸逼得拐了弯，要不就正好落在突击坡了。说邪就邪——鹰嘴石一掉，段飞机不种田，不劳动就发了财。他一发财，突击坡的人就待不住了，是男人都往外跑，以为外面的金子同突击坡的猪粪一样满地都是，一早晨就能捡一箢篼。他们捡了几个钱，却将自己养家糊口的劳动本领丢了。就连你西风哥，也是在那之后，由一个普通工人当上副厂长、再当上厂长的。

陈万勤喝了一口茶。茶水凉了，刚喝下去他就开始咳嗽，一声连一声，震得邻居都将窗户打开，探头张望，大声问要不要治咳嗽的咳特灵。陈万勤呜呜地发出一些声音，表示不需要。这时，陈西风从屋里出来，拿着一只小瓶子要陈万勤张开口，朝喉咙里喷了几团雾，陈万勤马上平静下来。

陈西风要陈万勤到屋里去，自己却开了院门走到街上，也没说是去哪儿。

陈万勤端起茶杯又放下。

陈东风懂事地进屋去给他重新泡了一杯热茶。

陈万勤不顾水烫，猛地喝了一口，然后舒服地长出一口气，这才继续说，不管干哪一行，干久了人都能成精怪。最容易成精怪的是那些匠人，剃头的、裁缝、篾匠、木匠、砌匠，一口气干上几十年，差不多就能通阴阳了。像做农活做成精怪，能通阴阳的，却只有老小兄弟一人。我过去最不服气他，后来的事情多了，我就明白自己不如他。本来，我不打算到城里来住，城里用水上厕所都要花钱买，走在路上那些女人打扮得像狐狸精，让人不敢睁开眼睛，身上的肉一半露在外面，看一眼会短一天阳寿。可老小兄弟要我来。开始他不说明原因，我告诉他自己一个人过惯了，胳膊腿虽然有些僵，还能种块田养活自己。他跟我说了好几年，从西风的第一个妻子生病，一直说到西风娶了第二个妻子，老小兄弟才同我说了实话。他说我若是早去了城里，西风的第一个妻子就不会死去，也就不会有娶第二个妻子的机会，他说城里有一股邪气，必须用我的正气去压一压，他还说，我若再不去，西风同方月的婚姻还是到不了白头，我去了才能镇得住他们。当然，还有别的原因，我以后再说给你听。我听了老小兄弟的话，才进城住了这几年，别的效果看不出，只是西风和方月，结婚这么长时间了，两人没有红过一次脸，还不时手拉手出门去看电影、逛街，隔上一两个月还要双双到舞厅里跳一场舞。

听到这里，陈东风忽然站起来说，我上趟厕所。

他一头钻进屋里，在便池前站了一阵，也没有挣出一滴尿。忽然间，他想到燕子红该换水了。方月一走，陈西风是不会给燕子红换水的。他开灯走进方月的卧室，手一触到花瓶就感到一股潮湿。陈东风心里不由一怔，他知道这一定是陈西风刚刚给燕子红换过水。他犹豫了一下，还是拿起花瓶将水倒掉后又注入半瓶水。燕子红能开这么长时间，的确是一件奇怪的事，这或许是一种天意？陈东风回到院子，陈万勤不高兴地问他到西风和方月的房里去干什么。

陈东风镇静地说，我听到那屋里有动静。

陈万勤问，院里有人，小偷没有这大胆。

陈东风说，不是小偷，是老鼠。

陈万勤突然说，你晓得我为什么非要你到城里来吗？陈东风没有回答，他明白无论自己说还是不说，陈万勤都要回答自己的问题。陈万勤说，这是你爸陈老小的意思。我这样说并不是我不欢迎你来我家，在西风和方月之间搅和。你来我家的确不是让我高兴的事，我已经听过两次了，有人说你和方月倒像是一对儿。你别以为我人老心胸窄，在这个院子里的三人中，任谁开口留下的客人，绝不会有另外的人要撵他走。老小兄弟也好，他的儿子你也好，我晓得你们身上有一种叫做热爱劳动的东西，让女人喜欢。不是一两个，而是许多女人在喜欢你们，越是好女人越喜欢你们。就是在我的眼睛里，也没有比你们更真心热爱劳动的。我只是觉得你要学习你爸，可以爱别人的女人，但别把她当成自己的女人。

陈东风此时更无话可说了。他发觉陈万勤似乎已洞悉自己的心思。他抬起头仰望满天的星星，眼睛在数，心里却没有数。

陈万勤继续说，要你进城，是你爸的意思。他最后一次来县里开劳模大会时，已不再是劳模了，而是作为特邀人员。那天，他在街上找到我，见面就说不知怎么搞的，早上吃下去的三个馒头，都下午了，还有两个在喉咙里哽着。我劝他，别以为是吃白食有愧，他是真劳模，只吃三个馒头这是谦虚的表现。听我一番劝，哽着老小兄弟的两个馒头又下去了一个。老小兄弟帮我将石头送到河边，剩下的一个馒头才完全下到胃里。那时，阀门厂这栋宿舍楼还没有开始动工，它是西风当厂长后的政绩。阀门厂不要的铁屑都在这儿堆着，然后卖给那些想要的人。老小兄弟走到很大很大的铁屑堆前面，一圈圈地转，找了半天没找着。他用手扒，又用我的扁担撬拨，嘴里不停地说，怎么没有蓝色的呢，怎么没有蓝色的呢，以前可是很多很多，蓝得爱死个人。找了半天，他才找到一截卷得像从铅笔上削下来的铁屑。那蓝色果然可爱至极，像一串宝石闪着光。问了几遍，老小兄弟才说，他听一个年年在一起开劳模大会的工人劳模介绍过秘诀，看一家工厂劳动效率高不高，工人有没有生产热情，只需到那倒铁屑的地方看一看就知道，如果白色的多，那情况就很糟，如果黄色的多，情况就一般，只有蓝色多时，情况才比较好。从那时到现在，阀门厂的铁屑堆上一直是以白色和黄色为主。老小兄弟当时说，自己若不是老了，就要来当一回工人。我想他这话其实是说，东风正年轻，有干劲，让他来当工人吧！

但老小兄弟是个人精，我又怕猜错了他的意思，挑明之后，他又说不是，让他笑话。所以，一直等到他死了，我才让西风回去找你。其实，这也是我的心愿，让你来厂帮西风一把，他在厂里从来没有个贴心人，说句话也难得有响应。方豹子不行，他总爱同段飞机搅在一起，我一向就看不惯。我喜欢老小兄弟，也就喜欢你，我跟西风说了，要他提拔你。你要实现你爸的遗愿，让厂里的铁屑都变成蓝的。

屋里的电话忽然响起来，陈万勤没反应。

陈东风提醒他后，他却说，我从不听电话，那声音幽幽的，像是从阴间传过来的，一个字一个字勾得人的魂痛。陈东风只好去接那电话。一拿起话筒，方月的声音就传过来。陈东风不知说什么好，结结巴巴地说了一句，西风他不在家，出去了。方月在另一端挺高兴，要他转告家里，一路上挺顺，只是快到省城时晕车吐了一回。又说省城比她上次来时又大了许多。陈东风突然说了一句，你要小心，听说省城里的扒手和流氓特别多，街上也老爱出车祸，连警察都爱欺负下面去的人。正说着，身后门一响，陈西风进来了。他问是谁的电话，陈东风不作声，将话筒从脸颊旁挪下来递给陈西风，一头钻进自己的房中。

陈西风虽然与方月隔着几百里远，那股亲热劲仿佛二人就在彼此身边。陈西风声音一会儿高一会儿低，一会儿快一会儿慢，那嗓音像是一只猫在唤另一只猫。半个小时内，也不知说了多少无聊的话，陈东风没有听出一句有意义的。

外面的门又响了一下，跟着方豹子走进来了。

方豹子一进门就大声说，我真想回家，你这儿多舒服呀。

陈东风说，你小声点，有事吗？

方豹子小声说，我找你帮个忙，有个东西要车一下。

陈东风说，厂里不是禁止在上班时间干私活吗？方豹子说，规定是规定，谁不搞点近水楼台先得月的事，乡下不是也说小叔不搞嫂，树上不结枣！

陈东风说，我还没有顶班，有师父看着，不方便。

方豹子说，你就大胆做，现在谁不是睁一只眼闭一只眼。

陈东风勉强答应下来。

这时，陈万勤在院子里叫起陈西风，说高天白来了。陈东风和方豹子连忙开门出去。又过了一会儿，陈西风终于放下电话来到院子。寒暄几句，陈西风突然说，正好有四个人，我们打几圈怎么样。方豹子一下子就来了兴趣，第一个站起来响应，高天白有些迟疑，见大家都在往屋里走，只好也跟上去。陈东风在门口停了一下，等高天白靠近了他说，师父，你不想打就别勉强。高天白没有作声，天黑陈东风也看不清他的脸色。

摸完风，掷过点数，四个人开始取牌。高天白手有些抖，几次将自己的牌碰倒了，他还没有将牌整理好，方豹子就和了一个门前清。方豹子一摊牌，高天白脸上的汗渗出满满一层来。大家都没注意到，一个劲地催着高天白快点码牌。这一盘陈东风和了一个七对，随后又是洗牌，码牌，高天白的两手还在哆嗦，几张牌怎么也码不整齐。陈万勤在一旁问他，是不是病了不舒服。大家一留意发觉高天白神情果然不对，这才轮流发问。

高天白低下头不好意思地说，这个月的工资，月底以前能不能发？

陈西风说，怎么啦，是不是又没钱花了？

高天白说，我来找厂长你，就是想先借个三四十元钱，家里几乎没钱了，别说给孩子买肉，明后天连买青菜的钱都成问题。

陈西风有些不高兴地说，老高，你的工资收入在厂里算是上等，保底的收入也有两三百元，可豹子和东风他们每月只有八九十元，你要是过不好日子，那他们简直就不用活了。高天白说，你不了解情况，不过有些话也一下子说不清。陈西风说，钱的事真的是谁也说不清，我今天批给你三四十，明天一早厂里就会有一半职工找上门来批条子借钱。

高天白说，可今天已经是二十号了。

陈西风不耐烦地说，跑不出这个月，工资总要发给你们的。他又说，这麻将还打不打？

高天白说，我口袋里只有几角钱。

方豹子一推牌说，几角钱你来凑什么角色！

高天白正尴尬时，陈万勤在一旁忽然说话了，他说，西风，你不能这样对待高师傅，他资格这么老，来找你一定是实在没办法了，厂里若是没钱，你将我的那份棺材钱先借给他。

陈万勤一发火，陈西风就慌了，忙说，爸，这是工作上的事，我晓得怎么做。他从口袋里掏出一叠钱，抽出一张五十元的票子递给高天白，并说，这钱你就别还了，我记得过几天是你的生日，就当是我提前送的贺礼。

高天白尽管非常不好意思，但还是收了下来。

高天白走后，几个人在一起议论了好一阵。陈西风也觉得，像高天白这种勤扒苦做的老实人，已经吃不开了，关键要看一个人的智力，要斗智。说得正起劲时，陈万勤突然将高天白坐过的那张椅子一脚踢到门口。陈西风使了个眼色，方豹子连忙起身告辞，陈东风也借口送客，陪着方豹子出了门。他俩站在门口，很清楚地听见陈万勤在屋里训斥，陈西风让他太失望了，将以前种田做工时的老本全丢了，如果陈西风不是一厂之长，不方便损他的威信，自己非要当众打他几耳光。

陈万勤说，阀门厂几百号人，如果都去斗智，中国十几亿人，如果也都去斗智，那粮棉油就只能种在脑子里，机器阀门也只有全部安在心窝里。人活在世上，基本的劳动还是主要的。农村里没有陈老小，工厂里没有高天白，斗智超过天堂里的太白金星，超过沙家浜的刁德一，也只有死路一条。

方豹子对这些话不感兴趣，他迈步往街上走。陈东风也禁不住问工资什么时候发，他来了快一个月，也想尝尝领工资的滋味。方豹子告诉他，自己这个月的定额工资已算出来了，一共只有一百一十几元钱。说时，方豹子还不轻不重地骂了一句狗东西，也不知是针对谁。分手时，方豹子再三叮嘱，明后两天一定要安排时间将他的那个东西在车床上车好。

9

陈万勤突然来到车间，要找高天白。

这时，高天白正在砂轮间里聚精会神地磨着一把怪模怪样的车刀。车刀是徐富交给他的，用来加工螺距为90~96毫米，锥度为30∶1的特殊蜗杆。徐富主动说，只要高天白将这车刀磨好了，给他另记八个工时。趁高天白在砂轮间忙碌时，陈东风将方豹子给他的那张草图标示的一只钢套和两只螺帽匆匆车好了。虽然有些粗糙，但各部分尺寸与精度要求是相符合的。他将零件用一张报纸包好，从后门绕到铸造车间，交给了方豹子。方豹子很高兴，随口表示绝不让自己兄弟吃亏。

陈东风回来时，墨水和黄毛她们正蝴蝶一样在砂轮间进进出出。说是去磨车刀，其实是想偷走高天白磨蜗杆车刀的技术。高天白也不糊涂，只要有人在身边，就将手中车刀收起来，说是为了冷却，其实是不想被人看见。陈东风也想看一看，学一学，就要求替高天白把守砂轮间大门，不让别人进来。高天白没理由让他回避。高天白并非像磨别的白钢车刀那样，总在白砂轮上用功夫，而是一会儿在白砂轮上磨，一会儿又在绿砂轮上磨。白砂轮磨出来的火花，又长又密声音又大；绿砂轮上则不同，火花小而且稀，几乎听不见什么声音。他留心看了一阵后，便想到高天白可能是在用白砂轮粗磨，用绿砂轮控制车刀的精密角度。

陈万勤一进车间便扬起嗓门大叫：高师傅，高天白！

陈万勤扛着一只扁担，一对铁丝箍挂在肩上，身上尽是泥土。

汤小铁从维修钳台后面抬起头来说，你找牛哇，这么样的叫，又不是什么兔子窠、突击坡什么的！

陈万勤瞪他一眼，继续叫自己的。陈东风连忙上前拽着他进了砂轮间。见到高天白，陈万勤就要他帮忙打一根钢钎。高天白一开始没明白，待想过来，便笑他找错了门，打钢钎应该去找打铁的锻工。陈万勤以为他在推辞，有些不高兴，说自己来找他，是瞧得起他，把他当作好工人。一直在旁边看着的徐富，恰到好处地走过来，将陈万勤叫到一边，问清楚之后，便吩咐陈东风拿上他的字条，让锻压车间按陈万勤的要求打一把钢钎，工时和材料都记在加工车间账上。

陈万勤在车间里转了一圈，不时用眼睛在一堆堆铁屑中打量。铁屑乱七八糟，搞得车床底盒像是一处粪凼，黑不溜秋的杂物，活生生就是猪粪牛粪以及鸡鸭羊狗的排泄物。他忍不住问徐富，怎么铁屑的颜色这么难看，一点鲜艳的也见不到。

徐富告诉他，这是铸铁，天生地造的，除了火烧变红以外，就是这种黑灰色。

陈万勤不信，反问道，怎么从前铁屑是蓝色的。

徐富不告诉他真相，却说谁要是能将铸铁车出蓝色铁屑来，我输一瓶气得死茅台的白云边酒。

陈万勤不理他，转身钻进砂轮间看高天白磨车刀。

蜗杆车刀已到了最后成型时刻。高天白每次都要眯着眼对好光，看了又看，这才在砂轮上小心翼翼地磨一下。每一次只磨出几个淡淡的火星。

陈万勤在一旁看了半天，像是看出门道似的说了句，磨刀不误砍柴工。高天白点点头，没有搭话。他将车刀一点点地磨了几十次后，终于关了砂轮机。陈万勤同他走出砂轮间时，陈东风提着一根一米多长的钢钎迎面走过来。高天白将车刀递给陈东风，要他送给徐富。他正要走，墨水走过来，冲着他说，东风，你拿着这家伙，就像电影里修水库的民工。陈东风说，我本来就是民工，也修过水库。他拿着车刀头也不回地往车间办公室走去。

陈万勤走出车间的样子与陈东风正好相反，像蜻蜓一样东张西望地扭着脑袋，眼睛却只看着铁屑。在车间门口，陈万勤正好遇上陈西风。

陈西风瞅了瞅他手中的钢钎问，你弄这个干什么？

陈万勤说，山上的石头太硬，我用手指抠不下来。

陈西风说，又没人逼着你去抠石头，在家歇着不好，没事做去练练气功，不生病又能长寿。

陈万勤说，每天挑两担石头回来，练的是硬气功。

陈万勤走出阀门厂，穿过黄陂巷等大大小小的街道，来到县城后面的那座山上。县城到处在盖房子、搞工程，山上好取的石头差不多都被取光了，留下许多巨大的石坑。石坑里没有人，再在这里取石头代价太大，人们都到旁边山上放炮轰炸去了。陈万勤爬上石坑的绝壁，用钢钎撬了半天，终于将一块大石头撬松了。他调整一下自己的位置，双手握住钢钎用力撬了几下，大石头轰隆一声飞下绝壁，跳过坑底，在山坡上打了几个滚后，掉进一条水沟，变成一片巨大的水花。

陈万勤正要往下走，山坡的草丛中忽然探出一颗男人的头。男人鬼鬼祟祟地看了一阵，又隐匿下去。不一会儿，一对男女从草丛中站起来，顺着小路往山下走。一见那模样，陈万勤就知道不是正经人和正经事，忍不住叫起来，也不管他们听没听见。

他说，别做伤天害理的事，当心天打雷。

下了绝壁，他怕那对男女遗下秽物，就绕着山路往沟底走。

大石头就躺在水沟里，水不深，只淹到它的半身处。陈万勤跳到大石头上面，用脚踩了踩，最终不得不叹了一声，从心里承认，自己已经没有能力对付这块大石头了。他坐在水沟边，一次一次地回想当年与陈老小合力抬起四五百斤重的大石头，翻山越岭如走平地的情景。那些年，冬季修水利总是他们最风光的时候。论力气，工地上比他俩大的人很多，可是，一搞劳动竞赛，除了仅有一次失手之外，其余时候他们总是胜利者。别人帮着总结经验时，概括出很重要的一条，干劲与力气不是一回事，他们能赢，主要是干劲比别人大。他冲着大石头自语地说，要是老小还活着，说什么也要将你抬回去。

对付不了这块大石头，陈万勤只好再去别处找能够独自对付的小石头。

山上树木稀稀密密。没树的地方，草丛茂盛，荆棘纵横。陈万勤弯着腰在树林里钻来钻去，翻过一座山嘴，几块黑色石头迎面立着。他快步走过去，冷不防发现一个男人正在石头后面搂着一个女人。男人一惊，情不自禁地回了一下头。竟然是方月工作的那个科的文科长。

文科长也认出了陈万勤，脸色红得发紫，嘴里支吾地说，我这是同她闹着好玩。

陈万勤一见女孩那么年轻，最多只有十八九岁心里就来了气，就说，要玩就和自己的女人玩，她是哪个车间的?

文科长说，铸造车间打泥芯的，名叫玉儿。

文科长忘了要放开自己的双手，让那女孩子走。还是陈万勤吼了一声，他才恍悟过来。女孩顺着山坡跑开后，文科长扑通一声跪在陈万勤面前，求他别说出去。陈万勤开始不理睬他，经不住再三哀求，终于答应不说出去，特别是不对陈西风说。文科长从口袋里摸出一张百元钞票，要陈万勤拿去买点东西补补身子。

陈万勤火了，要将那钞票撕掉。

他将票子拿在手上时又有些舍不得，脑筋一转后，他要文科长买些鸡鸭鱼肉送到高天白家。

文科长连忙答应说，我这就去高师傅家。

山上没有别人之后，陈万勤坐在石头上怔了半天，回过神来，他发现脚边有一只没有开封的避孕套。他用鞋底将避孕套反复辗，直到烂得不成样子了，心里却明白，自己救了女孩这一回，却救不了下一回。他听陈西风同方月聊天时说过，从农村招来的那些女孩是绵羊，那些干部和正式职工则是狼，不知什么时候，这些小羊就会成为老狼的美味。陈万勤有些后悔不该答应替文科长保密，否则，陈西风就有了杀一儆百的证据了。

树林摇晃起来，风将县城吹得七零八落，一皱一皱地高低起伏着。沿街的大楼一天比一天漂亮，街后面的工厂车间却一天比一天丑陋。围绕县城的十二个高烟囱，前些时尚有九个在冒烟，现在只剩下六个了。六个当中就有一个是阀门厂的。机器的轰鸣声如今也小了许多，偶尔有风将其吹过来，转眼间又消失在丛林山谷之中。不绝于耳的是各种小汽车的喇叭声，铁色铮铮，漆光晶晶，高楼大厦也掩不住小汽车们穿梭闪电的光芒。小汽车声音软软的，竟让风都醉了，掠过高坡大蠶的时候，完全仰仗那如美女笑铃般的声声传唤。在县城靠北的一个出口，陈万勤只抽了一支香烟就看到有大约二十辆小汽车驶出或驶进，其中有几辆是红色的，他不知其中有没有陈西风常坐的那一辆。

香烟燃出的烟雾，替换了那些大烟囱里冒出来的乌云，陈万勤开始准备往回走了。

野合被冲散，晦气没有形成，陈万勤运气没受影响，他在一个钟头以内顺利地找到了两块重量差不多的石头。铁丝箍套上去，扁担系上去，再弯腰用肩试一试，正好是自己可以承担的那种重量。乡下的山路难走，县城附近的山路由于走的人不一样，显得更加难走。县城这里的山路，不是牛羊的偶蹄踢开的，也不是砍柴伐木和采药放牧的人踩出来的，这样的山路是小孩嬉闹、大人游春、老人登高时凑合出来的，也是无情的有情人躲避打扰时，悄悄画出来的，不是冲着幽静来，便是朝着忘形去，往高处走不像是上山，往低处走不像是下山。乡下的山路总是目的明确，要么攀越，要么通行，在攀越与通行之间，则有一种弯弯曲曲的寻觅。如丝如线的前面，总是藏着蘑菇药材，狐狸野鸡，甚至一座孤坟，一座小庙。县城边的山路，不知何来，不知去向。一担石头，一对脚板，压在这没有目标的山路上，常常惹起小小的崩塌。陈万勤走不惯这种路，常常落荒而去，在草丛与树林中，凭着对乡下山路的经验步步走入街巷。

汗早就出过了，阳光与体温将它炼成一层釉，烧制在陈万勤的额头、脸颊和手臂上。扁担在吱吱呀呀地响着，这声音只有他自己能听见，汽车喇叭与电子音响堵塞了整座县城的耳朵。街道时宽时窄，人总是那么多，窄处是满的，宽处是满的，大家都两手飘飘、两肩垂垂地悠闲走着。男和女勾肩搭背，女与男腰肢相缠，早早裸露在初夏阳光里的肢体苍白而虚弱。高跟鞋如难以禁风的摆柳，飘飘洒洒的领带、长发和拖地长裙，加上五彩玻璃门前搁置的花篮，衬映出陈万勤模样的难堪。

陈万勤头发与胡须白了许多，苍老的褶皱里噙着一串串油滴般的汗珠。泥土与草屑沾满了全身，肩上担着的两块石头，各有一面与他的肌肤之色相同。瘦黑之中的遒劲本是一种健美，可陈万勤老了，街上的人越多，越是无人能够分辨与欣赏。陈万勤不停地吆喝，当心撞着了！躲闪的人只将眼神在那石头上定了定，直到最终看清它并非特殊的物体，也没有顺便看一眼陈万勤的。陈万勤在心里说，城里人，你们怎么就认识不了这种宝贝哩！他一直没有说出来，反而三番五次听见城里的人劝他找辆车子，用车子拖石头可以省许多力。

在穿过人群与街道时，陈万勤不气愤，但很压抑，一百多斤重的石头凭空变成了两百多斤。他不得不找个地方停下来，歇一歇，这歇脚的地方往往在山南大酒店附近，那里有几个花坛，花坛里种的是从深山里移出来的百年以上的松树。这些松树能让他做一些恢复，使石头的重量重新变为一百多斤。

陈万勤从肩上卸下挑子，坐在花坛边，用一只手温情地抚摸着身边的古松。

街那边，被文科长搂过的那个女孩，正站在街边津津有味地吃着一盒冰激凌，她已经换了衣服，一身超短打扮全是新的，脚边的塑料袋里装着刚从身上脱下来的旧衣服。

陈万勤结结实实地记得这女孩叫玉儿，这是从她那玉色的身子联想到的。

玉儿也看见陈万勤了。陈万勤恼火的是玉儿竟敢冲着他笑，并招手让他过去。陈万勤没等歇足，便挑起石头往前走。不一会儿，玉儿从后面追上来，拿着一盒冰激凌要他吃。一开始，陈万勤只是不理。后来，玉儿竟用一只小木匙舀了一些糊状的东西送到他嘴边。陈万勤再也忍不住，冲着玉儿的手唾了一口说，你以为天下的人全都那么贱！

说着话，他顺势将担子换了一下肩。

担子转动时，他感觉到石头碰着什么了。回头一看，玉儿蹲在地上，一手拿着冰激凌，一手捂着膝盖，一股血水从她的手指缝里渗出来。陈万勤正要放下担子，旁边的人抢着吼起来，要他赶紧将玉儿送往医院。陈万勤放下挑子时，旁边的人已开始数落农民进城的种种坏处，包括眼前这种宽敞的马路都不会走，随随便便就将人碰伤了。玉儿不让旁边的人说下去，主动承担责任说，是自己不小心撞着石头了，不能怪挑石头的人。

玉儿替陈万勤解了围，陈万勤也想帮帮玉儿。玉儿的秀腿又白又嫩，陈万勤不敢动手，只是叫让玉儿松开手，让他看看伤得怎么样了。玉儿撒娇地要他将这盒冰激凌先吃了。陈万勤担心马路上的人又会生出误会，只得万般无奈地将冰激凌吃了下去。玉儿果然如自己所说，从装旧衣服的袋子里，找出一条手帕将膝盖包扎。陈万勤准备挑起石头离开时，玉儿终于有些害臊地小声对陈万勤说，文科长答应在三年之内帮她转为城镇户口，并安排正式工作。陈万勤听着难受，借着起肩挑石头时，大叫了一声。

过了好久，剩下一个人时，陈万勤才想起，冰激凌味道还是不错的，特别是甜味与奶味之外的那股冰凉，有如跃进山间的清涧。

城里没有清涧，每一条流过县城的小河，都被县城染成漆黑。陈万勤曾经以为这水很肥沃，可以灌田养苗。这种念头存在的时间很短，他很快就明白流淌在楼房与厂房之间的水，早已变得毫无用处。有一次，他同陈老小蹲在这条小河边，反复讨论，为什么乡下人畜的排泄物可以作为肥料，而城市的排泄物不但不肥反而有害。陈老小毫不含糊地说，这是因为城里人意识不好，养了那么多妓女、流氓、抢劫杀人犯、懒汉二流子、扒手、小偷，还有贪污受贿、投机倒把，造假药、假酒、假化肥、假农药、假种子，写黄色书、拍黄色电视等许多相关的人，这种人一滴唾沫星就能毒化一段河。陈万勤听陈西风说过，河的污染，主要原因是工业废水。陈老小不听这个，一口咬定人的意识坏了水才有毒。乡下的确有经典的古语：只有人弄脏水，哪有水弄脏人？没有陈老小，陈万勤只能孤独地面对小河黑水，他无法往深处想，只有劳动的辛苦在排遣心中沉闷。

陈万勤将石头卸在小河边上，大大小小的石头已堆成一座小山模样。小石山的另一边，两个年轻人正在用绳子往一块石板上套，看见陈万勤，抬腿要逃。没料到陈万勤并不理睬他们，只是将靠边的石头往中间拢了拢。年轻人怔了怔，又试着用绳子套那石板。陈万勤将石堆打量了一通，才问他们是不是想在家门口搭座小桥。年轻人回答说，是准备搭桥，但不是在前门，而是在后门。陈万勤要他们慢慢来，同石头打交道，急不得，万一碰伤手指脚趾，便是欲速则不达了。年轻人搬运石头时根本不得要领，每一次都以为系好绳索了，还没等他们往起抬，石头就掉下来。陈万勤叹了口气，上前去亲手将石板系好，并随手加上两块小石头。年轻人要他卸下来，太重了他们抬不起。陈万勤有些生气，牛高马大的两个男人，一个人还分摊不到一百斤，就叫苦叫累。年轻人说，现在不是吃力气饭的年代，力气大了没用。陈万勤真的生气了，他大声说，若是你们这样想，这石板就别想抬走，凭你们的智力到那山上自己找去。

声音刚变大，高天白从小河另一头急步走过来，见了面便劈头盖脸地将那两个年轻人训斥一顿，不准他们欺侮陈万勤。陈万勤摆摆手让他别管闲事，回头又叫两个年轻人抬了石板走路。高天白不让年轻人抬，骂他们不知羞，七十多岁的老人从山上挑下来的石头，也好意思偷。陈万勤还是坚持让年轻人将那块石板抬走，条件是他们必须将刚才加上去的两块小石头也一齐抬走。

年轻人只好照着办了。

陈万勤对着他们的背影说，我要让你们得到一次锻炼。

剩下两个人时，小河里的黑水特别臭，它不似突击坡粪凼里的浓酽之臊，嗅过之后身上有一种滋润的感觉。黑色小河之臭只能让人恶心。陈万勤突然咳嗽起来，浓痰之中有股冰激凌的味道。高天白问他是不是吃了冰冻食品或者喝了冷饮。陈万勤点了点头。高天白便断定，陈万勤必须咳上三天才能转好。高天白说话的模样，让陈万勤想起了陈老小和剃头匠老马。

高天白做了一辈子车工，恐怕也是个会卜善算的人精！趁着咳嗽的缝隙他问高天白，这阀门厂的前途如何？高天白推说不清楚时，眉眼都愁到一起去了，鼻翼与嘴角等处皮肤折叠着的几乎全是痛苦。陈万勤说，我看厂里的情况还不错，经常有领导来参观。高天白说，这叫商女不知亡国恨。陈万勤不懂得这话的意思，便又咳嗽起来。

高天白瞅着走远的那两个年轻人，责怪陈万勤不该让他们将石头偷走。

陈万勤边咳边说，偷石头、喀喀、总比、喀喀、让他们去、喀喀喀、偷钱好、喀！

高天白打量了一下石堆，若是不让人偷，最少有十倍的这么多。

陈万勤笑了一下，咳嗽声又缓下来，他说，石头太多我还发愁无处安放哩！

高天白说，你打算用这石头做什么？

陈万勤说，每天能有石头挑，我就很高兴，我不管它做什么。

高天白忧心忡忡地指着石堆上边的坳口，坳口中有很多废渣废土，是四周搞基建的单位，用车拖来这儿的。高天白的手指关节很粗，大拇指像一只宝葫芦，其余的则是一排罗汉竹。他用宝葫芦与罗汉竹做了个一泻千里的动作，仿佛那山丘一样的废渣废土一下子全冲到小河那边的阀门厂里去了。

陈万勤明白了高天白的意思，他说，没有水、泥土和沙石，就等于没有腿与翅膀，这么多的废渣废土，该要多大的洪水才能推动？

高天白说，问题就在这儿，所有的人都说不可能有这么大的洪水，就算有洪水，那里也不是水道。

陈万勤说，你认为有可能出现那种情况？

高天白说，是的，我一共有十次做相同的梦了。

陈万勤说，梦里的阀门厂毁了没有？

高天白说，很奇怪，每次做梦，都有一条青龙将洪水和泥土挡住了。

陈万勤不由得沉默起来，好久才轻轻一笑，高师傅，你也成了人精。

高天白也笑了。他说，你也是人精，不然如何晓得，突击坡那里有条地下河通往县城？

陈万勤说，都那么说，可从来没人见过。

两个人从坳口爬上去，废渣废土的规模很大，周围却见不到半块潮湿的地表。十几棵杨树，长得蔫不拉叽的，那种垂头丧气的样子，一看就是干渴了。远处是一道盖满房屋的横土冈。县城后山上的洪水真的能够冲过几条大街，这横土冈肯定是不可逾越的最后防线。

陈万勤有些茫然。

高天白突然问，是你让文科长到我家去的？陈万勤一愣，随即点了头。听说文科长只送了七八斤猪肉，两条鱼，还有一瓶酒，能值六十几元钱，陈万勤骂了一声，这狗东西，还是打了折扣。高天白问是什么原因，一向觉得自己是一人之下，几百之上的文科长，竟然乖巧地上门给一个普通工人送礼。陈万勤不肯说，只是反复唠叨太便宜文科长了。见问不出原因，高天白就说，回头将那些东西送到陈万勤家里。陈万勤只好点到为止地说，你认识铸造车间那个叫玉儿的姑娘吗？高天白立即不作声，好半天才说，你这种惩罚，倒弄得像是我们做错了事。陈万勤拍着他的肩膀说，现在的事真是说不清，明明是好人善人，可一天到晚倒像做错了事一样，既没有名声，又没有钱花。

这时，几辆大卡车又拖了废物过来倾倒。

七八天没下雨了，地上浮土有半寸厚，车轮碾过，搅起冲天灰柱。像是七月的山洪顺着沟壑倾泻下来。陈万勤丢下高天白，迎着大卡车走去。司机刹了车，伸出头来询问，出了什么事。陈万勤也不回答。转过身沿着来路回到小河边。

他指着坳口对高天白说，我要在这儿垒一道驳岸。

高天白开玩笑地说，如果将来真是由于你的勤劳，挽救了阀门厂，其祸根一定是你的那条地下河。

陈万勤说，我喜欢勤劳这个词。

高天白说，其实我也同样喜欢。

两个人齐声大笑起来。笑过之后，陈万勤眯着眼睛将坳口打量了好久。坳口有几十米长、十几米高，假使驳岸做成一丈来宽，便要一千多方石头。他明白自己最多五天才能从山上捡回一立方石头，就算每天能捡半立方吧，一个人干也得两千多天。

他突然感到自己肯定活不了那么久。

10

上班的军号声响了好久，还不见高天白来。

陈东风正在纳闷，本来要到下午四点半才接班的李师傅匆匆进到车间。陈东风这才知道徐富临时将高天白调到夜班去了。他去问徐富自己怎么办，徐富让他随着高天白。他正要回去，墨水在旁边叫起来，要徐富安排陈东风随她上一个班。她指了指生产通知单上密密麻麻的文字说，今天最少要换十几次夹具，没人帮忙换夹具，她不可能完成任务。车间里经常有这样的突击性任务，用户突然要几件阀门，碰上近期没有安排生产，只好按工种需要安排几个人，像小流水线一样进行生产突击。徐富正要答应，忽然想起什么，他朝墨水笑一笑，然后解释说，高天白晚上要做一个通宵，更需要人帮忙。他要墨水每到换夹具时，开口叫一声，他来帮她。墨水不高兴地一甩手扭头走开，边走边说，今天这些事做不完你别怪我！

陈东风正要走，徐富冲着他说，你要多注意一下墨水的眼神哩！陈东风心里明白，他装出不解地回答，墨水若是像你这样当主任，我才会注意。徐富说，你若愿意义务帮她，我肯定没意见，说不定还会对你有天大的好处。她爸在工商局工作。

陈东风没有细想徐富的话。回到车床边，他将原先准备好的工具和刀具，一一收进柜子里。

李师傅已经将车床启动了，她用尾座和顶针，顶住一根 300 厘米左右的光杆，再架上一把白钢车刀，在车刀与光杆接触的瞬间里，随着绵长的切削声，均匀的铁屑呈现出一种银白色彩，灯光一照，有点像春节前后少不了会落下来的大雪，闪耀耀的，衬出女人脸上的红晕，让车间里多了一道好看的风景。李师傅眼里有一股柔情。在这柔情的关注之下，银白色的铁屑也变得轻柔起来。被车刀推着沿光杆徐徐前进的小小台阶上，铁屑一会儿像流云舒展，一会儿像飞瀑泻地，那种绵绵不绝，差不多就是冬日山中镶嵌着白冰的小溪。同时它又是春季里被风从峡口里唤出来的一阵阵、一排排的白雾。当它们突然堆积在车刀上面，迅速膨胀成圆圆鼓鼓的模样时，它又成了夏季正午低悬在打谷场上，沉沉欲坠的积雨云。

无论怎样，陈东风都觉得李师傅车床上的铁屑是可以飘起来的。

陈东风看过这方面的书，他知道使用硬质合金车刀效率要高一些。高天白很少使用白钢车刀。他忍不住问，李师傅，车光杆时，白钢刀子是不是好用一些？

李师傅双手握拳支在腰间说，用白钢刀子舒服轻松些，磨起来也简单。

陈东风说，白钢刀子好像不能用于强力切削吧？

李师傅用一只粉拳在他鼻子前晃了晃说，现在有几个人用强力？能将当班任务完成比什么力都强。不信你将来看，只要有可能，大家连车铸铁和不锈钢都想用白钢刀子，会省很多事。

陈东风突然问，你能车出蓝色的铁屑吗？

李师傅将已经到位的车刀退回来，然后又轻轻摇着让车刀在开始的这一端划了一条线，再将车刀退到空旷之处。她用少妇特有的性感手势，拧动中拖板上的刻度盘，上面显示的本次进刀量只有两毫米。白色的铁屑又开始流泻起来。

李师傅这才用眼角看着他问，你是不是喜欢蓝色？

陈东风说，是的，蓝色是一种生命的永恒。

李师傅十分好看地笑起来，她说，想不到你还是个诗人。诗人不是也喜欢白色吗？

陈东风只好说，是的，白色能让人感到纯洁与安详。

李师傅再次笑起来说，确实如此，每当我将自动走刀手柄一搭上，望着光杆是白的，车刀是白的，铁屑也是白的，心里就觉得舒服极了，老想着要是这一刀能走一个班就好了。

穿着工装裤的李师傅，像工业宣传画上的女人，她用手指了指自己挺拔而丰满的胸脯，有意让吃吃的笑声去惊动周围的人。

墨水和黄毛她们都扭过身子回头张望。

李师傅大声问，墨水、黄毛，你们喜欢什么颜色？

墨水说，我喜欢紫罗兰色。

黄毛说，我喜欢一种颜色可就是说不出来。

李师傅笑得更起劲了，她说，你们像是比赛写情诗，我是问你们上班时爱哪一种色彩。

墨水和黄毛想了想后，都说上班时最爱白色。还羡慕地举例，细细地描述了那种自动控制室里穿着白大褂的男女，轻松地面对红黄绿等指示灯的潇洒样子。黄毛甚至还做了一个穿着白大褂转身旋转，让衣襟旋成一只蝴蝶的样子。

陈东风正在暗暗失望，墨水叫他过去帮忙换一下夹具。陈东风将车床上的三爪卡盘卸下来，换上一只两边厚薄不匀的夹具。他已经能分辨，这是一种用于加工像楔子一样两边都是斜面的闸板的专业夹具。陈东风什么也没有同墨水说，装上夹具，再用撬杠别住两根粗螺丝，不轻不重地撬两下，让夹具与主轴合紧，以免在主轴倒转时发生松脱。做完这些，陈东风径直走出车间。

穿过操场时，他听见田如意正在办公室同谁通电话。

田如意用的是普通话，声音柔得像一团糯米饭，粘到心上就扯不下来。陈东风绕着弯走近办公室时，发现田如意竟然隔着窗户在向自己招手。他只好走过去。田如意放下电话，拿起一封信交给他。信封上没有写信人的地址，只用“原址”二字代替。

陈东风想也不想就猜测，这信是翠写来的。

田如意随口说，看这信封上的字迹，像是女孩的。

陈东风不作声，脸却红了。出门后他将封口一下子撕开，才发现是方月写的。方月要他帮忙，无论哪一天，只要陈西风晚上超过十点钟回家，不管她是不是真的打电话回来，都要对陈西风说，她刚刚来过电话。陈东风琢磨一阵后才明白，这是方月遥控陈西风的一种方式。

见方月如此在乎陈西风，陈东风心里突然难受起来。

这时，陈西风同肖爱桥一起从装配车间走出来，见陈东风正在一把一把地撕手中的信，就问他出了什么事。陈东风说，没什么，很无聊的人写来的。他正要将碎纸屑扔了，肖爱桥提醒他这是工厂不是乡下，脏东西是不能乱扔的。

陈东风走了几步，觉得旁边有人在同自己打招呼，扭头一看是王元子。王元子正在技术科门口晒图纸，苍白的手伸在空中，像一只小鸟在飞。

陈东风没有理她。

厂门外，方豹子正和一个男人在前面走着。两人的样子有点特别。陈东风忍不住跟在他们后面一直走进方豹子的宿舍。宿舍里上三班的人正在睡觉，上二班的人则在玩扑克和打乒乓球。方豹子顺着床与床之间的缝隙一直走到自己床前，从床底下拖出一只布袋交给那人。那人从布袋里拿一件东西查看了一番。陈东风从床缝里看得清清楚楚，那东西正是方豹子要自己帮忙在车床上加工的。

陈东风走拢去时，方豹子正在数着那人给他的一叠钱。

陈东风咳了一声。方豹子有些惊慌，待看清是陈东风后，又开心地笑起来，并向陈东风介绍，来人是县城附近一个村办小厂的厂长，名叫冯铁山。冯铁山同陈东风拉拉手说，以后有事还得麻烦他。等冯铁山走后，陈东风才问这是怎么回事。

方豹子说，做点私活挣些外快，光靠那点工资是不能维持生活的。

陈东风说，这不是违反厂纪厂规吗？

方豹子笑起来，现在哪个不在这么做，只要不是太显眼，没有人去检举的。

陈东风说，你不怕我去检举？

方豹子说，你不会，你是仁慈的人。

方豹子拿出两张拾元票子递给陈东风，被他断然拒绝了。

陈东风往外走时，方豹子追上来问，陈万勤要他下班后，带些人去搬石头，不知是为了什么？陈东风也不清楚。

方豹子有些生气地嘟哝道，妈的，谁叫他是厂长的老子，谁叫老子是厂长手下的临时工呢！

回到陈西风的家，陈东风孤零零地没事可做。陈西风将房门锁了，他从门缝里看过几次，总觉得那束燕子红已经枯萎了。他在屋里转了几圈，又从枕头底下拿出《萌芽》来翻了一阵，除了方月的两根长发以外，书上的文字一个也看不进去。他对自己生起气来，将书狠狠地摔在床上，走到窗口，久久望着窗外，心里突然强烈地想到了翠。

一想到翠，陈东风心里就很烦。

他在屋里待不住了，干脆拿上两根绳子和一条扁担，去给陈万勤挑石头。

陈东风在山上时，远远地看见了陈万勤，他没有喊，直到下山时两个人才相遇。陈万勤看了看他的担子没有作声。陈万勤的担子比陈东风的担子要大。

陈东风有些不好意思地说，这绳子不行，太重了承受不住。

陈万勤走出十几米才说，你见过你爸用绳子挑石头吗，只有城里人才用绳子挑石头。

走了一程，陈东风说，我们将担子换一下吧，不然我哪敢同你一起走。

陈万勤停下来换过担子后才说，只这一次，以后再别说我不给你面子。他又说，我是看见你还没忘记羞耻才同你换。

二人挑着石头走在街上，依然不能引起四周人的注意，就连站在山南大酒店门口招呼客人的陈西风也没有发觉。陈西风身边站着田如意，肖爱桥的影子也不时在门口闪一闪。王副县长从小汽车里钻出来，同田如意拉了半天手，还没有松开的意思。

陈东风说，厂里又请客哩，西风哥中午肯定不会回家吃饭了。

陈万勤哼了一声没有搭腔，这种沉默一直延续到中午的饭桌上。饭菜是陈东风做的，指挥却是陈万勤。陈万勤要他做一两个下酒的菜，又要他去将方豹子叫来。他和方豹子回来时，陈万勤已将一瓶五粮液酒放在桌子上。陈东风住进来快一个月了，压根没料到屋里会有现成的五粮液酒。他怕陈西风和方月回来怪罪，要陈万勤换瓶一般的酒，陈万勤说，今天给你们好酒喝，你们要用实际行动表示配得上这瓶酒，我若是满意，下一次喝茅台。方豹子迫不及待地将瓶子打开，一股酒香立即溢满屋子。陈东风也有点抑制不住。大家同时端起酒杯，一口气连干了三杯。

陈万勤才说，过去有个说法，若问朝中事，去问乡下人，意思是局外人看得清楚。你们就是阀门厂的局外人，所以我要问二位，西风和阀门厂的情况到底如何？

方豹子又干掉一杯酒，他一边斟酒一边说，西风哥和阀门厂的情况都很好，大家都说厂子要升为局级单位哩。

陈东风说，上层的事我不晓得，看车间的情况似乎不差，一天到晚有事做，还招了我们这些临时工。

陈万勤说，西风的位子坐不坐得稳，他斗不斗得过徐书记？你们也说个真话。

方豹子说，徐书记是个鸟，他总在拉肖爱桥，抬肖爱桥，想用知识分子来压别人，他其实不了解群众，车间里的人都不喜欢肖爱桥，那种派头像高高在上的贵族，一天到晚打着领带，好像比设计原子弹的人还有学问。

陈万勤说，那西风就没有危险了？

方豹子又喝干一杯说，西风自己说了，厂里的危险主要是外部的竞争。徐书记争不过他，他的危险就可能来自外部。陈东风这时提醒方豹子少喝一点，下午还要上班。方豹子表示不怕，今天完不成任务，明天赶一赶就是，只要赶上后天那炉铁水就行。

陈东风说，如果按我爸的说法，厂里是有些问题，进厂这多天，我还没有看见一点蓝色的铁屑。

陈万勤喝得有些多了，他结结巴巴地说，老小兄弟的话，你做儿子的要好好验证，看看蓝色的铁屑是不是真的很重要。另外，我这个厂长老子指挥不了别人，一百几十个农民工应该没问题，你俩跟他们说清楚，每人每星期给我搬三块大石头回来。我这也是在为阀门厂做贡献，谁不听我的，就让他卷铺盖回家。

方豹子答应得很爽快，但他提出一个条件，有机会得让他尝一回茅台的滋味。陈万勤满口答应说家里茅台现成的，什么时候来喝都行，只要不超过五斤酒的量，他负责现场供应。

一瓶五粮液酒喝干了，三个人都有些醉。

方豹子要回去上班，开门后踉踉跄跄地走了。陈东风一觉睡到厂里的下班军号响，睁开眼睛一看已是下午五点三十分。他连忙爬起来，将饭桌收拾好，又去冰箱里拿了两个熟鸡蛋，装进荷包里，便往车间里跑。半路上，陈东风碰见陈西风铁青着脸，迎面走过来。

他讪讪地说，对不起，我睡过头了。

陈西风竟然毫不理睬，狠狠地用脚蹬地跨过了他。

陈东风不知所措地来到车间。除了机床，车间空无一人，上二班的人都去吃饭了。陈东风看见高天白的车床上，架着一根又粗又长的元钢，高天白亲手磨过的蜗杆车刀也夹在刀架上。他从图纸架上取下图纸，坐在一只废阀体上仔细看起来。他刚将这根锥形蜗杆看明白，徐富同一个人走进车间。两个人一边走一边说着悄悄话，陈东风猛地从车床后面站起来，让他们吃惊不小。陈东风认出来，旁边的那个人正是上午去找方豹子的冯铁山。冯铁山也会意地笑一笑，从口袋里掏出一包香烟塞给陈东风。陈东风坚持不收，徐富一挥手说，今晚肯定要熬通宵，留下来提神吧。陈东风只好收下香烟。

徐富忽然皱起眉头说，乡下有乡下的规矩，工厂有工厂的默契，你新来乍到，遇事莫抢着说不，也莫抢着说行，这一点老高也教不了你，得自己看着学。

说了这话，徐富不再理他，扭头告诉冯铁山，他已试了两个班，刀子都请高天白磨好了，可别的车工都不敢车，他只好将高天白调到夜班，亲自干这个。厂里不让加工车间接零活，白天里头头常到车间里转，所以只能安排在晚上。

冯铁山马上说，只要今晚能车出来，报酬的事，绝不让大家吃亏。

徐富说，车间可没有发票开给你。

冯铁山说，我们这种小厂，账本全在心里，一切都好说。

正说话，高天白进来了。

徐富从笔记本上撕了一页纸下来，让陈东风写了一张三百元钱的收据，又让高天白和陈东风签上名，然后自己提笔也在上面写下“徐富”二字。当着面，冯铁山将三百元钱交给徐富。徐富提出两个方案让高天白选，一是不管他车蜗杆用了十个小时还是十六个小时，都给高天白记五个班的工时；二是记一个班的工时，另外再给他五十元钱。高天白的额头冒出了很厚一层汗珠，最终还是选择了第一个方案。

徐富说这样也好，车间多了五十元钱的福利。

徐富将冯铁山带到车间办公室。陈东风下意识地悄悄跟了上去，从门缝里看见，冯铁山将五百元钱数给徐富。徐富二话没说，将几张钞票尽数塞进口袋。陈东风转身溜走时，不小心碰倒一件铁器，发出一声哗啦。徐富开门问陈东风来干什么。陈东风急中生智，说自己是来报告的，想利用明天的休息和后天转班回家去看看。

徐富点头同意后，用一种极不寻常的语气问，你们中午喝了谁的五粮液，听说你们喝酒的那家茅台和五粮液装了满满一柜子，是不是？

陈东风明白徐富这是在威胁自己。他咬紧牙关，一个字也没有说。

回到车床边，陈东风以为高天白有话要说。

然而，高天白只是让车床上的那根元钢呼呼旋转。

锃亮的车刀刚挨着粗大的元钢，一股青烟便腾地升起来。陈东风以为切削下来的铁屑，会像先前那样溅起来，随着青烟下意识地做了一个闭眼与回避动作。这一次铁屑没有溅出四外，它顺着硬质合金车刀上面，卷成一根弹簧模样，嗖嗖地往外窜。在弹簧状铁屑的顶端，出现了海一样、天一样、梦里图画一样的湛蓝！

铁屑像是被尺量过，每当延伸到半米左右，就自动折断。顺着车床翻腾几下，准确地跌落在底盒里。陈东风弯下腰朝它们伸出手。高天白马上说，烫！陈东风听到了提醒，手却无法停住。几个指头刚刚钳住湛蓝的铁屑，一股皮肉的焦味就弥漫开了。待到他摊开手掌来看，一道焦痕已横贯五指之上。这是强力切削，高天白说，温度高得很！高天白这一刀吃了八毫米，走刀量也达到了零点二毫米，主轴转速是八百多。一米五长的元钢，转眼就车到了头。C6140 车床这时显得格外有精神，齿轮与电机的旋转中有一种呼啸，甚至有点像那隐隐约约的远处的劳动号子。

吃过饭，陆续回车间的车工们，纷纷走过来，围着车床看得出神。徐富也走过来，看了一眼后说，若叫你们车，光外圆这一刀最少要走四十分钟。大家都没理他。接下来，徐富也看着入了神。铁屑被车刀挤压着从元钢上分离出来的那一刻，通体暗红，就连车刀刀尖也是暗红色的，两种红色搅在一起，不停地打着旋，从 R 槽上高速流过，并逐渐变幻着身姿，当它腾空而起，随后开始下降时，云水的色彩便涂抹上去了，等到坠地，展现给大家的已是一派湛蓝。被车过的元钢外圆像镜子一样亮，有人忍不住伸出手在上面小心翼翼地抚摸了一下。陈东风自然也摸了，他感到元钢很烫很烫。人劳动时出力大了会很快发热。车床也是这样，只是不会出汗，除此以外，在身心的酣畅上，人和车床似乎没有太多的区别。因为激动，车床也在微微发颤，血液的流动也在加快，车床的血液是黑色的或黄色的油状体，但它同样有劳动的激情，并用这种激情让冰冷的庞大钢铁机器获得一种如同生命般的东西。仅仅有人，而缺乏这又一种生命的东西，钢铁是无法变成湛蓝的。陈东风有点惶惑，他朦胧地意识到，父亲和高天白和铁屑湛蓝之间，有一种联系。

铁屑将底盒铺成一片湛蓝，只用了不到二十分钟时间。

陈东风觉得那是一片海、是一片湖，或是一片天，那蓝色神秘得让人向往！他再次弯腰捡起一根已不再灼人的铁屑将它如同柱子一样耸立在自己眼前。他有些难以相信父亲所言，尽管铁屑很好看很漂亮，但它毕竟太微小，竖起来也无法支撑什么。

车床突然停了下来。高天白用卡尺量过几个部位以后，用扳手松开四爪卡盘，将四个紫铜垫块依次垫到卡盘的爪子上，重新紧固并用划针校正好。回头他又松开尾座，用百分表顶在外圆已加工好的蜗杆上，将尾座向前调了十毫米。再启动时，车床转速已下降到只有三十多转。然而强力托举车刀的大拖板，在已调到蜗杆加工模式的车床滑轨上，一个进退只需要几十秒钟。先前的湛蓝彻底消失了，蜗杆车刀切削下来的铁屑，由于冷却液的作用反而变得更白。

徐富用一把榔头将阀体敲得如同钟响，他大声说，表演结束，各人上各人的班去。走了一些人后，还剩下几个不肯走。徐富又说，是不是想学一学？按照老高的技术做，车间的工时定额起码要翻一番还转个弯。这话一出，留下来的人一齐转身，边走边说，别总想着加定额，要多想想怎么为我们增加工资奖金。徐富说，不用定额套住你们，你们恐怕还想在车床上睡大觉，老高二十分钟就将这外圆车好了，换了你们，能够在半个班内完成，我不仅会叫你们一声好爹奶，还要评你们当劳模。有人说，劳模值个屁，不如也请我们喝一餐茅台五粮液。

一提到这些名酒，陈东风脸色就不大自然了。

徐富贴在他耳边小声说，这都是方豹子捅出来的，他醉了一下午，在车间里乱吹牛，说西风哥招待他时，最低也是用五粮液，弄得全厂人都知道了。陈东风明白上班路上碰见的陈西风，为什么会是那么一副样子了。

他觉得自己的确需要回突击坡家中回避一阵。

沉重的吱呀声在车间的每个角落里回荡。这种近乎地裂的声音，是从蜗杆与卡盘接触处发出来的。由于尾座中心大幅度偏离车床同轴线，一端在轴线上，另一端远离轴线的蜗杆，只得在艰难的扭动中旋转，如此才能加工出图纸所设计的锥形蜗杆。这种扭动的着力点，集中在卡盘的四只爪子上。四只紫铜垫块，正如此刻夹在陈西风与众多陈西风的反对者之间的陈东风。所有的较量，全部反映在那些让人提心吊胆的吱呀声中。仿佛是金属断裂！仿佛是动力失效！车刀的挺进却很平稳，玉柱般的元钢上，已出现一道很深的螺旋沟。在这特大的异形蜗杆上缓缓切削的车刀，如同犁铧行走在秋收之后的田地里。乳白色的冷却液像滂沱大雨一般流过蜗杆淋在铁屑上，湛蓝的光泽变得隐约了。

第四章　小城温柔

1

这个班从天黑干到天亮。卸下已车好的蜗杆，陈东风照例将车床打扫干净。看看离下班还有一个小时，高天白又去找了些不锈钢密封圈来让陈东风车。到下班时，陈东风已车好了五个。于是高天白说，你可以顶班车一般的零件了。

下班后，一进陈西风的院子，就看见那只被陈万勤说成可以卖十元钱的五粮液酒瓶，被摔碎在地上。陈西风正在刷牙，见陈东风进屋，他吐掉口中的牙膏沫子，问他一通宵去了哪儿。陈东风告诉他自己整晚上都在上班。陈西风当即起了疑心，厂里最近没有什么活需要加班。在他的追问之下，陈东风将有关蜗杆的情况全都告诉了陈西风。陈西风一听，脸上紧绷的皮肉立即松弛下来，他要陈东风马上到车间，让徐富主动对别人说，那瓶五粮液是徐富送给陈西风的，想提前退休或退职。陈东风明白陈西风的意，一边答应，一边将陈西风的自行车钥匙要到手。换过衣服，吃过饭，正要出门，电话铃响了。

陈东风拿起话筒听出是方月的声音，但他故意大声说，错了错了，你拨错号码了！已走到院子里的陈西风停下来问是不是方月打来的，陈东风将电话压下来的同时仍对陈西风说是打错了。

陈西风放心走后，电话铃又响了。

屋里没有别人，陈万勤已出门挑石头去了。陈东风有些激动地冲着话筒说，我是东风，你在外面过得好吗，真让人担心！

话筒里的声音变成了男人，我不要东风，我要西风。

陈东风怔了一会儿才说，西风上班去了。

那男人说，我是省报的记者，姓许，假如我找不到陈西风的话，你就给他留个信儿，说我住在山南大酒店313房间。

陈东风在一张纸上写下：许记者求见，住山南大酒店313房间。

随后，他在屋里等了近一个小时，电话却一点儿动静也没有。陈东风非常失望，直到锁门时，还心怀企图地站在门口竖着耳朵听了几分钟。陈东风骑着自行车经过成了集体宿舍的旧仓库时，方豹子正站在门口，一只手拿着馒头，一只手拿着生黄瓜，一边津津有味地啃着，一边同门内的谁说着话。方豹子也看见了陈东风，他挥挥手中的黄瓜大声说，发工资了，快去领工资！陈东风本想走过去骂他一通，一听说发工资了，便改了主意。

他在车间门口下车时，墨水和黄毛她们正在水龙头下面用肥皂洗手。洗完手，大家都去车间办公室，虽然互相之间不停地说笑，眼睛却盯着徐富，看他如何清点手中的那一大摞钞票。墨水问汤小铁，若是哪天一次挣到这么多钱，第一件事做什么。汤小铁嬉皮笑脸地说，第一件事是给墨水买一套名牌时装。墨水连骂了几声，厚脸皮不要脸。黄毛在一边说，这怕什么，谁敢给我买我都敢要，我现在最想要一件真皮的超短裙和马甲，谁想巴结我，领到工资马上买回来，我保证连谢谢都不说一声。汤小铁说，行，我先将徐富杀了，抢了这些钱去给你买。汤小铁从墙角操起一根铁棒，做了一个敲击徐富脑袋的动作。有人伸手拦住他说，你抢银行去吧，我们还得靠这点血汗钱养儿育女！他们闹得像真的，看得陈东风头皮发麻。

汤小铁一看到陈东风，马上转移目标说，陈东风，你听见没有，黄毛要真皮的超短裙和马甲，假如我是你，哪怕卖牛卖屋，也要巴结上城里的小姐，不说细皮嫩肉什么的，起码这一辈子不用搞双抢了。没待陈东风开口，墨水抢先说，汤小铁，你还是师父哩，欺负徒弟算什么本事！黄毛也说，你莫以为别人同你的标准一样，对你只能用钱多钱少来衡量，别人不用钱也能衡量。汤小铁说，你俩别一厢情愿好不好，人家有厂长夫人关心哩，轮不上你们！陈东风铁青着脸说，汤师傅，你莫以为乡下人真的好欺负，有种的我们再打一场球，赌什么都行。汤小铁冷笑着说，我同你赌老婆。

徐富突然将那一摞钱狠狠地摔在桌子上，大声说，按老次序排好队！

工资到手后，大家反倒不高兴了。一个个脸灰灰地从办公室出来，聚在门口不肯散去，相互传看着工资条。墨水和黄毛都只有一百七十多元钱，她俩愁眉苦脸地对着说，这点钱，稍好一点的商店连门也不敢进，稍好一点的衣服摸都不敢摸。一直很少作声的李师傅这时忍不住说，我要是像你们这样没有结婚，说什么也要傍一个大款，万一傍不上大款，最少也要嫁到公检法财政工商税务去。汤小铁说，是呀是呀，我现在也想通了，若是有八十岁的富婆看上老子，老子就现场离婚。汤小铁将手中的两张百元钞票甩得啪啪响。

这时，高天白匆匆赶来了，他在门口默默地站了一会儿，听见徐富叫他的名字便连忙进去。徐富故意提高嗓门大声说，这个月又是你的工资最高，三百零九元七角三分。扣除借支，实际发给一百九十九元七角三分。高天白拿到钱后，什么也没说，像来时一样匆匆走了。不知为什么，高天白这么一来一去之后，大家像是约好了一样闭上嘴，无声地散去。

有人回家，有人继续上班。

几分钟后，车间里的车床们有失生气地断断续续地响起来。

人都走光了，徐富还没有叫陈东风。陈东风只好硬着头皮走进去问。徐富又在清点尚未发完的钞票，嘴里念念有词地数了数，好半天才说，自己忘了向财务科报陈东风的账，让陈东风隔天再来。陈东风说，我出来个把月了，今天头一次回去，不带点钱怎么行。接着他又将陈西风让代转的话，一字一字地说清楚了。最后他还添了一句，要徐富写一个退休或退职的申请，马上交给他。

徐富愣了愣后，还是简单地写了几个字。陈东风接过来，随手撕成碎片，再还给徐富，还让徐富将这碎片留好，万一有人问起这事，徐富可以将这碎片拿出来做证，就说陈西风不同意，厂里的生产骨干即使到了退休年龄也要再留一阵，当场将他的申请书撕烂了。

陈东风出了门，徐富又将他叫回去。

徐富从抽屉里拿出九十元钱递给他，说是将别的钱挪过来先给他，又说按规矩，临时工单独上岗前每月只有八十元钱生活费，考虑到他比别人能干，车间另外再补助十元钱，所以一共是九十块。陈东风将十元钱抽出来，说，这个月我只要八十，不过下个月我想单独做。徐富将他的手往回推，还说这是车间的决定。陈东风说，高师傅都不要你的钱，我就更不敢要了。徐富只好收回钱，他说，上岗的事可能比较困难，比你先来的四五个临时工还在跟班。陈东风说，我晓得，哪一条道理不是人说出来的！

陈东风到车间废料堆里捡了十几个不锈钢密封圈，用一截铁丝串好，打算将它们送给突击坡的邻居。方月的母亲家有这么样一只放吊锅的不锈钢圈，全突击坡的人都很羡慕。墨水拿着一只车刀走到他跟前，问他领了多少钱，她听到只有八十块时，不由得叫起来，原本打算让陈东风请她跳一场舞，这么一点钱让她开不了口。陈东风说，我今天早上到现在，耳朵都叫钱硌出泡来了。他提着那串不锈钢密封圈叮叮当当地往外走，身后有人大叫，这个班，上得一点瘾也没有！他回头看见，高声叫喊的是同高天白倒班的李师傅。

方豹子已不再啃黄瓜和馒头了，手上捧着一大碗面条。陈东风将车子骑到门口，前轮钻进方豹子裆里，险些碰翻他手里的那碗面条。方豹子没有动，直到陈东风一跷腿从自行车上下来，他才说，我晓得你不会真撞我。

陈东风说，你是个王八蛋，我恨不得开辆汽车来碾死你。

方豹子说，我晓得自己昨天说错了话，心里正难过哩！昨天半夜醒了后，我就开始往回纠正，我说先前的话，是借酒装疯想损陈西风，因为他太没有家乡观念了，好不容易上他家吃一顿饭，连瓶子酒都舍不得喝，让他父亲上街去买了一斤红芋酒。

陈东风说，别人相信吗？

方豹子说，有人相信，也有人不相信，说我嗝出来的酒气每一口都能卖几元钱，还说现在我的一泡尿都值两斤红芋酒。

陈东风想了想说，你不要再说了，再说就是画蛇添足。

方豹子正在点头，忽然一连串地叫起玉儿来。

玉儿穿着一身脏兮兮的衣服，正往厂区大门走，手上提着一只很沉的小纸箱。方豹子问清纸箱里装着打泥芯用的铁钉，就要玉儿将它提到宿舍里来。玉儿一放下纸箱，方豹子就用手去撕，嘴里说，拿点钉回去盖房子做家具用。玉儿拦住他说，包装一破会引起别人怀疑。方豹子笑了笑，将纸箱翻过来，在底部上抠一个洞，掏出一堆铁钉，再将纸箱恢复成原样，果然不露一点痕迹。

陈东风说，豹子，你也太胆大了！

方豹子说，我这算什么，那些正式工比我还胆大。

陈东风还要说，玉儿忽然呕起来。

玉儿蹲在那儿呕了半天也只吐出一摊清水。陈东风问她哪儿不舒服，有没有受风寒，或者吃了不洁净的东西，头痛不痛，身上发不发烧。玉儿都答不上来。方豹子在一旁什么也不问，只问玉儿今年多大。玉儿说她今年春上刚满十八。陈东风又问玉儿从什么时候发现不舒服的。玉儿说，事先一点感觉也没有，猛地就想吐。

玉儿歇了一阵，因泥芯工急着要钉用，她还是咬着牙走了。

方豹子望着玉儿的腰背正要说什么，挨着铸造车间的围墙上出现一颗人头。方豹子低声说，糟糕，万主任发现我了！那人果然是铸造车间主任老万，他厉声叫道，方豹子，你是不是想让我单独为你开一场炉？方豹子什么也没说，搁下半碗面条，抬腿就跑。

陈东风说，我回家一趟，明天下午来。

方豹子没有回头，也没有回答。

陈东风骑上自行车没走多远，有人站在路边喊他。他一看是王元子，就装作没听见。前面刚好是下坡路，他一松闸，自行车像风一样顺着坡溜下去，险些撞上迎面驶来的红色桑塔纳轿车。小张从车窗里探出头来问，陈东风你怎么啦，不想活了也别找我的麻烦呀！陈东风借口说车闸失灵了，然后问，方月什么时候回来？徐快在后排车窗里露出半边脸说，想念嫂子了，是不是？你倒比陈西风还关心她。陈东风不喜欢这张脸，他勉强挤出些笑意，客套地说，徐书记刚回，还是早点回家休息一下吧！话很客气，但语气一点也不婉转，冰凉生硬的感觉倒是不用揣摩也能体会到。陈东风听见徐快在车内对小张说，先不回家，到厂里去看看。

2

县城周围的麦子零零落落地发着黄，大部分田地都被开膛剖肚弄得惨不忍睹。三三两两的人群，在那些开挖过的地方慢吞吞地捣鼓。公路上竖着几块巨大的招牌，上面写的都是关于工业建设方面的字样。陈东风听说过，县里在搞一个大工程，叫城西工业区，没想到所谓工业区就是这个样子。前两天他还听说，厂里要抽一批人去支援工业区建设，陈西风曾在电话里不知同谁说过，要抽人最好是抽徐快和肖爱桥。从陈西风说话的口气可以听出来，对方是可以领导他的人。对方的回答一定不太让陈西风满意，所以陈西风的脸色有些不好看。工业区除了将田地挖成各种各样乱七八糟的土坑和土堆，最显赫的成绩是那些每个字都是用整张铁皮做成的大标语：欢迎您来城西工业区享受各种优惠政策！陈东风扫了一眼后又忍不住连看了几眼，心里觉得这标语有些特别，但又说不出特别在哪里。

前面是一个上山陡坡，陈东风正要下车推行，一辆神牛拖拉机从后面驶过来。拖拉机挂斗刚从身边闪过，陈东风便猛蹬几下自行车追上去并靠近挂斗，用手抓住挂斗的边沿，让拖拉机拉着他和自行车往陡坡上爬。爬到陡坡中间，驾驶员发现了他，故意踩了一脚刹车，自行车被惯性推着往前走，将陈东风的手臂扭成一个很难受的姿势，他尚来不及调整，拖拉机突然加大油门向前一窜，这时自行车的惯性已失去了，正要停下来。陈东风的手臂承受不住这种力量和变化，一松手，自行车失去平衡，连人带车摔倒在公路上。

陈东风爬起来，将身上拍打一阵，扶起自行车，将前轮夹在两腿中间，用力将摔歪了的车把扳正。这时，陈万勤挑着一担石头顺着公路走过来，指着他的身后说，你的裤子屁股摔破了。陈东风扭头一看，裤子屁股真的出现一个窟窿。他忍不住骂了一声。

陈万勤说，你不能怪别人，谁叫你投机取巧，投机取巧的人从来就没有好下场。这点坡，又不是珠穆朗玛峰，就是头朝下倒着也能走上去，干吗要别人帮你呢！人家这不是害你，是帮你，让你摔一跤摔出一个明白来。

陈东风没好气地说，你晓得什么叫珠穆朗玛峰？

陈万勤说，我怎么不晓得，电视里总在说，它是世界上最高的山，比我们突击坡后面的鹰嘴岩要高好几倍。正说着，他忽地转了话题说，你回去后到我家屋里去看看，也不知成了什么样子，这么久无人住，我不放心。西风总说没事，可我不大相信，他早想将那老屋卖了。我不让他卖，这是祖业，只能添不能败。房子这东西也有灵气，有人住，再破的屋，一百年也垮不了，没有人住，哪怕是青砖红瓦盖的豪宅，也很难挺过十年。

陈万勤从口袋里掏出一串钥匙递给陈东风。陈东风接过来，随手塞进裤袋里。陈万勤还想说什么，陈东风用话堵住了他的嘴，小张开的那辆红色桑塔纳轿车回来了，车内坐着一个女的，有点像方月。

陈万勤一个人嘟哝道，不是说要二十多天吗，怎么就回了。

看着佝偻的老人渐行渐远，陈东风重新推着自行车往前走。

走了一阵，陈东风觉得裤袋里有些沉，不时地还要当当响几声。

他从裤袋里掏出那串钥匙，掂了掂后放在手心里。挂在钥匙圈上的钥匙全是老式的，根根都有三寸长、半两重。陈东风立刻想到，陈万勤家大门上那只拳头大的铜锁。那把黄灿灿的铜锁，曾是他练习弹弓的最好靶子。他最爱听弹弓射出的小石头，击中铜锁时发出铜锣般的声响，不用自己欢呼，半个突击坡的伙伴都听得见。想到此，陈东风忍不住轻轻一笑。

忽然，他发现一根钥匙非常眼熟：别的钥匙都有两个齿，这根钥匙只有一个齿，齿上有一个工字形的钩。他在自行车上，断断续续地想了差不多二十里远，终于记起母亲死的时候，左手紧紧攥着一根同样的钥匙。他的记忆有些模糊，当时自己才三岁。母亲的遗体停放在门板上时，突击坡的好多女人都在抹眼泪。有一个男人，似乎就是陈万勤，用力地扳着母亲握成拳头的僵硬手指。母亲死后的力量很大，这个男人除了将母亲的小指稍稍扳开一些，其余的四个指头像是铁打的，让这个男人徒劳了半天。最后还是父亲让他歇下别扳了。父亲对似乎就是陈万勤的男人说，让她拿去吧，她还是对我不放心，拿在手里，她心里也就安稳了。陈东风想到父亲说过的这句话时，心里不由得暗暗吃惊，不知为何，别的事情早已记不全，唯独这句话，一个字也不曾漏掉。父亲同那个男人一道叹了口气，用白布将母亲的左手遮住。陈东风很好奇，趁人不备，偷偷掀开白布。他看见母亲苍白的拳头两边，一端露出半只铜圈，一端露出一截工字形的铜钩。他用一个指头勾住那铜圈拉了几下没拉动，便将嘴贴在母亲的耳朵上说，妈，我要玩这个东西。母亲没有理他，但他再拉时，几乎没费什么力气就将它从母亲手中拿出来，这才发现，母亲一直不肯放手的竟是一把老式铜锁钥匙。他以为父亲和陈万勤模样的男人会夸奖自己，拿上钥匙，交给他们。谁知他们只是看了一眼，便要他将钥匙放回母亲手中。他不知道自己放回去没有，如果没有放回去，一定是用它换了一大块米糖。那时，突击坡总有人挑着一副担子，吆喝着用破铜烂铁换米糖。突击坡各家各户的铜锁等物什，几乎都被自家孩子偷出来，换米糖吃。这些事让陈东风又一次感到父亲生前一定与某个母亲以外的女人有过让自己的妻子放心不下的暧昧关系。

又有一辆神牛拖拉机从后面追上来。陈东风见前面是一个小镇，便没有像先前那样去扒拖拉机挂斗。神牛拖拉机很快消失在小镇的街道里。陈东风走进小镇时，一眼发现那辆将他弄翻在地的神牛拖拉机，正停在一家私人机械修理铺门前。驾驶员正在方向盘后面坐着抽香烟。陈东风停下来，将自行车横在拖拉机前面大声问，你——刚才为什么要捣我的鬼！驾驶员说，捣你什么鬼，我没看见嘛！陈东风说，没看见那你上坡时怎么要踩急刹。驾驶员说，那不是急刹，是换挡。陈东风有些火，将自行车支好，上前就去拖那驾驶员。他刚揪住对方的衣领，背后有人叫他的名字。

回头一看，却是一个月前在这条公路上认识的赵家喜。

赵家喜也是趁倒班的时候回家，而且搭的就是这辆拖拉机，赵家喜一劝，陈东风也就罢了，前面还有二十多里路，他干脆连人带自行车都上了拖拉机。赵家喜顾不上同陈东风说话，两眼一直盯着公路两旁，只要一见到修理铺就让驾驶员停车，然后一个人跳下去，钻进修理铺找人说话。停了十几次以后，赵家喜终于笑着从一家修理铺走出来，从拖拉机挂斗里的稻草堆中，扒出一包电焊条，双手捧着交给站在修理铺门口的那个男人。那男人接过电焊条，反复看了近一百遍，才从口袋里掏出一沓钞票，数了一些递给赵家喜。赵家喜二话没说扭头跳上拖拉机。

陈东风忍不住问赵家喜哪来的电焊条。

赵家喜说，是师傅托他卖的。

赵家喜跟着师傅学锻工，锻工同电焊工毫不相干。陈东风知道，这电焊条的来历是不能对人明说的，就像方豹子从上仓库领料的玉儿手里弄到的那些铁钉。铁钉是常见之物，电焊条却不是随随便便就可以弄到一整包的，所以陈东风还是相信赵家喜的话。驾驶员在一旁冷不丁地说，一包电焊条算什么，好多人连整台的电动机都敢拿出来卖，车间的东西没个数，不拿白不拿。

赵家喜不说这事，转过话题，问陈东风厂里有没有县里的干部子女。

陈东风说有，并随口将王元子的情况告诉他。

听说王元子是王副县长的侄女，赵家喜好像来了兴趣，接二连三地追问，王元子长得如何，年纪有多大，有没有男朋友，等等。

陈东风意识到赵家喜这么问一定是有什么目的，当即说，你别想攀龙附凤，打王元子的歪主意，我听人说，她精神上好像有点毛病。

赵家喜稍愣了一下，勉强地冲着陈东风笑一笑。

驾驶员又插进来说，你们听人说没有，现在农民进城，像过蝗虫一样，逮着什么啃什么。不是废龙丑凤，县太爷家的千金会瞧得上咱们苕老二。陈东风突然生起气来，大声叫喊着让驾驶员停车。拖拉机还没停稳，他就翻身跳下去，并将挂斗中的自行车卸下来。赵家喜也跳下拖拉机，问他为什么不坐了，这儿离他家还有将近二十里。陈东风有些蛮横地说，这拖拉机犯了鬼！说着他将那高大的驱动后轮踢了一脚。驾驶员毫不在乎地说，陈东风还没有被城里人磨掉头上的犄角，还将自己当个人物。农民不管怎么闹，在城里人看来，还是低他们半个身子，农民的头，永远只有城里人胯下的卵子那么高。

陈东风又叫起来，你才是同他们的卵子一般高。

驾驶员不管他，只顾说，农民种粮食给城里人吃，想涨点价，一分一厘都得城里人点头同意才行。可城里人造出来的机器化肥，想怎么涨价就怎么涨价，根本不管农民如何拼命反对。

拖拉机开始加油门了，赵家喜连忙钻进驾驶室。

农民对付城里人只有一个办法，能吃的东西都往肚子里吃，能拿的东西都往家里拿，能赚的钱一分一厘也不留给城里人去赚，能搞的城里女人管她什么模样都要坚决地搞，搞不到手的，也要用眼睛将她们身上的嫩肉剜几坨下来。在农民和城里人之间从来就没有什么道德和良心可讲，城里人总在叫农民学他们的文明，可他们却将农民的野蛮拿去加以合法化，回过头来对付农民。

拖拉机咚咚咚地走远了，驾驶员的话却跟着一团团黑烟不断地飘过来。

陈东风情绪不大好，一个人低头蹬着自行车，进了西河镇后，接连碰到不少熟人，都是对方先打招呼。因此，他们很有意见，数落陈东风，刚进城连脚跟都没站稳，眼睛就长到额头上了。陈东风只好放下心中的不快，留意起街道两旁的情况。

回家的路穿越整个西河镇。他从南头走到北头，眼看镇子走完了，又有一个人在街边叫他，并且还跑过来将他的自行车拦住。这人是方月的亲戚，通过陈西风的关系安排到镇综合加工厂当会计。他告诉陈东风，陈西风从县里打电话给他，让他在这儿拦住陈东风。他说陈西风要陈东风回去上班时，将他家和方月家的空酒瓶都带上。陈东风以为方月的亲戚听错了，追问了几遍见确实无误，心里不免产生许多奇怪。

他不明白陈西风要家里的空酒瓶干什么，那种东西在城里实在是要多少有多少，何必要他花费气力往城里背。出了镇子，越往山里走，道路两边的秧苗越绿，麦子越黄，一阵阵扑面而来的风也越香。天到正午，地上热气腾腾，山风吹过时的清爽，愈发让人觉得沁透心脾。

在这久别的清凉中，陈东风突然悟过来，陈西风是在暗示，要他将家里喝过的茅台和五粮液酒瓶带回去，而非所有酒瓶。由此他还意识到，徐快有可能刚一下车，就揪住陈西风的小辫子大做文章了。

3

厂里生产的不锈钢闸阀，在省化工厂出了问题。

不到十天，新安装不久的二十台闸阀，竟有四台不是漏水就是漏气。因此对方坚决要求退货，并且还提出要单方面终止合同。省化工厂是县阀门厂的大客户，其销售量占全部销售量的十分之三。陈西风听到这个消息时，不到一分钟，通身就被汗水湿透了。好在他很快就镇定下来，在电话里吩咐省城办事处的几个人，全力以赴地处理这件事，不惜用一切手法力保合同不毁，产品不退货，但可以用专车拖回来重新严格检验，不合格的予以调换。

陈西风刚放下电话，田如意就端来一杯不凉也不烫的茶。他一口气喝干后，让田如意再给来一杯。

田如意转身倒茶时，徐快从门口闪了进来。

二人寒暄几句，田如意就端了茶水过来。陈西风伸出手正要接，田如意却将茶杯递给了徐快。她说，徐书记出差刚回，要当作客人接待。徐快高兴地说，如意，几天不见，你变得越来越漂亮了。田如意随口说，再漂亮也没人欣赏了。陈西风本来对田如意将茶杯给了徐快小有意见，听她这么说，反倒变得有些愧疚了。田如意又端了一杯茶过来，陈西风发现自己这杯是温的，而徐快那杯却是滚烫的。徐快几次想喝，嘴却不敢挨拢去。他望了一眼田如意，发现田如意正背转身用手指在眼角上抹着什么。

陈西风相信田如意要抹去的是伤心眼泪。

徐快终于小心翼翼地呷了一口茶，然后说起这次外出的情况。他开门见山地谈到办事处的几个年轻人，听他苦口婆心的劝导之后，全都答应在“七一”之前向组织递交入党申请，用高标准来要求自己。徐快说，思想工作做与不做大不一样，他一到办事处就同他们集体谈了一次话，第二天一早，办事处乱糟糟的模样就改变了，大家都争着扫地打开水抹桌子接电话。随后他又谈到自己跑的几个用户，对方很客气，家家都是盛情接待，光五粮液就喝了两次。有一家还提出请他洗桑拿浴，他觉得这样做有损党务工作者的形象，就婉言谢绝了。

听徐快提到五粮液，陈西风不禁警觉起来。方豹子在车间说的那些话，若是让徐快得知，一定会小题大做。徐快只字不提同他一道出去的方月，也同样让陈西风觉察到，徐快这是有意透出某种信息，表示他对陈西风此类做法是有意见的。陈西风想到一个办法，便想马上给西河镇综合加工厂打个电话。

徐快说得正起劲，陈西风忽然问，客户们对我们厂的产品有什么意见？徐快不愿改变自己的话题，他只是嗯了一声，然后又继续说自己的。陈西风再次打断他的话说，你到省化工厂去了没有？他们那儿情况怎么样？

徐快不高兴地说，我没来得及去，但情况了解到了，很好，一切正常。

陈西风说，我刚刚接到电话，那边出了大问题，他们要退货终止合同。

徐快愣住了，这怎么可能呢，前两天我在办事处同他们通电话，他们还表示感谢呢。这样出尔反尔，是不是同行在捣鬼，想搞垮我们，他们就能多几口吃食。

陈西风说，这种可能性也不能排除，但现在我们要立足自己解决问题。你刚从外面回，家里肯定有不少事，你先回去处理一下家务，等腾出手来，再回厂帮我一把。

徐快说，这样也好。

他站起来正要往外走，陈西风又一语双关地说，这是一场大危机，搞不好会断送阀门厂的前程，这时候千万不要节外生枝。特别是内部不能出任何分歧与问题。

徐快走后，陈西风几次准备给西河镇打电话，碰巧都有人来找他有事，要么就是电话机旁有其他的人。他这时才感到一部大哥大对自己是何其重要，它可以任意选择时间地点打通不能被第三个人知道的电话。后来，他干脆让田如意将门反锁，不让任何人进来，包括田如意自己。门刚锁好，电话铃又响了。陈西风不管三七二十一，将话筒一拿又马上挂断，然后要通了西河镇综合加工厂，并喊来方月的亲戚。陈西风要他在西河镇通往突击坡村的必经之路上拦住陈东风，让他将家里的空酒瓶都带到县里来。他没有直接说带茅台和五粮液酒瓶，他相信陈东风会领悟出自己的意图。方月的亲戚不理解这一点，他怕说错了，在电话里反复问了许多遍，还是不相信自己的耳朵。气得陈西风在电话里骂了一通，他才勉强接受，当一回让陈东风将空酒瓶带回县里的信使。

放下电话，陈西风心里踏实了一些。

一口气没喘完，电话铃又响了。他开了门让田如意进来接电话。正要走，田如意又将他叫住，省城办事处打来的电话，必须是陈西风亲自接听。

陈西风一听那边的口气就明白情况不妙：省化工厂那边口气很死，完全没有回旋余地，一般的手法已失去作用。供应处的那几个人，一向关系良好，这时候也变了脸，不但要退货和终止合同，还像骂孙子一样将办事处的几个人轮流骂了个够。所以，办事处的人一致认为，这事已到了非厂长出马不能解决的地步。

陈西风意识到问题的严重性，答应最迟今天晚上赶来办事处。

陈西风让田如意将厂里主要干部找来，召开紧急会议。

田如意先给徐快家里打电话，接电话的人说他出差还没回。田如意在厂里转了圈，将其余的人都通知到了。再给徐快家里打电话，徐快仍没到家。陈西风见司机小张和红色桑塔纳轿车一直没有离开厂区，让田如意将小张唤过来一问，才明白徐快从他这里离开后，直接去了肖爱桥的办公室。

陈西风往技术科方向走，快到门口时，他有意放慢脚步不发出声音。技术科只有王元子一个人，她正趴在描图板上全神贯注地画着一只兔子。兔子耳朵一只竖着一只耷拉着。走过这技术科，旁边的一间屋子里有好几个人在说话，一股烟味从窗户里飘出来，他清楚地听见徐快说，这么多的茅台和五粮液，不是受贿也是收贿。肖爱桥说，你也别装激动，你若是当了厂长恐怕只收人头马。徐快说，怎么会呢？肖爱桥说，因为你只抽洋香烟，条件一好，你肯定只喝洋酒。屋里的人都笑起来。陈西风本来准备闯进去，想了想又退回来。这么闯进去，弄得大家都撕破了脸皮，闹起来只能是两败俱伤。陈西风早就盘算好，只与徐快斗智，除非万不得已，决不能冒失。回到办公室，他让田如意去通知肖爱桥来开会。因为这个缘故，他将厂长办公会扩大为包括各车间主任和各科室负责人的中层干部会议。

田如意将肖爱桥和徐快叫到会议室时，陈西风佯装不知徐快没有回家，主动上前说，对不起，刚到家就将你喊来开会，是不是从床上爬起来的，若是那样，你老婆肯定骂我变态！

屋子里的人一齐哄笑起来。

徐快也装模作样地擂了陈西风一拳，嘴上却没有作任何回答。

在陈西风小声将刚才办事处打来电话的内容，先向徐快通气时，其余人的目光尽数环绕在坐在前排准备做会议记录的田如意身上。田如意穿着一件鹅黄色的真丝T恤衫，乳罩的背带几分清晰几分模糊地勒在后背上，比她那由于领口低而完全裸露的颈部更加引诱人。

只有肖爱桥在那里旁若无人地看着一本英文书籍。

人都到齐后，陈西风只说了几句话，就将大家的目光从田如意的乳罩背带上吸引过来。肖爱桥抬头扫了一遍会场，复又低头看自己的书。陈西风将省化工厂的事说了一遍后，请大家对此项事故发表意见。

等了一会儿，见无人发言，徐快便说，肖工、肖科长，你是厂里的技术权威，你带个头吧！

肖爱桥将手中的英文书合上，他说，发生这场事故是必然的，事故拖了几年才出现，才是偶然的。我早就反复建议过，要重视知识人才，重视科学技术，现在在岗的人员百分之九十需要重新培训，否则今天头痛医头，明天脚痛医脚，不从根本上解决问题，等到病入膏肓，什么药也救不了命。

肖爱桥刚说完，徐富和铸造车间的老万主任同时开口，说肖爱桥只会纸上谈兵。徐富嗓门大，压住了老万主任，他说，肖工，要是按你的意思，那我们现在该去读上三年书，回头再来解决化工厂的这场事故。这办法的确彻底，可就是到头来不知自己的嘴巴，能伸到谁家的锅里去。

肖爱桥说，留得青山在，不怕没柴烧，就算旧的阀门厂可能倒闭，到那时还能再建一个新的阀门厂。再说培训也不一定要完全脱产，可以一边生产一边学习嘛。

徐富说，你以为在车间上班像你们坐办公室，一台阀体最轻也有十几斤，重的有几百斤哩！你那铅笔头才几两，像放卫星那样吹，一两重到了顶。

肖爱桥阴阴地说，阀体再重也是这铅笔头画出来的。

徐富说，这你就吹牛了，工人不晓得我还不晓得，这产品图纸是送红包从外面设计院里的设计人员那里偷偷弄回的。

陈西风这时敲了一下桌子大声说，徐富，你不能乱说，弄不好得负法律责任。别扯远了，其他的事以后再谈，今天还是就事论事，谁叫我们每天要吃饭哩！话音一落，肖爱桥起身就往外走。陈西风问，你去哪，这是重要会议不能离开。

肖爱桥说，我到仓库里找几台同期的产品看看，免得又说我是纸上谈兵。

肖爱桥走后，大家陆续地发了言。对于这种事坐在家里很难有什么高见，无非是各车间科室相互推诿，声称自己那儿不可能出问题。发言的人一个接一个地绕了一整圈，肖爱桥才返回来。他说这批产品整体上没有大问题，这一点可以断定，问题出在加工过程和总装过程，一些人员素质太低，不讲工作责任，只求完成任务。因此他认为应该将这批产品拖回来，开膛剖肚，对每个零部件进行重新检验，再重新总装。徐富又同肖爱桥顶起牛来，说既然整体上没有大问题，就不应该将产品拆散，加工好的零件经过总装，精度会受到损伤，阀门不比手表汽车，密封的石棉线和垫圈是靠榔头敲打进去的。

徐快出面拦住他俩，再对陈西风说，主意大家都出了，最后还是靠你来拍板。陈西风心里明白，徐快是想将矛盾推给自己。好在他心里有底，就说，别的事现在一概不管，铸造、加工、总装三个车间立即着手用最快的速度，弄出十台闸阀来，加工精度要提高一个等级，总装后试压压力要提高两公斤，半个水珠也不能漏出来。后勤单位要保证原材料及时供应，办公室要留人昼夜二十四小时值班。什么时候十台闸阀做成了，他就亲自押车去省化工厂。

陈西风说这句话时，心里还惦记着另一件事，在陈东风没有带回空酒瓶以前，决不离家外出，他得防着徐快使歪招。但他不打算让司机小张去接陈东风，十台闸阀最少要三十六小时才能做出来，在这之前，陈东风肯定可以回来。

散会时，食堂已经在开饭。陈西风不想吃。

田如意明白他的心思，从抽屉里拿出一块飞行员吃的巧克力默默地递给他。陈西风接过来嚼了几口后，突然说，我想要瓶啤酒。田如意就去厂门口的商店拿了两瓶回来。不知为什么，陈西风竟没有问她为什么不去吃饭。他将两瓶啤酒全撬开了，自己拿了一瓶，将另一瓶喝去一半后递给田如意。田如意看也不看就将剩下的半瓶啤酒一口气喝了下去，然后只管用眼睛看着陈西风。

看了一会儿，田如意忽然说，你吃巧克力的姿势很像他，他从不用牙齿直接去咬，总是掰成一小块一小块地放进嘴里。

陈西风说，那你认为我是像他好还是不像他好呢？

田如意说，都好，不过像他更好。

陈西风像是开玩笑地说，我还以为你要说不像他更好哩！

说完这话，陈西风忽然有一种感觉，他将另一瓶啤酒咕咕地喝去一些，歇了歇，他小声说，今晚我到你家去坐一坐，行吗？他没敢看田如意，而是将瓶子里的啤酒一下子灌进空虚的心里。

他心里早就明白，田如意会点头的。

4

有啤酒撑着，陈西风心里稍稍实在了些。

大家都去车间督促生产，办公室里变得更清静。

省城办事处又打来电话，省化工厂方面态度依然很强硬，看不出有任何回旋余地。陈西风告诉他们自己空手来没用，他来就得解决问题，如果他来还不能解决问题，那就没有任何退路了。但他相信只要自己带着合格的产品去，事情肯定会有转机的。陈西风在打电话时灵机一动，觉得应该先让肖爱桥去摸摸情况。放下电话后，他琢磨了半天，不仅觉得可行，而且还想出了让肖爱桥亲自出马的办法。

陈西风先打电话给徐快，说自己打算让肖爱桥以副厂长的名义，先行到达省城处理这场事故，他的用意是让徐快先与肖爱桥通通气，至于徐快怎么向肖爱桥解释那是徐快的事，只要肖爱桥能出马就行，是不是真要提拔肖爱桥，那是以后的事。果然，徐快主动表示，这个办法好，他即刻去做肖爱桥的工作。

相隔十几分钟，徐快就赶到厂里，汗也没擦一把，同陈西风打过招呼后，就去了技术科。半个钟头过后，他将肖爱桥领到办公室。陈西风也不客套，直截了当地告诉肖爱桥，让他以阀门厂副厂长和高级工程师的身份，立即去省城，全权处理这场事故。

高级工程师的说法让肖爱桥和徐快都怔了一下。

陈西风要的就是这个效果，如此一来，肖爱桥就明白，这个人情是自己给他的。

陈西风没有让小张开车送肖爱桥，而是另外借了一辆伏尔加，他怕万一又有急事，自己的司机要方便差遣。

送走肖爱桥，陈西风坐下来喘了一口气。司机小张趁空将一路上的情况向他叙述了一遍。

包括方月，他们几个人到省城的头天晚上都住在办事处。办事处的条件还算不错，可第二天徐快坚决要到外面去找个宾馆住。理由是省城天气太热了，从山里猛地出来一下子适应不了，得找个有空调的房间才行。徐快并没有直接说出来，只是从早到晚不停地念叨，实在热得受不了，有个空调该多好。办事处的人心领神会，就去办事处附近找了一家宾馆，给他单独订了一个房间。名义上小张也住那儿，但小张估计到徐快有地下活动，只在那里睡了几场午觉，一到晚上就推说去办事处玩扑克牌，他们也的确真的在玩牌，玩到半夜他就睡在办事处。睡觉之前，他必定打电话到宾馆楼层服务台，让值班小姐第二天早上转告徐快，若要用车就打电话到办事处找他。小张每天如此，徐快还假惺惺地批评他，他也装模作样地痞笑一通，说一个人出差在外，没有老婆管束，就该彻底放松一下。打了几回电话，小张同楼层服务台的小姐熟了，小姐告诉他，每天晚上都有一个年轻姑娘给徐快打电话，只要徐快在房间，半个钟头以内那姑娘就会来到宾馆。小张明白那姑娘一定是徐快的表妹，但他对服务员解释说是徐快的亲妹妹。

谁知徐快做事也有不谨慎的时候，那天楼层服务员忽然对小张说，每天来找徐快的那姑娘肯定不是徐快的亲妹妹，因为她清理房间时，发现抽水马桶里有一只用过的避孕套。她一口咬定肯定是徐快同那姑娘做爱后，想不留痕迹地放水冲走，因为出现疏忽而留在马桶内。她还由此推断，这必定不是第一次，如果是第一次，两个人一定会小心谨慎地放水多冲洗两遍。小张当时不便再作解释，就痞里痞气地说，这有可能是服务员中有人拿了钥匙进房去同别人偷情留下来的。因为经常这么做才会粗心大意。服务员有些生气，她说若是再见到那姑娘来，就报告保安人员让他们来捉双。小张怕她真做，就主动提出下班后用车送她回家。服务员却要小张请她到黄土高原夜总会去跳一场舞。小张嘴上答应了，回头就婉转地告诉徐快，说服务员前些时在隔壁房间捉到一个嫖妓的，起因是她们在房间的抽水马桶里发现了一个用过的避孕套。小张是下午告诉徐快的，晚饭后，徐快就从宾馆搬回办事处，说自己搞了几天的特殊化，实在过意不去。大家劝他过了今晚再说，因为这个时候了，不住也要交一整天的住宿费。见徐快态度坚决，小张就说，他几天都没在那里睡过完整觉，今天就一个人去补回来。

徐快搬回办事处的第二天，让小张开车送他去附近的一所师范学校，说是来后一直没有去看表妹，明后天就要回去，再不去看看就没时间了。徐快装出不知道表妹住处的样子，见人就问马明梅住哪里。徐快同表妹见面时，小张一直坐在车里通过反光镜盯着。那样子虽不是久别重逢，百分之百是相聚之后的依依不舍。徐快转身要走时，那个叫马明梅的女孩眼睛里亮晶晶的，在阳光下闪得很厉害。

在车上，徐快问，我这表妹长得怎么样？小张说，你怕我看见，用身子挡住了哩！徐快说，你是那么老实的人，见了女人会不想法看个清楚？小张说，我用气功透视法看过，漂亮极了！徐快说，她还没对象哩。王副县长的司机小丁曾说过，将她介绍给王副县长的儿子，也不知他是说真还是说假。小张主动答应有机会帮他打听一下。说过后他又开玩笑，夸徐快真大方，这么动人的表妹竟愿意白白地送给他人。徐快也开玩笑地威胁他，若是小张乱说乱讲，他会找碴儿将小张贬到铸造车间去搞造型当翻砂工。

小张说完后，陈西风第一句话便问徐快的表妹是不是真的很漂亮。

小张说起码阀门厂找不出比她更漂亮的。陈西风不相信，就追问一句，是不是比田如意还漂亮。小张肯定地点点头说，田如意只是一种成熟的温柔之美，但徐快的表妹却有一种难以一言概括的千姿百态之美，无论看哪儿都能让人心跳不已。

陈西风不作声，过了一阵他突然问，你后来去了黄土高原夜总会没有？小张迟疑地笑一笑说，去了，但没有跳舞。陈西风问其原因，他说，一到夜总会门口，我肚子忽然痛得厉害。那服务员只好将我送回宾馆。陈西风笑起来说，你要那小姐帮忙揉一揉就好了，是不是？小张说，这你就估计错了，没等她揉，我就好了。陈西风说，你动了她？小张说，是她主动将门反锁上的。陈西风说，我不相信女人会那样贱。小张说，我只是稍稍用了点力她就同意了，衣服是她自己脱的，脱得比我还快。说着小张骂了一句，他妈的，我还从没有碰见过这么厉害的女人，一通宵不让人合眼，我骨头都酥了，她还能搂住我在地毯上打滚。陈西风说，那你以后可得收敛点。小张说，等将徐快的表妹弄到手，我一定改邪归正。陈西风突然正色说，你给那女的钱没有？小张说，又不能开发票报销，我那几个小钱会随便给人，给了人家我吃什么穿什么，再说花钱买风流，就没有回味的东西了。陈西风说，现在政策宽松，男女自愿上床的无人管，如果用钱买女人玩，那性质就不一样了。小张说，这个我明白。我又不是性机能亢进，自己还能管住自己。陈西风说，这样就好，另外，你若真想动徐快的表妹，现在就将车钥匙交出来，我好找别的司机来代替你。小张忙说，我只是开个玩笑，天下好女人多得很，任谁也占不尽。我算老几，只能说话过过瘾，尽尽意思而已。陈西风说，不说这个了，说多了无聊，说点别的吧，你应该找找小丁，早点帮王县长的儿子和徐快的表妹搭上线，徐快也可以早点解脱，我可不想他们的事闹出来，那会损害阀门厂的形象。

小张懂得陈西风话中另有好几层意思，而且这是陈西风第二次在自己面前提这件事。他马上答应，不出一个月，就能让这对年轻男女见上面。说到这里，小张记起另外一件事，他告诉陈西风，上午他正在洗车，看到铸造车间那个叫玉儿的泥芯工，蹲在路边不断地吐黄水，很像是怀孕了。陈西风问他怎么知道。小张解释说他谈的几个女朋友，刚怀孕时总是这个样子。

陈西风想到自己结了两次婚，还不知道女人怀孕是何模样，就挥手让小张走了，还让他不要到处乱说。

小张走后，陈西风忍不住踱到铸造车间。

他不太认识玉儿，又不便问别人，见方豹子正在向这边张望，就示意让他过来。他大声说了几句，要方豹子好好干，别丢他这个厂长老乡的脸。趁人不注意才小声地问，谁是玉儿。方豹子将玉儿指给他。他看了好久，也没看出异样来。方豹子干了一阵活，又过来悄悄地告诉他，玉儿似乎怀孕了。陈西风像问小张那样问他怎么发现的。方豹子说，他老婆前些时刚怀孕，同玉儿现在的动静一模一样。

陈西风直到离开铸造车间也没看见玉儿吐黄水，独自行走时，心里一刻也不停地想着方月，想着自己如何才能让方月怀上孕，想着方月怀孕时的一举一动。当他经过总装车间后门时，看见一个姑娘正背对着他趴在后门旁边的水池上，很像是在呕吐。那姑娘听见脚步声，连忙拧开水龙头，将水池冲洗干净。陈西风站在她身后问，你病了？那姑娘直起腰转过脸来说，没什么，我没病，我洗洗手再上厕所。她那脸上的确没有病色，说完话也真的朝厕所方向走去。

陈西风认出这姑娘是去年四月招到厂里来的那批农民工中的一个，名叫小英。

他从后门进到总装车间，有七八个人正绕着一只钳台说着什么。

见陈西风进来，连忙分头散去。剩下三个人，依然坐在那里抽着香烟。其中一个是加工车间的汤小铁。他走过去说，你们真的当起甩手师傅来了。汤小铁大咧咧地说，不让农民多干点，拿什么回去买牛买化肥买老婆呀！这是工人阶级在学雷锋，发扬风格哩！陈西风这才注意，那些埋头干活的果然都是农民工。他问汤小铁，怎么跑到总装车间来了？汤小铁反问他，为什么来总装车间，还说陈西风能来，他就能来。自己是工厂的主人，在阀门厂，除了女厕所，他爱上哪儿就上哪儿。

陈西风不同他说，转而问另外两个人，需要突击完成的十台闸阀的情况。那两个人告诉他，加工车间还没有送零部件过来。汤小铁又在一旁说陈西风，这是屁股屙尿——反了，走马观花也该顺着工艺流程走。陈西风肚子里很窝火，他强忍着不表现出来，同汤小铁斗有失身份，一点好处也得不到。再说汤小铁再凶也伤不了自己的毫毛。他坚持把想问的话都问完，这才转身去加工车间。

陈西风出门时，正好碰见到仓库领料回来的总装车间主任老马。

他当头甩出一句话，总装车间的生产任务，完全可以增加百分之十。

陈西风在加工车间转了一圈，徐富的安排让他很满意。他当即表态，只要这个月的任务完成了，就从厂长单独掌握的机动奖金中拿出一百元奖给徐富。

这时，汤小铁气冲冲地走过来，指着陈西风的鼻子说，你是个断子绝孙的王八蛋！

陈西风这下子真的火了，他说，汤小铁，你敢再说一遍！

汤小铁提高嗓门又说道，陈西风你娶十个老婆也生不下半个儿子。

陈西风说，这可是你说的，你别改口，到时候若改口，你就是——陈西风突然停住不说了。

汤小铁一把揪住他，说呀，我是什么，你不说出来就是我生的。

陈西风完全冷静下来了，汤小铁怎么激将，他都不开口。徐富见状忙走过来要汤小铁放手，汤小铁不但没放手，反而推了徐富一掌。陈西风乘机一挣，人脱了身，衬衣却被撕下一块。他刚走几步，汤小铁又追上来逮住不放手。徐富也跟上来，握拳头要还手。徐富说，我什么都怕，就是不怕狠人。汤小铁用陈西风身子抵挡徐富的拳头，嘴里直叫徐富是马屁精，并不时用脚踢来还击。几个回合后，徐富将汤小铁踢过来的一条腿捉住了。他用一只手将那条腿死死抱住，另一只手从旁边的钳台上拿过一把钢锯，大声嚷着要将汤小铁的狗腿锯掉一截。

徐富将钢锯搁在汤小铁的腿上时，汤小铁大叫了一声。

陈西风连忙将徐富喝住。僵持一阵后，陈西风问汤小铁到底想干什么？汤小铁声称，他不想干什么，只是看不惯陈西风土皇帝的样子，他要让陈西风明白工人比干部低不了多少，干部比工人高不了多少。

陈西风说，我从来就没有这个思想，干部和工人是平等的，都是普通劳动者。

汤小铁说，可是我到总装车间去同他们说了几句话，你就要加他们的任务。

陈西风说，我只是说说嘛。

汤小铁说，你脱裤子放屁当然轻巧，老马那老东西却将我骂得狗血淋头，别的人也都怪我，不让我再去他们车间。

陈西风说，我虽然是厂长，可还有职代会，我做的不合适，你们可以开职代会进行否决嘛！

汤小铁说，职代会是你陈西风的屌，你不让硬，它能硬起来？

加工车间里一闹，全厂上下马上就传遍了，其他车间和后勤科室的人纷纷跑来看热闹。大家都在远处看着，很少有人上前去劝止。偶尔有人想上去，还没走到跟前就被汤小铁一顿粗话脏话狠话像泼水一样泼回去。直到田如意来了后，才出现转机。

田如意往拢走时，汤小铁嘴里不停地骂她，说她是公共厕所、公共汽车，因为太脏太滥，飞行员那好的身体也搞不大她的肚子，反而被田如意用艾滋病害死了。田如意走近后，挥手抽了汤小铁一个耳光，接着又是一个耳光。汤小铁突然静下来不骂了，但双手将陈西风箍得更紧。田如意伸出手将汤小铁的双手轻轻一掰。汤小铁顿时像触电一样，丢开陈西风，单腿连蹦了几下。徐富放下他的另一条腿后，他还一个人怔在那里不知所措。

下班之前，厂里传遍汤小铁的话。

汤小铁说，田如意的手挨着他的手那一刹那间，他有一种心被人掏去了的感觉。汤小铁说，田如意比狐狸精的法术还高明，她要是想哪个男人，哪怕他是美国总统、日本首相也难逃她用手摸一摸以后的结局。

陈西风回家时，首先看到的是陈东风留下的纸条。

他同许记者见过面，许记者曾提出要为他写篇文章，他当时谦虚了一下，没有明确表态。现在许记者找他一定是为这宗事。他想了想，觉得这文章不好写，弄不好会让徐快抓住什么把柄。还有一点，记者主动提出来写文章，那一定是要花钱的，行情他不清楚，但内幕了解一些。一个人在家，心里闷得厉害，他特别想方月这时能打电话回来。后来他又特别想早点去田如意家聊聊天，散散心。

满身尘土的陈万勤进屋时，他已决定让徐快去见那个许记者。他在电话里将厂里下午发生的事对徐快讲了，说自己心情不好，又要到车间去督促突击生产那十台闸阀，只能让徐快替自己去见许记者，有什么事也请全权办理。听说是见记者，徐快满口答应下来，他还主动地提出关于汤小铁的事，由他出面处理，让陈西风回避。

天一黑，陈西风就出门往田如意家走。

他走得很快，平常二十分钟的路，十几分钟就到了。

田如意家的窗户却是漆黑的，门也紧闭着。他犹豫地试着敲了几下门，屋里似乎没有反应，他失望地转身走了两步。身后轻轻一响，那扇门几乎是无声无息地开了。他进屋时问，怎么不开灯？田如意说，到后院去吧，用不着灯。

星光下的后院很安静。院子里没有椅子，却摆好了一只竹床。

田如意让陈西风坐在另一端，自己在这一端坐下来。

坐下后，陈西风不知道说什么好，甚至有点害怕，觉得自己不该来。

沉默一阵后，还是田如意先开口，你送我的那枝燕子红到底还是枯萎了。

陈西风说，枯了就扔了。

田如意说，不，除非你再送我一枝，什么花都行！

陈西风岔开这个话题，他说，下午的事太感谢你了。

田如意说，没什么，他那些骂还不如我自己骂自己厉害哩。

陈西风说，你干吗骂自己？

田如意轻叹一声。陈西风意识到她为什么叹气，忙说，你晓得汤小铁后来怎么说你吗？

田如意说，有人告诉我了！

陈西风开玩笑地说，可你碰到我的手时，我怎么没有这种感觉呢！

田如意说，汤小铁什么都没办法同你比，就只这一点比你强。

陈西风说，强在哪一点上？

田如意说，他对女人的感觉，比你真诚。

陈西风一下子沉默起来。

天空静得如同一池湖水，星星是粼粼闪闪的波光。邻居的电视在播送本县新闻，王副县长的讲话声可以隐隐约约地听见，似乎在说全县工业生产形势很好。五月的晚上，竹床放在外面是早了点，不一会儿上面就有一层潮湿的水渍。陈西风用手摸了一把水后，告诉田如意外面露水很重。田如意没有作声，稍停一会儿，她起身到屋里拿了一床毛巾被铺在竹床上。陈西风站在一旁趁黑打量着田如意的背影，他发现田如意只穿着一件薄薄的睡衣，连乳罩也没戴，星光映照之下，胸前的两处高耸的黑影，颤动如风吹旗帜。这时，天空不知何故掉下几颗水珠，陈西风说，露水下成雨了。田如意用手轻轻拍了两下竹床，待陈西风坐下来才说，那是星星在为我伤心。田如意忽然抓住陈西风的手。陈西风心里一颤，情不自禁地将没被抓住的另一只手放在田如意的手背上。田如意慢慢地将身子贴过来，那身子像火一样，烤得陈西风嗓子里直痒痒。陈西风终于扛不住，他一下子将田如意紧紧地搂在怀里。田如意的身子柔软如织锦，软软地向后仰去，让一双饥渴的红唇和一对硬挺的乳房正正地面对陈西风。陈西风选择了那双红唇。他将忘了刮去胡须的脸庞贴上去时，田如意忘情地呻吟起来，身子不由自主地在竹床上放平了。陈西风顾不上想别的，也跟着将自己的身子放上去，匆匆地续上刚才的那个吻。田如意小声地叫唤着，脸庞也在微微扭动。陈西风总是及时地让自己的双唇找正位置。田如意终于忍不住说，你的胡须好扎人。陈西风一怔，随后又用胡须在田如意脸上猛扎了两下。田如意一躲，身子差一点滚到地上去了。陈西风用手接住她时，一只手正好插进那两腿之间。他将田如意放好后，手却没挪开。田如意的身子在竹床上轻轻扭动着，似乎在渴望着什么。陈西风将她的睡衣从下往上一点点地推到两腋之间。就在他站起来正要脱掉自己的衣服时，外面忽然有人用力地敲门，并一声声地喊着田如意的名字。陈西风听出是王元子的声音，小声问她来干什么。田如意坐起来时，睡衣垂下来将光溜溜的身子罩住。王元子在外面叫，如意姐，是我呀，徐书记叫我来找你去跳舞，是陪许记者。田如意忍住不作声，王元子叫了一阵，见无人应便走了。

两人重又搂到一起时，陈西风忽然说，如意，有件事你给我留心一下，这一阵若是有纪委或检察院的人找徐快，你就及时告诉我一声。田如意一下子推开他说，你是为了这事才来找我的？陈西风说，你别误会，我是顺带说说。田如意将毛巾被拉起来揉成一团砸在陈西风身上，嘴里说，你走，你现在就给我走。陈西风迟疑一阵，真的抬脚往外走，边走边说，对不起，我不该这么对待你，我是个浑蛋。田如意低声哭起来，远处不知是谁在唱一支歌，是一个男人在模仿刘德华的唱法，深沉中有些许无奈与凄凉。陈西风正要开门时，田如意从后面追上来，她已将自己脱光了，将一对乳房贴在陈西风的后背上，几乎是哀求地说，你别走，别走好吗？

陈西风没有回头，他掰开田如意的手，将门拉开一道缝，侧着身子挤出去。

县城的主要街道上人已经稀少起来，陈西风一个人乱走了一个多小时。后来他看见阀门厂的大烟囱里冒出火焰，映红了县城一角，同时相伴的轰隆声，响彻整个县城。他记起这是铸造车间在开炉化铁时，人也随着清醒过来。回去路上，他碰见玉儿和文科长挨得很近地站在一处树荫下。他叫了一声，玉儿吓得拔腿就跑，文科长没跑，他的腿在发抖。陈西风想起玉儿可能怀孕了的传闻，但他没有让文科长难堪，反而温和地说，和女孩交交朋友可让人年轻，只是别过头就行。

不等文科长有所回应，他就离开了。

一回家，他就问方月打电话回来没有。陈万勤说电话一夜没响。

话刚落音，电话铃就响起来。

陈西风拿起来一听，是徐快打来的。

徐快已同许记者面谈了。许记者答应，在省报上写篇三五千字的大块文章，好好宣传一下阀门厂，只是有个条件，厂里必须给他个人三千元、报社七千元作为报酬。徐快说自己反复做工作，许记者才同意降为二千和五千，不过，不管多少都不给收据。徐快还说，许记者另外答应，将汤小铁在车间里行凶的事写成内参，让各级领导重视一下。陈西风没有多说什么，让徐快做主就行。他问徐快，有没有肖爱桥的消息。徐快说自己也是刚到家，一点风声也没有。

陈东风放下电话，到卫生间洗澡，忽然闻到田如意身上的香味，他捧着衣服怔了好久。等到他想起洗澡之事，刚打开热水器，电话又响了。

这一次来电话的是肖爱桥。

肖爱桥一到省城就直接奔化工厂，并到现场看了。

化工厂将有问题的阀门卸下来，换上去的仍是本厂生产的阀门。因此肖爱桥认为，这事肯定有挽回的余地，只是必须找到化工厂态度强硬的症结。

这消息让陈西风轻松起来，他痛痛快快地洗完澡，坐在沙发上将今天的事从头到尾梳理了一遍。他突然意识到，徐快让许记者写内参是一大隐患，表面上是为陈西风呼吁，实际上是出陈西风的丑，厂长让工人整成这个样子，最少也说明管理上有问题。另一方面，有可能激化矛盾，让汤小铁对自己的敌意加深。想到此，他连忙找出电话号码簿，查到山南大酒店的号码后，立即拨了过去。

接电话的却是田如意。陈西风心里立刻难受起来，幸好这时他听见电话里还有另一个女孩的笑声，他问是不是王元子，田如意嗯了一声。然后将电话交给了许记者。他告诉许记者，有关内参的文章最好不要写，他坦诚地告诉许记者，写了之后肯定对自己没好处，甚至还会弄出更大的波澜，他同时还要许记者不要将自己的意思告诉徐快，如果今后徐快问起，就说稿子让上面枪毙了。许记者在电话里爽快地答应了。不过他留下一种余韵，说以后有事时，希望陈西风也给个方便。陈西风刚说再见，许记者在那边说，田小姐还要同你说件事。

田如意在电话那头轻轻咳嗽一声，小声地说，我已不生气了，你也别生气，我喝了手上这杯茶就回去。

陈西风不知说什么好，想了半天才说出一句话，如意，我晓得你是个好姑娘。

这话他说得很动情，田如意显然被感动了。

她说，我现在就回去，你去吗？

陈西风说，不行，我要等肖爱桥的电话。

田如意说，你等个鬼！

电话咔嚓一声断了。

陈西风咬咬牙上床睡了。

半夜里，他听见电话铃响，迷糊中以为是在做梦，就没有起来接。

第二天一早，徐快就来敲门。陈西风后来才明白，徐快是借机察看他是否外出夜宿。他感觉到徐快已看出，自己与田如意关系的不一般，包括昨晚王元子去找田如意陪许记者跳舞，都有可能是受到徐快操纵的有目的行动。他有点庆幸昨夜自己头脑清醒，态度坚决。

徐快告诉他，肖爱桥昨晚下半夜打电话回来，他找到问题症结了。关键是安装车间的头头，为了出国考察的名额，与供应处发生冲突。安装车间有意夸大这次事故的后果，想逼供应处让步。供应处明知这种特殊闸阀只有我们一家生产，也假戏真做，要全部退货，反过来用缺货来压安装车间。

肖爱桥已同安装车间的主任和书记接触过，并请他们洗了一回桑拿浴。他们一高兴，就提出让阀门厂派两个女工，到他们那儿接受培训。陈西风开始没有意识到其中奥秘，等到徐快将肖爱桥的话说清楚后，他都不相信自己的耳朵，实际上，对方是要他们帮忙找两个公费的情人。

他连声说，这事做不得，坚决不能做。

徐快笑着请他多多考虑后转身走了。

上班不到半小时，厂里就传遍了要派人到省化工厂培训的事。年轻女工不知真相，接二连三跑到办公室找陈西风，要求将此学习机会给自己。墨水和黄毛也来磨了好一阵，来得最勤的是王元子，甚至说如果不让她去，她就去找叔叔王副县长。

肖爱桥也不停地打电话回来，要求尽快决断，外地的两家阀门厂，已闻讯来到省化工厂频繁地活动。

肖爱桥的每个电话都撩得姑娘们心痒痒的。

十一点钟时，王副县长竟亲自打来电话，为王元子说项。陈西风灵机一动，让小张开车，自己去王副县长那里当面汇报。

刚见面，王副县长还在说，一定要将王元子送出去培训一下，同时也散散心，开开眼界。陈西风说清楚事情真相后，他突然大发雷霆，批评陈西风不该向他请示这种事。陈西风非要他表态，行还是不行。王副县长发了几通脾气也撵不走陈西风。他口口声声说，自己这是为了工作，挨领导批评也值得。泡到十二点半，王副县长不得不表了态说，这事如果说他知道，那他坚决反对，如果说他不知道，陈西风就可以看着办。

得王副县长的默认，回厂后，陈东风就同徐快一起挑人。挑来选去，正式工人显然不合适，她们心大，一般好处笼络不住她们的心。剩下的只有农民工，徐快提醒说，失过身的女人在这方面要开放些，省城的诱惑又多，只要对方稍用点心思，就会成事的。

于是，陈西风就提名玉儿。

徐快也跟着提出一个叫小英的姑娘。

他们将玉儿和小英找来交代时，两个姑娘惊喜得半天合不拢嘴。

文科长和总装车间主任老马却不高兴。文科长嘟哝说，安装车间如何能培训泥芯工？小英学的是安装钳工，正对路，老马什么也说不出，只在车间里用榔头狠砸一块厚厚的钢板，巨大的声音震得周围的墙上直往下掉灰尘。

玉儿一高兴，就在办公室门口吐了一摊黄水。

文科长也在一旁看着，陈西风似乎是自语道，将包袱甩给别人有什么不好，别人会有经验对付的。

文科长不敢应声。

等到办公室只剩下田如意一个人时，陈西风走过去，从口袋里拿出一块口香糖递给她。田如意没有抬头，她将口香糖放进抽屉时说，十一点零五分时，县纪委有人打电话找徐快。

陈西风一下子记起陈东风应该回来了！

5

陈东风刚到突击坡，就碰见方月的父亲，他正将一头肥猪往外里拖。那猪像是知道自己要被卖了杀了，将四只蹄子死死地撑在地上不肯走。方月的父亲用劲扯它，每扯动一步，额头上就要渗出几层汗。陈东风从自行车上下来同他打过招呼，问这猪是整个卖，还是杀了之后卖肉。方月的父亲瞪了一眼，不让他说下去。他说，猪通人性，听得懂人的话，就因为早上出栏时，碰见段飞机，段飞机也是随口问这猪是卖还是杀，它便突然挣脱绳子跑得远远的，找了一上午才将它找着并抓回来。结果那五斤米的粥白喂了，肚子消化得瘪瘪的，只好重新喂些细糠。陈东风打量着滚圆的猪肚子，估计最少喂了十几斤猪食。方月的父亲说，十几斤算什么，段飞机多嘴浪费的那一肚子猪食，少说也有二十斤。说着话，那猪竖起尾巴拉了一堆臭烘烘的粪便。方月父亲心疼地说，看看，又去了两三斤。说着，他扬起嗓门叫起来，也不说名和姓，直接喊，又不是相女婿，在屋里弄这半天干什么，你想挨到天黑再浪费一槽猪食呀！喊声刚落，方月的母亲就慌慌张张地出来了，她换了一身干净衣服，一边迈着碎步，一边扣扣子，嘴里还不忘数落，一个大男人，连一头猪都对付不了，只会朝女人耍狠！

当看清旁边站着陈东风，方月的母亲怔了一下才问，你几时回的？陈东风说，刚到，还没进门哩。方月的母亲又问，方月的身子可好？陈东风说，她到外面学习去了，要二十多天才回。方月的母亲说，说是有喜了，有喜的人怎么还往外跑呢！陈东风不想接这话茬，正好方月的父亲又吼起来，要方月的母亲用棍子在猪腿上敲几下。方月的母亲丢开陈东风，走到四蹄站稳、纹丝不动的大肥猪面前，先是用手在那猪背上抚摸几下，再蹲下去，双手轻轻地在那猪的前腋，以及靠着后腿的下腹，有节奏地搔着痒。那猪喷了几下鼻息，忽然安静下来。方月的母亲腾出一只手在猪后腿上拍了两下，那猪便乖乖地自动往前走。

陈东风听见方月的父亲小声嘟哝说，我们做夫妻几十年，你也没有这样温柔地摸过我。

方月的母亲同样小声回答说，你是人，它是畜生，哪有和畜生抬杠攀比的道理！

方月的父亲说，你别说这指桑骂槐的话，我晓得你对别的男人比对我好！

方月的母亲说，我对你不好，那怎么陪你睡了几十年，还帮你洗衣做饭、生儿育女？

方月的父亲说，可你的心大部分时间都在外边。

方月的母亲不理睬，转身对陈东风说，晚上家里有一桌客，你也过来喝几杯酒。

方豹子的妻子正坐在大门口，照看外面晒着的油菜籽，防止山雀飞来偷吃。陈东风摇了一下车铃，她立即站起来问，我家豹子回来了吗？陈东风说，豹子正在上班哩。她说，那你怎么不上班？陈东风说，我们不是一个车间的，工种也不一样。她说，哪有什么不一样，我们这儿上下十几个村，不是说放假就都放假吗？陈东风说，城里和乡下不一样！不待陈东风说完，方豹子的妻子马上说，当初还犟着不到城里去哩，去了没三天，就瞧不起乡亲了。陈东风说，我说的是实话。她说，我哪里说了假话？陈东风不想同她说下去，随口说方豹子今天晚上开炉化铁，说不定明天就会回来。说话时，他扫了一眼方豹子妻子的肚子，一个月不见，那地方已明显地隆起来了。他想起方月，二十多天后回来时，她那肚子会不会也成这样子呢。

他突然觉得自己明天回厂时，应该惩罚一下陈西风，茅台和五粮液酒瓶一个都不带，尽带些不值钱的劣质酒瓶回去。

陈西风无法把他怎么样，最多只能怪他苕。

陈东风站在门口掏钥匙时，从门缝中传出一股不同寻常的气味。他愣了愣，随即辨别出这是桑蚕的气味。门口的台阶上干干净净的，一点杂物也没有。让他奇怪的是，屋檐下面还有一大串五彩缤纷的女人衣服和小孩尿片。他开了锁，将门推开，满屋的桑蚕以及桑蚕特有的那种醇香扑面而来。他在屋里查看了一遍，自己的那间房还保持着原先的模样。父亲生前的卧房里，放了两张床。虽然一应物什放得很整齐，还是能够看出女人带孩子过日子的痕迹。其余屋里全部养着蚕，到处都是静静的翠绿与悄悄蠕动的雪白。

陈东风在屋前屋后寻找翠。

他毫不犹豫地断定是翠住在这里，但他不明白翠哪来的孩子。他没有找到翠，却发现菜园子没有荒废，茄子和辣椒长得又肥又大，黄瓜架搭得不算好，黄瓜的长势却是无法挑剔，黄花绿叶，长藤短丝，要模样有模样，要灵气有灵气。与旁边方豹子、段飞机家的菜园相比，就显得更出色。

山坡上的麦子已经黄透了，仍没有一家开镰收割。

一个老人牵着牛走过来，陈东风朝他问候了一声，然后才问为什么不割麦子。老人说，男人们都外出打工，家里只剩下老弱病残妇，屋里头季蚕已上了架，二季蚕也孵出蚁来了，腾不出手来握镰刀。陈东风回到屋里，点火将灶烧着，又去碗柜里寻了一碗剩饭，碗柜里还有几十个鸡蛋。他没有把握猜出是谁的，只是舀了一勺猪油和半勺盐，放进锅里炒了一碗油盐饭。饭桌上用纱罩罩着半碗腊肉和一钵子鸡汤，陈东风没有动它，他从开水瓶里倒出一杯开水，趴在桌角上三下两下地吃完饭，拿上生了锈的镰刀，出门往山坡上走。

山坡上的麦子，从麦穗到根部全是金黄色的，风顺着山坡吹过，麦穗弯弯的如同小猫背上的绒毛。陈东风在地头坐了一会儿。他掐了一只麦穗，放在手中搓一阵，然后数了数麦粒，共有十九颗，少是少了点，但颗粒还算饱满。山地的麦子能有这样的收获算是很不错了。这是父亲在世时年年都要说的话，没说这话的年份，必定是受了天灾。父亲还有个习惯，新麦刚打出来，一定要磨出一些粉，吃一顿清香满屋的馒头。连同早稻收了要煮新米粥，晚稻下来要蒸新米饭，大年三十可以没有酒，这三样收获到手时，父亲一定要大醉三场。陈东风将手中的麦粒放了一半在口中，剩下一半则撒在地上。

他说，爸，从今年起，你只能这样尝新了。

说着，他弯下腰割了第一镰。

不知是眼泪还是麦秆里迸出来的水，陈东风脸上有几颗亮晶晶的水珠子。

一畦麦子割到头，陈东风才直起腰歇一歇。农家活比当工人酣畅多了，站了一个月的车床，他仍旧觉得有劲使不上，机器隆隆轰轰地响，呼呼啦啦地转，让他感到的只是稀奇，惊叹那些工具为何能削铁如泥，内心情感几乎得不到排遣。镰刀沙沙之声虽然小，麦秆叭叭之声虽然脆，却是自己心里的共鸣与回应。他很快割完第二畦麦子。

就在他走向第三畦时，有人在山下叫起他的名字。

他看见一个女人挑着一担桑叶，背上背着一个婴儿，顺着山边的路，朝他走过来！他断定这女人不是突击坡的，突击坡无论男女，叫他时，从不带姓氏。但这声音又很熟悉，所以他还是回应了。那女人放下桑叶，顺着山坡爬上来。

待她走近后，陈东风才认出是同学水珠。

水珠爬到麦地边时，喘气声像在抽风箱。

水珠瘦得很厉害，脸上的皱纹像刀刻的一样。

陈东风忍不住问，你怎么瘦成这个样子？

水珠说，还不是因为她。她拍了拍背上的婴儿。

陈东风记起，翠曾向他讲过，水珠怀了双胞胎。

他说，是男的还是女的？

水珠说，我运气不好，两个全是女的。

水珠将陈东风准备问的话提前回答了。他只好问另一个孩子的情况，他以为水珠没将她们养好，死掉一个。谁知水珠说另一个孩子在翠那儿，她说，翠看见家里烟囱里冒烟，晓得是你回来了，就让我先回，她摘满一担桑叶再回。陈东风明白水珠肯定同翠一道住在自己家里了。他不敢贸然地问水珠这是为什么。水珠刚生孩子就离家出走，肯定有特殊原因。他打定主意，回头见了翠时再问。陈东风伸手摸了摸水珠背上的婴儿，婴儿长得倒不错，虽不算胖，但也不显瘦，脸蛋圆圆的红扑扑的，一对眼睛黑黑的，转个不停。

水珠说，我们不晓得这块麦子是你家的，若晓得，前两天就帮你收割了。住你家里，不帮你做点事心里有些过意不去。

陈东风说，同学之间就别说客气话了。你先回去弄饭吃吧，这点麦子我一个人能对付。

水珠下山不久，屋里的烟囱就冒出一股青烟。

陈东风什么也不想，依然弯下腰去割麦。隔了一年，刚开始收获时，动作有些僵硬生疏，时间不长镰刀与人就重新熟悉了，镰刀挥得越快，人越显得轻松，麦子也像是被风刮倒一样。地里的麦子眼看就要割完，陈东风抬手擦汗时，不小心将一根麦芒弄进眼里。他眨了半天眼也没法将它弄出来，反而将眼睛弄得越来越不舒服。

朦胧之中，他看到一个女人从山坡上走过来。

他知道是翠来了，干脆闭眼睛说，帮我一下。

翠走过来时，风里有一股桑蚕气味。当她挨近时，桑蚕味没有了，替代的是一种朴素的香。翠的几个指头搁在陈东风的脸上，用两个指头在那眼皮上钳了几下，陈东风的眼前一下子明亮起来。

翠的模样变黑了，那女儿身子上的魅力一点也没减。

陈东风说，你怎么搬到我家里来了？

翠说，我想同你商量可不知你去了哪儿？

陈东风说，你别装苕，我去哪儿你用鼻子一闻就晓得。

翠一笑说，我不是为你，是为了水珠，她丈夫趁她上医院生孩子时，将家里的东西全卖了，然后带着“第三者”跑到西藏开餐馆去了。水珠坐月子时又不能回娘家去，我见她那么伤心，就做主请到你家里来了。

陈东风说，你们养那么多蚕干什么，想长期在一起过日子呀？

翠说，我们还没商量好，但又不能错过季节。说不定将来我真会同水珠一起过，到时候，两个孩子一人养一个。

陈东风听出翠的弦外之音，就说，反正屋子是空的，只要别弄垮了，你们想怎么样就怎么样。

翠也转而专门说起水珠来。

水珠要过五天才能满月，但从今天开始，非要出门同翠一道采桑叶。这二十多天，翠既要料理她，又要照顾蚕儿，实在太辛苦了。翠犟不过她，只好带她一起出去。两个婴儿一人背一个。

水珠落到这个地步，让人感到意外。陈东风要翠劝劝水珠，干脆同那个男人离婚。翠说，尽管这样，水珠还是不恨丈夫，只恨那个第三者。翠现在不敢提这方面的事，一说起这些，水珠就流眼泪，头天流泪，第二天就没有奶水，婴儿饿，大人更伤心。她们这么努力养蚕，也是在尝试，假如有能力养活自己，那时再下决心也不迟。

说了一阵水珠，陈东风忍不住问翠自己的事。他不明白翠的父母，为什么会放心让翠一个人住在外面。翠告诉他，她哥哥准备结婚，家里房子不够住，早就想将她嫁出去。所以，她搬出来住，正合家里人的意。她说，我是住在你家里，又不是到南方去打工，他们才放心的。翠又说，他们还高兴哩，说我迟早总是要到你家里来的。

陈东风说，你家里怎么能这样，好像女儿是一朵没人要的牛粪花。

翠说，我本来就没人要嘛！

陈东风说，怎么会呢，不是还有个科长吗？

翠说，你再提科长，我就从这山上滚下去。

陈东风忙说，好好，我不说科长了！

翠的眼圈一下子红了，你说不说，可又说了。

说着，她就要往山下跳，陈东风手快一下子拽住了她，再三声明自己是说走了口，不是有意的。翠一连看了陈东风几眼，刚要开口说什么，自己的脸先红了。陈东风也有些不好意思，正要松手，那手却被翠握住。

翠用了很大劲才说，光嘴上认错不行，谁晓得你是不是真心的。

陈东风明白翠要他做什么，就说，现在不行，我还没有想好。

翠不说话，也不放手。陈东风拗不过她，只好低下头，在她脸上亲了一下。他以为翠会忘情地抱住自己，然后便有无法预料的事情发生。谁知翠却非常平静地松了手。

她在转身时说，这辈子我都等着你！

翠走后，陈东风挥动镰刀的速度慢了许多，而且口渴得很，以至于不得不多次放下镰刀，去喝翠带来的茶水。天黑之前，终于割完了麦子。陈东风望着地上一铺铺的麦子，忽然想起没有捆麦的草绳。

他从山上下来，从后门钻进段飞机的小楼，正好看见段飞机在往麻袋装的什么种子里面掺沙子。段飞机慌了一下就没事了。听说陈东风要借草绳捆麦子，就让老婆将家里草绳送给陈东风一些，还约陈东风晚上来家里谈谈，说自己这些时，又有新的想法。

陈东风回家拿上冲担。他什么也没说，翠和水珠就跟了上来。三人中，一个负责捆，另两个人负责收，半个小时就将麦子捆好了。翠说过几次，让陈东风将麦把子捆小点，她就能帮忙挑几担。陈东风不听，总是用草绳的极限来捆，每个麦把子重量都在八十斤以上。翠试着用冲担杀进一只麦把子，却无法将麦把子撬起来。水珠过来帮她，两个女人笑嘻嘻地弄了一阵，还是无法让冲担的另一头杀进另一只麦把子。水珠累了，坐在麦把子上喘气说，看来女人还是有需要男人的时候。翠说，陈东风是故意将麦把子捆得大大的，好炫耀男人的蛮力。陈东风笑一笑，也不看她们，背过身去、双手握住冲担，稍一用劲，已经杀好的那只麦把子就被撬到头顶上。陈东风举着它走了十几步，将冲担的另一端杀进另一只麦把子，然后顺势一撬，两只麦把子就挑在肩上了。麦把子有三十七只，做十八担挑还要孤一只，水珠苦笑着说，这一只象征着我。陈东风要将它改成两小捆。水珠不肯，非要一个人将那多余的一捆连拖带拉地弄下山去。翠埋怨陈东风不听她的话，硬将麦把子捆成这种苕大个，若是捆小点不就没有这场不愉快了。

陈东风明白错在自己。以往父亲捆麦把子，无论田地有多大，总是将麦把子捆得成双成对，不会出现形单影只的现象，而且总是笑话那些用冲担撬着一只麦把子，到别的田地里配对的人，说他们是光棍找光棍。那些人并不是光棍，倒是父亲后来真的成了光棍。

还剩下最后两担麦把子时，方月的母亲在山下叫起来。陈东风大声说自己不去，方月的母亲不依不饶地说，就等他去开席。他只好一咬牙用冲担一头杀上两只麦把子，做成一担挑下山去。引得全突击坡的女人都叫自家男人出来看一看，学一学。

进到方家，一看见厅堂条案上排着两只茅台酒瓶，陈东风就想起陈西风托人捎的那话。段飞机正在桌边上大声吹嘘如何赚钱，旁边的人有感慨不已的，也有一声不吭的。陈东风在方月母亲指定的位置上坐下来，他没有插嘴说什么，心里在想方月。谁家杀猪或卖猪都要请一请别人，这在突击坡是件平常事，大家也不太认真，无非是在一起吃肉喝酒热闹一通，不大在乎礼节。陈东风一再设想，明天带着一堆又脏又破的酒瓶出现时，陈西风会是什么样的表情。他猜十之八九陈西风会气歪了嘴。一想到陈西风气歪了嘴的样子，陈东风不由得暗暗笑起来。这时，桌上有人提起方月说，养了个好女儿，比养三个儿子还强，方家如果没有方月，下辈子也难喝上茅台酒。大家都在点头附和。连段飞机都遗憾，自己虽然赚了些钱，可至今还没喝上茅台酒。他要方月的父亲今年过年再喝茅台酒时，无论如何也要留一杯给他尝尝。说到方月，陈东风忽然想起，自己假装不明白，不带空茅台酒瓶回厂，让方月以为自己是真的笨和蠢，那就太不划算了。他叹口气，冲着方月的父亲举起酒杯，一边敬酒，一边将陈西风的意思说了。结果满桌的人都不明白，一个大厂长，又不是靠捡破烂来维持生计，好端端的要这空酒瓶干吗？

陈东风说，我猜到了一些，但不便说。

他说这话时，用眼角睃了一下方月母亲。

等到大家都有六七分醉意时，方月的母亲悄悄地扯了一下陈东风的衣襟，然后去了厨房。陈东风站起来，却没有随着去厨房，而是进了方月的闺房。方月的闺房里，还是保持着几年前的模样，扎着两只辫子的方月，在一张黑白照片上朝他忧郁地笑着。方月的床上还叠放着那床素色碎花被。枕巾是淡红色的，上面印的花好月圆四个字也是几年前就见过的。他站在床边看了看后，终于忍不住躺倒在床上。他正在嗅着方月那遥遥离去的气息，方月的母亲进来了。他昂了昂头说，我喝多了，想躺一下。方月的母亲说，方月多时没回来睡，床上都有霉味了。陈东风说，这屋子好像一点也没变。方月的母亲说，方月不让我们动，她要我们一张纸片、一只茶杯都照她做姑娘时的样子摆放。

陈东风说，大概是她姑娘还没有当够，心里有些缺憾。

方月的母亲说，人要是真能活两世才好，多少心愿就可以在来世了结。

她叹了一口气，但很快就转过弯来问陈东风，陈西风要空酒瓶干什么。陈东风告诉她，陈西风遇到麻烦了，有人告他贪污受贿，屋里光茅台酒就有不少，他只好偷梁换柱，用空瓶子装些普通酒来蒙混过关。他没有说这是方豹子捅的娄子。方月的母亲忧虑起来，担心女儿会跟着受牵连吃苦头。

她说，陈西风脑筋太灵活，总以为别人苕，胆子又大，迟早要出问题。

这时段飞机闯进来，他听见了后半句话，醉醺醺地说，西风出了问题才好，那个厂有什么搞头，有点油水也不敢沾，说得好听叫国营，实际上国家哪里管得了他们。不如干干脆脆地将这个厂弄垮，然后我们做成一伙，自己干，赚了钱三一三余一，四二四余二，明明白白地分。

陈东风翻身爬起来说，哪有四二四余二的，你连账都不会算，我们跟你干什么？

段飞机大笑起来，这你就不晓得了，三一三余一是我们自己的算法，四二四余二是同税务局的算法。见陈东风不作声，段飞机继续往下说，这段时间我一直在琢磨，等你和方豹子在厂里将技术学到手，我们合伙办个厂，到时候你们管生产，我来搞经营，别的不说，光是干活的劲头就能超过那些国营厂。

陈东风懒得听他的醉话，跳下地来准备走。段飞机一把拉住他，声称自己给陈东风两年时间，让他在阀门厂将各项技术都学到手，两年后他们再在一起共商大计。陈东风口称好好好，脱身之后就跑回家了。

翠和水珠正在屋里忙碌着，一个将身子透明的蚕捉到茧架上，另一个则将已做好的蚕茧摘下来装在箩筐里。陈东风见水珠飞快地将蚕一个个地捉起来，待手里捧满了，就转身将它们均匀地撒在茧架上。他心里痒痒地想上去帮帮她，可他刚将第一只蚕放在掌心，第二只蚕还没捉住，第一只蚕就在掌心上爬起来，他吓得叫了一声，信手将那只蚕甩到簸箕的另一头。

水珠笑着说，这么大个的男人，还怕一只小蚕虫儿。

陈东风不好意思地说，我家从没有养过蚕，一点不习惯。

翠在茧架那边说，水珠你也别说东风，乡下的男人，十个有九个半怕蚕虫儿。你没看见那些没有女人的人家养蚕，从蚕蚁开始就不见换叶扫蚕粪，只是不停地将叶子往上加，然后拼命地打抗菌药，到了蚕将吐丝做茧时，便花言巧语地请邻居家的女人来帮忙捉蚕上架，就为这，他们就要花掉不少钱，给那些女人买花布凉鞋什么的。

水珠说，翠不说我倒不在意，你一说我也想起来了，小时候男男女女都在一起玩蚕，还叫它蚕宝宝，没有一个害怕的。好不容易长大成人，男人的胆，反而像是长到脚趾缝里了，见了蚕虫儿，摸也不敢摸。其实，蚕乖得很，又白又嫩，特别是一大把捧在手里的时候，那滋味就像捧着女人的——水珠突然不说了。

她望了望陈东风和翠，嘻嘻地笑起来。

陈东风明白水珠没说完的话指的是什么。

翠在茧架那边生气地说，水珠，我警告你，别像西河镇上的泼妇，一结婚生孩子就像得了尚方宝剑和特赦令，什么脏话都敢说，什么丑事都敢做！

水珠连忙说，是我犯错误了，该打嘴巴，来呀，你罚我一下吧！水珠凑过去时，手里拿着一只蚕，那模样像是打算将蚕放进翠的脖里。翠只知道生气，丝毫也没有觉察到。就在水珠抬手时，陈东风叫起来，翠，当心！翠慌忙跳到一边，水珠回头用蚕威胁陈东风，陈东风隔着簸箕同水珠周旋。

闹了一会儿，水珠转向翠，她说，你看看，人家心里多么爱护你，你还一天到晚担心他不爱你，心里没有你哩！

翠红着脸同水珠争起来，我什么时候说过这话了？你别瞎编！

水珠说，你经常说，白天说了还嫌不够，晚上做梦也在说。

翠说，我就是没说，从来没说。

水珠说，你别不好意思，自己是真心真意的，又不是什么过错，说明白了人家也好多多考虑一下嘛。

翠这才不作声。

水珠借故说是看看孩子，钻进房里不出来。只剩下翠和陈东风时，两个人一时不知道说些什么。陈东风正要伸手帮忙摘蚕茧，翠开口说，锅里有热水，你先去洗个澡吧，割麦收麦身上最痒。陈东风说，等睡觉的时候再洗。翠说，你在家住几天？陈东风说，明天晚上要上班，中午就得走。翠说，这么匆匆忙忙。她又说，你还是先洗澡吧，早点将衣服换下来洗了，走之前可以晾干。陈东风站在茧架旁没有动。

一盏煤油灯在屋子里静静地燃烧着，水珠在隔壁房间里奶孩子，有一种轻柔的声音从她嘴里不断地发出来，嗡嗡地，如同一小股风吹进空荡荡的山谷，听见时心里知情知意，可就是不清楚那情意是什么。在油灯下，这声音则成了一种音乐。翠的双手在茧架上轻盈地跳跃，纤细修长的手指，不时地划出一条雪白的弧线，将圆溜溜的蚕茧从半空中撒下来。

窗外起了今晚的第一阵风。

油灯火舌闪了几下，屋里也随之降临一阵恍惚。

这情景有点像陈老小去世前的那天晚上，但那时是生命在流逝，此刻却是生命在充实。灯影中飘荡的是许多生命的活力。一根悬浮的蚕丝随风飘落在陈东风的睫毛上，他闭了一下眼，再睁开时，仿佛看见几个腰肢蹁跹的人，踏着洁白的星星，迎风而舞。陈东风明白自己其实是在痴迷会养蚕的翠。他把翠的手指看成一群会舞蹈的姑娘。在这些姑娘的裙袂之下，蚕虫儿也在绿叶之毯上抒情地摆动腰肢。

水珠突然在那边轻轻叫了一声，不知是哪个孩子将她的乳头咬了一口。她温柔地责骂起来。

陈东风扯下睫毛上的蚕丝，跳舞的姑娘随着蚕丝一起飘走了。

在陈东风的伫望下，翠将自己的双眼变成了更多的蚕虫儿。

水珠悄悄地走进来，用一种故作失望的声调说，都什么年代了，你们俩还在表演爱情。城里人都不浪漫了，这穷乡下有什么可以多情、可以抒情的！

翠瞪了水珠一眼说，你怎么开口尽说些让人心烦的话？城里人怎么啦，城里的女人傍大款、当小姐、两尺布可以做一身衣服，你学不学！

陈东风也说，现在城里最大的问题是，大家都想少干事多拿钱。

水珠说，好好，我不说了。只说最后一句，城里不好，那你为什么要到城里去。

陈东风被问住了，他不能说出心里的那个秘密。这时，翠又提醒他该洗澡了。他边走边说，那块麦地，什么粮食也别种，干脆栽桑树养蚕。

翠说，栽了桑树也可以种些红芋。

陈东风说，也行，我明天先将地盘好，等到落下雨来，就辛苦你们将红芋种上。桑树等我下次回来再栽。

翠说，夏天都来了，恐怕栽不活。

陈东风说，不怕，桑树生命力强。

陈东风洗完澡后，见翠已将他蚊帐里的蚊虫赶过了，而且桌子上不知什么时候又出现了一枝黄色的燕子红。他正在惊奇，水珠站在房门口说，这是翠特意养在屋后阴沟里的，专等你回来。陈东风关门钻进蚊帐，想起刚才水珠的话，心里不由得感慨万千，他也察觉同翠在一起时，自己的情感很纯净，的确有种爱情诗一样的抒情味道。

后来他做起梦来，仿佛是翠在轻轻地敲门。

他霍地醒过来，听见翠在自己房中叫他，并说外面有人敲门。陈东风问了几声是谁，回答的声音很低，他一点也听不清。陈东风有些紧张，他先去厨房拿了一把菜刀，这才走到门后，抽开门闩。

在大门吱吱呀呀闪出的缝隙里，站着方豹子。

月影朦胧，方豹子做了一个让陈东风别出声的手势，转身将一辆自行车拎进屋里。堂屋被养蚕的工具塞满了，方豹子不管陈东风同意与否，将自行车拎进陈东风的房里。灯光下，陈东风看见女式自行车上的油漆，还在闪着彩色的光艳。陈东风忍不住问，你这是干什么？方豹子小声说，跟你换一换自行车，暂时的，明天回厂的路上再换过来。陈东风说，你是不是偷了谁的——话没说完，就被方豹子打断了。方豹子说，我不会做这种下三烂的事，你不要太小看我。陈东风说，那你怎么偷厂里的东西？方豹子说，公家的东西不叫偷，叫拿，是厂里文件规定的，全称叫私自拿走。陈东风说，那你这自行车是谁的，为什么要躲躲藏藏？方豹子说，是车间一个姑娘的，就住在西河镇下边的村子里，我用夜晚骑车凉爽又有情调说动她，下班后我就骑上她的车子带她回家，然后一个人赶回来。方豹子不敢将女式自行车骑回家，他妻子自从他到县里去了就有些变态，怀孕时本来是做爱越少越好，可妻子为了检验他在外面是否有别的女人，每次回家，一天一夜不来上两三回，就会哭闹着要他坦白，在外面乱搞了哪个女人。方豹子要同陈东风临时换一下自行车，免得在妻子面前不好交代。陈东风答应了他。

这时翠从自己房里走出来说，来客人了，要不要做点吃的喝的？

陈东风脸色忽然红了，先对方豹子说，翠是他的同学。又对翠说，方豹子是他的邻居，又是厂里的同事。方豹子笑着说，没想到陈东风也学会了金屋藏娇。他刚说完，那边屋里传来一阵婴儿啼哭，跟着又响起水珠哄孩子的声音。方豹子迷惑不解地问陈东风，这是怎么回事。东风叫他不要管闲事，有精力多管管自己。方豹子不高兴了，说自己将陈东风当真朋友，陈东风并没有用朋友之情来回报他。陈东风不愿同他多说这些，就威胁说，若是他妻子发现他进了突击坡不先回家，而是进了别人的门，不知会闹出什么花样来。方豹子怕妻子真的发觉，只好拎起陈东风的自行车往外走。翠将堂屋的电灯打开了，方豹子一边走一边用劲地看了翠两眼。

方豹子刚走到门外，又转身告诉陈东风，厂里出事了，卖出去的产品质量没过关，对方要毁合同，厂里的人都在担心，这件事会不会是压垮阀门厂的最后一根稻草。陈东风下意识地想到如果阀门厂垮台，方月该怎么办呢？

他无声无息地跟在方豹子身后。

方豹子叫开了自己家门。灯光一闪时，传出一阵女人娇嗔的惊喜。那门开了又关，才几分钟，屋里就传出男女交欢时的癫狂声浪。

陈东风在月光中站了一会儿，他的情绪受到感染，心里明显有种渴望。他急忙回到自己家里。翠和水珠正在给蚕添桑叶。见他进来，二人同时说，蚕儿饿了。他突然有点讨厌水珠，仿佛她是一种妨碍。他一声不吭地进了房，重新躺下，闭上眼睛之后，脑海里出现许多方月。不知什么时候，翠和水珠在外屋弄出的窸窣声消失了，电灯也熄了。朦胧之中，陈东风又一次出现梦遗。他悄悄地将短裤换下来，心情平静之后，他有些感谢水珠，如果水珠不在，他说不定已对翠做出愚蠢的事情来。

6

天刚亮，翠和水珠就在房里小声争吵起来。

陈东风被吵闹声惊醒。他听了一会儿，才明白是翠坚决不让水珠去采桑叶，而水珠执意要去。陈东风到厨房里舀了些水将短裤洗了，又将它晾到门外的竹竿上，然后挑起水桶去挑水。陈东风回来时，翠正站在门口手拿一面镜子在梳头。翠盯着镜子问他什么时候走。陈东风说，最迟中午时必须走，因为半夜一点时他要上班。

翠说，你不是说过坚决不进城吗，怎么突然改了主意？

陈东风说，我回答不了，我自己也一直没想通。

翠说，你是不是有个牵挂的人在城里？

陈东风连忙否认，自己在城里几乎没有熟人，哪来的牵挂！翠不作声。在陈东风将第二担水倒进水缸时，翠开始在灶上做饭了。陈东风将水缸挑满水，水珠才起床。水珠走到厨房时衣服还未完全扣好，一只肥大的乳房有半边露在外面。她一点也不在意，只顾数落那两个婴儿，说她们眼睛没睁开就想吃奶，两张小嘴一齐吸起来就像抽水机抽水一样，转眼之间就将自己身上的水抽干了。水珠说话的样子很深情，翠和陈东风在一旁听着，不时轻轻一笑。吃饭时，翠对陈东风说，她想了好久，那块地还是先种上红芋，当然桑树也可以种在其中，秋后就能用红芋养两头猪。她要陈东风将那块地犁出来再回城里去。她自己吃了饭就去采桑叶。水珠在家照看蚕，若有上门收购蚕茧的，价格又可以的话，便将新收的一百多斤蚕茧卖出去。至于昨天收的麦子，等这一季蚕都上了茧架，下一季刚刚出来的蚕蚁，吃不了多少桑叶时，再找个好天气打场。陈东风几次想说今天将麦子打了，做顿新麦馒头吃，但他还是忍住了，吃完饭就去牵牛套犁。

身穿红衬衣的翠，在小路上渐渐化作一个红点。

陈东风看着翠的身影完全隐进原野，才将犁铧插进土里，并甩响了手中的牛鞭。

大约在九点钟的时候，方豹子手拿镰刀爬上山来。他在地边站着朝陈东风诉苦，说他妻子在这么短的时间内竟要他干两次，连骨头都软了，又逼着他来割麦子。因为陈东风昨天一回来就将麦子割了。方豹子生气地说，女人总以为男人睡她们就像撒尿一样不费什么劲，同她解释，她反而说自己比他更累，因为她必须承受他那一百几十斤重汗肉的压迫。陈东风不愿听这个，就催他快割麦子。陈东风说自己吃过中午饭就得走，不能等他等得遥遥无期。方豹子说，那我请一天假得了。陈东风说，那自行车怎么办？方豹子这才不作声了，转身走向自己家的麦地。

陈东风将地犁好后，又用锄头起了垄，盘好畦。若是下午有雨，他还打算将红芋插下去，可天空万里无云，他只好作罢。陈东风扛上犁和锄头，牵着牛往回走时，方豹子那块地里的麦子才割到一半。方豹子要他帮帮忙，陈东风很想拒绝，自己家里的事情太多，田里秧到现在也顾不上看一眼。他哪里顾得上别人。待回家将牛和犁等安顿好，他又改变主意，拿上镰刀回到地里，帮方豹子割完麦子，又将麦子捆好挑回家，码在稻场边。方豹子感谢地说，日后他有什么难处时，只管开口，除了杀人和抢劫，什么都可以替陈东风干。

陈东风没有搭话，看见翠挑着一对竹篓子远远地出现了。

中午的饭桌上竟有十几个又大又白的馒头。陈东风很高兴，不等菜做好就连吃了三个。翠也吃了一个。水珠见他们高兴便不无得意地说，这是她用手搓了五斤麦粒拿到加工厂里换的新麦粉。听说馒头不是用自己家的麦子做的，陈东风有些扫兴，脱口说道，过去我家总是用自己种的麦子做新馒头吃，不用别人的一粒麦子。话一出口他便觉得不妥，幸亏翠与水珠好像不太在意。

吃完饭，陈东风去方月娘家将几只空酒瓶拿来，顺便叫方豹子快走。方豹子从门口探出身子说马上来。陈东风将东西收拾好，放在自行车货架上。再到方豹子家时，见那大门竟掩上了。他正要上去敲门，忽然明白是怎么回事。

陈东风在树荫下站着，偶然摸到裤袋中的那串钥匙，这才记起陈万勤托付的事。他赶忙锁上自行车，拿着钥匙跑过去开陈万勤家的大门。

没人住的房子，家具上长着一层浅绿色的绒毛。陈东风用钥匙将各间房门上的锁都打开了。剩下那把看着眼熟、与母亲带进坟墓的钥匙一模一样的那一把无所用处。陈东风正在屋里纳闷，屋后忽然有动静，像是有人在抽泣。他走到后窗一看，方月的母亲正从一间孤立的小屋里走出来，一边走一边用手揩着眼泪。陈东风看见方月的母亲用一把老式铜锁将那扇门锁住时，不由得眼睛一亮。

这间小屋是从前专门为住在突击坡的工作组盖的。后来搞责任制，队里将它变卖给陈万勤。陈东风用那把钥匙很顺利地将铜锁打开，推开门，眼前是一副整洁的平常人家卧房的样子，只是所有东西都是新的，蚊帐和床单白得像雪一样，上面的折皱笔直笔直。陈东风记起来，小时候与伙伴们玩抓坏蛋，曾趴在门缝中见到过这样的景象。有一次，还碰见父亲站在这门前发愣，他在父亲眼来回跑了两趟，都没有被父亲发现。事后，他问父亲。父亲怔了半天才说，自己在看工作组来了没有。小屋子盖好后，工作组的人就改变工作作风，不再吃住在农民家，夜里住在镇上，白天再骑上自行车来突击坡。转一转、开开会，吃过中午饭就离开。

小屋没人住，却一尘不染。陈东风再次将方月的母亲同父系联系在一起，加上陈万勤，三者之间一定有着神秘的故事。陈东风锁上小屋，将那把钥匙从钥匙串上解下来。他决意只要陈万勤没有发现，就不归还这把钥匙。

他有种预感，这间小屋或许还有某种重要作用。

陈东风再次来到方豹子家门口。方豹子正在开门。陈东风二话没说，骑上自行车就走。女式自行车跑不快，不一会儿就被方豹子追上了。二人并驾齐驱时，方豹子又骂自己的妻子，昨晚已经干了两盘，临走时她还不罢休，非要他再放出那点水来，弄得筋骨都散了架。吸空了的身子没有半个月恢复不过来，所以在这半个月里，妻子可以安心在家睡大觉。

半路上，方豹子拐上一条小路去叫本车间的那个姑娘。陈东风趁空在镇边的肉摊上买了些上好的瘦肉，他说买两斤，肉贩子硬要塞给他两斤半。陈东风同他扯了半天皮，坚决只要两斤。他不肯让步，转身要到别的肉摊上去，肉贩子上前将他揪住不放。两人闹得正欢，方豹子带着那姑娘过来了。方豹子将眼睛一瞪，尚未开口肉贩子就软了，拿上刀要割一块两斤重的上好瘦肉给陈东风。不知为什么，陈东风忽然改变主意说，两斤半我要了。他付了钱便要走。方豹子叫住他，要他带上一旁的姑娘。

方豹子小声对他说，自己一点劲也没有了，两条腿像是棉花做的。

陈东风只好带上那姑娘。出镇子没多久，陈东风就问清了这姑娘名叫银杏，也是农民工。她进厂已有一年零八个月了。

方豹子的确气力不支，一人骑一辆自行车还常常撵不上陈东风和银杏。陈东风不得不放慢速度，一边同银杏说着话，一边等方豹子。银杏进厂二十个月，最多的月份也只挣了一百六十元，最少时仅有七十多元。陈东风觉得银杏单凭自己的收入，绝对买不起这种女式自行车。陈东风一问，银杏便爽快地说，这车是一个城里的朋友送给她骑的。在一处上坡路，二人下车推行时，陈东风忍不住偷偷看着银杏的腹部。他有种预感，城里人不会平白无故地将几百元一辆的自行车送给银杏。

方豹子追上来，喘了几口气后，要陈东风将猪肉拿到他们宿舍里去煮，让他也补补身子。陈东风不客气地说，猪肉是送给高天白的。方豹子马上表示，陈东风巴结错了人，像高天白这种角色，就是送一个县长之职让他当着，也沾不到半点光。

正说着话，一辆破旧吉普车从他们身边驶过，车上的人叫了一声。陈东风和方豹子正在猜那车上的人是谁，吉普车在坡顶上停下来。门一开，走出来的却是段飞机。段飞机也认识银杏。他用一种近乎领导的口气说，希望他们尽快学好制造阀门的技术，到时候就可以另起炉灶，跟着自己新开一个生产阀门的工厂。段飞机是去省城谈一笔生意，若谈成了就能赚个十万元左右。吉普车哼了一阵才发动，陈东风他们顺着下坡路溜出很远，吉普车才追上来。

吉普车越走越远，方豹子冲着高高的尘土，说了许多足以侮辱段飞机的话。

差不多是下班时间，他们赶到了县城。

三人分手后，陈东风独自到了高天白的家。

高天白正在门口端坐着想心事，陈东风停放自行车的声音惊动了他。在他抬头的时候，陈东风叫了一声师父，然后将一包猪肉递过去，说这是做徒弟的一点心意。高天白从口袋里掏了半天才掏出十元钱，他说自己只是叫陈东风代买，并没有让他送礼的意思。高天白拿着十元钱的手有些颤抖。陈东风执意不肯收，正在推来搡去，高天白的妻子领着女儿回来了。女儿一见有肉便高兴地说，好久没吃肉了，今天要好好闻闻肉香。女儿在高天白的脸上亲了一口，并说考试之前再吃一回肉就行了，只要再吃一回肉，她就敢保证考试成绩进入全年级的前十名。高天白的妻子将高天白手上的十元钱夺过来，塞回他的口袋里，她说，徒弟给师父送点东西也是正常的礼节，何必要那么认真。接着又小声说，这个月你就这么多零花钱，别大手大脚地乱用了。说完这话，她才回头招呼陈东风，要留下来吃了晚饭再走。

陈东风没有推辞，坐下后，高天白的女儿给他端来一杯白开水。

高天白的妻子在一旁说，现在连茶叶也喝不起。

高天白有些不好意思，不让这么说话，一方面家境还没到如此地步，另一方面，会让陈东风以为是在暗示家里缺什么。

陈东风连忙岔开话题，问厂里是不是出了什么事？

高天白又是长叹，又是摇头，好半天才说，这事故早就该出了，为什么没有出哩，因为用户单位那边，也像阀门厂，有责任心的人太少了，工作上的事情只是在糊弄。我早就向陈厂长反映，生产流程的每个环节都有问题，再不狠狠整顿，总有一天要出问题的。我的话没人愿意听。过去闹“文化大革命”，说是为了防止共产党变质变修。如今连第一线的工人都变“修”了，可是没有任何人敢出来批判一下。阀门厂的正式工只想拿钱不想上班，就靠剥削你们这些农民工过日子。你们出力出汗，他们拿钱拿奖金。我一直在担心，要是哪一天，厂里的农民工都走了，或者干脆另外开办一家阀门厂，我们厂就非垮不可。

陈东风想了想说，那种情况不大可能出现，再说正式工人技术上有优势，真的那样也不可怕。

高天白说，技术再好，劳动态度不好，只会是中看不中用。

这时，屋里飘起一股肉香。高天白缩了一下鼻子，起身到厨房里转了一圈，出来时他又叹了一口气说，资本主义的确是个好东西，谁不想吃好喝好玩好哩。我和你爸这代人已经过时了，也许你们真的可以不吃苦不受累就有好日子过。说着他又迷惘起来，恍恍惚惚地说，那些钢铁就像家里的女人，男人如不好好待她，不仅成不了家庭主妇，还有可能祸家殃夫。

陈东风正不知如何回答，外面红光一闪，一辆红色桑塔纳轿车停在门口，司机小张跳下车，冲着陈东风大声说，陈厂长叫你快些回去，他有急事找你。陈东风记起空酒瓶的事，尽管心里不高兴，还是起身告辞。他让小张开车先走，自己骑车随后就到。

半路上，他碰见了陈万勤。

陈万勤的石头担子很沉，扁担弯得像一张弓。陈东风停下自行车，准备替陈万勤挑一程。可是陈万勤不会推那自行车，宁肯继续挑着石头担子。

陈西风用一种极不好看的脸色迎接陈东风。

为了这几只空酒瓶，陈西风找了不少理由才没有出发去省城。在内心里，这两天陈西风对陈东风的盼望程度，远远超过方月。陈东风本来打算将自行车停在院子里，但陈西风要他将自行车径直推进屋里。一进屋陈西风就冲着他低声吼道，你是个大笨蛋！怎么可以将酒瓶明明白白地放在货架上呢！陈西风关上门，取下酒瓶，既不洗也不擦，拎起一只塑料壶就往空瓶里灌装本地生产的白酒。

这时电话响了，陈西风自己不接，也不让陈东风接。

客厅的食品柜里已放着两只同样灌了白酒的五粮液酒瓶。陈西风将茅台酒瓶灌满白酒后，将它们与五粮液酒瓶放在一起。陈西风打量了一阵，又将那些瓶盖故意拧到半截，让人一看就知道不是原装的。做完这些，陈西风的脸色才恢复正常。

不等他说什么，电话铃又响了。

陈西风上前一接听，却是肖爱桥。

肖爱桥说省化工厂的情况似乎又有变化，他要陈西风今晚无论如何也要将货押送到省化工厂。陈西风有些不喜欢肖爱桥说话的那股子冲劲，但还是应允下来。搁下话筒后，陈西风异常郑重地吩咐陈东风，自己走后徐快若带人来家，无论用什么借口，一定要留他们在家里吃饭喝酒。

说着话，陈西风忽然狞笑起来。

他将装着假五粮液酒和假茅台酒的酒瓶，一一拧开，再将马桶里的水，滴几滴进去，一边滴一边大笑，并忘形地说，徐快，你他妈的总想捣我的鬼，这一回可要让你吃个小亏。

陈西风将酒瓶放回柜子时，陈万勤回来了。陈西风向父亲简单交代几句，临出门时，再次指着柜子里的酒说，除了徐快，谁也不能喝！

屋里只剩下两个人，陈东风将钥匙交还给陈万勤。陈万勤没有注意到钥匙少了一把，将钥匙串放进一只抽屉。陈万勤很关心突击坡的麦收情况，以及早稻秧苗长势。陈东风一一做了回答。吃过晚饭，陈万勤去院子乘凉，陈东风在屋里看电视，眼睛盯着屏幕，耳朵却在留意电话铃声。七点五十分左右，本县新闻又开始了。那个嘴巴有点大的女播音员正在说夏收形势喜人时，电话铃突然响了。

陈东风以为是方月，一听声音却不是。

对方也是个女的，但声音娇得发嗲。陈东风问是谁，她不肯回答，非要他猜。陈东风以为是墨水或者是黄毛。对方否认了，还埋怨陈东风心里只有别人。陈东风不喜欢如此云里雾中，威胁说要将电话挂了，对方才说自己是王元子。王元子知道陈东风今天上三班，要约他出去跳舞。陈东风不会跳舞，一口拒绝了。王元子又说舞票由她负责，饮料钱也不要他出，只要他将自己的手脚带过去就行，不用花一分钱。陈东风冷冰冰地告诉她，自己最讨厌张口闭口都是钱的女人。说着就将电话挂了，他怕王元子再打电话，索性将话筒撂在一边。

电话旁边有个记事本，陈东风随手翻了一下，见一页纸上写着一组数字、旁边写着方月的名字。陈东风意识到有可能是方月住的宾馆房间的电话号码。陈东风怕自己一时冲动，照着号码将电话打过去，便到院子里转了转，让凉风吹一吹，又和陈万勤闲聊了几句。

陈万勤居然在山上碰见一条大蛇，有碗口那么粗，但没看清楚有多长，只看到蛇一窜动，山坡上的草就往两边倒。那大蛇与他擦肩而过时，似乎抬头说了句什么。他听不懂，只是隐约看见那蛇的口中，有一颗夜明珠样的东西。

一说到蛇，陈东风的心立刻平静下来。

他追问大蛇是什么样子，最后去了哪儿。

陈万勤答不上，一会儿说是青的，一会儿说是黑的，一会儿说是有花纹，一会儿又说没有花纹。陈东风有点不相信，难得一见的大蛇，怎么会记不住模样？陈万勤发誓说，只是当时太惊慌，记不准确。陈东风想想也有道理，这么一把年纪的老人，为什么要谎称自己见到大蛇了呢！他问陈万勤还去不去山上捡石头。陈万勤说当然得继续上山去捡，至少大蛇对他没有恶意，不然今天就不会放过他了。

陈东风心里一动，他想哪怕电话号码那边是条大蛇，像陈万勤那样无意中看上一眼，又能如何呢？他决定按那个号码拨一个电话试试看。进屋后只拨了一次，电话就通了，对方轻轻喂了一声，他就听出是方月。陈东风一激动，心里又紧张起来，一个字也不敢说。方月在那边一连问了十几声谁呀，找谁呀，是不是打错了，等等，见一点动静没有，终于将电话放下了。电话挂断的那一声咔嚓，像针一样扎在陈东风心里。

这时，陈万勤在院子里叫着陈东风的名字，说是有人找。

陈东风出门一看，又是王元子。王元子自己站进屋里，问清哪是陈东风的卧房后，又一个人钻进去。陈东风无奈，只好进屋去陪她。王元子坐到陈东风的床上，伸手在枕头底下翻出那本《萌芽》。刚翻了几页，陈东风就伸手去夺。王元子将书藏到自己的衬衣里，并且一直塞到胸部位置上，然后松开手，挺着胸脯让陈东风自己拿。陈东风急得满脸通红，手却不敢去撩王元子的衬衣，只好在一旁说软话恳求她。王元子问他为什么这么看重这本书，是不是有段爱情故事。陈东风只好随口编故事，这书是曾经教过他的一个民办老师的，老师生活得很苦，却十分爱好文学，把文学当作自己的精神支柱，老师听说他要进厂当工人，就将这本描写十九世纪法国工人生活的小说送给他。在他进城的头一天，老师上山砍柴时，遇到一条大蛇，受到惊吓，跌下山崖摔死了。王元子被感动了，她从衣服里取出《萌芽》，用嘴唇亲吻了一下。她双手捧着书递给陈东风，眼睛里噙着泪花，嘴唇有些哆嗦地说，若是别人说这一带有吓得死人的大蛇，她肯定不相信。

陈东风就要她到院子里去问陈万勤。

王元子真的到院子里同陈万勤说话。陈万勤将关于大蛇的那些话，又说了一遍。

王元子有些害怕，不由自主地往陈东风身上靠，然后要陈东风送自己回家。陈东风觉得自己对待王元子太过分了，就答应陪王元子到外面走一走。

王元子很高兴，出院门后就要挽住陈东风的手。陈东风没有同意，他说，我们什么也别说，什么也别做，就是走一走，让心获得一种寂静，比什么都有意思。陈东风结结巴巴编出一句有些情调的话，王元子又被感动了，再三说，这是她所听过的最美的一句话。二人并肩走在街边的树荫里，王元子浑圆的肩头偶尔碰在陈东风的手臂上，不清楚是有意还是无意。王元子的样子像是一只纯洁无邪的小白兔，款款而行时，实在是一种可人的姣好模样。她果然什么也不说。倒是陈东风有些熬不住，好几次张口欲打破这沉寂。王元子在路上碰见几次熟人，别人同她打招呼，她也只是点点头，然后又将自己沉浸在夜色之中。

两个人走了许久，街上的人已明显地稀少了，陈东风终于开口说，不早了，你该回家了！王元子微微一震，她抬头看了一眼，陈东风觉得那眼睛里有一汪碧潭。他俩拐上去王元子家的路以后，依然没有说话。

在一处小楼前，王元子停下来轻轻地说，我到家了。

说着她伸出了手，陈东风下意识地将自己的手也伸过去。王元子不是要握手，而是将自己的小手放进陈东风的掌心里轻轻地搁着，那滋味让陈东风既不敢握也不能松开。一阵轻风吹过，陈东风听见风中有人在喃喃地说，我谈了几个朋友，为了爱情也曾经失过身，可是今晚才是最美好的。王元子转身走进小楼后，陈东风一个人在原地站了好久，喃喃之声刚刚消失，小楼之上又响起一个女孩子忧伤的歌声。他发现王元子原来也很可爱。

陈东风一路上老想着刚才王元子唱的那首歌。

回到陈西风的家，陈万勤还在乘凉。见他进来，劈头就是一句，你不要同那女孩来往，她眼神不对，像是中了邪，一副花疯的样子。

陈东风说，我心中有数。

陈万勤说，这种女人的眼睛专勾男人的魂，男人一上钩，就摆不脱了。

陈东风不理他，一个人进屋去，在电话机前走了两个来回后，又一次拨了方月那边的电话号码。待方月的声音一起来，他也开口唱起了王元子刚刚唱过的《晚秋》：含愁凝望你要分手的时候，那心间多少泪水未让流。何时能解开心中多少苦与忧，何时能解释心中空处的借口……

方月在电话里问了后，也不作声了，直到陈东风唱完，方月也没有再开口，只是那挂断电话的咔嚓声，明显比前一次多了许多柔情。

半夜里，车间有人来喊陈东风起床上班。

陈东风正要出门，陈万勤也起来了，说自己睡不着，一定要找高天白问问凶吉，看看那条大蛇究竟预示着什么。他俩来到车间时，高天白已在车床边摆弄着刀具、工具和量具。见到陈万勤，高天白吃了一惊，忙问他这晚来车间是不是有要紧事。陈万勤将白天碰见大蛇的经过说了一遍。

高天白沉思一阵才说，当时大蛇是向上爬，还是向下爬？

陈万勤说，既不是向上，也不是向下，而是沿着半山腰平着跑。

高天白斩钉截铁地说，平平坦坦是不会有大变卦的。

陈万勤说，那向上爬就是升腾有喜，向下爬就是横祸降临了，对不对？

高天白说，不对，蛇向上爬很艰难，是为有难；向下爬顺捷，是为顺心顺意的好事来了。

陈万勤很满意，再三邀请高天白上自己家里去喝酒。陈东风想起那有马桶水的假茅台和假五粮液，暗暗地担心起来。幸亏高天白没有答应。

陈万勤走时，陈东风将他送到车间门口。陈万勤叹息说，高师傅当了一辈子车工，也成了人精，凡事能未卜先知。自己这辈子也算是有福了，能认识陈老小、马剃头匠以及高天白三个人精，所以未来大事总能先知一二。陈东风没有将这些话放在心里。

他一回到车床边，就听见高天白说，这个班完全由你来操作，完不成生产定额也不要紧。

上三班的人稀稀落落，来来去去，多数人只在车床边干两个小时就走了，少数人干脆签个到，连手都没有脏，在车床边同别人说说话后，就不声不响地走了。黄毛和墨水直到天快亮时才来，她俩启动车床干了一阵就歇下来。先是墨水过来看陈东风笨手笨脚地操纵车床。随后黄毛也过来了。黄毛一来就夸奖陈东风聪明能干，个把月就学到了别人半年才能学会的技术。黄毛一开口，陈东风就分了神，计错了中拖板上的刻度，将一只铜螺母车成了次品。他用卡尺一量后发现小了两个丝，眼睛不由自主地投向了高天白。高天白还没开口，墨水先咋呼起来，她责怪黄毛不该分散陈东风的注意力。黄毛则反驳说墨水挨得那么近才是分散陈东风注意力的真正原因。墨水立即回到自己的车床边，从工具柜里找出一只螺母，换掉陈东风刚刚卸下来的那一只，嘴里说，这是我车的，还没交上去，百分之百的正品。墨水拿上那只次品螺母正要走，高天白拦住她，要回次品螺母，并将墨水拿来的那只螺母还给她。高天白说，陈东风上的是我的班，正次品都记我的账，你们不用为他担心，等到他独立操作了，你们再爱怎么办就怎么办。不过，我也不会教自己的徒弟如何投机取巧，弄虚作假。

黄毛和墨水相视一笑，大大咧咧地说，我们最不放心，好好的帅哥，被你这个糟老头教成第二个老古板。

高天白不但没生气，反而同她们一起笑了好一阵。

天大亮后，上班的军号声又响了。陈东风一夜没有休息，总算完成了定额。在他打扫车床时，徐富拿着两只馒头，边啃边往这边走。徐富先捡了一只螺母看了看，然后又数了数螺母有多少。高天白在旁边说，这全是陈东风车的，他可以单独顶班了。徐富张大嘴将叠着的两只馒头咬下半边，嘴里不知嘀咕了几句什么。陈东风连猜带估计，也不敢肯定徐富是说，按照这个劲头，陈东风肯定要夺城里正式职工的饭碗。

擦干净车床，洗干净手，陈东风跟在高天白身后往厂区外面走。高音喇叭里忽然响起田如意的声音。田如意兴奋地说，刚接到陈西风厂长的电话，省化工厂对我厂在这么短的时间里，生产出这么高质量的产品表示很满意，特别对我厂负责人勇于承担责任的精神表示敬佩，因此所有合同都将继续履行下去。陈西风厂长要本广播站工作人员，转达他对共渡难关的全厂干部职工的深深谢意。

喇叭里忽然传出一个男人的声音。

那男人说，关掉，关掉，谁让你擅自广播的！

接下来喇叭里就无声无息了。

片刻后，办公室里传出田如意与徐快的争吵声。

7

陈东风正在补夜里欠下的瞌睡，外面有人用力敲着门。

开门后，见是徐快和两个陌生人。徐快介绍说这是县里的领导，特来看望陈厂长的父亲。陈东风明白来意，一边说陈万勤不在家，一边将他们让进屋里。他给每人泡上一杯茶后，便按陈西风说的留他们在家吃中午饭，并有意说家里还有好几瓶茅台和五粮液。说着，就将柜子打开给他们看。两个陌生人开始很严肃，待逐个看了看那些假酒后，脸上便出现了狐疑。陌生人问平常家里有贵客是不是喝的这种酒。陈东风说是的，他来这儿后一直没有正式喝上，只是偷偷尝了几次。还说突击坡那儿，家家都爱用好酒瓶装些劣质酒装门面，陈西风家不一样，他尝过的几瓶酒全是真的，味道好极了。陌生人拧开瓶盖用鼻子闻了闻后，不由得皱起眉头，并小声说这是假酒。陈东风立即争辩，说陌生人不识货。陌生人冷笑一声说，茅台和五粮液，我只要一闻就分得出真假。他将酒瓶递给徐快，要徐快也鉴别一下。徐快用嘴对着瓶口先喝了一小口，随口又皱着眉头喝了一大口。酒咽下去后，徐快有些憋不住，跑进厨房找到几块腌萝卜压压酒气。陌生人问，陈西风是不是有收集空酒瓶的爱好。陈东风说，并不是陈西风有爱好，而是突击坡人老找他要好酒瓶，陈西风才将在外面吃饭时，别人不要的好酒瓶往家里拿。

陌生人和徐快离开时，有些鄙薄地说陈西风到底是从突击坡来的，骨头里还是乡下的精髓。陈东风忍不住冷笑一声说，乡下人是贱，连酒也只知道用尿来做。陈东风这话的每一个字都像是往墙上刷石灰的刷子，转眼之间就将徐快脸上弄成一片死白。

他们走后，陈东风再也睡不着，他从枕头底下拿出那本《萌芽》，将方月的头发放在鼻子底下嗅着，并打开书从头看起来。一口气看了将近一百页，他觉得自己就是那个流浪到蒙苏矿区寻找工作的艾蒂安，而书中那十六岁的姑娘卡特琳就是方月。午饭后，陈东风接着往下看，读到卡特琳无奈地嫁给恶棍沙瓦尔，这种念头更强烈了。此外，他还觉得，那个得了肺病的赶车老人长命佬，就像师父高天白。尽管陈东风再三提醒自己，书中写的是处于原始积累的西方资本主义社会，而阀门厂处在现实的社会主义社会，这些感觉还是无法消退。在一个极短的时间里，他想到为什么资本主义的工人很苦却拼命干活，现在社会主义的工人日子还没好起来，就开始贪念享福，随后他又认为这是胡思乱想。

两点半钟时，王元子忽然打来电话，约他到游泳池去游泳。陈东风问她不是正在上班吗，怎么有空去游泳？王元子说自己借口上邮局寄公函，偷偷溜到游泳池来了。陈东风当即回绝了，他没有找别的理由，干干脆脆地说不想游泳，而且还劝告王元子也别游，免得被人发现，在厂里造成不好影响。

王元子在电话里求了他半天，也没有效果。

放下电话后，陈东风心里有几分遗憾，自己长这么大，只在河里和水塘、水库里游泳过，他听说过游泳池，从没有亲眼看见。天气闷热，电扇转得呼呼响，陈东风的心思再也集中不了。他搁下书，走到门后伸手拉开门，见黄毛正巧站到了门口。

因为突然，陈东风和黄毛的脸上都有些绯红。

陈东风将黄毛让进屋里并说如果她晚到两分钟就会碰不见他。黄毛不问他去哪儿，只说这是天意和缘分。说了几句闲话，黄毛就直截了当地请他陪自己去游泳池游泳。陈东风忍不住说，怎么这么巧，一连几个人都来请他去游泳。黄毛追问时，他说出了王元子。黄毛不高兴，当即说了王元子许多坏话。王元子十五岁时就同当时的县委书记的儿子上了床，两人玩了几年，那个衙内又将她一脚蹬了，还当着她的面同新交上的女朋友接吻，将她气出精神病来。陈东风不相信。黄毛就发誓说自己没有半点编造，并说陈东风当时如果不是在乡下而是在城里肯定也能听到传言。这件事当时闹得满城风雨。王家的人还要上告，但被当时只是县经委副主任的王副县长压下来。这事过后的第二年，王副县长就被提拔为县长助理，第三年又当上了副县长。陈东风反感她说自己在乡下，装着上厕所，将黄毛一个人晾在客厅里，直到气全消了才出来。

黄毛催他快走，并说游泳池今天开张，下班后人会很多的。陈东风稍一犹豫后，还是拿上一条三角短裤跟着黄毛出了门。

游泳池里人果然不少，黄毛抢先将门票买了，并说是她请陈东风来的所以她得当东道主，如果下次陈东风请她，那她就不客气了。游泳池里女孩子不少，陈东风有些不好意思，脱了衣服后赶紧一下子钻入水中，并三下两下地游到深水区，因为那里女孩子很少。黄毛换了衣服，穿着三点泳装出来时，有几个男人在水中吹起了口哨，并且起哄叫黄毛去他们那儿。游泳池里女孩虽多，但像黄毛穿得这么露的却没有第二个。黄毛不理他们，站在池边大声叫着陈东风的名字。叫了好几遍，陈东风才在深水区应了一声。见黄毛有陪伴的，那几个男人就不再作声了。黄毛顺着池边走过来，娇嗔地说，这么深的水我怎么下来呀！陈东风明白黄毛其实并不会游泳后，心里不高兴了，他认为黄毛这是在卖弄风骚。陈东风想起自己进城那天在路上听到的话，黄毛的两条腿真是太美了。游泳池里的水清悠悠地望得见池底的每一块白色瓷砖，进城以来，这是唯一一个让陈东风只看一眼就喜欢的地方。陈东风从深水区游到浅水区，将黄毛半扯半抱地弄到水中。水池中的女孩几乎都不会游泳，她们抱着一只救生圈，浮在水上胡乱漂着，并不时冲着那些游近来挑逗她们的男人尖叫。黄毛不让陈东风离开自己太远，浅水区的水只淹到胸口，黄毛站着时高耸的胸部，像是凫在水面上的一对彩色水鸟。她一刻不停地盯着陈东风，似乎只要他一离开自己就会淹死。女孩中有几个认识黄毛，她们相互打着招呼时，那眼神同时在说着悄悄话。在女孩们目光的碰撞中，黄毛脸上浮现出一层得意的晕光。

陈东风在浅水区的人堆里沉沉浮浮，颇有一种龙困小河的感觉。他不时站在水中，打量四周。城里的女孩很大胆，随随便便地就叫一个陌生的男人用手托着自己的腰肢教几招游泳的窍门。陈东风也被邀请过一次，托着陌生女孩的小腹，快速的心跳让他说不出话来。他望着黄毛，以为她会唤自己过去，可是黄毛只对他笑一笑。女孩不停地问，自己的腿蹬得对不对，手划得对不对，手与腿的配合对不对。陈东风憋不住了，他说了声有人叫我，扔下女孩便往黄毛身边游。黄毛的两条腿在水中隐现着，仿佛是两条正在嬉水的鳡鱼，鲜白而修长。陈东风看得有些沉不住气，便吸了一口气潜到水里。他在水底躲了两分钟，刚一探出头，就听见黄毛在喊王元子。他抹去脸上的水后，真的看见王元子穿着游泳衣站在池边。

王元子似乎还没有看见他们。

黄毛又叫，王元子，到我们这儿来。

王元子肯定看见了他们，好好的脸色一下子就变了。

见王元子舒开两臂用一个很标准的姿势跃入池中，陈东风下意识地一蹬池底往深水区游去。

划了一程，陈东风回头一看，王元子竟追了上来。王元子两只像粉藕一样的手臂在水池中划得像两只水车轮子。陈东风在电视里见过游泳比赛，那些运动员用的是同王元子差不多的动作。陈东风不会这样的自由泳，只会侧泳，歪着半边身子，在水中一下一下往前拱，速度不算慢，却是乡下水塘中的野路数。见王元子在追，他顾不了许多，丢下不太熟练的蛙泳姿势，改用侧泳同她较量起来。一男一女在池中的追逐，引起其他人的兴趣，除了黄毛，大家都在起哄喊加油。王元子的速度终究比陈东风快一些，一圈之后，就追上了他。王元子伸手在陈东风腰上一按，陈东风身子往下一沉，再也无法往前游了。

二人在池中面对面地踩着水，王元子忽然抬起巴掌在陈东风脸上打了一下，同时骂了一声，乡巴佬，看你还敢不敢骗我！

这一巴掌打得满池的人都静下来。

王元子用了一个漂亮的仰泳姿势，在陈东风面前转了一个圈，并且有意将胸脯挺得高高的，让浪花只能在乳根上打转。仰泳表演完了，王元子又来了几下蛙泳，然后是蝶泳。游泳池里就她一个人在动，别人都在看。王元子游得正起劲时，突然一个转身爬上岸，钻进更衣室，将一件T恤衫往身上一套，便扬长而去。

游泳池又喧闹起来。陈东风一个人待在深水区，黄毛叫了好几声他都不应，黄毛爬上岸，绕着游泳池安慰他，他也不理。黄毛急了，她不顾一切地抱着救生圈，摇摇晃晃地向深水区中央漂来。陈东风怕她出事，连忙迎上去，抓着那救生圈往岸边拖。到了池壁附近，陈东风正要往岸上爬，黄毛在水底将他的裤腰扯住。他不敢用力挣扎。黄毛说，你得听我解释，你不能同王元子计较，她是个疯子。除了游泳，什么都不会干。她病了以后，吃了许多药都不见好，后来还是一个到县里搞“星火计划”的人出主意，水可以治好人的许多病，婴儿一到水里就变得特别安静和灵巧，说明人与水有着说不清的神秘联系。王元子家里人信了这话，一天到晚让人教她游泳，夏天就在县里，春秋和冬天就到外地去找温泉游，游了三四年，王元子竟真的恢复了人模人样，不再是一见到美男子就上去问别人爱不爱她。好多人都说，这游泳池是县委书记亲自批的条子，特意为王元子建的。王元子来这里游泳从不买票，这一点是真的。黄毛不管陈东风爱不爱听，一口气说了一大通。她还说王元子这种病，受到刺激后，随时都会复发。

陈东风平静下来，他告诉黄毛时间不早，该回去了。

回去的路上，陈东风见路边有一块显然是从运送石料车辆上掉下来的石头，他不顾黄毛的反对和埋怨，捡起来扛在肩上。黄毛陪着他走了不到二十米，就拦住一个熟人，坐上自行车后架先走了。陈东风将石头扛到小河边，见那石岸已有基本形状了。他向四周打量了好久，实在看不出陈万勤修这石岸有何意义。石岸通常是抵挡洪水冲刷与沙石流失，然而在这座石岸上下，废土废渣被太阳晒得直冒火星，赤脚走上去，就像肥肉放进热锅，烙得滋滋响。

陈东风回到屋里一个人坐了一会儿，便提上菜篮去菜场买菜，刚进菜场就听见有人喊，扭头一看是墨水。墨水指着在一间小屋子里卖卤菜的胖女人说这是我姨妈。奇怪的是她没有向她姨妈介绍陈东风。虽然没介绍，墨水的姨妈还是露出会意的微笑。墨水捡了半只猪肚放进陈东风的菜篮里，也不要钱就推着他到别处转。她帮陈东风选了几样别的菜，回头路过她姨妈的卖菜小屋时，二人耳语一阵，她姨妈又添了半斤熟花生米放在陈东风的菜篮里。出了菜场，陈东风几次想将菜篮拿过来，墨水都没有给，她还说今天是照乡下的规矩来的，男人不能提菜篮，提菜篮是女人的事。到屋门前，墨水还不给他菜篮，她跟着陈东风进屋。陈东风正要说谢谢，墨水径直走进厨房，要露一手烹饪手艺给陈东风看看。她吩咐陈东风将菜洗了，并指挥他将荤素菜切成不同形状。待一切都准备好了，墨水这才亲自动起手。陈东风几次想说自己在这个屋里没有权利留客，话到嘴边又咽了回去。

饭菜做好以后，陈万勤还没有回来。墨水不愿等，她说两个人慢慢吃慢慢等更有情调。陈东风执意不肯，甚至连将菜端到桌子上也不让，他说乡下的规矩就是这样，否则就是对长辈的不尊敬。墨水嘟哝了几句什么，陈东风没有听清楚，但他很不高兴，差一点说出我又没请你来，是你自己赖在家里不走这种不好听的话来。

陈万勤回来时，电视机里已经在播本县新闻了。

他一进门就嚷道，又碰见那条大蛇了。

陈万勤说，这一次那条大蛇将身子横在路当中，拦着不让他过去。他等了好久见那大蛇还不让路，便想悄悄地从大蛇身上跨过去，谁知试了几次也没用，他一走到大蛇跟前，大蛇就将身子拱起来，高高地拦着他的去路，像是横放在公路上的那些红白相间的拦车杠。直到天上突然响了一声炸雷，大蛇才让开路，不知藏到哪儿去了。

陈万勤觉得这条蛇的来历有些蹊跷。

陈东风劝他以后别去那山上。陈万勤不听，大蛇有两次伤害他的机会，都没有行动，只能说明它对自己没有恶意。

墨水在一旁建议，陈万勤再去那山上，不妨带些雄黄。

陈万勤看了她一眼，回头问陈东风这女人是谁。陈东风只好作了一番介绍。

墨水将饭菜端上来，陈万勤尝了一口后眉头就皱了起来，他接着又尝了其他几个菜，每尝一下，那道眉就锁紧几分。最后，陈万勤终于放下筷子不高兴地说，陈东风做的这些菜连猪食都不如。陈东风见墨水黝黑的脸上都能见到红晕，连忙说，陈万勤想吃什么，他重新去做。

陈万勤正要开口，一个挺熟悉的声音在外面叫陈东风。

陈东风觉得是段飞机，开了门一看，果然没错。段飞机进屋后二话不说，从那只带密码锁的行李箱里，掏出一只塑料包放在桌上，让陈东风和陈万勤猜是什么。陈万勤不喜欢段飞机装神弄鬼的模样，让他有屁快放，若是搞贿赂，就请滚蛋。

段飞机笑着打开塑料包，露出一堆雪白的馒头来。

段飞机说，这是翠和水珠用今年的新麦粉亲手做的，来让陈万勤和陈东风尝尝鲜。陈东风明白，昨天吃用别人家新麦粉做的馒头时表现出不悦，被翠与水珠察觉了，这才用自家的新麦粉重新做了这些馒头。他伸手一摸，馒头还是热的，便拿了一个给陈万勤，自己也拿上一个，啃上两口，果然清香无比。陈万勤咬了一口，立即满面笑容，不停地说好吃好吃，一口气吃了三个。陈东风也吃了三个。

墨水也吃了一个馒头，随后便起身走了。

陈万勤吃饱之后，才想起来，让陈东风找了些酒给段飞机喝。段飞机直夸菜做得好。惹得陈东风不停地朝他使眼色。陈万勤笑起来，要陈东风别耍小心眼，自己其实是不喜欢墨水，才故意拿话气她。同时告诫陈东风，别贪城里女孩的便宜，她们都是妖精，专吃乡下男人的精血，待到只剩下一把骨头时，便一脚将其踢开，或者让他当一辈子奴隶。

吃罢饭，陈东风正在收拾碗筷，县电视台忽然来了人，还扛着摄像机，要陈万勤说一说下午在县城后山上碰见大蛇的事。陈万勤还在为新麦馒头高兴，便耐着性子将两次遇见大蛇的经过从头到尾地说了一遍。电视台的人离开不到一个小时，陈万勤的形象就在电视机里出现了。电视里的陈万勤眼睛有些直，身手也不太灵活，说话还有些结巴。陈万勤越看越生气，伸手将电视机关了，还说一定是墨水通风报信，故意报复丢他的丑。等他发完脾气，段飞机才开口相劝，那些老干部，三天两头上电视，还不是呆头呆脑的，他第一次上电视就达到这种水平，已经够可以了，都能赶上大明星古月了。陈万勤知道那个演毛主席的电影明星叫古月。他心里一舒坦，就要留段飞机在家里睡一晚。陈东风半夜里要上班，段飞机可以睡陈东风的床。陈东风以为陈万勤会叫他到方月的床上睡半夜，一直等到段飞机洗过澡上了床，才听见陈万勤吩咐。陈万勤要他在沙发上歪一下，反正夜里要起来，不用睡得那么安稳。

陈东风又一次感到，陈万勤对于自己的心思了如指掌。

半夜里，陈东风起来上班，陈万勤在房里叫他将那馒头带上几个，送给高天白，让高天白也尝尝新。他在车间里将馒头交给高天白时，高天白连手也没有洗，就吃了一个。高天白正要伸手拿第二个，又缩了回去，自己对自己说，给女儿一些，让她尝尝劳动换得的鲜甜。

高天白又让陈东风单独操作。

陈东风刚将一根光杆夹好，正要在上面车削出螺纹，黄毛穿得整整齐齐地跑来，大惊小怪地问高天白，是不是真的发现大蛇了，现在电视里的假新闻太多，让人不敢相信。陈东风替高天白说是真的。黄毛还不罢休，缠着高天白，非要他详细说一遍。刚把黄毛打发走，汤小铁又来了。

车间的人一个接一个跑来打听，高天白不想再说，从陈东风手里接过操纵手柄，亲自操作起车床来。

这事刚了结，墨水又来了。

墨水不问大蛇的事，她要陈东风陪她到“一号”去。

陈东风知道“一号”是厕所，心里犹豫，但还是去了。厕所在夜里无人上班的总装车间后面，赶上路灯坏了，便是一片漆黑。过去上夜班，无论男女，习惯在车间外面找个暗处，迅速放空身子完事，只有万不得已时才邀人做伴去厕所。陈东风在厕所门外守卫好久墨水才出来。陈东风在头里走，墨水在后面紧跟了几步，然后叫了一声哎哟，有蛇！并伸出双手紧紧搂住陈东风的腰。陈东风一惊，就在他四处寻找时，墨水的双唇贴到了他的脖子上。陈东风全身颤抖起来，不知道如何应付这胆大的城里姑娘。墨水将双唇一点点地移到陈东风的脸上。陈东风忽然紧张地咳嗽起来，猛烈的空气喷发阻止了那对正要贴到陈东风嘴上的红唇。

陈东风说，我想喝水。

他抽身跑开时，墨水在背后说，陈东风，我爱你。

陈东风一口气跑到车间，蹲在茶水桶前，接连喝了四杯水才定下神来。

8

两个警察在街上拦住一辆满载石头的拖拉机，押到小河旁，将石头送给陈万勤。陈万勤不肯要，他说要创造人类的幸福全靠我们自己。警察很年轻，不知道这是《国际歌》里的一句词，对此没有丝毫反应，只知道下命令。他们说，这些石头够陈万勤挑半个月，他们要用此来换取陈万勤三天不去县城后山。陈万勤坚决不干，他不怕大蛇，用不着别人担心。警察说，这不是他个人的安危问题，县委县政府主要领导，以及接待上级领导的小宾馆，都建在山坡一带，他们必须保证大蛇不会伤害这些重要人物。商量好久，陈万勤才勉强答应。

不能上山，陈万勤感到怅然若失。他遥望大片墨绿的山林，猜测着县武警中队的三挺机枪到底埋伏在哪儿。如果他们像打仗一样，占着山头守着制高点，那就错到糊涂国里去了。不管大蛇小蛇，都不会爬到山头上去，对于修炼千百年的大蛇来说，山头更是禁地，那里太容易遭遇天雷劈打。

拖拉机运来的石头很大，先前徐富替他做的钢钎也撬不动，陈万勤便到厂里找了一根两米多长的铁杠。出大门时，正好碰上徐快。徐快拦住他，不许将铁杠往外拿。陈万勤毫不客气地说，我会还的，若没有还，你可以找我儿子要。徐快上来夺，陈万勤一横铁杠说，我已经活了七十多岁，你同我拼命不划算。徐快一怔，很快就转过弯来，表示自己在同陈万勤开玩笑。徐快也不例外地向陈万勤问大蛇的情况。他听别人说，凡是大蛇嘴里都会有一颗夜明珠，不知陈万勤看见的大蛇会不会是如此。陈万勤不说有，也不说没有，他回答说，品行不正的人见到那夜明珠，眼睛会瞎的。徐快马上说，那你千万别让西风看见，他娶了两次老婆，心里又在惦记着第三个。徐快说完就跑开了，气得陈万勤在那里叫骂，要让大蛇的蛇信子将徐快的血一口吸干净。

看热闹的人很多，却没有人上前来劝一劝。

后来，田如意远远地走过来，她用手掌将陈万勤背心抚了几下，又轻轻拍几下，然后说，我送你回去休息吧！田如意扶着陈万勤走了一程，陈万勤忽然甩开她，扛着铁杠大步流星地走了。

有了铁杠，石头再大也能对付。陈万勤选了那块最大的石头，一点点地撬。大石头缓缓地移动了一个上午，才从装卸地点来到土坡边缘。陈万勤找来一块小石头做支点，用力按下铁杠后端。大石头翻了一下身，顺着陡坡轰轰隆隆地滚了下去。

轰隆声惊醒了正在沉睡的陈东风，他赤脚走到窗前时，那块大石头已经平稳地躺在石岸上。他洗漱一下便出门往石岸那儿走。半路上碰见方豹子。昨晚开炉化铁，方豹子今天又在休息。

他冲着陈东风劈头盖脸就是一句，你这狗东西真是情种，傍晚陪王元子散步，白天陪黄毛游泳，上班时又同墨水躲在厕所里接吻，搞得女孩们不是害相思病，就是醋吃多了胃里反酸，连我都被你弄糊涂了。

陈东风矢口否认，你们没有看到问题的本质，真实情况不是这样。

方豹子说，还要什么真实呀，管它三七二十一，先将三角恋爱建立起来，然后慢慢品尝，慢慢选择。

陈东风生气地说，我将她们都给你，你想怎么选择就怎么选择。

方豹子说，我没长标致的小白脸，讨不了她们的欢心，吃不上天鹅肉。

陈东风说，还天鹅呢，一个个都长得像母鸡。

方豹子说，你也不要心太高，怎么说她们也是城里人，端正一点的就不会将眼睛瞄着乡下来的农民工。再说，她们模样虽丑，那味道却比乡下漂亮姑娘好。

陈东风想起那剃头匠马师傅说的话，他说，千万不能看贱了自己，我将丑话说在前面，你要是乱来，再有什么事，我可不再打掩护了。

方豹子毫不掩饰地说，只要有机会，哪怕是四十岁的嫂子，只要是城里人，我就要试一试，尝个新鲜。

陈东风说，难怪你老婆那么对待你，她真是看准看死了你。

方豹子笑起来说，我老婆还看死了你，她说你不管怎么风流浪荡，到头来还得同一个农村姑娘过一生。

陈东风说，你完全听歪了，她这是为你说的。你想想，若是连我都只有与农村姑娘过一生的命，那你还有什么企图呢！

方豹子想了想后，忍不住骂了一声臭婆娘。

陈东风将方豹子拖到陈万勤那儿，刚刚搬了两块石头，高天白也来了。

一见面高天白就说，你们听说了吗？武警中队派了一个班上山对付那大蛇。

陈万勤说，听说了，还带着三挺机枪呢！

高天白说，我看他们未必对付得了。

方豹子说，他们还有手榴弹和手雷。

高天白说，爆破筒也没用。

方豹子说，怎么没用，别说是肉做的，就是钢铁做的大蛇，也挡不住现在的高爆炸药。

陈万勤白了他一眼说，它要是不出来呢，你炸个屁！

高天白也说，我估计大蛇是不会出来的。

陈东风忍不住也插嘴说，你们怎么这样有把握，好像大蛇完全听从你们指挥。

陈万勤毫不客气地说，你不懂，世间许多事其中的道理是极为简单的。

高天白也觉得，现在的人把基本的东西丢在一边不闻不问，而去寻求那些华而不实的东西。他还告诉大家，山那边一家农户前天丢了一头小牛，如果是大蛇吃了，它一两年都不会饿的。

说了一阵话，高天白邀请陈东风到家里吃饭，并请陈万勤也去。他说陈东风就要单独顶班了，做师父的也该表示一下心意。陈万勤没有推辞，收拾一下工具就随高天白走。虽然没有点方豹子的名，方豹子毫不在意地跟在后面走，并且话比别人多，声音也比别人高。

高天白的妻子对多出一个人表示了明显的吃惊，脸上也流露出一些为难之色。她上了一碗辣椒炒肉丝，一碗红烧豆腐，一盆鸡蛋汤和几碟小菜与青菜后就叫吃饭。大家各就各位之后，她又拿出一瓶县酒厂生产的白酒，开了盖子将每人面前的酒杯斟满。四个人饮了一巡，高天白的女儿放学回来了。她扫了一眼桌上的菜，一点笑容刚露出点苗头又收敛回去。高天白对大家说这是他的独生女乐乐，然后又向乐乐将陈万勤、陈东风和方豹子分别介绍成陈伯伯和东风哥、豹子哥。乐乐数莲花落一样飞快地叫了一遍，拉着妈妈一头钻到里屋去了。不一会儿，高天白的妻子又出来了。她到灶上盛了一碗饭，回头又夹了些肉丝和豆腐端到里屋去。陈东风挨着里屋门口，他听见乐乐小声说，妈妈，好久没吃肉了，你也尝尝吧！高天白的妻子没作声只是叹气。高天白也气说，本来想弄丰盛一点，可是心有余力不足，乐乐她妈工作的食品所基本上垮了，屠宰工停薪留职自己开个卖肉摊，她这当会计的无事可做，也无钱发工资，今年都过了一半，总共才领了一百二十元钱的生活费。全家人就靠我的这点工资养活。

陈万勤说，这么困难，你还请什么客！

高天白说，那天我只是随口说说，可东风真的买了那么多肉送来，还不要我的钱，我要是不回请一下，那就显得我这个人太贪了。

陈万勤将高天白埋怨一通，说他享不住福，徒弟送点东西有什么不好意思的。方豹子说得更痛快，他说有些领导接别人的彩电、冰箱和金货也从来没有不好意思过，工人之间送几斤肉的事说出去别人都懒得听。

高天白将话岔开。他说，说起来，我与东风他爸陈老小还是朋友，如果不是这层关系，那天我就不会收他做关门徒弟。

陈东风想起父亲说过，凭借铁屑颜色来判断一家工厂的生产效率的事，他脱口问道，你是不是教过我爸爸，如何观察铁屑的颜色？高天白点点头说，我同陈老小是在县里的劳模大会上认识的，将近三十年了。那时人民学雷锋，干部学焦裕禄，劳动干劲大得很，想当劳模非常不容易，比现在弄个县长当当还难。不像现在，只要有钱，手掌软得像棉花的懒汉二流子也能当上劳模。那时的劳模到一起就比谁手上的老茧多。我和陈老小就是在比老茧时认识的，当时我手上的茧比他的多。因为他来开会之前插了三天秧，将手上的老茧泡软了。每次开会我们都住在一个房间。陈老小来报到时，总要带些乡下的时新吃食，若是麦收时就带新麦馒头，双抢过后就带新米发糕，秋天里和冬天来，带的东西更多。有一回来得急，他只好带上一升新米，在县城里爆成米花背进客房。事后他悄悄地告诉我，是妻子为了别的女人同他斗争起来。陈老小朝我发誓，他绝对没有碰过除了妻子以外的其他任何女人。当工人除了工资以外，什么都是公家的，我没有什么送给陈老小，那时厂里刚刚买回有史以来的第一台车床，叫我和另一个人轮流操纵。那个人后来当了官，现在是地区工业局的副局长，姓郑。厂里很看重这第一台车床，轻易不让别人碰，我就偷偷带着陈老小到车间里参观，并让他亲手车了几刀。陈老小当时惊诧不已，那么硬的钢铁，乡下铁匠非要将它们烧红了，然后几个人脱光了膀子，抡着八磅大锤，狠命砸半天也只能将其砸扁或砸圆，车床对付它们简直就像削萝卜和削红芋一样。陈老小将车刀拿在手中反反复复地看了半天，不理解车刀这么钝，为何能削铁如泥。他甚至找了一段木头用车刀削了一阵，车刀钝得连一点木灰都削不下来。那时，我也不懂其中道理，只是听师父说，车刀不能磨得太锋利，越是锋利，车刀寿命越短，效率就越低。我答不上来时，陈老小就说我学得不够，他干过的农活，没有说不出的道理。为了搞清楚这个问题，我专门加了两个班，挪出时间搭车到地区机械厂，找那里的工程师和老车工请教，这才明白，车刀说是切削，其实是靠挤压来完成对钢铁材料的加工成型。半年之后，再在一起开会时，我借了一只放大镜，学着工程师的样子，将铁屑放大了给陈老小看那些遭到挤压才会出现的裂变痕迹。陈老小看了半天才说，这有点像用菜刀的刀背刮下的萝卜皮。

突然间，一阵机枪声传来。

屋里的人全都愣住了。

嗒嗒嗒嗒的机枪连射声继续在响。

方豹子第一个反应过来说，一定是发现大蛇了。说着，就跑到门口向后山上眺望。大家相继来到门口，见家家户户门前都有一堆人，相互问着同一个问题：是不是那些武警将大蛇打死了。方豹子兴奋地要去山上看看，他拉了几下陈东风。陈东风回头看了看高天白和陈万勤，高天白用一种不容置疑的口吻说，不用去看，肯定是放空枪。

方豹子不信，跟在一大群年轻人后面往后山跑去。

方豹子走后，剩下的三个人又继续喝起了酒，桌上的菜几乎都吃完了，高天白从柜子里找出一碗腌辣椒。陈万勤用手拈了一只放进嘴里边嚼边说，要是现在的人都有过去的那种干劲，到二〇〇〇年别说小康水平，就是大康水平也没有问题。高天白说，我看这大蛇的出现，绝不是无缘无故的，现在到处都是奇人、神人、怪人，要不就是奇兽怪兽，妖道盛行，恐怕不是什么好事。陈万勤说，心里有鬼世上还能没鬼！过去任何一件劳动工具都能避邪，农民收工晚了，手里有镰刀、锄头，匠人收工晚了，手里有墨斗、砌刀，真有鬼怪也不敢显形。可现在天没黑就不见有人做事，劳动工具都成了累赘，手上戴着的只有手表、手镯和戒指，指甲涂得像妖怪的眼睛，脸上又抹着厚厚的粉脂，将身上的正气掩盖住了，那邪气还能不趁机大力发展自己！高天白说，我一直在琢磨，为什么那大蛇不伤害你，现在我明白了，它不敢，因为你在劳动，身上的正气正旺，又拿着扁担。想想过去，为何富人家的后花园总爱闹鬼，原因也是这个。

陈东风插不上嘴，心里觉得他们所说的话，有些四不像。

不过，陈万勤和高天白说，大蛇的出现标志着未来的一场灾难，这话对陈东风还是很有震撼力。

喝完酒，高天白的妻子出来将碗筷撤了，自己盛了一碗米饭，夹上两只腌辣椒到里屋去吃。陈东风不好意思，正要提醒陈万勤该走了，方豹子从门口闪进来。

山上那枪声果然放的是空枪，一名武警士兵错把一股小旋风吹得灌木丛倒地，当成大蛇在爬，率先开了枪，引得其他士兵一齐朝那最早的弹着点射击起来。方豹子白跑了一趟，酒也没有喝好，便拼命地说话损那些士兵。

武警士兵在山上守了三天，大蛇一直没有出现。他们只好到地区警犬训练所借来一条警犬。那条雄赳赳的大狗在山上转了几圈，然后不停地叫起来。但那叫声并不是发现了目标，而是像普通的看家狗那样用叫声来吓唬谁。警犬驯导员见情况不对头，就不让警犬上山了，接着武警士兵也撤了。

自此，那山上去的人少了许多。

只有陈万勤不怕，封锁线一撤除，他就上了山。

也就在这一天，徐富通知陈东风开始单独顶班。

高天白送给他几把车刀，并对他说，你爸陈老小曾对我说，过去的劳动模范都是些钝车刀，现在的劳动模范都是些磨得锋快的车刀。陈东风推测父亲说这话是在那次由老劳模向新劳模发奖的会上。

第五章　花开无季

1

陈西风从省城回来，手上的行李还没放下，就问是否有人来家里查五粮液和茅台酒。陈东风将那天的经过从头到尾说了一遍。陈西风夸他会做事，从房里拿出一个纸盒扔给陈东风，说这是哪个会议上发的，他人长胖了穿不上，送给陈东风穿。陈东风以为是新的，他拿回房里打开一看，衣领上有些汗渍，是穿过的旧衬衣。他心里有火但没有发泄出来。陈西风在外屋自言自语地说，对付老狐狸光防守不行，得进行反击。

陈西风在家稍事休息便去阀门厂上班。

路上碰见几个厂里的人，都向他提起陈万勤遇见大蛇的事，说得他心里都烦了。刚进厂门又碰见徐富。

徐富开口就说，陈厂长，你不在家时，你家里发生了一件奇事！

陈西风没好气地说，不就是那条大蛇吗，你别提它好不好！

徐富说，为什么不提，有人想遇见大蛇还遇见不上呢。大蛇是什么，是小龙。遇见龙那可是大吉大利，陈厂长你可是红运当头照，说不定哪天就能当上副县长。

陈西风笑了，他说，徐富，你是不是瞄着我的位子了，想撵我走呀！

徐富忙说，我连干部都不是，哪敢存那个野心。

陈西风说，你也别老将这“成分”问题窝在心里，只要上面看中，就是土生土长的农民也能提拔起来。陈西风又问了几句车间生产情况，他看见田如意站在办公室门口不停地往这边张望，便没让徐富细说，回头迎着田如意走去。

陈西风一进门，田如意就冷冰冰地说，你是不是想知道县纪委的人来过没有？

陈西风说，如意，你别误解我。

田如意说，我告诉你，他们来过，但他们已不再相信有关你家存放着不少名酒的检举了。

陈西风沉默了一会儿，突然问，这一段你过得好吗？

田如意说，一个人，只影孤灯的，有什么好不好。说着话，田如意眼泪就流出来了。

陈西风一时手足无措，随口说了一句，你先别哭，晚上我去你家，有什么话到时你尽管跟我说。

田如意抹了一把眼泪说，今晚你别去，王副县长请我到山南大酒店跳舞。

陈西风忍不住脱口说道，几天不见，你怎么变成这样了？

田如意说，我怎么样是我的自由。说着，她干脆哭出声来。

陈西风怕引起误解，正欲离开，徐快进屋来了，开口就说，小田，什么事让你这么激动，这么多情，见了厂长就成了个泪人儿？

陈西风心里很不自在，明知徐快话中有话却无法回击。

幸好田如意抬起头来，用一双泪眼瞪着徐快说，我再多情也不如你，就那么一次，广播内容没有征求领导意见，你就大发雷霆。你们领导之间有什么弯弯绕，我一个小职工怎么晓得。我只晓得厂里的危机解决了得早点通知大家，让大家都放心，高兴高兴。

陈西风听出这话里的故事，装着不高兴的样子要走。田如意会意地叫他，你别走，情况我还没有汇报完哩。

陈西风挥挥手说，不说了，我不想听这些无聊的话。你去通知一下，让车间以上的干部都来开会。

田如意一走，徐快就主动地将那次批评田如意不在规定时间里乱开广播的事说了一遍。他说他只是想严格要求她一下，办公室人员不能让其任性胡来，并没有别的什么意思。陈西风淡淡地说了声，这么要求是对的。

让田如意通知干部们开会，其实是一种掩饰，目的是不让徐快看出其中有什么破绽。干部们真的都来了后，陈西风又觉得没什么好讲的。

此次去省化工厂，的确是化险为夷，具体情况是无论如何也不能讲出来的。他们到达的第二天晚上，玉儿就哭着来招待所找他，说是自己遭到了侮辱。玉儿还没说完经过，小英也披头散发地闯进房间来。陈西风做了许多工作，最后答应半年以后结束培训回厂时，厂里负责将她们的户口从农村转到县城，并招为正式合同工，才算将这事平息下来。

陈西风将肖爱桥推出来，让他主讲处理这场事故的全过程。肖爱桥一开始还讲得很有分寸，说着说着，就离了谱，仿佛这事与陈西风没有一点关系，完全是他用个人魅力征服了省化工厂的技术官僚。一开始陈西风还不在意，觉得肖爱桥这么大包大揽贪天功为己有反而对他有利，万一玉儿她们的事被抖出来，可以往肖爱桥身上推。所以，他特别关照田如意做好记录，散会后一定要肖爱桥在自己讲的内容后面签上字。然而，肖爱桥讲到后面，就开始张狂了，口口声声说，我看阀门厂应该如何，我觉得阀门厂必须如何，还反复强调，几年之内，阀门厂每个工人都要达到中专以上技术水平，管理干部达到大专水平，就连清洁工也不例外。

肖爱桥讲到这里，徐富第一个站起来说，对不起我要上厕所。

徐富一带头，会场就变成了车水马龙。

肖爱桥似乎没有意识到，仍在起劲地讲着。

陈西风也忍不住跑出去，要司机小张，将车子送去检修一下，过几天还要跑一趟省城。

这几天方月该回省城了。陈西风想让小张接方月回来。明里却是送王副县长的小儿子，去见见徐快的表妹。现在的年轻男女，玩到一起后不可能不上床。他推算这个过程大约要半年，那时就到年底了，那可是考察各级班子的关键时节。在此前后，王副县长的小儿子若发现徐快的表妹不是处女，闹将起来，徐快绝没有便宜可占。这也可以算作是反击徐快的战略部署。

回到会场，肖爱桥还在那儿讲。陈西风心里一阵厌恶，给他一点机会，就不知趣地将尾巴翘到别人头上。陈西风用目光扫了一下会场，见文科长几次将眼睛迎上来，便用手指了指，隔着几排人，冲着他大声说，散会后你到我办公室来一下。

这话让肖爱桥顿了一会儿，再讲两分钟，就停止了。

陈西风让徐快补充几句，徐快摇头拒绝了。陈西风只好自己上去，他说，该说和不该说的都由肖爱桥说了，我只好向大家透露一下消息，厂里领导班子近期可能会有些变化，希望大家心里先有个准备，到时候好好配合工作。大家不约而同地将目光投向肖爱桥。陈西风一宣布散会，就有几个人围上去缠着要肖爱桥请客。

陈西风刚进办公室，文科长就跟进来了。

陈西风在桌面上的一大堆香烟中挑了几下，找出一支阿诗玛拿着递给文科长。文科长自己掏出打火机点香烟时，陈西风将门关上，冷不防回头就说，玉儿将一切都对我说了。文科长手一抖，打火机上的火苗将眉毛烧去一块。陈西风继续说，玉儿说是你强迫她的。

文科长马上叫屈，除了第一次，往后每次她都是自愿的。

陈西风说，那你说说第一次是怎么回事？

文科长说，当时她一个人加班烤泥芯，我上去用了点力就将她放倒在地上，她怕弄脏衣服，挣了几下就依了我。

陈西风说，你是个畜生，那地方该有多脏。

文科长说，我已向她认了错，第一次不该选那么个地方，她说只要我帮忙解决她的户口，她就不在乎。

陈西风说，玉儿怀孕了，你不晓得？

文科长说，不晓得，我只是在怀疑。

陈西风说，现在有一种流产药，一百五十元钱一包，只要怀孕在四十五天之内，吃下去就会像来月经一样流掉。你准备点钱，过几天随小张的车一起去省城，将玉儿偷偷领到哪家医院做了。文科长正要感谢，陈西风又说，其实我什么也不晓得，玉儿也没跟我说什么，我只是讹诈你。你也真苕，哪怕放个屁也可以算作是抵抗过，人家还没说狠话，你就将肠子里的屎尿都拉了出。幸亏是我，换上徐快，转眼就会捅出去，别说行政处分，单是老婆那儿就够你受的。陈西风问文科长厂里是否还有类似情况。文科长表示还有一些，确切的只知道铸造车间的老万主任，同他们车间的银杏是那么一对，银杏亲口对玉儿说过，她骑的那辆自行车就是老万主任送的。陈西风随口骂起来，真是个老不死的，五十多岁了，也不怕遭雷劈。陈西风同文科长约法三章，半年之内不得纠缠玉儿，往后若有类似的事情被发现，立马撤职下车间当工人。文科长像立功赎罪一样，又说他想起来了，总装车间主任老马和小英也是一对儿。小英有可能也怀孕了。陈西风说，老马有问题还情有可原，他和老婆关系一直不好。

文科长点点头极乖巧地走后，陈西风找到田如意，要她打印几份提拔肖爱桥、徐富为副厂长的正式报告。田如意有些吃惊，以为自己是听错了，要陈西风再说一遍。陈西风不愿再说，他告诉田如意除了徐快她爱写谁就写谁。田如意说，那我就写上方月或者陈东风。陈西风说，你敢写上他们，当心徐快将你撕成碎片吃下去。

陈西风刚到家，徐快的电话就打过来了。徐快几乎是用质问的口气问陈西风，怎么不经党的会议研究就擅自向上级报告提拔徐富为副厂长。

陈西风一点不慌地回答说，去年申报工会主席时，你不是说过要提两个人选让组织部门考察。徐富是陪衬，放在第二，肖爱桥排在第一。

徐快说，不管是真心还是假意，这样重要的人事安排，应当交给党的会议讨论一下。

陈西风说，我想过了，肖爱桥连党员都不是，一讨论起来，徐富是党员，就会喧宾夺主的。

徐快说，只怕这件事不好向党员同志们交代。

陈西风说，没什么大不了的，你只管往我身上推就行。

徐快刚说了两个什么字，电话一下子断了。陈西风明白这是徐快自己不想说下去有意卡断的。去年的台历上就介绍过这种窍门，当不想说下去，又不愿让对方明了自己的心思时，可以在自己说话时将电话卡断，这样对方就会以为是线路出了故障。可惜陈西风不是这样的对方，隔了一会儿，他主动将电话拨过去，问徐快还有事没有。徐快说没事了，既然报告已经打印好了，厂里多数人已经知道，再修改负面因素会更多。

傍晚，陈万勤扛着扁担进屋时，嘴里竟哼着一支歌。

陈西风小时候常听父亲唱歌，歌词有些不正经，但调儿很好听。父亲进城以后，除了偶尔哼上一句两句，很少将一首歌唱完整。陈西风忍不住问他，有什么高兴事。陈万勤见厨房里出来的是陈西风而不是陈东风，马上反问道，方月怎么没回？陈西风说，快了，只剩下几天时间了。陈万勤说，女人是水，得用管得住的东西盛着才安全，让它自己流来流去，会抓不住的，就算抓住了，也会与黄泥巴混为一团，变浑浊了。陈西风忙说，就这一次，以后我再也不让她放任自流了。陈万勤接过陈西风递来的茶，呷了一下，见水不够温，就让陈西风再掺点开水，才放心地饮了一口。

陈西风又问他为什么高兴。

陈万勤回答说，厂里的废料堆里，终于出现了一些湛蓝的铁屑。

陈西风不明白出现湛蓝的铁屑有什么值得高兴的，反正是废物，就是金子那样的颜色也是无价值的。

陈万勤生气地大声呵斥，你当什么厂长，连出现什么样颜色的铁屑表示工人干活有干劲、什么样颜色的铁屑表示工人干活不出力都不晓得，连进厂不到三个月的陈东风都不如。

陈西风说，我不管这个，只要他们能完成生产定额就行。

陈万勤说，生产定额是他们自己定的，没有干劲的定额，做梦也能完成。你应该请高天白做你们的劳动顾问或者是劳动指导。好多人都不会劳动了。

陈西风说，那他们每天上班在干什么？

陈万勤说，上班干什么？上班做事拿钱。

陈西风心里有所触动，就不再同陈万勤讨论下去了。

陈万勤一个人反复说，劳动和做事是不一样的，劳动是为了子孙万代，做事只是为了自己的贪欲。

徐富来之前，屋里的两个男人又恢复了往日那种默默无语的状态。

徐富一进门就叫委屈，陈西风不该让自己去做肖爱桥的陪衬，厂里的中层干部都不喜欢肖爱桥那副天才的模样。给肖爱桥当陪衬，就等于在全厂职工面前泼他的大粪，丢他的人。陈西风让他将牢骚发泄完了以后才反问，你怎么晓得自己是陪衬，肖爱桥就不是陪衬呢？

这话将徐富说愣了。

陈西风又说，有些话不用说明你也明白，我只是希望你能理解我的一番苦心。徐富当即发了一通誓，并主动提出一定要想办法将汤小铁整蔫了，不让他再同陈西风作对。陈西风说，汤小铁不可怕，他是个草包。你车间的几个党员，总在暗地里同徐快嘀咕，虽然一直未见闹出动静来，我心里还是不踏实。

徐富说，这好说，过两天，我在他们中选两个人调换到C660车床上去车阀体，他们就没有精力嘀咕谁了。

陈西风说，为什么不全调换哩？

徐富说，有的调换，有的不调换，会起一种分化的作用，最少换了的人会对没换的人有意见，一不团结他们就没有力量了。

陈西风嘴里说徐富真有两下子，内心里却开始有所警觉。

徐富一走，天就彻底黑了。

陈西风在电视机前勉强坐了一会儿，还是忍不住想出去走走。

顺着街道走到山南大酒店门口，礼仪小姐朝陈西风做了一个请的动作，他就情不自禁地进去了，在舞厅里找了一个位子坐下来。陈西风的目光正在横扫舞池，一个穿得挺露的服务小姐走过来，问他一共几位。陈西风竖了一个指头，服务小姐就问他要不要人陪。陈西风说自己在等客人，并随口说若有姓洪的先生，请领过来。服务小姐给他上了一杯茶水，就去了。灯光又远又暗，音乐又轻又飘，陈西风盯着一对似乎眼熟的男女，等他们转到跟前，才发现不是田如意和王副县长。找不到田如意，他开始注意有没有厂里的人。一会儿，他就发觉了汤小铁。汤小铁舞步有些生疏，双臂却将一个女孩搂得紧紧的，女孩也将脸埋在他怀里，让人看不清模样。陈西风不想看他们，又开始寻找田如意。找了一阵依然没有，他觉得田如意没有必要哄骗自己，甚至还猜测田如意故意说给他听，是想叫他来解围。如此，他想到了包厢。玉儿她们到省化工厂，就是在包厢里被人摸了上身再摸下身的。舞池旁边，全封闭的包厢只有两间。叫老地方的那一间一直无人出入，服务小姐也不去打扰。叫新地方的那一间却是人来人往，招待小姐也时常去敲门。陈西风唤来招待小姐问有没有空的包厢，得到的回答是两间都满了。

他踱到新地方门口稍站了一会儿，又走到老地方门口，里面只有一丝同舞池里的音乐不相同的萨克斯管在隐隐响着，他轻轻试了试那门锁，把柄能够扭动，里面并没有反锁，这让他多少有些放心。出了舞厅，他到五楼客房部，塞了拾元钱给值班服务员，请她随便开一间空着的客房，让他进去打个电话。服务员真的给他开了一处门锁。他钻进去时随手将门反锁上，然后拨舞厅服务台的电话，告诉接电话的服务小姐，自己是地委组织部干部科的，请王副县长马上给干部科回个电话。打完电话，他迅速离开房间，走出酒店，躲进街边的树荫里。刚刚站定，就看见王副县长从酒店里钻出来，往县政府办公大楼小跑而去。

又过了一会儿，田如意也出来了。

陈西风等她走过去以后，才冲着那背影唤了一声。

田如意没有回头，只是放慢了脚步。

陈西风追上她，两人并肩走了一程后，陈西风问，王副县长回电话去了？

田如意嗯了一声说，我晓得你会来帮忙解围。

陈西风说，他没有为难你吧？

田如意说，没有，他只是不停地将一些爱情歌曲献给我，他还说自己真想离婚。后来服务小姐敲门进来，说是地委组织部打电话来找他。他一听就慌了，连句客套话也没说，抓起沙发上的文件包就往外走。

陈西风说，我若说是地区纪委的，他一定会吓个半死。

田如意说，错了，现在的干部根本不怕纪委的人，他们只怕组织部。

陈西风想了想说，是这样，是这个道理。

忽地，田如意推了他一下，两个人同时隐入一处树荫。田如意说是徐快。陈西风一看，果然是徐快，他骑着一辆自行车顺着大街急驰而过，在徐快后面，肖爱桥也以同样的速度骑着一辆摩托车。

田如意冷冷地说，这么晚他们还在跑官。

陈西风突然对田如意说，这一回，我真的要利用你了！我不能眼睁睁看着自己被徐快当猴耍，你得帮我。

田如意说，怎么帮？

陈西风说，只要王副县长不点头，别人的话就等于放屁。

田如意说，你文明一点好不好。

陈西风说，这事本来就不文明。

田如意说，这个忙我帮不了。

陈西风说，我会报答你的。说着，他捉住田如意的一只手。

田如意甩开了他，抬腿就走。高跟鞋走在小城坚硬的路面上发出清脆的响声。一开始很急，有点像京戏中那急急风般的鼓点。过了一会儿，那连绵不绝的鼓点声开始徐缓下来。这个过程很长，犹如音乐里的行板，完完全全是一颗心对另一颗心的倾诉，或者是一个人在茫茫原野上对某种目的的寻觅。默默的脚步的行板是那样漫长，它在从大街上拐进小巷里后的情境，仿佛是一条遥远无垠、唯有望断的天涯路。一个人在倾诉时，往往是没有回音的。小巷里走着两个人，然而脚步声只有一个，磕响的，回响的，都是高跟鞋的声音。进入自由节拍是好久好久以后的事情。它的开始总是无声无息，在不经意中有一丝轻风拂过，接着是一种旋律悄然飘落，在如泣如诉的细细密密音符的倾注下，心绪一下子成了朦胧、恍惚、憧憬，甚至惆怅。真正体会并进入此番境界，是由那相伴相随却又分明是姗姗来迟的爵士鼓声开始的。它的拍响像是鼓手用巴掌与胸怀掩盖在鼓面上，使得声音由于隐约、轻柔和羞涩而变得更加具备情感的渗透力。这种仿佛是春天响一下，秋天再响一下；月圆时响一下，月弯时再响一下；花开时响一下，花落时再响一下的节奏，是世上最揪心的节奏。陈西风突然感到田如意的脚步慢了下来，他清楚记得这变慢的第一步，但在感觉中他无法判明抒情的样子究竟是怎样开始的。脚下的清脆完全消失了，只剩下一声声低语。

田如意后来告诉他，王副县长很不喜欢肖爱桥，他对肖爱桥让那些总也搞不好的工厂企业先破产，再组织人马重新开始的主张深恶痛绝。甚至在包厢那样优雅宜人的气氛中，王副县长也还要骂上一句狗屁胡说后，心里才踏实。

田如意说今晚她才知道，王副县长其实心里很苦，有几首歌让他淌下了眼泪，特别是那首叫《回家》的萨克斯管曲子。从前飞行员丈夫同他的战友每天都爱听这《回家》。那曲子不是平常人能听懂的。山南大酒店就是听了王副县长的话，专门到省城去买了这盘唱碟，而且只给王副县长放。王副县长家里有九十岁的老奶奶，从没进过县城，但他老婆从不许他将老奶奶接到城里来。王副县长说他每次听《回家》心里就出血，好几次他都想弃官不做也要离开那个恶女人。田如意开始还担心，后来才知道王副县长只是把她作为一个可以信赖的女人，将心中的苦水倾诉一下。

2

徐快骑着自行车往办公室门口走时，小张从桑塔纳轿车里钻出来，痞里痞气地一把抓住自行车的后架。徐快只好下车问小张有什么事。小张说他今天去省城为车子配个零件。徐快说，桑塔纳的零件还不好找，修自行车的店里也有。小张说，汽车的事你莫充内行，得由我说了算。就像我说，书记还不好当，只要会吹牛拍马，上蒙中央，下骗百姓就行，也不能算数一样。徐快说，现在的司机一张嘴比一张嘴臭。往方向盘后面一坐，不管多大的领导都不怕，不管什么样的话都敢说。小张说，你要批评得先让我入党。说着他一转话题说，说正经的，给你表妹带信或带东西吗？徐快想了想说，不用，你方便的话就问问她，暑假快到了，几时离校，告诉我一声，有便车可以去接她一下。小张回到车上，冲着文科长和王副县长的小儿子咧嘴一笑，然后揿开了油门。

王副县长的小儿子在县人民银行工作，小张同他打了一夜麻将就混熟了。小张约他今天到省城办事处去好好玩几圈，他懒得请假就上了小张的车。文科长昨夜在家里打了半宿麻将，车一开动就睡着了。王副县长的小儿子说是没有打麻将，但那脸色却是熬过夜的。小张问他是不是泡妞，他也笑而不答。撑了一阵，王副县长的小儿子也睡着了。小张不喜欢这样的衙内，半路上，他故意踩了一脚急刹车，结果，两个睡觉的人头上都撞起了一个大包。那时，车子前面刚好有一群小学生在公路中间互相追逐。王副县长的小儿子要下车去揍他们，小张告诉他，这里早已不归王副县长管了，王副县长的儿子只好隔着车窗朝那群小学生吐了一口痰。剩下的路他们没有再睡，小张便同他们评论黄土高原夜总会里的那些陪舞小姐。

进省城后，小张先将车开进师范学校，他只说找个人，并要王副县长的小儿子陪他一下。他们来到女生宿舍，一打听，徐快的表妹上食堂里打饭去了。等了一会儿，马明梅回来了。小张一本正经地将徐快的原话一字不差地转告给她，临走时才将王副县长的小儿子随随便便作了介绍。王副县长的小儿子只是高贵地点了一下头。

离开师范学校，他们到办事处吃过饭，再安顿下来。小张想睡个午觉，文科长却要去省化工厂。两人讨论了好久，最后还是小张说服了文科长，去早了玉儿她们正在上班，连说话的机会也没有。他俩一觉醒来便找不见王副县长的小儿子了，偌大一个办事处竟无人看见王副县长的小儿子去了哪儿。文科长有些慌，毕竟同车来的，而他的官职最大，出了问题首先倒霉的是他。小张却不着急，他似乎心中有数，徐快的表妹的确太漂亮了，如果不是马明梅将王副县长的小儿子勾引过去，那才真是咄咄怪事。

小张是轻车熟路，一点弯路没走就找到了玉儿和小英的住处。玉儿她们有些惊喜。小张要文科长请客，文科长答应了，并领着他们上街找了一家有简易包厢的餐馆。刚进去，玉儿便撇着嘴嫌里面又脏又乱又没有卡拉OK。文科长一时竟不知如何应答，还是小张反应快，不客气地说，玉儿，你可别一年土，两年洋，三年不认爹和娘呀，这种标准在县里只有山南大酒店能超过，在县里时，你有资格进山南大酒店吗！玉儿还在说，你们就是看不起我们，好像我们什么资格也没有。小英在一旁说，算了吧，也是人家的心意，再说晚上我们还有事呢。玉儿不再作声。四个人坐定了，文科长让玉儿和小英点菜。她们只点了两道菜，文科长额头上的汗就出来了，一个基围虾，一个一蛇三吃，价钱总在三百元钱以上。小张来了劲，不断地鼓动玉儿她们再点一只甲鱼，或者来一瓶XO。幸好玉儿没有听他的，她将菜谱递给文科长并说，我晓得文科长没这大的能量，花销大了回去不好交代。文科长尴尬地笑了笑，没有接茬。吃饭过程中，文科长在桌子底下偷偷捏了玉儿一把，玉儿没有反应。文科长又捏了一把，玉儿仍然像木头一样。文科长急了，便将头歪过去，贴在玉儿耳边说，怎么样，身子还正常吧？玉儿没有作声。小张故意问他们说什么悄悄话。玉儿抢着说，科长关心我们，问我们生活上习不习惯。小张说，依我看，你们习不习惯不要紧，关键是文科长习不习惯。小张趁机对小英说，总装车间的老马主任让我代问你好。

大家正不知说什么好，门口走进来两个人。小张认识他俩是化工厂安装车间的主任和书记，上次送陈西风来时还在一个桌上喝过酒。

他故意说，玉儿，你既是主人又是客，该你介绍了。玉儿只好欠欠身子相互作了介绍。那两人并不理会文科长的邀请，站在那里说，他们刚才到住处找她们时，听说她们老家来了客人，马上就猜到不可能上什么好酒店，肯定是这种路边小餐馆，一找就找到了。玉儿问，是不是打算请她们去哪个高档地方。那两个人说，本来打算请她们到黄土高原夜总会去，认识一下那里管事的几个人，既然是老家的客人来了，只好改期再去，不过十点半钟以后，可以请她们喝晚茶。说完这些，他们就走了。

文科长却从这不太长的对话中感到一种不同寻常的东西。

吃完饭，玉儿就要回住处。小张借故将小英叫开，而且半明半白地说，他们最少要半个钟头以后才能回来。

一进房间，文科长将门一反锁便上来抱住玉儿往床上拖。玉儿用力挣脱了，并推说要上厕所，钻进卫生间躲了二十来分钟。文科长将陈西风警告他的话忘到一边，又上来将玉儿按到床上。这一次玉儿没有反抗，但她用一种很绝情的话说，这是他们之间的最后一次，从今往后请文科长不要来找她了，过去的一切都不算数，她也绝不找文科长的麻烦。文科长将衣服脱到一半时，忽然停下来问：那你肚子里的孩子怎么办？玉儿说，我已经吃了流产药，将他做了。文科长说，那药很贵，你哪来这么多的钱？玉儿说，不偷不抢，也没花你的，别再操心了！文科长说，是不是他们给你的？玉儿说，是又怎样，有本事你回去问陈厂长、徐书记还有肖工。文科长怔了一会儿，突然伸出手将玉儿的两只乳房扯得长长的像是两块橡皮，阴阴地说，今天我不要你，不过你记住刚才说过的话，你还欠我最后一回。玉儿一边穿衣服一边哭起来。

小张和小英回来时玉儿还在哭，文科长对他们说，玉儿有些想家。

小张说真是这样最好到舞厅去轻松轻松。他又要文科长请客时，文科长冷冷地说谁想去谁请客。小张刚说文科长在小姐面前一点绅士风度也没有，玉儿在一旁说，你们别争，我来请。小张有些吃惊，两个人在门外等候时，他不停地追问文科长同玉儿之间到底出了什么事。文科长一直避而不答。

玉儿和小英出门时的样子，几乎使文科长和小张认错了人。上了车后，小张不停地说，她俩这身行头拿回厂里，会让墨水和黄毛她们眼睛滴血。玉儿回答时，总离不开城里小姐怎么会羡慕乡下丫头的那些话。小张将车开到黄土高原夜总会门口。四个人往里走时，文科长那身皱巴巴的衣服和不知所措的样子，在玉儿和小英楚楚动人的身姿映衬之下，显得格外寒碜。玉儿和小英在头里进去了，文科长一迟疑，马上有一名保安上来拦住问他做什么。文科长张口结舌回答不上，幸亏小张停好车子赶过来说这是我们老板。保安这才说声对不起，并放他们进去。

文科长本来会跳两样基本的舞步，然而省城舞厅的气派将他镇住了，脚上皮凉鞋的铁钉有些松脱，一动步就发出一种刺耳的声音，惹得周围的人都探头看他。心里一慌，步法就乱了，那响声就更明显。他听见旁边的一个男人小声对怀里搂着的女人说，哪来的乡巴佬。一曲未完，他就丢下玉儿狼狈地回到座位上。玉儿正在往回走，却有一个派头十足的男人上前将她请回舞池。文科长再也不敢下舞池。小张轮流请玉儿和小英跳，那个男人也见缝插针地过来请轮流歇着的玉儿和小英。

文科长有些坐不住，几次提出要走。

小张不肯，他要跳了弗尔斯再走，他说黄土高原的弗尔斯在省城是出了名的。

一阵疯狂的迪斯科过后，舞厅突然安静下来，一丝音乐像天边吹来的风，抚灭了所有灯光。文科长禁不住说，怎么停电了？小张说，这就是弗尔斯。说着就将小英请下了舞池，两个人立即变成了一个人。文科长几次想站起来，可屁股未动心先虚了。玉儿坐在那里不说话，过了一会儿，她站起来走到服务台前，先打了一个电话，然后又将钱付了。玉儿回来时，文科长终于忍不住开口问这儿收费是怎么个规矩，玉儿平静地说，每人最低消费八十元钱。文科长听后叹了口气，正要说什么，忽然发现昏暗的舞池中有一个熟悉的人影。他刚刚努力看了几眼，人影又不见了。

灯光复明，小张一回到座位，文科长就说，好像看见王副县长的小儿子了。小张仿佛还沉浸在弗尔斯的柔情中，文科长说了两遍，小张才说不可能，以跳弗尔斯时的能见度，只有妖怪和鬼才能看清人的模样。文科长心情压抑了很久，这时再也忍不住了，他大声说，你们才是鬼，越黑越神气！小张还没开口，一名服务小姐带着两名保安过来了，快捷的样子似乎早就埋伏在附近。服务小姐请他们有话到吸烟室或洗手间去说。玉儿不让他们回答，抢先说，我们该走了。出了夜总会，小张要用车送玉儿和小英回去。玉儿拒绝了，她说有人来接她们。小张将车子开到前面路口后又拐回来，正好看见省化工厂的那两个男人从一辆出租车里下来，然后将等在台阶上的玉儿和小英分别拥进黄土高原夜总会。两个人坐在车内竟说不出话来。

过了好久，小张才说，玉儿胆子太大，城市不喜欢胆子太大的农村姑娘，连小英都说玉儿像个武则天。

文科长说，弟弟别说哥，都是差不多！

回到办事处，听说陈西风来过电话，小张赶紧回电话告陈西风，方月还没有联系上。因身边有别人，小张只能含糊地说其他情况正常。放下电话，看看才十一点钟，小张就嚷着要打麻将。连同办事处的两个人，刚好凑一桌。文科长说身上没带多少钱，只肯打一条，不肯打大的。哪知一上桌他就和了一个门前清七对，第二盘又接着和了一个清一色，惹得他连连后悔说真该来五条。小张叫他别得意，好汉不和头三盘。一连打了三圈，文科长的手气一直热得发烫，别人都输了，单他一人赢，牌桌上叫三灌一。小张解嘲说，文科长赌场这么得意，情场一定失意了。文科长一时豪气大发，说女人生来是让男人玩的，跑了这个还有那个。这话赢来一片喝彩声。

半夜两点时，王副县长的小儿子回来了。

大家正聚精会神地打牌，打个招呼后便由他自己去。玩到四点半，各自回房休息时，才发现王副县长的小儿子已经睡着了。小张自语道，这小衙内怎么突然变乖了。

一觉醒来，王副县长的小儿子又不见了。

中午时分，县政府办公室打来电话，询问办事处的人见到王副县长的小儿子没有，有人曾看见他乘坐一辆红色桑塔纳轿车往省城方向来了，昨天跑省城的红色桑塔纳轿车只有阀门厂一家。得到肯定回答后，打电话的人叫他们等着，王副县长要亲自说话。一听说王副县长要亲自说话，大家便推举文科长接听。文科长从未听见王副县长说话口气如此和善，他要文科长想尽一切办法将他那小儿子带回，同时，切切不要让他去那些娱乐场所，万一有什么事可以直接给他打电话。文科长放下电话，拿着记有电话号码的纸片说，这下子我们有事做了。小张不以为然地说，这么个大活人，丢不了。你还是关心一下方月，原说昨晚到，为什么到现在还不见人影。文科长说，你别将狗屁事都往我这儿推，你以为你开着车就很了不起，在过去，你这一行可是叫轿夫。小张说，那你就很了不起，怎么不对大家明说自己这次出差的重大意义。文科长一听到这话就软了，他递了一支香烟给小张，一边赔小心，一边说他们两个还是分头去打听。小张心中有数，王副县长小儿子的去向，他已估计到了，但他不想说出来，让文科长在省城里瞎猫碰死老鼠乱碰乱撞。所以，他选择去火车站打听方月的行踪。

小张一到火车站就听说，由于大雨造成的洪水，从宜昌方向开过来的火车因铁路中断被堵在半路上，最早要到明天上午才能通车。小张打听到方月乘的列车，停在一个叫鸦雀岭的小站附近，便打定主意开车去接她。天黑时，小张将车子开到了鸦雀岭，几列火车趴在铁轨上，两边的人像蚂蚁一样多，他一时苕了眼，这么多人上哪儿去找呢。不过小张也真机灵，他想到方月既是参加什么培训班，一定是同许多人一道，而这种时刻，为了安全他们更不会分散。小张顺着铁路两旁专找十几人以上的人堆，三个钟头以后，居然将方月找到了。方月惊喜万分，见到小张连忙拉着他的手向周围的人介绍说，这是我们厂的司机。

轮到上车，麻烦却来了，培训班有八个女的，二十多个男的，男的自然不争，女的却争执不下。按常理桑塔纳轿车只能带四位乘客，小张见方月非常为难，不知该留下哪四个，便咬牙答应将八个女人全带走，他让四个先坐进去的胖女人一人抱一个瘦女人，然后慢慢悠悠地开着车来到国道上，拦住一辆去省城的夜行客车，并强行做主分下四个女的到那客车上。

回到办事处已是第二天早饭后，文科长他们正像热锅上的蚂蚁，不停地给省城各交警大队打电话，查询小张开的红色桑塔纳轿车是否出了意外。见到方月，大家自然很高兴。

文科长手快，抢先给陈西风打电话报了平安。

方月不想吃东西，她喝了一瓶鲜牛奶，洗一洗后就睡了。小张也想睡，但文科长求他帮忙找一找王副县长的小儿子，他说那小子昨夜一夜未归。小张推说自己通宵未睡再开车出去会出事的，又趁人不注意偷偷溜出去开车来到师范学校，问起马明梅，同宿舍的女生说她同一个老乡出去了。小张问清那老乡是男的以后，心中更加有数了。他不愿被文科长再纠缠，在外面找了一家宾馆订好铺位，一个人安心地睡到天黑。

文科长两头不见人心里更急，方月说过明天一早就回县里，今天晚上若还找不到王副县长的小儿子可就难办了。万般无奈中，他只好到黄土高原夜总会门前守株待兔，碰碰运气，他觉得自己那天晚上并没有看花眼。等了一个钟头，没见到王副县长的小儿子，倒看见玉儿和小英挽着手进了那五光十色的大门。他心里很难受，没料到玉儿这么短的时间就变了，他总以为像玉儿这样的农村姑娘很容易对付。正在无精打采，王副县长的小儿子挽着一个女孩的手出现了。他一激动，不顾一切地冲上去，拦住他们的去路，结结巴巴地说了一通。王副县长的小儿子很不高兴地推开他，径直走进夜总会大门。

文科长回去时，小张已经回来了。

文科长将刚才的情况说了一遍，并说他已认出来那个女孩是徐快的表妹。小张当即拨通黄土高原夜总会的电话，请他们找一下从县里来的王先生。文科长不相信服务小姐会找到他们，小张很自信，他相信服务小姐能将舞客分成许多等级，甚至可以精确到小数点以后若干位。果然，两分钟后王副县长的小儿子就来接电话了。小张毫不客气地要他明天跟车回去，并告诉他若要做阀门厂的表女婿，就别给阀门厂添麻烦。王副县长的小儿子这才答应，明天早上八点，在师范学校大门旁等他们。

实际上，还不到半夜，王副县长的小儿子就回来了。

小张挑逗一阵，他就说了实话。

徐快的表妹这几天除了陪王副县长的小儿子玩，连亲都没有让他亲一下，只是在跳舞时摸了几下她的腰。他说，这是自己见过的最好的女孩，一定要娶回家做老婆。

回厂的路上，大家都很高兴，只有文科长闷闷不乐。小张于是将车绕到省化工厂。玉儿和小英只顾同方月说话，基本上没有理睬文科长。方月不知内情，再三叮嘱她俩多学点技术，回去就能当师父。还说大城市里风气不好，要她们注意自珍自爱。玉儿和小英被这话说红了脸。方月以为她们在害羞，就岔开话题问她们有没有信要捎回去。玉儿说没有。小英犹豫了一下，才要方月回去代她问候车间马主任和各位师傅身体好，心情好。玉儿和小英将他们送到车间门口，分手时，她俩都流了眼泪。

小英虽然先哭，并且哭出声来，但是玉儿的眼泪比小英的眼泪流得多而急。

3

尽管陈西风在家里只字未提，陈东风还是感觉到方月要回来了。这个星期轮到他上二班，早上八点起床后，他将屋里屋外仔细打扫一遍，又将桌椅板凳和锅碗勺盆擦洗得干干净净，其中那台不锈钢煤气灶就花费整整一个小时，才将上面积累多时的污秽弄干净。忙到十一点，到处窗明几净，陈东风扔下抹布扫帚歇下来，单单剩下陈西风和方月的卧房，不愿再动手了。陈西风回家吃午饭时，问他为何没有一起清扫一遍。陈东风说，他刚做完别处的清洁，还没顾得上。吃完饭，陈西风将自己的卧房收拾一下，便开始午睡。上床后，陈东风将《萌芽》翻看了十几页，门外忽然响起汽车喇叭声。他霍地坐起来，侧耳一听，先是院门响了一下，接着他清楚地听见方月说了两声谢谢。他站起来，光着脚走到门后，没等他拉开门，客厅里已响起了陈西风的脚步声。

外面的门先是被拉开，跟着又是合上，然后是两个身体碰到一起的那种肉奶奶的声音，还有那叭叭叭、嗞嗞嗞的吮吸声。后来，方月说了声，累死我了。陈西风则说，想死我了。这样客厅里就响起了一个人沉重的脚步声，陈东风明白这是陈西风抱着方月往卧房里走。果然，卧房的门咚地关上以后，屋里忽然一点动静也没有了。陈东风悄悄地将门拉开一道缝，见客厅里胡乱地扔着几个行李包。那边卧室的门关得严严的，几乎一点声音也听不见。陈东风关上门，坐在床边不知做什么好。愣了好久，才听见那边房门开了，跟着是方月大声说着话。方月说，我还以为自己个把月不在家，家里会乱得像狗窝，没想到三条光棍能将家收拾得这么好。陈西风说，岂止家里，厂里的事我也处理得非常巧妙。方月大概是倒开水瓶里的水洗头，屋子里一片哗哗响。陈西风在她旁边将厂里近些时发生的事从头到尾地说了一遍。说到徐快喝了家里那掺了马桶水的假茅台时，方月咯咯咯地笑了很长时间。笑完之后，她对陈西风说自己想洗个澡。陈西风为她准备洗澡水时，她终于问起陈东风。方月先说，你爸去哪儿了，是不是又去捡石头了？陈西风说，老了，无所寄托，由他去吧！方月又问，东风呢，上班去了？陈西风说，他上二班，正在睡觉呢。陈东风听见方月的脚步声来到了自己的房门前，停了一会儿才移开。

方月洗完澡又被陈西风抱进房里。

陈东风心里太难受了，他穿上衣服开门走了出去。

已经是七月了，屋外的太阳很毒，转眼之间就能从身上烤出一层黑油油的汗珠。陈东风在街道上走了一阵，实在抗不住，便朝方豹子他们住宿的旧仓库里走去。旧仓库里很安静，乒乓球台上躺着四个半裸的男人，一台吊扇在上空呼呼旋转。方豹子的床空着，陈东风躺了上去，却睡不着，眼前老有陈西风抱着方月的模糊身影在晃动，他甚至还猜测，天气这么热，方月一定被陈西风折磨得大汗淋漓并喘不过气来。想到这些，陈东风身上的汗一股接一股地往外涌。他伸手到枕头底下找扇子，扇子没找到，却摸出几只避孕套。陈东风看了几眼，心里不好意思，就将它们塞回枕底。

这时，方豹子回来了。

陈东风一看他身上沾了许多黑沙黑土，就知道是从车间里出来的。他问方豹子是不是又去干私活了。方豹子说这回是半公半私，车间主任老万私下接了外面的活，让他偷偷做。说着他用一只黑手从脏兮兮的荷包里摸出一百元钱，得意地说干私活最大的好处就是当场见到效益。陈东风问他做的是什么东西。方豹子说好像是齿轮。陈东风又问他枕头底下是什么东西。方豹子一时想不起来，待掀开枕头看了看后，他竟说这是雨衣。陈东风忍不住笑了，边笑边问方豹子的目标是谁。方豹子什么也不说，实在被逼无奈时，他才透露说，反正是阀门厂的人，能不能成功，这几天就能见分晓。方豹子拿上毛巾肥皂，用门外的水龙头冲洗一通，也上床来睡，并且只用几分钟就睡着了。陈东风本来就睡不着，两个人挤在一张窄床上，周身更加不舒服。他爬起来，方豹子一点反应也没有，在那发达的胸肌旁，微微跳动的心窝盛满了汗水，宽阔的胸毛向下纵贯整个腹部。陈东风听人说过，那些性格开放的女孩就喜欢这类有野性的男人。

不知怎的，陈东风想到了王元子。他用力摇醒方豹子。

陈东风说，别的人我都不管，但你不能碰王元子，她有病，你懂不懂！

方豹子迷迷糊糊地睁开眼睛嘟哝了些什么，头一歪又继续睡去。

方豹子一侧身，心窝里的汗水像山洪一样倾泻到床上。陈东风转身走出旧仓库，正要往街上走，迎面来了王元子。他急忙回头往厂区走。紧走了一阵，王元子并没有追上来，他扭头往回看时，宽宽的路上空无一人。他以为自己看花了眼，便放下心来慢慢地踱着步。

还没到上班时间，厂区里空荡荡的，只有加工车间的车床在响，那声音像是来了瞌睡一样，有些无精打采。厂区大门敞开，门卫在小屋里响亮地打着呼噜，张开的嘴巴由于缺了几颗牙齿，显得又黑又大，不知是谁将一支粉笔放在门卫嘴角上，粉笔在鼾声中不停地颤抖，却掉不下来。陈东风忍不住扑哧一声笑了。

这时，身后响起自行车铃声。陈东风一闪身，徐快骑着自行车快速越过他，沿着走廊一直骑进办公室里。隔着窗户，陈东风看见他拿起电话，大约是对方听不懂这里的方言，徐快只好提高嗓门，用半生不熟的普通话说，要对方喊316房间的马明梅接电话。在对方喊人的间隙，徐快将窗户关上了。

车间里只有几台车床在转，多数人都在歇息，一些人干脆垫着半张报纸坐在阀体上打瞌睡。李师傅招招手让陈东风过去，开门见山地问，中午怎么没休息，是不是给人家让房呀！陈东风红着脸说，我自己要早来的，提前磨几把车刀。李师傅说，人家两口子个把月没见面，你出来避一避正好，难怪大家都对你那么好，你真是聪明伶俐。说话之间李师傅开始询问他的家庭情况，而且拐弯抹角地试探他有没有女朋友，还特意问了陈东风与墨水和黄毛两人的关系，陈东风的回答让她很满意，她要陈东风过几天上家里去玩玩。

这时候，有人将车间里的一块旧铁皮用力敲了一下，正在打瞌睡的人全都惊醒过来，慌慌张张地站到车床边，让车床转起来。敲铁皮的人是汤小铁，他压低嗓子喊，起西风了！起西风了！李师傅马上说，小铁，你别瞎叫，人家西风这会儿正同老婆亲热哩！有两个反应慢的人听了这话，随口骂一声死小铁，复又坐下去。汤小铁说信不信由你们。

转眼之间，陈西风真的出现在车间里。

他走到那两个还在打瞌睡的车工跟前，大声说，瞌睡来了干脆回家睡去，别占着茅坑不让别人用。那两个车工慢慢站起来。陈西风继续训斥道，不想干了就打声招呼，我好再找两个农民工来顶班。

汤小铁忽然走拢去说，你别乱放炮，她们的车床出毛病了，是我叫她们休息的。

陈西风说，出毛病了为什么不修？

汤小铁说，没有零件换，仓库的人还没上班。

陈西风说，哪儿出了问题？

汤小铁说，你当过几天车工？说了你也不懂。

见陈东风在一旁站着，陈西风就说，你来试一试，看问题出在哪儿！

陈东风走过来，刚要动那操纵杆，汤小铁一巴掌将他的手打得垂了下来。汤小铁说，我说不能动就不能动，谁动了谁负责。

陈西风说，这话没错，东风，你就车一下试试，出了问题由厂长负责。

汤小铁拿起一把榔头气势汹汹地说，谁敢动一下，老子一锤子砸扁他的头。

陈东风瞥了他一眼，果断地伸出手一提操纵杆，C6136车床呜呜地转起来。陈东风正要进刀，陈西风忽然说了声，停！他指着车床主轴箱说，这几个齿轮磨损得太厉害了，是该修一修，换一换。陈西风又问汤小铁，还有什么地方有毛病。

汤小铁怔了一会儿才说，这台车床要大修，床面子凹下去最多的地方有十个丝，中拖板也凹了六七个丝。

陈西风说，动床面就是大修，暂时不行，起码要将今年维持到头。

说着话，陈西风人已走远了。

汤小铁盯着陈东风说，你是一条看家狗。

陈东风说，你再说一遍。汤小铁真的又说了一遍。陈东风马上说，你骂我两句我只骂你一句，你是一条癞皮狗。

汤小铁手臂上的肌肉动了几下，终于没有将手臂挥起来。

陈东风拿上一把新车刀走进砂轮间，三个面还没有磨白，门卫突然闯进来，揪住他便往办公室方向拖，嘴里不停地重复着一句话，狗东西的农民工都邪了，敢侮辱正式工。陈东风不知为何缘故，直到见了陈西风，门卫才说，陈东风乘他打瞌睡时，将一支粉笔塞进他嘴里。陈东风申辩自己绝不可能做这种事。门卫有证人，说是徐快亲眼看见的。上班的人陆续来了。门卫揪着陈东风不放，非要陈西风大义灭亲。眼看围观的人越来越多，闻讯而来的徐快赶忙纠正门卫的话，说自己只看见陈东风一个人走过去，并没有确切地说是陈东风干的。

陈西风将这事丢给徐快处理。徐快不肯接手。

正在这时，王元子分开人群走进来说，我可以为陈东风做证，他与此事无关，我看见他经过门卫室时一步没停，直接进了车间。

徐快有些紧张地问，你当时在哪里？

王元子说，我当时就在他身后，后来我进了农民工的大宿舍。

门卫不肯罢休，他说，你一个小花疯子，八成是看上了陈东风，才做伪证。

王元子走上来扬起小巴掌说，陈东风没资格侮辱你，我却有资格打你。说着就给了门卫一个耳光。

王元子还要打，却被汤小铁拦住。

汤小铁说，老东西，你怎么受不住宠，粉笔是我放的。我见你张着大嘴想吃人，就找了一根杠子撑住。

门卫一下子蔫了，他嘟哝道，我本来已猜到是汤小铁干的，可徐书记偏偏要提示一下，害得我白挨了一巴掌。

汤小铁说，你挨了王元子的巴掌是你的福气和缘分哩！

大家哄笑一阵，四散而去。

王元子推着一辆崭新的女式自行车往技术科门口走。车后架夹着的小包里露出一根游泳衣的背带。陈东风跟上去说了声谢谢。

王元子说，我说的是真话，不用谢。

陈东风说，我也说句真话，你不要同方豹子一起游泳，你会吃亏的。

王元子说，除非你陪我去，不然你就别管。

陈东风没有回答。

新车刀很难磨。陈东风顶班操作时，徐富发给他一些量具和刀具。别的倒没什么，这几把硬质合金车刀一看就明白是没人愿意要的。刀体特别大，刀片很小，而且焊在正中央，光是磨去多余的刀体就要费去很多时间。车刀一磨就烫，硬质合金又不能用水冷却，必须让其自然冷下来。一个钟头过去了，陈东风还没有磨好一把车刀。李师傅来到砂轮间，看了几眼就说他被高天白教实了心眼，她当车工快二十年，不管什么车刀从来都用水冷却，有时候硬质合金刀片都磨红了，照样往水里一扔，使用起来也没发现什么不对头的。

陈东风说，我看了书，书上也是这么说的，用水冷却会降低硬质合金的性能和寿命。

李师傅说，在阀门厂里有两种话不能听，一是高天白的，二是书本上的。听高天白的，别说养老婆孩子，连自己也养不活。听书本上的东西等于自毁前途。书上教农民别进城，书上教年轻人去寻找纯洁的爱情，可现在哪个在听这些鬼话。农民不进城能发财？谈恋爱不看对方物质条件，那不等于往火坑里跳！

说着，李师傅将陈东风放在地上的两把车刀捡起来，扔进旁边的水桶里。她说，有事问我保准你不吃亏。

陈东风手里还有一把车刀，车刀已经很烫，他仍旧没有将它放进水里。

下午四点三十分换班时，陈东风终于将三把车刀都磨好了。

陈东风没有在 C6140 车床上班。他操纵的是一台 C6136 车床，就在高天白的那台 C6140 车床前面。他前面是黄毛。墨水则在斜对面的另一排。那一排几乎全是专门车阀体的简易 C660 车床。操纵这些车床的都是男车工，加工过和未加工过的阀体绕着车床码得老高，每台 C660 车床都像是安置在特殊掩体中的导弹发射器。墨水的车床也是 C6136，她夹在那些掩体中间，常常让人视而不见。

墨水一到车间就将陈东风叫过去，拿出几块油炸鱼要他吃。陈东风不想吃，他伸出一双黑乎乎的手给她看。墨水硬是将一块鱼塞进他嘴里，不停地说他苕，告诉他顶班第一个月按规定是不计算定额的。墨水要陈东风趁此机会多做准备，多打点埋伏，留待下个月计算定额后应急之用。这时，黄毛在那边叫起陈东风来。陈东风应了一声正要走，墨水拉了一下他，并高声说，等一下，他在帮我哩！说着她蹲了下来，并示意陈东风也蹲下。陈东风刚刚往下一蹲，墨水就在他脸上亲了一口。

陈东风正要告诉墨水这样不好，黄毛已跑过来，她一探头说，你又不换夹具，留陈东风在这儿干什么？墨水说，你又不是车间主任，管不了我们。黄毛说，你留他在这儿偷嘴我当然可以管。陈东风将嘴里的鱼块吐了出来，说，别说些无聊的话，你们还是师父哩。黄毛说，就是，师父就要像个师父样。墨水说，你像师父？黄毛说，当然，他上班第一天我就教他如何开 R。墨水说，小气包，这点屁事还好意思常挂在嘴边上。黄毛不理她，只对陈东风说了声，快来呀！

陈东风帮黄毛换好车床上的夹具，正要走，黄毛从口袋里掏出一样东西给他，陈东风没有细看，只是觉得这是一块到处开着小口子的不锈钢板。待回到自己车床边，再摊开来看，才发现这是一块车各种螺纹的车刀样板，方方正正的一小块不锈钢板上用砂纸旋出一些隐现着的花纹，中间是一个心形图案，四周是大小不一的三角形与梯形缺口，并分别用钢印打着英制梯形螺纹和公制梯形螺纹角度的 29°、30°，以及英制三角螺纹和公制三角螺纹角度的 55°、60° 等标志。车间里只有少数老师傅才有这种车刀样板，有了它磨车刀时就不必凭经验估计。陈东风感激地看了一眼黄毛，并说了声谢谢。黄毛朝他妩媚地一笑，什么也没说。

高天白在身后重重咳嗽一声。

陈东风赶忙夹好工件，架好车刀。

湛蓝的铁屑又飞旋起来。车刀像一只魔掌，平平静静地沿着满是黄锈的元钢缓缓抚过，留下一片铮铮如镜的明亮。那样子极像僻静无人的山间绿潭旁，一位少女脱去粗朴的衣衫，露出鲜白的身子，扑进潭水中。少女将身子在潭水中泡够了，略有羞涩地从水中爬起，抱着衣服起向小树林，披着一层潭水的身子，在太阳下闪耀着薄薄的银光。这景象陈东风十岁时曾经见过，元钢变幻后的身姿，就是那一回在潭水中赤身洗浴的方月。亮丽柔情近在咫尺，陈东风不敢伸手抚摸。湛蓝的铁屑已伸出七八米长，穿过车床，不急不慢地在地面上扭动着。黄毛第一个转身瞅着地上那漫长的翻滚，跟着四周的车工都将车床的自动车刀手柄搭上，腾下工夫也来看这怎么也断不了的湛蓝铁屑。墨水干脆停下车床跑过去，将那铁屑捡起来放在掌心上，细细打量它那翻腾的样子。枯燥单调铁灰一片的车间忽然有一种抒情的气氛，仿佛这铁屑是一根遐想的纽带，人人眼中都有了些许憧憬。汤小铁从车间那一头走过来，学着墨水的样子，也将铁屑轻轻地握在手中，并且第一次朝陈东风笑了一下。高天白也有些陶醉，他放慢了车床和手上的速度，不时用眼睛向那铁屑张望。

亮丽的光彩接近了卡盘，陈东风将车刀退出来，刚刚活力无限的铁屑一下子变得无声无息了。

大家不约而同地轻轻嘘了一声。

墨水走近了说，你还真行，我们先来这么多年，还没有车出这么漂亮的铁屑。说着她伸出手要摸那仿佛被褪去粗朴外衣的工件。陈东风连忙拦住她说，别动！墨水说，怎么啦，铁砣子摸不坏。黄毛在一旁说，你手太脏了，会损坏陈东风创造的车间之美。墨水说，我手脏，可心灵美。陈东风怕墨水还要摸，一提开关手柄让车床旋转起来。

这时，汤小铁掏出一只钢卷尺，开始量那铁屑有多长。墨水忙过去帮他，并在随后大声宣布，加工车间铁屑长度的最新吉尼斯纪录是十米零三。

汤小铁离开之前先到黄毛身边转了转，然后回头像是无意之中顺口告诉陈东风，以后别那么苕，以为车刀只能用砂轮磨，其实那多余的刀体可以先用钢锯锯掉，再磨就省事多了，车刀质量更有保证。

车刀在转动的工件上轻轻碰了一下，又稍稍挪开一些，然后又向前进了一段距离。陈东风将自动进刀手柄一合上，车刀便挤入钢铁之中。车床轻轻地哼了一声，铁屑便飞溅起来。陈东风正感到有些异样，铁屑为何既不卷又不蓝了，高天白在身后叫了一声，停下！陈东风赶紧退回车刀，同时按下开关手柄。高天白关掉 C6140 走过来，一巴掌甩过去，先将刀架松了，转过车刀看了一眼，又用扳手将车刀卸了下来，拿在手中细看一阵。高天白问他磨车刀时是不是用冷水泡过。陈东风点了点头。高天白生气地说，磨车刀的事，自己专门叮嘱过几次，陈东风既然不听，自己也就不认这个徒弟了。陈东风将来龙去脉一一说了。高天白缓过神来对他说，像李师傅她们那种劳动态度，硬质合金淬水和没有淬水的确影响不大，转速慢、进刀量和走刀量都小，车刀受到的挤压力也小，车刀因损伤失去的能力，还没有使车刀越过那不能承受的分界线。然而，陈东风是在进行强力切削，几乎是按照车床与车刀的能力极限在做，只要车刀一受损伤，切削过程中的巨大力量，会很快让车刀产生磨损，切削也就无法进行下去。

陈东风换上那把没有在冷水中淬过的车刀。

果然，湛蓝的铁屑又出现了。

下午五点三十分时，其他工种的人都下班了，车间里只剩下车工和一名值班的维修钳工。陈东风想到王元子又该去游泳池了。天色渐渐黑下来。车间里不时有车床停下来，操纵它的车工悄无声息地离开两三个小时后，又悄无声息地溜回来。灯影之下，似乎在发生一些神神秘秘的事情。陈东风也花了十分钟出去一趟。他到作为集体宿舍的旧仓库里，看看方豹子在不在。别人告诉他方豹子游泳去了。他翻开方豹子的枕头，见几只避孕套仍足数地搁在那儿。陈东风多少有点放心，方豹子没有带上它们，至少说明他们之间还没有亲密到随时可以发生一切的程度。

回车间的路上，陈东风看见方月提着一只饭盒在前面走。他没有作声，就在身后悄悄地跟着。直到方月走进车间大门，他才意识到方月是给自己送吃的，心里顿时狂跳不止，一时间竟不知如何是好。他在黑暗处看着方月先跟高天白说了几句话，又跟黄毛聊了一阵，后来墨水招呼她，她又走到墨水跟前。

正在犹豫，徐富忽然出现在身后，问陈东风不上班，在这儿站着干什么。陈东风支吾一句后只好往车间中间走。方月远远地叫了一声东风，陈东风装作才发现的样子，问她什么时候回来的。方月笑而不答，这让陈东风觉得她看出了自己心中的慌乱。幸亏徐富插进来，同方月开起玩笑。陈东风趁机回到车床边，手忙脚乱地动起来。

铁屑的蓝色更加动人，流淌也更加舒畅。

一股清香飘过浓浓的铁腥，沁入心间。陈东风不看也明白是方月过来了。方月看着地上纵横交错的铁屑说，一个月不见，你就出师了，徐富说你的技术能赶上一些老工人。陈东风说，高师父教我花了不少心血。一刀走完了，陈东风临时停下车床。方月伸手摸摸被车过的工件表面，手背上一排浅浅的圆窝，像一只只含情的眼睛。陈东风一个恍惚，似乎又看见水潭边那少女的裸体。随后他又清楚地看见那手虽白嫩，但比锃亮的钢铁少了一种撼动心魄的光芒。他心里喃喃地说，应该到那水潭里重新洗一次。

工件很烫，方月缩回手，转而将饭盒递给陈东风。

陈东风接过来，看也不看就吃，直到快吃完了才意识到是鸡汤挂面。方月走时要他做完定额就回去，别在车间里泡，天热，要趁凉快早点休息。

方月一走，黄毛和墨水一齐围过来，轮番说方月既像陈东风的妈妈，又像陈东风的姐姐，对他这么好，温柔体贴关怀备至。说得正起劲，徐富突然吼起来，说她们若不想上班就回去，别在这里将新工人带坏了。他这一吼，不只黄毛和墨水，其他串岗的人也都乖乖地回到自己的车床旁。徐富背着手在车间走了几圈，不停地威胁说，若是大家觉得生产定额定松了，就给每人加百分之二十。黄毛小声嘟哝，我们完不成任务，你也拿不到奖金。徐富在车间待到晚上九点三十分吃夜餐的时间到了才走。

大家将车床一停，异口同声地说，徐富见自己被上报成副厂长，就神气起来了。一开始说时，话里还有些气愤，等到牵扯起肖爱桥，大家又对徐富宽容起来，说不管怎样，徐富还是比肖爱桥好，在肖爱桥眼里，别人都是一群无用的阿斗，是他指甲缝里的泥。

黄毛当即说，他自己也好不到哪里去，同样是别人指甲缝里的泥，只不过那个别人不是我们，是当官的。

高天白打断她的话说，谁也没本事将谁当成泥，谁若是真的变成了泥，那只能怪他自己。

大家被这话说蔫了，洗了手便往食堂去。

陈东风没有去。黄毛本来已洗了手，她见墨水也不打算去食堂，便改变了主意。墨水心里有些发毛，却又不好说，憋了一会儿，她才走过来，要陈东风送她上女厕所。陈东风要她邀黄毛一起去，墨水不肯，说黄毛的胆子比她还小，搞不好反而会吓着她。黄毛一开始并不作声，等到陈东风答应去以后，她才冲着他们说，你们都走了，我一个人怎么办，这么大的车间，黑咕隆咚的吓死人，干脆我也去。黄毛将车床一关，车间里立刻变得一片沉寂。墨水说，到处都是电灯，有什么可怕的。黄毛说，那好，你待在车间里，我和陈东风一起去。墨水羣了不到一分钟，便匆匆撵上来。陈东风在离厕所十几米远的地方站着，听见厕所里墨水和黄毛在小声争吵着。他多次听见臭不要脸和死不要脸这两句话。

从厕所里出来，直到下班，她俩再也没有说过一句话。

陈东风同高天白一直等到接班的人来才离开车间。

他开门进屋时，下意识地看了一下陈西风和方月的卧房。房门依然紧闭，屋里有电扇呼呼的吹风声。他三下两下脱了衣服，便往卫生间钻。虽然是夏天，半夜里的自来水仍然很凉，他在莲蓬头下淋了一会儿，周身开始有一种清凉感。就在这时，他一眼看见墙角的废物篓里有两条满是污血的卫生巾，这是方月用过的。尽管陈东风没有尝过女人的滋味，但他懂得女人来月经时是禁止做爱的。陈东风心里顿时变清凉了。

4

天气闷热，陈西风心里如同这天气一样。方月回来之前，他特意将一只西洋参用冰糖蒸了分两次服下去，准备同方月一起好好快活一场。偏偏方月在回家之前来了月经，尽管有她百般的抚爱，陈西风熬不住心里的难受，离上班时间还差半小时，他就爬起来往厂里走。

一进办公室，陈西风就发现田如意在有意盯着自己。不知为何，他竟叹了一口气。田如意马上说，老婆回了，应该快乐才对。陈西风已经张开了口，才发现自己无话可说。田如意见他欲言又止，便知趣地岔开，将电话记录拿给他看，陈西风站在屋子当中，闻到田如意身上有一股醉人的香味。

他忍不住问，你搽了什么香水？

田如意说，没有，我从来就不搽香水。

陈西风说，那你身上哪来的香味？

田如意笑着说，是你的心香。

陈西风没有接茬，他看见有一条电话记录说，油田的一份合同，大有希望，但对方关于回扣的附加条件，业务员不敢表态，希望陈西风厂长亲自跑一趟，而且越快越好。陈西风立即同那个业务员通了电话，问明情况后，答应明天出发，争取后天到达。放下电话，他让田如意给司机小张打呼机。隔了十几分钟，红色桑塔纳轿车就出现在办公室门口。

陈西风要小张下午什么事别做，先到厂医务室去吊一瓶氨基酸。小张一听就知道又要跑长途，不由得面带难色，他说，我中午才回，到现在还没有见上老婆面哩！陈西风说，我晓得，今天不走，明天走早点行吗？小张说，三天中有两天半在外面，我若是犯了男女作风错误，领导还可以谅解我，可我不能让老婆犯错误。陈西风说，你别痞了，快去买点西洋参什么的，开张发票，早点吃了早点休息。

小张先去医务室将氨基酸挂上，然后自己用手提着跑回办公室，将王副县长的小儿子与徐快的表妹搭上线的经过，细细说了一遍。陈西风又问了文科长和玉儿的关系。小张说他们已彻底完了。说起玉儿和小英的变化，小张感慨万千，几次说，孙悟空的七十二变，也变不过当今的女人，孙悟空变来变去总得恢复原形，女人却连灵魂和心都变了，变得不是她们自己了。

小张的声音越说越大，田如意听了就说，女人自己不会变化，也不想变化，女人最终变化了是你们男人希望她们变。刚好徐快在门口走过，小张就将他喊进来评理。小张将田如意的话复述了一遍后，徐快的脸色变得有些不自然，他支吾道，女人是特殊材料做成的，男人的理论对她们不适用。小张马上取笑说，照书记的观点，女人都可以入共产党了。徐快严肃起来，他说，说女人就说女人，别同党混为一谈。小张依然一脸痞相地说，说党有什么意思，说女人才有味道。陈西风见小张有点不像话，就说，快去打你的针，别在这儿胡说八道。

小张走后，徐快气愤地说，像这种人应该让他去铸造车间当三年翻砂工。陈西风马上说，小张是嘴恶心善，再说哪个开车的不痞呢！徐快说，他是给厂领导开车，会影响厂领导的形象。陈西风说，那也未必，司机觉悟再高也不能当政治局委员，厂领导的形象关键是将生产搞上去，别互相拆台。徐快马上补充一句说，还有一点，不要任人唯亲。陈西风见徐快不肯让步，就不想为这点小事斗下去，转而告诉他自己要出一趟差。

陈西风将油田那边的合同情况简单说了一遍，又将厂里最近要做的几件事一一做了交代，紧急要办的有两件事，一是半年工作总结，二是肖爱桥和徐富的任职问题。前面一件陈西风要徐快在家做主办了，别等他回；后一件他要徐快到经委和王副县长那儿打听一下，并催一催。徐快对后一件事没有说什么，但对于半年总结，他推说厂长不在家自己一人操办，恐怕会有些不良后果。他建议最好是在陈西风走之前开个紧急会议。陈西风当即叫田如意赶紧发通知。

听说是紧急会议，徐富、老万、老马他们丢下车间的事马上赶来，就连在家休息的文科长也骑着自行车来了。等到宣布说是半年工作总结的筹备会，大家免不了有些扫兴。老万大声说，我还以为又要涨工资了。他一开口，大家也跟着纷纷说了自己的愿望和猜测。有人以为是要分房子了，有人以为是上面又分下来转干指标，还有人以为是中央主要领导人去世了。陈西风让大家停下来别说了，他将半年工作总结由徐快主持的原因说了一遍。接着就由徐快讲总结评比的意义。徐快说了许多不着边际的空话。肖爱桥听得不耐烦了，带头往外跑，其余的人也一个接一个往厕所跑，回来时又迟迟不入座，站在走道上撩起衣襟散汗。徐快不得不缩短讲话，直接讨论起各种名额的分配。由于关系到各部门的利益，大家争得很厉害，会议开了一个下午最后确定先进比例为百分之二十，劳动模范则由厂里统一平衡考虑。

散会之后，屋子里只剩下陈西风和徐快。陈西风问徐快的表妹何时放假，要不要带点什么去，或是顺便将她带回来。徐快说不用，表妹最近好像在谈朋友，不用他操心了。陈西风说，这么漂亮的女孩一定要选准目标，不然就太浪费材料了。徐快笑而不语，陈西风也不说话了，脸上的笑似乎更鲜艳一些。

陈西风回家时，文科长正等在屋里。

方月一直陪着他说话，陈西风回了她也不回避。文科长几次欲言又止，陈西风不得不叫方月到厨房做饭去。

方月一走，文科长就将这次去省城的情况一一同陈西风说了，他再三声明自己同玉儿的关系已一刀两断，今后有什么问题自己概不负责。他还建议将玉儿和小英调回来解雇了，不能让她们在外面损坏阀门厂的形象。陈西风马上反问，他的意思是不是家丑不可外扬？文科长知道这话是冲着自己来的，就不再提起这事，转而建议将方月提为副科长，让她多挑一点担子，好将这次出去培训学到的东西在厂里推广应用。陈西风开玩笑说，你提拔我老婆当副科长，那我就得提拔你为副厂长来做报答了。文科长忙说，这一次你没有处分我，我已经感激不尽，哪敢有那种非分之想。

陈西风顺便问起他对两个副厂长候选人的看法。

没想到文科长更倾向于肖爱桥。

陈西风问原因，文科长说他和徐富是同一天进厂的，相互之间太了解了，徐富这人看起来对人很忠诚，关键时候往往会变脸，而且一变脸就处处伤人，不给别人留后路，也不给自己留后路。肖爱桥不一样，他谁也瞧不起，只凭自己的想法做事，不听任何人摆布。陈西风觉得文科长的话有几分道理。文科长忽然压低嗓音说，在阀门厂就连我自己都不敢说对你有多忠诚，真正对你陈厂长绝对忠诚，永远不会背叛的人，只有田如意。陈西风警觉起来，马上说，我们都不要在背后瞎议论人，这会降低自己的人格人品。文科长知趣地起身告辞。陈西风送他出门时，再次意识到文科长这是在发信号，暗示他对某些事情心中有数。他突然厌恶起文科长来，一个人站在门口说，找到机会，老子一定要将这小子贬到铸造车间去当翻砂工。

方月正巧听见了这话，在身后问他为什么。

陈西风只将文科长和玉儿的关系说与方月。方月当即反感地说，他们年龄悬殊那么大，差不多二十岁，怎么可能哩。方月一说完，忽然想起什么，又回到厨房去了。陈西风追过去说，我们之间不也有二十岁的差距吗？这话一说完他就后悔了。

方月的泪珠滴在油锅里炸得啪啪响。

他伸出手，刚擦去方月左边脸上的泪水，就听见段飞机在客厅里大声说，西风，听说你回来了？

段飞机来是要同阀门厂做一笔生意，他手头上有一批钢材，想用它换些阀门。陈西风问清了规格，就知道这是市场上最滞销的，便一口拒绝了。段飞机像是开导他说，别的国营工厂，只要是合格产品，哪怕是积压几年、十几年的都愿意换哩！这话让陈西风心动了，厂里也有一些积压多年卖不出去的产品，若能换成钢材，就不怕积压了，因为材料可以计入成本，起码可以少缴一些国税。

见陈西风动了心，段飞机从口袋里掏出一只沉甸甸的信封，站起来送进陈西风的卧房。段飞机复又坐下来。陈西风好像视而不见。

二人又说起别的闲话。段飞机说，方月的母亲养的这季蚕做了茧后，卖了个好价钱。钱到手后，老两口却吵了一架，原因是什么突击坡人一直没搞清楚，但隐隐约约地听说似乎与陈东风有关，有一回方月的父亲在镇上喝醉了酒时对人说，方月的母亲若敢给陈东风买彩电，他就敢将牛卖了给自己买彩电。说完这事他又说起陈东风屋里最近住进去两个女孩，还带着一对双胞胎孩子，不过看样子还正派，从来没有男人去找她们。

说着话，方月将饭做熟了。陈西风留段飞机在家吃饭，段飞机谢绝了，他在山南大酒店里约了别人。

段飞机刚走，陈万勤就回来了。一进门将陈西风数落一顿，做人一定要有家乡观念，乡里乡亲大老远跑来做生意，能答应的就要满口答应。陈西风说他已经答应了。陈万勤说答应了就该批个条子给人家。陈西风告诉他，当领导最忌讳的事就是批条子，因为白纸黑字会留下证据。陈万勤不理解行为正当为什么怕留下证据。陈西风不同他说这些，扭头叫方月端饭吃。吃了饭，方月到车间送些吃的给陈东风，回来后就同陈西风上了床。两人做不成什么事，只是搂在一起说话。方月将游洞庭湖、登岳阳楼、漂神龙溪和小三峡，逛鬼城丰都和夜宿白帝城，直到重庆的雾，一一扳着指头说给陈西风听。陈西风心渴如焚，没有心思听方月的絮语。只是说起方月的母亲为什么非要给陈东风买彩电时，他才认认真真说了几句话。陈西风问方月，她母亲与陈东风的父亲是不是有特殊关系。方月有些生气地告诉他，以后不要再探听长辈们的隐私。陈西风内心的冲动并没有因此而减退。方月见他那种样子，不免有些同情，转过身来温存了一阵。陈西风咬了方月一口，说方月真坏，存心整他。方月说这只怪他运气不好，出门碰上了下雨下雪。陈西风有点不顾一切地动作起来，想强行行事。方月惊恐地推开他，大声说，不！两人半裸身子面对面地坐在床上发愣。

屋外的电话突然响了。打电话的女人，自称是县委宣传部新闻科的，她说省里的许记者来了，住在山南大酒店301房间，要陈西风马上去一趟。放下电话，陈西风听出此话中的不同寻常。他想了想，虽然心里有某种预感，但还是决定去一趟。方月上前来给他穿好衣服，并说了两次对不起。

外面起了凉风，路边的树叶沙沙地响着。

半路上碰见王副县长的司机小丁。小丁问他父亲这两天看见那大蛇没有。听说没有，小丁就怀疑陈万勤是不是年龄大了，有些疑神疑鬼。陈西风告诉他，别的老人可能会这样，自己家的老人决不会这样，既不会将树影当鬼，也不会将鬼当人。小丁又跟他说起王副县长的小儿子和徐快的表妹的事，他猜测王副县长的小儿子这次去省城，是阀门厂的人策划的。他说这次策划很成功，王副县长的小儿子回来才半天，就给师范学校打了五次电话。

陈西风怕话多有失，借口以后再谈赶紧走开了。

刚进山南大酒店的门，陈西风一眼看见段飞机正和一个男人在大厅的角落里喝着咖啡。他认识这个男人，他还记得这个男人给自己递名片时那副谦卑的样子。这男人叫冯铁山，是县工业区塑料厂的厂长，其实是一个村子的小作坊。冯铁山也看见了他，只见他同段飞机打了个招呼，两个人同时站起来。

陈西风朝他们挥挥手后，赶紧往一楼楼梯口走去。

301房间门锁的旋把上挂着一只“请勿打扰”纸牌，陈西风犹豫片刻还是举手敲门。稍等一会儿，门后边轻轻一响，然后悄悄开了。301是个套间，外屋的灯没有开，里屋也只开了一盏地脚灯。开门的人也不说话，随手将门反锁上，陈西风正感觉不对，一具柔软的身子已紧紧贴在他的后背上。

他禁不住轻轻叫道，如意！并转身来将她紧紧搂住。

陈西风像一座喷发的火山一样。他再也无法控制自己，抱起只穿着一件薄薄睡衣的田如意走进灯光朦胧的里屋。田如意的身子像一团火，她闭着眼睛半梦半醒般喃喃地说，下午我就看出来了，方月没有迎合你，你很难受，眼睛里说了好多次你需要我。我也需要你，我要个孩子，只有你能帮我。陈西风急促地说，我是在想你，你太好了。空调机微微作响的背景里，狂风一次次地刮，暴雨一次次地下，火山一次次地爆发，山崩地裂之际，呼喊与呻吟相互缠绕着，顺着风雨血脉反反复复来来回回地鼓动震颤。生命仿佛在演示着轮回，寂静相伴着高亢，柔曼紧随着癫狂。一切如同深夜间的暴雨：雷鸣，电闪，乌云，风暴和山崖崩塌，全都是黑夜茫茫时的无边无际的融合。

当一切从融合中还原之后，田如意催促陈西风该走了。他进房间已有两个小时，再晚服务员会怀疑的。

陈西风刚走到一楼，冯铁山就迎上来，说自己一直在等他下来。陈西风看见段飞机还在原处坐着，便索性走过去同他们待了一会儿。冯铁山提出自己的厂可以为阀门厂做外协件，铸件、铜件和来料加工都行。陈西风怕出意外，答应可以考虑，但细节必须另找时间具体商量。冯铁山一边答应行，一边说田如意是他的学生，他在田如意读书的那个中学里当过事务长。陈西风以为这是一种暗示，他故作镇定地说，当初你若是克扣了她的伙食费，那我们就不好合作了。冯铁山说，田如意从小就讨人喜欢，人见人爱，谁会亏待她。

冯铁山伸手从陈西风身上拈起一根长发，他说，陈厂长身上怎么有女人的头发？陈西风有些慌乱，段飞机接过长发看了看说，这是方月的，大概是西风出门前没有整理衣服。陈西风连忙接着说，夫妻俩一个月没见面，见了面就顾不上许多了。三个人都笑起来，冯铁山趁机要陈西风将一个型号的阀门零件都让给他们加工。陈西风想了想还是答应了。

陈西风一走，冯铁山和段飞机就笑起来，说没想到一根长发就将陈西风降服了。冯铁山称赞段飞机计策高明。段飞机要冯铁山找准一个人，将田如意填写的那张住宿登记表买下来，以防万一陈西风变卦。冯铁山有些自鸣得意地说，若不是他无意中发现田如意来登记房间，这套计划还不知什么时候能实现呢！段飞机提醒他，这些只是敲门砖，关键是打入阀门行业以后，自己去摸索出门路来。

陈西风在街上走了不到两百米，就察觉事情不对头。

田如意和方月的长发都是直的，刚才出现在冯铁山手中的长发则是卷曲的、是烫过了的。他意识到这中间可能有某种阴谋，特别是将产品成套地交给他人加工，对方就会轻而易举地获得全套技术资料，并最终将其装配成完整的产品。

陈西风在走进家门前，就已决定不兑现自己的诺言。

开门时，墙上的挂钟正在报时。方月太累了，竟没有醒，只有陈万勤咳嗽了两声。陈西风悄悄地上床睡了。他也很累，陈东风下班回来弄出的响声也没有惊醒他。

一觉睡到早上七点，一屋人才被闹钟的铃声吵醒。

陈西风对方月说自己要出去几天，方月体谅地说也行，不能在一起，不如干脆回避几天，免得心里憋得难受。陈西风刚将行李收拾好，小张就开车来接他。也没有什么好吩咐的，陈西风朝方月点点头便钻进车去。车到街上，陈西风要小张先绕到山南大酒店，他上去同一个客人打个招呼。

陈西风一个人进了酒店。快八点钟了，酒店里还很安静，仿佛仍在夜里，连服务员都难得见到。301 房间没有反锁，他一拧门锁旋把门就开了。田如意正倚在床上等他。陈西风说，小张还在楼下等着。但他还是无法控制自己再次与田如意融为一体的欲念。一切都很急促，陈西风脚上的皮鞋也只脱下一只。

田如意依然感到很幸福，她说自己一定能如愿以偿地怀上孩子，那样她这一生就有依靠了。陈西风突然想起自己的两任妻子都没怀孕，便要田如意别寄予太大希望。田如意说她有信心，既然她丈夫看中了陈西风，那他一定会在天上保佑她和他的。陈西风问田如意怎么得到这个房间的，田如意说是拿着厂里的介绍信登记的，事由是接待省报许记者。陈西风便完全放下心来，他叫田如意将住宿发票拿过来签上报销二字再署上自己的姓名。出门前，他看了看手表，前后只用十五分钟。出门后他又看了看手表，用掉的却是二十分钟。在这之间，一个长吻足足用去了五分钟。另有五分钟是吩咐田如意为了防止万一，务必将“接待许记者”的假登记表从服务台拿来毁掉。

5

一连几天，阀门厂到处都是吵架的声音。大家都要当先进，有把握当先进的又要当劳模。评比开始时，大家都很平静，以为还是老规矩，先进是一张奖状再加二十元钱，劳模是一张奖状，一朵红花，再加三十元钱。谁知突然间有消息传出来，说这一回要实行重奖，奖金是先进二百，劳模五百。大家起初还不相信，跟着又有消息说，徐快想趁陈西风不在家，大大地做一回人情。大家一想还真是那么回事，便一个个较起真来。先是汤小铁直截了当地跟徐富说，这先进要定了，不过那张奖状，他可以让给别人。汤小铁一开口，别的人就都来找徐富说，汤小铁能当先进，自己就能当劳模。徐富被吵不过，便将这话透露给汤小铁。汤小铁也不说别的，下班时一个人守在车间门口，要每个人写一张同意他当先进的字条才让出门。汤小铁对他们说，自己只要先进，将劳模让给他们。

只有高天白没有写。汤小铁也没有让他写，他说他不要百分之百的赞成票，他只需要百分之九十几就行。

陈东风也没有写，评比表彰之事，按惯例从来不考虑临时工和农民工。

陈东风、方豹子等一百多名农民工天天都在看热闹，看那些正式职工如何相互揭短。一时间，各种故事将阀门厂的地皮铺厚了三尺，似乎人人都拿了厂里的东西，人人都在上班时间干了私活。农民工中受到牵连的是那些女孩。不管长相如何，只要是女孩，每人身上就会有两个或三个牵涉正式职工的风流韵事。徐快忙了两天，几乎问遍全厂的每一个人，才搞清这些谣言是农民工先说起来的，这之后，一切的线索都集中到方豹子身上。方豹子一开始认了下来，说这是自己编的，主要是想发泄心中的不满。徐快一怒之下，要将方豹子辞退了。直到这时，方豹子才无可奈何地交代，这事是王元子让他干的。徐快不大相信，他将王元子找来，还没开始问，王元子便大咧咧地承认，她故意让方豹子这么说。徐快问是什么原因，厂里哪方面对她照顾不周？

王元子说，没有原因，如果硬要我说，那就只好说是你教的。

徐快没办法，只好不了了之。

听说是王元子胡编出来的，汤小铁气得半天没说话，然后将那些签了名的纸条用打火机点燃，烧得满地黑灰。其他人个个若有所失，当班的定额任务全部没完成。只有那些农民工在暗暗高兴。陈东风听见黄毛说这些事时，忍不住摸了摸自己的耳朵，以为听话的耳朵是别人的。黄毛还没说完，他就坚决地反驳，王元子不可能编出这种谎言。黄毛说，她有精神分裂症，最爱搞些幻觉。陈东风不同黄毛争辩，下班后径直去找方豹子问缘由。方豹子上的是长白班，本来要到五点三十分才能下班，见陈东风来找，干干脆脆地将工具一收，提前离开车间。老万主任看了他一眼，也没多说什么，只说明晚开炉，场子要准时做满。方豹子回答说，我明天中午不休息。出了车间，陈东风找了一个无人的角落，开门见山地问，王元子为什么要帮他说谎话。方豹子起先不肯说出真相，口口声声咬定事情本来就是这样。陈东风问了半天方豹子还不松口，他有些火，口气也硬起来，声称方豹子若不说实话，他就将其枕头底下的避孕套带给方豹子的妻子。方豹子嘴上说，我那苕老婆一定会笑你没结婚什么也不懂，怀了孕还要用什么避孕套，心里却软了，但他还是硬撑着要陈东风再帮忙车一件东西。陈东风答应后，方豹子才开口说，是段飞机叫他在厂里放风，评了劳模和先进要拿几百元奖金，段飞机算定那些正式职工要闹内讧。方豹子也乐意看看平时总显得高人一等的正式职工们如何出洋相，便接受了段飞机的建议，将一套莫须有的评比方案，在宿舍里悄悄说开。后来见徐快追得太凶，他唯恐躲不过处罚，便央求王元子将这一切都承担起来。王元子一向不喜欢徐快鬼鬼祟祟的做派，不问原因就应承下来。陈东风弄清楚一件事，又放心不下第二件事。他吃不准方豹子同王元子的关系到了哪一层，问了半天，方豹子才说到目前为止，只是在游泳池里拥抱过王元子。方豹子说，主要是心里害怕，王元子有个做官的叔叔当后台，连陈西风和徐快都让她几分，万一弄出什么事，恐怕不好脱身。陈东风知道方豹子说的是实话，就趁热打铁将他的胆子吓得更小一些。他说，王元子有精神病，法律上有规定，精神病人是受到重点保护的，哪怕是女方自愿的，也要判决与她通奸的男人坐牢服刑。

听了这话，方豹子半天不作声。

陈东风问他今天还去不去游泳，他只是嗯了两下。

陈东风回屋后，洗了些绿豆同米一起放进高压锅，搁在煤气灶上煮了二十分钟，然后拿起来放在地上。陈西风不在家，他便主动地帮方月做些事。等方月下班回来，炒好菜，再打开高压锅，绿豆稀饭正好不凉也不烫。方月很高兴他这样，每次端碗时，总要用那对含情脉脉的眼睛看他几下。一起吃饭，分别洗澡，随后方月就开始洗衣服。陈东风看见方月总是将陈万勤的衣服放在水池里泡着，又将他和方月的衣服放在一起泡在一个干净的盆子里。方月每洗一次衣，陈东风心里就像擂鼓一样激荡半夜。

差不多在墙上挂钟敲了一下的同时，门也被敲响了。

陈东风以为是方月回来了，连忙去开门，门外站着的却是陈万勤。陈万勤脸上有些划伤，脚指头上有不少血迹。

不待陈东风问，他先开口说，又碰到大蛇了！

陈东风用热水将伤了的地方洗净，才知只是被荆棘刮着，被树桩磕碰了几下，伤得并不重。喝了半杯白糖水，陈万勤完全恢复了正常。方月下班回来，若不是陈东风将实情告诉她，她根本不会注意到陈万勤受过伤。

三个人围到饭桌旁，方月刚撩起眼皮看陈东风一眼，陈万勤突然说，我今天又碰见大蛇了！

方月一惊，说，别说这个好不好，晚上我一个人睡觉会怕的。

陈万勤不理她，继续说，大蛇今天有点反常，对着我直冲过来，吓得我只有放下前面两条腿，变成四只脚，连滚带爬才躲过那几尺长的蛇信子。过后，我一个人想了半天，大蛇为什么这样凶！想了好久才明白，当时，扁担、铁丝箍和钢钎都不在身旁，我不该将它们放在路旁，钻到树林里拉稀。中午啃那干馒头时，多喝了两口山沟里的水，肚子里难受。

方月不高兴地放下筷子说，吃饭时，什么不可以讲，怎么单讲这脏东西！

陈万勤说，我是想提醒你们，劳动工具是宝物，随身带着有好处，可以镇妖避邪。

方月说，你别总以为别人邪，若是真的成天扛着锄头、挑着粪筐逛商店，进宾馆，人家还不知会将你当成什么哩！

陈万勤想了半天没想出什么话来。

这时候，汤小铁出人意料地闯进来。

汤小铁一屁股坐在四方桌子空缺的那一边上，扫了几眼桌面，什么也不说。方月有些紧张地问他吃过饭没有，要不要再加一点。汤小铁冷笑一声说，我不吃别人的剩饭剩菜。陈东风想起那掺了马桶水的假茅台，就问汤小铁想不想喝茅台酒。汤小铁说他不会像徐快那样上当，为了尝一口茅台却差一点连心肝五脏都吐了出来。汤小铁站起来在堂屋里转了一圈，并伸手撩彩电上的布罩看了一眼说，大厂长家里也还看这么个小家伙，是不是将那些黑心钱都存到银行里去了。说着话，他就要往方月的卧房里钻。

陈万勤一拍桌子大声说，有本事上车间好好劳动去，想来我家里耍赖，要问这条扁担答不答应。

汤小铁看见陈万勤将一根黑溜溜的扁担拿在手上，一副横刀立马的样子，不禁笑了起来，他说，我听说了，你这扁担能避邪，连大蛇都怕，我一个小人物还不怕？你老别发火，我说完正经事就走。

汤小铁转向陈东风，说自己请了一个乒乓球高手，今晚八点整，在老地方同陈东风较量，分个高下来。说完这些，汤小铁真的扭头走了出去。

汤小铁走了好久，陈万勤还在生气。

方月怕他气出毛病来就说，爸，还是你的话有道理，不是这根扁担，汤小铁这邪东西就要在我家横行霸道了。陈万勤没有作声，脸色却缓和下来。

陈东风放下筷子将乒乓球拍找出来。方月看到球拍有些不高兴，要陈东风将球拍扔了，另外再买一个。陈东风说他不敢扔，球拍像是陈西风留下来的纪念品，毕竟与前妻生活了那么久。陈东风这样说话，虽然没打算离间方月和陈西风的夫妻关系，却有刺激方月的意思。没料到方月却说，陈东风连女朋友都没谈成一个，哪里懂什么夫妻感情。方月的话让陈东风判断不出自己这番刺激的效果。

旧仓库里面的吵闹声老远就能听见。

陈东风一出现，乒乓球桌周围的人就安静下来。

汤小铁指了指身旁的一个人说，他代表我同你决战，三盘两胜制。陈东风认出那人是赵家喜。赵家喜也认出陈东风。不过他俩都没有显露彼此的熟悉。

汤小铁说，你们俩先赌一下，谁有胆肯定自己能赢。赵家喜不作声，也不看陈东风，掏出二十元钱放在球台上。陈东风笑一笑，只掏了一元钱出来。汤小铁要围观的人每人押五元钱，大家见陈东风只出一元钱，以为他准输，就将钱都压在赵家喜那边。开球后，两人一直僵持不下，十平以后，陈东风的弧圈球慢慢占了上风，以二十一比十六赢了第一盘。第二盘赵家喜用接发球抢攻和发球抢攻扳了回去。第三盘一开始，大家一边倒地为赵家喜加油。陈东风有些火，为了五元钱的赌注，他们竟向着汤小铁。心里一急躁，失误就多了，两人换边时，陈东风竟以三比十落后。看见汤小铁那副得意的样子，陈东风忽然平静下来，出其不意地削了两板，将比分追到五比十换发球。等他发完五个球，比分已变成了九比十一。十五平以后，他以六个凶狠的弧圈球结束了比赛。他放下球拍准备将赵家喜那边的钱拿过来，汤小铁拦住他，说这要按赌注的比例来分，陈东风只能拿二十分之一。他丢了两张五元钞票给陈东风，自己卷起剩余的钱扬长而去，边走边说，你们这些狗东西，想用评先进来出我的丑，可我还是将奖金拿到了。

汤小铁在门口同刚刚游泳回来的方豹子撞了个满怀。

赵家喜垂头丧气地要走，陈东风叫住他，问他怎么同汤小铁认识的。赵家喜说，自己在农机厂赌球赌出了名，汤小铁就跑过去找他。不过，他也的确想与陈东风赛一赛。他建议陈东风不妨赌赌球，可以认识一些城里人，同他们交朋友，对自己的将来会有益处的。赵家喜说，他来找过陈东风两次，都没碰见陈东风。陈东风问他在厂里的情况怎么样。赵家喜说工作上马马虎虎过得去，下了班后除了赌球，别的无聊至极。因为他球打得好，厂里有两个女孩追他，可他看不上眼，懒得理她们。陈东风以为赵家喜会反过来问问自己的情况，赵家喜没有这样做，而是一连说了三次，要陈东风介绍他认识一下王元子。陈东风记起来上次回家，半路上碰见赵家喜，他也提起过王元子。陈东风追问赵家喜非要见王元子是什么意思。赵家喜沉默了一阵后，低头告诉他，如果有机会，他就同王元子结婚，然后通过王副县长来改变自己的人生道路。

陈东风没料到赵家喜这么直率地将心里话说了出来，反而弄得自己有些窘，过了一阵才说，王元子有病，而且失过身，这些你晓得吗？

赵家喜说，我晓得。

陈东风说，晓得了那你为什么还想同她结婚？

赵家喜说，如果她没有这些问题，以我们这种条件，就是用脚后跟做脑子也不敢想。

陈东风喃喃地说，你这样太冒险了，是拿自己这一生开玩笑。

赵家喜说，我们自己不去开人生的玩笑，别人也会一样地开我们人生的玩笑。与其让别人摆布，还不如自己来做痛快。

陈东风几次想说，赵家喜应该同高天白和陈万勤一起待一阵，受点感化。他明白这话说了也白说，赵家喜的目光中尽是那种隐忍坚硬与渴望幸福严严密密箍在一起的光焰。

赵家喜临走时再次表示，希望尽快认识王元子，免得夜长梦多，被别人抢了先手，单单在农机厂，与他想法类似的人就有两三个。赵家喜保证只要陈东风简单介绍一下就行，不管将来怎样都不会牵连他。赵家喜相信，如果命运是这么安排的，哪怕两个人互相看一眼，就能产生决定性后果。

陈东风还没有从赵家喜造成的迷糊中清醒过来，方豹子又悄悄地告诉他，天黑时，游泳池更衣室里只剩下他和王元子，王元子被一只老鼠吓坏了，光着身子跑到他这边屋子里来，他们接了吻。方豹子仍然又慌又怕，没有再做别的事。陈东风再次严厉地警告方豹子，万一越过那一关，肯定会牵连到方豹子那即将出世的孩子在内的四个人。

回屋后，方月见他一副忧心忡忡的样子，就问他球打赢了没有。听说赢了，方月又说那应该高兴才对。陈东风一想到方月当初以一个姑娘之身，嫁给陈西风做填房，这同赵家喜的想法有些相似，他就忍住不说，怕伤着方月了。陈东风想来想去，只能将汤小铁拿出来做挡箭牌。方月宽慰他，汤小铁这种人只靠蛮横吃饭，所以不可能长寿。

夜里，屋里安安静静，只有陈万勤起来上了两次卫生间，并在每次上卫生间之前，都要在梦中喊着什么。陈东风以为是喊大蛇，后来听清了是喊大水。这以后陈东风也睡死了。第二天早起时，他没有像过去那样将《萌芽》藏在枕头下面，而是明明白白地放在枕边。

6

田如意在广播里通知，今晚召开全厂半年工作总结与表彰大会，并说会后有联欢舞会时，车间里的车床破例全部停了下来。高天白本来没有停，但见大家都停了，他以为发生事故了，也将车床停下来。田如意的语音隔了几天没在广播里响，现在突然响起来，大家都能听出那种罕有的柔情。汤小铁这次没有先作声，徐富第一个开口。

他怀里抱着一只沉重的阀体，望着梁上的喇叭说，这个田如意怎么啦，好像全厂人都是她的情人。

黄毛用一种不容置疑的口气说，田如意一定是在谈恋爱。

黄毛的这句话，通过汤小铁，在一个小时之内传遍了全厂。一整天，不断有人问，黄毛是怎么晓得的，恋爱的另一方是谁。黄毛不得不矢口否认，同时一遍遍地将汤小铁骂成是多嘴多舌的婆娘。最后徐快也亲自来了，说王副县长对此事很关心，该澄清的就得澄清，因为田如意是烈士遗孀。黄毛这才告诉他，自己是从广播中听出来的。

上午广播时徐快去经委开会没听见。他找个借口让田如意再播一遍会议通知。

一会儿，广播又响了。大家再听，觉得更像。

下班后，陈东风从车间直接去了农机厂，找了好久才在锻压车间后面找到赵家喜。赵家喜上身什么也没穿，脚下却穿着一双满是窟窿的翻毛皮鞋，浑身的黑灰最薄处也有半寸厚。他站着的地方是一座退火炉，热腾腾的空气，隔着老远也能感觉到。两个穿着白色T恤衫的男人坐在远处的电扇底下，看着赵家喜将炉内的东西一件件地搬到板车上。陈东风刚同赵家喜说了两句话，那两个人就吆喝起来。

陈东风生气地说，我帮他搬十分钟，然后我们再说五分钟的话！

那两个人问陈东风是哪里的。

陈东风说，阀门厂高大白是我的师父。

那两人这才没作声。陈东风一边帮忙搬那些退过火的铸铁件，一边告诉赵家喜，他已安排好了，今晚六点半同王元子见面，到时他们俩再打一场比赛。搬了不到五分钟，陈东风手上就起了泡，身上的衣服也被汗水浸得湿淋淋的。他咬牙坚持了一阵，然后拉着赵家喜到电扇底下吹了吹。两个人什么也没说，只是叹了一口气。

陈东风又回到厂里，将王元子从技术科的屋子里叫出来，说今晚开会之前自己想请她打几盘乒乓球。王元子问，怎么想起来找她了。陈东风说，自己不管做什么都是为她好。王元子要陈东风散会之后请她跳舞，陈东风满口答应下来。因为两边跑，陈东风回去晚了，绿豆稀饭刚煮好，吃饭的人就回来了。见绿豆稀饭很烫，方月马上问陈东风下班后去哪儿了。陈东风就将去农机厂看赵家喜的经过对方月说了，还说自己真想不通，赵家喜的师父那颗心，是不是肉做的，自己在一旁吹凉，让徒弟一个人在那里死干。方月说，好多事在人还没生下来就已确定了，看着不合理，仍旧毫无办法。

陈万勤平静地插嘴说，这有什么不好，坚持下去会有出息的。东风，有机会你将他领过来让我看看。

陈东风应了一声。吃完饭，他就要出门。方月问他这早出去干什么，八点钟才开会哩。听说是去方豹子那里打乒乓球，方月很不高兴地说，这么热打什么球，在家说说话看看电视多舒服。陈东风明白她不愿意和陈万勤两个人闷在屋里，但他还是走了。

赵家喜比他早到一会儿，洗过澡再换上衣服，人不但精神许多，还明显有几分英俊。他俩进去时，方豹子正和几个人在打擂台。陈东风和赵家喜只好排队。方豹子很快就从擂台上败下阵来。陈东风问他怎么不去游泳，方豹子唾了一口说，故意拆他的台，还想来卖乖。陈东风笑着说，我将她约到你屋里来打乒乓球你还吃醋，未必将她约到突击坡去，你才舒服！方豹子也笑了，他说，你只会用老婆来压我。说着话就轮到陈东风上场了，他发了一个上旋球，对方没看清球的旋转，用力搓了一板，那球飞起老高，陈东风正等着它弹起来后一板打死，谁知乒乓球落下来时刚好擦边。大家哄笑起来，一齐叫着，没资格了，快下课！陈东风下来后就轮到赵家喜。赵家喜没有给对方这好的运气，一个快速长球过去就获得了登台资格，然后很快以十一比四将对手撵下擂台。打擂台先要争资格，刚上去的人必须先赢擂主一个球才有资格打一盘，而且这一盘实行的是十一分制。

赵家喜刚当擂主，王元子就来了。

陈东风使了一个眼色，赵家喜立刻抖起威风，打得那些排队的人一个个都没资格。陈东风装作同王元子说话，弃了几次权。那些人像走马灯一样，刚上去就下来，还没站稳又轮到上场了。几轮下来，竟没有一个人能有资格打满一盘。方豹子发了两次誓也仍然不行，便同大家一起气得嗷嗷乱叫。王元子注意到了赵家喜，她问陈东风这人是谁。陈东风说是他的朋友，然后又拣好话介绍了一通。陈东风见铺垫得差不多了，便拿着球拍上了场。他依然发了个上旋球。赵家喜判断很准，快拨了一板，并且角度很刁。陈东风抢了一步还是将球拉回去，赵家喜削了一下，陈东风又拉了一下。一个攻，一个守，几个来回之后，赵家喜忽然反拉一板，陈东风会意地同他对拉起来。二人大战了十几个回合，王元子在一旁情不自禁地叫起好来。赵家喜一发力，将球打出了界外，陈东风获得了资格。接下来的比赛，成了他俩的表演。为了不让别人看出破绽，陈东风不时拉出一个弧圈球直接得分，赵家喜也隔几下就来一次近台两面快攻，将陈东风打得手忙脚乱。多数时间里，则是彼此心领神会地攻与守。攻的人只用七八分力，守的人则用十分精神。打到十平以后，两个人又开始轮流抢分，交替领先。一直打到二十九平时，赵家喜忽然犹如天助，连续打了两个擦边球，让这盘有计划有预谋的球赛，有了天衣无缝的结局。

王元子按捺不住地说，我来跟小赵赛一盘！她抢过陈东风手中的球拍，并提出不争资格，还要打三盘两胜，并且废除十一分实行二十一分制。方豹子看出王元子对赵家喜有好感，带头表示不同意。争执之下，王元子气得眼泪汪汪的。赵家喜趁机递了一个眼色给她，像是说，按他们的意思来，你也不会有亏吃。果然，一开球后赵家喜有意放了一个近网半高球让她扣杀得分，获得资格。赵家喜基本照着王元子的爱好喂球，王元子打得既顺手又高兴，往来的回合也不算少，到最后还将赵家喜撵下擂台。王元子的球技也不算太差，排队等待的十几个人，只有方豹子获得攻擂资格，打到九比六领先时，他对王元子说，输了别怕，我让给你打。王元子毫不领情，要赵家喜帮她打后面的几个球。方豹子不同意，说要打就自己打。王元子抓住方豹子先前的话说，凭什么方豹子可以坏了规矩，将球让给她打，她就不能将球让给赵家喜打？互不相让之际，陈东风说，我来帮王元子打。方豹子不好再坚持。陈东风没让方豹子赢一个球，以十一比九将他逆转了。渡过难关的王元子又亲自上阵，接连打得大家都没有攻擂资格。陈东风和赵家喜也出现失误，让王元子痛痛快快地赢了一个大满贯。喜得她连连说，可以打败邓亚萍了。轮到方豹子重新上场，只见他将拍子反拿着，左手将乒乓球向球台上一砸，小球往起一蹦时，他用没贴胶皮的球板背面，狠命地击打过去，乒乓球发出一声撕裂声响后，像火箭一样直往王元子的脸上飞去。遭到暗算的王元子，将手中球拍愤怒地砸向方豹子，并大声骂道，方豹子，你是一个臭流氓！方豹子伸手抓住飞过来的球拍，正要掷回去，扬起来的手臂突然垂了下来说，我是流氓，那你是阿飞。

陈东风上前拦阻方豹子时，方豹子用手指戳着他的鼻子说，伪君子！

陈东风没有理睬，硬是拖着方豹子往会场去。

王元子说，我不开会了，等会儿跳舞时我再来。

陈东风说，要点名哩，点了名你再溜出来也一样。

赵家喜也说，你先去报个到，我在这里等你。

王元子离开时，竟有些恋恋不舍。

一群人刚在会场里坐下，方豹子就不见了。

陈东风赶紧追出去，回到旧仓库，见方豹子果然在撵赵家喜走。赵家喜不走，围着球台与方豹子打转。方豹子不断地威胁他，陈东风拦了几下没拦住，便生气地说，豹子，你冷静地想想，王元子为什么骂你是臭流氓！你不怕她到别处这么说你吗？方豹子这才停下来，听陈东风将赵家喜的处境说了一遍。赵家喜自己也上来请方豹子帮忙，还说，如果自己娶了王元子后，若有所作为，一定会报答方豹子。方豹子想了想说，既然这样，那我就将她让给你，反正也不是什么特别好的东西。

他俩回到会场时，先进人员名单已公布了。加工车间的徐富、高天白、李师傅、墨水、黄毛和汤小铁全上了光荣榜。

陈东风他们没资格参加这样的评比，表面上他们已习惯这些，不去关心它。

劳模的名单还在捂着，各车间在先进里面选了一个人推荐给厂里，再由厂支部扩大会敲定。徐快学了外国电影评奖的办法，将这个会搁到大会之前一个小时开，同时又规定已被推荐为劳模的人，自动放弃参加支部扩大会议的资格。这样一来，各车间主任以及主要业务科室负责人都被排斥在外，只剩下厂里的几个干部。

汤小铁进会场时，徐快他们已开完会。

汤小铁瞅了一眼那成排的开水瓶，大声说，这东西我家里太多了，你要发给我，我就当场扔掉。

徐快说，发不发是我的事，扔不扔是你的事。

这时，肖爱桥走进来，汤小铁转过脸对他说，阀门厂干脆转产做开水瓶得了！

肖爱桥说，你这种水平只配做阀门！

汤小铁说，还不是你设计出这种低水平的阀门。

肖爱桥说，我不设计得简单点，你能做得出来吗？

肖爱桥在高天白旁边找了一个位子坐下来。他刚坐稳，一群女人就将他包围了，说肖工太目中无人，从不多看她们一眼，她们想问点什么总也找不到机会。肖爱桥只好说，现在有些空你们就问吧。女人一开口竟问同性恋如何过性生活，要不要避孕。肖爱桥知道女人们是故意拿他开玩笑，就想起身走开，却被女人们七手八脚地按住，还大声嚷嚷，计划生育是国策，肖工你不能袖手旁观。高天白有些看不过眼，便吼了几声。女人们这才住手，笑嘻嘻地回到原先的座位上去。

陈东风和方豹子在门口站着，见高天白在示意，就去到他身边。

宣布开会以后，陈东风在人群中寻找方月，头一遍没找着，再找时才发现方月坐在第一排最边上，身边是李师傅。李师傅凑过去同她说话，几乎完全将她遮住了。会议进行得很快，方月评上了先进工作者，她的名字排在最后。

徐快念了方月的名字以后，接着就说，现在公布获得劳动模范称号人员名单。他顿了顿后，提高声调说，技术科科长肖爱桥同志——请大家鼓掌欢迎，并请肖爱桥同志上前来领奖！情况有些出乎意料，会场上掌声并不热烈，陈东风挨着肖爱桥坐着，他用力拍了几下巴掌，孤单单的掌声反而有些刺耳，陈东风只好也不拍了。肖爱桥自己也很吃惊，他小声说，劳动模范应该给高天白，颁给我难以服众呀！徐快将一张奖状和一只红包递给肖爱桥。肖爱桥返回来刚坐下，四周的人就伸过头来问，红包里装的是多少钱。坐在前排的徐富也扭头过来问了两次。肖爱桥火了，他将红包往徐富怀里一丢，说，你自己数好了，不嫌少我送给你。说着，肖爱桥起身往外走。徐富眼睁睁地看着肖爱桥出了门，捏着红包不知如何是好。过了一会儿，他将那红包交给陈东风，要陈东风帮忙还给肖爱桥。

给先进人员发开水瓶，是由田如意点名的。第一个走上前去的人是徐富。第二个则是汤小铁。田如意那温情动人的声音一响，汤小铁愣也没愣就站起来了，乖乖地按照田如意的指点做，忘了先前说过不要开水瓶。旁边的人起哄，数落他说过不要开水瓶，怎么又伸手要了？汤小铁说，妈的，还以为田如意叫我干别的事，等到醒悟过来，为时已晚。听他如此说话，大家都鼓起掌来。

趁会场气氛热闹，徐富要陈东风偷偷溜出去找肖爱桥。

陈东风先去旧仓库，见赵家喜和王元子打球打得正起劲，便站在门边悄悄地看。一会儿，王元子将乒乓球打飞了，钻进一处床底。赵家喜连忙跑过去趴在地上找。王元子也走过去，赵家喜出来后，她伸出手将赵家喜从地上拉起来。赵家喜趁机捏着她的手不放，两人牵着手回到球台边，站了一阵才分开。陈东风看出王元子已动情了，就放心地去找肖爱桥。

他在操场边碰见有事先离会的李师傅。

陈东风绕着操场转了一圈仍不见肖爱桥。会议室里不时传出徐快的讲话声。徐快在解释为什么要评肖爱桥为劳动模范时说，通过前次省化工厂那场事故的解决，足见肖爱桥作为知识分子的工作能力有多强，从某种意义上说，是肖爱桥挽救了阀门厂。这时有两个人从厕所方向走来，边走边说，当官的都是婊子嘴，徐快树肖爱桥为劳模，其实是拉他来对付陈西风，如果陈西风在家，劳模百分之百是徐富。陈东风听出来说话的人是厂里的供销员，就站在暗处不动，直到他们走远。

这时车间里什么东西碰响了一下，陈东风正准备去看看，李师傅匆忙走出来。陈东风觉得她手中的开水瓶特别沉，李师傅必须将身子偏向一边才拎得动。李师傅出大门时，门卫要看看厂里奖的开水瓶是什么模样。李师傅不给他看，说是多少年一贯制，像老女人的屁股有什么好看的。门卫开口一笑。李师傅一侧身子绕过他走出门去。

这时，徐富出来了，见到陈东风，就问他找着肖爱桥没有。听说还没有，徐富要他去敲敲技术科的门，肖爱桥可能将自己反锁在里面的小屋里。按徐富说的，陈东风用力敲技术科的门，里面没有动静。他又敲了几下。里面这才有了反应，先是脚步声，然后是开门声。肖爱桥看他一眼也不说话，转身回到里屋。

陈东风跟了进去，一下子就被满屋的图纸和一柜又一柜的技术书籍吸引住。

陈东风正在出神，肖爱桥忽然问，你是高中毕业吗？

陈东风说，是的。肖爱桥说，为什么不上大学？

陈东风说，考不起。

肖爱桥说，试题总是那么些内容，只要有点志气，一次不行两次，两次不行，到第三次就行了，进了大学人就不一样。

陈东风笑一笑，乘机将红包放在肖爱桥面前的设计台上。

肖爱桥没有拒绝，他说，我想亲手带一两个人，我反复观察过，你可能比较合适，你愿意跟我学吗？

陈东风有些惊讶，想了好久才点了点头。肖爱桥兴奋起来，他找了几本书让陈东风拿回去先看一看，打打基础，半年之后他就向厂里提出要求调陈东风到身边来。肖爱桥说，他要通过陈东风来证明，自己提出的改造阀门厂观点的正确性。

两个人从技术科出来时，会议已经散了。

大家正忙着在操场上跳舞。黄毛一见到陈东风，不管三七二十一就往作为舞场的操场上拖，将陈东风怀里的几本书都弄掉了。陈东风挣脱她，捡起书正要找地方放，肖爱桥说随便放哪儿都行，这种书，除了你我，没有第三个人愿意看。陈东风只能跳一些简单的舞步，但黄毛要他转花样，教一下跳几下，让他感到很别扭。一曲刚跳完，墨水就过来，要陈东风下一支曲子请她跳。陈东风到处找方月，终于在人圈后面找到了她。不知是谁正在黑地里教方月走着舞步。等到他们上场了，陈东风才认出那人是徐富。陈东风感到墨水像蚂蟥一样黏着自己，都是厂里的人，她一点都不顾忌，抱着他在舞场上慢悠悠地转。幸亏如此跳舞的人不少，他们才不那么显眼。第三曲是一种快节奏的曲子，黄毛和墨水被别人请上场了。陈东风不会跳。他踱到方月身边站住，方月看了他一眼说，你看汤小铁。他顺着手指一看，汤小铁竟拉着田如意在场子中央起劲地跳。田如意像是应付，汤小铁却很陶醉。陈东风几次想对方月说下一曲请她跳，却又一直不敢说，等到他终于鼓起勇气准备说时，方月忽然转身对他说，你多玩一会儿，我先回去等他的电话。方月一走，陈东风身上的兴趣全没了。黄毛和墨水轮番同他跳了两曲后，他借口看看那书还在不在，正想走，方豹子跑来说，王元子和赵家喜不见了。

陈东风正要去找，舞场上忽然喝起彩来。

王元子和赵家喜不知从哪儿钻出来，在没有旁人的地方跳起了探戈。陈东风实在没想到，赵家喜同自己一起离开农村进城，却学会了这么高级的舞步。别人都不敢上场，方豹子却胆大包天请了田如意做伴，动作虽然不比赵家喜漂亮，但也还算是有模有样。接下来是迪斯科，大家一齐上去疯狂扭了一通后，灯光突然全熄了，跟着一股抒情音乐像是从天上飘来。黄毛和墨水几乎同时小声叫起陈东风，陈东风正要答应，一个女人走过来牵起他的手走进舞场。

陈东风发觉是田如意时，奇怪的是心里特别平静。田如意也像是一只水潭，那种清凉的感觉，通过相互牵着的手，一阵接一阵地传递到陈东风心里。田如意告诉他，这支曲子很长，曲名叫《回家》。田如意的原话中还提到陈西风，她说，你哥哥应该听听这支曲子，出差在外，也不见有电话打回来。陈东风没有说话，他喜欢听田如意这么深情地说着，但田如意再也没说什么。

灯亮之后，赵家喜一个人走过来。

陈东风说，有进展没有?

赵家喜说，成了。她答应嫁给我。

陈东风说，这也太快了点，像是在做梦。

赵家喜说，本来就是做梦。

赵家喜不愿多谈这事，转而告诉陈东风，他和王元子靠在车间窗台上亲吻时，看见车间里有人将一些小铜件装进开水瓶里。陈东风以为是李师傅，赵家喜却说他看到的是个男人。陈东风想不出是谁，就问赵家喜什么时候学会跳舞的。赵家喜说，进城之前就跟着电视里教跳舞的节目学了半年。

陈东风突然觉得跳舞一点意思也没有，拿上肖爱桥给他的书独自走开了。

7

上三班的第一天，大家似乎都很忙，一进车间就手忙脚乱地干个不停，所车的都不是阀门上的零件。忙了一阵，将车好的零件往工具柜里一锁，这才按生产通知书上的内容来做。陈东风很清楚这是干私活了，自己也曾替方豹子干过一次。李师傅亲口对他说过，每星期揽一次私活，其收入就要比每月工资高出一两倍。全车间只有高天白没有干过私活，高天白对陈东风说，干私活就是偷，人懒还可以原谅，假如又懒又偷，这人就完了。

只要上夜班，墨水每天都要找机会，亲陈东风一下，再说上一声我爱你。今天晚上墨水没有这么说，她告诉陈东风，他们之间的事，家里已经得知，要陈东风这几天上家里去认一认，如果大人们满意，他俩就先将结婚证领了，接下来就可以让家里人想办法将陈东风的户口迁到城里来。陈东风吃了一惊，好半天才说我还从没想过结婚的事。墨水生气地说，你不要欺骗我的感情。你是想脚踏两只船，心里还有一半想着黄毛。跟你说实话，黄毛的爸妈都在食品公司工作，你就是跟了她，她爸妈最多也只能将你弄成个杀猪卖肉的，搞不好就像高天白的妻子那样失业当家庭妇男。我爸爸是工商局的，跟了我，城里的好单位可以由你挑。陈东风见墨水的眼泪出来了，就说，你不要瞎猜，跟你说实话，我想回农村去。墨水嚷起来，你别这么苕好不好，农机厂那个姓赵的，连王元子这样的花疯子都要，不就是想一步登天留在城里吗？墨水一嚷，有人跑过来看，陈东风趁机脱了身。

这边心神未定，那边黄毛又来了。

说了几句闲话，黄毛就问方月跟他说了什么没有。陈东风说没有。黄毛就怪方月说话不算数，说好了马上办的，陈东风问什么事，黄毛害羞地不肯说，要他自己去问方月。黄毛又问墨水是不是还在缠他。陈东风说没有，刚才只是陪她去倒铁屑。黄毛鄙夷地说，墨水总以为爸妈在工商局当干部就很了不起，其实，除了街上的小商小贩，谁也不把他们放在眼里，何况她爸妈一个犯过经济错误，一个犯过男女作风错误，都挨了处分，在单位一点地位也没有。陈东风不想同她说这些，就问她定额做了多少，完不成怎么办。黄毛说她不怕，工具柜里有储备。黄毛要他也学着点，上班时多做一些，但不要全部交上去，这样到上夜班时，就可以拿出来补缺，碰得巧的话，可以整个班不上，只需拿出储备的东西，将通知单一填就可以了。黄毛说，上班的窍门很多，不学会一两手，就会吃亏。

这时，墨水又走过来，故意大声说，定好了，后天上我家去吃晚饭，明天上街去将发型做一做，手上的油污也用肥皂多洗几遍，别在爸妈面前丢我的丑。她又对黄毛说，我警告你，别想当什么第三者，当心我将你那插进来的足打断了。

黄毛马上说，你发什么神经，是不是也学王元子患上了花疯。

墨水说，我是疯了，但你别惹我，不然我会将你这黄毛一根根地拔光。

黄毛说，你敢动我一个指头，我就要你墨水变成血水。

墨水说，你敢，你这个小寡妇！

黄毛说，我就不怕你这女光棍！

陈东风火了，大声说，真是吃饱了撑得慌，明天你们都去帮陈万勤挑石头去。

墨水和黄毛几乎同时说，不，我怕山上的大蛇。

她俩走开后，高天白破例从自己车床那边走过来，盯着陈东风看了一阵才说，凡事千万别投机取巧，真正的幸福是勤恳和诚实换来的。

凌晨一点三十分又有一个夜餐。

上三班的人吃过面条回车间后，墨水突然呼天抢地地闹起来，有人将她那没车完的不锈钢光杆，偷偷车了一刀。光杆设计直径为二十毫米减十八个丝，她去吃饭时，留了五十个丝，准备回来时精车，可现在光杆直径只剩下十九毫米加五十个丝，不用再车就是废品了。她含沙射影地说是黄毛故意害她。黄毛脾气变得出奇的好，只是叫冤枉，我怎么敢一个人跑到车间里来呢，还没进门就会被吓死的。大家也认为墨水刚好在粗车时多车了一毫米，墨水咬定不可能，而且刚好黄毛有二十分钟不知去了哪儿。闹了半天，有人将自己工具柜里存下的一根光杆借给墨水，让墨水先将这个班对付过去，以后有机会再想办法还给他。一根光杆价值几十元钱，按规定小件废品要赔百分之二十到三十，还要取消月度奖金。

墨水谢了对方，心里依然在恨黄毛。

天亮后不久，徐富就提前来车间转了一圈，顺便给陈东风带来口信，李师傅要他去家吃中午饭。陈东风记起李师傅先前说的话，回屋睡到十一点钟就起床去了。李师傅很热情，他刚坐下就叫出一个女孩来陪他。女孩很机灵，一双眼睛非常有生气，可就是不说话。陈东风以为她是害羞，心里便觉得有几分可爱。后来就吃饭，李师傅一家人不知去了哪儿，屋里只剩下他们三人。有一次他和李师傅说话时，女孩忽然做了几个手势，陈东风一下子明白过来，就小声问李师傅这女孩怎么哑了。李师傅有点尴尬，说是女孩小时生病吃错了药，先聋后哑的。吃完饭，女孩回里屋去了。李师傅开门见山地问陈东风，对这女孩中不中意，如果中意她负责当好媒人。女孩是她的亲外甥女，她说话可以算数，陈东风可以倒插门进城来当女婿，女孩现在自己开一个缝纫店，赚了不少钱，陈东风如果不愿当工人，她可以将他养起来。陈东风不好当面拒绝李师傅，委婉地说，自己在老家有女朋友，李师傅不相信，陈东风就将翠的一些情况都对她说了。李师傅不死心，说乡下女孩想甩就可以甩，找个城里女孩结婚生孩子该多福气，不用搞双抢，不用修水利，还不用点油灯走山路。陈东风说，我习惯了。

从李师傅家里出来，一路上陈东风感到很憋气。回屋时方月正在午睡。他找了一根扁担两根绳子，上山找陈万勤去了。陈万勤正准备下山，见他来了就放下担子。

二人对坐了一阵。陈东风对陈万勤说，城里人太小看我们乡下人了。

陈万勤说，为什么有吃了树上的枣，忘了树的恩一说，因为城里人吃的穿的都是我们乡下人种出来，可城里人自恃有机器，总将这些丢到脑后去了。陈东风将李师傅的事说了一遍，他不明白，为什么城里人如此自以为是。陈万勤说，孩子，没人瞧得起这石头，可石头的用处大着哩！你爸陈老小是石头，你也应该是石头。

跟着陈万勤搬了半天石头，陈东风情绪缓了过来。

刚回到家里，方月就对他说，晚上别出去，黄毛和墨水邀你有事。

方月搓衣服时，陈东风站在旁边问，黄毛说过什么。方月笑了笑才说，黄毛托自己做媒，如果陈东风也有意，黄毛想将他们之间的恋爱关系公开化。陈东风急得在原地转了几个圈，停下来后，他在方月耳边说，我现在去房里躲着，等她俩到齐了，我再出来同她们说话。

陈东风钻进房里，将肖爱桥给他的书拿起来看，眼睛里却不入字。他只好换成《萌芽》，随手一翻，正好是艾蒂安搬到马赫家，同卡特琳以及她的弟妹们睡在一间大房子里的那一段。他马上看入了神。

方月来敲门说墨水来了，陈东风答应一声后没有动。

方月又来敲门，说黄毛也来了。

陈东风这才放下书开门出去，分明看见她们四目怒视，却还要说，昨晚吵的架，这会儿就和好了？墨水和黄毛都不答话，陈东风问她们有什么事。墨水要他请自己去跳舞，黄毛要他请自己去唱卡拉 OK。陈东风说，我哪儿也不去，因为我不会同城里的女孩谈恋爱，更不会娶她们做老婆。墨水和黄毛眼睛都红了，方月赶紧上前去安慰她们，说陈东风没有谈过恋爱，对女孩说话没经验，但他心是好的，不想因误解而耽误别人的青春。方月这话让她们噙了好久的眼泪哗地淌出来。

方月劝了半天没劝住。

陈万勤在院子里大声说，怎么一点规矩没有！别在我这里哭，要哭回家里望着娘老子哭去。

墨水和黄毛走后，屋里一片寂静。

过了一会儿，方月才问他，王元子同赵家喜的事是不是他牵的线。陈东风点了点头，方月问既然他这么想得开，为什么又要拒绝黄毛和墨水。陈东风说他不想看方豹子犯错误，同时也觉得赵家喜太可怜了，就想帮他。方月问他是不是有别的原因，譬如心里已有了中意的女孩。陈东风红着脸没敢吱声。方月告诉他，其实王副县长原先也只是一名车工，干了几年连车间的先进都没评上，后来他找了一个少了一条胳膊的女人做老婆，五年时间就当上了局长，十年时间就当上了副县长，就因为他娶的那个女人，是一位老将军的亲外甥女。方月开玩笑说，再有这样的机会，陈东风也可以试一试，现在情况不比以前，夫妻不如意可以在外面找个情人补充一下，两样都能获得好处，也应了男子汉大丈夫能屈能伸的古训。

陈东风生气地站起来，你再瞎说，我、我　　就要咬你　口！

方月先是一怔，随后笑着伸出手让他咬。

陈东风瞅着丰润的手背说，我不咬这儿。

方月似乎明白了什么，赶忙借故走开。

方月穿着一件薄薄的睡衣在屋里到处走动。她一定是没戴乳罩，睡衣胸脯那儿有两只圆圆的像按钮一样的东西。陈西风不在家的这一段时间里，陈东风虽然仍是偷偷地看方月，但比陈西风在家时要大胆得多了，目光单次停留在方月身上的时间，已从几秒钟提高到十几秒，甚至是几十秒了。方月蹲在卫生间里洗衣服时，她背向门口，身体的弯曲使上衣和短裤之间出现一截无遮无盖的腰肢，和腰肢上的珠宝一样的脊柱。方月并不怎么回避他，下班回家，进门就将衣裙一脱，只穿着短衣短裤，露出像用牛奶涂过一般的两条大腿和半截胸脯。方月乳房的延伸部位，像海洋退去后的大陆架，哪怕是最小的袒露，也让陈东风激动不已。他认为自己已经熟悉了方月身上大部分地方。之所以说自己想咬她一口，是因为他觉得陈西风不在家，自己必须做点什么。眼看着陈西风就要回了，再不说上几句大胆一点的话，往后就可能没有这样的机会了。

半夜里，陈东风又去上班。

黄毛和墨水都没来。直到天亮后，她俩才先后进了车间。一个穿着大摆裙，一个穿着超短裙，打开各自的工具柜，拿出一堆压盖、罗塞，再在通知单上写了几个字，旁若无人地转身就走。

陈东风下班后，洗过澡关上房门倒头睡起来。

也不知什么时候，他被一阵动静惊醒，迷糊中像是有一男一女在说话，等他完全醒过来，说话声又消失了。他犹豫了一下还是起来了，赤着脚走到门后边正要开门，忽然听见外面有一声女人快乐的呻吟，紧接着是男人激烈的叫声。陈东风一下子愣住了，只听见一种极有节奏的异样的声音从门外绵绵地传来，伴随着声音的还有一股木头细微的吱呀声。女人的呻吟声忽高忽低，忽远忽近，有时正要消失一下子又清晰起来，有时正在一声比一声大地爬高，忽然一下子变得无声无息。男人的喘息则像一台发动机，轰轰隆隆从不间断。只是女人呻吟声响亮些时，那哼哧声中的出气粗了许多。陈东风麻木地将门拉开一道缝，正好看见对面房中，一个女人赤身裸体地横卧在床上，头和长发顺着床沿垂下来，嘴张得老大，舌头在空中乱转。一个男人骑在她的身上，全身在疯狂地颤动着，额头顶着女人的下颚，看不见他的面孔。男人在声声叫着我的公主，女人则声声应着我的王子。客厅里有一只行李箱。陈东风认出是陈西风的。他正要将门关上，那男人忽然大叫一声，啊！女人猛地将上身抬起来，同那男的紧紧搂在一起，嘴里同时大声乱喊着什么。男人也在喊，公主和王子之声响起一片。眨眼间，屋里就只剩下呼吸声，然后呼吸声也没有了，两个人像死了一样躺在那里一动不动。

陈东风回到床上木木地躺下，脑子里一片空白。

当脑子里重又有了东西时，他不相信那么邪那么丑的女人是方月。但是，方月的声音还是平静地响起来，回答他的是陈西风。谈话中间问到陈东风是不是睡着了，刚才忘了关门，让他听见了不好。后来他们又自我否定了，说是夫妻间怕什么。

后来陈西风问段飞机来过没有，他要方月多留点心，段飞机和冯铁山在合伙对他搞什么阴谋。方月说了厂里评比的事，陈西风说这全在他预料之中，他故意送个人情给徐快，反过来徐富会更加铁定了跟着他。方月又跟他说了田如意变温柔的事。陈西风不信，说他要去试试怎么个温柔法。两人起了床，陈西风说他要去厂里看看，他在省城里听说徐快外出看病，不知是真是假。方月也要到办公室转一转。

一会儿，夫妻俩就出了门。

陈东风开门出来，见卫生间的脸盆里泡着两条短裤，废物篓里新添了一堆卫生纸，他站在便坑上半天撒不出一滴尿，然而眼泪淌得像夏季的暴雨一样。

突然间，他拉开大门朝着车站狂奔而去。

半路上，碰见赵家喜和王元子手挽手在街上走着。

王元子说他们刚刚领了结婚证，准备“十一”前后结婚。

陈东风用尽力气才拼命说出一句祝贺的话来。

在回乡的路上，陈东风终于明白，自己不喜欢翠以公主与王子作比喻的真正原因。在翠的面前，每一次生气，都是对后来真实境况的预感。

8

突击坡的夜晚听不见一丝动静。

陈东风却连一分钟也没睡着。

从下午五点到家，他就躲在房里睡，连晚饭也没有吃。他回来时翠不在家，只有水珠在带孩子玩。翠回来以后敲过他的门，但他没有应声。天亮后，他看见窗边的桌子上，用瓶子插着一束黄色的野玫瑰。他一下子爬起来，刚刚双脚沾地，就听见翠在门外轻轻地唤他。开门后，翠用一双布满血丝的眼睛温柔地望着他。眼神中是问询，但嘴里却没说。陈东风说，今天我帮你摘桑叶去。翠脸上露出惊喜来。水珠过来催陈东风洗脸洗手吃点东西。陈东风往后门走经过厨房时，闻到锅里有蒸馒头的浓香。他望了一眼翠说，蒸了多少，我今天要吃五个以上。翠没开口，水珠抢先说，要不够你找翠要，不过只许要双不许要单。翠生气地踢了水珠一脚。陈东风听出这话的意思，连忙拿上洗漱用具走到后门外。

正吃饭，方月的母亲进来了。

她昨晚过来看了好几次，想问问方月怀孕的情况。

陈东风告诉她厂里怀孕的女人不少，但没听说方月怀孕。方月的母亲叹着气刚走，方豹子的妻子又来了。方豹子的妻子连珠炮似的问，方豹子怎么没回，既不是月初月半，又不是节假日星期天你怎么回了？陈东风有些烦，就顶了她一句说，又不是到台湾，我想回就可以回。方豹子的妻子说，家里搁着肥肉哩，三天没尝想得慌，是不是？

陈东风举起手中的馒头要砸她，方豹子的妻子大肚子一晃，笑嘻嘻地走开了。

陈东风被早晨的清新感染的情绪又变坏了，面前放着的五个馒头只吃下去三个。陈东风放下碗筷，正在整理箩筐和扁担，翠走过来说，你还是别去摘桑叶，这事是女人干的，男人干起来别扭。水珠在厨房里大声说，翠，你怎么这样苕，让他陪陪你嘛！翠说，早稻快割了，田里这时没什么事，若是你不太累，还是将那红芋苗浇点化肥。陈东风望了望翠，放下箩筐，操起锄头，并问粪桶是不是还在老地方。

水珠急得两头骂，你们俩到底是真苕还是装苕，多时不见，在一起做个伴，说说话，互诉衷肠嘛！

翠说，水珠，你别操心操到山冈另一边去了，快给孩子喂奶吧，别等她们哭，你不心疼我还心疼哩。

翠让水珠到公路边的铺子里买点肉和啤酒。

陈东风连忙从口袋里往外掏钱。

水珠拦住他说，我们俩养蚕发了一笔不大不小的财。

翠在小路上逐渐消失的身影，又一次映在陈东风站在红芋地里伫望的眼睛里。

上午十点钟，一辆红色桑塔纳轿车出现在突击坡。陈东风以为是陈西风或方月回来了，桑塔纳轿车在段飞机家门前停下来，然后掉头顺着来路去了。陈东风看见车上下来的人是段飞机，那个从左前门下来绕着车看了看，又钻进车门将车开走的人很像阀门厂的司机小张。陈东风给红芋浇完化肥回家时，听见段飞机在家门口不厌其烦地对别人说，是陈西风派车送他回来的。见到陈东风，段飞机热情地请他到家去坐坐，自己有话要说。

陈东风说，我没空，正忙哩。

到家不多久，段飞机就跟来了。段飞机说，方月正到处找他，还托自己看看，陈东风是不是回突击坡了，是与不是，都回个话，免得大家都担心。陈东风没有作声。段飞机说，你应该回去上班，将他们的技术都学过来，将来我们自己办一个厂，不给城里人打那窝囊工。

陈东风看了他一眼突然问，你在对陈西风搞什么阴谋诡计？

段飞机哈哈大笑，我不过是想同他做笔生意，帮忙推销阀门厂积压的产品。

陈东风说，冯铁山是不是也在做这个生意？

段飞机惊讶地说，你好像都晓得了！冯铁山只是帮阀门厂搞零件加工。

陈东风说，厂里的订单，连自己都满足不了，怎么可能让你们做呢？

段飞机狡黠地眨眨眼，人哪，有时候就得打肿脸充胖子，或者是捏着鼻子吃屎，这叫小不忍则乱大谋。陈西风的痛脚被我们捏住了，他能不让步吗！说着，他从怀里掏出一张纸晃了晃，并说，所以他才这么乖，派桑塔纳轿车送我回来，桑塔纳轿车是他的官轿，过去花轿能借，官轿可是不能给别人坐的。

陈东风说，你斗不过陈西风的。

段飞机说，君子报仇十年不晚，我也要办个阀门厂。我调查了，若不是做阀门利润很大，以徐快那些人的德性，早已将阀门厂办垮了。说着话，段飞机认真起来，我是当真的，不管你陈东风在阀门厂或者在陈西风家受了什么委屈，还是回厂为佳，我的计划中已经打你的算盘了，等你学好技术了，就来我们厂里当主管生产技术的副厂长。

陈东风冷笑一声说，你是不是半夜里醒来，摸着自己的肚脐眼，以为是好大的铜钱！

段飞机说，我不开玩笑，我帮他们卖积压产品，帮他们加工整套的阀门零件，都是打基础，摸门路。若是我将他们积压的产品都推销出去了，将来的好产品就不愁没有买家了。其次是生产技术，阀门虽然大小悬殊，但技术道理是一样，大的用大夹具，小的用小夹具，大的用大车刀，小的用小车刀，学会加工一种型号就等于学会了所有型号。

陈东风说，你以为像刀长切南瓜，刀短剁茄子那么简单?

段飞机忙说，正因为这样，我才要你哪怕忍辱负重，也要回去将那些独门技术学到手。还有方豹子，将来你俩一个管加工，一个负责铸造，加上我的推销才能，不说挤垮阀门厂，起码也要同他们平起平坐，到时候我们出门不坐桑塔纳轿车，而是奥迪。

段飞机又将那张纸掏出来，交到陈东风手里，让他看看计划中的核心机密。陈东风看到的只是一张旅客住宿登记表，上面填满了天南地北的旅客的姓名地址，其中有一栏写着“阀门厂接待客人”，房间号是301。陈东风看不懂。段飞机告诉他，这是田如意同陈西风幽会的地方，是他同冯铁山在山南大酒店策划办厂之事时，偶然发现的，这也叫天助其成。陈西风自以为计谋高，让田如意将那份由田如意自己填的登记表弄走了，却没料到酒店还有一份归档的被我们弄来了。陈西风被我们堵住时，什么都答应了，昨天一回来就开始赖账，以为我们没有物证了，老子将这个往外一拿，他就乖乖地同我们签了合同。段飞机说，此事只有他们三人知道就行，连方豹子都不能告诉。陈东风说，你就不怕我泄密。段飞机说，我晓得你同你父亲一样只相信仁慈的力量。陈东风心里突然难受起来，他对段飞机说，你走吧，我太累了，想一个人躺一躺。段飞机临走之前说，我把你看死了，阀门厂不会让你长久干下去的，等你比他们能干时，他们就会撵你走，所以我才真心实意地把你当作自己人，将一切都告诉你。

陈东风躺在床上时，仿佛看见父亲了。陈老小扛着一柄锄头站在床前说，田里的水该排了，不然早稻没办法割。他爬起来扛上锄头来到田里，田里的水果然太多了。他在田中央挖了两条浅沟，将水引到田埂上的缺口那儿。水流哗哗地冲进田埂下面的一处水坑，一条鲫鱼缓缓地浮出水面。陈东风伸出锄头用锄板猛一勾，大鲫鱼就被勾到没有水的地方。陈东风扑过去捡起来一看，原来是一条大蚂蟥叮在鲫鱼身上。他弄掉蚂蟥，心想这鲫鱼正好给水珠吃，多催些乳汁喂孩子。就在这时，他突然意识到陈西风与田如意私通之事，有可能让方月与陈西风离婚。陈东风来不及兴奋一下，眼前又浮现起方月与陈西风在床上的那番情景。他痛苦地捶了一下自己的头。

回家后，他默默地将鲫鱼交给水珠，什么也没说。

水珠告诉他，翠被马蜂蜇了一口，脸肿得很厉害。陈东风连忙去看。翠用床单将头包住不让他看，说自己现在的样子丑死了不敢见人。水珠用乳汁给翠搽过了，东风要去弄点丝瓜叶榨出汁来给翠搽。

陈东风出了后门，来到菜园，挑了一片嫩叶摘下来。没料到丝瓜架上也有一窝马蜂。他发现情况不妙时，一群被惊动的马蜂已经扑过来了。陈东风飞快地往屋里跑，仍然被一只马蜂蜇了左脸。

水珠又气又笑地说，今天这鲫鱼是白吃了。

水珠要陈东风将眼睛闭上，然后撩起衣服将乳汁一滴一滴挤出来。陈东风被那温暖的乳汁一刺激，忍不住睁开眼睛，那红葡萄一样的乳头正好垂在眼前。水珠用手掌在他脸上拍了一下，说，看什么看，心里痒就去看看翠的，那才是极品，比雪里的红梅花儿还鲜艳。

翠在那边屋里说，水珠，你又在乱说什么？

水珠说，我正在向陈东风介绍你身上的地理知识哩。

翠说，你再多嘴，我就打你女儿，看你心疼不心疼。

水珠说，你敢打我女儿，我就打陈东风！

翠果然心疼，由于自己脸肿得难看，只好求水珠好好继续照顾陈东风。翠在房里带孩子，别的事都由水珠去做。三人说话时必须用大嗓门。翠又一次问等钱存得差不多了时，她们可不可以在这房子旁边再盖几间房子。陈东风说，这是他家的宅基地，他答应了就没问题。

傍晚时分，红色桑塔纳轿车又来了。

从车上下来的是高天白。这让陈东风吃了一惊。

高天白来看看老朋友的坟。他到陈老小的坟前烧了点纸钱，又在屋前屋后转了转，然后对陈东风说，我们走吧，晚上还要上班哩，你昨天已耽误了一个班。

陈东风本来就是空手回来的，他同翠和水珠打过招呼就上了车。

一路上师徒俩什么也没说。司机小张倒说了个不停，自己跑完这一趟，明天就要送徐快上省城去看病。

快到县城时，陈东风忍不住问，师父，是不是方月叫你来找我？高天白说，没有，是我自己找陈西风要的车。我想了一天一夜，我马上要退休，往后阀门厂就指望你来带头了。陈东风说，这不可能吧！高天白说，我听你父亲说过，过去搞集体时常常有几头牛一起干活，牛也有偷懒的，偷懒的牛总爱捣蛋，一会儿要喝水，一会儿要吃草，天一黑就想收工。那时，你们队里有一头老受欺负的水牛，它总是埋头干活，谁也不把它当回事，可是只要它不歇下来，别的牛好歹总要跟着熬到头，总能多干一些活。厂里的人其实都不坏，只是被一些不合适的政策宠成眼下这个样子，有人带头干活，他们也就不好意思太过分了。

陈东风在高天白家吃过晚饭，然后才去陈西风家。

方月见了他，忙说了许多关怀的话。

陈东风一直没有作声，等到方月将要说的话全说完了，他才说，从今天起，自己要搬到旧仓库去，同方豹子他们住在一起。方月正要挽留，陈万勤先开口说，这样很好，免得在这儿，主不像主，客不像客。

9

赵家喜同王元子喜结良缘的请柬，在国庆节前两天发到各个车间科室。办公室里坐着的几个人正在议论，赵家喜连过转户口、招工和调动几关，安排到县经委工作之事，背对门口的陈西风，发现徐快的眼神不大对，回头观望时才发现，玉儿和小英花枝招展地走了进来。

陈西风欠欠身子算是打招呼，问她们怎么回了。玉儿说，时间到了，所以就回了。徐快说，半年时间真快，说过去就过去了。小英说，你们过得当然快呀！陈西风听出此话的弦外之音，忙说，回来之前打个招呼嘛，我们要派车接一下。玉儿说，化工厂有车送，还派人送我们回，顺便将合同重新谈判一下。陈西风说，人呢？玉儿说，住在山南大酒店，等你们去见面哩。陈西风正要走，玉儿说，我们的事呢？陈西风一愣，说，既然外出学安装，就到总装车间去吧！玉儿说，不，我们不回来上班，只要厂里帮忙将户口问题解决了就行。陈西风说，你们去哪儿？玉儿说，还是回省城做事，只要我们是城镇户口，他们就帮忙转过去。陈西风和徐快到里面的屋子商量了好久，他俩都明白这事的重要性，既不敢推却，也不敢承诺，说到最后，还是决定去找王副县长。

玉儿见他们现在才开始动手，生气地说了些不中听的话。小英在一旁拦了两下也没拦住。文科长这时走进来，冲着玉儿说，我当是谁哩，都变得认不出来了，到省城混半年，口气就这么硬，连厂长书记都不放在眼里了，女人别太恶，太恶了不长寿，我那老婆就是这样，大热天叫她别发火她不听，结果大脑一溢血，抢救都来不及。

听着这话玉儿脸色白了。文科长又说，人和人交往，再大方的人，也有亏欠别人的地方。玉儿拉上小英往门外跑。田如意连忙追上去。玉儿不肯回头，只让田如意给陈西风和徐快捎个口信，她等一个星期，请厂里一定将户口办好，不然的话，莫怪她们翻脸无情。

陈西风生起气来，将文科长当作出气筒，嘴里说，要将文科长发配到铸造车间。文科长忙着认错，答应马上去找玉儿赔情。徐快拦住他，要他不要再过问玉儿的事。文科长说，这样也行，不然真正闹起来，还不晓得谁的错误大，谁的损失大！田如意劝他少说两句，文科长反过来说，你死了丈夫，我死了老婆，其实刚好凑一对。陈西风猛地一拍桌子吼道，死了老婆怎么样，就可以耍无赖吗？文科长边走边说，你也死过老婆，你有资格说我。陈西风气得半天难平静下来，直到田如意说，我都不气你气什么。他才平静下来。

陈西风和徐快并肩走在去县政府的路上，间或有熟人说，他们如此亲密地并肩走路，简直是下雪天打雷。陈西风就问徐快，我们从来没有因公事或私事吵过架，他们为什么还要这么看？徐快说，我也觉得这几年大家配合得挺默契，县里还一再表扬我们领导班子团结哩。陈西风说，也不晓得是不是矮子里面拔长子。徐快说，评先进本来就是这样嘛，说法不同而已。陈西风说，这话不妥，我们不能自己贬低自己。说着他俩一起笑起来。

快下班时，他们才轮上见王副县长。

听说是为了两个农民工的户口，王副县长生气地批评他们为了这么丁点小事，党政一把手一起来活动，是不是怕分赃不均。陈西风也不客气地将嗓音提高了些，提醒王副县长应该等他们将话说完再批评。

王副县长说，谋私利的话我不听。

陈西风说，我们是谋公利。

王副县长说，假公济私转户口的事我见得多了。

陈西风说，那两个农村女孩不惜自我牺牲，换来厂里的产品销售合同，这事先前曾报告过。

王副县长回过神来，将办公室的门掩上，让陈西风和徐快将经过从头到尾说了一遍。王副县长边听边叹气，拿起笔正要在递上来的报告上签字，又摇头放下笔说，这个字不能签，签了后患无穷。万一被捅出来，牵扯上谁谁就要倒霉。合计了好久，王副县长自己提出来，干脆去找县长要两个指标，就说是解决自己的亲属，什么字也不用签。

王副县长去了半个钟头才回，他将一张字条放在桌上，喘口气说，下届再选我当这副县长，说什么也不管这臭狗屁的工业了，县办小厂，省城里随便一个狗东西都能置它于死地。我宁可去管计划生育、管火葬。

这后一句话说得他自己也笑了起来。县长的条子上只写着：请解决农转非两名。王副县长吩咐他们将有关人员请到一起吃一顿，备点礼物当场一分，然后顺势办了，别一个个地去找，那样多花钱多费时。

往外走时，王副县长告诉徐快，马明梅回来了。徐快有些吃惊。王副县长进一步说，马明梅是前天回的，回来过国庆，一直住在他家。徐快说，你家待她太好，她都快记不起自己的家了。王副县长说，你跟她说说，明年暑假一毕业就将事办了，也给我那小东西上个笼头管一管。徐快连忙答应下来。

后来，陈西风对徐快说，应该问一问肖爱桥的任职之事。徐快说，以后有的是机会。他说话的口气让陈西风感到很不舒服。同时心里猜疑，王副县长的小儿子到底同马明梅上床没有，为什么到现在还没发现她已失过身。

见到县长的批条，玉儿和小英收起了不快。陈西风问她们留在省城干什么。玉儿说她在黄土高原夜总会当总经理助理，小英也在那里当餐饮部主管。徐快不相信地问她们干得了吗？小英轻描淡写地说，那些事，个把月就会了。陈西风问她们是怎么进去的？玉儿说，这是商业秘密。听到这句话，陈西风和徐快才真正明白，玉儿和小英已不同于过去了。省化工厂来的人其实是督阵的，户口之事一办好，他们就打道回府，先回省城过国庆节。玉儿和小英要晚走几天，陈西风答应到时派车送她们。玉儿和小英就住在山南大酒店，房租已由省化工厂来的那两个人预先付了。

玉儿和小英送那两个人离开时，正好在门口碰上王元子。王元子和赵家喜一同来订酒席，玉儿劝他们别订什么酒席，不如将舞厅包了，搞一个结婚派对。玉儿解释了一番，王元子明白派对就是专场舞会，便动了心。赵家喜提醒她老人们可能不喜欢。王元子正在犹豫，玉儿提出她们可以帮忙筹划，并负责让他俩成为绝对主角，而酒宴上他们只会是一种摆设，闹起酒来谁也顾不上他俩。王元子一下子坚定了信心，马上就给家里打电话，家里问过王副县长，王副县长说可以，并建议让田如意来当主持人。但这个建议被王元子否定了，她说寡妇当主持人不吉利，自己做主就让玉儿挑了这担子。

陈东风蹲在旧仓库门口啃着早上剩下的馒头，方豹子在一旁正在说，赵家喜还算懂事请他们明天去山南大酒店开洋荤时，田如意的声音在广播喇叭里响了起来。田如意先说下面播送一个特别通知，然后说王元子的婚宴已改为派对，时间也由明天下午五点改为晚上八点，地点仍是山南大酒店，请各位先生小姐届时务必穿戴整齐并男女结伴前往参加。方豹子很高兴，只要能去山南大酒店潇洒一回，喝酒跳舞都行。他四处找舞伴，找来找去只找到银杏。陈东风看见黄毛从门口经过，下意识地叫了她一声。黄毛冷冷地说，我已找到伴了。陈东风后来又碰见了墨水，还没开口，墨水就说，是不是找舞伴，对不起，本小姐不能奉陪。陈东风实在忍不住了，就说，你们好像中了邪，不就是去山南大酒店跳舞吗，有什么好忘乎所以的。你听着，我是想对你说，我有舞伴了！

墨水哼了一声后扬长而去。

这时，方月走过来，说田如意在找他。

陈东风去了以后，田如意当着办公室许多人的面说，明晚你请我跳舞哇，说定了！

陈东风脸一红，一屋的人都笑起来。

由玉儿主持的婚礼，出乎所有人的意料。

当西装革履的赵家喜同披着一件洁白婚纱的王元子，手牵手出现在大家眼前时，黄毛和墨水忍不住尖叫起来。汤小铁和徐富与她俩做伴，汤小铁低声骂一句，妈的，再神气也不过是农民。徐富也附和说，台上站的三个人，有两个是农民。田如意紧挨着陈东风坐在一个角落里。陈东风看见方月用手指着台上，与陈西风脸挨脸地说着什么。顺着那手指方向看去，却是王副县长等一帮亲属。王副县长身边果然坐着一个缺了一只胳膊的女人，舞会开始是一曲探戈，大家都没上场，只有王元子和赵家喜在舞池中间翩翩起舞。一曲刚完，那个缺胳膊的女人起身往外走，王副县长也跟着往外走。

他们一出门，田如意嘴里吁出一口长气，并说，今晚谁也别搭理，就我俩好好地跳一场舞。陈东风正不知说什么好，玉儿在台上说，根据新郎新娘的提议，第二支曲子是《晚秋》，将由新郎新娘亲自演唱，并将这首曲子献给他们的好朋友陈东风和方豹子等等朋友。音乐一响，田如意就碰了陈东风一下。陈东风连忙站起来请她。两个人刚刚跳到舞池中间，新郎新娘就拿着话筒走拢来，绕着他们一句一句地唱得很深情。田如意跳得也很深情，让陈东风有一种被融化的感觉，一招一式都能跟上去。赵家喜眼里噙着泪水，第二遍唱到“心中能解多少苦和忧”时，声音沙哑得差一点儿唱不下去。陈东风在田如意耳边说，我也想哭。田如意小声说，你们这些乡下孩子，在城里受的委屈太多了。男子汉大丈夫可以被人欺侮，但是别让自己的眼泪轻易流给别人看。陈东风说，如果是为了爱呢？田如意不作声，只用一只手反复抚摸着陈东风的肩头。舞池中还是没有别人。王元子和赵家喜走上来将他们分开，组合成两对新的舞伴。

派对在玉儿的引导下逐步走向高潮时，田如意对陈东风说，我想休息一下。他们坐在旁边看别人跳了一阵，忽然看见王副县长回来了。田如意忙叫陈东风请自己上场跳舞。王副县长有些失望地徘徊时，玉儿上前将他的手牵了起来。王副县长一边跳舞，一边盯着田如意。田如意觉得身上不对劲，就要陈东风扶自己去洗手间。田如意一进洗手间就哇哇地吐起来，陈东风在门外不知怎么办便要去叫人，田如意让他别去，还叫他拦着别让其他人进来。这时，玉儿来了，陈东风真的拦住不让进，玉儿问为什么，陈东风说田如意在里面吐了。

玉儿推门进去，再出来时，她轻描淡写地说了句，田如意像是怀孕了，是不是你做的好事？

陈东风说，玉儿，你别乱冤枉人。

两人正说话，银杏脚步不稳地跑过来，一头钻进卫生间，门还没掩好，便吐出一堆秽物来。玉儿看了看后，什么也没说，眼泪就流了下来。

派对还没散场，就有不少人知道田如意和银杏怀孕了。

王副县长很气愤，当即将陈西风和徐快找进包厢，责令他们尽快查清这是怎么回事，同时指派徐快具体负责。

王副县长的目光从陈西风脸上掠过时，陈西风心里打了一个冷战。

怀孕也像传染病一样，发现一个，传染一串。徐快查银杏没费多少劲，在搞清楚是铸造车间主任老万下的手的同时，又发现几个怀了孕和怀孕后已做了人工流产手术的女工。她们同银杏一样，都是从农村招来的临时工，而男方无一例外都是厂里的正式职工。徐快一怒之下，将那些女孩都辞退了，老万被撤了职，别的人都是普通职工，也就无可奈何。银杏她们走的时候，厂里气氛很紧张。方豹子喝了半斤白酒，在床上不停地吼着要为被侮辱的农村姐妹报仇。旧仓库里聚满了从农村来打工的人，大家都在骂娘。陈东风见情况不对头，就去给赵家喜打电话，想让他跟上面的领导说一说。赵家喜在电话里说他管不了这事，并且要陈东风也别介入，因为有人怀疑田如意怀孕与他有关。陈东风生气地说，如果真是那样，我们还多少可以扯平一些。陈东风因此去了陈西风家，正赶上方月为田如意怀孕的事同陈西风吵架。想替被辞退的农村女孩求情，却没机会说。

走投无路时，陈东风想到肖爱桥，连忙去了技术科。

王元子正百般无聊地趴在设计台板上胡乱画着什么，见到陈东风她无头无脑地问道，我要是怀孕了会不会吐？陈东风很想说，又不是从没有怀过孕，何必还要装淑女！不过他只说了句，这事你得问赵家喜。

见到陈东风，肖爱桥高兴地说，那天跳舞我没去，但我都听说了，你和田如意跳的那一曲很有品味。陈东风也直率地说，有件事请你帮帮忙。陈东风边说肖爱桥的眉头就皱起来了，他一说完，肖爱桥马上说，干涉这种事只会降低人格。妈的，如果是我当厂长，巴不得他们全出这种丑事，然后将他们全部开除的开除，辞退的辞退，再换上一批各方面都有修养的新人。陈东风说，徐书记听你的话，你去劝劝他，这样对待农民工太不公平了。肖爱桥说，你不该也这么看问题，你以为城里人真的高农村人一等，在我眼里，他们全是农民，全是农民工，建设不足，破坏有余。那几本书你看完了没有？陈东风说，没有。肖爱桥说，不行，要加快进度，每本书你得看两遍以上，那都是现代工业管理的经典著作。

陈东风说，书搁在那儿跑不了，你还是出一下面让徐书记重新考虑一下那几个女孩吧。他一把拖住肖爱桥不由分说就往办公室那边跑。肖爱桥挣不脱只好随着陈东风去见徐快。他们还没同徐快说上话，文科长就匆匆跑进来说银杏她们本来已到了车站，可是不知为什么，又突然返回来了。徐快还没想出什么对策，银杏她们就进来了。银杏提出三个要求，一是赔偿；二是愿意同对方结婚；三是继续留厂工作。银杏说她们反正名誉坏了，无所谓，纷纷打开行李要在办公室里住起来等候答复。徐快劝她们早点走，免得男方的家属来了她们要吃亏。银杏说，吃了亏才好，我也有亲戚家属，一个突击坡就有一百多人。徐快说，刚才走的时候还知羞耻，怎么一转眼就成了无赖，是谁教你们的？银杏说，全是跟你们学的。陈东风后来才知道，赵家喜偷偷去车站，将银杏唤到一边，教她们这三点，目的只有一个：不离厂。徐快没办法，加上肖爱桥也说，可以考虑留下她们。不过肖爱桥声明只是将她们当作人，而不是当作工人。

徐快只得略作变通，让她们回家休息一个星期，再来上班。

关于田如意怀孕的调查可就困难多了。

尽管徐快下了很大决心，也花费了很大精力，田如意一口咬定是丈夫的遗腹子。她在家里的灶台、茶几、梳妆台和床头柜上，到处都摆着丈夫的照片，有事没事都看着它们。上班时则将丈夫的照片放在办公桌上。她对每一个询问的人都说着相同一句话，她说，你们怎么这样性急，不就是十月怀胎吗，等我生下孩子你们一看不就清楚了！对徐快，她则在最后加上句说，阀门厂不是肥肉，但厂长是肥缺，你想整倒陈西风自己来顶替，可你得小心自己的屁股揩没揩干净。

好像是为了验证田如意的话，陈西风在会计每月汇总的报销单据中，发现一张一千元的医药费发票。徐快同陈西风打过招呼，他去到省城看病，先后做了骨髓穿刺、CT 透视，又用伽马刀切除了脑血管中的一只小瘤子，所以医药费比较多。这些药费一次都报销了不好，干脆分月多报销几次。陈西风当时说，反正不是他私人的钱，怎么报销都行，如今却起了疑心，这些尖端的医疗，通常得预约排队，徐快在省城没有硬关系，怎么能一去就做成了？他让会计将过去几个月的单据都拿出来，一清查，发现光是几张连号的发票就有三千五百元。陈西风明白如不尽快抓住徐快的把柄，万一段飞机和冯铁山将他出卖了，政治上垮台不说，方月这一关也同样过不去。

方月从徐快那里得到暗示，一天到晚同他吵。实在没有办法时，陈西风只好说，我真有本领这么快让田如意怀孕，为什么不能让你怀孕哩！方月听了这话后虽不再吵架，夜里仍不准上她的床。陈西风将医院的发票号码给了小张，要小张火速去省城，一定要搞清楚这里面的名堂。小张去了两天，第三天回来后，告诉陈西风一个惊人的消息，徐快可能让表妹做了处女膜修复手术。小张说他无论如何也搞不到原始的凭证。医院对这种隐私的保密工作，都比得上瑞士银行了。不过这家医院只有CT透视，但不搞骨髓穿刺，更没有伽马刀，而且整个省城都没有伽马刀。小张一去就打听到处女膜修复手术的价格是三千五，然后就开始塞红包，但最后管档案的那个女人将他递上去的红包扔到地上。据说医院为了保密从而招徕生意，特意高薪养廉，每存入一份档案就当场发给她一个红包，还年年给她评先进，所以她对别人的红包没有兴趣。幸好小张找到一位护士，听护士说，这种手术的目的是骗男人，所以很少有男人陪女人来，一般都是女人独自来，或者是由母亲姐妹陪着来。那一次，却有一个外地男人陪着一个女人来做手术。陈西风在惊讶中仿佛忘了自己的目的，他大大地感叹一番，说这个社会怎么得了，连处女都可以堂而皇之的做假！小张说，你也做一回假，让徐快以为你什么都晓得了。陈西风说，他也没有将话说破，我也只能含含糊糊，我越含糊他越以为我什么都晓得了。陈西风谢了小张，小张不要他谢，小张清楚一旦让徐快得了势，自己绝对没有好果子吃。

白天里，陈西风忍着不告诉方月。到了晚上，见方月上床了他才凑过去，将徐快给表妹马明梅做处女膜修复手术的事说给她听。方月果然有些兴奋，随即又冷静下来对他说，如果他想离婚去娶田如意，她才不会去挨这样的刀子，她要陈西风还自己真正的女儿身。陈西风见没有指望只好再去先前用来安置陈东风的那间房里睡觉。天快亮时，他感到有人在轻轻摇着自己的手，睁开眼睛一看是方月。方月说，我想了一整夜，怎么也想不通，那东西怎么能修补呢？陈西风就将小张打听到的复述给她，一边说一边慢慢地将方月拉进自己的被窝。一番恩爱以后，陈西风又精神抖擞起来。

上班后，陈西风瞅空踱进党支部办公室，先同徐快说了为何还不见肖爱桥的任职通知下来等一些事，徐快正在说，最好是将肖爱桥和徐富的报告分开来写。陈西风出其不意地打断他的话说，现在的姑娘玩得真邪，玩朋友玩久了终于找个靠山要结婚时，竟然可以去医院做手术，安一块假膘皮冒充处女。你说，医院这么做是缺德还是积德？见徐快不作声，陈西风又追问一句，你听说过没有，哪家医院可以做这个手术？见徐快脸上变了色。陈西风心里就有底了，话题一转，又说起肖爱桥任职之事。他说，徐快何不利用表妹马明梅这层关系，同王副县长多联络一下，至少让他早点将空缺的副厂长配齐。徐快说，行政上的事，自己不好干预。陈西风提醒他，田如意也不是党员，他不是也在调查处理吗？徐快像是缓过气来，他说那是因为田如意可能牵扯到党员。陈西风一边点头称是，一边突然说，听说三千五百元就能伪造一名处女，我记得徐书记前次报销的药费好像也是三千五百元，真是太巧了。

陈西风大笑三声，也不看徐快，扭头就走。

下午下班，陈西风刚到家，徐快就打电话来说，厂里有客，要他马上到山南大酒店来。陈西风去时，包厢里只有徐快。陈西风也不问客人在哪儿，他望了望四周说，徐书记，是不是选错了地方，这是情侣座呀！你是不是埋伏有黄色娘子军？徐快说，陈厂长，我们都是被党教育多年的领导干部，你不会做那种事，我不会做那种事，你我都不会做那种对不起党，对不起人民，对不起老婆的事。陈西风说，太对了，什么叫觉悟，徐书记，你这才叫觉悟。徐快说，好久没有这么痛快了，喝点白的怎么样？陈西风说，干脆腐败一回，来茅台，回头你签单，我签字。两人边吃边喝边说边唱卡拉 OK，一瓶茅台喝完了两人还不怎么醉。

田如意的肚子一天比一天大，陈东风回突击坡给她请了一个小保姆。小保姆整天跟着她。田如意说，先让她熟悉洗衣做饭买菜等各种事，免得临时抱佛脚。厂里再也没人议论孩子的父亲是谁。徐快在干部会议上布置了，要全厂职工尊重军烈属。有一天，田如意在街上碰见陈万勤，陈万勤放下担子看了她半天，然后说她将生一个儿子。厂里无人议论还有一个原因，田如意确知自己怀孕以后，无论在哪里，从不正眼看陈西风，非要打交道时，她总是将那飞行员的照片搁在他们中间。她对陈东风依然很好，像买煤买米换煤气等事，只叫陈东风去做，陈东风没空时，她宁可凑合着等。她还让陈东风住到家里去，她说有小保姆在也不怕别人说闲话。陈东风不肯，继续睡在旧仓库的大门旁。没事时，他躺在床上看肖爱桥的那几本书，看不了两页瞌睡就上来了。他几次想将书还给肖爱桥，又怕伤了肖爱桥的心。

天气转冷又转暖，其间什么大事也没发生，就只为肖爱桥晋升为高级工程师热闹了两天。因为肖爱桥是县里的第三个高级工程师，阀门厂各车间科室，都在县电视台的电视节目中为他点歌庆贺。肖爱桥公开表态，要将陈东风培养成新一代工人的样板。

春暖花开的时候，陈东风正抱着书打瞌睡，田如意的小保姆推醒他说，田姐生了个儿子。陈东风不知该怎么办，看着厂里的正式职工一拨一拨地往医院去，又一拨一拨地回来。去的人很兴奋，以为这一去就能看出某种端倪。回来时，这些人却很落寞，不是无言以对，也不是此时无声胜有声，而是觉得无话可说。挺着肚子的王元子没有这样的变化，她平静地去，平静地回，还特意找到陈东风，平静地告诉他，田如意生下来的那个孩子，同一年前便死去的飞行员丈夫，长得一模一样。王元子还说，肖爱桥已作了解释，国外最新研究表明，孕妇可以通过长期暗示来控制胎儿模样，而且婴儿出世后，还可以向最亲近的人学习到一些模样。

厂里的人普遍不相信肖爱桥的话。他们认为，当初田如意去部队探亲，正好受孕了。因为丈夫突然去世，心情不好影响胎气，让胎儿发育慢了几个月。最相信这一点的人是汤小铁。

陈东风很高兴，花了六十元钱在电视里为田如意点了一首叫《翱翔》的歌。

田如意也很高兴，就给儿子取名：翱翔。

第六章　小翺翔

1

徐富有事离开车间，回来后必定要到陈东风的车床前看看。这是第三次了，徐富一如既往地问陈东风，开发区塑料厂的人来过没有？

陈东风如实说，没有见着。

徐富叮嘱他，万一那些人偷偷溜进来，要想办法拖住他们，并且及时通知自己。徐富的意思是，他要亲自下狠手撵那些人走。陈东风不理解为什么不让塑料厂的人看自己的东西。他心里想若是段飞机来，他可不好意思叫徐富。偏偏徐富特别说了段飞机也不例外这一句。徐富的神秘模样，惹得他不时抬头往大门方向看。

怀里抱着两本大书的肖爱桥从车间大门走进来时，一阵北风随着他呼啸而入。徐富从车间办公室里伸出头来警惕地看了看，然后释然地说，他还以为是塑料厂的人溜进来了。坐在门口的汤小铁正蜷缩着身子，趴在一只通红的电炉子上烤火，他抬起头来大声说，是不是怕尾巴夹了！肖爱桥转身关好铁门，然后说，你这是违反劳动纪律，用电炉烤火，论制度是要罚款的！汤小铁说，谁来罚款我就和谁换岗位。你摸摸，这些冷铁坨子，正张着长了一百颗牙齿的嘴咬人手哩。肖爱桥说，谁叫你将劳保手套拿回去给老婆织线衣线裤。汤小铁说，这叫勤俭节约。肖爱桥说，你这叫慷国家集体之慨。肖爱桥往车间深处走，汤小铁在背后说，我要是像你坐在办公室里不动，还拿六七百元工资，准保比你还爱党爱国爱集体。肖爱桥走到黄毛的车床前，将书递给她，然后说，她什么时候看完这些书，认为可以测验了，就说一声。黄毛冲着那些书吐了吐舌头，娇嗔地说，又得耗去我许多青春年华。肖爱桥说，多读点书不害人。

说着话，肖爱桥走到陈东风的车床前面。

一根细长的锥形蜗杆从头到尾占据了整个车床。由于尾座偏离轴心线很多，不得不用一截小号圆钢弯成一只留有缺口的圆圈套在工件的另一端上，再用四爪卡盘夹紧。车床转速很低，每分钟只有二十到三十转左右，但是巨大的扭力，使四爪卡盘下面的那只起调整轴心作用的小铜圈在同工件摩擦时发出一阵阵刺耳的响声。

肖爱桥问，这是哪儿的？

陈东风说，是开发区塑料厂的，一共有十根。

肖爱桥说，做产品的接这种零活划不来。

陈东风说，塑料厂说别人车不了，点名要高师傅车。高师傅一个人忙不过来，就叫我帮帮他。

肖爱桥用手捂了捂耳朵说，噪音太大，怎么不用鸡心夹头，那样蜗杆的应力也小一些，又不易变形。

陈东风说，不行，那样蜗杆振动太大，无法加工。

肖爱桥又问螺距是多少，陈东风说是一百二十二毫米。肖爱桥说他能车这样的蜗杆，车工技术也算学到家了。接着他又遗憾起来，陈东风居然读不进书，这太可惜，逼得他无可奈何只好选择黄毛，准备让她进技术科，虽然她是技校毕业生，可身上没有多少文化。陈东风没有作声，他不想与肖爱桥说，自己刚进厂时，就帮高天白车过这种蜗杆。

一旁的墨水凑过来说，肖工，你说这蜗杆的吱吱声像什么？

肖爱桥说，像是半夜里老鼠撕书。

墨水说，哪能哩，它像钢铁音乐，元旦放假，我们到省城去玩，玉儿请我们到红太阳夜总会玩了一夜，那里面放的钢铁音乐，就是这种声音。开始我们还以为玉儿破费了不少，后来才知道那里女士免收门票。

肖爱桥说，虽然不收门票，但代价是要的。

肖爱桥走后，陈东风又一次想起自己还书时的情景。

那些书他看了半年也才看二十多页，下一个半年又看了二十多页，但前面那二十页的内容早已忘了。那天小翱翔满月，田如意谁也没有请，尽管不少人送了礼，而他什么也没送，田如意仍然只请他一个人去。小翱翔躺在床上手和脚不停地划着，田如意将他的两条小腿摆到一起，要他别动脚，才像是一只翱翔在蓝天上的飞机。小翱翔果然很听话，将两腿绷直，两手像翅膀一样拍打着。田如意说，小翱翔将来肯定比爸爸强，不只当个飞行员，还要当宇航员，如果能用超光速飞行，他还可以找到爸爸。

陈东风一直下不了决心将书还给肖爱桥，喝过小翱翔的满月酒后，趁着几分醉意，他夹上那些书去了技术科。英语很好的肖爱桥正在学法语。肖爱桥还要陈东风两年之内必须选学一门外语。陈东风说，都学外语，都当宇航员和科学家，那车工由谁来当，翻砂造型由谁来干？肖爱桥望着陈东风还给他的书，脑子里转不过来弯。

陈东风说，这书我读起来太痛苦，在车间干活虽然累但心里痛快。我喜欢这样劳动的乐趣。

肖爱桥说，读书学习也是劳动。

陈东风说，可我总听别人说，读书读得有出息了，就可以不劳动。

肖爱桥说，这样的观点不对，通常人们说的只是低级劳动，他们不理解在这之上还有高级劳动，而正是这种高级劳动决定着人类社会的未来。

陈东风说，那低级劳动就无关紧要了？

肖爱桥说，高级劳动也同样决定着低级劳动。比如爱因斯坦，以一己之力就能改变整个世界。

提起爱因斯坦，陈东风就不敢多嘴了，只是在心里反复想，没有车工、没有人种田，世界就文明得多了吗？

肖爱桥说，像车工、钻工、刨工、装配工，都可以用机器人来取代，实际上一切低级劳动都可以用高级劳动改变它们，使它们变得无关紧要。

陈东风说，如果真的是这样，那厂里的普通工人都该怎么办？

肖爱桥开玩笑说，统统去新疆、甘肃挡风沙。

肖爱桥说话时，神色中有一种沉醉，两只眼镜片后面闪动着火焰一样的幻景。他不知不觉地站起来，挥着手从空中抓住什么，猛地扔向窗外。陈东风觉得自己的灵魂被他抓住了，心中不由得产生某种恐惧。从技术科出来，陈东风深深吸了一口气，忍不住称赞自己，还书还得太对了。

陈东风将加工好的蜗杆卸下来时，没有请人帮忙。而换上蜗杆坯子，则是一个人难以完成的。他喊了一声，汤师傅，你过来一下！汤小铁仅仅站起来，就用了两分钟。他走过来，双手插在荷包里说，天气这么冷，忙什么呀你！反正是按实际工时记账，不怕完不成定额。

陈东风说，车这蜗杆已比做定额轻松多了，不算忙，也不累。

汤小铁说，你不忙我忙哩！

陈东风说，耽误你烤火了？

汤小铁说，不把手指烤软，僵硬的能做事？

陈东风说，你不愿帮忙干脆明说，我好叫徐主任安排其他人。

汤小铁说，我他妈的也是贱，为什么要贪半个班的加班费哩，搞得老子还要受你这农民工的气。

汤小铁一使劲将蜗杆从地上抱起，先将一端对准尾座。

陈东风要他将蜗杆掉过头来，因为这一端没有顶针眼。

汤小铁说，你看得起老子，将老子当成了孙悟空！

说着话，汤小铁像舞动金箍棒那样，让蜗杆在空中掉过头来。陈东风飞快地将有缺口的小钢圈在蜗杆一端套好，再用四爪卡盘将它夹紧。汤小铁正要走，见陈东风拿出划针，准备校正，就站在一旁看。

陈东风用眼睛盯着蜗杆与划针尖的距离，相距远了，就将同方向的卡爪松一点；相距近了，就将同方向的卡爪紧一点。汤小铁见他扳着卡盘转了几圈，还没完全校正好，就说，你信不信，我什么都不用，光凭眼睛就可以帮你校过来，误差不超过五个丝。陈东风不相信。汤小铁就要打赌，谁输谁出二十元钱。不等陈东风同意，汤小铁就过来将划针扒拉到一边，然后像陈东风那样用手转动卡盘，只不过转速要快许多。卡盘每转几下，汤小铁就会用左手突然按在卡盘边缘，像刹车一样让它停下来，用卡盘扳手将卡爪紧一点，再将对应方向的卡爪松一些。如此调整一番之后，汤小铁干脆将车床启动了，并用开关的点击接触控制转速的快慢，一旦看准哪个方向不对，便快捷地按一下倒转开关，将车床恰到好处地停下来，如手动那样，将对应方向的两只卡爪作些调整。前后不到五分钟，汤小铁就说好了，要陈东风拿百分表来量。

陈东风到徐富那儿拿百分表。徐富问过原因后，断定陈东风非输不可，汤小铁这家伙别的一般，眼力却是超一流厉害，手工锉六方，不用卡尺与千分表测量，误差就能控制在十个丝以内。在车床上校正，由于是圆周运动，不用太费力，就能控制在五个丝以内。徐富跟过去看热闹。墨水和黄毛她们早已围在 C6140 车床四周。汤小铁要大家下赌注，每人就五元，误差不超过五个丝。围观的车工几乎都下了注，钳工们却按兵不动。汤小铁数了数那叠钱不多不少整整一百元。陈东风百分表量了一圈，见那误差有六个丝，大家不由得哄笑起来，一齐叫着要汤小铁快掏钱。汤小铁板着脸，亲自用百分表量了一遍，误差仍然是六个丝。他咬着嘴唇，让车床中速转一阵。待车床停下来，汤小铁一声不吭地打开主轴箱盖子。陈东风问他要干什么。汤小铁说，主轴套松了也没发现，还当什么车工，回家放牛去。陈东风说，调主轴套是你们钳工的事。汤小铁说，你们自己不提出来，未必还要老子成天在车床边盯着。汤小铁拿来榔头、铜棒和勾头扳手，在主轴箱里敲打一阵后，再用百分表测量，误差只有五个丝。

在一片惊叹声中，汤小铁得意地收起那叠钱。

他伸出手正要对陈东风说什么，忽然发现高天白提前半小时来接班了。汤小铁赶紧说，陈东风输的二十元钱免了。说着又拿起工具将主轴箱里的压紧螺圈敲了一通。高天白见了，就说，主轴间隙他昨天刚调过，不会有问题。

汤小铁不说话，只是一个劲地笑。

陈东风将事情原委对高天白说了。

高天白便摇着头数落汤小铁，为什么不将心思用在正道上。像这用眼睛校正能达到误差六个丝的，全阀门厂只有你一个人能做到，可你却用自己的绝招赌钱，还想歪招来骗人。你将主轴调得这么紧，误差自然小了，可车床就不能正常运转。于是，你又瞒着大家，将主轴复位。小铁，都说你只有一身蛮力，那是因为你总是将心机用错地方！

经过高天白的点拨，大家就想将冤枉输的钱要回去。

汤小铁说，我这绝活高师傅已评价了，五个丝和六个丝有什么区别，就算是买了门票吧！汤小铁要走，几个人伸手扯住他。双方一用力，竟将汤小铁工作服的袖子撕下半截。汤小铁火了，挥起拳头要打人。徐富连忙上前去拦住，他说，别闹了，到此为止，就当是汤小铁教了你们一招。将来有谁不用划针，就能将误差校正到五个丝以内的，由车间发奖金。算了算了，都回去扫车床，准备交班。

大家散开后，车间里立即响起乱七八糟的叮当声。心里有气，手脚就重了，别说是铁屑和工具，就是卡尺、千分尺等量具也有人敢摔。徐富忍不住大声吆喝起来，这是工厂，不是你们的家，有火气想摔东西，下班后赶紧回家去，家里的东西摔坏了不用赔，工厂的东西摔坏一件就得赔一件。

墨水说，徐主任放心，我们晓得摔那些摔不坏的东西。

陈东风将车床扫干净后，正要下班，高天白走过来问他，这个班车刀是怎么磨的，蜗杆的光洁度比前两天他俩车出来的都好。陈东风说他从一本书上看到可以在车刀上开一个防振槽，就试着按书上说的做了，结果效果不错。

高天白问，你不是将书都退给肖爱桥了吗？

陈东风说，那是专家看的书，这本书是写给工人看的。

高天白说，一晃都两年半了，你的技术也赶上师父了，我也真的快要退休了！

陈东风说，只怕厂里不肯让你走。

高天白说，不一定。你发现没有，铸造车间生产的铸件中，阀门零件越来越少，那些叫不出名字的散件越来越多，这说明产品合同订得不够，车间自己在找饭吃。这种问题马上就会影响到我们车间，到时候，说不定就会三班改两班，两班改一班。像隔壁农机厂一样，发点生活费让多余的工人回家待岗，到那时，我这老头子准保挨第一刀。高天白说完，眼里闪了一下。

陈东风说，不会的，到那时，首先遭解雇的是我们这些农民工。

高天白说，你想错了，如果是我当厂长，我宁肯留下你们而让那些正式职工放长假待岗。

陈东风说，我明白了，农民工用起来听话，省事，花费又少，可阀门厂是正式职工的阀门厂，不是农民工的阀门厂，他们是不会答应的。

高天白一连叹了几口气才说，这个问题不解决好，阀门厂的前途不可知呀！

高天白启动车床，在蜗杆上进了第一刀。车床转得很慢因而显得特别沉重，车刀却跑得很快，转眼之间就在蜗杆上划出一道轻盈而美丽的弧线。

陈东风回到旧仓库，方豹子已先于他下班了。

往日，旧仓库里要到下午五点三十分以后才会喧闹起来，如今，四点钟刚过，屋里就吵成一片。方豹子大声说了两遍，陈东风才听清楚，赵家喜刚才来过，请他俩去喝女儿的周岁酒，另外，段飞机请他俩晚上在屋里等着，有事要同他俩商量。方豹子主张去赵家喜那儿，先将肚子里的实惠抓住，段飞机真有事，哪怕等到半夜也不会走的。

陈东风嗯了一声，一边脱去脏衣服，一边问同他床挨床的小李，为什么这么早下班。小李说是车间主任安排的，从今天起，车间只能给每人安排百分之七十的任务，其余部分让各人到外面去想办法，谁揽了活回来，车间还给一定的回扣。陈东风没想到，高天白刚说的话就应验了。他去食堂打热水时碰见方月和田如意。

两个女人站在路中间，正起劲地说着孩子。

田如意说，女人没有孩子就失去了一生的精神支柱。方月一直就没有这方面的感觉，所以有时候她总怀疑自己是不是一个好女人。田如意分析说，她内心里一定还在等待着什么。

陈东风走过去时，她们没发觉。返回时，她们还在那儿说，只是位置已挪到路旁。小张的车刚刚驶过，他从车窗里伸出头来问田如意和方月晚上去不去跳舞，县里开高级知识分子座谈会，给厂里发了几张舞票。田如意摇摇那仍然不见粗糙的白嫩手掌，继续劝方月一定要为陈西风生个孩子，不管是男是女，总比没有好。

方月没有点头也没有摇头，却冲着陈东风说，你下班后到家里去洗个热水澡，有热水器，开关一扭水就出来了，多方便，你怎么总是犟着不去呢？

2

赵家喜让王元子点点人数，看看是否缺谁，若不缺就叫服务员上菜，王元子只看了一眼就说田如意没有来。方月说田如意来不了，要在家照顾孩子。王元子就叫小张开车去接。小张跑了一趟，回来后也说田如意不来了。王元子不肯，非要小张再开车，自己亲自去接。她说这人数都是安排好了的，九男，九女，取久久如意之象征，所以田如意非要到场才行。大家又等了半个小时，王元子才把田如意请来。田如意在女客那边一落座就说，外面北风太大，我怕吹着孩子了。墨水接过小翱翔，还没抱稳，就被方月抢过去，要小翱翔叫阿姨。陈西风在相邻的男宾席位上扭头看了几眼，忍不住离座过来，伸手要抱小翱翔。

田如意忽然叫起来说，你别碰他！

陈西风笑着说，怎么啦，当我是魔鬼专吃小孩！

大家都笑起来。陈西风趁机将小翱翔抱到怀里，并用脸去蹭他。

突然间陈西风大叫了一声，小翱翔，你怎么咬我！

大家看时，陈西风脸上果然有四颗牙印。

田如意跑过来将小翱翔抱回去，谁让你不听，叫你别碰他嘛！

肖爱桥在一旁说，这就奇怪了，这么多人，他单单就咬你一个。

陈西风说，是呀，小翱翔都快两岁了，我还是第一次见到哩！

方豹子插嘴说，陈厂长忘了突击坡的俗话，细伢儿咬人，不是亲也是亲。

陈东风拉了他一下，但没来得及，方豹子还是将话都说出来了。大家又一次笑起来。只有田如意、陈西风、徐快和陈东风没有笑。

黄毛还说，方豹子，以前以为你和汤小铁一样，只会做蛮事，没想到还有幽默的潜力。

方豹子马上回敬说，你要是真看准了就明白地对我说一声，我不怕重婚坐牢。

黄毛说，行啊，不过你先得将我这十个指头中的八个，配上金戒指。

方豹子说，手上的戒指我办不到，如果你脚上要戴，我可以答应。

黄毛说，你才是要钉铁掌的畜生哩。

这时，菜上来了，赵家喜端起酒杯向大家敬酒表示感谢。陈西风情绪不好，只要有机会就盯着在地上跑来跑去的小翱翔。小翱翔满屋子都跑到了，可就是不往他身边跑。

挨着他坐着的徐快情绪也不好，不时呆呆地看着女宾席上穿着红色皮夹克的马明梅。马明梅从没正眼看过徐快，一对媚眼看过来时，总是从他身上一扫而过，然后在陈东风等人身上略作停留。偏偏陈西风还要问他，马明梅结婚后同你家还有来往吗？徐快说，王副县长那儿是金窝，我那儿是草窝，谁愿意放着金窝不住往草窝里钻哩！她毕业以后安排在财政局，人学油滑了，没有以前单纯。

正说着，马明梅端着酒杯过来了，她说，各位都是元子姐的领导和师傅，元子姐不能喝酒，我代她敬各位一杯。说着先一饮而尽，然后逐个监督着让大家喝干。最后只剩下徐快。徐快端坐着不动。马明梅说，就剩你了，请给个面子。徐快将马明梅看了足有两分钟，才拿着酒杯一饮而尽。马明梅笑着说，谢谢表哥给我抬庄。那笑中有一种冷淡的客套。

酒至半酣，赵家喜透露了一个消息，有几个工厂的主要负责人即将提升为副局级。陈西风和徐快一扫刚才的不快，明显兴奋起来。赵家喜抽空朝陈东风使了个眼色，然后起身往卫生间走。陈东风连忙跟上去。

赵家喜告诉他，徐富任副厂长的通知就要下文件了，没有肖爱桥的份儿。他要陈东风偷偷透露给徐富，这样徐富日后会对他另眼相看的。陈东风问陈西风有没有可能提升为副局级。赵家喜说上面知道阀门厂的班子表面上一团和气，其实矛盾很深，他们怕提拔一个会激怒另一个，引起矛盾公开化不利于工作，但一次提拔两个也不行，这牵涉到与其他工厂的平衡问题，所以阀门厂的事还悬而未决。

赵家喜正要走，陈东风拉他一把说，我们厂的生产上可能要出问题。他将这两天出现的苗头简单地说了一遍。赵家喜吃了一惊，他说，昨天陈西风到经委汇报工作时还说形势很好哩！赵家喜要陈东风早想退路，如果情况真是那样当农民工的会首先遭殃。陈东风说他不怕，大不了回去种田。赵家喜要陈东风别说气话，到时有难处就跟他讲，他当科长了，说话有人听，就连今天的酒席都有企业帮他签单。陈东风提醒他别犯腐败错误。赵家喜说，经济上我有把握，像这种事根本就不叫问题，但在女人这方面就很难说了。王元子有时真叫人受不了。一到春夏，就是十个男人也缠不过她，其他季节里又变成了木头人。说完这些，他长叹了一口气。

陈东风回到座位后，瞅空悄悄地同徐富说了几句。徐富忍了一阵，还是站起来向赵家喜敬酒。小张见了就说，老徐，我看你嘴里说的是赵科长女儿的事，眼睛却在说别的事哩！徐富说，当然，赵科长如此年轻有为，谁不羡慕。

陈西风和徐快没有理睬这个话题，二人心里都在琢磨哪些人可能提拔为副局长。赵家喜不再提起此事，却说要阀门厂支持县里的开发区建设，他特别提到这里面有个政治觉悟和政治路线问题需要认真考虑。这一次搞开发区和前几年搞工业区不一样。不知为什么，一提到开发区，肖爱桥就来了气，说这不过又是一次鼓励假大空的大跃进，除了劳民伤财以外，不可能有别的效益。压了农民的地，占用了国家的资金，到头来吃亏的是老百姓，说不定新企业没搞起来，老企业就垮掉了。

赵家喜不无讥讽地说，肖工，你不是一向主张让一些老企业彻底垮掉，然后重新开始吗？

肖爱桥说，我那是有目的有希望的垮，而开发区带来的将是无目的绝望的垮。我说的垮是破产，卖掉愚昧，买回文明。资本家敢来买那是求之不得的好事，工厂没有走，税款照收，又能学到先进的管理手段。这比用老办法办新厂要强一百倍。

赵家喜说，你要是资本家，你会不会买下阀门厂？

肖爱桥想了一阵说，太危险了，我不会买。

陈西风说，你不买，我还不卖哩！

赵家喜说，依我看，阀门厂靠谁都危险，只有靠陈东风这样的普通工人才有希望。

这时，黄毛跑过来给大家敬酒，她说自己怎么也是技校毕业，在阀门厂也算半个知识分子，希望厂领导在人事调整时考虑她一下。徐富说，肖工不是正在栽培你吗？黄毛说，肖工是用国际标准来衡量人，不是不能熬，是熬不住，王元了比我月份还小，孩子都一岁了，我得考虑这做女人的头等大事呀！小张说，行，明后天我去开个汽车运输总公司，你来给我当秘书。黄毛知道不能马上从陈西风、徐快嘴里得到答复，便顺着小张的玩笑下台，她说，那我就先谢过张总了。小张说，先说清楚，是生活秘书。黄毛说，都行，但你别忘了在瑞士银行给我立一个户头。小张说，这个好办，老徐，回头在车间小金库里给她记一笔。大家又笑成一团。

徐快见马明梅往餐厅外面走，就连忙跟上。马明梅给丈夫打电话让他弄辆车子来接一下，外面风太大了。等到马明梅放下电话，徐快上去就问她，为什么这一两年一直在躲着自己。马明梅说她有新的生活了，不愿再回想那些噩梦。徐快顾不上发火，便拣要紧的说。他要马明梅这两天一定和王副县长说一说，给他弄个副局级，千万不能让陈西风占了先。马明梅说自己在他们面前从不敢提徐快的名字，哪怕是他们偶然提起的，自己也会心虚。徐快说，现在是关键时候，一定要将心横一横，实在不行就找个停电的时候说。马明梅点了头。徐快所说的意思是，停电时的表情别人看不见。

徐快一走，陈西风立即将赵家喜叫到一边，飞快地问清了情况，赵家喜说他从内心是倾向陈西风的，但他们厂情况复杂，自己只是一个小科长无能为力。陈西风说，我和东风是亲戚，你和他是朋友，你最少也可以给我出个主意。赵家喜说，听说地区团委书记要来当县长，你可以先同他搭个线。陈西风说，我同他从未见过面，这时候去恐怕惹人心疑，会适得其反。赵家喜说，他们办了个内部报纸，总在外面搞赞助，你可以主动上门去，说是联合办一个专版，往后的事情就顺理成章了。陈西风说，上次省报的许记者来谈这同样的事，我没同意，这时又同别的报纸合作，那不是将许记者和省报得罪了？赵家喜说，都这时候了，别想那么多，走一步看一步。陈西风答应马上就去筹办。

酒终于喝完了。方豹子望着没吃完的菜还有些不舍，但陈西风已带头离席了。外面的北风吹得大街像一架鼓风机，呜呜声惊天动地。山南大酒店门口没有往日那样繁华，偌大一座楼里，似乎只有赵家喜请的这些客人。两位礼仪小姐也变得蔫不啦唧的。徐快冲着她们说，是不是老板没给你们发工资，见了客人连笑也不会了？礼仪小姐勉强一笑说，蔬菜村的农民，新盖了一座老二哥酒店，将我们的生意都抢走了。肖爱桥说，农民在农村时一个个都很可爱，可一旦进城后就变得很可怕。赵家喜说，是很可怕，他们进城来，肯定要抢别人的饭碗。

这时，门口来了两辆车，一辆车接赵家喜一家三口，另一辆车则是接马明梅的，加上小张的车，三辆车里挤进十八个人中的十六个，单单抛下陈东风和方豹子，听凭他俩顶着北风往厂里走。

半路上，下起了小雨。方豹子边走边说，几步路算不了什么，只是这口气难以咽下。陈东风说，往开处想，总比大雪天上水利好受些吧。方豹子说，上水利只是苦，在那里没有谁歧视谁。我若是你这么好的条件，就算不同城里人结婚，也要玩玩她们，出出这口气。陈东风说，何必这样想哩，这样越想越怄气。

回到旧仓库，段飞机果然还等在那儿。

段飞机将手里的旧杂志放下来，要找一个安静的地方与他们说话。旧仓库里打乒乓球、拉二胡、吹笛子口琴的人，都快吵翻天了，找来找去只有站到外面的屋檐下。段飞机告诉他们，他同冯铁山办的塑料厂已被开发区收到名下，马上就会以特种阀门厂的名义对外开展业务，厂里已有二十台机床，五六十人，前两天又从银行申请到一笔贷款，准备将邻县一些工厂里淘汰的机床再买一些回来，然后再招一批工人。

方豹子说，我们又不是你的职工，干吗要听你做报告？

段飞机说，这话可别说早了，不过，你们要去，肯定不是当普通职工，我说话算数。

陈东风说，干脆直说，你找我们到底有什么事？

段飞机压低嗓门说，我们按照你们的工序做了几批阀门，大部分密封不行，既漏水也漏气，分析来分析去，可能是阀体与闸板密封面，精加工时存在着问题。为此，我们订了个计划，想让人到你们厂偷偷学习一阵。

段飞机坦陈，那十根螺杆其实是诱饵，目的是派几名车工以帮忙为名，天天来他们车间泡着，看清楚那些技术细节到底是怎么回事。不料被徐富看出破绽，当场拒绝了，所以只好另想办法，其中之一就是请陈东风和方豹子帮忙，将那套精加工密封面的专用夹具悄悄弄出来，待他们将各部位尺寸分解测量完毕后，再悄悄地还回去。陈东风当然不能答应。段飞机劝说一阵，又拿出五百元犒劳费要他们先收下。

陈东风生气地说，一天到晚听人说农民的坏话，原因就是你这样的家伙，一粒老鼠屎弄坏一锅粥。

段飞机说，现在是正不压邪，不学点坏就活不下去。

陈东风说，我师父不就活得很好吗?

段飞机说，快六十的人了，还跟着年轻人一起倒班，这哪叫好!

陈东风说，那也还有我嘛!

段飞机说，你别吹牛，我晓得你一直有个坏心思!

陈东风不让他说下去，你敢瞎说，我就将你的阴谋全部抖出去。

段飞机说，你不会，我也不会的。说正经的，这是我们农民工自己的厂，你得出点力。

陈东风说，不行，除非阀门厂解雇我。

听了段飞机的话，方豹子一直没有开口。

陈东风问他是不是动了心，方豹子说五百元钱相当于自己三个月的工资，哪能不动心哩。陈东风告诉方豹子，他可以一个人偷偷地做这种不道德的事，陈东风也不会出卖他，然而他们之间的一切关系从此就完结了。段飞机说这种事不同于人际关系，商场如战场只以输赢为道德，不以善恶为道德。阀门厂也曾经用玉儿和小英设美人计，才换来省化工厂那个差点报废的合同。陈东风吃惊不已，怎么也不相信。段飞机要他问陈西风去。

段飞机走时，天上的雨已经转为小雪了。

他告诉陈东风，他们若不干还会有别人干，他只是不想将好处给了别人，毕竟都是突击坡的乡亲。

灯熄后，旧仓库立刻安静下来。风将门缝吹得像风琴那样深沉而委婉地响着，偶尔有雪花飘进来，落在陈东风的脸上。夜慢慢地深了，但门外还是响起一阵轻微的脚步声，鬼鬼祟祟的像是不想让人察觉。他听见有人小声说快点，雪大了会留下脚印，被老万发觉的。脚步声奔铸造车间而去。老万停职十个月后，重新当上车间主任。陈东风想起段飞机的话，他开始意识到也许将阀门厂当作自己的家，这话本身就是一个骗局。在突击坡，无论谁家，只要发现进来小偷，全突击坡人都会帮助追赶。然而，在阀门厂自己多次放弃这类机会。事实上，大家都放弃了这种机会。而更深刻的事实是，大家都放弃了这类责任。

陈东风直到很晚才睡着，后来，他梦见玉儿和小英在一面旗帜面前宣誓，玉儿的拳头举得比小英的拳头高，她们说了很多，陈东风只听清两句，牺牲自己，永不背叛。陈西风则带头鼓掌，并号召田如意和方月等人向玉儿和小英学习，争取在火线上加入组织。

陈东风醒来时，身上出了许多冷汗。他见天已亮了，就爬起来穿衣服。方豹子从床缝里走出来，将大门拉开一道缝钻出去，站在门口，哗哗啦啦地放掉身体内的脏水。转身进屋时，他说了声，好大的雪呀！随后又钻进被窝里继续睡觉。陈东风拉开门，外面的雪果然将夜里的痕迹严密地覆盖起来，白茫茫的，一只脚印也没有。

陈东风感到头有些重。

因为雪天太冷，上班后，有人在车间里用柴油烧了几堆火。

陈东风在车床后面站了一会儿，无论如何都控制不住身上的阵阵哆嗦，他忍不住也往火堆走去。

到了九点钟，车工们还在烤着火，任凭车床空转。

徐富今天脾气特别好，不停地说软话，希望大家给他留个面子，免得书记厂长批评他。黄毛很敏感，率先猜出徐富有好事临头了，就嚷着要他请客。徐富竟不谦虚地说，等见了正式文件后一定兑现。

黄毛惊喜地说，你真的要当副厂长了？

徐富笑而不答。黄毛立即说，这太好了，你一定要照顾一下我们车间。大家说了许多希望，徐富都点了头。

陈东风回到车床旁，又将高天白用粉笔写在地上的字看了一遍。李师傅不敢车这么大的蜗杆，临时调到别的车床上去。三班无人，上二班的高天白只好将需要注意的事写在地上。一是开始车之前要将顶针重新调一下。二是精车时要将小拖板的间隙控制在最小。高天白说的都是上班没做完的活，下班接着干时容易疏忽的事。陈东风将这些都做了，这才开动车床。

刚车了十几刀，那蜗杆便搅得整个车间都旋转起来。陈东风晓得自己病了，他叫了一声黄毛，告诉她，自己的头很重。黄毛看了看，准备用手试试他的额头，见手太脏，她犹豫了一下，还是用自己的前额去试。

两个人的前额贴在一起时，黄毛说，你有点发烧。她又说，好心让你在城里安个家，你却要拒绝，这下病了看谁来照看你。

这时，墨水在那边叫起来，喂，你们放文明点，这里是车间不是公园。

黄毛说，别吃醋，陈东风病了，我试试他发不发烧。

墨水连忙跑过来问他哪儿不舒服。黄毛说肯定是感冒了，她要墨水到医务室去要点药，她昨天已要了一瓶感冒清和一瓶银翘片，今天再去人家肯定不给。

陈东风忙说，我掏钱买。

墨水说，你那一点工资吃得起药？还是吃我们的公费吧。

墨水去去就回，除了药，还拿来一杯开水，她将几粒感冒清塞进陈东风嘴里，并说，我们是买卖不成人情在，对不对？

陈东风吞下药丸后才说，男人生病时就想有个女人来照顾。

黄毛说，你是不是回心转意了？

陈东风说，回心转意也没用，我又不能娶两个老婆。为了我，你们闹了一年的矛盾，好不容易和好，找个朋友比找个情人难多了，我不忍心再拆散你们。

墨水说，你就是真来追我，我也不会理你了，我要让你后悔一辈子。

正说话，方月从车间那头急匆匆地跑过来，见面就问，你病了怎么不告诉我，走走，我领你到医务室去看看。陈东风说自己已吃过药了，还将剩下的感冒清给方月看了。方月说，这个药怎么行，至少要用康泰克。

墨水说，我要过这药，他们说没有。

方月说，谁说没有，真没有也要叫他们想办法变出来。

陈东风只好跟着方月去医务室。医生果然给了康泰克，还给他注射了一瓶氨基酸。方月将陈东风拖回自己家里，又用热水器将浴缸里放满热水，吩咐陈东风脱了衣服进去好好泡一泡发一身汗。陈东风洗完澡就直接钻到从前睡过的床上，没等方月将生姜红糖水烧好，就迷迷糊糊地睡过去了。

3

一觉醒来已是当天下午了，方月坐在床前正冲着他眯眯笑。他感到方月搁在自己额头上的手很温暖。方月说他烧已退了，还是农村来的人身体好，吃了一点药就能见效果。陈东风问陈万勤和陈西风去哪儿了。听方月说，陈万勤一大早就冒着雪出门挑石头去了，陈西风则是去地区青年报社联系什么事，陈东风心里忽然有些慌，不敢再看方月，嘴里却说陈万勤这么大年纪了，雪天雪地若是在山上有什么闪失，连个音讯都没办法传回家。方月说她劝阻过，但陈万勤说自己一生做好事，老天爷会保佑的。说了一阵闲话，方月突然问，住在你家的那个姑娘叫什么名字？

陈东风说，她叫翠。

方月又问，你们之间到底是什么关系？

陈东风说，没有别的，就是同学。

方月说，恐怕不止这层吧，一个同学能一口气在别人家里住上两三年，而且里里外外什么活都干。突击坡人都说她是你妻子，还说你们已秘密地领了结婚证，只是因为你要为父亲守孝三年，才没有举行婚礼。

陈东风说，尽是瞎扯。

方月说，是翠的父母亲口对我妈说的。

陈东风就将前因后果都对方月说了。

方月说，若是这样，你应该好好珍惜这个女孩。

陈东风说，你怎么见了女孩就说好，从墨水、黄毛、王元子、李师傅的外甥女，似乎天下的女人都适合我。

方月咯咯地笑起来，我这是为你着急。你记不记得小时候，我们在一起做游戏，你总是给我当儿子。

陈东风脸一红，想了半天，一点也没想起来。

方月说，那时你只有三四岁，突击坡的大孩子在一起做游戏，你总是缠着要参加，大家都嫌你是个拖累，便将你丢下，到很远的河滩和山坡上去玩。你只好在后面一边哭一边喊我，要我等你。说实话我当时觉得你又可怜又可嫌，不带上你于心不忍，带上你自己又玩得不痛快。那年秋天，稻场上烧着一堆火粪，我们将你丢下，一齐爬到那高高的谷堆顶上去玩，你人小爬不上去，哭了一阵无人理睬后，你竟从火粪堆里抽出一根冒着火苗的小棍子要将谷堆烧了。

方月问他记不记得一个叫大勇的男孩。陈东风开始没印象，经提醒后他记起，有一年秋天，父亲他们扒谷堆时，扒出一具男孩的尸体。那男孩就叫大勇，他家里人找了半个月，以为是被人贩子拐走了。父亲说这肯定是从谷堆顶正中央的窟窿里掉进来的。谷堆中间温度很高又不透气。大人掉进去也得死。那座谷堆打下来的稻谷没人敢吃，有人要将它卖作公粮，父亲不肯，那些稻谷在生产队仓库里堆了好久，最后分给各家喂了猪。

方月说，就是那个大勇，当时打了你两耳光，我上去拦，大勇说我不该向着你，是不是想嫁给你作老婆。后来，我们玩结婚的游戏，我当新娘，大勇当新郎，你给我们当儿子。我把你抱在怀里时，你非要吃奶，我怎么也拦不住，只好让你撩开衣服在胸脯上一边啃了一口，你那舌头就像伸到我的心里去了，舔得全身发痒。

陈东风一点也记不起来，但他感觉到这事是真的。

他用被子蒙住头说，如果我现在还想吃奶，你答应吗？

陈东风身上阵阵发热，四周一点动静也没有。他探出头来，正好碰上方月的目光。

方月问，那一次，你为什么要搬走，是不是和陈西风斗气？

陈东风没有作声。

方月说，你怎么这么苕，我和他是夫妻呀！

陈东风突然说，我不承认！

方月说，你越来越茗了。还有那一次，在电话里唱歌的是不是你？陈东风点点头。方月继续说，你不能这样，别耽误了自己。

陈东风再也忍不住了，一下子跃出被窝，坐起来说，我之所以拒绝所有的女孩，其实全是为了你。

方月说，这不可能，我已结婚了。

陈东风说，你以为自己忠贞就会有回报吗，告诉你，田如意的孩子就是陈西风的！

方月一下子变了脸色，陈东风不顾一切地将自己了解的情况全都说了出来。方月脸色苍白得让陈东风害怕。她走到电话机前要通了段飞机的电话，并让段飞机马上来一趟。

才十几分钟，段飞机就赶到了。

方月问他，陈西风与田如意私通的事，是不是真的。

段飞机矢口否认，并要方月相信陈西风是个品行端正的好丈夫。

段飞机走后，方月一个人在客厅的沙发上坐了好久。

陈东风独自站在窗前，望着外面的皑皑白雪出神。对面的石岸上，陈万勤一个人在不紧不慢地垒着石块，石岸已经很高了，也很长。白雪覆盖在上面，如同一道的冰山山脉。离石岸不远的山坡上，新盖起几排厂房，那就是段飞机的塑料厂和特种阀门厂。静悄悄的雪地，如果没有石岸、没有厂房，那就太像方月在水潭中洗净的身子了。陈东风相信方月说的那个故事是真的。眼前的茫茫雪野之中，相继出现了火粪堆，谷堆，洁净光滑的晒场和一群戏耍的孩子。一个女孩的上衣被扒开了，露出那像贴着两枚铜钱的胸脯。然而落在上面的不知是一张长着奶牙的小嘴，还是一团飞扬着的稻草。

方月在身后说，你可以走了。

陈东风没有回头，他说，我没有骗你。

方月说，你也用不着骗我。

陈东风再次打量过窗外的景色，然后沉重地转过身来。

方月让他将没吃完的药带走。陈东风出门时，一个字也说不出来。雪还在下，街上被人踩得稀巴烂，他一直走到车间里，告诉徐富自己今晚上一个三班，将白天耽误的补起来。徐富说，补什么，我给你记一笔就行，反正塑料厂出这个钱。陈东风说，不，我不能做亏心事。

回到旧仓库，陈东风刚刚坐到床上，方豹子就走过来，问他的病好些没有，自己正准备饭后去陈西风家看他。方豹子递给他一双棉鞋，并告诉他，是翠托人捎来的。陈东风随手将鞋放到一边，然后问方豹子记不记得小时候的事。方豹子说他几乎全记得。陈东风要他帮忙想一想，自己小时候是否在做游戏时给谁当过儿子。方豹子坚决地摇着头说，绝无此事，突击坡除了段飞机家，总共只有方和陈两个姓，辈分很清楚，年纪再小也不会乱称呼。见陈东风不再说了，方豹子就问他为何不在陈西风家养好病再回来。陈东风告诉他自己的病已经好了。

陈东风不愿方豹子再追问下去，就反问车间的情况。方豹子说，原定明天要开一场炉，可厂里的焦炭没有了，财务上拿不出钱，徐快让车间自己想办法先借一点，别的等陈西风回来再说。老万不愿为厂里的事用自己的私人关系，决定这场炉无限期推迟，直到厂里弄回焦炭再开。少开一场炉就要少拿几十元钱工资。方豹子很担心，这个月他几乎没有什么外快，少几十元钱收入日子就更难过了。陈东风说，没办法时，就回家多拿点米和腌菜来，自己弄个炉子煮，几十元钱不就省下了。方豹子说，这么窝囊，那还进什么城！他一边担忧，一边要陈东风换到自己床上去睡。门口风太大，陈东风又是病情初见好转，吹不得凉风。陈东风拗不过，只得听从方豹子安排。

方豹子将他挪到自己床上，又是垫枕头，又是掖被角，折腾了好一阵。陈东风笑话他，怎么变得比女人还细心。方豹子倒了一杯水，让他再吃一次药。吃药的过程中，陈东风见方豹子嘴角动了几次，便问他有什么话要说。

方豹子犹豫了一下才说，厂里情况不太妙，我们得想想退路。

陈东风说，怎么退？

方豹子说，趁这个时候，赶紧多挣一些钱。段飞机说的那件事，我们真的可以考虑一下。只要你点头同意，我去找他谈判，将价码抬高一些。要么来一手更绝的，等将那些夹具弄到以后，再反过来敲诈他一下，让他狠狠出点血，若不答应我们的条件，就威胁说是去报案。东西在那儿，他有一千张嘴也说不清。弄上万把元钱，我们就可以在城里扎下根来做点其他的事。

陈东风不等他说完，一掀被窝仍然回到自己的床上。

方豹子也有些生气，一个人跑出了大门。

陈东风冲着他的背影说，你可别忘了，这同干私活的性质大不一样。

方豹子没有理他。

天黑时，黄毛和墨水买了些水果，一起来看他。

墨水告诉他，自己可能要离开阀门厂到工商部门去工作，现在别的关节都打通了，只要分管的副县长签个字就能办手续了。不过王元子答应帮忙，这两天就向她叔叔说情。

黄毛说，还不是那一百多元钱一瓶的进口焗油送对了路子。

墨水说，你出的点子不中用，王元子没有要，还说她最讨厌这种拉不直扯不断的关系，我妈就将焗油拿到商场退了。

陈东风说，没想到王元子还有这种好品质。黄毛说，过几天我也去求求她，让她给想想办法，调不出阀门厂调到后勤科室也行。

墨水说，你不如去找徐富，我看他对你很有好感。他当了副厂长，在厂里调个人算什么。

黄毛说，都怪我爸妈，初中毕业非要我考技校，说是可以早点工作，多拿几年工资，算起账来，比读到大学再参加工作划算。这才弄得人不人鬼不鬼的。有时心里烦，真想找个有钱的老板将自己嫁了，先快活几年再说，什么也不用做，什么也不用操心，冬天到南方，夏天到北方，十二个月都能穿真皮超短裙，那才称心如意。

墨水说，你总也忘不了炫耀这一对大腿！

黄毛忍不住将大衣撩开，反复抚摸着自己的大腿说，大腿是我的本钱，它已得到公认，全城的女孩没有谁能比得过我。只可惜脸相差了点，要不我也不会像现在这个样子。

墨水说，我说了多次，让你先找一个农村的暴发户，让他送你到广州去整容，等一切都好了，再一脚蹬了他。

黄毛说，你别老是激将，你以为我做不出来？

墨水说，我晓得，你只是舍不得陈东风。

陈东风说，我只是一个农民工，有什么舍不得的。

墨水说，你也别谦虚，记住，你还欠我几个吻哩！

陈东风说，当初好像是赠送的吧，怎么一下子变成欠账了。

黄毛说，男人和女人之间啦，要么就讲个感情，什么条件都不管。要么什么感情都不管，只问价钱多少。

墨水说，不说这个了，提这个就头痛。说工作吧，徐富当了副厂长，谁来当车间主任呢？

黄毛说，管它谁当，反正没你我的份儿。

墨水说，那可不行，我们要帮陈东风一把，让他上来了，说不定有希望解决户口什么的。

黄毛说，你莫说梦话，当心汤小铁他们砸了你家的锅。

陈东风说，墨水，若是见我病了逗逗开心还可以。

墨水说，谁逗你啦，我说的是真话，陈东风就是年轻了些，不是正式职工，其他的哪一点比别人差。

黄毛想了想说，的确不错，要论合适还只有陈东风。可惜只是我们的想法，别人还不知在打什么算盘呢？

墨水说，要是高天白能出面说说就好了。

黄毛说，最好还是让徐富自己选。

陈东风说，你们真是总有操不完的心。别的事都有可能，就这事，百万分之一的可能性都没有。让我当，我也不会当。

黄毛说，那可不行，我还指望你让我当车间核算员哩！

墨水说，好没志气，连核算员都想干，又降低标准了。

黄毛说，先来点现实的，只要不干车工日夜倒班，没有生产定额就行。

墨水说，那你去帮陈东风种责任田嘛！

黄毛说，他那宝贝责任田，我还不够资格种哩！

陈东风终于有机会说话了，他笑了笑，你们该走了，谢谢来看我！

她俩正要走，高天白进来了。

没等高天白开口问陈东风的病情，墨水和黄毛就抢先劝高天白，要他同徐富说说，让陈东风当车间主任。二人七嘴八舌地说了一大通，然后逼高天白表态。高天白只说了一句，若是真想让陈东风当主任，她俩最好在车间里什么也别说。她俩走后，高天白竟忘了来意，反过来劝陈东风，要他立志气，能当车间主任就当仁不让。阀门厂马上要进入非常时期，要是几个车间的头头没选好，光是内部乱象，就足以让阀门厂垮台。高天白还要找陈西风、徐快和徐富做工作，让陈东风挑起加工车间的担子。

陈东风见凭空而来的事，转眼之间就弄得像是真的，一时间也没了主意。

方豹子回来得很晚，一进门陈东风就追问他去了哪里。方豹子已经走过去了，又转回来站在床前对他说，自己被方月叫去了。方月问陈东风的情况，他都如实说了。陈东风听说方月不知为什么眼睛肿得像是红桃子，心里也难受起来，后悔不该一时冲动，将陈西风与田如意的事说了出来。他越想越后悔，方豹子后面说了什么，一句也没听见。他决定去见见方月，将那些话收回来。

他起床时，方豹子问，你这就去？夜里去看她不合适。

陈东风走了几步突然转身反问，你怎么知道我要去看她？

方豹子在他背后嘟哝一句，精神病！

深深的雪夜，地上已经上冻，踩上去吱吱的响声传出很远。陈东风走到方月家门口，见那窗户还亮着灯，忽然想到，这么晚敲门见方月，陈万勤会怎么想呢？心里一犹豫，脚下就开始往回走。回到厂区，见门卫一个人在屋里烤火，便推门进去。陈东风拿起电话又放下，他正担心门卫会旁听，外面有人敲门。门卫探头看了一下，就叫陈东风帮忙守一下门，自己有点事去去就来。门卫一走，陈东风就拨通了方月家的电话。一会儿，就听见方月沙哑的声音。方月听出他的声音后，一声也没吭。陈东风不清楚方月是否听得见，只管对着话筒骂自己是浑蛋，不该编出那些不要脸的故事来骗她，离间她与陈西风的感情。他说了好几遍，如果方月原谅自己，他就放下电话。电话里除了电流的嗞嗞声，听不见其他动静。直到门卫回来，他才无可奈何地放下电话。

回到旧仓库，方豹子披着衣服过来问，王元子的情况如何？

陈东风恍惚地说，王元子怎么啦？

方豹子说，你出门之前我不是告诉你了！

方豹子重复一遍后，陈东风才知道，王元子的病复发了，已经住进医院。陈东风想去医院，一看时间，已是午夜十二点，马上要上班，只好作罢。

刚刚停了的雪又下起来。

上二班的走得只剩下高天白一人。高天白走后，车间里只剩下陈东风一人。隔了一会儿，才三三两两地进来几个人。他们一来，就在车间的空处用废棉纱和柴油烧了一大堆火，还不断地叫陈东风过去。见陈东风不动，他们就一心一意地烤火了。三点钟时，大火熄了，那几个人到各自车床上收拾一阵，便依次走了。四点钟时，另外几个农民工做完当班定额后，也离开了车间。

空荡荡的车间里只剩下陈东风一个人。

雪花打在窗玻璃上，细细密密的声音连绵不绝。北风从窗户的破损处钻进来，掀起图纸架上的图纸，啪啪作响。房梁上的大灯坏了好久，车间里的照明只能依靠车床上的工作灯。提前下班的车工将自己车床上的工作灯关了。漆黑的车间只有一盏灯亮着。面对黑色的迷茫，陈东风觉得这太像父亲死前的那个晚上，只是现在天气更冷，风更大，房子更空洞更黑暗，人也显得更加孤立无援。他无法知晓，如果父亲活在世上，也在这车间里的话，什么东西该是他的化身。没有灯光，也没有人操纵的车床，像一只只被困的巨兽吗？陈东风在停下车床用卡尺量螺杆时，听不到任何声音。在突击坡，陈东风有过多次在黑暗中行走，突然碰见那巨大的怪影的经历。怪影曾让他头皮发麻，很快就让他放下心来。因为他听见了黄牛或水牛生存的声音。此时此刻，车床只是作为一种物体而存在，它已失去生命，坠入一种死亡。那么，下一个问题是，机器死了，工厂还能活吗？C6140车床那轻盈的旋转因为孤单而变得沉重起来，只有北风伴着它的鸣响，只有雪花衬映它的光芒，它因此不得不成为一种呼唤，不得不成为一种信号。陈东风忍受不了这苦苦的寂寞，他离开C6140车床，将全车间的机床灯都打开了，所有的灯都朝着大门的方向，让陈东风能够看清来路和去路。螺杆像是被车刀推着旋转，车刀没有吭气，螺杆却在轻微地颤抖，并且发出一串如同呻吟的声音。陈东风心里总在紧张地绷着弦，一方面担心螺杆吃不住劲突然变形，另一方面又担忧车刀会承受不住巨大压力而断裂。每一次车刀走到头退出来时，握着中拖板手柄的右手，就会快活地旋成一朵花。大拖板向起点的倒退，则是一只满载而归的渔船，或者是一艘凯旋的舰艇。床身上光洁的滑轨是水面被犁过的浪迹，刀架上弯弯的手柄是一面飘扬的旗帜，驱动它们的是一种劳动过程中的舒畅与喜悦。陈东风累了时，便取下车刀走进砂轮间。车刀也累了，它需砂轮的火花给它以新姿和新生。

在砂轮嗡嗡的旋转声中，陈东风听到一声响，接着又响了几声。他走出砂轮间，看见有人影晃动了一下。

正要问是谁，那人先开口说，你一个人上班开这么多的灯干什么！怕鬼呀？

陈东风听出是门卫的声音，他说，你怎么没睡？

门卫继续啪啪地将一个个工作灯灭掉，黑暗在他手掌里一片片地布散到车间，一步步地包围了陈东风，最后只剩下一座灯塔般的光明。

门卫隔着车床与他说着话。从前，他和高天白一样也是个不错的车工，后来出了一次事故，手臂被车床绞断了一只，厂里就让他当了门卫，那时陈西风还没有进厂。门卫说他快四十岁时才找了一个农村姑娘做老婆，孩子才上初中。孩子成绩不错，打算考地区重点高中，这样就有把握升大学，然后再让他考硕士、博士，再去美国，到那时，只要儿子每月寄两百美元回来，他们就有好日子过了。门卫发愁的是高中这一段的生活费不好办。陈东风有点喜欢听他说话，苦日子中的希望，无论谁都会陶醉。陈东风有两次像是听见有脚步声在响，他刚竖起耳朵，门卫就提高了嗓门，并问他是不是听清了他的话。陈东风没法确认，只好为门卫的好心笑一笑。

门卫离去后，陈东风又将被门卫关闭的工作灯，全部打开。

在墨水的车床旁，陈东风发现一只精车闸板的夹具上沾着不少雪花。他不由得留意起来，结果发现段飞机想用五百元得到那两类夹具上，都沾着雪花或雪团。雪还没有化，肯定是刚从外面搬进来的。

天亮后，陈东风出门上厕所，发现雪地上有两道板车轮印。在板车轮印的远端，门卫正用扫帚扫着积雪。门卫装作若无其事地冲着他说，雪太大了，不扫一扫，一会儿方月和田如意穿着高跟鞋来上班，一不小心就会摔跟头。陈东风没有接话，他从厕所里出来时，雪地里的车轮印，快被扫没了。回到车间，陈东风再次将那些夹具看了看。上面的积雪全都融化了，只留下一些不显眼的水渍。

门卫大概将雪地上的痕迹全扫干净了，就在车间门口站着，大声对陈东风说，阀门厂的工人最讲义气，将来你有什么难办的事，只管跟我说。厂里这个月只出去两车货，以前每月至少要出去十车，看来情况不太妙哇，你我都得早点做些准备。

4

陈西风冒雪赶到地区团委宣传部，商谈同《青年报》联合办几个专版，这让报社的几个年轻人非常感动，双方一谈就拢，以两万元钱达成协议。报社方面按陈西风的意思确定，在专版出来之前，先在头版给他来一个专访。陈西风提出要见见他们的书记，记者们满口答应，本来书记就是报纸的总编，当即说好晚上去书记家。记者们说，他们的书记和别的领导不一样，天黑以后从不出门，从八点钟到十点钟，雷打不动要看两小时的书。陈西风很快就悟过来，团委书记既无实权又没实惠，谁会去打搅他呢，在家看书，还可以落得个好名声！陈西风耐心地等到天黑，才同记者们一同出了宾馆大门。

地委院内一栋旧楼前停了几辆小汽车，记者们有些诧异，一向冷清的书记家怎么突然热闹起来。陈西风一看车牌号全是县里的，连忙拦住正要敲门的记者，说还是先等一等。他们在雪地里站了近一个小时，门口那些小汽车才陆续开走，陈西风认出是县里几家公司的头头。

陈西风同团委书记见面时，尽力将赵家喜的提醒忘在一边，只谈厂里的情况，还邀请他有机会亲自到厂里去看看，或者将阀门厂作为青年工作的试点。团委书记问到在厂里打工的青年农民的情况。陈西风灵机一动地表示，自己正在考虑从打工的青年农民中，破格选拔一些人，参与工厂的生产管理。团委书记很有兴趣，马上往小本上记了几笔，然后有些高瞻远瞩地对陈西风说，中国要实现现代化，必须解决好庞大的农业人口问题，而当前迫切需要的是解决进城的农民问题，如果这个问题解决不好，农民们就有可能将城市毁掉。陈西风觉得这话有些危言耸听，但还是点头说这话太有见解了，非常符合阀门厂的实际情况，他们厂就是这样，如果那一百多名农民工闹起事来，后果不堪设想。团委书记的确读了不少书，他滔滔不绝地说了近一个小时，谈的都是城市人如何同农民融为一体的问题。陈西风出门时，他还有些意犹未尽，站在门口的雪地中还补充了几句。陈西风看见路边的树影下站着的两个人正不停地跺着脚，就意识到他们一定在这儿等了好久，他怕自己被他们看见，握别后，有意靠着路旁的暗处走。厚厚的积雪马上灌进皮鞋里，一股凉意从脚底迅速升到头顶上。他有一种预感，这些人也是县里的，而且已认出了他。他有些后悔自己没有上去将他们认出来，索性来个彼此彼此。

陈西风是以到地区来要贷款为名出来的。供销科的人不厌其烦地说，厂里只剩下百把公斤焦炭。甚至小张开车要出工厂大门了，还有人追上来，敲着车窗，告诉他，厂里只剩下几十公斤焦炭了，仿佛这段时间里有人将焦炭吃了一些。

离开团委书记家里，一回到宾馆，陈西风就让小张开车送自己去地区化工厂。小张说这么大的雪人家早睡了。陈西风说，这样才有意思。陈西风敲开地区化工厂张副厂长家门时，张副厂长果然是从被窝里爬起来的。

地区化工厂长期用阀门厂的产品，两人很熟。进屋后，陈西风也不坐，开口就说是来求援的，要对方支援两车焦炭。张副厂长明白，如果不是万般无奈，以厂长之尊，谁会冒着这么大的雪，深更半夜骚扰别人呢？张副厂长沉吟了一会儿，答应给一车焦炭，并声明是送给陈西风的，那点钱从账上走太麻烦。陈西风心领神会，马上表态说自己知道怎么办理。张副厂长笑一笑说，没办法，要过年了，家里开销太大。张副厂长打了两个电话，然后告诉陈西风，装焦炭的货车明天一早就会出发。

陈西风回到车上，心里稍觉轻松，就想连夜赶回去。小张提醒说，雪夜行车恐怕不安全，陈西风只好同意回宾馆过一夜。陈西风在房间里给方月打电话，打了半个钟头仍没有通。陈西风没有去想，方月是不是正在接别的男人的电话，他认为是大雪将线路压断了。

天一亮，他们就往回赶。一进到山区，路面果然变得非常滑。小张极小心地开着车，还是没有躲过一场灾祸。桑塔纳轿车在一段平坦的公路上，遇上一辆大货车，小张下意识地踩了一脚刹车，车子顿时像雪橇一样滑进路旁的冬闲田里。车子没有受到什么伤害，只是陈西风的额头和膝盖上碰伤了几处。小张拦了半天也没有人肯帮忙，司机们都说雪太大，路太滑，不敢随便拖车。

临近中午，一辆满载着焦炭的大货车驶过来。陈西风说这一定是地区化工厂的，就不顾一切地跳到路当中拦车。小张拉也拉不住。大货车不敢用急刹，滑行中差一点将陈西风卷进轮底下。大货车果然是去阀门厂的，听他俩自报家门后，司机不但不生气，还用钢丝绳将红色桑塔纳轿车从田里拖起来。

两辆车一前一后地回到厂里。

方月一见陈西风额头上的伤口，昨天的不快顿时去了大半。她从医务室要了些药来，当着大家的面给陈西风敷上，并说陈西风为了阀门厂连命都不要了，要是有人同他过不去，那就太不讲良心了。

徐快在一旁没有作声。徐富反应快，他要田如意马上给王副县长打电话，将陈西风的动人事迹汇报上去，可能的话请他来厂里看一看。田如意当即给县政府办公室打了电话，对方很高兴，他们正在写今年工业生产总结，这是一个很好的实例。

陈西风一直等到方月敷完药，才开口吩咐铸造车间主任老万，今天晚上一定要开炉。

老万走开后，徐快才问，贷款的事办得如何。

陈西风叹口气说，国务院又发文件了，年底要控制向外发放贷款，几家银行都将门关得死死的，找谁谁不在。看来还得在县内想办法。只要县里不想看到阀门厂关门垮台，到最后总会有人贷款给我们的。

徐快说，这一次只怕真有困难。县里已同意将塑料厂改为特种阀门厂了，说是特种，其实产品与我们的一模一样，那些人还说不出两年就要吃掉我们。

陈西风说，这些情况我晓得，阀门又不是专利产品，我们没办法阻止他们。陈西风不希望徐快过问生产上的事。他说，你放心，我有办法对付他们，要相信自己的实力，那种破工厂，只有讨米要饭的人才会看得上眼。

徐快说，还有一件事，厂里都在传说徐富要当副厂长了。徐富自己也在到处封官许愿，并开始指挥起厂里的事情来。

陈西风一边问缘由，一边回想起徐富刚才指挥田如意打电话的情形，顿时心里有了不快。尽管徐富是自己要提拔的，陈西风还是不想见到徐富在自己面前指手画脚的样子。徐快追问了许多人，大家都说是黄毛说出来的，黄毛则说自己是瞎猜的。陈西风心中有数，撇下徐快，自己去加工车间找徐富。

徐富正趴在办公桌上写着什么，见到陈西风，连忙将几张纸塞进抽屉，站起来将自己坐的椅子让给陈西风坐。陈西风明知别的椅子上有油渍，不方便坐，仍要讥笑徐富，这么迫不及待地想与我换位置呀！

徐富说，哪里，我是一颗忠心，永远感谢陈厂长的提携。

陈西风说，我提携你什么了？

徐富不知是计，就将陈东风告诉自己的话一五一十地说了。陈西风明白这事十有八九是真的，马上改变态度说，这事也拖得够久了，前后已有三个年头，让人想喜也喜不起来。徐富说，这几天我想了一些方案，准备将来协助你工作时，提供你作参考。他说着就将刚才藏起来的几张纸拿出来。陈西风只看了一眼就很不满意。那纸上第一句就写着：在当前厂里生产情况不景气的特定环境下，建议将车间的三班制压缩成两班制。陈西风将几张纸还给徐富，嘴上说要他好好完善一下，心里却生出些反感来。他特别不喜欢“特定环境”几个字，那是暗指不景气是由前面的负责人造成的。

出了车间，陈西风在雪地里站了一会儿，后来干脆从地上抓起一把雪擦了擦前额。正擦着，他突然骂了一句，说自己真是个小气鬼，跟徐富斗个什么？关键是将自己的级别升上去，使徐富仍然感到他们之间的差距是不可缩小的。

银杏推着一辆小平板车从一处墙角后面走出来，远远地喊着，陈厂长，领桐油要你批条子吧？陈西风等她走近了，接过纸条看了一眼，从口袋里掏出笔，正要签字，忽然想起什么。

他说，不久前你们已领了一桶桐油，怎么这样快就用完了？

银杏说，我也不晓得，他们叫我来领我就来领。

陈西风说，一桶桐油少说要用两三个月，你们倒好，个把月就用一桶。他飞快地签了字，同时说，回去告诉泥芯组所有的人，别以为我心中没数，想玩花招的，小心让我逮住了。

银杏吐吐舌头说，陈厂长，你别吓我好不好，我怀着孩子哩。

陈西风望了望她脸上的孕斑，你丈夫也太狠心了，这么大的肚子还要你上班。

银杏说，我不上班吃什么，农机厂只有百分之四十的人留下来上班，他成了多余的百分之六十，每个月六十元钱的生活费只够他抽香烟。陈厂长，阀门厂不会落到农机厂这个地步吧？

陈西风说，这个问题得问你们自己。

汤小铁从旁边钻出来说，我们一没钱，二没权，三没关系网，在厂里，主人不像主人，奴隶不像奴隶，问自己时，也不晓得是称呼老爷，还是称呼畜生？

陈西风不接话，他将条子递给银杏后抬腿就走。刚走几步，背后又响起高天白的声音。高天白追上来，正要开口，见汤小铁站在旁边不动，就要他走开。汤小铁哪里肯听，还说在阀门厂里，除了女厕所，任何地方他都有权，想站就站，想不站就不站。

陈西风将高天白牵着走了一程。

离汤小铁远了，高天白才说，徐富要当副厂长了？

陈西风说，你也晓得了？

高天白说，徐富一走，车间主任就空了。我一向不问厂里的政治，这一回我要说说话。厂里的处境你不说我心里也清楚，照这个样子下去，下个月就得学农机厂了。厂里要振兴，车间主任非让陈东风当不可。

高天白的一番话将陈西风说愣了，他答应，认真考虑高天白的意见。

回到办公室，陈西风让田如意去县经委看看，有没有发给阀门厂的文件。田如意不想去，雪地里不能骑车，走起来太远。她打电话找到赵家喜。赵家喜说，没有发给阀门厂的文件。田如意正要放下电话，赵家喜同她说起王元子住院的事，到目前为止，没有一个厂级领导去看望她，这让他很有想法。田如意解释了一番，陈西风到地区办事刚回，路上车翻了，人也受了伤。赵家喜说那还有徐快嘛。田如意没作声。赵家喜要厂里赶紧将三千元现金送到医院的住院部，否则医院有可能停王元子的药。

陈西风听说王元子病了住院，便责备田如意没有早点告诉他，回头就到财务科，要他们想办法马上弄三千元现金送到医院。财务科长非常为难地说，万不得已只能将小金库的钱拿出来先用了，以后再补上。陈西风不同意，那点钱只有万分火急时才能动用。商量半天，还是出纳会计出主意说，有个熟人在医院当副院长，自己去说说，放一份转账支票押在那儿。王元子的病，不是几天能治好的，等她出院时，厂里再去结账。

陈西风到医院时，刚好王副县长也在病房里坐着，见到陈西风的模样，他先开口慰问了几句。陈西风问候王元子时，王元子只是苕笑。敷衍了几句，陈西风便转过话题，要王副县长帮忙弄点贷款应急。

王副县长说，你不是昨大到地区搞贷款去了。

陈西风听出这话里藏着机关，马上联想到在地委院子里碰见的那两个人影，心里觉得王副县长一定发现自己去了团委书记家，只好含糊地说，我那是病急乱投医。

王副县长说，投医不如投靠。

陈西风说，若论投靠也只能投靠你。

王副县长说，阀门厂生产情况如何？

陈西风说，还是老样子。

王副县长说，有点变化吧？铸造车间已有一个星期没有开炉了。莫以为我在县衙里待着，不了解外面的事，我每天晚上都要登楼观天象。加工车间不错，一年三百六十天，每天都是三班。全县所有工厂，只有阀门厂的加工车间，像灯塔一样照着县城。车间主任叫徐富吧，我已经同意了你们的请求，将他提拔起来当副厂长，分管生产。我还要继续观察，看他的能力到底如何。

陈西风被后面的一句话弄得心跳不已，他勉强解释了铸造车间没有开炉，是因为没有资金，焦炭搞不来的缘故。

王副县长说，明天上午你来县政府办公室等着，我领你去银行，给你十万，周转一阵。陈西风赶忙谢过。王副县长说，十万元钱再加一名副厂长，这都是我给你的，你可别将阀门厂弄成了农机厂。

陈西风还没做好防备，就陷入前有阻击，后有追兵的境地。他觉得王副县长是在暗示，有可能继续提拔徐富。如果徐富真的被继续提拔，首先受威胁的就是陈西风自己。回到家里，陈西风情绪很低落，闷闷不乐地坐在火盆边想心思，完全没有留意方月的情绪。想了半夜，陈西风才想出一个以毒攻毒的对策：一定不能让徐富知道王副县长有观天象的习惯，然后让徐富自己亲手毁掉王副县长心中的灯塔。

第二天一早，陈西风就赶到徐富的家，同徐富谈了半个小时。他不提王副县长亲自点将的经过，只说经委主任发了话，没有必要等任职文件下达，要以工作为重，先干起来再说。眼下厂里的情况，太需要人了，光靠陈西风自己上蹿下跳是不行的，别的副厂长又都靠不住，所以，他也想徐富早点为自己分忧。陈西风还说，等文件下来以后，让徐富当常务副厂长。

徐富很感激，什么也没问，只是不断地点头。

离开徐富家，陈西风又去徐快家。他直截了当告诉徐快，王副县长亲自同他谈了话，要阀门厂尽快发挥徐富的灯塔作用。徐快抽了两支香烟后，终于同意让徐富以副厂长名义，到厂部工作。

上午十点，陈西风在中层以上干部参加的会议上，宣布由徐富担任主管生产的副厂长。大家的反应都很正面，只有肖爱桥在一旁冷笑。

至于加工车间主任由谁接任，陈西风说，厂里授权由徐富全权处理。

徐富自然要说一些谦虚礼让的话。

5

王元子突然发病，受打击最大的是墨水。王元子病得一塌糊涂，不可能在王副县长面前，为墨水调到工商局工作的事说情。

从医院里出来，墨水一直不说话。

黄毛反复劝说，墨水的事毕竟还有丁点希望，自己却只有绝望。

方豹子说，无非能省的钱不省了，拿着人民币不当钱，总能找个后门塞进去。

陈东风也说，徐富提拔副厂长的事熬了这么多年，还不是熬出头了。

见大家都为自己着急，墨水不好意思不开口，她长叹一声说，也没有别的，我只是感觉到命运好像注定要让自己终身享受这三班倒的待遇。

说着话她眼泪流了出来，黄毛上去帮她，别人的还没擦干净，自己的泪水也出来了。

方豹子说，这点事就如此伤心，若是像我们这样，你们该怎么办！

黄毛抽泣地说，干脆像你们这样，我们就什么也不想了。

陈东风说，你就不想还有两条美丽的大腿跟着你受委屈？

墨水和黄毛忽然笑起来。

王元子发病的原因，只有赵家喜和陈东风知道。

包括王元子的家人也只知道她一个人去逛商店，等到赵家喜背她回来时，就变得只会冲着别人苕笑。陈东风将赵家喜叫到病房外面追问起因。赵家喜没有瞒他，坦白地说，自己同经委的女打字员在一条无人的小巷里幽会，被王元子碰见了。王元子从不走这条可能有某种不愿触及往事的巷子。那天他和女打字员在小巷深处接吻时，竟然看到了王元子。赵家喜发誓说，王元子一露面他就看见了，那时候，王元子的脸上已经堆满了苕笑。

让陈东风担心的还有方月。

他很害怕方月也会落到王元子这种地步。

没事时，陈东风经常到办公室附近转悠，看看方月身上有无异样之处。除了一个人时方月的样子有些忧郁，只要有别人在，谈笑之间，方月仍是老样子。

公路上的雪融化以后，翠和水珠结伴来县城买衣服，准备过年时穿。

翠没有进阀门厂大门，她远远地站在街边的一家杂货店门口，让水珠去找陈东风。

陈东风下三班不久，正在太阳底下坐着打瞌睡。

水珠叫醒他，然后指了指靠旧仓库墙根的一排人说，你们就是这样当的城里人？都是上夜班的人，差不多有二十多人，清一色垂头耷脑地歪在椅子上睡得正香，有几个人甚至连上班时穿的工作服都没换，脏兮兮的像是捡破烂的人。水珠说，翠若是见到你是这个样子的生活，心里会痛出毛病来。

陈东风和水珠朝外面走时，正好碰见黄毛和墨水。她俩看了几下水珠，便朝陈东风挤眉弄眼。陈东风问她们怎么没休息，墨水说《青年报》的记者来了，要给厂里的青年工人拍照片，登在报纸上。距离拉开后，水珠问陈东风怎么不一起去。陈东风说现在到处刊登的都是女人的照片，男人的照片谁看。水珠很瞧不起黄毛和墨水，她斩钉截铁地告诉陈东风，如果她俩的照片上了报纸，那简直太丢阀门厂的人了。陈东风远远地看见汤小铁正在同翠搭讪，翠不理睬他，一会儿将脸扭向西边，一会儿又将脸扭向东边。

陈东风连忙大声叫起翠的名字来。

翠高兴地应了一声。

汤小铁回头见是陈东风，便讪讪地说，你何必要茅屋藏娇呢，把她弄到城里熏陶一下，免得见了生人连头也不敢抬。

陈东风说，你上班时间往外跑，我若是车间主任，非狠狠地罚你一下。

汤小铁说，你能当车间主任，我就能当总理。

汤小铁走后，陈东风向翠询问，汤小铁刚才说了些什么。翠说，汤小铁问她姓名地址，想不想到厂里来做工。若想来他可以帮忙，而且是十拿九稳。

翠看了陈东风一眼，问他是不是生过病。陈东风本不想告诉她，可嘴里还是承认了。水珠在一旁插科打诨说，自己怎么就看不出来，陈东风脸没瘦，眼圈未黑，怎么会病哩！翠生气地说，人家真的病了，你还有心思开玩笑，说着眼圈就红了。水珠连忙赔不是，并告诉陈东风，下大雪那天晚上，翠就梦见他生病了，天亮后，她就想进城来看看，可是大雪封了山，没办法才等到今天，对别人说是买衣服，其实是来看有情人的。陈东风笑着说，我正奇怪哩，这两三年中每次请你们到城里来玩，你们都拒绝了，怎么今天突然凤驾光临！陈东风陪着她俩在街上逛了一圈，他没敢让她们到厂里食堂吃饭，在街上找了家小餐馆，要了几个菜，吃完后算账，口袋里的钱几乎都掏空了。从餐馆里出来，翠和水珠嘀咕一阵后，水珠说要给哥哥买一套西服，让陈东风帮忙试试。他们找了一家专卖西服的商店，挑了半天，最后样式和颜色都是翠说了算。翠去付钱时，水珠抓紧时间问陈东风对翠的态度，还说翠的父母可能觉察到情形不对，这一阵总往突击坡跑，问陈东风为什么不回来。甚至背着翠偷偷搜她的屋子，寻找男女同居，一定会使用的东西。水珠说，如果陈东风能同意，最好是春节，最迟不能拖过明年“三八”节或“五一”节，将婚礼办了，过了这段时间恐怕会有变故发生。

水珠提醒陈东风，若失去翠，将要后悔一辈子。

水珠不经意地将西服塞给陈东风。陈东风以为是让自己帮忙拿着，到了车站，才将西服递给正要上车的水珠。

水珠笑着说他太苕，连女孩子的这点心计都看不出来。

水珠说，翠要你回去过年时将这西服穿上，别总是穿那几件旧衣服。

水珠先上车去了，丢下陈东风和翠在车门口默默地站了好久。

客车开走时，陈东风心里有许多伤感。

陈东风正在发呆，田如意忽然在一旁叫他。田如意是来送《青年报》的记者回地区，离开车还有半个小时。田如意问他，刚才送走的那个女孩是谁。陈东风说是同学。田如意不相信，她在旁边悄悄地看了好久，不用说那女孩的神情，就是陈东风，表面上是冷冷的，骨子里有一种渴望拥有对方的深情。田如意说，凭她的直觉，那个女孩很不错，现在很难找到这种类型的。

陈东风正不知怎么回答，黄毛和墨水也赶来送客。大家见面后，一时无事，自然而然地又说起翠和水珠。几句话不合，她俩就同田如意争论起来。一方说那女孩哪里是女孩，完全是农村大嫂。一方说那女孩绝对是个纯洁钟情的好姑娘。陈东风知道她们所指的不是同一个人。

他没有作解释，趁空提着西服一个人走了。

车间里的活儿越来越少了。徐富暂时还兼管加工车间的事。既是副厂长，又是车间主任的徐富宣布，从下个星期起，上班时间，将由三班改为二班。徐富说了这话以后，上三班的人一下子都到齐了，一连几个晚上车间里都很热闹。

十二点半钟一到，有人抢先将二班留下的火种烧旺了，大家围坐在火堆旁，说说笑笑闹个不停。黄毛忽然一亮嗓子唱起《牵手》，唱到“今生还要更忙碌”时，大家跟着一齐唱，一直唱到“没有岁月可回头”。黄毛唱完，大家又鼓掌请墨水唱。墨水嗓子不好，她一开口，仍有许多人跟着叫好。随后大家通过决议，今晚每人唱一首爱情歌，不唱爱情歌的罚他到处找木料、抹布和废棉纱来烧火。

塑料厂的蜗杆已经车完了。陈东风的生产通知单上写着：不作安排，自觉找些零件加工。陈东风找了十几只退火没退好的不锈钢密封圈，夹在卡盘上车。密封圈又韧又硬，好车刀使用几下就损坏了，特别是焊接点，那韧硬更是翻了番，稍不小心就将车刀刃口敲掉一大块。反而是那种只剩下一点点硬质合金刀片的车刀，又好用又耐用。陈东风在废料堆里找了几把别人丢弃的车刀，在砂轮上磨了磨，用它来对付这些密封圈。车刀与密封圈一接触，刀尖和铁屑立即变得通红。密封圈太薄，车削时不能使用防护罩，通红的铁屑被卡盘甩得四处迸溅。一只铁屑落在陈东风的头上，头发在一阵青烟中被烫着了，头皮上随即产生一阵灼痛。陈东风正要用手弄掉它，一只铁屑落在正要扬起的手背上。高温之下，螺纹形状的铁屑紧紧沾在皮肤上，一股烤肉香味升腾起来。陈东风赶紧退出车刀，用另一只手取下铁屑来时，手背上已经留下了一条螺旋线。接下来的情况更狼狈，一只铁屑从领口中坠入胸前，让他不能伸直腰，只要身子一动，铁屑就像毒虫一样在胸脯上咬一口。满是油污的手，使得他无法及时解开里面的衣服，他不得不弯着腰，一直到铁屑冷却以后才抬起头来。这样做也是无奈之举，可以使衣服减少对铁屑的挤压，让铁屑尽可能离得远一些或者贴肉的面积少一些，以减少对皮肤的烧灼。他数了数，才车五个密封圈，身上就被烫了十几处。车刀挤压密封圈发出的尖利响声，同车工们的歌声一起在车间里回荡着。

火堆上的火苗弱了又旺，旺了又弱。黄毛跑过来将陈东风擦车床的抹布抢走一块，蘸饱柴油扔进火堆，一股黑烟腾空而起，跟着大火也腾空而起，火光中夹着一串金属粉末细微的爆炸声。

黄毛又走过来，陈东风赶紧将剩下的一块抹布藏好。

黄毛说，你不冷吗？

陈东风说，不冷。

黄毛摸摸他的手说，都成冰坨子了，快去烤一烤吧，大家都这样，你怕什么哩！

黄毛懒得弯腰用手，就用脚尖将C6140的电源总开关关了。车间彻底安静了。

黄毛将陈东风拉到火堆边，非要他唱《晚秋》。陈东风说自己不会唱，黄毛揭发说，陈东风每次下班前擦车床时，都要哼唱《晚秋》。陈东风只好唱，唱了几句心里就难受起来，好不容易唱完，他赶紧往车间外面跑。

屋檐在啪啪地滴着水珠。灯光从窗口射出来，照耀着黑夜，长长的冰吊儿，整整齐齐地排列在屋檐下面。在被火烤着的车间那一段，屋顶上的雪正在快速融化，石棉瓦上冒着一层热气。在一阵哗啦声中，那一带的冰吊儿开始往下掉。倾心聆听这些天籁之声，陈东风的心情逐渐恢复了平静。他正要回到车间去，忽然听见车间半成品仓库里有熟悉的人声。

一个女人说，给我弄二十个螺母。一个男人说，螺母只剩下大的了，不是你那C6136车床能车的。女人说，那就弄一百个压盖。男人说，太多了会被发现。女人说，徐富升了官，正在兴头上，不会注意这些小东西。男人说，你拿压盖，我就拿螺帽。女人说，别拿螺帽，那上面的验收记号不好弄掉，拿点别的。

陈东风明白他们是在偷拿已经入库的零件，冒充自己加工的。他放轻脚步一路走过去，只见好几个人正在用砂纸擦着一些零件上的绿色油漆块。绿色油漆块正是验收入库的标记。

陈东风觉得被不锈钢铁屑烙过的胸脯又开始疼痛起来。

黄毛的工作柜上，整整齐齐地摆着一排不锈钢螺杆，车床是干干净净的，地上不干净是因为陈东风车密封圈溅过去不少铁屑。陈东风没有过去看那不锈钢螺杆上是否有残留的绿色油漆，也没有观察墨水这个班交上去的是些什么零件。他往卡盘上夹了一只密封圈，启动车床，将车刀摇拢去。密封圈和车刀尖叫了一阵，突然发出噼噼啪啪的乱响，从卡盘上掉下来的不锈钢密封圈，被旋转的卡盘弹射出去，顺着水泥地面一直滚到黄毛的脚下。

黄毛捡起来看了一眼，扭头对追过来的陈东风说，这是报废了的，别自己找罪受。她指着上面的旧刀痕说，这是我试着车过的，比什么都难啃。徐富当时还不相信，又叫高天白试了，也不行，这才扔掉的。

陈东风说，没事做，我还是试一试。

他拿回密封圈，将三爪卡盘换成夹得更牢固一些的四爪卡盘，小心翼翼地将其夹紧，然后车到标准尺寸。

6

徐富从心里感激陈西风，有心将陈东风提拔为车间主任，于是赶在陈西风和徐快出差之前，将自己的打算同他们说了。徐快心里暗暗高兴，这种时候将陈西风的堂弟提拔为这么重要的一个车间的头头，只要出一点问题，陈西风和徐富的档案里，将会有人记下这不光彩的一笔。陈西风也暗暗高兴，让陈东风当车间主任，也算是兑现自己在地区团委书记面前的表态，为解决农民工问题作个尝试，成功了他可以到处讲，不成功便往徐富身上一推了之。尽管这样，陈西风和徐快还是没有明确表态，只是希望徐富能大胆工作，早点打开局面，特别是不要有对厂长和书记的依赖思想。陈西风和徐快还要分头到各个用户单位走一走，年底来了，不去上贡不行，顺便催收对方所欠的货款，并将明年的合同拿到手。

送走厂长和书记，徐富就去找陈东风谈话。

他想赶快将加工车间的担子卸下来，将主要精力放到厂里的工作上，当然，也是为了专心品味一厂之长的感觉。

徐富将旧仓库外晒太阳的人逐个看了一遍，没有发现陈东风，往回走时，他看见陈东风正在安全科门口转来转去。徐富还没专门的办公室，就将陈东风叫到大办公室里，当着田如意的面，对他说了自己的安排。陈东风想了一阵后，忽然笑起来。徐富有些不高兴，说自己是在严肃认真地谈工作。陈东风收起笑容说，他干不了这个。徐富以为他是谦虚，并不在意，一个劲地交代车间工作。

陈东风说，你不用交代，我真的不会干。

徐富愣了愣后，他要陈东风暂时别走，自己却出去了。片刻之后，徐富将高天白领来，让高天白做陈东风的工作。当着徐富和田如意的面，高天白又讲起陈老小的故事，从钝车刀一直讲到蓝铁屑。高天白讲了几十分钟才讲完。

陈东风将头低得不能再低，然后小声说，师父，我听你的，我干！

高天白高兴起来，这也是你爸的意思，当干部不是为了不劳动，而是为了多劳动。

徐富也说，年轻人不要怕事，要为你哥和我多分点忧嘛。

陈东风说，工作时，你可得支持我。

徐富拍着胸脯说，这个一点问题也没有。

徐富约好下午四点到四点三十分之间，一班与二班交接时，去车间宣布。

高天白和陈东风刚走开，田如意就对徐富说，你这是挖了火坑往里推陈东风，一个汤小铁就够陈东风对付的，何况车间有一百多人。

徐富认为汤小铁一点也不可怕。

田如意说，那是因为徐富和汤小铁的生长基因是一样的。

虽然瓦未飞，墙未塌，地面也不见凹凸，陈东风当车间主任的消息还是让加工车间多数人感到震惊。只有黄毛、墨水以及那群挤在墙角的农民工鼓了几下掌，其余人迟迟没有反应。好像在等某个信号。

在一片寂静中，陈东风也感到少了一个人。他留意一下，才发现汤小铁没有到场。

陈东风将自己与方豹子商量的几句话对大家说了。他说，从明天起，车间将从三班制改成两班，这其中的内情各位师傅心里都明白，大家对我、我对大家也都了如指掌。夜里车间停电时有人放屁，不用问也知道是谁干的！按照方豹子的预计，这时大家会哄堂大笑，会场上的气氛就会轻松起来。实际情况是，不仅谁也没有笑，黄毛和墨水还皱了一下眉头。稍等一会儿，他听到李师傅小声对别人说，这不是乡下的放牛场，是工厂车间！陈东风心里本来有些慌乱，李师傅的话让他激动起来。他抛开事先想好的一些话，管不上再卑谦，大声说，可能有些师傅以为我手上的秧泥、脚上的牛粪还没洗干净，不管是农村还是工厂，所有人都是劳动者，有的人可以不热爱劳动，可以坐享其成，但必须尊重高师傅这样的劳动者。我陈东风没有别的本领，我可以保证，一定会在车间里带头上班，带头遵守厂里的劳动纪律。为了阀门厂的前途，希望大家多理解我，多支持我。

之后，高天白主动站起来说，陈东风这个主任是我推荐的，什么原因，我不说大家心里很清楚。牲畜当中领头的总是那些最勤恳努力的，只有这样食肉动物才能找到肉，食草动物才能找到草，找到水，找到安全地带。说句不好听的话，就像国歌里唱的，阀门厂已经到了最危险的时候，再往下滑就要关门了。想当年，几位老师傅带着我们一帮小徒弟，在街边敲白铁皮，开洪炉，修自行车收一角，补胎补鞋收五分，一点一点积攒，终于买回来一台车床。我有幸在车床上车了第一刀。师傅们捡起铁屑放到嘴里嚼，想搞清楚车刀到底比牙齿硬多少。阀门厂这份家业来得不容易呀，大家要珍惜，跟着陈东风将这一口气接上去，渡过眼下的难关。

散会后，农民工们很想围到陈东风身边，见别人都离得远远的，只好克制着，直到回到旧仓库，才欢呼起来。方豹子让大家凑了些钱，将食堂里做的一大盆土豆烧肉全买来，又去商店买了几瓶白酒，然后锁上大门，百把人围着乒乓球台当宴席，闹腾了近一个小时。有人在外面敲门，也没有人去开。

在一片喧嚣中，陈东风终于听见，门外有人叫他和方豹子的名字。这时，酒也喝完了，肉也吃完了，趁着大家正在酝酿新的欢庆方式，陈东风将门打开，外面站着段飞机和冯铁山。打过招呼以后，他俩一定要请陈东风和方豹子到山南大酒店吃饭。陈东风问有什么事。他们推说这儿不方便讲，必须找一个环境好的地方慢慢地说。

陈东风只好将方豹子叫出来。

山南大酒店的生意依然不甚红火，餐厅里服务员比顾客还多。

他们刚坐下来，就看见汤小铁和酒店经理，还有另外几个人从门口进来，钻进旁边一间包房。段飞机和冯铁山认出汤小铁后，马上改变主意，也要了一间包房。

段飞机第一道菜就点了个一蛇三吃，价格是三百二十元。然后又点了一瓶五粮液。陈东风预感到他们有重要事情相求。果然，喝过蛇血酒和蛇胆酒，段飞机就开口说，他们厂新买的车床全部回来了，迫切需要大量车工和造型工。他们看好阀门厂的一百多名农民工，因此想请他俩带头，炒国营阀门厂的鱿鱼，到他们的民营阀门厂来。当然，也可以一个个地跳槽，但他们不想这么做，宁肯选择难度很大的集体行动。这样既可以为农民工出口气，打击那些正式工的老爷心理，又可以造成这帮国营老爷生产环节上的失衡。段飞机他们就有机会造舆论，抢占位置，站稳脚跟，然后再同他们比生产和销售，最终目的是将陈西风的阀门厂连人带设备全部吞并。段飞机保证，只要他俩将厂里的农民工都拉过来，至少给他们一个车间主任或后勤科室负责人的头衔。

陈东风笑着说，当初段飞机许的愿是当副厂长。

方豹子告诉他们，陈东风已经是车间主任了。

冯铁山赶紧说，那就让你们过来当副厂长。

陈东风问他们厂的情况。段飞机介绍说，塑料厂已经具备了阀门产品的规模生产条件，他们担心一旦阀门厂感到威胁，闹出兔子急了也咬人的事来，所以现在还不想将特种阀门厂的牌子打出来。冯铁山补充说，其实现在打出招牌也不怕，阀门厂的头头们首先想的是自己升职提官，我们想的是办厂赚钱，同他们没有冲突，他们不会太在意的。只要自己的职位升了，工厂垮不垮与他们不相干。

大家将要说的都说了。

陈东风问方豹子干不干?

方豹子说，熬了几年刚刚有出头的迹象，一下子离开心里有些不甘。

陈东风说，我是高师傅一手一脚带大的，我不能做让高师傅绝望的事。

段飞机和冯铁山见他俩一时转不过来弯，就留下一个月时间，希望他们能在春节过后，带领大家来塑料厂上班。分手后，陈东风问方豹子怎么一下子变得有些人情味了。方豹子笑着说，我不愿使他们觉得自己是被钱买通的。

旧仓库里，大家还在比赛讲笑话，内容却已变得很荤了，每句话里都有字典上查不到的粗野字眼。陈东风听了两个笑话就不想听了。他心里闪过一个念头，一个人出门往塑料厂走去。

夜晚风很大，塑料厂建在山坡上，风刮过时声势显得更凶猛。门卫拦着不让陈东风进，什么借口都没用，除非要本厂的出入证。正在交涉，段飞机过来了。他有些惊喜，连忙让门卫将陈东风放进来。刚刚修起来的车间连窗玻璃都没有来得及安上，只用塑料薄膜挡住下半截。北风从窗户的上半截呼啸而入，又从另一边墙上呼啸而出。陈东风只注意看窗户，没提防脚下一阵嚓嚓响，低头一看，地面上的一摊水已经结成了冰。所有的车工都在忙碌，没有人烤火取暖，事实上车间里也没有半点火星可供他们烤。

陈东风翻了翻车工们的生产通知卡，不由得吃了一惊：完全一模一样的阀门零件，这儿的生产定额竟比阀门厂高出百分之五十左右，而车工们几乎班班都完成了任务。

绕着车间走了一圈，段飞机又领陈东风去看那些刚刚买回来的车床。车床都是半旧不新，清一色是有明文规定要淘汰的那些型号。甚至还有一台五十年代制造的皮带车床。陈东风只在有关车工实践问题的书上见过这种原始车床的介绍，亲眼见到这还是第一次。段飞机不无得意地说，皮带车床是用废铁的价买来的，不过使用起来绝对不成问题。

陈东风忍不住说，你们用这种机械同阀门厂竞争，还想赢，简直是天方夜谭。

段飞机毫不在乎地说，你年轻，没有学习过毛主席语录，毛主席早就说过人的因素第一，决定战争胜利的不是武器而是人。

陈东风说，你们的因素就是捣人家的鬼，挖人家的墙脚。

段飞机说，人家也可以捣我的鬼，挖我的墙脚嘛。说句实话，这个世界上没有不捣鬼的人。

陈东风想到自己在方月面前做的那些小动作，便觉得自己没有资格反驳。

段飞机又说，就是你父亲陈老小和陈万勤，他们也曾经捣过鬼。

陈东风追问是怎么回事。段飞机说，你记得你妈妈临死时手里捏着的那把铜钥匙吗？它就是陈万勤偷偷交给你母亲的。

陈东风问，她要这钥匙干什么哩？

段飞机说，她怀疑你父亲与别人有私情，想亲手抓住他们。

陈东风没有再问，段飞机也没有再往下说。

隔着一条小河，与之相对的阀门厂灯光已暗淡，高大的厂房被山影吞没了，在一片漆黑中，一团昏黄在模糊地隐现着。陈东风知道那是高天白的车床工作灯照耀的结果。上二班的其他人肯定已提前下班了，只剩下高天白用那灯塔一样的光芒将二班和三班连接起来。陈东风在塑料厂辉煌的灯火中，面对阀门厂伫立了许久。身后的车床都不精密，真正的原因是主轴与齿轮磨损太严重，所产生的钢与铁的噪声，响彻县城的夜空，使得布满刺骨小刀的寒冬风景中，回荡着一种久违了陌生了的有些残酷的劳动激情。

陈东风顺着山坡下到小河边，又顺着窄窄的河堤走到方月家的窗前。窗户里传出一阵苍老的咳嗽声，他听见陈万勤梦呓一般自语道，今年冬天怎么这样冷，我恐怕熬不到明年春天哟！陈东风睡过的屋子里有一股隐约的灯光，那是从客厅里透出来的，同灯光一起透出来的还有阵阵麻将声。他听了好久，也没有听到其他动静。

塑料厂的工人开始下班了。说笑声取代了机器声。一个女人说她腿站肿了。马上有男人说，那不是站肿的，是腿肚子怀孕了。女人说那男人，是不是希望自己的女人有三个肚子。男人又说，光有三个肚子有什么用，别的东西也要配套才行。轻松的笑骂声渐渐远去。

段飞机一直没有离开，陈东风回到山坡上时，他还在附近走动，两眼盯着门卫将大门小门锁好才挪到别处。

陈东风问他是不是每天都这样。

段飞机说，他同冯铁山轮流值班，保证每晚都有人在场。

7

徐富挥着拳说，他本人和厂里坚决支持陈东风的改革方案，在加工车间取得经验以后，再向全厂推行。加工车间所有的人，连同在场的各车间科室的负责人，全部鸦雀无声。

陈东风的改革方案，核心只有三点，第一，增加生产定额百分之三十；第二，将工资和政策性福利补助全部融进生产定额之中，完全按完成生产定额的情况拿取报酬，打破现在政策性福利补助游离于工资之外，哪怕一个生产定额工时也未完成，仍可以百分之百地拿回那部分钱的惯例；第三，针对车间一些人的投机取巧和真正偷窃与变相偷窃的行为，规定以一台或两台机床为单位组成专业小组，根据厂里下达的生产计划，固定专人和专门机床，加工固定零部件。

虽然没有一个人开口，从不同人群的表情就能分辨出不同的心情。农民工眼睛里藏着兴奋，因为他们将从第二条措施中获得与那些正式职工同等的经济地位，而不像过去虽然完成相同数额的生产任务，获得的报酬却大不相同。正式职工脸上则明显地挂着许多愤慨与不满。

徐富让墨水带头表态，墨水说她现在更加迫切地想离开阀门厂。再问黄毛时，黄毛说，我没有墨水那样硬得梆梆响的关系，但我准备从今天开始下决心去傍一名大款。停了一下她又补充说，如果那时我对阀门厂还有点美好回忆的话，我会回来向你们投资的。若在平时，她这话肯定会引起哄堂大笑。此时此刻却一点反响也没有。

陈东风有些怯场，装作看手上的笔记本，只是偶尔抬头飞快地看一看会场。

徐富不好直接点高天白的名，他将目光投过去，在那布满皱纹的脸上扫了几下。高天白知道别人在等自己开口。他对这个方案后两点没有意见，只是第一条，增加生产定额百分之三十，有些出乎意料，凭自己现在这种身体状况是不可能完成任务的。一旦如此，工资收入就要大大降低，女儿在外面读大学，每月的生活费丁点也不能少，余下的钱是没办法养活自己和老伴的。但是对于年轻人来说，就是再增加百分之十到二十也是没问题。他低头躲着徐富的目光，偶尔抬头，也是往窗外看。

李师傅终于忍不住开口了，她大声说，徐富徐厂长、陈东风陈主任，我问一个问题，国家有哪条政策规定农民工是和正式职工一样的。

徐富说，改革嘛，再说国家也没有说农民工是和正式职工不一样的。

李师傅说，可我还是懂得一点最基本的常识，我们是在政府批准的工资表上签字领工资，他们的工资却是车间说了就算。

陈东风被李师傅的说话语气激出火气来，他还没来得及开口，就有农民工大声说了一句，你们下乡去种田，农民绝不会因为你们是城里人而少付出一分钱！

李师傅不理睬，继续说自己的，说句不客气的话，陈东风陈主任的思想里可能存在着一种打土豪的观念，我怀疑下一步你们是不是想将城里的大街大楼切成块，带回去做菜园和牛栏？

徐富插进来说，大家都要平心静气，我的观点是老观点，工人农民是一般，齐心协力搞翻番，车床响，为了共产党，车床转——

不知是谁将码得高高的一堆阀体弄倒了，轰轰隆隆的声音响了半天才静下来。

徐富将被打断的话丢了不说，转而问，大家对定额有什么看法，也可以说一说。

高天白到底与别人不完全一样，他担心陈东风顶不住，便咬牙站起来说，增加定额我认为是可以的。现在的定额已实行近十年了，早该调整，不调整只会使我们的工人变得越来越懒惰。人活一世什么都不用怕，唯有懒惰是杀人不见血的尖刀。

李师傅接着说，高师傅，你也别说谁懒谁不懒。我提一个要求，我向高师傅学习，他能完成多少，我就完成多少。

陈东风说，这个肯定不行，高师傅是快六十的人了，其余的人年龄最大的也不到四十岁。

李师傅说，农民工能同我们一样，我们为什么不能同高师傅一样哩！

高天白说，你们别争，我想好了，明天就去办退休手续。

李师傅说，你别以为退休很了不起，我也可以退职哩！

徐富马上说，这样最好，厂里现在正是人多活少，想退岗的请尽早递交申请书。大家的意见我都记住了，方案的某些细节，有可能需要完善，但必须从今天开始实行，实践是检验真理的唯一标准嘛！

散会后，当班的人拿着生产通知单先走了，其余的人却不肯散去。农民工飞快地将车床启动起来，两只手或是推拉、或是旋摇，节奏明显比过去快了。正式职工则一个个站在车床后面发愣。

多时不见的汤小铁忽然西装革履地出现在门口。

他满脸喜气洋洋地问，怎么这么多人，开会呀！

有人说，你怎么才来，这么大的事你都不在场。说着就拖着他走到车间宣传栏前面，指着那张新贴上去的纸让他看。并不时附在他耳边说几句。

见汤小铁脸上变色了，那些不上班的农民工连忙溜走了。

汤小铁看完后也不作声，就近弄了些汽油泼上去，再用打火机将其点燃。

大火惊动还在车间办公室里的徐富和陈东风，他俩跑出来，眼睁睁地看着铁皮做的宣传栏被烧得变了形。

徐富问，谁干的？

汤小铁说，是我。

徐富问，为什么？

汤小铁说，因为大家都不同意增加生产定额。

陈东风说，谁说都不同意？他们不是已经在按新方案上班了吗！

汤小铁看也不看陈东风手指的那些农民工，蛮横地说，他们是个鸟，是个卵子，想用这些东西来引我们上钩，然后将我们当婊子对待，你们打错了算盘。

陈东风火了，汤小铁，有理说理，凭什么骂人！

汤小铁说，老子连菩萨都敢骂，还怕你这扒牛屎的小爬虫。

说话时，汤小铁的手指尖都戳着了陈东风的鼻梁。陈东风用手拨了一下。

汤小铁马上说，你敢打我？

汤小铁随手一拳打在陈东风的胸口上。陈东风猝不及防，一口气接不上来，顿时瘫坐在地上。黄毛和墨水连忙上去扶起陈东风。黄毛还踢了汤小铁一脚，骂他是畜生。

汤小铁瞪了黄毛一眼，回头大声说，这叫官逼民反，大家就罢它一回工，看谁斗得过谁。

陈东风缓过气来，也大声说，我不是为了私利，有人请我去当副厂长我都没去，我这样做是为了阀门厂、为了大家。除非撤我的职，否则，这个方案不会改变。

这时，田如意来喊徐富，王副县长的电话，要徐富快去接。

徐富趁机拉上陈东风离开了车间。

王副县长在电话里询问阀门厂的生产情况，特别是加工车间，后半夜的灯光，怎么一下都没了。

徐富解释说，厂里最近生产情况不大好，只好将三班制改为两班制，所以后半夜无人上班。

王副县长在电话另一端半天没说话。

徐富又说，虽然工作时间减少了，但我们相应增加了工时定额，所以生产效率不会降低。

王副县长这才说，可别人不这么看，他们会说，阀门厂没事做了，夜班取消了，可能要垮台了。

不等徐富再说什么，王副县长就放下了电话。

徐富放下话筒时，随口埋怨一句，说王副县长是官僚主义。田如意马上提醒他，现在身份不同，这话可不能瞎说，何况他的任职文件到现在还没有下来。徐富嘴里说不怕，大不了再回车间去，语气上明显缓和了。

陈东风坐在一边不停地喝着热茶，田如意叫他慢点喝小心别烫着。徐富在一旁解嘲，陈东风想将心头火浇灭了。田如意马上埋怨他，自己早就提过意见，陈东风是个好青年，但当不了好干部，在阀门厂，车间主任都是大政治家。厂长书记则是伟大的政治家。若论玩政治，汤小铁也比陈东风强十倍。

陈东风猛地一放茶杯说，别将我同汤小铁比！

徐富和田如意同时张开嘴正要说什么，外面突然喧哗起来。

他们走到门口时，看见加工车间门口一大群人正在互相推搡。徐富叫上文科长，同陈东风一道跑过去。在他们赶到之前，有两个农民工倒在乱纷纷的人群中，还有几个农民工身上受了不同程度的轻伤。徐富和陈东风离开车间后，汤小铁便勒令正在按新的生产定额埋头干活的农民工，滚出车间。农民工们不肯离开，在推搡扭打之中，不少人挨了打。车间的农民工人数不少，只是心理上先天虚弱，很快就被汤小铁他们扫地出门。

汤小铁亲自带人守住大门，谁也不让进，除非答应他们的条件，取消剥夺国家正式职工基本权利的三条规定。

陈东风气愤地问，我什么时候取消了你们的基本权利？

汤小铁不屑地说，你不够资格同我们谈判。

徐富举止很奇怪，他没有理睬汤小铁，而是将那些被赶出车间的农民工好言劝走，然后径直回到办公室，进门就说，田如意，今晚我请你跳舞，不去山南大酒店，去老二哥大酒店。徐富的镇静让大家都有些吃惊。文科长等几个后勤科室的负责人沉不住气，自发地来到办公室。大家七嘴八舌地出主意，有的建议报告县里，有的建议马上请陈西风和徐快回来，还有的说将加工车间的新措施暂时搁置。

徐富笑盈盈地听着，直到没有人作声了，才不紧不慢地说，我就不信汤小铁能撒出三尺高的尿，不出两天，他们肯定要乖乖地上班做新定额。

大家走后，田如意开玩笑说徐富已介于大政治家和伟大政治家之间了。

徐富说，大风大浪最锻炼人嘛。

田如意说，你真想跳舞？

徐富说，我有那么苕，让王副县长晓得了岂不是燎天大祸！我是有意放风的，让汤小铁听了泄气。

这时，方月匆匆地跑过来，询问陈东风的情况，听说受伤的不是陈东风她才放下心来。田如意要她到旧仓库去看一看，方月没有正眼看她就走了。

陈东风他们回到旧仓库，一群人摔摔打打地吼了一阵后突然静下来。几个被打伤的农民工在轻声呻吟着。徐富让医务室的卫生员来给他们上了一些药；所幸伤的都是皮肉。徐富安慰他们说，厂里一定会秉公处理这些事。大家都来问陈东风下一步该怎么办。陈东风这时特别想念方豹子，可方豹子接了一件私活，昨晚同银杏忙了一夜，天一亮又带着银杏给货主送货去了。方豹子若在或许有办法对付汤小铁。

高天白进来时，躺在床上冥思苦想的陈东风，连忙坐起来。

高天白叹了半天气，整整一个钟头，只说了一句话，阀门厂建厂几十年，屡屡错过发展的好时机，厂里每逢想改变时，总有像汤小铁这样的人出来闹事，才使阀门厂落到如此地步。

陈东风跟着高天白到车间门口转了转。

车间的大铁门被全部拉开了，很远的地方就能看见里面的人整整齐齐地坐在阀体上，轮流读着报纸。

见到高天白，汤小铁大声说，老高，你也要参加参加、学习学习、提高提高！

高天白扭头往回走。

汤小铁在他身后说，不是说向西方先进国家学习吗，英国、德国也在闹罢工哩！

汤小铁的话提醒了陈东风，那本《萌芽》不正是描写法国煤炭工人闹罢工的故事吗？旧仓库里，大家仍在静静等待着什么。陈东风第一次不是为了看方月的头发而拿起《萌芽》，他是想从中寻找一些关于罢工的应对办法。此书他翻过许多遍，他只是沿着艾蒂安与卡特琳的爱情脉络往下读，与此无关的便一翻而过，他对这对彼此倾心已久的恋人，在矿难中，临近死亡了，才第一次袒露真情，第一次也是最后一次做爱，激动不已，悲伤不已。然而，这一次深深震撼他的是，一百多年前，法国煤炭矿工的悲惨生活，引起那些只是为了改变工作条件而自发举行的大罢工浪潮。

陈东风拒绝同所有人说话。

在天黑以前，他终于将《萌芽》完整地看完了。

陈东风有许多的想法，可不知对谁说。后来他想到了肖爱桥，便冒昧地去敲肖爱桥的家门。

肖爱桥的家简陋得让陈东风不敢相信，除了书以外，几乎什么也没有，一台电视机还是黑白的。床上、桌上、地上到处是打开的书，上面都用一张小纸条做着记号，很显然，肖爱桥正在使用这些书。

肖爱桥开门见山地说，你是为他们怠工之事而来的！

陈东风一边点头一边惊讶地问，你的意思是说，他们不是罢工？

肖爱桥说，说罢工那太抬举他们了。他们还远远不懂得罢工的真正含义，一般地说，罢工都是带有政治目的，都有政治组织在背后支撑。哪怕是最低档次的罢工，往往也是为了一个多数人所关心的话题。他们这算什么，只不过是那种被几十年的大锅饭宠坏的懒惰习性的大爆发，是他们一向怠工的集中表现与集体表演。他们为什么要读报纸，目的就是说他们只是利用这次机会认真学习点什么。所有怠工者都是如此。就像你们农村的懒牛，干活时不停地拉屎撒尿喝水吃草一样。怠工者总有一个冠冕堂皇的理由，这理由是虚伪的。正像这一次，他们所有的理由都是遮人耳目，真实的目的是要少劳多得，或者干脆不劳而获。说句不中听的话，你陈东风斗不过他们，不仅仅因为你是农民工。这也是外表，他们为什么不喜欢你们，因为你们实际上在拖着他们干活。但他们又需要你们，因为你们可以使他们不经劳动就能获得好处。你斗不过他们的根本原因，是当今社会除了个体户和私营老板，怠工者太多了。如果有谁罢工那他肯定会失败，因为罢工者面对的是国家机器。但怠工者不会失败，因为他们面对的只是另一批怠工者！

陈东风被肖爱桥一通议论说得有些明白了。

陈东风说，我又看了一遍《萌芽》，感到那时的罢工与现在有很大的不同，那时罢工的原因是资本家对工人的剥削，现在似乎是倒过来了，是工人想剥削别人。

肖爱桥说，你说得很对，这是典型的怠工者心态，装模作样地混时间，认认真真地要报酬。

陈东风说，下一步怎么办呢？

肖爱桥说，我希望没有下一步，让阀门厂就此完蛋，然后再造一座新的工厂。

陈东风想起另一件事，你晓得对面开发区的那家塑料厂吗，他们有没有前途？

肖爱桥说，幸好他们还没有成为怠工者。

陈东风说，那我们厂都是怠工者吗？

肖爱桥说，不，我不是，高天白不是，你也不是！

从肖爱桥家里出来，一路上，陈东风反复想那怠工一说，越想越觉得有道理。走到车间门口，他听见C6140车床那熟悉的声音在孤独地响着，就想进去看看，却被几个人拦住。他们说，农民工已被宣布为不受欢迎者。陈东风不想与他们争辩，他在门口站了会儿，与C6140车床声一起回响的还有另一种声音。陈东风以为自己听错了，他顺着屋檐下的水沟绕到车间后边，隔着玻璃看见汤小铁正和另外三个人在车间办公室里搓麻将。陈东风绕回来，写了一张纸条，让那几个守门的工人捎给汤小铁。

纸条上写着：你们的一切目的都是为了用更多的时间和金钱来玩麻将。

陈东风换了一个方向绕到车间的另一边。孤灯下，高天白正全神贯注地操纵着车床，湛蓝的铁屑像一根细小的弹簧那样，不断地从刀架上弹射出去。铁屑迸得不远，却是极为准确，坠落之处地上已是湛蓝一片。隔着玻璃一会儿看成了碧水，一会儿看成了蓝天。墨水和黄毛在一旁站着，两人拉着手，挽着腰，灯光半明半暗地照在她们的脸上，显出许多忧虑。

陈东风敲敲玻璃，她们没有听见。

这时，汤小铁走过来大声说，我们打花牌去，输了算我们的，赢了归你们。

墨水望了望汤小铁又望了望高天白，她说，我们还是复工吧，有问题可以边上班边谈判。

汤小铁说，不行，只要我们咬紧牙关坚持两三天，他们准会让步。现在的干部都是豆腐做的，一见罢工就慌了神，只要不丢乌纱帽和小汽车，什么都会答应。

汤小铁看了高天白一眼说，你老人家说话可要算数，明天去退你的休，再倚老卖老跑来上班，可别说我汤某人不讲面子。

高天白抓起中拖板上的一堆碎铁屑说，你小子给我滚远点，我要上班谁也管不了！

他扬手将铁屑扔过去，汤小铁赶忙逃得远远的。

陈东风再敲玻璃时，他们都听见了。

高天白将窗户打开一扇，黄毛几乎是哭着说，陈东风，我怕，我不想罢工，我宁可做新定额。

刹那间，陈东风感到肖爱桥断言怠工者会胜利是不正确的！

方豹子正在到处找陈东风，他发誓要为受伤的农民工讨个公道。

陈东风回去之前，他刚领了三个人出去，并留下话，让陈东风今晚到方月家去睡，别在旧仓库里沾上他们惹下的麻烦。留下来的人堵在门口不让陈东风进去，口口声声说，他们没有别的企图，只是保护他。

陈东风没办法，只好去方月家。

敲开门后，方月脸上露出一丝惊喜。

陈万勤抬头说了一句，你怎么这么长时间没来看我？说完又低头打瞌睡去了。

陈东风一看屋里的动静，便猜陈西风回来了。他没问，方月主动说，陈西风是天黑时回来的，刚进门就被省报的许记者打电话叫走了。陈东风看见茶几上有几份地区团委办的《青年报》，他拿起来一看，上面真的有墨水和黄毛的照片，但是陈西风的照片更大，几乎占有四分之一版面。见陈东风满面愁容，方月就安慰他，陈西风既然提拔他，也一定会给他撑腰的。汤小铁之所以这样做，主要是笼络人心，一是想自己来当车间主任；第二个目的是，这家伙最近同山南大酒店的经理，策划搞了一个经济合作社，想借此机会拉大家入伙投资。方月认为头一个目的完全是痴心妄想，如果陈西风能让这样的人当车间主任，她就同他离婚。对于汤小铁的第二个目的，方月没有说什么。

刚好，陈西风打来电话，他今晚就睡在许记者那里，谈一宗重要的事。方月不高兴地告诉他，陈东风来家里了。陈西风就要陈东风接电话。陈西风在电话里说，许记者想写一篇阀门厂如何正确使用农民工的通讯报道，已确定了以他为重点描写对象，有些情况还不熟悉正好请他谈一谈。陈东风以为是许记者亲自问，结果是陈西风帮忙问，待什么都问过，他正要说厂里闹罢工的事，陈西风已将电话挂了。

方月说罢工的事陈西风已知道了。

陈西风敢于暂时放手，不理睬这事，肯定是心中有数了。

陈东风本来准备走，他怕又听见那种小别胜新婚的动静。听说陈西风夜里不回了，他才留下。睡在先前的房里，对面山坡上塑料厂的机器声在深夜中敲打着窗户，让他越听越感动，竟然在这非常之夜睡了一个好觉。

第二天早上醒来，正在穿衣服，忽然听见外面有一种擂鼓般的声音。他觉得像是从旧仓库方向传来的。陈万勤在院子里整理着挑石头的铁丝箍，陈东风匆匆说了句，这么冷的天，还要赶早上山呀！

不等陈万勤回答，他就开门走了。

十几分钟后，陈东风就发现，旧仓库的大铁门被人用电焊焊死了，睡在里面的农民工一个也出不来，只好用东西拼命地击打着铁门，听起来如同擂鼓。

汤小铁坐在门卫室里喋喋不休地骂着。

昨天夜里，汤小铁一个人回家时，半路上，被四个男人拖到路旁的树林里狠狠揍了一顿。那些人用丝袜蒙着头，自始至终不发一声，打完之后便扬长而去。汤小铁躺在地上，半天不能动弹，他心里明白，这一定是厂里的农民工干的。汤小铁爬起来后，慢慢瘸到厂里，邀上几个人，抬来电焊机，趁着旧仓库里的人都睡着了，将铁门焊死，然后逼他们交出凶手来。

汤小铁以为农民工全被闷在旧仓库里，见到陈东风时，心里猛然惊了一下。

徐富上班后，见到此番景象也吃了一惊。

他叫人用电焊机将焊着的地方重新割开，却被汤小铁带人拦住，非要里面的人交出打人凶手。徐富正在手足无措，有人告诉他徐快回来了，昨天晚上七点钟时，徐快曾站在县政府家属院门口等人。接着又有人告诉他，陈西风昨晚在老二哥酒店陪一个外地的客人。徐富这时顾不上想别的，连忙叫田如意打电话，请厂长书记火速来厂。

徐快是快十点钟才到的，他心情很不好，听完徐富的叙述以后，什么也没有说，只叫人到食堂里去拿些馒头，不够的上街去买，然后从旧仓库的排气孔里塞进去，先让那些农民工填饱肚子，别的事等陈西风回来后再说。

其实，徐快一回到县里，就听说了厂里的事。他没有心思先顾这个，因为表妹马明梅打电话找过他几次，让他一回来就去政府家属院门口等，她每天晚上都要往那一带散步。徐快的妻子说，马明梅暗示，要与他谈能否提拔成副局级的问题。徐快与马明梅见面时，马明梅只是告知，在当年他俩第一次幽会的那棵柳树上有一封信。徐快摸黑在河边的柳树洞里找到那封信。信上尽是不好的消息。马明梅说，因为她自己失去生育功能，是以往人工流产次数太多导致的。王家人已有所怀疑，幸亏那回修补手术很成功，丈夫才不相信父母的猜测。可丈夫已明确跟她说了，必须找个情人为他生个儿子。因此她感觉到自己在王家的日子不会太久。如果这种情况真的出现，她只有同徐快结婚，希望徐快从现在起就将离婚之事提上议事日程。关于提升为副局级的事，丈夫小王同当副县长的老王说过了，老王说，阀门厂的人，他只对徐富有兴趣。

徐快看过信的日期，刚好是他和陈西风出差的那一天。

徐快正在叫人往旧仓库里塞馒头，陈西风终于露面了。

陈西风解释说，昨天刚一到家，县里就安排自己接受省报记者的采访，两个人谈了一个通宵。

田如意在一旁没有作声，其实，许记者是她安排和接待的。许记者从省里打来电话找她，说了一些好听的话，随后点名要见陈西风，还说已经看见地区团委的《青年报》了，这本是先前曾答应给他的，希望陈西风不要食言。田如意从中联系妥了，许记者才赶来与陈西风见面。陈西风在老二哥酒店同许记者说了不少好话，许记者才笑了。陈西风又谈到阀门厂所面临的困难，在这种情况下，实在不好写什么文章。在许记者的启发下，陈西风想到提拔陈东风当车间主任之事。许记者对此大加赞赏，这事写好了说不定还要上《人民日报》。许记者当即就动起笔来，并不让陈西风走，以防碰到卡壳的地方好叫陈西风补充素材。许记者笔头很好，几乎是一挥而就。许记者又无意中谈到他同地区团委书记是大学同学，陈西风很高兴，非常爽快地答应了许记者的条件，付五千元钱现金，不开收据。天亮以后，他走出许记者的房间，回家与方月亲热一番，这才到厂里来。

几个头头一齐出面找汤小铁谈了半天，汤小铁仍不让步。

还是文科长说了句话才将他镇住。

文科长说，你汤小铁打过的人还少吗？就说眼前，陈厂长、陈厂长的弟弟陈东风，还有我本人，你都动过手。这些可是有太多人证物证的。你说旧仓库里的人打了你，总不能空口无凭，瞎说吧！另外，你这几天穿戴得与以往大不相同，是不是当经理或老板了？若真是这样，可别损坏了自己的形象。

汤小铁下意识地看了看自己的衣服，想了想说，你们谁有办法，就去弄开吧！

陈东风马上去维修车间拖来电焊机。会电焊的正式工，不愿动手。

文科长自己不会这些，却叫同样不会的陈东风拿上焊枪试试。陈东风看看也没有其他办法，便硬着头皮，用焊枪在铁门上点了一下。弧光一闪，他心里颤抖一阵，手上的焊枪却没有掉。接下来试了十几下，时间不长，竟然将焊死的大铁门割开了。

方豹子他们涌出来时，汤小铁他们已退回加工车间去了。

经过这一闹，整个工厂的秩序都已乱了。正式职工由于担心农民工的报复，都在各个车间里集成一团。方豹子放出风来，这事若处理不公，他们会有办法对付的。言下之意似乎在暗示，要去县政府请愿。

陈西风不假思索地表态，这件事必须报告给王副县长。

徐富不同意，自己能处理的事，就不要扩散影响，而且这也不是陈西风多报告成绩、少说缺点问题的一贯风格。陈西风便征求徐快的意见。徐快同意向上报告。他认为早点让上面了解情况为好，罢工之事搞不好就会成为政治问题。陈西风也说，如果他们到县委县政府大门口静坐示威，局面就会失控。徐富说，汤小铁他们绝对不会上街，因为他们已从昨天堵着不让人进车间，变成一人守一台车床，谁都可以自由进出车间，只是不让人碰车床，因此不能叫罢工，只能叫怠工了。徐富怎么说也没用，陈西风还是亲自给王副县长打了电话。

不到二十分钟，王副县长就带着赵家喜来了。

进厂时是两辆车，一辆是王副县长那辆车牌号尾数是777的奥迪，另一辆是有帘布遮着车窗的中巴车。但中巴车停在操场上时没有一个人下来。一见到王副县长，陈西风和徐快便抢着主动承认错误，都说自己不该忙着出去搞销售、催回款，将家里的生产丢给徐富一个人。王副县长先同他们谈话，要他们认识到稳定是压倒一切的大事这话的特殊含义。接着，又让徐富将陈东风和汤小铁叫来。

这中间，王副县长同田如意说了几句话，问她的孩子长得如何，生活上有没有困难。田如意先谢了王副县长的关怀，再告诉他，孩子很乖，但已经会骂人了，而且最爱说的话是谁要欺负妈妈，就要杀死谁。生活上也没什么困难，部队每月都给孩子寄抚恤金。王副县长笑了笑，但笑得有些勉强。

陈东风来后，王副县长只问他定额是如何定的。陈东风告诉他，是按全车间各个车工的最高纪录的平均值计算的，就是这个定额也比塑料厂加工阀门零件的定额还要低百分之十到百分之二十。

王副县长见到汤小铁时，身子微微一怔。他说，你不是经济合作社的人吗？

汤小铁说，那只是兼职。

王副县长说，罢工不对，无论如何要先上班工作，车间那些新措施如何处理，厂里会妥善安排的，你现在就回去对大家说马上复工，有谁损害工人利益，县里是不会同意的。

听了王副县长的话，汤小铁没说什么转身就走了。

一会儿，加工车间里就传来机器声。

王副县长问陈西风对这事有何意见。

陈西风说，暂时不实行新方案，按王副县长的指示一切服从稳定。

王副县长点点头说，没有稳定作保证，一切都是空的。

徐富说，再稳下去，阀门厂就会被人家吃掉的。

王副县长瞪了他一眼说，乱下去我们会被人吃掉。

说着话，王副县长要去车间看看。陈西风叫徐富先到车间里准备一下，又叫徐快打电话通知县电视台派一台摄像机来。

他们都走后，陈西风才对王副县长说，省报来了一个记者，要采访阀门厂今年的生产情况。王副县长说，采访是可以的，不过措辞要把好关。虽然是一个厂，但要当作全县的大局来写。

陈西风一口应承下来。

车间里车床都在转。王副县长看了一阵，忽然来了兴趣，他脱掉大衣要亲手车几个零件，看看自己当年的技术丢了没有。他又吩咐赵家喜，将车上藏着的那一个班的武警战士请下车，帮忙扫扫地。王副县长选的是C6140车床，陈西风选的是黄毛的那台C6136车床，徐快和徐富也都选了一台车床。陈东风在一旁关照着王副县长，王副县长动作有些迟缓，一招一式却还准确，他车了一个铜螺母，几个部位都车好了以后，他自己用卡尺量过后还不放心，请陈东风再量一下。陈东风用卡尺卡了几下，如实告诉他，按质量标量，这件铜螺母只能算次品。这时，电视台的人扛着摄像机来了。王副县长还要车一个铜螺母试试。强光之下，作为一名车工模样的劳动者，王副县长一举一动让人感到少有的可亲与可爱。其他车床上，陈西风、徐快和徐富当然就更不用说了。在金属的奏鸣中，他们重新成为一个普通劳动者，没有语言，没有思想，眼睛、心灵和手，只有一个方向、一种目的。仿佛有某种合力，坚硬的钢铁，顺应劳动者的意志，一步步地变成希望的形状。

一个班的武警士兵，顷刻间就将阀门厂的操场打扫得干干净净。

看着全副武装的士兵，陈东风不无嘲讽地对汤小铁说，你们还敢罢工吗？

汤小铁说，他们是来打从乡下跑的大蛇。

田如意拿着一些茶杯不停地往战士们手上塞，嘴里不停地说，我老公也是当兵的，见了你们就特别亲切。

一个士兵说，我们同你们厂有缘，前两年也是你们厂的人说，在山上遇见了大蛇，我们这个班上山去打了几天埋伏。

田如意指了指陈西风说，大蛇是我们厂长的父亲发现的。

陈西风说，我父亲是不说假话的。

士兵说，我们巴不得每次得到的消息都是假的，只要碰到一次真的，就危险了。

农民工都聚在旧仓库门口，远远地望着这边。

王副县长回到办公室里坐着不走，陈西风让田如意打电话到山南大酒店去约两桌饭。王副县长提议去老二哥酒店，他说山南大酒店正在整顿。接下来他又说了一下王元子的病情，他说若有可能还是让王元子到哪个有温泉游泳馆的地方去疗养。陈西风都答应了。

王副县长不太理睬徐快和徐富，这让陈西风心里暗暗高兴。

这时，高天白走进来，他掏了好久才从口袋里掏出一张纸说，这是我的退休申请。

徐富忙说，新定额作废了，你还可以支撑一阵嘛。

高天白说，你们废了新定额等于废了厂里的希望。高天白转身走了几步，又回头说，从明天起我就不来厂里了。

陈西风说，行，厂里在一线的工人就你年龄大，你就回去歇歇不用跑了，我们会将退休手续都给你办好的。

高天白一个人孤独地走着，脚下有些不稳。

陈东风见了连忙上去扶住他。

高天白说，我走了，不再来上班了。不知他们会怎么对待你。东风，我只求你一件事，不管怎么你得在阀门厂坚持下去，没有你，我真不晓得哪儿是阀门厂的希望。

陈东风正要再说，王副县长的“奥迪 777”开过来了。陈东风拉着高天白闪到一边，看着小汽车朝老二哥酒店驶去。

陈西风比别人拖后一步离开办公室。他让会计从小金库里拿出八千元钱现款，交给许记者。会计在流水账上记了一笔，陈西风并未签字。

红色桑塔纳也往老二哥酒店驶去后，陈东风问高天白退休准备干什么，高天白说，已经想好了，去帮陈万勤垒石岸。

下午，赵家喜偷偷来了一趟，告诉陈东风他的职务暂时没有问题，因为不久省报上将有文章专门写他。实际上，车间里的事又归徐富管了。徐富还传达陈西风的意思，哪怕三班什么事也没有干的，也要安排人上。

陈东风说，那就交给我吧。我带农民工专门上三班。我们会想办法完成生产定额的，保证一不弄虚，二不弄假。

陈东风带领农民工上了一个星期三班，都是按新定额完成任务。

第二个星期天早上七点半，天上又下起了雪，完成当班生产定额，本该下班回旧仓库的车工，整整齐齐地站在门口。等陈东风关闭车床总电源，走到他们中间，三十几个年轻的农民工像背书一样对他说，东风，对不起，从今天起我们都去塑料厂上班。这是我们一致决定的，我们晓得你不会去，但我们还是希望你能去当我们的头头。

陈东风面无表情地说，你们去吧，我是不会去的。

早饭后，除了陈东风，在阀门厂上班的农民工，聚集到一起，在方豹子的带领下，背着各自的行李，默默无语地绕着阀门厂转了一圈，然后一个跟着一个地往厂区大门外走。

雪花飘零，寒风凛冽。

车间里所有机器像是停电一样停了下来。

厂区的白天多出一种雪落无声的寂寞感。

只有一个人向他们招手。他们都看不见。陈东风独自一人面对空空荡荡的旧仓库，一边招手，一边大声叫着方豹子，以及每一个农民工的名字。

闻讯赶来的徐富，拉着陈东风去给陈西风打电话。已到上班时间，却还在家里忙乱的方月在电话里说，陈西风半小时前来过电话，他已离开省城，傍晚应当可以到家。

正如方月所说，傍晚时分，陈西风的红色桑塔纳轿车出现在县城里。车上有一张省报，没事时，他再次拿起报纸，上面有篇文章，说的是县阀门厂在厂长陈西风的领导下，如何正确对待进城来的农民工，大胆提拔青年农民工陈东风担任车间主任，挑起改革的重担，等等。放下报纸，陈西风与司机小张讨论起买手机之事。小张当然觉得一厂之长，配手机是天经地义的事。陈西风本来很想给自己配手机。小张说得太坚决，反而让他犹豫不决起来。转过话题，要小张回厂后，将车上的这张报纸，寄给地区团委书记。见小张没作声，陈西风就问他，是不是从王副县长的司机小丁那里听到什么了。小张明白这话的意思，就说，我不能瞒你，你必须再想别的办法。小丁的确与我说过，王副县长也是在车上读报，看到这消息的。王副县长当时只说了三个字，放狗屁！陈西风也骂起来，我这狗屁是跟他学的。小张说，不过陈厂长你放心，徐快的麻烦更大，起码一年半载不能对你构成威胁。

小张忽然刹住了车。

漫天大雪中，一支几十人的队伍出现在阀门厂门前的街道上。

陈西风摇下车窗玻璃，大声问，方豹子，你们这是去哪儿?

方豹子说，我们都去帮陈万勤垒一下石岸，作为对阀门厂的一种报答。

陈西风问，这话是什么意思，你们想离开厂?

方豹子说，不，我们回厂。我已是特种阀门厂副厂长，他们都是特种阀门厂的受人尊敬的工人师傅。

天气很冷，陈西风一下子急出满头大汗。他让小张将车直接开进厂里。本想先找陈东风了解情况，却发现旧仓库里空无一人。

陈西风当然找不着陈东风。虽然陈东风没有与方豹子他们一道离别阀门厂，但他也来到了小河边的石岸上。曾经是阀门厂的农民工们，搬来一个又一个的大石头。县城上下，随处可见在风雪中肩扛石头的人。天黑后，人都离去了，身后的石岸已经变得很完整了。从石岸到曾是塑料厂的特种阀门厂门口，人们连成了一条线。方豹子在头，陈东风在尾，只是头尾最终完全分开了。

半夜里，偌大的车间只有陈东风一个人。

在他的生产通知单上，需要加工的项目是500毫米的阀体。他离开熟悉的C6140车床，来到那台主轴箱和刀架都被垫高了的C660车床。小吊车不能启动，那上面的保险瓶被人故意卸走了，当然，目的就是不想让他使用小吊车。陈东风抱起庞大阀体，用膝盖往上顶，用胸脯当成第三只手，好不容易才用专用夹具将其夹好。由于阀体的不对称，车床每转一圈就哼半圈。车床哼了几下后，他发现正在转动的阀体上面有粉笔字。陈东风停下车床，见阀体上写着一行明显针对自己的文字：你是想当举重运动员，还是想滚回突击坡？陈东风轻蔑地冷笑一声。500毫米阀体加工的新定额是三台，陈东风赌气似的车了四台。他在填写完成任务情况时，顺手将定额三台改为四台。

天亮后，他坐在阀体上，一声不吭地等待着接班的人。

上白班的人断断续续地来了，开始是嘀咕，接着就争吵起来，他们都不愿接替农民工离开后空下来的位置，操纵那些专车阀体的笨重的车床。直到七点半，陈东风才从高高的阀体堆后面站起来。大家见了不禁一愣，陈东风说，是不是想念那些农民工可以替你们干重活！汤小铁说，我学过历史，叛徒最多的是农民！陈东风突然对他说，我不当叛徒，可我也不当工贼，我回我的突击坡。

陈东风要走，好多人都拦不住。

田如意只是抢下了他的行李，同时叫人赶快去将方月叫回来。方月上街买化妆品去了，迟迟没有赶到。陈东风夹着那本《萌芽》，走到大街上拦住一辆到西河镇的机动三轮车。

第七章　生命放牧

1

这场雪下得很大，两天两夜中一刻也没有停。

雪将陈东风回家的脚印掩盖了，突击坡无人察觉陈东风已回来。翠和水珠都不在屋。临近年关，白天里也有电了，陈东风用那显然是新买的电饭煲烧水做饭，一连三天足不出户。直到第四天，路上可以勉强通车，段飞机回来找他，邻居才知道他已回家多日。陈东风拒绝了段飞机的邀请。方豹子当了分管生产的副厂长，段飞机却不甚满意，他满心希望陈东风能出任这一职务。段飞机幸灾乐祸地告诉他，方豹子将一百几十号农民工一下子拉到他们厂以后，阀门厂更显得萎靡不振。据说，每人只能发百分之五十的工资过年。段飞机的工厂却不一样，只要能完成生产定额，最低可以拿到三百元。方豹子的工资是五百元，还不包括职务津贴和奖金。关于陈西风，县里有传闻，王副县长在全县工业会议上不点名地说，有个别厂长，听说地区的某人要来当县长，连忙冒着大雪去朝拜，这样做是屁眼屙尿反了，厂长首先要朝拜的是养活自己的工人。县里很多人都知道这话是指责陈西风的。王副县长在会上宣布哪些厂长升为副局级，阀门厂一个人也没有。特种阀门厂的情况，段飞机也详细说了，现在生产上没问题，关键是销售，是同阀门厂争地盘。他们已从阀门厂手中抢到不少合同，估计能生产四个月，但他们不会就此罢休，下一步要尽一切可能，将合同订得越多越好！

段飞机说，我们宁肯冒做不出来，交不了货，被对方罚款的风险，也不能让阀门厂多订一份合同。

段飞机说了半天，陈东风才说一句，你说完了没有，说完了就出去！

方月的母亲看着段飞机走后，一个人跑过来，随随便便问了几句，又出去了。再回来时，方月的母亲和方月的父亲抬着一只纸箱进来，打开一看竟是一台彩色电视机。

方月的母亲说，翠这些时，不停地忙上忙下，筹划着盖新房，便琢磨你们是在准备结婚了。我没有什么可以送你的，就这一台彩电。这是你方叔和我的一点心意。

陈东风哪里肯收。

双方正在推来推去，方豹子的妻子抱着一个小孩过来了，她说，我家豹子也当了厂长，你们不晓得？

方月的母亲说，晓得，不过厂长前面还有一个副字。

方豹子的妻子说，多个副字怕什么，我还愿意呢，上面还有个管他的人我才放心。当了厂长就可以带家属，段飞机已替我带信过去，让他早点接我们娘俩去享福。

陈东风问她们，翠和水珠去哪儿了？

方月的母亲说，好像去东河镇参加一个什么培训班。

方月的母亲当着丈夫的面对陈东风说，这彩电你无论如何得收下，不然就对不起你的父亲，死去的陈老小。

方月的父亲也说，陈老小是个好人，该他得到的好报，你应该继承。

陈东风只好暂时收下。

西河镇和东河镇之间隔着高高的大山。那年，陈东风和翠去采黄色的燕子红，只爬到这山的三分之一处。白雪覆盖下，大山增添了一段温情与柔美，层层叠嶂仿佛没有往日的险峻。银光如幕，雪色如桥，将那些深沟大壑充填得恍如平野。空山无人，几只苍鹰在半山上盘旋，却久久不作俯冲。自然美色对于谁都一样，苍鹰也不例外，在诱惑中不被迷惘的只有山中小庙里的泥木菩萨。陈东风踩着无边无际的积雪，让一行孤独的小小雪窝不停地推着自己走向高峰和低谷。他一直走到大山的三分之一处，心里并没有去想黄色的燕子红会在雪地里随风飘拂。陈东风坐在雪地里凝神沉思，直到晚霞出岫。他小心翼翼地看准每一个落脚点，不让自己的脚步破坏清洁如处女肌肤的雪被。雪下得猛，气温很低，地上那些探头探脑地伸出雪地的枯枝基本上是干的，陈东风用打火机点了两次，篝火就烧起来了。火光一起，反而加重了陈东风心中的孤独感。白雪一下子变遥远了，那些在太阳下藏而不露的黑色岩石突然冒出来压抑在心头。篝火又亮了几分，太阳则有了一种幽光。雪山那高不可攀的轮廓线，刚刚被晚霞染成每个人都能找到的如意色彩，就回到枯燥的山的另一边去了，只是将一些无助无望的余光，零零碎碎地扔给几朵云和一两处的山坡。自然空间像是被挖去了一块，冰冷的寒光从这黑漆如涂的暗洞中肆意地乱扑过来，顺着篝火攀上天穹，在那里盘旋一圈，然后分头投入深谷、河流、原野和村庄，最后将整个世界变成一个巨大的寒冷黑洞。

冰封寒凝，晚冻夜僵，沉沉的风雪，在风声中更显寂静。篝火正在旺时，一对野兔悄悄跑过来，看过陈东风一眼，然后举起前爪像人一样烤起火来。陈东风用一枝小棍敲了一下它们的脑袋，它们居然咧着三瓣嘴朝他笑了一下。陈东风有些诧异。近处的风似乎有些怪异，陈东风下意识地扭头看了看，再回头看时，兔子已不见了。篝火在衰减它的光亮。

陈东风站起来，望了望突击坡那寥寥可数的灯光，正要往回走，两只兔子又跑来了。吊诡的是，一只兔子嘴里叼着一枝半是枯萎的燕子红。这时，近处怪异的风声又响了。这一次陈东风看清了，同样是一枝半是枯萎的燕子红，在不远处的雪地中，挣扎着飘摇。

燕子红的枯枝让陈东风想到了翠。

陈东风甚至认为，两只兔子就是那次他和翠看着出生的。

他想起来，自己上山是要接翠和水珠回家的。他担心她们会被大雪困在山上。于是，他点起一只火把，往积雪越来越厚的山顶爬去。雪很深，不深的地方路又很陡，他行进的速度很慢。陈东风望望那不知在何处的顶峰，跟着那两只兔子一步一步地爬行。幸好雪地还没有上冻，野草和岩石一点不滑。

走了很久，陈东风终于在头顶的山崖上看见两个人。

他叫了一声翠，又叫了一声水珠，却没有听见回答。

他用火把在空中晃了几下，告诉她们自己是陈东风。崖上果然传来翠和水珠的声音。

翠和水珠被这道山崖困住了很长时间。天黑之前她们就从东河镇那边翻山来到这里，由于怀里抱着的孩子，她们没有办法往下再走了。陈东风将火把弄亮许多，然后在山崖上往返爬了四次，才将她们弄下来。

眼看不再有危险了，水珠才问他，是不是两只兔子领来的。今年春天，翠上山采桑叶时曾用土霉素喂过两只生病的兔子。她们在山崖上快要冻僵时，那两只兔子出现了。

他们一路说着兔子，回到家中已是半夜。

吃东西时，才说起，翠和水珠是到东河镇参加养蚕培训班的。培训班一结束，翠就执意要回。她在东河镇听说了阀门厂的事，估计陈东风会回家。陈东风不愿意提及阀门厂的事，他让翠和水珠早点休息，自己则辗转反侧怎么也睡不着。

鸡叫头遍时，外面忽然有人叫门。

陈东风问了几声，才知道是翠的父母。

陈东风正要开门，水珠悄悄爬起来，让他稍等一会儿，接下来又将翠的枕头和翠本人连推带拉地弄到陈东风的床上。

陈东风开了门，老人进门就问，翠和水珠从东河镇回来，被雪拦住了没有？陈东风说，拦了一会儿，但问题不大。这时，翠也很配合地穿着衣服从陈东风房里出来，相互打过招呼，水珠请他们到自己房中安歇，有话明天再说。翠闩好门后，披着衣服坐在床边，沉默了好久才说，她父母是专门来看看他们是不是真夫妻。

陈东风说，这样蒙下去，总归不大好。

翠说，那你为什么不能同我真的结婚呢？

翠伸出手横在半空。陈东风迟疑了一会儿，还是将自己的手也伸过去。两只手连成一体，然后两个身子挨着坐在一起。翠关掉了电灯，在窗外白雪的衬映下脱掉了外衣，钻入被窝。朦胧之中，陈东风感到刚刚睡进自己被窝里的人是方月。他转身扑上去，一双手突然插进那柔香如玉的身体里。他听见翠说，你的手好冷，好冰！翠掀开被窝将他拥进怀里，贴在耳边说，今晚你可别来真的，那样的日子应该庄重神圣一些。等到新屋盖好时，行吗？

陈东风慢慢地将手抽回来。

从此两人再没说话，直到天亮，两人同时起床，一个下了厨房，一个开门清扫屋基场上的积雪。

早饭后，翠的父母要走，当着陈东风的面，他们要翠领上陈东风到家里去过年。水珠迫不及待地将彩电纸箱打开，把彩电取出来放在桌上，又将电源接上，屏幕中立即出现一些不太清晰的图像。翠的父母说，必须要架一根室外天线。他们以为是陈东风买回的，走时脸上尽是笑意。

天气依然不好，出了一阵太阳就又阴了。地上的雪总不见化。陈东风花了两天时间，将稻场边那只放了几年的巨大树蔸子，用锯子锯，用斧头砍，弄成了可以当柴烧的碎片。接着他又花了一整天时间，上山挖了几只松树蔸子准备留作过年时烤火守岁用。后来，他实在不知道该做什么了，成天在屋子里发愣，偶尔，他突然一看手表说，哎哟，该上班了！

随后的自我讪笑，让人见了有几分心酸。

雪终于化了。公路上驶来一辆吉普车，径直到了突击坡。司机下来问清了方豹子的家后，从车上搬下一只煤气罐和一只煤气灶，亲自扛了进去。吉普车走后，方豹子的妻子在突击坡传说，豹子这狗东西人不回，却弄回这些现代化的东西来刁难她，司机教的使用方法，她转眼就忘了。陈东风上门去教了十几遍，她总算能使用了。一顿饭做下来，那女人又站在门口咋呼，说煤气灶的火是蓝色的，像是鬼火，让人看了害怕，做的饭菜味道也不可口。还说方豹子在城里学懒了，不想回家砍柴，就用这么个烂铁坨子糊弄她。

陈东风听着她的话，心里有些赞同。这两天翠和水珠是用那树蔸子劈成的碎片做饭菜，那味道香美极了，而且屋子里也弥漫着一股沁人心脾的清香。城里的食堂，普遍使用煤和煤气，还有用柴油的，那气味让人觉得难受。方豹子的妻子不是这样想，她只是在作一种炫耀。

这让陈东风又一次想到了那位剃头匠马师傅。

陈东风没事做，忽然决定去会会剃头匠马师傅。十几里山路走起来并不费劲，让他丧气的是马师傅去世已半年了。问起马师傅的那把剃刀，听说被家里的小孩拿去削铅笔，陈东风便耐心地等到孩子们放学回来，要过那剃刀一看，无所不在的锈蚀别说照见人的影子，就是用灯光照在上面，也不见有半点反光。陈东风用十把各式各样的削笔刀将它换了下来。黄昏时，他一个人蹲在冰河边，反反复复地在石头上磨着那些锈蚀。磨下来的黄锈流进河里，冬日的水没有清晰的流淌模样，黄锈在水中漫卷成一团彩霞。

一个放牛的老人，牵着牛顺着小河走过来。

他看了陈东风一眼说，现在剃头都不用剃刀了，只用电和药水，你磨得完全天下生锈的剃刀吗？

不等他答话，老人跟着牛，踩着薄冰响啪啪地走了。

天又黑下来了。没有劳作人们的支撑，黑夜总是飘零如流浪汉，想早早地找个安身之所。小河被石滩挤急了的地方，还没有冻住。一层具有温柔模样的水汽，不肯与不断压迫下来的夜幕亲近，顺着深深的河床到处寻觅着去路。石滩的上游和下游，河面都已冻结实了，一派乳白色的风光，几乎独占了小河的景象。好在还有石滩，能让河水挣扎出来，露出深幽幽的情怀，在石头与石头之间固执地倾诉着。陈东风捡起一块石头向冰面砸去，石头没能击穿冰层，而是顺着这已变得僵硬的河流，吱溜溜地滑到下一个石滩，才让那犹如浅薄嬉笑的响声闭上臭嘴。他将剃刀扔进河水里，看着它在石滩上同流水一道苦苦挣扎。

陈东风站起来，慢慢地跟上放牛的老人。

河里没有草，不是天黑看不见，而是根本没有草。小河每隔一段就要作一次古怪的转折，以图让河水在这些地方作一番艰苦的不能停歇的劳动。童年时，这样的河，陈东风不知蹚过多少条，或是逆流而上，或是顺流而下，一条小河差不多能够承载孩子们的大部分欢乐。这样的小河已经不多了，那些年开山的炮声将许多古怪的转折炸毁了，小河被拉直成一条条水渠。父亲生前极力反对这么做，他说水流得太舒畅了就会像人一样让舒适滋养出干坏事的脾气来。那些挨了炸药的小河后来真的不肯带走泥沙，将河床变成了浅沟，并不再约束其流过身上的洪水，甚至当洪水假借小河的身手去侵蚀农家庄园时也置若罔闻。

陈东风丝毫不费劲地就追上了老人和牛。他朝越来越黑的老人和牛看了一次又一次，看得白色沙滩和白色冰层都变黑了时，老人在一条小路上让牛离开了小河。陈东风明白这意味着他们之间的分手，便抓住这最后时刻问老人，在这么黑和这么光秃的小河里放牧，牛连一根草都吃不着，有何用处哩？老人的声音像阵风一样低声滚动在小河里，他告诉陈东风，并不是所有的劳动都有用处，并不是所有的劳动都会有收获，但无论如何劳动是一个人生命的证明。打门球，练气功，跳老年迪斯科那只是在表演谁还活着，活着不是生命。失掉劳动就失掉了生命。陈东风从没听到过这样不同凡响的话。

他问，你就是那个从大学里退休回来的教授吗？

他记得剃头匠马师傅说过自己家附近有一个看不惯都市生活而回来隐居的教授。

老人说，不，我是那个叫陈老小的人的徒弟。

陈东风刚走进突击坡，一群正玩雪的孩子争先恐后地上前来说，他家里来了两个城里女人。一个女孩却说，不是城里的，他们瞎说，城里的小姐比她们漂亮多了。

陈东风想到了墨水和黄毛。

2

几天以来，车间总是空荡荡的，机器的轰鸣声也变了调。

农民工集体离去的当天，车间里还有一些喜庆的气氛。然而，从第二天开始，沉闷就一下子笼罩在每个人的心头。大家都担心自己会被调整到那些被农民工丢弃的笨重的车床上，加工那些笨重的工件。汤小铁在徐富面前夸下海口说，只要让他当车间主任，一定将车间里所有的人调教得服服帖帖。徐富答应，在陈东风没有回厂之前，汤小铁可以代理车间主任。汤小铁实际上没有正式代理，他只是同几个哥们儿通气，要他们无论如何先给他捧捧场，以后有好处绝少不了他们。谁知那几个哥们儿，翻脸不认账，指着他的鼻子说，如果敢安排他们做他们不愿做的事，小心将汤小铁的老底兜出来。汤小铁当即泄了气，从此不再提要当车间主任之事，一心一意地忙他的经济合作社去了。徐富没办法，只好规定，凡是车工，不论男女，轮流到那些大型车床上值班。

墨水和黄毛第一批就轮上了，尽管有吊车帮忙装卸，她俩还是哭了几场。墨水皮肤黑还不显眼，黄毛就不同，擤鼻涕擤得鼻头完全变成黑色的。墨水在一旁不知发过多少誓说自己一定要尽快离开阀门厂。

黄毛自知没有门路，发不了誓只好拼命埋怨爹娘，恨他们为什么只是个卖肉的。下班后，墨水总邀黄毛去看王元子，盼望能有奇迹出现。王元子还能认清每一个熟人，不过总将熟人间的名字弄错。她一本正经地将墨水叫做黄毛时，说话还算有条有理，只要谁出来纠正一下，她马上苕笑起来，笑得整个病房的精神病人都跟着她大笑。王副县长让医院给王元子调了一个单独的房间，又让阀门厂派两个人来陪。厂里将这事交给墨水和黄毛。墨水开始还不愿意，怕疯子难伺候，黄毛劝她，第一，在医院陪疯子，也比上大车床车阀体好受些；第二，说不定某个时候王元子清醒了一会儿，还可以赶紧让她同王副县长说情，将调动手续办了。墨水想了想觉得有理，便同黄毛一起去医院伺候王元子。陪了一天，才发现王元子其实挺乖，兴趣来了，喜欢亲手给黄毛和墨水梳头化妆。有时，刚刚化完妆，又要给她们化，还说这种样子肯定找不到人陪她们散步跳舞。只有一点让墨水和黄毛感到委屈，王元子每次给她们化完妆以后，总要在她们脸上甩一耳光，并骂一声臭美。其实王元子总将她们描画得很丑，不是斜眼就是歪嘴，再不就是阴阳脸。有一天中午，王元子服过药以后，躺在床上闭着眼睛睡觉，墨水和黄毛无意中说到陈东风时，王元子猛地坐起来连声问，陈东风呢，他在哪儿？黄毛说，他来看你，见你睡着了就走了。王元子要她们赶快去将陈东风追回来。墨水和黄毛出去转一圈，回来后说找不着人，可能已回突击坡了。王元子不相信，墨水就将厂里发生的事以及农民工都走了的情况对她细细说过。王元子一撩被子跳到地上，谁也劝不住坚决要去找她叔叔将陈东风请回来。一路上，王元子很清醒，见到熟人说话也很得体。墨水趁机同她说起自己调工商局的事，王元子说，这事我一直在心里放着哩，我说话是算数的。王副县长本要出门，刚好被王元子堵住了。见王元子恢复了理智，王副县长很高兴，当场给阀门厂打了电话，要他们派人将陈东风请回来。王副县长当然说的是改革方面的问题，他说陈东风第一次改革不成功，还可以创造机会让他进行第二次尝试。阀门厂接电话的人是田如意。这让第一次亲自与王副县长打交道的墨水和黄毛感到一种没有官架子的亲切。王元子果然记得墨水的事，她拉着王副县长的手，从桌上拿起一支笔，逼着王副县长给人事局长写了一张调墨水到工商局工作的字条。墨水拿到纸条的兴奋样子让黄毛有些妒忌，她正后悔自己也该提个条件。王副县长主动地说，你们放心照料王元子，我不是那种没有人情味的人，等王元子的病好了，我让他们调你去做王元子的同事。黄毛一下子大喜过望，挽着王元子的手不知道说什么好。

出了县政府院门，王元子想去商店逛一逛，没走几步，迎面碰上陈西风和赵家喜。陈西风抢先一步抓着王元子的手问她情况如何。墨水在旁边说今天好多了。赵家喜很高兴，用手拍了拍墨水的肩膀表示感谢。话没说完，王元子丢开陈西风扭头就给了赵家喜一个耳光，并大声骂他是流氓，是靠女人往上爬的骗子。几个人拦了半天才将他俩拉开，赵家喜的脸上已有了好几条手抓印。陈西风正要对王元子说点什么，王元子突然一眯眼说，我认识你，你是陈东风的哥哥，你向着赵家喜也没有用，我叔叔说了好多次，他早晚要撤你的职。说着她又苕笑起来，并且语无伦次地说，我就是让陈东风回来，让他当厂长，当县长，当厕所所长！这后一句话，是用手指着四周围观的人说的。

回到医院，黄毛催着墨水快去办手续，墨水几次欲走又返回来，她说，王元子心里像是惦记着陈东风，我们何不找他来试试看。黄毛觉得有道理，否则王元子也不会一听到陈东风的名字就安静下来。

说话时，黄毛又试了一次。她故意大声说一些与陈东风有关的事情。只要一听到陈东风三个字，王元子果然听得很专注。黄毛和墨水便同陈西风和徐快说了想去请陈东风回来的意思。陈西风这时正在发愁由谁去请，见她俩自告奋勇，便满口答应。还主动说，让司机小张开车送她们去。离开医院时，黄毛在王元子掌心上写上陈东风三个字。王元子看着掌心，笑出了许久没有过的模样。

黄毛和墨水上小张的车时，发现前排坐着方月。

路上三个女人似乎都有各自的心事，很少有人说话。即便有人开口，也是些鸡毛蒜皮的琐事。幸好墨水和黄毛有些晕车，到突击坡的路又太难走，小张不得不中途停下两次让她们吐个痛快，大家的注意力不在说话上，一路走来，很少有尴尬的时候。呕吐时，小张在一旁取笑她俩，说一定是搞了超前消费，造成营养不良。墨水和黄毛无力报复，直到进了陈东风的家门，休息一阵才缓过劲来。

方月没有过来，她只是指了一下方向。

黄毛和墨水进门时，水珠正在堂屋里用石磨磨着米和豆子，要烫成豆丝。突击坡一带乡村，过年时，断断不能缺少的几样东西，豆丝算一种，再加上腊鱼、腊肉、糍粑、挂面，号称六六吉顺。黄毛和墨水没把水珠当回事，很矜持地说，我们是阀门厂的，来找陈东风。水珠说，他出去了。说着弯腰舀了一勺米和豆子放到磨盘上，不再理她们。

翠就是在这种时刻从里屋出来的。

墨水和黄毛一见到翠，四眼相对，露出的尽是惊讶。

翠和她们说了半天话，大家有意无意地都没有提到陈东风。

天黑之后，翠不断去门口张望。

不知有过多少次后，翠终于回头对大家说，陈东风回来了。

天苍苍，野茫茫，漆黑的夜色从门槛一直铺到那不知何处是边缘之地。墨水和黄毛看不清没有路灯的原野，当陈东风走到稻场中央了，她们才感觉到。

一见面，陈东风就说，老远看见窗口和门口的灯光，与以往不一样，就知道是她们来了。说了几句客套话，陈东风就问高天白的情况。听说高天白每日里，就像上班一样同陈万勤一道上山捡石头垒石岸，陈东风马上想起那个或许是大学教授的放牛老人说的话，心里感觉到很悲壮。前些年看电影《英雄儿女》和《狼牙山五壮士》，心里曾经有过这样的滋味。

陈东风说，你们是来劝我回厂吗？

墨水和黄毛同时点了点头。

陈东风说，我不会回去的。

说着，他轻轻推开水珠，自己动手推起石磨来。石磨在有规律地一圈接一圈地响着，乳白色的浆汁顺着石磨周围像潮水一样阵阵涌出来。墨水和黄毛站在一旁，将王元子的情况从头到尾详细说了一遍，并且恳请陈东风回去试一试。黄毛说，对照农村的情况，自己应该满足了，可自己毕竟是生长在城里，城里有城里的人生标准。看起来自己是请陈东风帮助王元子，实际上也想请陈东风帮助黄毛自己。黄毛已经二十几岁了，换工作环境的机会不会再有很多次，她实在不愿意失去这次机会，而让自己堕落到用傍大款来改变自己生活道路的那一步。墨水也说，王元子稍好一点就四处帮她说话，使她能有个轻松自如的工作，她若是不回报王元子一下，心里也会终生不安。

水珠忍了好久终于还是说出了她要说的话。她觉得墨水和黄毛是吃了小米想大米，吃了稀饭想干饭，吃了大米干饭又想鲜肉包子，人不能太贪，吃东西贪多就会嚼不烂，那是要伤神短寿的。

翠拦住不让水珠往下说，转过身来再劝陈东风，只要不是干坏事，能帮人就该帮人，多做些仁慈之事，自己的心胸也会更能容事容人。

正说着话，小张进屋来说，你们打算睡哪儿，我可是要去镇上找旅社的。

陈东风见墨水和黄毛不想走，就说，我出去借宿，让她们就睡我这儿吧。

小张说，也好，明天早上我再来接方月和你们回厂。

陈东风听说方月也回来了，心里不由得怦然一动。

他将墨水和黄毛领到自己房里，刚要交代几句，翠就说，你别管，让我来吧！陈东风看见翠在床的两端分别放了一只枕头，便将枕边的《萌芽》拿到手上。

墨水冲着他说，这是你的《毛主席语录》呀，一天到晚都不离手。

陈东风边笑边说，这是教男人如何讨女孩喜欢的爱情小说哩！

墨水说，大男人一个，看什么琼瑶，要看就看金庸。

黄毛说，他骗人你都没看出来？爱情小说的样子不可能这么老气横秋。他这书是写闹罢工的事。

墨水说，我最怕罢工，上回闹了几天，心都吓破了几次。

黄毛说，我们这回还是闹赢了，像陈东风这书上写的，罢工失败还死了不少人。

墨水说，陈东风，你有没有从书中学些办法来对付我们呀？

陈东风说，未必你们还要闹罢工？

墨水说，管它哩，反正我马上就要走了。

陈东风走到门口，翠追上来问他去哪儿睡。陈东风摸摸口袋里的那把铜钥匙说，突击坡这多人家，随便找一家就行。

陈东风踩着冻硬了的积雪往村子中间走去，有两只狗听到脚步声，汪汪地叫起来。陈东风咳嗽一声，它们就安静下来。他一直走到方月的闺房窗外。方月的房不靠路边，窗外雪地上的脚印是他第一个踩出来的。隔着玻璃，房子里空荡荡的没有人，说话声是从外面堂屋里传出来的，同时传出来的还有一股栗炭火的气味。方月家没有用树蔸子烧火取暖，每年秋天就有人以陈西风的名义给他家送栗炭。突击坡只有她和段飞机两家例外，无论白天、黄昏还是夜晚，都看不见那小屋四周的瓦檐下往外吐出白烟，这使得他们在富裕之中显出了孤单与冷清。其余的人家，如同脖子上围着一条白纱巾，淡淡的烟雾终日环绕在屋子周围，松树、乌柏、香樟等等各不相同的气味，让人驻足忘返。这样的人家都烤不惯栗炭火，那火让他们头痛欲裂，不得不经常敞开门户，跑到风雪之中沐浴一番。最可惜的是栗炭火上不能吊铁罐，那里面本可以煨着从夏天开始就在厨房的灶头上熏挂着的各种家养或野生的小动物，那样的美味是突击坡人最美妙的补品。方月的娘家没有这种气氛，在栗炭火刺人的气味中，还有隐约的嗑瓜子的声音。陈东风忍不住那呛人的味道，一连咳了几声。邻居的狗又咬起来，他匆忙绕过方月的娘家，来到那间小屋门前。然后掏出那把老式铜钥匙，打开了那把老式铜锁。

风帮他推开了那扇小门。屋里的一切与他第一次进到这小屋时一模一样。到处都是一尘不染，床上的折褶依然纵横挺立。一对双人枕头上的鸳鸯戏水似乎更加活灵活现。面对着这张从没有人睡过的床，陈东风一下子变得不知所措，他用手在那枕头、那床单上抚摸了好几次，身子却不敢躺上去。后来，他拿起《萌芽》坐在椅子上翻看时，人都有些垂头丧气，实际上他只看了两页。他放下书，凝望着那两根乌黑的长发，已经有很久了，长发还是那么光泽润亮。他用它们在自己脸上一次次地轻轻刮过，又一次次地用嘴唇吻过，用舌头舔过。接着，他开始将长发弯曲成各种形状，一会儿是坐姿，一会儿是睡姿，一会儿是蹲着，一会儿又是站着，这些模样都是他想象中的方月。他还想将长发做成芭蕾舞中那种情人相吻的模样，试了许多次都没成功。他同自己赌起气来，发誓宁肯通宵不睡，也要想办法做成。就在他即将做成的时候，屋外的雪地里忽然响起只有人在行走时才会有的那种匀称平实的嚓嚓声。脚步声在门口停了片刻，敲门声才响了一下。陈东风心里有一种预感，手中的长发掉在地上无声无息地自我扭成一根小绳索，他也没有顾得上去捡。他两步跨到门后，抽开门闩，雪地里亭亭玉立的正是方月。

方月也没有坐到床上去，她自己拿了一把椅子坐在陈东风的对面。

陈东风同方月相互望了两遍，方月才说，我晓得你会上这儿来。

陈东风说，我晓得你也会上这儿来。

方月说，这屋子是谁的，你晓得吗？

陈东风说，不是陈万勤的吗？

方月说，不是的，它是你父亲和我母亲花的钱，让陈万勤以他的名义买下的。

陈东风说，你来是想告诉我如何分配这遗产吗？

方月笑一笑说，你别装出一副恨我的样子，其实你心里在说着别的话。她看了看桌子上面的书，继续说，这里面的两根头发还在吗，你怎么不将它们还给我！

陈东风连忙将书拿到手里，紧紧攥住。

方月说，我们说点别的吧！你晓得你妈是怎么死的吗？就是为了这房子。那天早上，她在水塘边洗衣服时，从你爸爸的口袋里发现了这房子的钥匙，猛地大喊一声，说我总算找到证据了。她只说了这么一句，心血上涌便倒进了水塘。这是我的父亲听见的，他不知道你的母亲这时在水塘，还以为是在他们自己屋里，他只是唤醒我的母亲，让她做个准备，以防别人打进门来。

方月告诉陈东风，她的母亲小名叫桂女，母亲与陈东风的父亲是同一天结婚的，而他们的认识则是在结婚的头一天，他俩都看中了一对镜子，两人竟都愿意每人买一只。方月指了指桌上的那对镜子，说这是他们买下这间屋子以后才让它们重归一处的。

陈老小和桂女的相爱经过，方月讲得并不具体，也不精彩。她唯一一次亲眼见到的情形是，两个暗暗相恋的人也是这么相对而坐，没有拥抱，也没有拉手，床上也是空空的，连一根稻草也没有，只是几根木头横竖交错钉在一起，眼下的这一切都是陈老小死后，由桂女布置起来的。方月说，当时陈东风的父亲叹气说，他们只能在来生来世结为夫妻了。但方月的母亲不让他这么说，而且要他发誓，自己一定死在陈东风的母亲之后。陈东风的父亲真的发了誓，说自己最少要活八十八岁。方月的母亲也发了誓，说自己一定会比方月父亲活得时间长，他们不做亏心事，以仁慈待人，勤勤恳恳地劳动，那时会天遂人愿的。

陈东风想起了父亲死前一直呼唤的那两个字：玫——瑰或梅——桂。他现在明白了，这是在叫两个女人，一个姓名中有梅，一个姓名中有桂。父亲用责任和良心爱着那个与梅有缘的女人，同时又用情感和生命爱着另外一个和桂一起飘香的女人。在那些劳动的日子，父亲总是喜欢将额头上的汗珠抓下一把，洒给那个与桂有缘的女人，那女人则还给他比酒还醇酽的笑意。当那与桂有缘的女人在田里插秧时，父亲总是将一缕缕秧把掷到她的身后，无论田有多大，女人离他有多远，父亲的秧把都像翠鸟一样，一个放飞，便准确地降落在其身后，溅起的泥水，刚刚击在她卷起裤管露出的小腿上。收割季节时，无论是捆稻谷还是捆麦子，父亲总是冲着田地里抱着刚割倒的金黄色的稻麦的女人，欢快地叫着快点快点，并不时将女人连同她怀里的稻麦一起平放在一堆稻子或麦子上，快活地嚷着，要将她同稻麦捆在一起。尽管次数很多，但女人永远是那命中有桂的一位。在父亲和母亲之间，他只记得在一个深夜里父亲喊醒他，让他打着手电筒照路，父亲背着突然犯病的母亲一路小跑到镇医院看医生。他就是在那一次学会走夜路的，拿手电的人必须走在前面，走在后面，哪怕光亮都在前面人的脚下，别人也无法看清道路。后照一，前照十，一个人拿着手电筒走在前面，后面跟着的十个人都能走得很平稳。

陈东风突然问，他们之间有过孩子吗？

方月说，没有。你父亲病重时，妈妈到县里找过我，问我是否能弄到一种进口的洋药，可以起死回生。妈妈听人说人重病时当大官的人都吃这种药。陈西风告诉妈妈：他也听说过，据说这药吃一天就要花几万块。妈妈说她还以为最贵的药多卖点血就能换回来。妈妈一个人大哭了一场，哭得怕不吉利的陈万勤都不敢回家。就是那一次，妈妈对我说，她只将心给了你父亲，而且你父亲也从没有要过她的身子，他们都不愿对不起自己的丈夫和妻子，还有孩子。

屋里静下来，北风在瓦脊上轻轻走动。

陈东风小声问，你为什么不要孩子？

方月轻轻地叹口气说，我总感觉到自己还没有恋爱过。

陈东风说，你还想恋爱吗？

方月忽然反问，我今天看见翠了，那么好的姑娘，你为什么不娶她？

陈东风说，我在等另外一个人，整整十年了。

方月说，东风，我晓得，你别这样，就像你爸和我妈一样，你等不到那个人，那个人已经做了别人的妻子。我今天回来就是想对你说这句话。

陈东风两手开始颤抖起来，他说，你不晓得，你真的不晓得，我等的就是你！没有你，我谁也不会爱的。

陈东风一下子扑过去，将方月紧紧搂住。

方月轻轻地挣脱了，只让陈东风坐在她的一条腿上。她抚了抚陈东风的头发和脸庞，并对他说，人世间的好多事都只能存在于心里。譬如说我想真正恋爱一次。

陈东风说，你为什么不可以哩。说着他又将方月抱住。

方月说，别这样，我会挡不住的。

陈东风将脸全部埋进方月那袒露的领口，他用舌头轻轻舔了一下，方月的身子立即变得像水一样柔软。陈东风听见方月在呢喃，自那次撵走陈东风以后，才发觉自己内心是多么需要他，她在想念陈东风时，有一种渴盼已久的感觉。正是为了这种感觉她才回来寻找他，她渴望能在一夜之间将过去十年的缺憾全都弥补上。陈东风对她说，要脱掉她的鞋子。方月说不行时，陈东风将她扛起来，放在肩上，两只手将那红色高跟皮鞋摘下来扔到墙角上，其中一只在门上碰响了一下，方月以为有人敲门，陈东风说我们是在恋爱任谁也不怕。陈东风又说要脱她的袜子，方月说不行真的不行。陈东风将两条绞在一起的腿轻易分开了，袜子脱掉时，风中有一阵女性的异香。陈东风抚摸着方月的小腿，并用手指轻轻地夹住一根绒毛，小心翼翼地将它提起来，就在他同样感到这小小肉质的凸起宛如雪原上小小的帐篷时，方月终于找回十八岁时的小溪流中的感觉，水波、小鱼、赤脚、五分白云、五分月光，全都在每一寸肌肤与灵魂中忘情地散步。她知道渴望中的少女初恋降临了。她早就在准备为它付出一切。后来，方月被斜放在床上。

外衣的扣子被一个个地解开，方月已经不会说不了。失去掩盖的胸脯越来越高，剩下最后一件小衣时，陈东风忽然停下来，两眼望着半遮半掩的身子，他竟不知如何是好。方月闭着眼，轻声说，别让灯照着。灯熄后，方月轻轻地脱掉他的全部衣裳，当肉体紧紧贴在一起时，陈东风突然感到了生命的一种高亢。黑夜并不暗，白雪从窗户中映照进来，陈东风双手一丝丝地感觉着方月的身子，犹如在微光中苦读一本迷人的书。在一些紧要重点之处，不用方月提醒他也会温习几遍。在他的一遍遍抚摸中，方月梦呓一般反复问，等你长大了，你会真的好好爱我吗？陈东风心里也有相同的问题，他正要问，方月忽然急促地喘息起来，那声音就像春天里刮过原野的风，让陈东风全身的血管和神经如同风帆一样鼓动起来。他好像恍然醒悟这屋这床其实就是为他们准备的，他轻轻地张开嘴说，我可以上来吗？他听到了一声，不！然而他还是激荡心魄地上来了。那些峰峦一样的物体都不见了，全身犹如卧在一泓浅水之中。他用每一个细小的毛孔告诉方月，我要进来了，行吗？同先前的那声完全不一样，这一次声音一点也不温柔，并且分明是一种严厉。那声音很熟悉，尽管已有几年时间不曾听见，那种正气凛然之风从耳边吹过时，陈东风立即感觉到了父亲的威严。他扭头一看，窗口的雪光中，明明白白地映照着父亲的身影。特别是那在风中晃动的拳头，正是父亲愤怒时的习惯动作。

方月感到身上的压迫一下子减轻了，她伸手揽住陈东风的腰问出了什么事。陈东风坐在她的身边说，我仿佛看见我父亲了。他指了指窗户，那里已换上了一弯月亮。陈东风走近窗户看了好久，在那月亮底下，是父亲的墓地。方月走过来提醒他光着身子会着凉的，她想抱起陈东风，陈东风抬了抬腿，然后弯下腰将方月抱到床上。他什么也没有再做，只是偎在方月的怀里，一觉睡到天明。

方月先被敲门声惊醒。门声响了两下就不再响了。她爬起来趴在门缝里看见母亲正背向这儿往回走。她穿好衣服后叫醒陈东风。陈东风望着自己的赤身裸体竟不敢起床。方月开门先走了。他在被窝里想着许多的事情，直到小张在村子中间按响车喇叭，他才慌忙穿好衣服。出门后他想起方月走时的模样，但他无论如何也记不清，方月回头时，笑没笑。

陈东风回到家里，进门就告诉墨水和黄毛，去方月家里去等，自己随后就来。他一点也没察觉自己在称呼方月时，实际说的是方月姐。而他对翠说的却是一种一家之主般的话，他看着翠的双眼，很自然地说，你们好好看着家，我最少半个月回一次。水珠说，你就不能每个星期天都回吗？翠轻轻打了水珠一下，水珠才没有再多说。陈东风在走向红色桑塔纳轿车时，忘了拿上那本《萌芽》。他对着方月的家门喊，方月姐准备好了吗？这一次他听清了自己对方月称呼的改变。

方月的母亲站在家门口看着他们，她差不多知道昨夜小屋里发生的一切。她没有阻止，那忘却严寒的欢愉，仿佛使自己又见到了陈老小，甚至还有一种对自己过去没有得到过的东西的补偿。她以为这一切是天意的安排。

3

一个头发花白，脸上刮得发青的人，扶着一担石头在路边不停地喘着。陈东风的心哆嗦了一下，他认出了高天白。就在他准备让小张停一下车时，红色桑塔纳轿车早已驶出老远，将高天白甩在弯路的后面。红色桑塔纳轿车直接去了医院。陈东风的到来，的确让王元子暂时恢复了理智。几天之后，墨水、黄毛和陈东风正在陪王元子打扑克，窗外忽然下起雨来，雨水打在玻璃上哗哗作响，王元子突然一扔扑克，问她的游泳衣在哪儿，她要去游泳。连陈东风劝也没有用，陈东风告诉她这是冬天，王元子振振有词地说，她最喜欢冬泳。陈东风离开医院时说自己如果再陪王元子打一天扑克，他也要住院治精神病了。

黄毛陪王元子到外地温泉疗养的那一天，墨水也办好了调出阀门厂的手续。厂里的人对这点小事不大在意，大家有空就聚在一起，议论汤小铁和山南大酒店合办的一家经济合作社。陈东风依然当着车间主任，但他没有脱岗，每天依旧要上车床做一个班的定额。当车间主任无非是派活和开会，他用三个小时做完这些事，剩下五个小时做完当班定额并没有让他感到特别吃力。黄毛是厂里答应将她调到技术科当描图员后，才同意陪王元子出外疗养的。大家都说她这样还是太亏了，黄毛则不以为然，她相信到外面去碰一碰、撞一撞，总比成天关在车间的机会多。

车间里又来了一些农民工，厂里对他们更苛刻，三个月以内一分钱报酬也没有，另外还要交五百元培训费，再加五百元钱的保证金，以防止他们像方豹子等人一样，学好技术就走了。新来的农民工依然住在旧仓库里，但是旧仓库已没有先前宽敞，有半边屋子堆满了各种阀门产品。农民工总冲着陈东风叫师父。陈东风虽然是车间主任，但真正的权力都在车间副主任和车间核算员那儿，他们发明了一个民主的方式，事无巨细都让车间里所谓具有选举权的正式职工来举手表决。

陈东风收了一个叫雪花的女孩做徒弟。那些男的他也看不中，他很不喜欢他们一天到晚往正式职工人堆中凑，下了班还趴在乒乓球台上打麻将。陈东风说过他们几次后，他们就不在旧仓库里，而是跑到外面去打。雪花是自己要跟陈东风学的。陈东风以为是方月、田如意，或者是墨水和黄毛怀有某种目的私下里向她推荐的，后来才搞清楚与她们无关，雪花只说她是西河镇一带的人，具体是哪个村的，她总是避而不答。

车间里有了雪花，又变得有了些光彩。但是陈东风心里快乐不起来，因为工厂车间里真正的欢乐是劳动的欢乐，真正的美丽是劳动的美丽。有一天，墨水抽空来车间看大家，她穿着一身制服，人显得更黑了，不过浑身上下都是神气十足。她同陈东风说了两句话后，就变小声调说，这个女孩似乎很像你屋里的那位翠。经她提醒陈东风果然发现她俩之间有不少相似之处。

墨水执意要请陈东风上餐馆吃饭，没有他王元子就不会清醒那么几天，自己也就很难调到工商局了。墨水还请陈东风放心，她不会花自己的钱，有老板替她付账。陈东风抵挡不住墨水的盛情，答应下班以后去。

餐馆档次不高，不过老板对墨水挺热情。墨水喝了两杯白酒后情绪突然低落下来，后悔不该离开阀门厂，上班虽苦，可心里踏实，现在成天到晚同一些个体老板打交道，这些人一个比一个奸诈，全阀门厂人的邪劲加起来，也不及她管的这个片上的一个老板。唯一的好处就是每天都有人上香进贡，然而，拿了东西以后，晚上就做噩梦。陈东风劝她不要别人的钱物，这样自己就坦然了。墨水说她也想过不要，事实上却行不通，工商局的人几乎都在这么做，她不收，别人也会收，老板有了别人做靠山，就会不买她的账，她的工作就无法开展。墨水说，这就像在阀门厂做定额，你完成得太多了，大家就会想办法排挤你，所以你不能太积极，太积极了就会让别人觉得你是在坑害他贬低他。

陈东风说，还是凭各人的良心吧！

墨水说，你这话算说对了，我的管区里的那些老板，每天没说一千次自己讲良心，最少也说了九百九十九次。墨水又喝了一杯酒，她说，陈东风，不管怎样我爱过你一场，我也明白你不单是嫌我丑，你我之间真有些说不清的东西在妨碍着，别看我离开厂里没几天，可想到的东西比过去许多年还要多。我再喝一杯酒，然后对你说句话。

陈东风拦住不让她喝，但她还是喝了。墨水一搁酒杯，酒杯一晃掉到地上去了，她用脚尖踢了一下，同时叫老板再上一只酒杯。

墨水说，你为什么能在阀门厂里忍辱负重，因为你心里想着一个女人，可这个女人你又永远也得不到，她的名字叫田如意。

陈东风害怕墨水说出方月来，一听她说的是田如意，紧张得提到嗓子眼的心又回到原处。

墨水说，光我晓得的就有许多人想追她，王副县长、徐快、陈西风、许记者，甚至徐富和汤小铁都想过阴招。汤小铁还打听过有没有一种药，让女人吃后见了男人就不拒绝，这是李师傅亲口告诉我的，李师傅骂汤小铁，除非他自己变了女人了才会有这种药。可是田如意是一般人能追得到的吗，她是女人中的人精。天底下还有哪个女人能在丈夫死后十二个月生下与丈夫一模一样的孩子！田如意的心思比古井还深，古井的水冬暖夏凉，怎么尝怎么舒服，可一旦掉进去就没人能救得了你。

陈东风也对墨水说了句实话，我就是不喜欢有些女孩，包括你，时常自作聪明，将没有靠山的男人，看作是一只钻进城来，找不到路的小鹿小羊小牛，我心里是有一个女人，但不是你所说的田如意。

墨水说，那是谁?

陈东风说，一切都过去了。现在我留在厂里的唯一原因是高天白高师父，是他叫我别走，所以我就不能走。

墨水有一阵一直不说话，一个人不停地喝酒。

陈东风怕她醉了，拦住不让喝。餐馆老板让他放心，自己前两天邀了另两个老板请她吃饭，三个老板都醉了，就她一人百事没有。

墨水后来说，当初她同黄毛俩最担心高天白将陈东风教成了没有心眼的铁坨子，现在看来，高天白的企图实现了。陈东风说多劳动不会有坏处，起码可以使身心健康。从餐馆里出来，墨水要陈东风到那个摊上去选双皮鞋，绝对不让他出一分钱。陈东风坚决拒绝了。但他对墨水提了一个要求，让她有机会帮助高天白的老伴开个售货亭，让他们多挣点钱供女儿上学。

墨水夸下海口，说这事完全包在她身上。

和墨水分手后，陈东风去了高天白家。老两口脸上露出了少有的笑容。谈起来才知道，他们刚刚从电视上看到中央领导人讲了话，要解决国营厂矿企业下岗职工的生活困难问题。他们表示早想将女儿每月的生活费提高二十多元钱。高天白的妻子非要将预备过年的瓜子炒一点助助兴。她一进厨房，高天白就问厂里的情况怎么样？陈东风说情况好像越来越不妙，车间的活越来越少，卖出去的更少，成品仓库里放不下，又将旧仓库利用起来了，已经有二十多天没有一车货出去。高天白说过去每年过年之前最少要有五车货出去，过年时工人的团圆饭才比较丰盛。高天白又问厂里的几个头头在不在家，听说一个都没有出去，他不禁长叹了一声，说如果这几天他们再不送货出去，恐怕今年的年饭米都没有了。陈东风到几间屋子里转了转，见梁上都是空的，以往挂腊鱼腊肉的地方只是挂着一串串梁尘。

陈东风站在灶旁问高天白的妻子想不想做点小生意，高天白的妻子说她一直想做，可就是没有本钱。说着她用锅铲铲了几粒瓜子让陈东风试试生熟，陈东风嗑了三颗，吐出六片壳子，便直夸她的手艺好。还建议她上街去摆个小摊，说不定能够创出一个什么牌子来哩。陈东风说了好一阵，终于将高天白的妻子说动了心，答应明天先炒两斤瓜子上街去试试。陈东风叫她到墨水管的那一片去卖，准保没人找她的麻烦。

高天白像是听烦了，他将手中的几粒瓜子往盘子里一扔，起身就往外走，说是到厂里去看看。

才晚上九点钟，车间里的车床就不见转了，大家都围在一堆火旁，听汤小铁说什么好事，就是背对着电灯光的人也能看到脸上飞扬的神采。大家不怎么理睬陈东风，只是同高天白打招呼，还问他退休后有没有另找一份事做。高天白在车间里转了一圈，然后走到 C6140 车床前站住，车床失去了往日的光泽，乳白色的油漆上到处都是黑色的油污，导轨面上不知被什么东西碰出了几个凹坑。高天白问谁在使用这部车床，陈东风说是李师傅和墨水，墨水走后换了另外一个女的。高天白说，照她们这么个用法，这台车床最少要一年大修一次。

这时，汤小铁招呼高天白过去。

高天白没有理他，而是启动车床让它转起来，并且很快就将夹在卡盘上的一只小轴车好了。湛蓝的铁屑溅落在那些银白的铁屑上面，就像春天的种子被播进泥土。

汤小铁走过来，很客气地说，高师傅，有件一本万利的事，你做不做。汤小铁说他现在是经济合作社的副经理，合作社将山南大酒店承包下来作为生产利润的一部分，但合作社主要是银行性质，它的利息比国家银行要高出几倍，达到百分之三十。而且是提前支付利息，也就是说，只要存入七千多元钱就可以拿到一张一万元钱的存单。

高天白说，我没有钱存。

汤小铁说，手上没钱不怕，有门路可以到银行去借贷款，若借十万，除去银行利息还可以白赚万把元钱。

陈东风在一旁插嘴说，这么高的利息你们怎么付得起。

汤小铁说，你晓得酒店最低利润标准是多少？百分之五十到六十，这还是心善的人当老板。说多了你不懂，你只晓得一百斤稻种下田后可以收多少稻谷。

汤小铁要高天白再考虑一下，哪怕是借钱也别错过这次机会。高天白跟着他走到人群中间，大家正在议论想什么办法多弄点钱存进去。高天白当头给他们泼了一盆冷水，说最可靠的银行是车间工厂，是机器和自己的劳动，他说劳动是最可靠的利润。他又说暴利暴利，暴在前，利在后，一般的人是通不过这个暴，暴是陷阱，利是陷阱边的诱饵。高天白说完就走，汤小铁在背后骂他，一生顾虑太多，都要进棺材了，还不敢抓住最后的机会。

出了车间，高天白问陈东风是怎么安排生产的，为何加工出来的零件完全不配套。陈东风说他也没办法，厂里有什么材料就安排车工车什么。

高天白愣了愣，突然高声说，东风，你必须想办法救救阀门厂！

冷不防黑暗中有人说，不知我能不能帮你们？

他们回头一看，认出是段飞机。陈东风问他来干什么？段飞机笑得很神秘，只说自己每天晚上都要过来绕着阀门厂走一圈。接着他邀请高天白到他们厂里去看一看，并说他早就有这个意思，但他害怕高天白瞧不起而拒绝。高天白生气地说段飞机那儿是贼窝，他说什么也不会去。段飞机并不发火，他耐心地告诉高天白，他们厂里最关键的技术，是将阀门厂当作一种教材。段飞机没有说是当作反面教材。他每天过来看看阀门厂出现的各种问题，回去后就在自己厂里采取相应对策，不使这些问题在自己的厂里重演。段飞机一点也不遮丑地说，他只是一个农民，但农民有农民的优势。只要高天白到特种阀门厂的车间看几次，肯定会改变那些偏见。

高天白真的去特种阀门厂待了几分钟。

他什么也没说，面对一排排只在自己憧憬中出现过的劳动场面，两颗泪珠悄然滚出眼窝。厂区院子里两辆东风大货车正在装货。段飞机交给高天白一张聘书，上面已盖好了大印，只有工资一项是空白的，段飞机说，这个数字由高天白自己填。他们不要高天白顶班，只要他来厂里当技术顾问，每星期教四个小时的技术课，让所有的车工都能车出湛蓝的铁屑。陈东风有些吃惊，问段飞机怎么知道湛蓝铁屑的故事。段飞机说自己什么也不知道，只知道高天白车出来的铁屑是湛蓝的，他最看重的徒弟陈东风车出来的铁屑也是湛蓝的，而别的人只有在干私活时才会让铁屑里出现一些湛蓝。出现湛蓝铁屑时，工作效率要比平常时高出几倍。高天白本来准备将那聘书撕掉，段飞机关于湛蓝铁屑的话，让他收回了准备用力的另一只手。

段飞机又将另一张聘书交给陈东风，上面写的是副厂长外加月工资八百元钱。

陈东风想起方豹子，自从离开阀门厂，二人就没有见过面。他问段飞机，段飞机说这是工厂的秘密，但只要陈东风在这聘书上签字，自己就会和盘托出。

高天白在院子转了一圈，还特意到垃圾堆上看了看。他们很奇怪，段飞机这儿为什么没有铸造车间，甚至连一粒黄沙、一颗焦炭和一块生铁也没见到。

出了厂门，高天白对陈东风说，我们厂还有希望，他们的技术还不行，那些铁屑像是嚼过的甘蔗渣。高天白拉着陈东风一起去陈西风家，准备劝说陈西风拿出劲头同段飞机较量一番。进门后，见到汤小铁正同陈西风与方月谈得火热。

陈万勤请高天白到自己房里去坐一会儿，陈东风听见汤小铁又在吹嘘那个经济合作社，并说过几天正式成立时，县里的主要领导都会到场祝贺，他们要当众兑现那些许诺的条件。陈西风问哪些条件？表态的却是方月。方月只愿意拿出五千元钱试一试，汤小铁直替他们惋惜，胆子小到手边的钱都不敢赚，他要方月和陈西风干干脆脆地拿出个五万十万的，他说话算数，从现在起到合作社正式挂牌的这几天，存款一次超过五万的，利息按百分之四十计，并且在挂牌那天提前将利息付给他们，存入五万的当场给两万，存入十万的当场给四万。陈西风和方月一下子犹豫起来，他们说反正到时候要去祝贺的，那时再看着办吧。汤小铁出门时还不忘同高天白、陈东风打个招呼，他叫高天白找那些老少徒弟筹上一万两万，然后就可以坐着不动吃利息。同时还挖苦陈东风，说陈东风如果也想赚这个钱，可得趁早回家去卖几担谷，他们合作社虽然生意做得大，对于蚊虫蚂蚁也不会拒之门外。

陈东风没有想出话来报复汤小铁，方月就过来招呼，让他在汤小铁坐过的位置坐下。也不问他这么晚来有什么事，却将织成一个圈的毛线拿来在他身上比试，说是要织一件新毛衣让他穿上过年。隔着厚厚的冬衣，陈东风感到了一股让人心动的温暖。

这时，陈万勤同高天白一起走出来，老人们站在屋子当中不肯坐下。

陈万勤对陈西风说，高师傅是来救你们的命的。

陈西风大吃一惊。高天白忙说，陈大哥话太重了，我只是来提个建议，帮助厂里渡过难关。高天白表示，自己想回厂里上班，厂里若同意，他想当个副厂长，或者当加工车间主任，用他这把老骨头去同厂里那些懒惰的风气斗争一回。他说厂里其实什么都不缺，就是缺一种劳动的干劲，从领导到群众都想投机取巧。

陈西风镇静下来说，你也别太简单化了，现在多数企业都是这样，这不是哪一个人着急就能解决得了的。

陈万勤重重地咳了一下，脸上露出不高兴来。

高天白说，那人家段飞机那个工厂为什么就那样红火。

陈西风说，那不是工厂，是一帮只晓得出蛮力的农民。

陈万勤插进来说，别人是蛮力，你们就有巧力，这巧那巧，总不能巧到由总理和总书记来帮你们翻砂开车床吧！我就在这厂子的眼皮底下看了十几年，千条万条，根本就是一条，大家都变得不爱劳动了。

方月说，爸，工厂的事是专业化技术化的，你不懂就少发高论。

陈万勤说，我不懂，高师傅未必不懂。

高天白将段飞机给的聘书给陈西风看。陈西风看后说，这样很好嘛，都是一样挣钱。厂里现在不是人少而是人多，你一回，别的退休退职的肯定也闹着要回，都是七老八十的人，我怎么安排得了。

高天白说，我是舍不得阀门厂，它是我的一生啊！

陈西风说，其实想开些也没什么，只要有机会，让我现在离开阀门厂，我决不会拖到明天早上。

看到高天白再也说不出话来，陈西风就说起车间的生产情况，所有情况他都清楚，产品卖不出去，原因是段飞机他们用高回扣作诱饵，将多数客户抢走了，厂里没有资金周转，所以他想让厂里的工人提前放假，自己也带着方月和陈万勤回乡下突击坡去过一个清静年。现在就等省城办事处的电话，若是能弄出去一两车货，将过年费一发，然后就放马归山。让大家趁着年前的销货旺季各自做点小生意，说不定还能将放鞭炮的钱赚到手。

他们往外走时，方月叫住了陈东风，问陈东风想不想在汤小铁那儿存钱拿高利息。如果愿意，她可以挪给他两万元钱。陈东风不理解这挪的意思，方月说这是她给他留着将来结婚时的礼物，他们家两代情缘太深，除了在经济上不知还有什么东西可以弥补。

陈东风说，方月姐，我希望得到的最好礼物是能和你在一起劳动。

方月说，你又犯苕了。告诉你，我怀了他的孩子。我还没告诉他，你是第一个晓得的。那一天真是谢你了，让我终于享受了初恋的滋味。

陈东风又有一种想再次相拥的感觉。方月在黑暗中轻轻一笑说，她希望陈东风利用赵家喜和王元子的关系帮陈西风一次，陈西风当了这么多年的厂长，竟然没有再提拔他，这样太影响他的工作积极性了，哪怕是只给他一个副局级，阀门厂也不会是现在这个样子。

4

经济合作社的开业典礼活动，使山南大酒店又恢复了往日的繁华，县里不少头面人物都参加了。汤小铁当场宣布提前支付的利息有四十万。存款数由于保密没有宣布。方月开始只存了五万，当两万元钱利息一到手时，她忍不住激动，又让陈西风到银行去取五万转到这儿来。陈西风在街上碰见肖爱桥。肖爱桥正站在银行储蓄所门口，对着一群要进去取款上汤小铁那儿存的人，大声说着什么。陈西风不喜欢肖爱桥的高谈阔论，他直接进了储蓄所的门，里面人很多，他见一时挤不拢去，就转身出门想听听肖爱桥说些什么。没料到肖爱桥说的正是汤小铁那高利息的事，他说除了黑社会放高利贷者，世界上没有哪家银行敢让其存款利息达到如此之高，实际上只要存款利息达到百分之二十左右，全世界的银行就都得倒闭。陈西风没有看见赵家喜站在哪里，只听见赵家喜在人群中嘲弄肖爱桥，说他对阀门厂的倒闭不关心，却关心起银行的倒闭问题来。肖爱桥冷笑着说，我现在还担心有些专靠往统计表上乱填数字的政府部门何时倒闭哩！

陈西风站在人群后面听时，有人拍了一下他的肩膀，回头一看是徐快。徐快也是来取款的，他来得早，钱已取出来了。徐快问他信不信肖爱桥的话。陈西风说他也在犹豫。两人商量了一阵。徐快到底是政工干部，遇事谨慎，他决定已存的算存了，往后不再冒险添加。陈西风有些不舍，但还是听了徐快的话。回去时，他只是对方月说银行现金不够，取不出来钱。弄得方月很不高兴，当面同他吵了几句。刚好徐富匆匆跑来，说是他一家弟兄几个凑了两万元，打算拿了利息回去，让家中老人坐飞机先去北京，再去海南愉快愉快，也算儿女们尽了份孝心。反正是利息嘛，就当没有这笔钱。

有陈西风、徐快和徐富带头，阀门厂多数人都动了心，大家想方设法都凑上几千元钱，送到汤小铁那儿。本来经济合作社已有规定，开业后的第三天即停止当场支付利息。汤小铁见都是本厂工友，就私下叫办理存款手续的人破例都付了。厂里的人都很感谢汤小铁，纷纷呼吁要让他进厂里的领导班子。只有少数人不买汤小铁的账，其中田如意说得最明白，山南大酒店的资产是商业局的，合作社只有几个光杆男女，一出问题大家想哭时都找不到方向。

汤小铁将自己整个都修饰一新，一开始每天几次往田如意那儿跑，后来见田如意不理他，他又朝雪花献殷勤。陈东风怕雪花吃亏上当，有事没事就让她加班，使她没有机会同汤小铁多接触。

这天下午，高天白的妻子突然来厂找汤小铁，有一笔钱要存到他那里。

正好汤小铁不在，陈东风一问才知道，墨水帮她做了一笔生意，赚了两千元。墨水查到一批假红塔山和阿诗玛香烟，交给烟草局时，烟草局处理给她一些，她没有要，全给了高天白的妻子，又从中牵线将这指标转给烟草局内部的一个关系户。高天白的妻子一分钱没花，只从那充满烟草味的院子进出了一次就拿到两千多元钱。她不敢对高天白说，要私下存起来以备女儿将来出嫁时用。

陈东风劝她不要存到汤小铁那里。

雪花却替汤小铁应允下来，并说若有什么苗头，一点不会让高天白的妻子吃亏。为这事陈东风对雪花很有意见，接连几天有意找一些笨重的零件让她学着车。汤小铁来看她时，三番五次请她到合作社去当会计或秘书，并说自己过些时要到深圳去炒股票，只要雪花愿意，他随时可以带她走。雪花总是很甜地笑，然后就说有空她可以常到合作社走一走，先熟悉熟悉，以后的情况以后再说。

陈东风没有更多的时间来管束雪花，闲来无事时反而有一种被雪花监管的感觉。雪花三番五次问他结婚没有，有女朋友没有。陈东风怕引起过去的那一连串误会，每次总说有。高天白又来找过他几次，催着他快去找人。陈东风只好一有空就去找赵家喜。赵家喜很忙，时逢年底，想请他吃吃喝喝的单位很多，陈东风几次同他擦肩而过，还没说上话，载着他的小汽车便将他的身子叼走，只留下一只在半空中飘摇的手臂。陈东风一直想抓住那只手，然后将那身子及身子上油腻的嘴巴从车上拖下来。有一回，他终于抓住了机会，赵家喜在车上向他招手时，他幸运地捉住了两个指头，并且死死不放开，逼得那车停下。赵家喜下车，陈东风二话不说拖着他就走，直到无人处才同他说清缘由。赵家喜也很为难，他知道阀门厂的书记厂长因为没有提拔起来而灰心丧气，有点撂担子的味道。徐富的正式委任书也迟迟未下来，在遭受罢工事件以后，徐富基本上不敢自主地处理厂里的事务。陈东风下了决心，赵家喜不想出个办法来，自己就不放他走。赵家喜也急了，说不管怎样王元子也在阀门厂拿工资报销药费，他也一样着急。只是现在的困难实在太大，段飞机的特种阀门厂太厉害，既是县开发区的重点企业，又是县委书记亲自抓的典型，别的领导就不敢过问阀门厂的事，怕担上与一把手唱对台戏的罪名，所以说到底，阀门厂只能靠自己救自己了。两人站在路边从黄昏一直说到天完全黑下来。赵家喜看见时间不早就急着要回家，他说王元子病已有好转，她每天晚上都要打电话回来，检查他有没有出去同别的女人约会，只要没找到他的人，王元子就不放下电话，长途电话费贵得吓人，又不能报销，他不敢让王元子一个电话打上一两个小时。陈东风说他自己花多了钱心痛，工人没工资发就不心痛，仍然不放他走。赵家喜万般无奈只好出了一个他实在不愿说出来的主意。他说现在唯一能让陈西风和徐快发奋工作的办法，是使他俩觉得有可能拿到那个渴望的“副局级”。陈东风要赵家喜出面放风，赵家喜坚决不肯，而且还要陈东风保证不能让任何人知道这个主意是他出的，否则自己的政治前途就完了。

陈东风想了很久，只有田如意是唯一合适的人，可是他想不出能使田如意同意参与这个骗局的办法。旧仓库里有两堆人在打扑克，是新近流行起来的“拖拉机”，两副牌合起来打，看谁先升到A，他们不输钱而是输定额，输家将自己完成的定额工时从核算员那里划给赢家。雪花和几个女孩挤在一个墙角里，同几个刚刚高中毕业的男孩一起，一首接一首地唱着流行歌，他们唱得很快活，陈东风听来简直忧伤得要落泪了。他心里一动，便径直走过去，请雪花她们陪自己去一趟田如意家，好好地为田如意唱上几首歌。

见陈东风心事重重的样子，雪花便拉上几个人跟上他。

又要下雪了，冷风中有股特别的清凉。小巷里的麻将声，被电视里的点歌声淹没了。大家都以这种方式，庆贺经济合作社成立暨山南大酒店红运东升。只有田如意的小院像一处寂静的港湾。屋里传出的则是女人那好听的催眠曲。陈东风敲开门之前对雪花她们说了一句话，他说厂里现在有困难只有田如意能救大家。田如意开门让大家进了屋，她似乎也有心事，坐在那里抱着孩子不说话。雪花很乖巧，说了几句女人爱说的话，趁着一时的静默，抚摸着小翱翔，轻声唱出了“因为爱着你的爱，因为梦着你的梦”，接着大家唱出了“所以悲伤着你的悲伤，幸福着你的幸福。”唱了一阵，县城里突然停电了，黑暗中雪花她们唱得特别投入，《牵手》完了又唱《祝你平安》，随后是《迟来的爱》和《同桌的你》，雪花忽然又从头唱起因为爱着你的爱，这一次别人都没唱，就她一个人的声音，沙哑中有一种难以言表的凄厉。田如意没有点蜡烛，等到电灯再亮时，那脸上有两道干涸的泪痕。

田如意轻声问，你们来找我有什么事？

陈东风将雪花她们支开以后才说，我想求你骗一回他们，为了阀门厂，为了高师傅！

田如意默默地听完陈东风的话，她说，今天是我和翱翔他爸爸第一次见面的日子。谢谢你们带来许许多多的礼物，我应该答谢你们。这事必须有人配合，他们才会相信，这个人必须是方月。

陈东风想了想说，我借你家的电话机用一下行吗？

田如意点了头。陈东风拨通了方月家的电话，然后像那一次一样，唱起了《晚秋》。他没唱完，方月就在那边问他现在哪儿，并说她马上过去。她求陈东风别唱，再唱她肚子里的孩子就保不住了。

白雪说落就落了下来。

红色桑塔纳轿车在白雪中失去了本色。陈西风和徐快那疲惫的脸色里始终褪不掉的是一种只有在劳动时才有的容光。方月骗了陈西风，田如意骗了徐快，她俩互相唱和骗过了许多人，就连许记者也从省城打来电话表示祝贺。腊月雪，腊月黑。腊月初的雪要到腊月底才能化。陈西风同徐快横了心，每人押了一车货往山外闯，如果行的话，再让徐富带上几车货出去。

陈西风和徐快走的当天晚上县里通往外面的电话线就被雪压断了。

街上不时有雪地里翻车死伤人的消息传来。陈东风有些怕见田如意和方月那焦急的眼神。上班时心里不安，居然破天荒车了一件废品。雪花看出他的心思，就告诉他汤小铁有一部大哥大，可以同省城联系。陈东风想想也没别的办法，就去找汤小铁。汤小铁竟然很爽快地将大哥大给了他，还教他怎么用。陈东风要通了省城办事处，得知陈西风和徐快已平安到达，这才放下心来。他回头感谢汤小铁时，汤小铁说人命关天的事用不着谁谢谁。

陈东风转身将大哥大里听来的消息，告诉方月和田如意。

曾经沧海的两个女人都懂得克制，都是反过来问陈东风，什么时候学会关心陈厂长了。

人虽平安，但两车货却难以出手，费尽周折省化工厂才收下一车。徐富想钻钻段飞机他们的空子，就邀上陈东风过去看看。门卫拦着不让进，徐富和陈东风让他去喊冯铁山或者段飞机来，门卫去了又回，说他们都不在。徐富气得大叫，骂冯铁山和段飞机太绝，早知这样，当年也将他们拒之门外。趁着门卫不注意，徐富一下子闯了进去，门卫叫出两个保安来追他。徐富并不急于钻进办公室，而是绕着停在院子里的两辆外地卡车转了一圈，然后再推开冯铁山和段飞机的门。冯铁山和段飞机都在，徐富没有坐，他们也没请他坐，尽管是上午十点钟左右，冯铁山和段飞机却要请徐富吃饭。徐富非常努力地看了看办公室，除了销售表上长长的红箭头，什么也没看清。但他还是满意地随他们出了大门，因为他毕竟看清了院子里两辆货车车门上的单位名称。吃完饭，徐富就找汤小铁借大哥大给省城打电话，告诉陈西风和徐快这两家等着要货的单位。晚上，厂里就收到电报，说他们已成功地打入了这两个单位，包括在省城办事处存放的积压产品也基本上销售一空。

隔了一天，段飞机和冯铁山带着两辆卡车来到阀门厂，徐富一看那些车门上的字以为是司机来要放空费。谁知段飞机竟是来买阀门的。他们点了几种型号，而且答应货款一半用转账支票付，一半直接用现金支付。财务科长一听说马上可以拿到近十万元现金，高兴得死去活来，坚决要徐富答应下来，这样过年时给职工发钱发物的假账就好做多了。徐富一想也对，产品卖谁不是卖哩，当即发了话。

两辆满载的卡车离开了阀门厂。

财务科的人正在清点段飞机交付的现金，邮递员送来一封电报。陈西风在电报里命令徐富，就是找推土机开路，也要在两天之内送两车货到省城。因为用户要趁放年假时停机检修，货要得急，价格比平时高出百分之二十。徐富读完电报后半天说不出话来。陈西风电报中所要的那些型号的产品，全被段飞机买走了。电报是加急，邮递员刚好是四个小时内送到。通过收报时间来分析，从县邮电局到阀门厂只有五百米，邮递员却花了两个多小时。段飞机来厂恰好是在电报接收后二十分钟。

段飞机走时，徐富忍无可忍地问他，收买邮电局的人花了多少钱?

段飞机皮笑肉不笑地表示，这话若被录了音，不说可以到法院起诉徐富诬陷，起码也会得罪邮电局。

徐富不敢多说了，他懂得邮电局是得罪不起的，只好认了这一大笔损失。

晚上，县电视台播送了段飞机他们建厂时间短，收到的效益非常可观的新闻，其中就有他们冒着大雪用推土机拖着卡车翻山越岭赶着给用户送货的镜头。徐富更加意识到必须同邮电局搞好关系，他让田如意找汤小铁在山南大酒店订了两桌酒席，将邮电局大大小小的有关人员都请到了。吃完饭刚出酒店，就碰见段飞机。段飞机说他们刚刚装了一部传真机，再也不用担心经济情报泄密了。

听到段飞机说有这两桌酒钱，另外再加一些就可以装上传真机时，徐富气鼓鼓地说，我愿意请人吃饭，我愿意花冤枉钱，怎么样！

段飞机平静地说，办企业就得经常请客。我也来订酒席，晚上县委书记和县长都要到，他们要亲自给我们厂的劳模先进发奖哩！

听说特种阀门厂要开年终总结表彰会，陈东风心想方豹子这回总该露面了。他以为方豹子会抽空来看自己，上班后老往车间门口望。等到那边传来阵阵鞭炮声，陈东风再也忍不住了，他让雪花独自顶一个班，自己却跑到特种阀门厂。

因为开会，厂里停产了，门卫看守得不太紧，加上来来往往的客人多，陈东风轻易就混了进去。他看见坐在台上的副厂长中没有方豹子，心里就纳闷起来。段飞机将来宾介绍了一番后，说了一句让陈东风颇费思量的话，段飞机说，方副厂长和部分职工因为大雪封山不能赶回来，但他们那里设立了分会场。劳模名单上有方豹子。

陈东风想不通，只好找赵家喜打听。

不料赵家喜像惊弓之鸟，什么也不肯说，还反过来提醒，经委领导正在追查，是谁说要提拔陈西风和徐快的。当然经委领导也有两条用心，首先是怕这消息是由县委那边传出来的，有可能是县委书记的意思，他们就要主动迎合一把手的意图；其次才是觉得这消息是否有某种背景，因为县里每提拔一个副局级，往往是实权人物间的一次平衡与较量，而一次在一个单位里提拔两个副局级，这样的背景绝对非常复杂，弄不好就将夹在中间的经委，搞成人不人鬼不鬼的。

赵家喜央求陈东风，这一阵不要来烦自己。他以透露另一条消息作为补偿：徐快的表妹马明梅同王副县长的小儿子几乎摊牌了，一年之间必须生个儿子，这其实是王副县长妻子的意思，她残了一只手，连麻将也玩不利索，一个人孤独，想有个寄托。

5

县财政局突然派检查组来阀门厂查小金库。

段飞机他们买阀门支付的现金首先被查了出来，连同陈西风打发许记者之后，剩下的五千元特别金一起被查封了。财务科长急得直流眼泪，说了一大堆好话也没有用，他们只管执行上级的通知，毫不在乎厂里如何给职工分发过年钱物。工人们听说后，全都放下手中的活，从车间里跑出来，将财政局的那辆吉普车，里里外外围了几十层。徐富怎么也劝不开。工人们像绑架一样，将检查组的几个人拖到车间里，要他们陪着上一个班。别的不用做，只要求他们将 500 毫米的阀体抬到车床上夹好，待加工完了，再动手搬下来。

虽然有小吊车辅助，检查组的人仍然需要几个人一起，才能对付那些笨重的阀体，还幸亏有开吉普车的司机充当主力。第五台阀体还没卸下来，两个女孩手上就起了血泡。雪花看不下去，要大家放了这两个女孩。一部分心软的人同意了，另一部分人反而更坚决地表示不同意。雪花只好将田如意和方月叫来，不同意的那些人开始仍不同意，田如意和方月就说由她俩来替换她们。

方月一弯腰陈东风就叫起来，让她别动。

大家听说方月怀孕了，想着陈西风这些天在外面的辛苦，才答应让检查组的两个女孩到办公室去待着。

僵持之下，工人们以为王副县长会亲自来，没想到只来了一个赵家喜。赵家喜一句软话也没说，开口就说这些人是胡闹，最典型的吃光分光的小农经济思想，小金库封了只是控制不让乱花乱用，财政局并没拿走。

赵家喜说，突击坡的农民还知道每年年底要留点钱，来年买种子化肥和农药，你们只知赚了钱就分光，没有钱时就罢工闹事向国家要，说句不客气的话，你们都是败家子，总有一天高天白师傅他们创的这些业都要被你们败光。我还跟你们交个底，阀门厂全部固定资产是一千二百万，可你们光欠银行的贷款就有一千三百万，如果不是县财政局想法死保，你们厂早就破产了。接着，赵家喜说起粗话，我一个卵子科长你们可以不放在眼里，可我说话比县长还狠，县长说话讲策略，我就可以不讲。若是再过两小时，还不放人，你们当中的有些人就不能在家里过年了。

趁大家发愣时，赵家喜对检查组的人说，你们走，我留下来。

检查组的人犹犹豫豫地往外走时，正碰上汤小铁将一辆铃木摩托径直开进车间。他不知道问题已有转机，一下车就说，你们怎么能这样对待财政局的人哩！大家都跟我学着文明点，我当了经理后才明白，靠蛮力是过不了一生的，无赖无赖，越赖越无。听我的，大家以后都别再动不动就用暴力。

赵家喜对他挥挥手说这儿没你的事了。

赵家喜真的没有走，他和陈东风搭档干了一整天，而且超过了八个小时。赵家喜不会车工技术，只能帮陈东风搬阀体。他不用吊车，超过一百斤的阀体，一咬牙猛地抱起来，靠在夹具上，等在一边的陈东风飞快地将夹具上螺丝紧固好。仅这装夹一项就比用吊车省了差不多十分钟。陈东风问他，当了几年干部，怎么力气一点也没衰。赵家喜声称自己是王家的长工，包括王副县长那边，粗活重活一直都是他干。他说王家的那些人甚至男女做爱时也巴不得要他去出把力。

雪花听到这话红着脸跑到一边去了。

赵家喜说话更放肆了，每搬动一次阀体，就痛快淋漓地说上一两句粗话，一会儿说阀体像外国女人的大屁股，一会儿又说那些靠美色肉体往上爬的女人，那个肉窟窿大概也有 500 毫米的孔径。有一次，阀体将他的一只手指砸紫了，痛得他连声大骂说，我日你祖宗八代，我这手还是干净的，你干吗要砸它，要砸就砸我的嘴，我身上只有它不干净。赵家喜一边在甩着手腕，一边在车间空地上打了许多转。陈东风劝他回去，他不听，一咬牙又将一台阀体抱到车床上，并说，老子过去被砸够了，还在乎这一次吗！陈东风见他痛得眼泪都要出来了，就开玩笑说，权当被女人咬了一口。赵家喜果然勉强笑了一下，然后说女人的牙都是带挂钩的，咬一下就要带走一坨肉。陈东风问那女打字员现在怎么样了？赵家喜说，她那肉阀门就是那 500 毫米孔径的，被省里的一个男人看中，前后不到三个月，就调到省城去了。

陈东风同赵家喜换了一下位置，他自己替赵家喜用手搬阀体，又叫雪花教赵家喜怎么操作。阀体上的毛刺没被清砂工清除干净，它们有规律地敲打着车刀，发出沉重的咚咚声。雪花不时拉一下赵家喜的手，示意他该操纵哪个手柄。

赵家喜一直没有同雪花说话。见他手指上的青紫越来越浓，雪花从口袋里掏出一只手帕要给他包上，被赵家喜拒绝了。

在他们干完两个班的定额时，赵家喜突然说，东风，你记得这么一句话吗，劳动虽苦，却不会使人堕落。见陈东风真的想不起来这句话出自哪里，赵家喜才告知，这是陈东风去农机厂看望自己时说的话。

雪花在一旁说，我也听人说过，劳动是不会苦的，因为劳动就是生命。

陈东风和赵家喜问雪花是听谁说的。

雪花只说这是她的一位好姐姐的座右铭。

雪花说话时两眼直盯盯地望着陈东风。

陈东风突然想到，雪花是不是认识翠或者水珠?

下班后，赵家喜不肯走，非要吃一顿阀门厂食堂的饭。他说自己现在特别想吃大锅里连焖带煮的土豆肉片。陈东风和雪花用一些擦洗车床的废棉纱和木块烧起一口吊锅，将从食堂买回来的饭菜倒入其中。在一股浓浓的柴油味中，他们痛痛快快地喝着酒。赵家喜不止一次说，这几年常常感到，自己最幸福的日子，都是在当工人和农民的时候。

吃完饭，雪花又情不自禁地哼起歌来。

听了一阵，赵家喜突然说，你能为我唱那首《迟来的爱》吗?

雪花一点头就唱起来。当她唱到“不能放弃你的爱，那是对她无言的伤害”时，赵家喜轻声说，东风，你要好好保护着雪花，别让任何人伤害她。

陈东风说，我早就在厂里那些混账男人面前讲过多遍，谁敢欺负雪花，动手的我剁他的手，动脚的我砍他的脚。

赵家喜说，不行，还有那些人的眼睛，你要随时准备一些钢针。

雪花说，不说这些，我为你们唱一首《大哥你好吗》！

雪花一开口，赵家喜就将头埋进陈东风的被窝里，露在外面的身子不停地抽搐着。雪花唱着：从此以后你有了一双属于自己的手，你愿意忍受心中所有的……伤痕，噢，大哥大哥大哥你好吗，多年以后是不是有了一个你不想离开的家？

旧仓库里的几副扑克牌一个又一个地停下来。

赵家喜突然从床上跳起来，泪流满面地将雪花轻轻地抱在怀里。不知谁先哭出声来，转眼间旧仓库里的男人就号啕一片。陈东风两眼朦胧，看不清一切，只觉得一只冰凉的小手在脸颊上轻轻地揩着。

雪花将赵家喜送到街上时，说了声大哥你好走。

赵家喜用手摸摸她的头发说，我真想你永远是今晚唱歌的那个十六岁小妹。

剩下的路由陈东风送。赵家喜说自己终于将几年来的压抑发泄出来了，这一阵或许要过得好一些。

陈东风将赵家喜送回家，返回时碰上了墨水。

墨水又喝了酒，老远就能闻到一股酒气。见到陈东风，墨水说，走哇，时间到了，该上三班了。陈东风以为她醉了，走近了才知是在开玩笑。墨水说她对得起阀门厂几年的培养，帮高天白解决了家庭困难，他妻子虽然只摆个小摊，卖点炒瓜子、炒蚕豆，但每天能赚十来元钱，墨水还打算过一阵聘她当个协管员，就是帮忙招呼个体户们开会，发通知，等等，每月又可以拿一百五十元钱补助。墨水又说，近两天她在帮方豹子的妻子跑一张经营五金水暖器材的执照。陈东风问方豹子的妻子现在哪儿，墨水说她也不知道，只听说厂里帮她在街上租了一套房子，有事总是她来找自己。陈东风要墨水再见到方豹子的妻子时给他一个信，他找他们有事。

陈西风和徐快人没回，货款通过银行电汇先回了。

财政局检查组没有动阀门厂小金库的钱，却将银行账上的钱全部划走，只留下二十元钱保个账号，其余的都被收走偿还财政周转金。

陈西风和徐快听到这个消息后，不顾路上的雪还没完全融化，带上客户付的两万元钱现金往回赶。他们怕路上不安全，除了徐快和陈西风各带五百元钱外，其余的钱，全藏在汽车坐垫底下。

如果是正常情况，小张完全有把握在天黑前开车到家。雪天路太差，离县境还有十几里时天就黑了。路上没有行人，前后十几里也看不见汽车的灯亮。徐快正提醒小张小心，公路正中间出现大堆积雪。

小张打开车门下去一看，发现情况有些不对，那些雪明显是从公路两边铲到中间来的，像是有意拦住不让车子走。这时，公路旁突然钻出一群人，快步向红色桑塔纳轿车走来。徐快和陈西风几乎同时叫了声小张。小张赶紧跳回车上，准备倒车原路返回。车子还没启动，后面就有人大叫一声哎哟。小张下车一看，一个男人正躺在车底下打滚。陈西风和徐快正要下来，小张拦住他们，让将车门反锁好。

小张拉起那个男人说是送他去医院，十几个男人围上来说，去医院有什么用，赔点钱就得了。小张知道遇上了抢劫，就在车外与那些人说软话，从一百元开始，慢慢地与那些人讨价还价，其实是想等待回县里的车。那些人也明白这个，他们将小张身上搜了一遍，只得到几十元钱。他们便转身对付车内的陈西风和徐快。见车玻璃被砸开，陈西风和徐快从工具箱里拿出螺丝刀和扳手进行抵抗，不让他们钻进车内。车外的那些人拿出几把刀子往车内捅，陈西风和徐快抵挡不住，身上被捅了几个窟窿。小张急中生智，他一边挣扎一边叫，老板，为了公家的钱，丢了命不值得，你们把装钱的箱子给他们吧！陈西风明白小张的用意，就将装着给方月买的过年礼物的密码箱从车窗里扔出去。密码箱在公路边颠了一下，滚到山坡下去了。

这时，后面来了一辆大卡车，车上还坐着不少人。

那群人连忙一齐往山坡下面跑，追那箱子去了。

大卡车上坐着方豹子，其余的人也都是特种阀门厂的。方豹子随身带着大哥大，情急之中他直接给王副县长打了电话。方豹子一边指挥手下工人大声吆喝，像是要追赶，其实是摸黑将路上的雪堆弄平一些，大卡车冒险冲了几次终于冲过去，他们又用绳子将红色桑塔纳轿车拖过那雪堆。

两辆车刚进县境，王副县长就坐着警车，领着救护车迎了上来。

陈西风和徐快由于失血过多已进入了昏迷状态，必须马上输血。救护车上没有备用血浆。小张知道陈西风和徐快的血型。王副县长一听说徐快的血型同自己的一样，二话没说，就脱下一只衣袖让医生将自己的血直接输给徐快。医生将王副县长的静脉与徐快的静脉用一只消毒管子接通了。几分钟后徐快的脉搏就能明显感觉到跳动了。陈西风的情况却很糟，他虽比徐快少挨了几刀，但他手里拿的是把螺丝刀，抵抗无力，挨的每一刀都很深，特别是背上的那一刀，照医生的判断已经刺破肺叶了。但是陈西风是一个古怪的血型，医生说是几百万人中才有一例。就是省城血库也没有储备的，前不久他在省城进修时，就曾眼睁睁看着一个与陈西风相同血型的人因为无血可输而死在手术台上。王副县长听说这种血型有可能是直系遗传，马上让人给政府办公室值班人员打电话，让他们火速将陈西风的父亲接到医院急诊室等候。

徐快得到王副县长的800cc血后，情况稳定下来了。

陈西风却越来越糟。

天黑时，陈万勤同高天白一起喝了一斤白酒，有些心酸地相互提前拜年。陈西风出事的消息一传来，陈万勤的血压突然升起来，医院的人没见到陈西风，倒先抢救起他来。陈西风被抬进来时，陈万勤血压已下降了些，但那些酒精还在他的血液中，不用说是输给陈西风这样的垂危之人，就是输给健康人也会受不了的。心电图监视仪上，陈西风的那道曲线越来越接近于直线了。方月昏过去几次，并出现可能引起流产的迹象。县电视台在反复播出求救广告，医院门口聚了不少人，可他们的血虽然热却没有用。阀门厂的人则在满城的大街小巷里呼喊，哀求有与陈西风相同血型的人出来救救他们的厂长。

那条心迹已很难看到凸突，医生们都说生命对于陈西风只有二十到三十分钟了。

就在这时，陈东风满头大汗地闯进急救室，气喘吁吁地问，如果只有 200cc 血，能不能救陈西风。医生们说，只要能让陈西风坚持八个小时，就可以输陈万勤的血了。陈东风要求除了医生以外，所有人都得离开急救室周围。

几分钟后，田如意拉着翱翔进了急救室。她帮翱翔解开衣服时说，乖乖，别怕打针，你救了这个伯伯就能够像你爸爸那样在蓝天上翱翔了。医生们有些吃惊，田如意说，你们放心，他俩的血型是一样的。针头插入翱翔的小手臂时，翱翔没有哭。看见田如意眼泪流了出来，他还不解地问，妈妈，你没有打针，怎么会痛呢?

翱翔红润的脸变白了。

陈西风的心电图曲线真正成了曲线。

陈西风脱离危险后，阀门厂的人像是有默契，全都小心翼翼地不去议论小翱翔给他输血的事。方月也不提这事，她给小翱翔送娃哈哈营养液时，不停地逗他，说多喝娃哈哈将来一个人能同时开两架飞机。

说着说着，方月就将小翱翔，认作干儿子。

虽然陈西风和徐快带回的现金没有被抢走，但年底的开销太多。陈西风和徐快躺在病床上天天合计没有两车货出去，绝对没办法过年。见他们急着要出院，陈东风就答应自己去想想办法。

方豹子那天送陈西风他们到医院后就被陈东风逮住了，并搞清了他们在城里住的地方。段飞机他们太精明了，他们在省城一家钢厂附近租了几间大房子，将铸造车间设在那儿，这样黄沙、煤、焦炭和生铁都不用一车一车地往山里拖，只需将做好的铸件拖回来就行，仅这一招就省了不少钱。方豹子专在那儿管这个车间。为了怕阀门厂也学着搞，才一直保密的。

方豹子顶不住陈东风的逼问，就将大致情况都说了。

陈东风记起来，刚进厂里，就听见肖爱桥在各种场合呼吁，用如此方法降低成本。因为被王副县长批评为异想天开，才没有实施。

方豹子要抢在年底的旺季将妻子的商店搞起来，特意请了几天假在家张罗。陈东风再次找到他，开门见山地要他提供一两个用户给自己，他必须帮阀门厂卖出两车产品。陈东风用少有的恶狠狠的语气告诉方豹子，财政局查封阀门厂小金库，接下来又收走银行账上的货款，背后的黑手无疑是段飞机。他不想报复，因为任何类似的行动都是对人类劳动精神的背叛。但方豹子有义务为阀门厂做点什么，因为王元子生病要药费，陈西风受伤要治疗，高天白需要退休金来为女儿付学费。

方豹子正在犹豫，段飞机突然出现了。

他拖着方豹子和陈东风一起去了田如意家，然后交给小翱翔一只薄薄的信封。接着他们又去了高天白家，并交给他一只同样的信封。最后他们来到陈西风和徐快的病房。他们说了一通凶手可能是何人等等闲话后，田如意和高天白几乎同时也来到病房，将两份近期交货的合同交给陈西风和徐快。

这时，段飞机又拿出一份合同送给陈西风和徐快，并表示，这样做是想让他们安心养伤，早点回家过团圆年，同时也是向高天白和小翱翔这两位年龄悬殊的男人表示一点心意。

从病房里出来，陈东风说一句算是称赞段飞机的话。他说，段飞机总算没有丢突击坡人的脸。段飞机说，我的心也是肉做的。不管他们是什么原因和什么关系，一个不到三岁的孩子输血给一个大男人，石头也会被感动的。

三份合同让阀门厂卖出了三车产品，阀门厂又有了往年年前的那种喜悦。

汤小铁好像也有一份功劳，有二十多户人家因工资和资金都顺利地分配到手后，便将存入经济合作社的那份存款的利息买了彩电，还有十几户买了冰箱，李师傅甚至还买了一台空调。

陈西风在医院时听赵家喜说，地区团委书记被派到西藏去了，据说是他自己要求的。团委书记说他愿意多吃点苦，因为苦难是记忆中最幸福的一部分。报纸上登载他去西藏的消息中没有这句话，但参加欢送会的人曾反复议论过这句话。陈西风和徐快出院的前一天，县里的几个头头来医院慰问病人，王副县长笑吟吟地交给他们一份红头文件，上面清清楚楚地写着将陈西风和徐快的行政级别提升为副局级。

这个年底，真是喜事不断。

方月在陈西风出院到家后的第一句话就是告诉他自己怀孕了。

方月的母亲听说马明梅的习惯性流产后，亲自来县城将马明梅接到突击坡，并向王副县长一家人保证，一定让马明梅为他们带着孙子回县城，唯一的条件是马明梅的丈夫每月只能去两次。她还举例说，陈东风的母亲一开始也是这样，后来是她教会陈东风的母亲保下这个男胎的。

抢劫陈西风和徐快的案子也破了，是一群外出打工没有挣到钱的农民干的。他们被老板骗了，干了一整年，该付工钱时，老板一算账，每人只给了五十元钱回家的路费。抓获他们时，十一个人身上总共只搜出二十多元钱。他们没有别的动机，只想弄点钱回家过年。囚车在县城里驶过时，十一个人一遍又一遍地唱着《一封家书》。这天是腊月二十六。县城里机关企业实际上都放了假，街上的人很多，囚车拉着警报也跑不快。陈西风和徐快两家人都在街上买年货，听到这歌声时，他们都忘掉了对凶手的仇恨，分别在两个不同的地点同时对自己的妻子说这些人其实很可怜。

这时候的阀门厂只剩下一些值班的正式职工。假期值班一天可以拿两天的工资。

雪花临回家时，至少十次问陈东风。

陈东风还是不肯明说，自己回不回突击坡。

最后雪花不得不说，翠在家盼着他，希望他能回去同她一起到娘家走一走，只要吃顿饭就行，别的一切都由他。陈东风这才知道雪花是翠的表妹，她来阀门厂的目的多半是为了翠和陈东风的爱情。

陈东风还是说自己什么也不能答应。

雪花明白，陈东风放心不下其他的农民工兄弟，主动说，自己会向翠表姐解释的。

住在旧仓库里的农民工几乎都没有回去。

农民工们到手的工资，只及正式职工所得各种钱物总价的四分之一或五分之一。这点钱拿回去能做得了什么呢？当囚车里的歌声顺着大街飘过来时，旧仓库的农民工们也一齐唱起了——亲爱的爸爸妈妈你们好吗……今年春节我一定回家……

陈东风是农民工中钱拿得最多的，他同别的车间主任一样分到一只密封的红包，里面是五百元现金。他给小翱翔买了些礼物，又给高天白送去两条鱼，再给雪花选了一条围巾。陈东风怕囚车里又响起告诉爸妈今年春节一定回家的歌声，他同田如意打过招呼后，到门卫室里去拿厂里的电视机，准备放到旧仓库里给农民工看，免得他们外出干出什么出格的事。门卫不肯给，陈东风又从红包中掏出五十元钱给了他，才将电视机拿走了。

陈东风一直同农民工在一起。赵家喜、方月、田如意、高天白请他去吃年夜饭，他都没去。然而，段飞机来请时他却去了。段飞机邀请了旧仓库里所有没走的人。段飞机还到监狱里看望因拦路抢劫被抓的十一个外出打工的农民，一一问过地址，回厂后他让会计给十一个相关乡村家庭各寄了五百元现金，落款是那些渴望回家的十一个人的名字。

陈东风第一次真切感到段飞机确有吞并阀门厂的能力。

段飞机过来给敬酒时，再次对陈东风说，我一直给你留着位置。

陈东风终于有所松动地表示，我现在才晓得你这么有人情味。

段飞机说，就凭这个，我走到哪儿也不怕别人说我是农民。

段飞机要他再想想。

陈东风真的想了，但他想得最多的是雪花曾经说过，他若不到翠表姐家过年，雪花就不再来阀门厂上班。

那天晚上，旧仓库里多了几辆被撬掉车锁的自行车。

很快，这些自行车又被陈东风交到派出所去了。

从门卫室拿来的电视机开着，但没有人看。

陈东风说，都这么闷着，不如上山去帮陈万勤捡些石头吧！

大家真的一下子都去了。

6

天上的雪花飘来几次。

人间的雪花真的一直没来。

过完年厂里就忙起来。陈西风、徐快和仍未拿到委任书的徐富商定，在省城召开订货会，地点就定在玉儿和小英工作的那家黄土高原夜总会。厂里许多人都被派去搞接待，文科长、田如意和方月被安排去打前站。

陈东风是订货会报到的那天去的。

走之前，赵家喜给他打电话，如果阀门厂让雪花去订货会上做接待员，一定要想办法阻止。赵家喜听说雪花一直没来上班，反倒宽心地说声这样最好，他没有进一步说明理由，就放下了电话。

陈东风一到省城，就发现玉儿神色有些不对，脸上粉脂很浓，却掩不住内心深处生长出来的伤痛。玉儿在夜总会很受尊敬，无论什么样的员工见她都喊玉总。

陈东风被安排同文科长、司机小张住一间房。房间只有两张床，但为了节约会议经费，厂里来的人都是三人挤一间房，其中有一个人睡地毯。这一点是陈西风亲自同玉儿谈妥的。陈东风明白自己将睡地毯无疑，哪知文科长半夜十二点钟出去后，那床一直空到第二天早上六点，才又见他的人影。小张笑话他，一定是去打野鸡了。文科长得意地笑而不答。

早餐时，陈东风见到小英，几乎不敢相认，虽然是制服，但小英站在哪里哪里就多出许多光彩。小英高兴地说，晚上她邀玉儿单独请陈东风喝茶。

第一天，到会的客户就接近一百人。大家都很兴奋，只要与其中一半的人签订合同，阀门厂今年就要吃肥了。陈西风唯一担心的是怕同行插进来，特别是段飞机那一摊子。因为小张已经在附近街上碰见过那辆破吉普车了。陈西风要文科长提高警惕，绝对不能让段飞机混进会场里来。

晚饭时，小英忽然改了主意说，玉儿今晚不能陪他，只能改天再说。陈东风本没有追问，小英自己又补上一句说，文科长是个猪狗不如的畜生。

这天夜里文科长又不在房里睡，早上六点回房，又准备倒头睡到上午十点。

八点钟未到，陈西风便破门而入，将文科长从床上拎起来，将一叠纸甩在他的脸上。

文科长迷迷糊糊地看了一遍，才知道是段飞机他们搞的产品广告。

广告印得朴实无华，开头是一段故事，从《一封家书》谈到那十一个无钱回家过年起错念头的打工农民，讲到某兄弟厂货物积压无钱让职工欢度春节，是他们给十一个误入歧途的农民兄弟家里寄去过年费，是他们让出合同，给有难的兄弟厂，使其工人家家户户吃上温馨的团圆饭。故事的最后说，他们不了解自己的工厂同别的工厂相比有无优势，但是当别人有困难时，他们有着不必等到别人来求助，就会主动给予的仁慈爱心。往后是产品价格表和联系人、联系电话和联系地址。段飞机他们所有产品价格都比阀门厂的低百分之十。这些广告已被客房服务员送到每一位客人手上。

很显然，是段飞机买通了夜总会内部的关键人物。

文科长吼了一声说，我去找玉儿那个臭婊子。

陈西风叫了两声没叫住，就带着陈东风和小张尾随而去。

秘书小姐没有拦住文科长，他推门闯进副总经理办公室时，小英正在给玉儿揩眼泪。见文科长一副气势汹汹的样子，小英就要按电钮通知保安人员进来。玉儿拦住小英，问文科长有什么事。文科长冷笑着将段飞机他们的广告扔到玉儿面前。玉儿捡起来看了一遍说，这个故事太让她感动了。

这时，陈西风他们也进屋来了。

玉儿继续说，换了我是客户，我也会要他们的货。

文科长冷笑着说，我现在不想问，你是我的客户，还是我是你的客户。我只问一件事，谁让段飞机将这些东西送进来的？

玉儿说，对不起，在我们之间的协议上没有这一条，我们只负责客人的起居生活，并不负责你们的合同成交量。

文科长叫起来，你神气什么，别以为自己现在是副总，可你别忘了从前的底细！

陈西风上前推了文科长一把，并让小张将文科长拖走。文科长赖着不走，绕着办公桌与小张打转转。

小英护着玉儿说，我们商量一下，你们也商量一下，然后再谈。

一进到里面的休息室，玉儿就放声大哭起来。小英怎么也擦不干她的眼泪，眼看半个钟头到了，小英就说，玉儿，这事你不要管了，一切由我负责。小英出来后，将陈西风叫到一边说她有个办法，可以请些公关小姐来帮帮忙。但这种事领导不能出面，只需文科长张罗一下就行。陈西风心里明白公关小姐是什么，他说这事得研究一下。

小英说，这事不能研究，你装作不晓得，交给文科长和我就行。

陈西风想了想只好答应，他叫走陈东风和小张，留下文科长和小英谈判。

文科长早就听说，请公关小姐协助订货，是这类活动中百战百胜的法宝。小英一说，他就同意了。他明白如果因为段飞机的宣传单，将订货会搞砸了，自己有可能真的会被下放去铸造车间。小英牵线让文科长同一个叫晶姐的女人见了面，双方约好当晚安排三十名公关小姐来夜总会。

当天下午，陈西风和徐快以及方月和田如意，都被省化工厂安装车间的头头接去聚会，晚上就住在那边没回。

小英和玉儿请陈东风在江边一个刻意建成乡间农舍一样的茶馆里喝晚茶。她俩都穿着极普通的旧衣服，身上任何部位都没有作修饰，陈东风记得，这些衣服是她们在阀门厂时候穿过的。

茶馆店名很怪，叫“回老家”。三个很大很大的字，用黑墨写在一面粉墙，那样子极像是初通文墨的乡下读书人的手书。屋里摆设的全是些乡下人用旧的桌椅板凳，服务员也全是慈眉善眼的老人。陈东风一进门，就有人问他，老家是哪儿的。小英如实告知后，三个人刚坐下，就有一个说着家乡话的老太太过来招呼他们。茶馆后面的花园里没有假山假水，草地上散放着一群羊，一头牛，还有鸡鸭和兔子。两个小孩在玩着一架水车，一对男女在用石磨磨着麦子。甚至还燃着一堆正宗的乡间火粪，风吹时一亮一暗，屋里屋外同时飘起一股熟悉而且醉人的酽香。坐在厅屋里的人中都是清一色地穿着朴素的旧衣服。茶馆里没有电话，进来的人也都不带大哥大和BP机，多数人都是独自坐在一把旧椅子上，除了用乡音同招呼自己的老人说说话以外，其余时间便望着后园的悠闲牛羊，一个人慢慢地品着那仅有的一杯清茶。一张茶几一支蜡烛，连街上的电灯光也被挡住没让照进来。

小英告诉陈东风，那些孤单靠窗而坐的人，多数是省城有钱或者有身份的大款，特别是那个抱头趴在桌面上，身穿破棉袄的男人，小时候每年过年之前，就跟着奶奶来省城乞讨，如今旗下仅仅星级酒店就有两家。“回老家茶馆”就是他花钱修的。上这儿来喝茶的人他不收一分钱，只想让那些同他一样想念老家和思念亲人的人，在闹市里找到片刻寄托。据说，凡是来过这里的人，回去总要做一两件善事。

陈东风说，那你们也是大款了。

小英说，不是大款也能进来，你看看这小纸牌。

陈东风拿起桌上的小纸牌，见上面写着，你的父老乡亲中，还有过得很苦的人吗，别忘了帮帮他们！

玉儿一直没有说话。

这之后小英和陈东风也不再说话了。

整个茶馆都没人说话。寂静之中，那吱吱呀呀的水车声和呼呼啦啦的石磨声，将过去的岁月一点点地送回来，仿佛给那些满屋子无家可归的灵魂，找到些许依附。

已经深夜十二点了，真像回到老家一样，还没有一个人起身离去。江对岸的灯光变得稀疏了。花园里牛羊已归了栏，水车和石磨也不再响了，屋里却响起了夏夜乘凉一般的老人的故事。

老人细声细语地说：从前，有个老爷爷快要死了。他将三个儿子叫到床前，说山坡上的那块地里埋藏着一件宝贝。老爷爷死后，按长幼之分，大儿子将地里挖了一遍什么也没有，二儿子再去挖，依然什么都没有。老大和老二丢下地不管了，三儿子就天天到地里去挖，那年大旱，好多人的庄稼都死了，三儿子的地挖得深，庄稼没有死，雨终于下来后，三儿子获得了好收成。三儿子明白，父亲说的宝贝就是劳动。他去告诉哥哥时，才发现老大和老二已经饿死了。

陈东风小时候听父亲讲过这故事。

其余的人显然也曾听过。

大家都像小时候那样，听得入了迷。

老人的故事还在继续。玉儿却被一个匆匆进来的人叫了出去。

那人告诉玉儿，市长专线接到一个女人的电话，黄土高原夜总会客房部，今晚有人搞集体嫖娼。市长下了命令，公安部门准备凌晨一点钟突袭搜捕。玉儿赶紧给陈西风的房间打电话，却没人接。问过才知，小英将他们调虎离山，弄到省化工厂去了。

玉儿明白是怎么回事，顾不上骂小英，赶紧叫了一辆出租车往回赶。回到夜总会后，她让服务员打开所有客房的门，也不顾那床上不堪入目的样子，吩咐男人用五分钟收拾好屋子，女人则不管穿没穿好衣服，立即到楼顶的咖啡厅集中。刚好有个女孩今天满十八岁，玉儿送了一只大蛋糕给她，让她们装出是生日聚会。做完这一切，玉儿和小英刚下到大堂，二十名警察就冲进来了。咖啡厅里的公关小姐，都是派出所的常客。警察不看身份证也知道，女孩的生日是真，庆祝生日却是假的。

闹了近两个小时，警察们空手走了。

接下来，参加订货会的客人们也跟着走了。

公关小姐们没来得及收取的服务费，小英让晶姐出面找文科长要。文科长哪里出得起这笔钱。当即就有两个手臂上满是刺青的男人将他架了出去。半个小时后，那两个男人又将他拖回来扔进电梯，并限定他，中午十二点以前交出六千元钱。

陈西风和徐快闻讯赶回来，见客户已走得精光，恨不得将文科长活活掐死。身上全是暗伤的文科长求陈西风和徐快，无论如何先借六千元钱救自己一命。徐快骂他是不是还想活着再毁阀门厂一次。陈西风让玉儿先找个地方将文科长藏起来，自己则带上所有人到各个可能的地方，追回那些前来订货的客户。他们在火车站和机场堵住了一些人。可是已经晚了，那些人害怕留在省城，已照着段飞机的那些广告上的地址，前去签好合同，急着想离开这是非之地。

最终结果是，陈西风他们只签了不到十五万元钱的产品合同，这些合同的利润还不够这次订货会的开销。当天的省城晚报，登载了段飞机那广告纸上的故事，并说这故事感动了许多客户，大家主动上门，两天时间，其合同金额就达到了四百八十万元。晚报还暗示，某些企业不走正道，而遭到市场的惩罚。

玉儿明白这些都是小英为了报复文科长而设下的圈套。文科长一到省城就逼玉儿还那“最后一次”的欠账，否则就将玉儿以往的底细在其下属员工中公开。玉儿只好含泪屈就。可文科长每晚都要那“最后一次”，这才被小英察觉。

玉儿责骂小英，不该为了一个人而害了整个阀门厂。小英则说，这样做不仅仅是给玉儿报仇，更是因自己恨阀门厂。玉儿劝她说，省化工厂那两个人对她俩也还讲良心，不但不再纠缠，还给她俩提供了这样的机会，在省城里当上了白领，从这点上来讲还得谢谢阀门厂。小英说玉儿的心怎么越变越软，对坏蛋也慈善起来。玉儿让小英同晶姐说一下，这次就放文科长一马。小英告诉她，若不是自己先跟晶姐打了招呼，文科长的十个指头现在就只剩下九个了。六千元服务费一个子儿也不能少，少一个子儿，晶姐的鸡头就当不稳。玉儿叹口气说，文科长现在一个人养着两个老人两个孩子，他那职务又不肥拿不出这么多钱。她从手包里拿出一张信用卡，要小英到大堂里的自动取款机里取出六千元钱交给文科长。

小英气得不知说什么好。

快十二点时，小英将晶姐找来，二人嘀咕了一阵，这才将文科长叫到楼顶咖啡厅。小英说，只要文科长学着狗叫，在这些公关小姐面前爬一圈，马上就有人给他六千元小费。

这时，那两个男人找到咖啡厅里来了。

文科长愣了一下，然后朝窗口走去。小英问他干什么？他说他宁可睁着眼睛跳楼，也不会在女人面前闭着眼睛当一只狗。他推开窗玻璃，吃力地爬上窗台。

晶姐突然说，等等，你是条汉子，跳下去死了可惜，欠的账就算我的了。

两个男人上去将文科长拖下来。

晶姐一声招呼，所有的人都走了。

剩下小英盯着文科长说，这是玉儿给你的六千元钱，拿回去好好养家，好好做个男人。她将一只纸包扔向文科长，也不管他说些什么，一个人扭头走了。

在玉儿的安排下，垂头丧气的陈西风等，同省化工厂的人见了面。做东道的玉儿，将两边的客人请到“回老家茶馆”。那个老太太给玉儿和小英沏茶时用乡音说了句，你们女伢儿在外面做事不容易呀，家里人也总在担心！玉儿和小英忽然扑到老太太的怀里低声哭泣起来。老太太双手搂着她俩，一会儿叫女儿，一会儿叫孙女，一边叫，一边轻轻唱起家乡的歌谣。

牛儿吃草不吃根，
石头睡觉不翻身，
磨子里头长牙齿，
灯笼里面长眼睛。

老太太一曲还未唱完，自己也流起了眼泪。

玉儿和小英从她怀里抬起头，一齐唱起来。

南瓜藤，苦瓜根，
我是家家的亲外孙。
家家留我吃早饭，
两个舅妈不喜欢，
抽双筷子水淋淋，
盛碗饭来冷冰冰，
一碗青菜淡稀稀，
一碗豆芽半碗根。
门一关，锁一搭，
碗一盖，筷一叉，
气坏我的好家家。

歌声将茶馆唱得更静了，阀门厂和省化工厂的人都低着头。

窗外的冷月正圆，烛光中不时传出一声声的长叹。

陈西风用无法再低的声音说，玉儿、小英，我对不起你们。

玉儿和小英说，过去的事就别说了，哪一天我们的魂魄回去了，还要在那儿歇歇脚哩。

老太太轻轻打了她俩一下，让她们别乱说。

省化工厂的几个人没说别的，只问玉儿和小英有什么难处，需要他们做的事情只管开口。玉儿就说阀门厂遇到困难，她想帮他们一把。那几个人毫不犹豫地就答应下来，许诺将全厂所需的阀门合同都给阀门厂，已经签给别人的合同他们负责毁掉。

一旁的老太太又唱起来：

> 会唱歌的歌赶歌，
> 会织布的梭赶梭，
> 会做生意的江湖上走，
> 会买骡马的看蹄脚，
> 会打官司的高堂坐。

墙角里的一个男人忽然接着唱起来：

> 会唱歌的赶不到歌，
> 会织布的掉了梭，
> 会做生意的折了本，
> 会买骡马的死的多，
> 会打官司的牢里坐。

等那男人走过来时，大家才认出他是段飞机。

省化工厂的那几个人当即对他说，前些时同他签的合同作废了。

段飞机说，我没意见，也不怨谁，我喜欢有人情味的人。你们这样做就太对了，我也不会做没有人情的畜生。

陈西风很想对段飞机说，我们坐在一起好好聊聊。

陈西风还在犹豫不决时，段飞机又说，我来这里是想提醒你们，赶紧回去，家里出了事，山南大酒店和汤小铁他们搞的那个经济合作社，炒股票亏了血本，实际上已经垮了。

徐快急促地问，你怎么晓得？

段飞机说，这个你就别管了，一个小时前汤小铁和家里的人还不晓得，现在如何我就不清楚了，酒店经理已带着仅有的现金上了开往南方的火车。我抢了你厂的合同，这是公对公，但私事我还不想让你们吃亏。你们是第一批晓得这个消息的人，为了挽回损失，我提个建议，第一，马上给家里可靠的人打电话，组织人到酒店去将一切可搬走的值钱的东西全搬回去。第二，连夜赶回去，但那样可能会失去时间，让别人抢了先。特别是商业局，如果请武警将门一守，所有的储户都将收不回一分钱。汤小铁他们承包酒店时，约定每年上交三十万，商业局可以将他们添置的任何东西折算成应交款。

陈西风和徐快立即紧张起来。

方月又有一种要流产的感觉。

陈西风说现在回去肯定来不及，只有给徐富打电话，让他召集厂里的人。徐快不同意，说徐富不敢冒这个险，他最多也只是偷偷去捞回自己的那一份。方月肚子里疼痛难忍但还是说，除了利息还有四万六千元在那里哩！陈西风问怎么多出一些来？方月说自己另外替陈东风存了两万。

田如意抚着方月的腹部，并用嘴对着方月的肚脐唱道：

混沌初开不计年，
无天无地我居先。
生我之时无日月，
普天星斗是我安。
南山采药无松柏，
北海取水不见泉。

老者不计年多少，

先有吾神后有天。

听田如意一唱，方月的腹疼痛感竟然消失了。

田如意说，我没有在那里留有一丝牵挂，但我建议你们直接找汤小铁。汤小铁虽然痞，但心眼还不算坏，况且阀门厂是他的栖身之地。陈东风也说，找汤小铁最冒险，但成功的可能性也最大。陈西风和徐快对视时，段飞机说，本人与汤小铁，大体是一路货色，只不过我是乡下人，他是城里人。我再次建议，如果你们相信我现在的话，就可以相信汤小铁接到你们的电话，将会做的事情。

陈西风和徐快终于拿定了主意。

段飞机告诉他们门外站着他的秘书，她那里有大哥大。

陈西风他们出去时，迎着他们的竟是黄毛。

这时，他们已顾不上许多，拿过大哥大就猛揿一通。

汤小铁在那边听了，惊得半天说不出话来，许久后才说了一句，他不会让阀门厂的兄弟吃亏。

陈西风与汤小铁约好，三个小时后再通一次话。

大家坐在茶馆里想回家的心情更急迫了，然而明天还得去省化工厂签合同。

陈东风同黄毛站在门外等汤小铁回电话，他问黄毛怎么给段飞机当起秘书来了，黄毛笑着说，因为想让段飞机给她买一套意大利真皮超短裙。陈东风说她真该到“回老家茶馆”里坐一阵，看看那些令人追悔的模样。黄毛说追悔的感觉她还没尝过，一定很有诗意。陈东风说，你别给段飞机当秘书，我负责给你买一套。黄毛说，那可要两千多元钱呢！陈东风顿时语塞了。

离三个小时还差四十分钟，汤小铁就打来电话，他找了一百多人，将酒店的彩电、冰箱、卡拉OK音响和空调都抢出来了，东西都放在旧仓库里，由厂里的人看守。不过，还有一个班的武警士兵在包围着他们。幸亏他们早行动一个小时，现在的山南大酒店，已被县武警中队用铁丝网围了起来。

陈西风和方月终于略微宽心一些。

按陈西风说的，黄毛在“回老家茶馆”坐了一阵，感觉果然不一样，她对玉儿和小英说，自己真想在没有人的山上当一回放牛娃。

玉儿说，我还记得你当初说的那句话。

黄毛问是什么话。玉儿不肯说，只是请她待会儿跟着到夜总会去一趟。

凌晨两点，一群人回到黄土高原夜总会。玉儿领着黄毛走进精品商城，选了两套真皮超短裙送给黄毛。黄毛又惊又喜。当她听小英说这是正宗的皮尔卡丹牌时，随手将手中的皮包扔出去。皮包在空中飞行了一阵后，落在段飞机的怀抱里。

黄毛说，段飞机，你另请高明吧！

黄毛迫不及待地走进试衣间。小英又选了一顶便帽递进去。十分钟后的黄毛简直让人不敢相认，便帽遮住了脸上一些不和谐的缺陷，两条腿没有穿丝袜，那种美让所有在场人的惊叹表情凝固了好一阵。

玉儿笑着对黄毛说，我只有一个条件，除了谈恋爱时，平时你得穿上差一点的长袜，免得上街时造成交通阻塞。

段飞机一个人走了，他失落地对玉儿表示感谢，使自己少了一次做坏事的机会。

7

有一天，高天白对陈东风说，劳动是一把钝车刀，机器上最美的零件是钝车刀车出来的，生命中最美的东西是劳动创造的。钝车刀总是用来对付最大的困难、最大的危险和最大的强硬。本来是灰口铸铁造型而成的阀体现在常常出现成堆的白口铸铁，这是开炉时往化铁炉中掺进太多的回炉废铁的缘故。半年前，这样的铸件都是谁也不会否认的废品，因为车工们几乎对付不了它们。现在情况不同了。白口铸铁被钝车刀一圈圈地车得像那明亮的镜子。站在车床前的王元子则说，这是肖爱桥鼻梁上的一千五百度的近视眼镜片。相同车床上的车工们，都在默不作声地一点点地啃着白口铸铁那狞笑的面孔，想要它露出苦涩的笑容来。苦涩是车工们给它的。整个加工车间现在连二班都不开了，就只剩下一个白天班。省城订货会阀门厂惨遭滑铁卢，玉儿从省化工厂争取过来的那些合同，只能算是杯水车薪。厂里不得不让大批工人下岗待业。

那天，田如意在广播中通知，全厂的正式职工到会议室开会。农民工们习惯地不作反应，心里却很清楚，自己在阀门厂的日子不多了。

全厂几百号正式职工，除了王元子，其余的一个不差。往日开会，大家总有人借故坐在门口，这一次，哪怕迟到几步，不得不站在门口的人，也要想办法往会议室里面挤。最后来的肖爱桥，站在门外人堆的最外边，大声感叹，如果大家上班时也是如此积极，阀门厂也不会——堕落到如此地步。后来这半句话，肖爱桥没有说出来，只在心里回荡。

人都到齐后，第一件事是对关键事项如何确定进行表决。在几种方法中，大家一致同意用抓阄的方法决定各自去留。唯一有意见的是，有些人要求厂长书记一起抓阄，另一些人觉得没有必要，即便厂长书记没抓上阄，县里也会另作安排，还不如让其留在阀门厂，同大家一起过苦日子。争论之下，陈西风和徐快主动表示，同大家一起抓阄。

同样是通过抓阄确定，由田如意动手，当面将一百多张写有“上”字的纸条放进空箱子，再将其余写着“下”字的纸条放进同一只箱子里，随后让所有人轮流上前，抱着箱子摇动几下。按照先前还是用抓阄方式定下来的顺序，第一个将手伸进纸箱的人是李师傅，她拈到了“上”字，却没有笑，而是掩面大哭。徐快、徐富、汤小铁、田如意和方月都拈到了“上”字。

偏偏陈西风拈到的是“下”字。

王元子病好刚回家，不便受这种刺激，就委托肖爱桥帮自己抓。肖爱桥声明男左女右，他用两只手同时抓了两只纸条，代表他自己的左手抓了一个“下”字，代表王元子的右手抓到的却是“上”字。

负责维持秩序的文科长排在最后。他没有抓阄，便转身跑出工厂大门。他和所有人一样，不用再抓阄，就在心里算好了，最后一个只有是“上”字。他说，让陈西风陈厂长再拈一次吧！

在王副县长得知情况干预之前，王元子将自己的名额让给了肖爱桥。

文科长还是抓了最后那个阄。

方月快要分娩了，就将自己的“上”字给了陈西风。

包括陈东风在内的二十个农民工没有走。

因为陈万勤告诉陈西风，今年有大洪水，要防着点，在防治洪水方面，农民更有经验。陈西风这才做主留下他们。

高天白说的却不一样。他告诉陈东风，留下来的农民工，要啃厂里最硬的骨头。事情正是这样，二十个农民工有十二个人被安排抡起大锤，将历年留下来的那一大堆废阀门砸成碎片，然后同部分生铁一样化成铁水，浇铸成几乎全是白口的阀体和阀盖。陈东风则领着另外八个人，用每个班最少要磨二十次的钝车刀，将这些死硬的白口铸铁件加工成蓝色图纸上所要求的形状与尺寸。尽管这样做成的阀门比灰口铸铁做成的阀门更耐腐蚀更能承受那可能超过安全标准的气压与水压，但按照设计标准它们是不合格的。阀门厂一天比一天整洁干净。过去到处乱扔乱放的废物废料，被大家想方设法派上用场。那些被车工们用脚踢了千百次，在车间滚过无数次来回，并让人咒骂得体无完肤的不锈钢密封圈，又被人捡起来，哪怕是一个班只能咬牙车出一两只，也不再有人摔打它们。那些下岗待业的人，免不了经常来厂里看看。白日里，他们望着机器或是回旋飞泻或是纵横切进，来来回回踱着步。黑夜里，只要冲天炉火光一起，钢铁奔流之声一响，许多人就丢开电视里的连续剧，或是站在院里，或是伫立窗前，有别人时就问别人，没别人时就问自己，不知下一场炉将在何日里开？

高天白、陈东风、陈万勤都说过同样的话。

三人一起聊天时，高天白说，陈老小生前说过一句话，叫做劳动创造了人。

陈东风马上给予纠正，这话是马克思说的。

陈万勤很不服气地反驳，马克思是一个读书的人，他凭什么体会到劳动能创造人。

幸亏高天白说，马克思是思想家，他的话有点像菩萨的话，可以照亮人的心和灵魂。

陈万勤这才和气一些，他说，肖爱桥读了那么多的书，反而希望阀门厂垮得越早越彻底越好，天下那么多好文章，肖爱桥大概都是用屁眼读的。

陈东风又和陈万勤争执，若是有个人家，男女老少，个个都是好吃懒做，真不如让他们早点破败个精光，才会有浪子回头金不换的奇迹出现。

这一次是高天白批评陈东风，他说，天下之人在自己一方是要劳动，在对别人的一方是要仁慈，马恩列斯毛、如来佛祖、观音菩萨，都说过这话。忘性再大的人，一到落难时也就记起来了。你看看汤小铁，他现在都快成菩萨了。

说到汤小铁，陈东风就不再争了。

汤小铁完全变了模样。厂里和车间都没有安排车床大修的任务，大修一台车床要五个钳工配合干一个月。厂里开不出这笔工资，宁肯让无人操作的车床闲在那里。汤小铁不声不响地独自干起来。经济合作社彻底垮了。商业局没有亏本，汤小铁他们重新装修酒店的钱足够抵消应交给商业局的租金。然而其余上千个人储户则亏得一个子儿不剩。那天晚上，汤小铁带着厂里人抢回的那些电器，由武装到牙齿的士兵看守着，不让阀门厂人独占。汤小铁依物品折价，算清楚厂里相关人员所得及各台电器相互间如何分配，并悄悄通知这些人，在指定时间之前，将搬运车辆准备好。深夜十二点钟到来之际，汤小铁将一张有自己签名的分配表格交给门卫，然后用一床湿棉被裹住全身，再将一条在汽油里泡过的床单披在外面，站在阀门厂操场上将自己点燃。趁武警士兵上前救火时，早已准备好的那些人，将旧仓库里的大部分电器抢出来，运回各自家中。如此算计下来，阀门厂各相关人员，仍然共损失了二十多万。陈西风和徐快损失最多，变卖电器后应该分得的钱款，他们一分也没要，而让厂里的工人们再分一次。

汤小铁背着被子主动去公安局自首，但被那些存款人保释出来。他们不要汤小铁坐牢。他们要汤小铁还钱。哪怕汤小铁到别处骗得钱来，还给他们都行。甚至有人劝他去云南边境贩毒，总之，只要那些变成空气的存款能实实在在地收回就行。那个携款逃走的经理并没有受到他人逼迫，却主动干起贩毒勾当。据说，在昆明贩毒现场被抓时，是其所做的第一单生意。枪毙他的新闻，都上了中央电视台。那些倾尽身家的存户一边看新闻，一边哭。自此以后，找上门来逼汤小铁还钱的人明显减少了。那些人开始掉过头来找县委和县政府，希望国家能考虑考虑这实际情况，从财政和民政两条线上给他们以补偿。

只要出现相关静坐请愿，不管哪个领导出面，都要叫上赵家喜。领导不大说话，开口也只是说些政策法律条文，要他们去法院和检察院，用法律诉讼手段维护自身利益。其余的话，无论好歹，都由赵家喜说。一旦赵家喜说漏嘴，出现某个可能激怒群众的言辞，回去后就会受到领导的严厉批评。赵家喜每次同陈东风谈起这事时，总说现在领导干部怕群众怕得不是地方。

赵家喜摆脱这件事，是王元子出了事以后。

虽然有湿棉被防护，汤小铁身上还是被烧伤了，养了两个月，还未完全恢复，就来厂里上班。汤小铁独自一人，成天用铲刀一丝一丝地铲着车床导轨面。

前次抓阄，王元子将上岗资格让给了肖爱桥，但她又让王副县长打电话，安排她回阀门厂上班。病情有所恢复的王元子，执意不肯到技术科坐冷板凳，非要到加工车间当车工。徐富就让陈东风安排她给汤小铁当助手，往导轨面上涂涂红丹粉，用金刚砂磨磨由轴承钢打制的铲刀，然后搭把手帮助汤小铁来回拖动大拖板，将导轨面上由于磨损而高出的地方，磨出黑色印记来。汤小铁的铲刮技术不错，一刀铲下去，黑色印记就不见了，留下的是一只小燕子一样的铲刀痕迹。待一遍铲完，导轨面上就会出现一群群飞翔的小燕子。

王元子跟着汤小铁干了半个月。汤小铁整天铲呀铲的，一句话也不说，有事吩咐王元子，就用手指一指或者用下巴挑一挑，作个示意。铲刮时，铲刀带木把的一端是顶在腰上的，然后用腰部挺起的力量传到刀刃，铲起点点铁屑。大约是心有恍惚，有几次，汤小铁竟将刀刃对着自己的腰。王元子提醒他时，他还朝王元子瞪眼睛。

王元子受不了，就找徐富，坚决要当车工。

病后的王元子，比以前可爱多了。她逢人就说自己的病，是在技术科里憋出来的，一天到晚都是白纸铺桌，黑墨描线，肖爱桥老骂她这儿线没画直，那儿线没画圆，再不就是这儿多了一点，那儿少了一点。肖爱桥不骂人时更讨厌，开口闭口不离欧洲和美国，说人家的技术如何先进，经验如何高级，一点人情味也没有，偶尔谈起女人，也只谈女人的智力结构。没事时既不让人看报纸小说，也不准人哼哼歌曲，还特别讨厌流行歌曲。

王元子很聪明，跟陈东风学了一个月，就能自己单独操作了。

那天，陈东风正在用心地对付自己车床上的白口铸铁零件，突然听见王元子高兴地大叫：我也能车出湛蓝的铁屑了！

陈东风抬起头来，正好看见王元子那飘起的黑色长发，像云一样往车床卡盘上轻盈盈地飞去。他还没来得及喊危险，高速旋转的卡盘就将王元子的长发卷了进去！

那声惨叫让全车间的机器默哀了几个小时。

王元子不肯像别的女车工那样剪去长发，或者戴上工作帽。徐富曾再三再四地要她遵守车工安全操作规程，甚至以不许她上车床相威胁。有一次，徐富正在数落，王元子突然停下车床，去到办公室，再回来时，她让徐富去接王副县长的电话。王副县长在电话里数落徐富，用不着太教条主义，王元子大病初愈，只要她做事不是太出格，就由着她一些。一如获得御旨，徐富不再冲着王元子发脾气了。王元子的秀发便成了加工车间最美的景物。反过来，王元子则将湛蓝铁屑作为一种憧憬。就在王元子头一回用车刀车出有如项链般长长的湛蓝铁屑时，她惊喜地扭过头告诉身后的陈东风。王元子常常学着电视中的洗发液广告，只要转身，必然会习惯地甩起自己的飘柔秀发。如果没有正在进行强力切削的车床，王元子的动作足以惊世骇俗，然而，车床看不懂靓女广告，它毫不留情地将王元子从长发到身躯卷得如同一截巨大的铁屑。同王元子缠绕在一起的，是一根长长的湛蓝铁屑，殷红的血液在铁屑中间汩汩流着，将湛蓝染成彩虹。

王元子命断车床时，赵家喜和王副县长正在苦口婆心地劝说着那群在县政府办公大楼前席地而坐的人。报信的人要他俩速去处理王元子的后事，他俩一边流泪一边继续劝大家回家休息，别在湿地上坐出毛病来。听说王元子是王副县长的亲侄女，更是赵家喜的妻子，静坐的女人很感动，率先站起来，表示不给他俩添麻烦了。女人们一带头，别的人便跟着离开了。

春天终于来了。

小河边干涸的山坡上，从来都是蔫不啦唧的白杨树，空前茂盛起来，常常一眨眼就长出许多的绿荫来。白杨树周围的地上也长出茵茵茸茸的一大片嫩草。田如意每天傍晚都要领着小翱翔穿过黄陂巷，绕过特种阀门厂来这儿戏耍。方月也腆着肚子由陈西风陪着在这块草地上散步。四个人相处很好，说说笑笑之中，都忘了阀门厂目前的困境。

草地下面，石岸已做好了，陈万勤常常和高天白一起坐在上面，望着两边的工厂反反复复地说着劳动创造了人的话，他们说现在的汤小铁是劳动创造的，现在的王元子也是劳动创造的。在一次次旧话重提中，他俩曾经怀疑，这白杨树和青草地的繁荣昌盛，有些不正常。还有一次，陈万勤说自己在石岸上打瞌睡时，闻到有一股腥味，非常像前两年在山中碰到的那条大蛇的气味。高天白反复追问，确信陈万勤从瞌睡中醒来，仍旧闻得到这种气味，便建议他任何时候，都要将扁担什么的放在身边。不过他又补充说，这也有可能是女人搽的什么化妆品的味道。他指着白杨树下的墨水、黄毛，还有赵家喜、陈东风和雪花等人让陈万勤看。

陈万勤惊叹黄毛怎么敢不穿裤子。

冷不防有人在旁边说，黄毛没穿裤子，但穿了超短裙。

陈万勤觉得说话的女孩有些面熟，正要询问，高天白已经叫出雪花的名字。

雪花自回家过年，这是第一次来。

大家都以为她是来安慰赵家喜的。雪花却说自己是来报喜的，徐快的表妹、王副县长的儿媳妇马明梅，在方月的娘家结结实实地怀上孕了。

突击坡的人都说，无论当年陈老小的妻子怀上陈东风，还是现在的马明梅怀上王“衙内”，没有任何秘密措施，唯一不同之处是，不像城里人将孕妇当作菩萨供起来。方月的母亲整天要马明梅干活，早上起床绕着突击坡捡一担猪粪，完了又让她砸了水塘边的薄冰，洗全家人的衣服，中午和下午不是锄麦就是浇粪，要不就是上山捡松球回来烧吊锅炉子。天黑之后，还要她将自由放牧的牛，从田畈上牵回来。这是怀孕之前。怀孕之后，方月的母亲每次只让马明梅的丈夫同马明梅一起在房里待十分钟，然后就大力敲门催他回县里上班。别的劳动有所减少，却要她每天牵着牛到那些几乎没有草的地方去放牧。为了让牛吃饱，马明梅不得不弯腰去扯一些草喂给牛吃。牛的舌头舔着马明梅的手，弄得她全身都是酥酥的。还有那牛撒尿，也让马明梅感觉到全身上下都是酸酸的。

雪花说，方月的母亲告诉了翠，只有这两样才是保胎的真药。

方月的母亲还问翠，是不是有同马明梅一样的毛病。

墨水和黄毛听了，一直笑个不停。

雪花见陈东风不作声，就警告说，如果他还不下定决心，翠的娘家就要让翠另嫁他人了。

陈东风说，你们都说她好，可谁知将来好不好呢，就像王元子，当初大家都说她不好，可实际上她比许多人都好！雪花你回去告诉表姐，现在这种时候，我对结婚没兴趣。

墨水和黄毛连忙要陈东风收回这句话。

陈东风不肯，咬着牙说，大丈夫一言既出，驷马难追。

赵家喜说，又没有国际国内的政治风云需要你运筹帷幄，为什么还要深思熟虑。他看了一眼雪花说，你不要翠，我可要了。

陈东风说，你晓得她是瞎子还是瘸子？

赵家喜说，我去看马明梅时见过她，她每天都在你的屋里插一束野花，临吃饭时，总是先到门口看一阵，见路上没有你的人影才动筷子。

陈东风突然说，别说这些了，说说阀门厂怎么办吧！

赵家喜说，我正想跟你透个信，段飞机他们要租用你们的铸造车间。省城那边的铸造车间已经变成分厂，铸件有些供应不上，所以就想了这个办法。

陈东风说，厂里不会同意的。

赵家喜说，县里已经定了，方豹子带一批人来，同你们的人一起干，租金照付不误，其余成本按各家产品数量均摊。

陈东风说，强盗已经踏进一只脚了。

赵家喜说，我不是来抢劫的。

陈东风说，这与你有什么相干？

赵家喜说，我是你们两家之间的协调人。

陈东风说，真没想到，阀门厂会是如此结局。

赵家喜说，这很简单，工厂不是福利院。

陈东风突然大声说，你没有资格说这句话！说完，陈东风转身就走，走了两步又回头指着石岸上的高天白和陈万勤说，你问问他们，现在的福利院都在哪儿？

雪花一路追过来，叫着陈东风别走。

陈东风不回头，但在石岸上被高天白和陈万勤拦住。

雪花追上来，小声说，东风哥别生气，我明天到厂里陪你上班好吗？

陈东风说不出话来。雪花又说，你先想想，我给你唱支歌——

风儿吹来草儿弯，
过路哥哥喊口干。
口干莫喝长江水，
长江水里泥沙多，
喝了心里不快活。

一旁的陈万勤大吃一惊，问雪花从哪里学来的这首歌。

雪花说是小时候听一个过路的尼姑唱的，就记住了。

陈万勤问，她没再唱别的？

雪花摇头说没有。

陈万勤叹口气，叫陈东风过一会儿去他家，他有话要说。

陈东风等陈万勤和高天白都走了才对雪花说，别来我们厂，去他们厂吧！他没有看自己手指的方向。

这时，墨水和黄毛走过来，说田如意给她俩介绍了部队的两个军官，约好今晚见面，她俩想请陈东风去参谋一下。陈东风说自己事先有约了。

墨水和黄毛有些不高兴，正要说什么，赵家喜突然在草地那边叫起来。他们赶过去一看，地上的一个小洞里流出一股清水来。赵家喜想起一件事，他对大家说，昨晚王副县长家旁的山坡无缘无故地陷下去一大块。有人说可能是山里有洞塌了。

这些话都是随便说说，说完之后，大家也就忘了。

陈东风到方月家时，陈万勤、陈西风和方月都已坐好了。

他一到，陈万勤就开始说起来。

陈西风吃惊地头一次听说自己是私生子。他的名义上的母亲年轻时很漂亮，但是又懒又好吃。后来，陈万勤爱上一个年轻的寡妇，并且生下了陈西风。陈万勤回到家里，想拿些糯米，给陈西风的生身母亲做甜米酒补补身子，正好碰上妻子在家偷偷地煮糯米饭吃。陈万勤一怒之下又煮了两斤糯米饭，逼着妻子吃了下去，结果肠子被胀断，活活痛死。年轻的寡妇听到这个消息后，留下孩子，独自走进庙里当了尼姑。后来，远远近近的庙都拆了，可任凭陈万勤怎么哀求，她仍旧不肯还俗，或是住草棚，或是住山洞，守住心中的菩萨不松劲。那时，她总在西河镇这一带绕着突击坡游走。陈西风上小学以后，就再也没有见到过她了。

接下来，就该陈东风吃惊了。因为他听见母亲之死的补充说法。陈老小和方月的母亲的事，陈万勤从头到尾都了解。陈老小妻子死时手中的钥匙，就是他找锁匠悄悄做的。陈万勤不愿他们重复自己这般的苦日子，将那小屋的钥匙给了陈东风的母亲。没料到她受不住刺激，当场倒进水塘里。陈万勤害怕惹事不敢下水去救，结果让那女人活活淹死。

所有这些，是他从不肯回突击坡的原因。

陈万勤唱起雪花唱的那首歌的另一半：

一股清凉水，
打姐田中过，
摘匹青桐叶，
舀点凉水喝。

陈万勤唱罢就进房里去了。外屋的三个人坐了一会儿，什么也没说，就听见屋外响了一声春雷，接着就下起雨来。

趁着雨小，陈东风赶紧回到旧仓库里。他以为夜晚要做梦，甚至是噩梦。直到方豹子摇醒他，陈东风也没有梦到什么。

方豹子果然带了人来租铸造车间，都是从前从这个厂里走的，大家都很熟。只是回来的这帮人处处显出一种优越感。这一点连厂里的几个头头也只好忍着。有些人指望汤小铁出头杀一下方豹子的威风，然而，汤小铁只管用铲刀在导轨面上一刻不停地铲出无数展翅飞翔的小燕子。

春雨下个不停，铸造车间里，阀门厂这一拨人觉得正好休息，然而方豹子不肯，他说只要水没有淹进车间，就有办法造型开炉。老万主任说不可能，还同方豹子打了赌，结果方豹子赢了，雨天的铸造件合格率仍然达到了百分之九十以上。

春雨下了几天后，突然一鼓劲变得如同夏天的暴雨。山上山下到处都是滚滚的浊水，县城的街道也变成了小河。白天里，陈万勤看着小河里涨起的水在石岸下边委屈地流动的模样，一个人笑了几次。半夜时，他却紧张得合不上眼，一次一次地从房里冲进客厅，大声叫陈西风，说是大蛇来了。

陈西风有些不耐烦，却不敢顶撞父亲，只是说这样子，千万别将方月吓着了。后来，陈西风也闻到一股奇腥。他怕真的惊动方月，就将房门关死。然而，方月还是觉察到了，并一阵阵呕吐起来。陈西风只好打电话让小张开车来，将方月送到田如意家避避这股晦气。

天亮后，邻居们都说闻到了一股死鱼的腥味。

陈万勤和陈西风趴在窗口，看见特种阀门厂那边，段飞机也带着几个人在四处张望。

上班时，雨下得更大了。陈西风打电话叫田如意今天就不用来厂里了。田如意同他聊了几句，小翱翔爸爸的两个部下，看中了墨水和黄毛，如果来得及的话，他们可能在五六月间办喜事。田如意说完后，又将电话交给方月。方月开口就说，小翱翔昨夜做了一个怪梦，天上许多飞机头尾相连，同一条大蛇比长短。她要陈西风找一下文科长，文科长抽屉里有一本解梦的书，让他看看是什么意思。

陈西风到厂里后，问起来才知道文科长已不信这本书，将它送给一个朋友了。正说话，老万和方豹子相互揪着从雨中扭打过来。原来方豹子没按先前双方说定的数量，分配这一场炉的铸件，多运走了三十套，只给阀门厂留下十套。陈西风很生气，限方豹子下班之前，将这些铸件送回来。方豹子不买账，还大言不惭地说，这十套是付给阀门厂的租金，也是给阀门厂留点面子，若不知趣，他们就会干干脆脆地将阀门厂兼并了。陈西风马上给赵家喜打电话，要他马上来阀门厂，将那些没说清楚的话，一次性地说清楚。

赵家喜不肯来，还说了一句让人捉摸不透的话。

赵家喜说，什么清不清，只要县委县政府清楚了就行。

陈西风琢磨一阵，终于意识到这话可能大有来头。他自己找了个台阶，让方豹子去叫段飞机来同自己谈。他明白段飞机不会来。铸造用的燃料和材料都是段飞机他们的，段飞机来也不会改变结果。

阀门厂的日子屈指可数了。

陈西风正在感叹，段飞机突然打来电话，惊慌失措地叫陈西风马上看看窗外。

陈西风以为是厂内的窗户。操场上除了雨水什么也没有。段飞机依然恐慌地叫他赶快看。他这才向厂区外的窗户看了一眼，顿时大吃一惊。小河那边的山坡上，几棵白杨树正在高高地倒下。一股大水从白杨树边的一个洞口里喷射出来。

陈西风冲着电话大叫，快，快去防洪，不然我们都完了。

田如意没来，广播无人开。陈西风冲进各个车间大叫着让上班的人拿上工具随他去。方豹子以为要打架，抢先上去扭住陈西风预备作为人质。

陈西风骂了一句，才告诉他洪水来。

两家阀门厂的几百人站得远远的，看着那突然冒出水来的洞口越变越大，洞口里冲出来的水也越来越大。幸运的是，陈万勤用几年心血垒成的那条石岸，暂时阻止了山坡的崩塌。如果没有这条石岸，山坡一塌，段飞机的工厂就会跑到小河里。小河便会变成一座水库，淹掉半条黄陂巷和整个阀门厂。

王副县长闻讯赶过来了。跟随而来的肖爱桥说，旧县志里有记载，明朝洪武年间，曾有神水从地下涌出，可能又是那地下河发生堵塞，而涌出地面。王副县长吼了一声说，你不说我也晓得这不是自来水。水势显得更大了。石岸上的石头掉了几块，泥土立即泻到小河里，小河中央出现一道土坝。陈万勤和高天白挤到王副县长身边说，让所有的人都去搬石头，全力加固石岸。王副县长正要点头，忽然想起城里哪有那么多的石头呢！他让赵家喜给建筑公司打电话，让他们火速送两卡车石头来。

赵家喜正要走，陈东风说，这样还是来不及，不如将厂里的那些铸铁阀体搬来，又快又顶用。王副县长连声说好，几百人迅速散去。不一会儿，方豹子就将一只巨大的铸铁阀体搬过来了。跟在方豹子身后的是汤小铁。往后还有其他许多人。

就在他们扛着铸铁阀体奔向石岸时，一股恶腥铺天盖地涌来，跟着，一条大蛇像一棵古树一样顺流而下，然后盘在石岸上，将一只大嘴和通红的蛇信子伸向空中。刚刚还是镇定自若的王副县长，吓得退后老远。方豹子、汤小铁、陈东风以及陈西风、徐快、徐富和段飞机等人下意识地护在他的周围。

大蛇肚子是扁的。

陈万勤喃喃地说，是它，没错，只是瘦了，两年没吃东西，这回可要开荤了。

陈万勤将手中扁担向大蛇掷去，扁担落在大水之中，打了个翻就不见了。

石岸又塌了一些，大蛇的身子像山河中的石坝，让大水更加集中地往石岸冲去。石岸崩塌的速度越来越快。王副县长说没办法了只有请武警战士带机枪来对付它。就在王副县长用段飞机的大哥大拨叫武警中队时，汤小铁忽然抱着一台 500 毫米孔径的阀体向大蛇走去。方豹子怔了一下，马上抢过去，同汤小铁一起，抬着那沉重的钢铁，一步一步走近大蛇。大蛇见到活物走拢，身子一扭，嘴巴张得更大了。王副县长意识到他们要干什么，大喊危险，要他们赶忙退回来。小河中土坝更高了，大水飞速上升，阀门厂操场上已成了水池。王副县长身后的围墙上出现了裂缝。风雨中的蛇腥更加让人窒息。汤小铁和方豹子已经走到那血盆大口前几米的地方，汤小铁忽然喊起一二三来，方豹子同他一起用力，将沉重的阀体扔向大蛇。阀门正好砸在大蛇颈部上，发出一声肉奶奶的声响。大蛇昂起的头立即垂了下去。汤小铁又向前走了几步，就在他弯下腰准备再用手搬起阀体砸那大蛇时，大蛇突然猛地昂起头，蛇信子像箭一样射向汤小铁。方豹子在身后叫了声不好，伸出双手去推汤小铁的脑袋。在这同一瞬间，大蛇将汤小铁的头和方豹子的手完全吞了进去。大蛇随着一个翻腾，用巨大的身子将汤小铁和方豹子紧紧缠住，从石岸滚到山坡又滚进小河。在从山坡滚落小河时，方豹子被甩了出来。陈东风和赵家喜上去抱起方豹子，赫然发现，一双手臂已不见了。

大蛇在小河中的翻腾越来越无力，最后完全沉入水中。

王副县长带头跳入水中，将汤小铁从大蛇嘴中扯出来。然而，汤小铁的头部已经破碎，血水和脑浆全都流出来。

两家阀门厂的上千台阀体让石岸得到加固。小河中淤塞的土坝被扒开，阀门厂操场上的洪水很快退去，特种阀门厂的围墙也不再继续开裂了。

春雨无春。小铁不小。

高天白和陈万勤悲伤地一人说了一句。

给汤小铁开追悼会时，黄毛穿着崭新的皮尔卡丹真皮超短裙，走到方豹子面前说，我晓得你一直想摸摸我的腿，你摸吧！黄毛将方豹子的半截手臂搁在自己那美丽的大腿上。方豹子凄凉一笑。

来参加追悼会的人大多是经济合作社的存款人，他们给汤小铁烧了许多纸钱，还后悔当初不该逼债太很。田如意和陈东风没有给汤小铁烧纸钱，陈东风烧了一只红双喜球拍和一打乒乓球，边烧边说，汤师傅，你在那边好好练一下如何对付弧圈球就行，其实别的技术我不如你，下次见面时，我们再比赛一场。田如意在汤小铁的遗体前烧了一张自己的彩色照片，她说，你喜欢我没关系，我们就做个朋友吧！

地下河水成了县城的一处美景。

陈西风将它圈起来，做了一个小公园，并将大蛇做成标本陈列其中。段飞机没有同他们争，还笑称这会是阀门厂的福利院。那混在一起的一千台阀体，段飞机也没有与陈西风斤斤计较。其实，两家的铸铁件各有特征，比如，材质不合格的铸铁阀体肯定是阀门厂的。阀门厂的人，只能挑走那几十台有白口和长着红锈的阀体。内行的不看也清楚，长着红锈的铸铁，用车床车过的地方，也是白口。

陈西风想将方豹子要回来，让他管理公园。方豹子拒绝了，还说不想成为陈西风的某种展品。段飞机更说，方豹子是他们厂的终身副厂长。段飞机正式提出兼并阀门厂之事，并承诺不会降低陈西风的待遇。陈西风不同他谈。段飞机就说，他断定陈西风支撑不了一个月。

一个月后，阀门厂真的全部停产了。

公园的门票收入仅够给退休工人象征性地发点养老金。这又应了段飞机说公园是阀门厂的福利院之说。五月份时，陈东风在青天白日之下，用大锁锁上车间大门。段飞机和方豹子又来做工作，让他在聘书上签字。

就在这时，县里突然宣布成立县阀门总公司，王副县长亲任总经理，陈西风、徐快、冯铁山任专职副总经理。阀门厂叫一分厂，特种阀门厂叫二分厂。段飞机仍任二分厂厂长，一分厂厂长却叫赵家喜来当。方豹子还是去了公园并将那儿叫劳动服务旅游公司，方豹子特意要黄毛去当导游。地下河出口冬暖夏凉，非常适合黄毛爱穿超短裙的习惯。当然，方豹子相中黄毛，还有没有言说的原因。他希望黄毛那被誉为全县最性感的双腿，能够成为公园活生生的广告。

赵家喜想让陈东风当副厂长。

陈东风没有答应，他要再考验一下赵家喜。

县里还宣布让肖爱桥去当政协副主席。

一大串人事变动刚刚有些眉目，便又到了植树节。

赵家喜竟然让所有的人都去了，并由大家自由选择哪一个石灰方框。他自己也选了一个，有人要帮忙，被他拒绝了。天黑时，赵家喜将所有的树坑都检查了一遍，下山之前，他让所有人站在一起，亲自宣布了上岗人员名单。那些不在名单上的人，无一不是选择了在土壤松软之处的石灰方框。

陈东风拍了一下赵家喜的手，正要告诉他自己的选择，雪花突然跑来了。

雪花告诉赵家喜，翠的家里将嫁妆都准备好了。

陈东风一愣问，翠同谁结婚？

雪花说，谁让你半年不回去，翠的新郎远在天边近在眼前。

陈东风望了赵家喜一眼。赵家喜立即将目光挪开。

陈东风心里有数了，他说，我现在才晓得你为什么老去看马明梅。前任厂长娶了一个漂亮突击坡姑娘做填房，现任厂长也学着这么干。

不过，有一点不知你学没学会，记住，狗杂种，将来要将喝空的五粮液与茅台酒瓶里灌上劣质酒和马桶水。要是你想将玩腻了的女孩送给上司做人情，请别忘了花上三千五百元钱，上省城去修补处女膜！

陈东风对雪花说了声对不起，然后扭头走了。

雪花在背后说，明天上午有车上翠的娘家去接她，婚礼是晚上，你可别错过祝贺的时间。朋友一场，潇洒点儿，别太小气。

陈东风一口气跑到地下河那儿。没等他开口，方豹子就说，他晓得翠要出嫁了，并劝陈东风认命。黄毛和墨水在一边说，只要他说一句话，她们就会马上给部队发电报，取消她们与军官们定于下月的婚礼。黄毛和墨水还半真半假地说，她们商量过了，愿意一起嫁给他。

陈东风在大街上独自行走，黑暗竟将他引进了田如意的家。

田如意不在家，小翱翔也不在。然而田如意预测到陈东风要来，让小阿姨传话给他，自己出去买东西要晚点回来。陈东风面对着飞行员的照片坐了一会儿，见桌上有纸有笔，忽然不顾一切地扑过去，拿起笔，狂写起来——

默默独处。默默独处。一条街一条街地走过，不知怎么地走了多久，脚下却找不到一块可供驻留的土地。小巷连绵不尽地从两腿一直缠绕到心间，又从心间攀到每一根神经。我不断地大声喝问，你们要干什么，这样的挤压，这样的吞食，这样的蛮不讲理。尽管是大着声音，用自己的全部激动和慷慨，甚至包括灵魂的震颤，可是我无法听到那荡气回肠的答应。城市太大、太冷酷，人在它的面前是那样的微不足道。每天都有人被它放在汽车道上轧死，每天都有人被它抛入江水中淹死，每天都有人被它从大厦的窗户里扔下去摔死，每天都有新娘或新郎被金钱与地位抢走，每天都有勤劳与善良被写成耻辱与卑贱。城市在做着这些可恶的事情时，开始不声张，后来也不声张，白天板着灰蒙蒙的正经面孔，晚上则让霓虹放出千种风骚，就像那些从事可疑职业的女人藏在化妆盒中的浪笑。我一直在爱着城市，就像爱乡下的小树林。小树林中有刚破土的蘑菇，松针上一小堆一小堆的是清甜的松糖。城市很遥远的时候，又成了记忆中父亲的小菜园。园子不大，却足够养活我们的青春与苍老。那种汗水养育的丰腴流进城市后，就成了永远也享不尽的美好回想。爱城市并不是一种对故土故乡故人的背叛。城市是乡村的梦想，乡村是城市的摇篮。城市长大了，却一直不见老，永远一副青壮年强健的样子，而乡村便只剩下往事少年和爷爷奶奶的唠叨。我不记得自己说过或想过对城市的恨，那些庞大的工厂与摩天大楼，那些清晨与黄昏在自行车上反复轮回滚动着的生活与生命，曾多少次让我肃然起敬，惊叹这些被自然放牧，冷落了的一群，竟也活得有滋有味。无论是爱还是恨，说得清与说不清，我都明白，不管是哪条街哪道巷，它们都不属于我，也都难以容下我！当年爷爷就曾被城市抛弃过，后来又是父亲，如今是不是轮到我了？许多次我将零钱放进马路边的一只脏碗里，眼光总是不敢在那乞讨的乡下人身上久留。我怕看出自己的身影，更怕城市认为我的劳动也是一种乞怜。我想着自己会不会真是在沦落，心中升起的不是真的凄凉与悲哀，而是一种神圣，因为生命就是劳动与仁慈。城市里有太多的幸福，包括乞讨和流浪都是其中的一种。城市只崇尚幸福。如果有哪个城市崇尚纯洁的劳动，我想我会说这城市已属于神圣。事实上，没有哪个城市会这么茗，将幸福放在什么之后，居于次要位置。在本质上，城市是用幸福堆积起来的，失去幸福，城市就将崩溃。乡下那么多的水，那么多的路，那么多的风，还有无数男女老少的耕种收获，最终都被城市用所谓的文明作了汇集，并任其酿制成自己所需的幸福，使城市变得臃肿和妖冶，奢侈又豪华。只有我是那么的蠢与痴，来到城市却不去享受幸福。满地里去找什么呢？我要寻找的是比幸福更重要的父辈的纯洁，因此我才会孤独地看不见满街的行人。在通往幸福的道路上，得意的与失意的总是张扬地泡成堆。纯洁则不同，它总是默默地独处，走在马路的最里边，挤在公交车的最中间，坐在演讲厅的最角落，它唯一让人注目的是化作一群穿着妈妈姐姐的旧衣服的女中学生，手挽手唱着纯情的歌儿，走在熙熙攘攘的大街上。正是如此，纯洁才显示出它是生命成长的健康标志。为了纯洁，也是为了健康，哪怕这种寻走永无止境，哪怕是走错了道又回到起点再迈开步，这种寂寞黑暗的漫长，对于生命应该更有意味。因为寻走的那一端是精神的圣地，灵魂的归宿。城市越来越大，城市越来越高，在越来越高大的城市里寻走会更加困难，纯洁也会困难有加。街巷纵横，步履蹒跚，光有幸福，城市的内心会空虚的。

…………

陈东风丢下笔的那一瞬间，感到自己的内心和灵魂上长满了胡须。他用父亲曾经用过的声音吩咐小阿姨，请田如意将这些文字交给陈西风。因为陈西风几年前曾要他写过无论什么样的一篇文章。他不再需要见任何人，包括高天白。

五月的乡间，每一条路都是清洁无羁。

陈东风顺着山路一直往前走，并同早晨的太阳一起回到了突击坡。

他在山上望不见自家瓦脊上的炊烟，他只望得见半山崖中零零星星的黄色燕子红。露水未干时，陈东风怀里满是含苞欲放的黄色燕子红。他没有让任何人发现自己，抱着那黄色的燕子红，径直来到翠的村子旁边。翠的家门口果然贴着红对联，阀门厂的那辆红色桑塔纳轿车正停在村子当中。陈东风叫过一位小女孩，摘了一朵花让她送给屋里的那位新娘。小女孩去了不一会儿，就牵着一身嫁妆的翠跑过来。陈东风将那黄色的燕子红全都塞进翠的怀里，然后连同翠的身子一起紧紧抱住。他对翠说，我要抢走你。这时，稻场上响起水珠的叫唤声，一字字都说得很明白，说是新娘被人抢走了！陈东风抱起翠钻进山坡上的树林。他们在一片片树林里拥抱，除了长吻，陈东风和翠，相互反复说着一句话——我爱你。

天黑后，突击坡又静了下来。点点灯光平静地闪烁着。陈东风搂着翠悄悄地打开了自己的家门。就在他们跨进门槛时，满屋的灯突然亮了，金碧辉煌之中，不知怎么地拥出来那么多熟识的人。

雪花跑上来说，你们再不来他们可就要逼着我当新娘了！

赵家喜大声说，结婚典礼现在开始，鸣炮奏乐！

鞭炮声响得惊天动地。墨水、黄毛、田如意、方月、陈西风、徐快、徐富、方豹子、文科长、高天白、陈万勤、段飞机、冯铁山、水珠都来了，马明梅挺着大肚子同方月的母亲站在一边。陈东风看见玉儿和小英也在其中，以为这激将法是她俩的主意。雪花却大言不惭地说，所有这一切都是她导演的。田如意说，只可惜汤小铁和王元子走得太远不能来了！大家沉默了一会儿，陈东风想起还缺一个人，算来算去，才记起是肖爱桥没有来。雪花正说自己绝对通知到了时，从窗口传进来几声萨克斯，一个浑厚的男中音在这音乐声中朗诵起陈东风昨晚一口气写出的那篇《默默独处》。肖爱桥在音乐和朗诵声中走动的样子，极像教堂里布道的牧师。雪花就听懂萨克斯独奏曲是一种归家的情绪。她悄声对田如意说，这样的安排太绝了，让老人觉得年轻，让青年人感到了成熟。肖爱桥突然激昂起来，他连续三遍重复朗诵着一句话：生命是劳动与仁慈。

翠往陈东风怀里偎紧了些，然而此时他们渴望的不是做爱。

1995 年 7 月 30 日凌晨 2 点 42 分定稿于汉口花桥

2012 年 9 月 30 日凌晨修订于斯泰园

后　记　我的工厂，我的青春

几年前，太太在另一个单位上班，某天下班回家她很伤心，问过了才知不是她的事，是一个同事要调到别的单位，与头头话别时，伤感地说起自己从大学毕业起到现在，将自己最好的青春年华全给了这个单位。不料，那个老男人竟粗暴地回答：谁要你的青春？太太的同事大恸而去。听毕，我忍不住在心里说了一句粗话。

不一定人人都会老去，但人人都会有自己的青春。我也有过青春，我不敢说自己将青春献给了那座小小的工厂，但从十八岁到二十八岁，如此十年全在这家县办工厂度过。想起来当年之事历历在目，包括进厂之前，即将上岗的青工们在一起培训，因为有三家工厂可以选择，当大部分都认为其中的电机厂最为理想，工具厂则次之。当相关人员问起我的意愿时，我却毫不犹豫选了阀门厂，原因是阀门厂厂房外面有半个篮球场，别的工厂却没有。

多少年后的今天，我仍对飞速旋转的砂轮心有余悸。那是我进厂的第一天，师父给了一个毛坯件，要我去砂轮上将毛刺等打磨掉。师父教给我打开砂轮的方法后就回车床上忙去了，却没说如何让砂轮停下来。这让我在打磨完毛坯件后很是束手无策。虽然关掉电源半天，砂轮还在高速旋转。我几乎要伸手捉住砂轮！那一瞬间里，冥冥中有某种声音提醒，让我在最后时刻中断了那个伸手动作。时间长了我才晓得砂轮的厉害，人的肌体只要微微碰上去，就会磨去一大块。而当车工的因为天天都在磨车刀，稍不注意就会出现险情。好在磨车刀是细活，碰上了也只是磨去一些皮肉。如果我那用力捉住砂轮的动作完成了，一只手掌肯定就没有了。在我独立操作车床后的某个夜班，因为加工庞大的阀体，必须用专用小吊车帮助装卸，而这些小吊车都是厂里的钳工自己制造的，并无任何安全认证。那天晚上，用 380 伏电压运行的小吊车漏电了。当我伸手抓住行程开关，按下运行红键时，一股强大的电流击倒了我。也正是身体横着倒下的惯性力救了我，如果不是这样，也许我就要变成一堆焦炭了。因为 220 伏电压通常能将触电者弹开，而 380 伏电压只会将敢于触碰者牢牢吸附住。那一次，同车间的工友被我的惨叫吓坏了。我却浑然不知。事后在床上躺了三天才恢复过来。在阀门厂，最苦最累的不是通常所认为的翻砂工，而是车工。一两百斤重的大铸件从机床上搬上搬下，加工铸铁扬起的尘砂更是塞满了全身上下的每一个毛孔。最让车工头疼的却是对付不锈钢 T 形螺杆。当车工的第一年，一位姓刘的师姐，就是在加工不锈钢螺杆时，不慎被缠绕的铁屑缠住，生生将右臂拧断。离开工厂十几年后，在一次采访中，有记者对我脖子上十几个疤痕很好奇。那些有着优美弧线的伤痕，正是我当车工强力切削不锈钢时铁屑飞溅的烙印。被车刀挤压下来的铁屑带着几百度的高温，偶尔会准确地钻入我的领口，因为强力切削时不能中断操作，必须等这一刀走完，停下车床后才能处理。这当中，滚烫的铁屑会将接触到的肌肤烤出一股烤肉香。

这个世界有机会闻到自己肌体发出的烤肉香的人应该不会很多，或许这是我一直怀念那座曾经以半座篮球场而成为自己青春梦想的小厂的理由之一。我还怀念那位以爱护的名义阻止我参加高考的党支部书记，不管当时或后来发生了什么，这一点也从未有过改变。我的那座小工厂条件很差，屋顶上盖着石棉瓦，窗玻璃十块有九块是破的，一年当中三分之一是冰窖，三分之一是火炉。还有一年四季都得加工的不锈钢T形螺杆，别的工厂的车工们一班能加工一件就不错了，在我们厂里，每个车工每班必须完成的定额是十八件。所有这些都没有让我觉得有什么不对。最终让我心存惶惑的是一位初中的同学。在学校里他总是抄我的作业，毕业后他却在不到三年的时间里当了区委副书记，有一次在县城的小街上遇见，他竟然装作不认识我。当天晚上，我失眠了。这也是我生平第一次失眠。就在那个不眠之夜，我为自己绘制了一个普通青年的人生梦想。同时也是那个时代的青年学子最喜欢的梦想：将自己的一生交给文学。无论成功与否，决不半途而废。只要真正努力过，决不对自己的选择后悔。相信生命在于奋斗；相信自己所设定的那个目标，是青春与灵魂的一场约会。

十年工厂生活，让我获得了二十张先进生产者奖状。很多年后，因为写作我获得过武汉市劳动模范称号。这小小的荣誉却是我最为在乎的，也是我最愿意引以为骄傲的。正因为如此，当我的笔与文字与工厂相遇时，最由衷的总是对工厂的一切的不舍与敬重，而不敢用那些不敬之语来描写，更不敢有半分亵渎之心。

大约在离开工厂后的二十几年，不锈钢铁屑留给我的伤痕才完全抚平。在我心里却永远记得当年那些从领口里冒出来的烤肉香。我越来越相信，那是一种青春的滋味，虽然那不是青春的唯一滋味。但是